KENNEDY RYAN
Before I Let Go

KENNEDY RYAN

# BEFORE I LET GO

ROMAN

Übersetzung aus dem amerikanischen Englisch
von Frauke Meier

Lübbe

Titel der amerikanischen Originalausgabe:
»Before I Let Go«

Für die Originalausgabe:
Copyright © 2022 by Kennedy Ryan

Für die deutschsprachige Ausgabe:
Copyright © 2025 by
Bastei Lübbe AG, Schanzenstraße 6–20, 51063 Köln, Deutschland

Bei Fragen zur Produktsicherheit wenden Sie sich bitte an:
produktsicherheit@bastei-luebbe.de

Vervielfältigungen dieses Werkes für das Text- und
Data-Mining bleiben vorbehalten.

Textredaktion: Britta Künkel, Reichshof
Umschlaggestaltung: © Christin Wilhelm, www.grafic4u.de
Umschlagmotiv: © Natasha Cunningham
Satz: GGP Media GmbH, Pößneck
Gesetzt aus der Adobe Garamond
Druck und Verarbeitung: GGP Media GmbH, Pößneck

Printed in Germany
ISBN 978-3-7577-0114-7

2   4   5   3   1

Sie finden uns im Internet unter luebbe.de
Bitte beachten Sie auch: lesejury.de

*Für die starken Mädchen,*
*für die rührigen Macherinnen,*
*für die Superfrauen.*
*Hütet eure Herzen mit all eurer Kraft ...*
*und gönnt euch Ruhe.*

# Wie es begann

»Es war in unseres Lebensweges Mitte,
als ich mich fand in einem dunklen Walde;
denn abgeirrt war ich vom rechten Wege.«

Dante Alighieri, *Inferno (Göttliche Komödie)*

*Erinnern sich die Leute an den genauen Moment, in dem sie sich verlieben?*

Ich schon. Yasmen hat mir hausgemachte Hühnernudelsuppe gebracht, als ich zu krank zum Blinzeln war. Hat geschmeckt wie mehrere Tage altes Spülwasser. Ich weiß zwar nicht, wie man Hühnernudelsuppe versauen kann, aber mein Mädchen hat es hingekriegt. Erwartungsvoll blickte sie mich aus diesen von langen Wimpern umrahmten Rehaugen an. Gott, ich werde nie ihren Gesichtsausdruck vergessen, als ich die Suppe ausspuckte, aber sie war so mies und ich viel zu krank, um auch nur so zu tun als ob.

Eine Sekunde lang wirkte Yasmen verstört, bis ich zu lachen anfing, obwohl ich mir vorkam, als würde mich jemand über heiße Kohlen und Nadeln schleifen. Und dann lachte auch sie, und ich fragte mich, ob das – jemanden zu finden, mit dem man sogar lachen konnte, wenn alles wehtat – der Stoff war, aus dem das ewige Glück geschneidert wurde. Nicht die zuckersüßen Küsse, nicht Fahrten in Heißluftballons oder romantische Spaziergänge bei Vollmond. Mein ganzer Körper pulsierte unter was auch immer mich befallen hatte, aber an diesem Tag machte

Yasmen mich einfach glücklich. Mitten in der Hochphase einer wütenden Grippe brachte sie mich zum Lachen.

Und da wusste ich es.

Von heftiger Faszination und mehr als nur ein bisschen Anbiederung stürzte ich unvermittelt in die wahre Liebe. Dieser Moment ist in mein Gedächtnis eingebrannt. Ich werde ihn nie vergessen.

Und jetzt, nur wenige Monate später, ist es mit diesem hier genauso.

»Was meinst du?« Yasmen blickt von ihrer Arbeit an dem Klapptisch mitten im Wohn-Ess-Küchen-Bereich meiner im Armer-Student-Stil eingerichteten Ein-Zimmer-Wohnung auf.

»Wozu?«, frage ich und setze mich auf den schäbigen Stuhl ihr gegenüber.

»Grits.«

»Grits? Baby, bitte mach keine Grütze mehr. Ich habe mich immer noch nicht ganz von deinem letzten Versuch erholt.«

Einen Moment mustert sie mich finster, während ihre Mundwinkel ein Grinsen niederkämpfen. »Mann, es geht nicht darum, Grütze zu kochen. Hast du gar nicht zugehört? Ich wollte wissen, was du davon hältst, dein Restaurant Grits zu nennen.«

Ich hatte den beispiellosen Schritt getan und zu Weihnachten ein Mädchen mit nach Hause genommen. Sie und meine Tante Byrd haben sich auf Anhieb verstanden, und bis zum Silvesterabend waren sie schon dabei, ein Restaurant zu planen, das ich mit meinem MBA und Tante Byrds Familienrezepten eröffnen könnte.

»Oh, ja, klar. Grits.« Ich schiebe meinen Stuhl näher an ihren heran und streiche den Wasserfall aus Braids zurück, die Yasmen über die Schulter fallen.

»Klingt das gut?« Sie legt ihren Handrücken an meine Stirn. »Bist du wieder krank? Der Josiah Wade, den ich kenne, nimmt jeden Vorschlag auseinander und hat immer ein Ja, aber parat.«

Sie hat nicht unrecht. Mein Vater war Soldat, ein gestrenger Zuchtmeister, der sich in seinem ganzen Leben nie mit irgendetwas zufriedengegeben hat. Alles, was er tat, plante er wie einen militärischen Feldzug. Selbstbeherrschung, Disziplin und Vernunft hatten ihn die Stufen der Karriereleiter emporgetragen, und das war es, was er mir anerzogen hat in der kurzen Zeit, die mir mit ihm geblieben war, ehe er starb. Aber all das fliegt in diesem Moment zum Fenster hinaus, als ich begreife, dass ich Yasmen nicht nur liebe, sondern auch den Rest meines Lebens mit ihr verbringen möchte.

»Heirate mich.«

Die Worte fallen weich und sicher. Und ich bin sicher. Ein Versicherungsfachmann, der ein Dutzend Risikobewertungen durchgespielt hat, könnte nicht so sicher sein, wie ich es in diesem Moment bin. Yasmen und ich gehören zusammen.

Sie lässt den Stift fallen, und ihr Mund klappt auf.

»Wa-was?« Sie atmet stoßweise und reißt die Augen weit auf.

»Heirate mich.«

Erstaunlicherweise – denn das, all das, ist so typisch für mich wie Stepptanz für eine Ziege – sinke ich vor ihr auf die Knie, während das Herz in meiner Brust Höhenflüge macht. Ich halte um sie an wie im Film, strecke die Hände aus, um ihr Gesicht zu berühren, die schrägen Wangenknochen und die zarten Rundungen passen perfekt in meine Handflächen.

»Ich liebe dich, Yasmen.«

Sie nickt mit benebelter Miene. »Ich weiß. Ich … ich liebe dich auch, aber ich dachte, wir warten, bis du dein Studium abgeschlossen hast.«

»Ich bin fast fertig. Nur noch ein Semester. Dein Mietvertrag läuft nächsten Monat aus. Der perfekte Zeitpunkt, um zusammenzuziehen.« Ich erfasse mit einer ausholenden Bewegung das spärlich möblierte, schäbige Apartment. »Willst du denn nicht teilhaben an meinem Luxus?«

Sie kichert, ein breites Lächeln erscheint auf ihrem hübschen Gesicht. Als ich sie das erste Mal sah, haben meine Freunde gelacht, weil ich mitten in irgendeinem Mist, den ich gerade von mir gab, verstummt bin und sie angestarrt habe. So bin ich nicht. Egal, wie gut eine aussieht – noch nie hat mich ein Mädchen beim ersten Anblick so umgehauen wie Yasmen. Ich wollte ihre glatte braune Haut sehen, diese süßen, vollen Lippen, die dichten Wimpern – an meinen Kindern.

»Du bist verrückt«, flüstert sie.

»Ich bin sicher, dass du die Richtige bist.« Ich folge mit dem Finger dem dunklen Bogen ihrer Augenbraue. »Und du?«

Und da sehe ich es. Ich sehe die Ruhe, die Gewissheit, die Liebe, die all ihre Zweifel erstickt, ihr Zögern auslöscht. Sie steht von dem wackeligen Stuhl auf, sinkt auf die Knie, um mit mir auf Augenhöhe zu sein, und verteilt flüchtige Küsse auf meinem Gesicht. Sie huschen über meine Lippen und Augen wie Schmetterlinge, die außer Reichweite entschwinden, ehe ich sie packen kann. Ich möchte ihr Gesicht wieder umfassen, sie festhalten, damit ich sie auch küssen kann, aber meine Hände hängen einfach herab, betäubt von der Größe dessen, was hier geschieht. Endlich ergreift sie meine Hände und sieht mir direkt ins Gesicht. Tränen sammeln sich in ihren Augen, rinnen über ihre Wangen.

»Ja, Josiah Wade«, haucht sie. »Ich werde dich heiraten.«

Leben kehrt zurück in meinen Körper, und ich ziehe sie an den Hüften zu mir, lege meine Handflächen an ihren warmen, geschmeidigen Rücken. Sie ist die pure Versuchung. In Ermangelung eines Rings besiegle ich unser Versprechen mit einer raffinierten Mischung aus verhedderten Zungen und Tränen.

Der Kuss ist heiß und voller Begierde. So, genau so, muss Ewigkeit schmecken.

Ich weiß es einfach.

# Kapitel 1

# YASMEN

Im Rückspiegel sieht man selten etwas Gutes.

Eine Lektion, die ich inzwischen gelernt haben sollte, aber ich werfe dennoch einen Blick nach hinten und sehe zu, wie meine Tochter auf der Rückbank die Regeln bricht. Ihr Bruder auf dem Beifahrersitz neben mir ist genauso übel.

»Leute, jetzt ist keine Daddelzeit.« Ich teile meine Aufmerksamkeit auf zwischen der Interstate und den Kindern. »Packt eure Handys bitte weg.«

»Ernsthaft, Mom?« Die ganze Verzweiflung einer Dreizehnjährigen tut sich in dem Seufzer meiner Tochter Deja kund. »Ich bin gerade mit der Schule und dem Tanzunterricht fertig. Mach mal halblang.«

»Sorry, Mom«, sagt Kassim und legt das Telefon in den Schoß.

Deja ächzt noch einmal, als wüsste sie nicht, was sie mehr aufregt: dass ich Regeln aufstelle oder dass ihr Bruder sie befolgt.

»Arschkriecher«, murmelt sie, den Blick immer noch auf ihr Display geheftet.

»Deja«, sage ich. »Dieses Telefon gehört mir, wenn du es jetzt nicht wegsteckst.«

Ihre Augen, dunkel mit goldenen Flecken, begegnen mir im Spiegel, ehe sie das Telefon weglegt. Es ist, als würde ich mich selbst anstarren. Wir sind uns so ähnlich. Haut, so glatt und dunkel wie poliertes Walnussholz. Ihr Haar neigt wie meines dazu, sich wild zu kräuseln, gerät beim geringsten bisschen Luftfeuchtigkeit aus der Form. Und sie hat das gleiche sture Kinn, das einen ähnlich störrischen Charakter andeutet.

»Sie ist genau wie du«, pflegte meine Mutter zu sagen, wenn Deja als Kleinkind mit Anlauf ins nächste Malheur stürmte, obwohl ich sie zur Vorsicht ermahnt hatte. Wenn sie sich aufraffte, nur um mit neuen Kratzern und blauen Flecken wieder davonzustürmen. »Geschieht dir recht. Jetzt siehst du mal, womit ich es zu tun hatte, als ich dich großgezogen habe.«

Ich dachte immer, es wäre ein Segen, wenn Mutter und Tochter sich gleichen wie ein sprichwörtliches Ei dem anderen. Und lange Zeit war es auch so ... bis Deja dreizehn wurde. Gott, wie ich dieses Alter hasse. Ich scheine in ihren Augen gar nichts mehr richtig machen zu können.

»Also, wie war euer Tag?«

Ich frage, um all die Zeit, die wir beim Pendeln im Wagen zubringen, sinnvoll zu nutzen. Sie sind gerade erst seit zwei Wochen wieder in der Schule, und ich sollte dieses Jahr beginnen, wie ich es auch fortzusetzen gedenke.

»Jamal hat seine Eidechse mit zur Schule gebracht«, erzählt Kassim und sieht mich mit amüsiertem Blick von der Seite an. »Und sie ist im Unterricht aus seinem Rucksack gekrabbelt.«

»Oh mein Gott.« Ich lache. »Konnte er sie wieder einfangen?«

»Schon, aber das hat bestimmt zwanzig Minuten gedauert. Ganz schön schnell. Die Echse, meine ich.« Kassim fummelt an einem Knopf des sauberen weißen Hemds seiner Schuluniform herum. »Ein paar Mädchen haben geschrien. Ms Halstead hat auf ihrem Stuhl gestanden, als wäre es eine Schlange oder so was.«

»Ich wäre wahrscheinlich auch ausgeflippt«, gestehe ich.

»Die ist doch harmlos. Das war ja kein Gilatier oder eine Skorpion-Krustenechse«, sagt Kassim. »Das sind zwei der giftigen Arten in Nordamerika.«

Mir fällt auf, dass Deja den Hinterkopf ihres Bruders anstarrt, als wäre er gerade aus Dr. Whos TARDIS gestiegen. Andererseits, bei der Flut an Informationen, die Kassim ständig parat hat, und seiner Faszination für … na ja, so ziemlich alles … da könnte man schon glauben, dass er genau das getan hat.

»Mit Jamal wird es nie langweilig«, bemerke ich mit einem leisen Kichern. »Was ist mit dir, Deja?«

»Was?«, fragt sie in einem ebenso desinteressierten wie abwesenden Tonfall.

Als ich wieder in den Spiegel schaue, sehe ich nur ihr Profil. Sie studiert die I-85 durch das Fenster. Im Sechs-Uhr-Verkehr gleicht sie im Grunde einem Parkplatz, während sich die Flut der Atlanta-Pendler zentimeterweise voranbewegt und auf dem beengten Raum manövriert, als würde sie mit ihren Fahrzeugen Tetris spielen.

»Ich habe gefragt, wie dein Tag war«, versuche ich es erneut.

»In Ordnung«, sagt Deja und starrt weiter auf die Straße hinaus. »Ist Dad im Restaurant?«

So viel dazu, Kontakt zu Töchtern aufzunehmen.

»Äh, ja.« Ich tippte die Bremse an, als ein Prius mich schneidet. »Ihr könnt dort zu Abend essen, und euer Dad bringt euch nach Hause, wenn ihr fertig seid.«

»Warum?«, fragt Kassim.

»Warum was?« Ich warte darauf, dass der Prius sich endlich entscheidet, wo er hinwill.

»Ich meine, wo wirst du sein?«, bohrt Kassim.

»Heute ist Soledads Geburtstag«, informiere ich ihn und wechsele vorsichtig die Spur. »Wir führen sie zum Essen aus. Seht zu, dass ihr eure Hausaufgaben erledigt. Ich will nicht, dass ihr zurückfallt.«

»Gott, Mom!« Deja seufzt wieder. »Wir sind kaum aus den Sommerferien zurück, und schon sitzt du uns wieder im Nacken.«

Mein scharfer Blick streift Kassim auf dem Vordersitz und trifft dann Deja auf der Rückbank.

»Schimpf nicht, Day.«

Sie murmelt etwas Unverständliches.

»Was war das?« Ich werfe ihr über den Rückspiegel einen raschen Blick zu und steuere den Wagen in die Ausfahrt. »Hast du etwas zu sagen?«

»Ich hab's doch schon gesagt.« Trotzige, erbitterte Augen begegnen meinem Blick.

»Ich habe es aber nicht gehört.«

»Ist das mein Problem?«

»Ja, ist es. Wenn du groß und stark genug bist, es zu sagen, dann sag es auch laut genug, dass ich es hören kann.«

»Ach, Mom.« Sie kneift sich in den Nasenrücken. »Warum bist du immer so … örx.«

Darauf hätte ich tausend Antworten zu bieten, aber jede davon würde die Spannungen zwischen uns nur verschlimmern. Hätte ich so mit meiner Mama gesprochen, die wäre rechts rangefahren und hätte mir eine geknallt. Gott weiß, ich liebe meine Mutter, aber das will ich meinem Kind nicht antun. Ich atme einmal tief durch und versuche, mich an all die Dinge zu erinnern, die ich mir vorgenommen habe, bei meinen Kindern anders zu machen, womit ich irgendwo in der Mitte gelandet bin – zwischen sanfter Erziehung und … meiner Mutter.

Vor einer roten Ampel halte ich an, sehe mich über die Schulter um und begegne Dejas hartem Blick. Es fühlt sich ständig an, als würde sie eine Mauer zwischen uns aufbauen, einen Ziegel auf den anderen legen, ehe ich ihr auf der anderen Seite nahekommen kann. Ich vermisse das Mädchen, das so viel Spaß an unseren Kissenschlachten, an S'Mores über dem Feuer im Garten und Mutter-Tochter-Maniküre hatte. Gehört das alles zum Erwachsenwerden dazu, oder entfernen wir uns nur voneinander? Oder beides?

»Dein Dad und ich erwarten, dass du deinem Bruder ein besseres Beispiel lieferst«, sage ich zu ihr.

»Tja, Daddy ist ja nicht mehr so viel da.« Sie dreht den Kopf, wendet den Blick von mir ab und starrt wieder zum Fenster hinaus. »Oder?«

Auch wenn Josiah nicht mehr mit uns zusammenlebt, ist er nur zwei Straßen entfernt, und sie sehen ihn jeden Tag. Trotzdem zieht sich mein Herz vor Schuldgefühlen zusammen, denn so gern ich glauben möchte, das, was die Beziehung zwischen mir und Deja belastet, wäre nur die große Dreizehn, kann ich mich doch nicht selbst belügen. Der ganze Ärger hat mit der Scheidung begonnen. Diese Augen, die früher nie weit davon entfernt waren, vor Lachen zu sprühen, wirken nun zu alt für ihr Gesicht. Und das liegt nicht daran, dass sie ein weiteres Jahr haben vergehen sehen, sondern daran, dass sie in den vergangenen paar Jahren Zeugen wurden, wie die Ehe ihrer Eltern scheiterte.

»Es ist grün, Mom«, sagt Kassim.

Ehe jemand hupen kann, gebe ich zusammen mit den anderen Fahrzeugen um mich herum Gas und fahre an dem blau-weißen Schild vorbei, das verkündet, dass wir nun Skyland erreicht haben, eine der pulsierendsten innerstädtischen Nachbarschaften Atlantas. In dem ruhigeren Tempo und dem geringen Verkehr auf den schmalen Straßen von Skyland erholt sich meine Schultermuskulatur von der Anspannung auf der Interstate. Kleinstadtcharme und -intimität verbinden sich hier mit der Nähe zu all der explosiven Energie und den grenzenlosen Möglichkeiten einer Weltklassestadt. Wir fahren die Main Street hinunter, die von Kopfsteinpflastergehwegen, Boutiquen und den hübsch eingedeckten Tischen diverser Cafés gesäumt wird. Ich fahre über den Kreisel, der den Springbrunnen in der Mitte des Sky Square umringt, und weiter die Straße hinunter, bis unser Restaurant, das Grits, in Sicht kommt.

Die Innenstadt von Skyland ist eine perfekte Mischung aus Bestandserhaltung und Fortschritt. Die Baubestimmungen und deren wachsame Bewahrer haben viele historische Häuser vor dem Abriss gerettet, indem sie sie zu Geschäftsgebäuden umfunktioniert haben. Unser Soul-Fusion-Restaurant ist ein leuchtendes Beispiel dafür. Das zweistöckige viktorianische Gebäude mit der umlaufenden Veranda hat mein Herz erobert, kaum dass ich es das erste Mal gesehen habe. Es war ziemlich verfallen, aber wir hatten einen Kredit von der Bank, mehr Ideen, als wir je umsetzen konnten, und einen Stapel Familienrezepte. Josiah hatte seinen Abschluss in Betriebswirtschaft, aber die Idee zu einem gehobenen und zugleich bodenständigen Restaurant, spezialisiert darauf, alte Lieblingsspeisen des Südens neu zu erfinden, stammt von mir. Es hat eine Weile gedauert, bis wir bei »gehoben« waren. Lange Zeit waren wir nur ein kleiner Familienbetrieb und das ganze Geschäft eingequetscht in eine kleine Ladenzeile im Süden Atlantas. So viel hat sich verändert, so viel ging verloren, so viel kam dazu.

Von den beiden Menschen bei mir im Wagen abgesehen, ist das Grits das, worauf ich am stolzesten bin. Das ist auch unser Baby. Sogar, als es zwischen mir und Josiah nicht mehr lief, hatten wir immer noch unsere drei Babys. Deja, Kassim und diesen Ort, das Grits. Als wir begriffen haben, dass das zugleich das Einzige ist, was uns noch verbindet, wussten wir, es wäre besser, unsere Ehe zu beenden, als so weiterzumachen.

Na ja, ich wusste es.

Als wir am Grits ankommen, steuere ich den Wagen auf den reservierten Parkplatz direkt vor der Tür und schalte den Motor ab. Kassim öffnet die Tür und ist ohne ein weiteres Wort draußen und auf den Stufen zum Eingang. Deja steigt auch aus und schließt die Tür. Das lebhafte Mädchen mit den dürren Armen und den Giraffenbeinen unter der karierten Schuluniform, dessen Füße in pinkfarbenen High-Top-Converse-Sneakern stecken, klebt schon wieder am Telefon und bleibt kurz stehen, um etwas zu tippen, ehe es das Restaurant betritt.

Ich habe nicht einmal mehr die Geduld, sie an die Daddelzeit zu erinnern. Soll sich Josiah in den nächsten paar Stunden damit herumärgern. Ich schnappe mir den Kleidersack aus dem Kofferraum, gehe die Stufen hinauf und ziehe die schwere Vordertür mit unserem Logo auf. Kaum überquere ich die Schwelle, überfällt mich ein Gefühl der Erfüllung, so intensiv und real wie der Geruch nach gebratenem Hühnchen und appetitlichem Gemüse, der den geschmackvoll dekorierten Gastraum durchdringt. Es ist voll heute, aber in letzter Zeit ist es jeden Abend voll. Was für einen Unterschied ein Jahr bewirken kann.

Auf der anderen Seite sehe ich Deja und Kassim bei einem Mann stehen, den ich nicht kenne. Mittleres Alter, durchschnittlich groß, steht er neben einer zierlichen Frau in Kochjacke und enger Hose. Vashti Burns' Reputation und ihre kulinarische Kompetenz haben uns geholfen, vom Rand des Ruins zurückzukehren. Ihre dunkelbraune Haut bildet einen prächtigen Kontrast zu dem kastanienbraunen Haar, das sie sehr kurz trägt, wodurch ihre hohen Wangenknochen umso mehr betont werden. Ebenmäßige weiße Zähne blitzen auf, als sie den Mann, der auf der anderen Seite neben ihr aufragt, mit ihren vollen Lippen anlächelt.

Josiah.

Mein Ex-Mann ist einer dieser Typen. Ein Mann, der allein durch seine breiten Schultern und seinen sicheren Schritt Aufmerksamkeit erregt. Seine langen Beine fressen Distanz, als müsste er irgendwohin, wollte sich aber nicht hetzen lassen. Als wir uns kennenlernten, war ich Hostess in einem Restaurant. Josiah, der mit einigen Freunden auf einen Tisch wartete, verführte meine Ohren, ehe ich auch nur einen Blick auf ihn geworfen hatte. Sein sonores Lachen rollte durch den Raum wie ein schwarzes Seidenband und zog die Blicke an. Es zog meinen Blick an. Nicht, dass er in den letzten paar Jahren viel zu lachen gehabt hätte. Verdammt, keiner von uns hatte viel zu lachen in dieser Zeit, aber nun lacht er zusammen mit unserer hübschen neuen Köchin.

Eine Gruppe gut gelaunter Frauen kommt zur Vordertür herein. Die parfümierte Stiletto-Clique mit den hautengen Kleidern versammelt sich um den Tisch der Hostess. Im Grits kann man sich in Jeans ebenso wohlfühlen wie im besten Sonntagsstaat.

Oder, in diesem Fall, im Da-Club-Stil. Während die Hostess sich ihrer annimmt, schenke ich ihnen ein Lächeln und gehe zu Josiah und den Kindern. Als ich fast dort bin, blickt Josiah auf. Prompt macht sein Lächeln, was es bei meinem Anblick so oft tut, es erstarrt und verschmilzt zu einer vollständig neutralen Linie. Es tut ein bisschen weh, dass die frühere Leichtigkeit zwischen uns dahin ist. Das gehört zu den Dingen, die wir nach der schmerzhaftesten Zeit unseres Lebens nicht haben wiederaufleben lassen können. Diese Leichtigkeit war verbunden mit Liebe, Leidenschaft, Partnerschaft. Zumindest sind wir noch Partner, wenn auch nur im Geschäft und bei der Kindererziehung.

»Hey«, murmelt Josiah, als ich mich zu der kleinen Gruppe geselle. Seine Stimme ist leise, tief, ein vertrautes Grollen. »Mir war nicht bewusst, dass du auch hier bist. Ich dachte, du würdest sie nur absetzen.«

»Äh, nein.« Ich klopfe auf den Kleidersack und bedenke Vashti und den Fremden mit einem höflichen Lächeln. »Ich muss mich nur schnell umziehen.«

»Lass mich dich vorstellen«, sagt er. »Yasmen, das ist William Granders, ein Restaurantkritiker der Atlanta Journal-Constitution. William, Yasmen Wade, meine Geschäftspartnerin.«

Ein Restaurantkritiker. Also deswegen hat er das Soigné bekommen, unseren besten Tisch.

»Es freut mich, Sie kennenzulernen, Mr Granders«, sage ich und reiche ihm die Hand. Er schüttelt sie lächelnd, ehe er einen Schluck von seinem Bordeaux trinkt.

»Schön, Sie wiederzusehen, Yasmen«, sagt Vashti mit ihrer angenehmen, wohl modulierten Stimme.

»Gleichfalls.«

Obwohl Vashti schon seit etwa einem Jahr hier ist, kennen wir einander kaum. Ich war noch in einer Auszeit, als Josiah sie angeheuert hat, nachdem etliche vorangegangene Versuche, nach Tante Byrds Tod Ersatz zu beschaffen, gescheitert waren. Vashti hat die Kochausbildung und das gewisse Etwas, mit dem, wie Byrd zu sagen pflegte, die begabtesten Köche geboren werden. Sie war unsere Lebensretterin, aber etwas, das ich nicht so recht greifen kann, hat verhindert, dass wir uns angefreundet haben. Gäste und Mitarbeiter lieben sie. Meine Kinder lieben sie. Josiah ... legt ihr eine seiner großen Hände auf die Schulter. Eine unschuldige Berührung, platonisch, aber etwas daran nagt an mir.

»Hey, Kinder, sucht euch einen Tisch, damit ihr essen und mit euren Hausaufgaben loslegen könnt«, sage ich und schenke Mr Granders ein Lächeln. »Ich hoffe, Sie genießen Ihr Mahl.«

»Wie könnte ich nicht?« Er wirft Vashti einen bewundernden Blick zu. »Sie haben hier ein seltenes Juwel. So ein Hühnchen mit Klößen habe ich nicht mehr gegessen seit ... na ja, noch nie.«

»Wir haben wirklich Glück«, stimme ich lächelnd zu.

»Hinten in der Nähe der Küche ist eine Nische frei«, sagt Josiah und küsst Deja rasch aufs Haar. »Ich sehe gleich nach euch. Überlegt euch, was ihr wollt.«

»Rippchen«, sagt Kassim prompt und leckt sich die Lippen.

»Junge, du wirst dich irgendwann in eine Rippe verwandeln.« Vashti lacht. »Die isst du jedes Mal. Wann probierst du mein Chicken-fried-Steak?«

»Nächstes Mal?« Kassim zuckt mit den Schultern und lächelt verlegen. Wenn Deja mein Mini-Ich ist, dann ist Kassim Josiahs.

»Lasst uns gehen, Kinder, damit Mr Granders seine Mahlzeit beenden kann«, sage ich und sehe mich zu dem Kritiker um. »Hat mich gefreut.«

Als wir die Nische erreichen, die Josiah für die Kinder reserviert hat, nehme ich mir zwei Speisekarten vom Tisch und reiche sie Deja und Kassim.

»Überlegt euch, was ihr essen wollt«, sage ich. »Euer Dad kommt dann und nimmt eure Bestellung auf.«

»Ich verhungere.« Kassim schlägt die Speisekarte auf und geht mit großen Augen die Möglichkeiten durch.

»Essen, nach Hause, Hausaufgaben«, erinnere ich sie und sehe von einem zum anderen. »In dieser Reihenfolge. Verstanden?«

»Verstanden«, sagt Deja, die ihr Gesicht hinter der Karte versteckt.

»In Ordnung.« Ich werfe mir den Kleiderbeutel über die Schulter. »Ich muss mich umziehen.«

Ich schlängele mich an den Tischen vorbei und lächele den wenigen Stammgästen kurz zu, bleibe aber nirgends stehen. Das Telefon in meiner Handtasche vibriert, und ich weiß, das ist meine Freundin Hendrix, die sich fragt, wo ich bleibe. Ich greife nach dem Handy, um ihr zu versichern, dass ich kommen werde, als ich mitten im Schritt erstarre und wie paralysiert in dem leeren Korridor verharre. Für jeden anderen ist das nur ein Stück Hartholzboden, breite, dunkle und polierte Dielen, aber mein Gehirn überlagert den Anblick mit dem Bild eines alten Flecks, der sich unter meinen Nikes ausbreitet. Und obgleich der Boden längst gesäubert wurde, sehe ich immer noch meinen Kummer, eingebettet in der Maserung. Monatelang konnte ich das Lokal nicht durchqueren, ohne dass mir der Atem stockte und mir schwindelig wurde. Mein Schmerz klebte an diesen Wänden. Meine Gespenster und meine Trauer umringten die Tische.

Angst verknotet meinen Magen, und die Panik würgt mich so sehr, dass ich kaum atmen kann, aber ich tue, was meine Therapeutin mir geraten hat.

Tief einatmen, langsam ausatmen.

Tief einatmen, langsam ausatmen.

Erst kann ich nur eine winzige Menge Luft aufnehmen, und in meinem Kopf dreht sich alles, aber jeder Atemzug wird tiefer, länger und erfüllt meine kribbelnden Extremitäten mit lebensspendender Ruhe. Diese Übung ein paarmal zu wiederholen, verlangsamt meinen Herzschlag und löst das Band, das mir den Hals abschnürt, von meiner Kehle. Ich habe einen ganzen Haufen meiner Dämonen exorziert. Nicht alle, aber immerhin genug, um das Grits zu betreten und nicht gleich wieder rauszulaufen. Ich bin bereit, den Platz wieder einzufordern, den mir Verlust und beschissenes Pech genommen haben.

Als ich die Augen wieder öffne, ist da nur noch der auf Hochglanz polierte Boden. Es hat eine Zeit gegeben, da wäre ich von dieser Klippe gestürzt, atemlos und panisch, und hätte mich von meinen Dämonen aus dem Lokal verjagen lassen, das ich so sehr liebe. Ein schwaches Lächeln umspielt meine Mundwinkel, und ich mache einen Schritt nach dem anderen.

So fühlt es sich also an, wenn man sich erholt.

Auf dem Weg zum Büro komme ich an dem Küchenlärm vorbei. Das Klirren von Töpfen, die verführerischen Gerüche, das raue Gelächter und die erhobenen Stimmen dringen aus dem Raum, der immer Byrds Reich gewesen ist. Ich winke der Küchenmannschaft kurz zu und gehe weiter zum Büro.

»Privat« steht in dezenter Schrift auf dem goldenen Schild an der Tür. Ich trete ein und schließe die Tür hinter mir. Josiah schätzt Ordnung und Disziplin, und das ist dem Büro anzusehen. Als wir es noch zusammen genutzt haben, war es nie so ordentlich. Auch meine Seite des Schlafzimmers wirkte immer wie eine Naturkatastrophe, während seine ausgesehen hat wie ... na ja, seine. Aber obgleich ich langsam wieder im Restaurantalltag ankomme, habe ich das Büro noch nicht wieder benutzt. Und das sieht man.

Die Schreibtischoberfläche ist leer, abgesehen von einigen säuberlich aufgestapelten Papieren mit exakt ausgerichteten Kanten. Kein Staubkörnchen würde es wagen, auf einer der glänzenden Oberflächen Platz zu nehmen. Würde Josiah unser Schlafzimmer jetzt sehen, er würde sich die Haare raufen. Ich gehöre nicht zu den Leuten, die jeden Morgen ihr Bett machen. Ich meine, in meinem Zimmer ist den ganzen Tag kein Mensch, und ich krieche am Abend direkt wieder hinein. Ich mag es, wenn mich mein Bett so zerwühlt erwartet, wie ich es verlassen habe. Josiah? Bettlaken festgezogen, dass es so ebenmäßig ist wie eine Sardinenbüchse, die

Ecken so scharf wie ein Schweizer Messer. Er gehört zu den Leuten, die tatsächlich wissen, wie man ein Spannlaken zu einem kleinen Viereck faltet.

Freak.

Ich gehe in das angrenzende Badezimmer und lasse mich auf den geschlossenen WC-Sitz fallen.

Und da sitze ich.

Das Leben holt uns schnell ein. Verantwortlichkeiten, Kinder, Gelegenheiten – das alles rast mit der Gewalt eines Geschosses an uns vorbei. All die Dinge, die auf mich zugestürzt sind, haben mich gelehrt, innezuhalten und nachzusehen, ob ich mir Dellen und blaue Flecke eingehandelt habe. Früher habe ich auch verletzt einfach weitergemacht, mit katastrophalen Folgen. Heute nehme ich mir stets wenigstens eine Minute, um mich zu vergewissern, dass ich wirklich okay bin. Manchmal muss es dann eben ein WC-Sitz sein, auf Vorrat atmen, zwischen den Sekunden überleben. Nur für ein paar Augenblicke, abgeschottet durch dünne Wände und eine geschlossene Tür.

Nach wenigen erholsamen Sekunden der Stille stehe ich auf, um den Tag zusammen mit Jeans und T-Shirt abzulegen, ehe ich unter dem Waschbecken leise betend das Notfall-Deo suche, das ich dort gebunkert hatte.

»Ja!«

Mit einem winzigen Hüftschwung lege ich Deo auf. Mein Gesicht ist ungeschminkt, also hole ich meine »Rausputzen in Minuten«-Ausrüstung hervor und lege wenigstens etwas Coverage, ein bisschen Farbe und Wimperntusche auf. Mein Haar habe ich heute Morgen gewaschen, und der Leave-in-Conditioner hält es immer noch in Schach, sodass es sich als Afro-Heiligenschein vorwiegend gelockt, nicht krisselig, um meinen Kopf schmiegt.

Bei Haar und Make-up mag ich mich durchmogeln, aber wenigstens weiß ich, dass mein Kleid Klasse hat, akzentuiert durch einen Hauch Extravaganz. Pinkfarbene Hibiskusblüten erblühen auf dem smaragdgrünen Rock, und das Miederoberteil schmiegt sich an meine Brüste wie die Hände eines Liebhabers. Nicht, dass ich nach meiner Scheidung einen gehabt hätte. Ich hebe die Arme, blinzele in den Badezimmerspiegel.

»Sieht man, dass ich mich nicht rasiert habe?«, frage ich die Frau, die zu mir zurückstarrt. Glänzende Augen, wippende Locken. Der mattrosa Lippenstift passt perfekt. Brauen, phänomenal. Und Yoga hat ihrem Körper gutgetan. In die Größe, die ich getragen habe, bevor die Kinder kamen, werde ich nie wieder passen, aber das stört mich nicht. Meine Gesundheit ist nicht nur eine Zahl auf der Waage oder ein Etikett in meiner Jeans. Ich fühle mich wohl in meinem Körper, weil er mich durchs Leben trägt. Und ich möchte so lange wie möglich bleiben, um meine Kinder aufwachsen zu sehen und auf sie achtzugeben. Ich weiß nicht mehr, wann ich mich das letzte Mal so gefühlt habe. Ich fühle mich wie …

»Ich selbst.« Ich grinse die Frau im Spiegel an. »Ich fühle mich wie ich selbst.«

Meine Handtasche vibriert.

»Scheiße.« Ich schnappe mir das Telefon und – na klar. »Hendrix, hey!«

»Wo bist du?« Vage Schärfe liegt in der rauchigen Stimme meiner Freundin, aber das ist nicht ungewöhnlich. Dank ihres fordernden Jobs und eines Lebens in Warpgeschwindigkeit klingt sie meist, als stünde sie kurz davor, auf ihren Gesprächspartner loszugehen.

»Noch im Grits, gerade auf dem Sprung. Falls es mir noch gelingt, den Reißverschluss dieses Kleids zu schließen.« Ich klemme mir das Handy zwischen Ohr und Schulter und versuche, meinen Rücken zu erreichen. »Bist du schon im Sky-Hi?«

»Ja, spaziere gerade rein.«

»Das ist nur ein Stück die Straße rauf. Dauert keine zehn Minuten, bis ich da bin.«

»Okay. Bye.«

Ich konzentriere mich wieder auf den Reißverschluss, der stur mitten im Rücken verharrt.

Scheiß drauf.

Dann frage ich eben die Hostess, ob sie ihn für mich schließen kann. Ich schnappe mir mein Zeug und verlasse das Bad genau in dem Moment, in dem Josiah das Büro betritt. Sein Blick huscht zu mir, tastet mich ab, vom krausen Haar bis hinab zu den blanken Zehen.

»Tut mir leid, ich wusste nicht, dass du hier bist.« Er geht zum Schreibtisch, zieht eine Schublade auf und holt einen kleinen Stapel Visitenkarten heraus. »Granders will eine Karte.«

»Die sind wirklich noch in Gebrauch?«

Die kraftvollen Schultern zucken in der Beengtheit seines eleganten, maßgeschneiderten Anzugs.

»Bei ihm offensichtlich schon. Und ich würde meinen Namen in eine Steintafel ritzen, wenn er eine gute Kritik über uns schreibt. Die Aufmerksamkeit könnten wir brauchen.«

»Läuft es …?«

Ich zögere, weiß nicht recht, wohin meine Frage führen könnte. Josiah hat mich nie bedrängt, als ich mich nicht aus meinem schwarzen Loch befreien konnte, als sich schon das Augenöffnen und das Atmen angefühlt haben wie eine unangenehme Pflicht. Und er hat mich abgeschirmt, mir nie gesagt, wie schlimm es finanziell um das Restaurant gestanden hat. Wir hatten gedacht, uns bliebe Zeit zu lernen, uns einzuleben, zu wachsen. Stattdessen haben wir Byrdie verloren, unseren Dreh- und Angelpunkt, und das mitten in der größten Veränderung, die unser kleines Geschäft je durchstehen musste. Erst, als sich der Nebel um mich endlich wieder gelichtet hat, habe ich begriffen, wie kurz wir davor gestanden haben, das Lokal zu verlieren. Alles zu verlieren.

»Sind wir wieder in Schwierigkeiten, Si? Ich kann …«

»Alles gut.« Die Härte in seinen attraktiven Zügen schwindet ein wenig. »Wirklich, das Geschäft lief nie besser.«

»Aber wenn ich hier mehr tun soll, dann kann ich ein paar Dinge umorganisieren.«

»Du bist da, wo du am meisten gebraucht wirst.« Die Antwort fällt leise, aber voller Überzeugung. Seine dunklen Augen wirken ruhig. »Zu wissen, dass du dich um die Kinder kümmerst, um die Schule, dich in der Elternvertretung engagierst, ihre Noten im Auge behältst, gibt mir die Freiheit, mich aufs Geschäft zu konzentrieren und dafür zu sorgen, dass bei uns hier alles in Ordnung ist. Und in Ordnung bleibt.«

Die Kinder hatten es nach der Scheidung beide nicht leicht. Besonders Deja wurde zunehmend aufsässig, und ihre Noten haben gelitten. Und da Josiah nach Byrds Tod so viel im Restaurant zu tun hatte, haben wir uns darauf geeinigt, dass ich mich vor allem auf unser Zuhause konzentrieren und ihnen so viel Stabilität bieten soll wie nur möglich.

»Gut, aber wenn sich etwas ändert, dann gib Bescheid«, sage ich, um einen lockeren Ton bemüht. »Team Wade, nicht wahr?«

Das war unsere Parole, als es hart wurde. Was immer getan werden musste, wir taten es gemeinsam. Ein Muskel an seinem Unterkiefer spannt sich, und er löst seinen Blick von meinen Augen und starrt über meine Schulter hinweg. Vielleicht blickt er zurück zu einem Punkt in der Vergangenheit, durchlebt erneut den Tumult der letzten paar Jahre, so wie ich es häufiger tue, als ich zugeben möchte. Sein andauerndes Schweigen wirkt zunehmend erdrückend, und meine Atemzüge werden kürzer.

»Solltest du also irgendwann Lust haben, Dejas undankbaren Hintern zur Tanzstunde zu schleifen«, sage ich ironisch, »dann lass es mich wissen. Wir können tauschen.«

Sein Blick kehrt zu mir zurück, und der gedankenverlorene Ausdruck schwindet aus seinen Augen. »Da arbeite ich lieber Tag und Nacht durch und überlasse das dir.«

Seine Mundwinkel zucken, und ich ertappe mich bei einem Lächeln. Josiahs Gesicht ist interessant genug, um Attraktivität banal aussehen zu lassen, auch wenn der Mann unbestreitbar gut aussieht. Gut in der Weise, die einen manchmal derart aus dem Konzept bringt, dass man sich mitten im Satz nur noch stumm auf die Lippe beißen kann. Prachtvoll schimmernde dunkle Haut, die sich fest über die fein geschnittenen Gesichtsknochen spannt. Dafür, dass er so ein beherrschter, beinahe asketisch aussehender Mensch ist, strahlt er etwas sonderbar Grenzenloses aus. Während ich hier mit ihm stehe, wirbelt diese Energie, eine Fusion aus Ehrgeiz, Wagemut und Angeberei, um uns herum durch das Büro. Es ist, als wäre ich mit einem Taifun in einer verkorkten Flasche eingesperrt.

Seine Brauen rucken hoch, fragend. Ich starre ihn an.

»Oh.« Ich drehe mich, nicht nur, damit er mir den Reißverschluss hochzieht, sondern auch, um die Contenance zu wahren. »Er sitzt fest. Kannst du mir helfen?«

Er antwortet nicht, und seine Schritte sind so leise, dass ich kaum höre, wie er den Raum durchquert, folglich erschrecke ich, als ich plötzlich seine Körperwärme an meiner nackten Haut spüre. Die Rückseite seiner Finger streicht mir über das Rückgrat, als er den Reißverschluss hochziehen will. Erst rührt er sich nicht, also muss er kräftiger ziehen. Und schon dieser Hauch von einer Berührung reicht, um meinen Körper daran zu erinnern, wie eine Gänsehaut funktioniert. Ich schaue über meine Schulter und dann aufwärts, und mir stockt der Atem, als sich unsere Blicke treffen. Die Luft um uns herum knistert, aufgeladen mit einer vertrauten Elektrizität, die ich gar nicht mehr für möglich gehalten hätte.

Als der Reißverschluss zu ist, räuspert er sich. »Bitte sehr.«

Ich drehe mich zu ihm um, bin aber trotz allem nicht darauf vorbereitet, dass er mir so nahe ist. Ich bin barfuß, mein Blickfeld auf die breite Brust und die Schultern des Mannes vor mir reduziert. Wir sind nicht mehr oft auf so eine intime Art allein, nun, da jeder sein eigenes Leben führt und unsere Wege sich nur über die Kinder und das Geschäft kreuzen. Kassim und Deja sind normalerweise immer dabei, und wenn es nicht sie sind, dann Mitarbeiter, Freunde, Trainer, Lehrer. Es sind selten nur wir zwei. Früher kannten wir einander besser als irgendjemand sonst. Nun bin ich nicht mal sicher, was er sich in der wenigen Freizeit außerhalb des Geschäfts ansieht oder was er überhaupt so macht.

»Hast du *Ozark* gesehen?«, frage ich.

Die dichten Brauen ziehen sich zusammen. »Ne, sollte ich?«

»Das ist eine der besten Serien, die ich seit langer Zeit gesehen habe. Die Schauspielerei, die Regie. Und die Drehbücher sind herausragend.«

Ich plappere. Ich möchte mir eine Socke in den Mund stopfen, um mich zum Schweigen zu bringen.

»Dann werde ich ... äh ... mal gucken.« Er schaut sich zur Tür um. »Ich muss zurück zu Granders.«

»Ja.« Ich greife tief in den Kleidersack, um meine grünen High Heels herauszuholen, und bücke mich, um sie anzuziehen. »Ich muss auch los.«

Er mustert mich von Kopf bis Fuß. »Du siehst ... hübsch aus.«

»Hübsch?« Ich schnappe mir den Kleidersack, in dem nun die Klamotten liegen, die ich vorher getragen habe, haste zur Tür und sage grinsend über die Schulter hinweg: »Pfff, ich sehe umwerfend aus.«

Er schüttelt den Kopf, gestattet sich aber ein schwaches Lächeln. »Du siehst umwerfend aus. Hab Spaß!«

»Ich werde versuchen, nicht zu lange weg zu sein. Und lass die Kinder nicht die ganze Nacht aufbleiben, Si. Sie haben morgen Schule.«

»Als wäre ich als Vater so ein leichtes Opfer.«

Wir beide wissen, dass er genau das ist, also fixiere ich ihn nur, bis sein Lächeln sich zu diesem aufsehenerregenden Strahlen steigert, das einem den Atem raubt, wenn man es zulässt.

»Jetzt raus hier«, sagt er. »Wir sehen uns im Haus.«

Im Haus.

Nicht zu Hause. Nicht in dem Traumzuhause, für das wir gearbeitet und von dem wir jahrelang geträumt haben. Nun ist es nur noch das Haus, in dem die Kinder und ich leben. Josiah wohnt im selben Viertel, nur zwei Straßen weiter. Ich bin nicht sicher, warum meine Gedanken heute Abend ständig die Vergangenheit aufgreifen, wenn doch mein Spiegelbild, meine Einstellung, einfach alles mit dem Wort »Zukunft« überschrieben ist.

»Schluss damit«, ermahne ich mich, als ich in den Wagen steige und den Parkplatz des Grits verlasse. »Zeit zum Feiern.«

Kapitel 2

# YASMEN

»Es ist Soledads Geburtstag«, murrt Hendrix in ihren Moscow Mule. »Man sollte glauben, sie könnte es gar nicht erwarten, ein bisschen Zeit mit großen Mädchen zu verbringen, aber sie verspätet sich.«

»Sie ist unterwegs.« Ich lese erneut die Textnachricht, die Soledad geschickt hat. »Jedenfalls war sie es vor zwanzig Minuten. Sie hat gesagt, Lupes Cheerleading-Training würde länger dauern, Inez würde an einem Wissenschaftsprojekt arbeiten und Lottie hätte Tanzunterricht.«

Über den Rand meines Glases hinweg mustere ich Hendrix. Ihr Gesicht sieht so verwegen aus, wie ihr Name klingt, akzentuiert von markanten Wangenknochen und einer kecken Nase, stets bereit, mit geweiteten Nasenlöchern Abenteuer und Unsinn zu erschnüffeln. Ihre gewölbten dunklen Brauen ziehen sich genauso schnell zu einem Stirnrunzeln zusammen, wie sich ihre breiten Lippen zu einem Lächeln dehnen. Sie ist tatkräftig, von dem Wunsch, anderen zu helfen, ebenso getrieben wie von dem Streben nach Erfolg. Und Menschen zu helfen entspricht zumindest zum Teil ihrer Definition von Erfolg.

»Was machen deine Hausfrauen?«, frage ich und nippe an meinem French 75. Der Gin besänftigt meine ausgefransten Nerven.

»Einen Scheißhaufen Arbeit. Die Produzentin hat doch glatt die Frechheit besessen, mich anzurufen und zu bitten, meine Klienten im Griff zu behalten. Bitch, kümmere du dich doch darum. Mein Job war es, sie ranzuschaffen. Dein Job ist es, dafür zu sorgen, dass sie sich nicht gegenseitig abmurksen, ehe die Staffel endet.«

»Heißt es nicht, je mehr Drama, desto besser die Quote? Was hat sie für ein Problem?«

»Na ja, es gibt Drama, und es gibt …« Vielsagend zieht sie die Brauen hoch. »Diesen Scheiß. Faustkämpfe, ausgerissene Haarverlängerungen, aufgeschlitzte Reifen.«

»Hört sich nach Highschool an.«

»Oder nach Kita, und ich habe einen Abschluss in PR, nicht im Babysitten. Aber in Wahrheit fühlt sich mein Job die Hälfte der Zeit genau danach an.«

Sie lächelt über meine Schulter hinweg. »Da wir gerade bei Babys sind, hier kommt endlich die Mutter vom Dienst.«

Ich sehe mich um und entdecke Soledad auf den Stufen zur Dachterrasse des Sky-Hi. Ihre Miene sieht wie üblich leicht gehetzt aus, heute jedoch kombiniert mit einem roten Kleid, das ihr am Hinterteil klebt und förmlich schreit: Zeig's ihnen, Mädchen; es ist dein Geburtstag. Ihre dunklen Augen tasten die Menge ab, bis sie uns entdeckt haben. Ein strahlendes Lächeln bringt ihr hübsches Gesicht zum Leuchten. Sie ist klein und gut ausgestattet, und die federnden schwarzen Locken, die ihre Schultern umschmeicheln, spiegeln die Energie, die sich in dieser zierlichen Gestalt verbirgt. Sie winkt und eilt zu unserem Tisch.

»Tut mir leid, dass ich so spät dran bin.« Sie klappt auf dem freien Sitz zusammen, reißt mir den Drink aus der Hand und nimmt einen großen Schluck.

»Zu deinem eigenen Geburtstag, tsts«, tadelt Hendrix. »Ich bin nur froh, dass du es überhaupt geschafft hast. Musstest du Edward am Kühlschrank festbinden, damit er mit den Mädchen zu Hause bleibt?«

Soledads Mann glänzt in letzter Zeit so ziemlich bei allem mit notorischer Abwesenheit. Rosa schleicht sich in das Goldbraun ihrer Wangen. »Er, äh, musste überraschend länger arbeiten, und …«

»Und wer ist jetzt bei den Kids?«, unterbreche ich sie.

»Ich habe Mrs Lassiters Tochter angerufen.« Soledad fixiert die Speisekarte, um dem Frust auszuweichen, der sich unverkennbar in Hendrix' Augen spiegelt. Und in meinen auch. »Das ist diese Neuntklässlerin, die gleich um die Ecke wohnt. Lottie und Inez lieben sie. Lupe ist alt genug, um zu Hause zu bleiben und auf die zwei aufzupassen, aber da ihr Training länger dauert …« Gleichmütig zuckt sie mit den Schultern.

»Ein Abend«, grollt Hendrix. »Er konnte dir nicht mal einen Abend zugestehen?«

Ich werfe Hendrix einen mahnenden Blick zu, dränge sie still aufzuhören, aber sie würde eher mir als sich selbst auf die Zunge beißen.

»Jetzt kommt schon, Leute.« Soledad lässt die Karte fallen und zugleich die Vorspiegelung, sie wäre tatsächlich an ihr interessiert gewesen. »Können wir nicht einfach Spaß haben, statt uns auf Edward zu konzentrieren? Er steckt mitten in einem großen Projekt seiner Firma. Das ist ein Haufen Arbeit, und er tut, was er kann.«

Ich wette, nicht einmal sie glaubt das, aber ich sage nichts dazu, ich will ihr den Geburtstag nicht noch mehr verderben, als es ihr rücksichtsloser Samenspender bereits getan hat.

»Du hast recht!« Ich donnere mein leeres Glas auf den Tisch und winke der Bedienung. »Betrinken wir uns, als müssten wir morgen früh keine Supermamis sein.«

»Eine von uns ist keine Supermami«, erinnert uns Hendrix mit einem kehligen und wohltuenden Lachen. »Und meine Wohnung ist gleich um die Ecke. Ich gehe zu Fuß, also werde ich für uns alle trinken.«

Soledad und ich müssen fahren, wenn auch nur ein kurzes Stück, also dürfen wir nicht zu viel trinken, aber betrinken klingt fantastisch. Die drei Einzelteile unseres Trios sind grundverschieden, passen aber irgendwie gut zusammen. Hendrix, selig alleinstehend und kinderlos, konzentriert sich ganz auf ihren Beruf und ihre kränkelnde Mutter in Charlotte, teilt ihre Zeit auf zwischen Queen City und Atlanta. Soledad ist nicht berufstätig, führt ihren Haushalt aber wie ein kleines Königreich und verblüfft so ziemlich jeden mit einem Ausmaß an Organisation und Häuslichkeit, das für Normalsterbliche unerreichbar zu sein scheint. Sie vereint einen Spritzer Joanna Gaines mit einem Schuss Marie Kondo und einer großen Kelle Tabitha Brown, ein Gericht, serviert auf einem Bauerntisch auf feinstem Porzellan.

Und dann bin da noch ich.

Ausgestattet mit allen Insignien einer Hausfrau und Vorstadtgattin, nur dass ich keine Gattin mehr bin, dafür aber ein florierendes Geschäft mit dem Mann zusammen führe, von dem ich immer gedacht habe, ich würde ihn ewig lieben.

»Wie geht es deinen Kindern, Yasmen?«, fragt Soledad und nippt an dem Cosmopolitan, den die Bedienung ihr gebracht hat, nachdem sie unsere Bestellung aufgenommen hat. »Sind Deja und Kassim heute Abend gut versorgt?«

»Alles bestens. Sie essen im Grits, und Josiah bringt sie anschließend nach Hause, damit sie ihre Hausaufgaben machen können.«

»Ihr zwei managt …« Soledad kneift ein Auge zu und verzieht die Lippen, offenbar auf der Suche nach dem passenden Wort. »… eure Dynamik so toll.«

»Dynamik?« Hendrix wirft mir einen Blick zu, den ich zärtlich als verschlagen-schlampig bezeichne. »So nennst du das, wenn dein verdammt attraktiver Ex-Mann rund um die Uhr für Sex zur Verfügung steht und du nichts tust?«

Es hat eine Zeit gegeben, in der ich angesichts Hendrix' Unverfrorenheit ins Stottern geraten wäre und meinen Drink wieder ausgespuckt hätte, aber inzwischen habe ich mich an sie gewöhnt. Ihre Schockwirkung war schon vor Monaten verbraucht.

»Das nennt man gemeinsame Elternschaft«, belehre ich sie. »Und gemeinsame Geschäftsführung. Und wenn wir beides gut hinkriegen wollen, ist es das Beste, die Dinge einfach und platonisch zu belassen.«

»Und du willst nicht dann und wann mal von diesem leckeren Honigtopf naschen?«, fragt Hendrix mit einem vielsagenden Lächeln auf den vollen Lippen. »Josiah ist …«

»Höllisch anziehend.« Ich lächele der Bedienung zu, die sich mit einem Tablett mit unseren Speisen dem Tisch nähert. »Ich weiß. Ich war mit ihm verheiratet.«

»Ich wette, Josiah hat's drauf«, sagt Hendrix. »Du musst ihn nur ansehen, und du weißt, dass er gut im Bett ist.«

»Also gut, das reicht.« Ich versuche, mit einem Lachen darüber hinwegzugehen. Über unser ehemaliges Sexleben will ich wirklich nicht reden. »Mach dich nicht an meinen Ex ran.«

»Ich führe nichts Böses im Schilde.« Hendrix streckt beide Hände in die Luft. »Ich komme in Frieden und bringe reine Bewunderung mit für einen Mann im besten Alter und ein altersloses Musterexemplar von einem Mann. Ich sage nur, dass er es dir während der Ehe vermutlich ordentlich besorgt hat. Hab ich recht?«

Hat sie, aber das war das Letzte, was ich am Ende im Kopf hatte. Unsere Bitterkeit und unsere Trauer hatten die Leidenschaft, die für uns immer so selbstverständlich gewesen war, unter sich begraben. In den letzten paar Monaten haben wir selten im selben Raum geschlafen. Mein Bett ist schon seit sehr langer Zeit kalt und leer.

»Offensichtlich weiß ich nicht über alles Bescheid, was sich zwischen euch abgespielt hat«, sagt Hendrix. »Aber das ist die Art von Mann, die mir fehlt.«

»Wie du gesagt hast«, erwidere ich und starre in meinen Drink. »Du weißt nicht über alles Bescheid.«

Sie haben Josiah und mich nicht als Einheit gekannt, nicht als das Paar, auf das alle neidisch waren. Als ich durch diese dunkle Zeit gegangen bin, habe ich den Kontakt zu den meisten Freunden, die mir nahegestanden hatten, verloren. Nicht deren Schuld. Ich habe viele von ihnen ausgeschlossen. Hendrix und Soledad habe ich durch den Yogakurs kennengelernt, den mir meine Therapeutin empfohlen hat, um meine Ängste zu mildern und meine Stimmung auf dem Tiefpunkt wieder anzuheben. Soledad lebt ein paar Straßen entfernt, ich kannte sie vom Sehen, aber wirklich kennengelernt haben wir uns erst durch den Yogakurs. Wir haben uns alle drei in der hintersten Reihe verkrochen und zugesehen, wie alle anderen ihre Hund-, Katze-, Kobrahaltung eingenommen haben, während wir darum kämpften, unsere außer Form geratenen Körper in die einfachsten Positionen zu verrenken. Vielleicht lag es daran, dass ich so dringend jemanden brauchte und die zwei anscheinend auch, jedenfalls hat sich schnell eine enge Freundschaft zwischen uns entwickelt. Die zwei gucken mich nicht mit diesem vorsichtigen Mitleid an, das ich in den Augen sämtlicher Leute sehe, die mich früher gekannt haben.

»Ich weiß, dass ihr eine Menge habt durchmachen müssen«, sagt Soledad.

»Ja, wir, äh … es war viel.« Ich nehme einen stärkenden Schluck von meinem Drink. »Ihr wisst ja, dass Josiahs Tante Byrd gestorben ist, kurz nachdem wir in Skyland eröffnet hatten.«

Ich dränge das Gefühl zurück, das die Fassade zu durchstoßen droht, und zwinge mich fortzufahren. »Das Geschäft ist baden gegangen; wir konnten uns in Skyland nicht halten. Nicht bei all den guten Restaurants, die es hier gibt. Vielleicht wäre es uns besser ergangen, wären wir geblieben, wo wir waren. Wer wir waren.«

Aber Josiah hatte immer davon geträumt, unser Restaurant zu einem gehobenen Hotspot zu machen. Und das hätte auch problemlos geklappt, hätte uns das Leben nicht mit Problemen überhäuft.

»Ihr redet nicht viel darüber. Die Scheidung, meine ich«, sagt Soledad. »Habt ihr es mal mit Therapie versucht?«

»Josiah reagiert allergisch darauf«, entgegne ich ironisch. »Der macht keine Therapie. Ich wollte, aber …«

»In der Kirche, da, wo ich aufgewachsen bin«, meldet sich Hendrix wieder zu Wort, »da haben sie immer gesagt, es gäbe kein Problem, das Gott nicht richten könnte. Was kann ein Therapeut schon tun, was Gott nicht tun kann? Diese Einstellung hält viele Leute davon ab, sich Hilfe zu suchen.«

»Mit Glauben hat Josiahs Ablehnung nichts zu tun«, erwidere ich und verziehe dabei die Lippen. »Er denkt einfach, das wäre nur ein Haufen Mist. Deja und Kassim haben in der Schule mit einem Trauerberater gesprochen, aber von dem einen oder anderen Durchhänger abgesehen, haben sie es gut verkraftet. Paartherapie? Josiah dachte, das würde eh nicht helfen, und am Ende habe ich das auch geglaubt.«

Es war so schlimm geworden, ich hatte das Gefühl, in diesem Haus, in der Ehe zu ersticken. Ich musste einfach raus. Es hat sich angefühlt, als würde jeden Morgen die ganze Welt auf meiner Brust lasten, und ich habe es kaum mehr aus dem Bett geschafft.

Und alles hat wehgetan.

Das ist der Teil der Depression, den niemand wirklich in Erwägung zieht, dass es manchmal physisch schmerzt. Meine Therapeutin hat mir geholfen zu begreifen, dass die Rücken- und Kopfschmerzen, unter denen ich plötzlich so gelitten habe, sehr wahrscheinlich die Folge von Stress waren, und Stresshormone wie Kortisol und Noradrenalin haben ihren Beitrag zu meiner Apathie und Erschöpfung geleistet. Was wiederum die Depression verschlimmert hat. Es war ein unentrinnbarer Kreislauf, der dazu geführt hat, dass ich mein Leben vom Boden eines tiefen Brunnens mit schlüpfrigen Wänden aus betrachtet habe und keinen Ausweg sehen konnte.

Und alles hat wehgetan, sogar mit dem Mann zusammen zu sein, den ich mehr geliebt habe als alles andere. Und nachdem wir einander so geliebt hatten, hat uns die Art, wie wir uns dann gegenseitig wehgetan haben, zerstört.

Ich habe eine schützende Blase für meine Freunde und mich geschaffen, eine, die mein brüchiges Glück bewahren und den Schmerz der Vergangenheit abwehren kann. Ich weiß, ich werde Hendrix und Soledad bald alles erzählen müssen. Wenn die Therapie mich eines gelehrt hat, dann, dass man im Kreis läuft, wenn man versucht, vor dem Kummer davonzurennen. Am Ende ist man erschöpft und keinen Schritt weiter. Ich muss aufhören davonzurennen und ihnen anvertrauen, auf welche Weise das Leben die Säume einer vormals perfekt vernähten Welt zum Platzen gebracht hat. Aber vorerst gebe ich immer nur ein kleines bisschen auf einmal preis, und für heute habe ich genug offenbart.

Ich räuspere mich und ringe mir ein Lachen ab. »Ist das eine Feier, oder was? Lasst uns essen, ehe Sol noch ein Jahr älter ist.«

Von da an entwickelt sich der Abend genau zu dem, was ich gerade brauche, und ich hoffe, auch zu dem, was Soledad verdient hat. Sie ist die am härtesten arbeitende Frau, die ich kenne, und sieht es als Lebenszweck an, drei wundervolle Menschen zu selbstsicheren Frauen zu erziehen, die die Welt zu einem besseren Ort machen werden. Man könnte auf die Idee kommen, dass eine Frau, die so klug ist wie Soledad, viel mehr erreichen könnte. Aber für mich liegt die wahre Leistung darin, das eigene Mehr zu wählen.

»Also, machen wir das jetzt oder nicht?«, fragt Hendrix hoffnungsfroh, als wir unsere Rechnung bezahlt haben. »Ich habe ein Bündel Ein-Dollar-Scheine, die mir ein Loch in meine Louis-Vuitton-Tasche brennen. Stripclub?«

Die Antwort steht Soledad in die Augen geschrieben, ist eingeritzt in den reumütigen Zug um ihren Mund. »Ein andermal? Ich bin nämlich morgen früh eine Supermami, und ich muss nach Hause und schauen, wie es bei Inez' Wissenschaftsprojekt läuft. Ich wette, ich werde ihr helfen müssen, weil Edward ...«

Dass Edward ihr bei dem Wissenschaftsprojekt helfen würde, ist etwa so wahrscheinlich, wie dass Garth Brooks im Apollo auftritt.

»Na ja, Edward hatte einen langen Tag«, schließt Soledad mit einem Lächeln, das ähnlich natürlich wirkt wie meine Wimpern. »Er könnte ein paar Dinge übersehen haben.«

»Hmmmmm«, brummt Hendrix.

Dieses Hmmmmm sollte sie sich patentieren lassen. Das ist ein unvergleichlich vielsagender Verzögerungslaut, so vollendet, wie er mir bei niemandem anderen begegnet ist.

»Na schön, ich muss morgen meine Hausfrauen umsorgen und füttern«, sagt Hendrix seufzend. »Die Produzenten wollen mich am Set haben, um sicherzustellen, dass bei den Dreharbeiten für die nächste Episode keine Arschimplantate kaputtgehen.«

Wir kichern gemeinsam, und ich schwelge förmlich in der Leichtigkeit dieser echten Freundschaft, mit der ich nicht gerechnet hatte, und der sanften Abendbrise auf meinem Gesicht. Georgia klammert sich so lange wie möglich am Sommer fest. Die leuchtend grünen Blätter aus dem August schmücken noch immer die Bäume, die die Straßen von Skyland säumen, aber bald werden sie sich bunt verfärben, und der Wind wird sie von ihren Ästen zupfen und herumschleudern wie eine Konfettikanone. Nur noch ein paar Wochen, und sie werden das Kopfsteinpflaster unter unseren Füßen ersticken.

Ich angle die Schlüssel aus meiner Handtasche und betätige die Fernbedienung, um den Wagen zu entriegeln, während wir zum Parkplatz gehen.

»Herzlichen Glückwunsch, Süße«, sage ich und greife nach Soledad.

Hendrix' Arme umschließen uns beide, und unser kleines Triumvirat schmiegt sich zusammen, unser Parfüm und unsere Wesensarten mischen sich im warmen Licht der gasbetriebenen Straßenlaternen.

»Ich hab euch so lieb, Leute«, flüstert Soledad mit glänzenden Augen. »Ich hätte meinen Geburtstag auf keine andere Weise feiern wollen als mit euch. Danke, dass ihr diesen Tag zu etwas Besonderem gemacht habt.«

»Ich hab euch irre Tussen auch lieb«, scherzt Hendrix und drückt uns noch einmal, ehe sie loslässt. »Aber nächstes Jahr gehen wir in den Stripclub. Wir sind in Atlanta. Wie kann man da nicht in den Stripclub gehen?«

»Ich bin für alles offen«, antworte ich grinsend.

»Yesssss!« Hendrix klatscht mich ab.

»Vielleicht nächstes Jahr«, kommt es aus Soledads Mund, während die geweiteten Augen deutlich niiiiiiemals sagen.

Ich steige in den Wagen und kichere, als ich mir vorstelle, wie die biedere Soledad mit der stets zu allem bereiten Hendrix im Magic City mit Dollarnoten wirft. Und ich mittendrin, wie ich die Show genieße, auf und vor der Bühne.

»Ihr kommt doch alle morgen zum Food Truck Friday?«, frage ich aus dem heruntergelassenen Fenster.

»Klar«, sagt Hendrix. »Bis dahin bin ich am Set fertig.«

»Kann's nicht erwarten.« Soledad öffnet die Tür eines Suburban und klettert hinein. Hinter dem Steuer dieser Riesenkarre sieht sie so winzig aus, aber mit drei Töchtern und deren Freundesschar kann sie nie genug Platz für Passagiere haben. »Wir sehen uns dann.«

Die Fahrt nach Hause ist kurz, kaum genug Zeit, um die Ereignisse des Tages noch einmal durchzugehen. Noch vor einem Jahr hätte ich mir nicht vorstellen können, einmal so zu empfinden. Mich so gut zu fühlen. Ein Abend mit Freundinnen, die für mich wie Schwestern im Herzen sind. Und das Geschäft, das vor gar nicht langer Zeit noch vor der Pleite stand, lebt wieder auf, floriert, boomt sogar.

Und dann ist da noch Josiah.

Ein Schauder kriecht über meinen Rücken, die Erinnerung an

seine Finger auf meiner bloßen Haut, als er den Reißverschluss zugezogen hat, eine Berührung, die lange vernachlässigte Teile meiner Selbst aus dem Tiefschlaf geholt hat. Vermutlich werde ich mich immer zu ihm hingezogen fühlen. Wie ich Hendrix gesagt habe, er ist toll, aber ich kann nicht zulassen, dass mich die körperliche Reaktion auf einen schönen Mann, mit dem mich eine komplizierte Vergangenheit – und Nachwuchs – verbindet, dazu verleitet zu glauben, es hätte anders kommen müssen.

Wir waren ein gutes Team. Ein sehr gutes sogar. Und dann ist all dieser Scheiß passiert. Lebensverändernder, welterschütternder Scheiß, und plötzlich waren wir nicht nur kein gutes Team mehr, ich konnte mir auch nicht mehr vorstellen, dass wir es je wieder sein könnten. Es ist Zeit für uns beide weiterzuziehen.

Als Josiah und ich noch bei billigem chinesischen Essen in Pappschachteln spät in der Nacht von unserem Restaurant geträumt haben, während er an seinem MBA gearbeitet hat, da haben wir nicht darüber gesprochen, in einer wohlhabenden Nachbarschaft wie Skyland zu leben, aber während ich nun an individuell erbauten Häusern und den Garagen für gleich drei Autos vorüberfahre, wird mir bewusst, dass wir es geschafft haben. Das Tor der Garage, die zu dem Haus gehört, das wir gemeinsam renoviert haben, öffnet sich. Während der letzten keuchenden Atemzüge unserer Ehe war es unerträglich geworden, mit ihm in diesem Haus zu sein. Wie viele Nächte haben unsere Streitereien durch die Flure gehallt? Aber seit der Scheidung konnte ich es ohne ihn kaum ertragen. Es fühlte sich leer und falsch an. Offen gesagt, zu dem Zeitpunkt gab es keinen Ort, der sich für mich richtig angefühlt hätte. Nicht einmal meine eigene Haut.

Ich habe sämtliche Bilder unserer Hochzeit aus dem Haus verbannt, aber Josiah ist unauslöschbar in jeden Quadratzentimeter geprägt, von der frei stehenden Wanne im Badezimmer bis zu der großen offenen Küche und dem Familienzimmer mit der hohen Decke. Jede Leuchte, jede Farbe, jedes noch so kleine Detail haben wir gemeinsam ausgewählt. Das Einzige, womit wir nicht gerechnet haben, das war, dass wir einander verlieren könnten, während wir all das andere erlangten. Wir haben jede Phase unserer Träume plangemäß durchgeführt.

Abschluss. Erledigt!

Heirat. Erledigt!

Geschäft eröffnen. Erledigt.

Baby eins. Erledigt.

Baby zwei. Erledigt.

Baby drei …

Ich schüttele die Gedanken ab wie Fesseln und fahre in die Garage. Ich habe für uns alle die richtige Entscheidung getroffen, als ich um die Scheidung gebeten habe. Das muss ich einfach glauben. Alles ist besser als dieser explosive Dampfkochtopf, zu dem sich unser Leben am Ende entwickelt hat.

Gelächter hallt an meine Ohren, als ich die Küche betrete und die Tür hinter mir schließe. Ich wusste, er würde sie lange aufbleiben lassen. Mühelos unterscheide ich das Kichern der Kinder, in das sich das tiefe Timbre von Josiahs Glucksen mischt, aber dieses andere, melodische Lachen kann ich nicht zuordnen. Als ich das Familienzimmer betrete, verstehe ich auch den Grund dafür.

Ich hatte Vashti noch nie zuvor so lachen gehört.

Ihr ganzes Gesicht scheint unter einem inneren Licht zu leuchten, das sich in ihre Augen und über die Wangen ergießt. Sie trägt ein hübsches Kleid in Butterblumenfarbe, das dezent ihre schlanke feminine Gestalt umrahmt. Ihre Hand ruht beiläufig auf Josiahs Knie, als hätte sie ihn schon hundertmal so berührt.

Oh mein Gott, vermutlich hat sie.

Bestimmt haben sie diese schlichten, intimen Gesten viele Male im Geheimen ausgetauscht. Oder zumindest ohne mein Wissen. Ich mag Josiah nicht mehr für mich beanspruchen, aber ich bin nicht so blind, dass mir entgehen würde, wenn es jemand anderes tut.

Und die brodelnde Zuneigung, die in Vashtis Augen glimmt, sagt mir, dass sie meinen Mann will.

Ex-Mann.

Teller verteilen sich über den Boden, zusammen mit Cola light und LaCroix in Dosen. Auf dem großen Glastisch, den Josiah und ich in einem Möbelgeschäft in North Carolina gekauft haben, ist ein Monopoly-Spiel im Gang, und das trifft mich irgendwie am härtesten.

Auf unserem Tisch.

Es fühlt sich an, als hätte ich die zwei bei einer leidenschaftlichen Umarmung gestört, eng umschlungen auf der dicken Glasplatte wie eine pornografische Brezel, statt nur bei einem Brettspiel mit den Kindern.

»Mom!«, ruft Kassim und lenkt damit alle Aufmerksamkeit auf mich, wie ich da in der Tür stehe. »Du bist zu Hause.«

Ich bringe ein Nicken zustande, bin mir aber nicht sicher, wie meine Miene aussieht.

»Vashti hat beim Monopoly alles verloren.« Kassim zeigt auf die hübsche, junge Köchin. Ihm ist nicht bewusst, wie all das für mich aussehen muss, wie es sich für mich anfühlen muss, aber Vashti vielleicht schon, denn sie springt hastig auf und fängt an, die Teller zusammenzuräumen.

»Entschuldige die Unordnung«, sagt sie ein wenig atemlos. »Ich glaube nicht, dass wir irgendwo Soße von den Rippchen hinterlassen haben.«

Könnte ich meine Stimme durch die abgeschnürten Stimmbänder zwängen, würde ich ihr doch nicht trauen. Und so fallen ihre Worte in eine unbehagliche Stille, von der ich nicht weiß, wie ich sie brechen kann oder warum es sie überhaupt gibt.

»Wir haben Essen zum Mitnehmen fertig gemacht«, greift Josiah den Faden auf. »Vashti und ich haben beide den ganzen Tag geackert und wollten Feierabend machen, also haben wir es einfach mit nach Hause genommen.«

Als ich meine Stimme endlich wiederfinde, antworte ich nicht ihm oder Vashti, sondern ignoriere beide.

»Die Zubettgehzeit ist längst vorbei, Kinder«, sage ich in munterem und hoffentlich normal klingendem Ton. »Ihr habt morgen Schule. Habt ihr eure Hausaufgaben erledigt?«

»Ja, hat nur zwanzig Minuten gedauert«, antwortet Kassim auf dem Weg zur Treppe.

»Kassim«, sage ich zu seinem entfleuchenden Rücken. »Willst du deinen Müll hier mitten auf dem Boden liegen lassen? Du weißt, das gehört sich nicht.«

»Nur, dass du es weißt, Vashti«, meldet sich nun erstmals Deja zu Wort. »In diesem Haus gehört sich so ziemlich alles nicht, wenn es nach Mom geht.«

Mich überrascht, wie weh das tut. Eigentlich lasse ich nicht zu, dass meine Tochter mir so an die Nieren geht. »Mir an die Nieren gehen«, das ist ihre neue Lieblingsbeschäftigung, aber dass sie so stichelt, während Vashti dabei ist, die … für Josiah mehr sein könnte, als mir bis eben bewusst war … das schmerzt anders. Tiefer.

»Nimm dich zusammen, Day«, sagt Josiah zu ihr, ehe ich es tun muss, und seine Stimme klingt dabei irgendwie sanft und streng zugleich. »Deine Mom hat recht. Ihr müsst euer Zeug aufräumen. Sie ist nicht euer Dienstmädchen, und ich möchte nicht hören, dass ihr sie wie eines behandelt.«

»Ja, Sir«, antwortete Deja sittsam, schnappt sich die Teller und geht zusammen mit Kassim in die Küche.

»Danke«, murmele ich, wenn ich mich auch nicht gerade dankbar fühle. »Schön, dich so schnell wiederzusehen, Vashti.«

Ich suche meine Manieren, die ich verloren habe, als ich diese Frau in meinem Haus vorgefunden habe, wie sie mit meinen Kindern gelacht hat, die Hand auf dem Knie meines Mannes.

Ex-Mannes.

»Ihr habt so ein schönes Zuhause.« Vashti lächelt Josiah zu. »Und ich bin wahnsinnig gern mit den Kindern zusammen.«

»Die auch mit dir.« Josiah zieht sein Jackett von der Sofalehne und schlüpft hinein. »Aber jetzt sollten wir gehen.«

Er reicht Vashti die Autoschlüssel. »Gibst du uns einen Moment, Vash? Warte im Wagen. Es dauert nur eine Minute. Ich bin gleich bei dir.«

Verwunderung und etwas, das wie Besorgnis aussieht, schlagen sich auf ihre Züge nieder. Es ist nur eine kurze Anwandlung, die sie in Schach hält, ehe sie voll zur Geltung kommen kann. Diszipliniertes Mädchen. Zumindest in dem Punkt passt sie großartig zu ihm.

»Natürlich.« Sie nimmt die Schlüssel, und mir entgeht nicht, dass sie dabei kurz seine Finger drückt. »Gute Nacht, Yasmen.«

»Wir sehen uns morgen«, entgegne ich und zügele meinen Ärger, der in dieser Situation vermutlich absolut unverhältnismäßig ist, aber trotzdem real.

Als sie das Wohnzimmer verlassen, den Eingangsbereich durchquert und die Haustür hinter sich geschlossen hat, sieht Josiah mich mit einer Miene an, die mir sagt, dass er auf der Hut ist. Ich erinnere mich daran, wie dieses hübsche Gesicht glücklich und unbeschwert aussieht. So habe ich ihn schon sehr lange nicht mehr erlebt, aber ich erinnere mich.

»Möchtest du mir etwas sagen?«, frage ich, setze mich auf die Armlehne des Sofas und tue mein verdammt Bestes, um harmlos zu wirken.

»Vashti und ich …«

»Was, zum Teufel, hat sie in meinem Haus zu suchen?«

Okay, das kam falsch raus.

Oder vielleicht auch einfach genau so, wie ich es empfinde, aber ich hätte es nicht ausgesprochen, wären meine Gefühle nicht im freien Fall. Er zieht eine dunkle Braue hoch, Spannung legt sich um seine Mundwinkel.

»Tut mir leid.« Ich räuspere mich. »Was wolltest du gerade sagen?«

»Du hast keinen Grund, dich aufzuregen.«

»Nichts regt eine Frau mehr auf, als wenn ihr Mann ihr sagt, sie hätte keinen Grund, sich aufzuregen.«

»Ex-Mann«, korrigiert er mich leise.

»Richtig.« Ein angespanntes Lächeln setzt sich in meinem Gesicht fest. »Ex-Mann, ein Mann, der einer Frau erklärt, sie soll ruhig bleiben. Das verrät uns, dass irgendein Mist im Gang ist, über den wir uns aufregen sollten.«

»Es ist nichts im Gang, was nicht in Ordnung wäre.« Er bedenkt mich mit einem Blick unter dunklen Wimpern, der nichts verbirgt und keinen Funken Scham erkennen lässt. »Zwei erwachsene Menschen, die beide ...«

»Auf diesen Satz folgt gewöhnlich Vögelei.«

»Und wenn?« Die Worte fallen so schnell wie scharf. Eine Klinge, gezogen, als wartete er nur darauf, dass ich ihm ans Bein pisse. »Ich bin alleinstehend. Sie ist alleinstehend. Du verhältst dich, als hätten wir den Kindern irgendwie Schaden zugefügt. Du verhältst dich ...«

Eifersüchtig.

Er beendet den Satz nicht. Das ist auch nicht nötig. Ich bin nicht eifersüchtig. Ich bin nur ... Scheiße. Überfordert.

»Ich dachte, wir hätten uns darauf geeinigt, erst darüber zu sprechen, ehe wir jemanden, mit dem wir anbandeln, den Kindern vorstellen.« Ich zögere. »Ich meine, das ist doch das, was hier passiert? Du und Vashti, ihr seid ... was ... zusammen?«

Er schnaubt gereizt, als würde ich ihn mit diesen einfachen Fragen belästigen, die zu stellen ich nicht das Recht habe.

Habe ich das Recht?

Ich war Josiahs Freundin, Geliebte, Geschäftspartnerin, Mutter seiner Kinder und Ehefrau. Zum ersten Mal bin ich nicht mehr sicher, wo wir stehen. Wo ich im Hinblick auf ihn stehe. Was ich für ihn bin.

»Es ist wirklich noch ganz frisch«, sagt er schließlich. »Wir haben so eng zusammengearbeitet und uns dabei gut verstanden, und irgendwann haben wir dann mehr Zeit miteinander verbracht. Und es ist nicht so, als würden die Kinder ihr nicht so oder so ständig begegnen, also habe ich keine Notwendigkeit gesehen, sie ihnen als neue Freundin vorzustellen. Vielleicht haben sie es sich gedacht, aber gesagt habe ich ihnen nichts.«

»Aber das wirst du noch?«

Warum halte ich die Luft an?

»Wahrscheinlich. Bisher haben wir uns nur ein paarmal getroffen.« Er reckt eine Hand hoch und wirft mir einen warnenden Blick zu. »Und bevor du mir das jetzt vorhältst: Wir hatten abgemacht, den Kindern zuliebe darüber zu sprechen, nicht um unseretwillen. Ich muss es dir nicht erzählen, wenn ich mich mit jemandem treffe, und ich will nicht wissen, wenn …«

Nun wendet er den Blick ab. Starrt auf seine teuren Schuhe.

»Wir sind seit beinahe zwei Jahren geschieden, Yas. Wir wussten, dass wir irgendwie weiterziehen müssen. Ich habe wirklich nicht damit gerechnet, dass das ein Problem sein könnte.«

Weiterziehen.

Habe ich nicht gerade erst mir selbst gesagt, es wäre gut für uns beide weiterzuziehen? Und das ist es auch, aber zu sehen, wie er in dem Haus, das wir gemeinsam gebaut haben, den Überresten unseres gemeinsamen Lebens, »weiterzieht« … Ich ahnte nicht, dass mich das so mitnehmen könnte.

»Es ist kein Problem.« Ich stehe auf, um das Kissen aufzuschütteln, auf dem kurz zuvor noch Vashtis kecker Hintern geparkt hat. »Schätze, das kam ein bisschen überraschend.«

»Wie gesagt, ich habe den Kindern bisher nichts erzählt. Vashti ist doch dauernd im Restaurant, und das war purer Zufall. Sie hat gerade Feierabend gemacht, als wir gegangen sind, also habe ich sie eingeladen mitzukommen. Ich habe da kein großes Ding draus gemacht, aber ich möchte sie nicht belügen.«

Er nagt an seiner Unterlippe. Prompt greift eine schlecht getimte Erinnerung an diese perfekten, vollen Lippen mein Nerven-

45

kostüm an. Wie sie meinen Hals küssen, an meinen Brüsten saugen, über meinen Bauch gleiten und dann tiefer, tiefer, tiefer. Scheiße. Scheiße. Scheiße.

»Ich möchte ehrlich zu dir sein«, fährt er fort, ohne zu ahnen, dass mein Kopf gerade dabei ist, ihn in einer Rückblende zu vögeln. »Vashti ist toll, und auch wenn das am Ende vielleicht nirgendwohin führen sollte, wollen wir es einfach auf uns zukommen lassen.«

»Und wenn es schiefgeht? Dann hätten wir keine Köchin mehr. Wir haben so lange gebraucht, um sie zu finden.«

»Als müsstest du mich daran erinnern, wie lange es dauert, einen guten Koch aufzutreiben.«

Komisch, dass die Dinge, die er nicht sagt, viel mehr wehtun als die, die er sagt.

Er muss gar nicht erwähnen, dass ich nach Byrds Tod nicht in der Verfassung war zu helfen, dass er derjenige war, der von morgens bis abends im Grits war. Er hat all diese Rollen ausgefüllt – Eigentümer, Manager, was auch immer –, während ich kaum den Kopf über Wasser halten konnte. Doch auch jetzt liegt kein Vorwurf in seinen Augen. Nur Erinnerungen, deren Aussprache den brüchigen Frieden zerschlagen könnte, den wir miteinander ausgehandelt haben.

»Vashti und ich haben darüber gesprochen«, sagt er. »Wir sind uns einig, dass wir die Arbeit so gut wie möglich außen vor lassen. Sie liebt ihren Job, und für das Grits ist sie unverzichtbar. Ihre Kochkunst hat uns aus dem Loch geholt, in das wir nach Byrds Tod gestürzt sind.«

»Sei einfach vorsichtig, Si, und nicht nur wegen der Arbeit.« Ich schlucke sengend heiße Emotionen hinunter und zwinge mich weiterzusprechen. »Ich möchte nicht, dass du verletzt wirst.«

Sein Lachen überrascht mich, wie so vieles an diesem Abend. Es ist wie ein Überschallknall, erschreckt mich, hallt von den Wänden wider und füllt den ganzen Raum aus.

»Was ist so witzig?«, frage ich, nachdem er einige Sekunden lang gelacht und dazu scheinbar fassungslos den Kopf geschüttelt hat.

Die Belustigung in seinen Augen, so sie überhaupt echt war, entfleucht seinem Blick. »Die Ironie, dass du dir Sorgen darüber machst, ich könnte verletzt werden.«

»Ich …«

»In meinem ganzen Leben hat mich nie jemand so sehr verletzt wie du.«

Betroffenheit bringt mich zum Schweigen. Ich bin wie vor den Kopf geschlagen, und die Vorwürfe, die er nicht ausspricht, der Kummer, von dem mir nicht klar war, wie tief er geht, zerreißen schrill die Stille im Raum. Sie brüllen mir aus seinen Augen entgegen, die mich fixieren. Nicht einmal ein Blinzeln mildert die unnachgiebige Intensität dieses starren Blicks.

»Ich bin diejenige, die um die Scheidung gebeten hat, ja«, sage ich und bin plötzlich unsicher in einem Punkt, in dem ich sicher sein müsste. »Aber wir waren beide einverstanden.«

»So hast du das in Erinnerung? Denn ich erinnere mich, dass uns beiden, unserer Familie, das Schlimmste zugestoßen ist, was überhaupt passieren konnte, und du hast mich ausgeschlossen. Ich erinnere mich an …«

Sag es nicht. Sprich seinen Namen nicht aus. Ich kann diesen Namen jetzt nicht ertragen. Nicht heute Abend.

»Vergiss es.« Er seufzt, und ich bekomme eine Atempause, während er sich in den Nacken greift. »Dieser Mist ist längst Geschichte. Dafür bin ich viel zu müde.«

Ich sollte ihn drängen, den Gedanken zu Ende zu bringen, aber das bleibt wie so vieles andere, was wir nicht mehr ausgesprochen haben, als es zwischen uns heftig geworden ist, begraben unter unserem Schweigen.

»Ich verschwinde dann«, sagt er und geht zur Haustür. »Muss morgen früh anfangen.«

»Sicher. In Ordnung.«

Ich folge ihm in den Vorraum. Als er einen der Türflügel öffnet, sehe ich für einen Moment den Rover, der im Leerlauf in der Einfahrt tuckert. Die Innenbeleuchtung ist an, Vashtis Gesicht deutlich erkennbar, die Augen wachsam und auf die vordere Veranda gerichtet. Auf Josiah. Ihre Miene hellt sich auf, sie lächelt, auch dann noch, als ihr Blick über seine Schulter gleitet und kurz auf meinen trifft. In diesem winzigen Augenblick erwacht eine Art Verständnis zwischen uns, und plötzlich weiß ich, warum wir nie richtig Verbindung aufgenommen haben. Sie ist unsicher in Bezug auf mich. Auf Josiah und mich. Das ergibt Sinn. Unsere Leben verheddern sich, die Ranken, die unsere Kinder und unser Geschäft durchziehen, sind miteinander verwoben. Wir haben eine Geschichte. Eine lange, turbulente Geschichte. Und selbst wenn wir nicht mehr verheiratet sind, liegt es doch auf der Hand, dass wir auf vielerlei Art immer noch miteinander verbunden sind. Ich kann es ihr nicht verdenken. Ich kann es mir ja selbst nicht so recht erklären.

Ich könnte ihr sagen, dass sie sich um nichts Sorgen machen müsse. Die Leidenschaft, die Liebe, diese stürmische Hingabe, die es einst zwischen Josiah und mir gegeben hat? Die habe ich vor langer Zeit verbrannt. Was bleibt, ist so kalt und steif wie der Blick, den er mir über die Schulter zuwirft, ehe er die Tür hinter sich schließt.

# Kapitel 3

# YASMEN

»Das sieht alles großartig aus, Yas«, sagt Hendrix, als sie sich auf dem Skyland Square umschaut.

Food Trucks, die mit Restaurantlogos und Speiseangeboten werben, begrenzen den Platz. Die Main Street wurde gesperrt, und nun säumen Cafétische und Stühle die Kopfsteinpflasterstraße. Lichterketten schlängeln sich durch das Geäst der Bäume, funkeln, obwohl die Sonne noch nicht untergegangen und es immer noch taghell ist. Händler hasten hin und her, um in aller Eile letzte Vorbereitungen zu treffen, ehe die braven Bürger von Skyland auf der Suche nach gutem Essen und einem schönen Abend in der kommenden Stunde einfallen.

»Danke«, entgegne ich und sehe mich ebenfalls ein letztes Mal um. »Aber ich bin froh, dass wir so früh hier waren und dafür sorgen konnten, dass alles bereit ist.«

»Nach Tostadas«, sagt Soledad und leckt sich Soße aus dem Mundwinkel, »Hotdogs und Pulled Pork glaube ich, ich hatte ein bisschen von allem, und dabei hat der Food Truck Friday noch gar nicht offiziell begonnen.«

»Die Geschäfte werden sich über all den Umsatz und den Kundenverkehr freuen, die dieser Abend nach sich ziehen wird«, sagt Hendrix und wirft den Rest ihres Tacos in einen Mülleimer. »Wie fühlt es sich an, wieder Bossbabe Nummer eins zu sein? Die Zügel in der Hand zu halten?«

Lachend winke ich ab, obwohl ich zugeben muss, dass es sich, nachdem ich so lange kaum das Haus verlassen habe, so lange kaum funktioniert habe, gut anfühlt, etwas zu tun, das der Gemeinschaft dient. Als wir das Grits aus seinem Dasein als einfaches familiengeführtes Lokal an der South Side gerissen und an diesen neuen Ort im Herzen von Skyland verlegt haben, da haben Josiah und ich beschlossen, uns gut mit den Einheimischen zu stellen und uns bei den anderen Geschäftsleuten beliebt zu machen. Aus strategischen Gründen übernahm ich eine aktive Rolle in der Skyland Association, einer Organisation, die es sich zum Ziel gesetzt hat, das gesellschaftliche Engagement zu unterstützen, die wirtschaftliche Entwicklung zu fördern und die Bande zwischen privatem und öffentlichem Sektor zu stärken. Ich war Vorsitzende, war regelmäßig die treibende Kraft bei allen möglichen gesellschaftlichen Aktivitäten, und dann … war ich plötzlich kaum noch beteiligt, aber der Food Truck Friday wird dem Vorstand zeigen, dass ich wieder da und einsatzbereit bin.

»Ich glaube, wir haben alle Anbieter kontrolliert, bis auf das Grits«, sage ich und deute mit einem Nicken auf unseren Wagen, auf dem das Grits-Logo prangt. Ein paar Mitarbeiter stehen hinter der Speiseausgabe des Trucks, ausstaffiert mit T-Shirts und eng sitzenden Kappen, die Haare sorgfältig darunter verborgen. Ich sehe kein Gedrängel, keine Hetze in letzter Minute. Vashti hat bei dieser Veranstaltung die gleiche Ruhe und Ordnung bewirkt wie im Restaurant. Ich beschließe, dankbar dafür zu sein. Ihre Beteiligung bedeutet, dass es mir freisteht, mehr dringend notwendige Zeit mit meinen Kindern zu verbringen, ohne mir Sorgen darüber zu machen, dass Josiah die ganze Arbeit allein bewältigen muss.

Er hat jetzt Vashti.

»Meine Leute!«, rufe ich und bedenke die beiden Angestellten hinter der Theke des Food Trucks mit einem Lächeln. »Wie läuft es?«

»Alles gut«, sagt Cassie, Vashtis Souschef, fährt aber fort, die Vorräte zu überprüfen. »Wir sind bereit für den Ansturm.«

Ein Mann mit grauem Backenbart kommt hinter dem Truck hervor und wischt sich die Hände an einer mit Soße bekleckerten

Schürze ab. »Jetzt, wo es dir besser geht, komm her und hol dir deine Umarmung ab, Yasmen.«

Kichernd schmiege ich mich in Milwaukee Johnsons lange Arme. Mein Dad ist vor langer Zeit gestorben, und dieser Koch, den Byrd angeheuert hatte, ist überraschenderweise zu einer Art Ersatzvater geworden. Er riecht wie ein ganzes Dutzend hausgemachter Gerichte, als wäre all mein Seelenfutter in die Säume seiner Kleidung eingenäht worden. Mein Atem strömt aus, streicht über seine Schulter, und ich schiebe den Kopf unter sein Kinn, schlinge die Arme um seinen Leib. Er fühlt sich fragiler an, kleiner als bei unserer letzten Umarmung, als würde die Zeit nicht nur Jahre stehlen, sondern auch Zentimeter und Kilos seiner stattlichen Gestalt. Ich weiche zurück, um in seine scharfen Züge zu sehen, ledrig geworden mit den Jahren, aber irgendwie doch jünger, als er wirklich ist.

»Wie ist es dir ergangen, Milky?«

Die breiten, knochigen Schultern heben und senken sich sorglos, doch zugleich tritt Trauer in seine Augen. »Ich vermisse Byrd immer noch. Zu sagen, es werde besser, ist eine Lüge. Ich glaube eher, ich werde vielleicht einfach stärker und spüre es nicht mehr ganz so sehr.«

Als Byrd Milky kennengelernt hatte, da hatte sie sich schon von drei Ehemännern scheiden lassen und einen vierten gerade beerdigt. Sie schwor, sie würde nie wieder vor einen Altar treten, aber Milky liebte Byrd, und sie liebte ihn auch, soweit sie es noch konnte. Das Essen war jedenfalls nicht das einzig Heiße in der Küche. Sie flirteten und liebkosten einander, spielten Fangen und versuchten gar nicht zu verbergen, dass sie an ihrem Lebensabend etwas ganz Besonderes gefunden hatten. Josiah und ich hatten oft darüber gelacht und gesagt, wir würden hoffen, dass wir auch noch so viel Feuer hätten, wenn wir erst in ihrem Alter wären.

»Ich weiß, Milky«, flüstere ich und drücke ihn. »Ich vermisse sie auch.«

Er nickt und tätschelt mir den Rücken, ehe er auf Abstand geht. »Diese Vashti ist ein Gottesgeschenk. Bei der brummt die Küche. Byrd hätte ihr Essen geliebt.«

»Jupp.« Mein Lächeln trocknet auf meinem Gesicht ein wie ein altes Pflaster. »Sie ist toll.«

Weise, rheumatische Augen mustern mich forschend, und ein Goldzahn schimmert am Rand seines Lächelns. Ich zwinge mich, seinem allwissenden Blick standzuhalten, und widerstehe dem Bedürfnis, mich zu winden.

»Wie geht es dir wirklich?«, fragt er in einem Ton, in dem wenig von der gewohnten Schroffheit seiner heiseren Stimme liegt.

»Es wird schon.« Ich drücke seine von den verblassenden Narben von Fettverbrennungen gezeichnete Hand, deren Gelenke vergrößert sind, nachdem er sie viele Jahre hatte knacken lassen. »Versprochen.«

»Ohne dich ist es nicht dasselbe. Ich bin froh, dass du wieder da bist, wo du sein solltest.« Milky grinst und rückt seine Kappe zurecht. »Aber das hier ist etwas ganz anderes. Heute werden alle Restaurants leer sein und die Straßen voll. Du hast verdammt das Richtige getan, Yas.«

»Danke, Milk.« Ich tippe auf die Aluminium-Theke, die aus dem Truck ragt. »Ihr habt das hier auch gut hinbekommen. Danke, dass ihr das Restaurant repräsentiert.«

»Du weißt doch, wenn Vashti am Ruder ist, wird stramm durchgezogen«, ruft mir Cassie hinter dem Tresen zu.

»Das nehme ich dann wohl besser als Kompliment«, sagt eine tiefe, melodische Stimme hinter mir.

Ich drehe mich um und sehe Vashti mit einer silbernen Grillzange und einer Flasche scharfer Sauce vor mir.

»Oooh, scharfe Sauce.« Hendrix leckt sich die Lippen. »Wenn euer Grillhühnchen so gut ist, wie ich es in Erinnerung habe, könnt ihr mir das Zeug in der Flasche gleich hier intravenös verabreichen.«

Sie schlägt sich auf den Unterarm, und wir alle brechen in Gelächter aus. Ich lächele bei jeder passenden Gelegenheit, aber die Spannung zwischen mir und Vashti kann ich nicht leugnen. Und angesichts der Tatsache, dass sie mich immer wieder verstohlen mustert, nehme ich an, sie spürt es auch.

»Die Speisekarte ist limitiert«, sagt Vashti, als sie in den Truck klettert und unter dem Tresen verschwindet. Eine Sekunde später taucht sie mit einem rot-weiß karierten Papierschiffchen mit knusprig golden frittierter Hühnchenbrust wieder auf. »Aber wir haben Huhn.«

»Oh, ja, Schatzi«, kräht Hendrix und greift mit einer Hand nach dem Hühnchen und mit der anderen nach der scharfen Sauce. »Ich werde das nur schnell für euch kosten, um sicherzustellen, dass es gelungen ist, ehe die Öffentlichkeit damit in Kontakt kommt.«

»Wie großzügig.« Vashti lacht.

»Hier kommt der Boss«, sagt Cassie und wirft sowohl mir als auch Vashti einen raschen Blick zu. »Ich meine, der andere Boss.«

Josiah nähert sich mit langen, sicheren Schritten. Stolz drückt sich in der Haltung seines Kopfes aus, und die Bewegungen seines Körpers unter den breiten Schultern sind fließend, wenngleich eine Spur Angeberei seine Schritte begleitet. Deja und Kassim flankieren ihn, und allen dreien folgt einer der größten Hunde, die ich je im Leben gesehen habe.

Otis Redding.

Ich werde nie vergessen, wie Tante Byrd diese wunderschöne Deutsche Dogge mit dem glänzenden pechschwarzen Fell in unser Haus gebracht hat. Ein Geschenk ihres letzten Gatten Herbert. Der hündische Namensvetter des legendären R&B-Sängers war noch ein Welpe, als ich ihn das erste Mal gesehen habe.

»Herbert musste mir natürlich den Hund mit der kürzesten Lebensspanne schenken«, hat Byrd halb im Scherz gesagt. »Schließlich hat er mir auch sonst nur Kummer gebracht.«

Mit einem schelmischen Funkeln in den dunklen Augen hat sie hinzugefügt: »Und Sex. Whooo, Mädchen, der Mann wusste, wie man ein Rohr verlegt.«

Meine Lippen zucken, auch wenn sich mein Herz zusammenzieht. Wenn Byrd zugegen war, konnte man nicht anders als zu lächeln.

»Mom!« Kassim stürmt voraus und nimmt mich fest in die Arme. Ich dachte, mit zehn wäre er aus der unerschrockenen Liebe zu seiner Mama herausgewachsen. So ist das bei Jungs normalerweise, aber seine Liebe zu mir zeigt sich noch immer so offen und ungeniert wie eh und je, sogar in Gegenwart seiner Freunde. Vielleicht hat er mich so lange traurig erleben müssen, dass er nicht wagt, sie mir vorzuenthalten.

»Wie war die Schule?«, frage ich.

»Gut.« Kassim blinzelt hinauf zum Foodtruck-Angebot des Grits. »Kann ich Rippchen haben?«

»Oh mein Gott, immer Rippchen«, stöhnt Deja, lächelt ihren Bruder aber an. Das Lächeln verblasst, als sie mich ansieht. »Hey, Mom.«

»Hey, Deja.« Ich hasse diese Spannungen zwischen uns, scheine sie aber auch nicht lösen zu können. »Wie war die Schule?«

»Gut.« Sie zuckt mit den Schultern. »Die übliche Zeitverschwendung, schätze ich.«

Ich verkneife mir die Antwort, die mir wie von selbst auf den Lippen liegt.

»Schön«, sage ich, um den Abend nicht schon zu verderben, ehe er angefangen hat. »Und Kassim, wenn du Rippchen willst, schätze ich, du bekommst sie.«

»Ich dachte, du willst heute mal etwas anderes ausprobieren, Seem«, sagt Josiah und gesellt sich zu uns.

Kassim setzt eine flehentliche Miene auf. »Kann ich es mir anders überlegen? Rippchen sind einfach am besten.«

»Na ja, ich zumindest freue mich über das Kompliment«, be-

merkt Vashti lachend. »Das liegt an der Spezialsauce meiner Großmutter.«

»Der Truck sieht gut aus«, stellt Josiah fest und widmet sich
dann meinen Freundinnen. »Hey, Hendrix. Soledad, nachträglich
alles Gute zum Geburtstag.«

Beide grinsen einfältig angesichts der Aufmerksamkeit. Er hat
diese Art an sich, einem das Gefühl zu vermitteln, nur man selbst
wäre irgendwie imstande, seinen scheuen Charme hervorzulocken.

»Alles in Ordnung im Restaurant?«, fragt er Vashti. Nicht
mich, aber er weiß natürlich, dass ich mich auf diese Veranstaltung konzentriert habe. Das habe ich ihm selbst erzählt, also sollte
es mich nicht stören, dass er sie fragt und nicht mich, seine Mit-
eigentümerin.

Es sollte nicht, trotzdem …

»Alles bestens«, antwortet Vashti, kommt heraus und stellt sich
neben Josiah. Ich frage mich, ob ich die Einzige bin, der auffällt,
wie sie ihn anschaut, oder ob auch alle anderen die Sehnsucht wahrnehmen, die ihre stoische Fassade nicht zu verbergen imstande ist.

»Ich husche trotzdem noch mal schnell ins Restaurant, um
nachzusehen, ob alles läuft«, fügt Vashti hinzu. »Mich vergewissern, dass beim Abendessen alles seinen Gang geht. Callile oder
ich werden den ganzen Abend dort sein.«

»Kann ich mitgehen, V? Nur, weil es im Truck nicht alles gibt«,
bettelt Deja mit einem warmherzigen Lächeln, die Hände zusam-
mengepresst. »Ich möchte so gern Krabbenküchlein.«

Wann hat Deja mich das letzte Mal so angelächelt? Versucht,
Zeit mit mir zu verbringen? Ich weiß, sie werden nur zusammen
zum Restaurant gehen, trotzdem tut mir vor lauter Anspannung
schon der Unterkiefer weh. Bei alldem – herausfinden, dass Vashti
was mit meinem Ex hat, dass sie mit meinen Kindern spielt und
nun auch noch scheinbar völlig mühelos meine Tochter bezirzt
hat – fällt es mir nicht leicht, meine kleinkarierten Reflexe unter
Kontrolle zu halten.

»Klar.« Vashti lächelt noch breiter. »Außerdem müssen wir noch die Revanche für das Monopoly-Spiel planen.«

»Du bist dran!« Kassim nickt, und seine Augen strahlen. Seine Wettkampfmentalität ist das Einzige, was seinen Charme noch übertrifft.

»Wir sollten ihnen Spades beibringen, Si«, sagt Vashti mit einem liebevollen Lächeln, die Hand auf seinem Arm.

Sie verströmt die gleiche ungezwungene Intimität, die mir schon am Vorabend aufgefallen ist. Die Art, wie die Blicke von Soledad und Hendrix von den beiden zu mir huschen, verrät mir, dass es ihnen auch nicht entgeht.

Toll. Ich kann mich auf ein Verhör gefasst machen.

Hendrix' Ellbogenstoß in meine Seite bestätigt es. Als ich aufblicke, wandern ihre Brauen ein wenig nach oben, eine stumme Frage an mich, ob ich es auch sehe. Ich ignoriere ihre Mikroexpression und beschließe, dass ich die erblühende Beziehung meines Ex-Gatten vorerst lange genug erduldet habe.

»Ich mache besser mal eine Runde«, sage ich. »Ich muss mich vergewissern, dass der DJ aufgebaut hat und alles bereit ist.«

»Es gibt einen DJ?«, fragt Soledad.

Sie mag sittsam und ordentlich und angepasst wirken, aber gib ihr etwas Sangria und spiel ein paar Songs der Backstreet Boys aus den frühen Zweitausendern, und sie verwandelt sich in ein Partyluder. Ich kann es bezeugen.

»Ich warne dich gleich jetzt«, sagt Hendrix. »Wenn er ›Tony! Toni! Toné!‹ spielt, fliegt meine Würde zum Fenster raus, und Crunk ist angesagt. ›Feels Good‹ ist meine Partyhymne.«

»Deine Hymne?«, fragt Josiah, und das Amüsement zupft an der gestrengen Linie seiner Lippen.

»Früher war es ›Step in the Name of Love‹«, sagt Hendrix mit einem »Tststs« und schüttelt den Kopf. »Aber R. Kelly hat es mir versaut, dieses perverse Genie.«

»Mein Stichwort«, werfe ich rasch ein, ehe der flinke Geist

meines Sohns anfängt, nach Details zu den Sünden des Pied Piper zu graben. »Ich muss los.«

»Wir gehen mit«, sagt Soledad und holt ihr Telefon aus der Einschubtasche ihres Sommerkleids. »Ich muss nachsehen, ob Edward mit den Mädchen schon hier ist.«

»Ich habe ein Auge auf den Blaxican Food Truck geworfen«, sagt Hendrix. »Ich werde mich der sexuellen Spannung ergeben müssen, die sich zwischen mir und diesen Quesadillas mit Blattkohl aufbaut, seit ich hier angekommen bin.«

»Dem möchte ich nicht im Wege stehen«, entgegne ich trocken, drehe mich zu Kassim um und umfasse sein Gesicht. »Wenn du mich brauchst, schreib eine Nachricht oder ruf an, okay?«

»In Ordnung, Mom.«

»Und lauf nicht einfach davon. Du bleibst den ganzen Abend bei mir oder deinem Dad.«

Kassims Lippen zucken, als meine mütterliche Sorge ihm doch endlich auf die Nerven geht. »Ich bin kein Baby, Mom.«

»Sie hat recht«, sagt Josiah mit leiser, aber fester Stimme. »Nicht, dass Otis dich wieder suchen muss.«

Beim Klang seines Namens wird Otis munter und bellt laut, ehe er sich an Josiahs Bein drängt. Vor ein paar Jahren war Kassim während des Jahrmarkts verloren gegangen. Nach zehn Minuten war ich bereit, sein Gesicht auf Milchpackungen zu kleben und einen Amber-Alarm auszulösen, aber das wussten kühlere Köpfe zu verhindern. Vor allem die von Josiah und Otis. Vielleicht war es Kassims Geruch, aber was es auch war, Otis hat ihn aufgespürt.

»Wenigstens auf dich ist Verlass«, sage ich und kraule Otis den seidigen Kopf.

»Blattkohl-Quesadillas«, mahnt Hendrix.

Ich verdrehe die Augen, während die anderen lachen. »Okay, gehen wir.«

Wir lassen Kassim und Josiah am Grits-Truck zurück, während

Deja mit Vashti davonspaziert; ihr lebhaftes Geplapper, als sie sich auf den Weg machen, zerrt an meinen Nerven.

»Äh, bin ich die Einzige, die nicht wusste, dass deine Köchin deinen Ex knallt?«, fragt Hendrix, kaum dass wir außer Hörweite sind.

»Psst«, zische ich und sehe mich über die Schulter um, um mich zu vergewissern, dass wir auch wirklich außer Hörweite sind.

»Ich habe es auch gesehen«, bemerkt Soledad, deren Bedenken sich unverkennbar auf ihre Züge niederschlagen. »Ich meine, ich würde nicht so weit gehen zu behaupten, dass die zwei wirklich schon Sex haben, aber offensichtlich … ist da irgendwas, richtig?«

Ich tue schrecklich beschäftigt, sehe mich um und unterziehe jeden einzelnen Truck einem prüfenden Blick, um sicherzustellen, dass alles glattläuft. »Äh, ja, vermutlich.«

Hendrix greift nach meinem Ellbogen und hält mich auf. »Vögelt diese Frau deinen Mann?«

»Ex-Mann.« Ich zucke mit den Schultern, als wäre das völlig egal, aber tief im Inneren – Teufel auch, nicht mal so tief – weiß ich, dass das nicht der Fall ist. »Josiah hat mir gestern Abend erzählt, dass sie sich sehen, aber die Kinder wissen es noch nicht, also erwähnt das nicht.«

»Geht es dir gut damit?« Soledad runzelt die Stirn, ehe sie eilends fortfährt: »Ich meine, natürlich, du bist über ihn hinweg, und es macht dir nichts aus, wenn die zwei zusammen sind.«

Unter ihren dunklen Wimpern sieht sie mich vorsichtig an. »Oder doch?«

»Nicht im Mindesten«, stimme ich zu.

»Also, was ist Sache?«, fragt Hendrix. »Wie lange läuft das schon?«

»Er sagt, es wäre noch ziemlich frisch. Natürlich haben sie zusammengearbeitet, und ich schätze, sie haben sich …« Ich räuspere mich. »Zueinander hingezogen gefühlt. Sie war gestern im Haus, als ich zurückgekommen …«

»Warte.« Hendrix reckt eine Hand hoch. »Er hat sie in dein Haus mitgenommen?«

Ich bedenke beide mit einem flehentlichen Blick. Ich habe nicht das geringste Bedürfnis, über Vashti und Josiah zu reden, und ich befürchte, im Zuge dieser Vernehmung womöglich eine Schwingung zu verbreiten, die sagt: Weiß nicht, was ich davon halten soll.

»Können wir das Thema nicht einfach fallen lassen?«, bettele ich.

»Bist du sicher, dass es dir gut geht?«, fragt Soledad, in deren fein gezeichneten Zügen sich Besorgnis spiegelt.

»Besser als gut. Ich f-f-freue mich für ihn«, stottere ich … bezeichnenderweise. »Ich freue mich für beide.«

»Tja, das war ungefähr so überzeugend wie OJ als Lehrer in der Sonntagsschule«, grollt Hendrix. »Schau, selbst wenn du über ihn hinweg bist, fühlt es sich merkwürdig an, wenn einer von euch nach der Scheidung etwas mit jemand anderem anfängt. Ich verstehe ja, dass du ihn das nicht wissen lassen willst, aber wir sind deine Mädels. Bei uns ist das sicher.«

Hendrix drückt meine Hand. »Bei uns bist du sicher.«

Soledad nickt und nimmt meine andere Hand. »Du kannst uns vertrauen.«

Ich schnaube leise, blicke zum Himmel empor und starre die untergehende Sonne an, damit ich die beiden nicht ansehen muss, während ich gestehe.

»Es fühlt sich … falsch an, ihn mit einer anderen zu sehen«, räume ich ein. »Aber es steht mir nicht zu, so zu empfinden.«

»Eifersucht zu empfinden, meinst du?«, bohrt Soledad sacht nach.

»Ich bin nicht eifersüchtig.« Ich entreiße ihnen meine Hände. »Ich habe gesagt, es fühlt sich falsch an, nicht, dass ich eifersüchtig wäre. Es war richtig, sich scheiden zu lassen. Als Freunde funktionieren wir besser. Als Partner mit gemeinsamer Elternschaft.«

»Zu schade, dass du ihn nicht mehr vögeln kannst, was?«, lamentiert Hendrix. »Weil, Ba-byyyyyy, er sieht gut aus. Und er hat diesen geschmeidigen Denzel-Washington-Gang. Diese tiefe Schokoladenstimme. Wäre ich an deiner Stelle, ich würde die Ex-mit-gewissen-Vorteilen-Schiene fahren.«

»Hen.« Soledad fährt sich mit dem Finger über die Kehle, die klassische Hör-auf-damit-Geste, und reißt dabei ostentativ die Augen auf.

»Ach, richtig.« Hendrix klopft mir auf die Schulter. »Was ich sagen wollte, ist, du bist ohne ihn besser dran. Ihr seid beide schon groß und könnt das alles wie Erwachsene regeln.«

»Es ist das erste Mal, dass einer von uns jemanden trifft«, sage ich. »Also ist es ein bisschen komisch, aber ich werde mich daran gewöhnen.«

»Und wir sind da, falls du uns brauchst«, sagt Soledad.

»Sosehr ich diese Weiberzirkelschwingungen auch schätze«, wirft Hendrix ein, »wenn diesem Blaxican-Truck die Blattkohl-Quesadillas ausgehen, ehe ich da bin, werdet ihr das büßen.«

Kichernd begleite ich die beiden, damit das Mädchen endlich seine Quesadillas bekommt. Während der nächsten Stunde mache ich eine Runde über den Platz, erfreut zu sehen, dass ein großer Teil der Nachbarschaft erschienen ist, um etwas zu essen und Geld auszugeben. Die Händler wirken alle zufrieden, und die Angehörigen der Skyland Association, die mir begegnen, gratulieren mir zu meiner guten Arbeit. Der Abend verläuft besser, als ich gehofft habe, und genau so, wie ich es geplant hatte. Kassim und Deja treten auch endlich wieder in Erscheinung, als wir gerade am Brunnen sind.

»Hast du ein paar Pennys?«, fragt Kassim und starrt sehnsüchtig den Brunnen an.

Eigentlich ist das kein Wunschbrunnen, aber die Bewohner von Skyland haben ihn inoffiziell zu einem gemacht, indem sie so viele Pennys hineingeworfen haben, dass wir inzwischen vierteljährlich die Münzen herausholen müssen. Die Stadt spendet das Geld, das im Brunnen landet, einem örtlichen Tierheim. Es ist nicht viel, und wir haben sogar eine »Brunnenkasse« eingerichtet, falls jemand noch etwas dazulegen möchte.

»Ich habe nur Vierteldollarmünzen«, sagt Hendrix.

»Noch besser.« Kassim strahlt. »Ich habe gehört, je mehr die Münze wert ist, desto eher erfüllt sich der Wunsch.«

»Ich glaube nicht, dass das so funktioniert«, sage ich trocken. »Aber Vierteldollarmünzen mästen die Brunnenkasse, also nur zu.«

Während Hendrix eine glänzende Münze für Kassim herausholt, gesellt sich Lupe, Soledads älteste Tochter, zu uns und erklärt, ihre beiden jüngeren Schwestern wären bei Edward und immer noch mit ihrem Grillfleisch beschäftigt. Sie ist, obwohl sie noch so jung ist, atemberaubend schön. Soledads Mutter ist Afroamerikanerin und Puertoricanerin, ihr Vater ein Weißer mit dichtem rotbraunen Haar, und Lupe verdankt ihm ihre stark gewellten, kupferroten Haare. Ausgestattet mit Edwards grünen Augen und Soledads glatter brauner Haut, überragt sie ihre Mutter, die es gerade auf eins dreiundsechzig bringt. Und überall, wo dieses Mädchen auftaucht, drehen sich sämtliche Köpfe nach ihr um. Jetzt schon. Dabei ist sie erst dreizehn.

Gott behüte Soledad.

»Hi, Mrs Wade«, sagt Lupe lächelnd. »Hey, Ms Barry.«

Sie ist einfach ein tolles Kind. Achtet auf ihre Noten, ist höflich und nett. Ich bin wirklich froh, dass sich, nachdem Soledad und ich uns angefreundet haben, auch Lupe und Deja nähergekommen sind.

»Hey, Deja«, sagt Lupe mit einem Lächeln, das sogar noch strahlender ist als zuvor. »Hab dich heute in Englisch vermisst.«

Dejas Augen weiten sich, huschen zu meinem Gesicht und dann zurück zu dem ihrer Freundin. Lupes Lächeln ist wie weggefegt, und sie schlägt die Hände vor den Mund, als sie offensichtlich etwas zu spät erkennt, in welches Fettnäpfchen sie getreten ist.

»Warum warst du nicht im Englischunterricht, Deja?«, herrsche ich sie an und spüre die Hand meiner Mutter auf meiner Hüfte, als ihre strenge Miene von meinem Gesicht Besitz ergreift.

»Ich hatte was zu erledigen«, antwortet sie. Mir ist klar, dass sie versucht, sich herauszuwinden, aber sie weiß, sie steckt in Schwierigkeiten, wenn sie sich keine bessere Ausrede einfallen lässt.

»Tut mir leid, Day«, sagt Lupe zutiefst bekümmert.

»Können wir jetzt gehen, Mom?«, unterbricht uns Kassim in einem Ton, der einem Gewimmer ziemlich nahe kommt. »Jamal und ich wollen Madden spielen.«

»Und ich muss ein paar Videos aufnehmen«, sagt Deja, den Blick auf ihr Handy gerichtet. »Eines kriege ich heute fertig, den Rest morgen.«

»Welche Art Videos?«, fragt Hendrix.

»Ich bin Natural Hair Influencerin«, sagt Deja wie aus der Pistole geschossen. »@KurlyGirly.«

»Ich will das Video sehen, ehe du es hochlädst«, erinnere ich sie.

Und hören, wo du während des Englischunterrichts warst.

Den Teil spreche ich nicht aus, aber der Blick, den wir wechseln, sollte ihr klar genug sagen, dass sie das eine nicht ohne das andere haben kann.

»Wie könnte ich das vergessen?«, murrt Deja und widmet sich wieder dem Telefon.

Ich weiß ja, dass die Kinder heute netzaffiner sind, als wir es in dem Alter waren, aber Josiah und ich haben trotzdem Jugendschutzeinstellungen auf ihren Geräten aktiviert und beobachten ihre Aktivitäten sehr genau. Wir haben Deja diese Haargeschichte nur unter der Bedingung gestattet, dass sie sich alles, was sie posten will, von ihrem Vater oder mir absegnen lässt. Wir haben sämtliche Passwörter, und sie weiß genau, dass ich dem ein Ende mache, sobald ich auch nur den Hauch eines Verdachts habe, dass irgendein erwachsener Mann sich verleitet sieht, ihr Dickpics zu schicken.

»Ich glaube, wir können langsam aufbrechen«, sage ich. »Hier wird es bald ruhiger werden. Lasst mich nur eines der Mitglieder unseres Verbands informieren, das mir angeboten hat, sich um den Abschluss zu kümmern, nachdem ich die Eröffnung übernommen habe.«

Ehe ich einen Schritt tun kann, legt der DJ einen Song auf, den ich überall erkennen würde.

»Oh, nein, doch nicht das!«, kräht Hendrix und springt von ihrem Sitzplatz am Rand des Springbrunnens auf. »Nicht meinen Song!«

Denn tatsächlich hallen die ersten Klänge von »Feels Good« von Tony! Toni! Toné! über den Platz.

»Komm, Mädchen.« Hendrix packt Dejas Hand. »Leg das Telefon weg und tanz mit mir.«

Und zu meinem Erstaunen … meinem Schrecken … meiner Freude … tanzt meine bockige Tochter. Und zwar nicht mit dieser Dafür-bin-ich-viel-zu-cool-Attitüde, sondern mit unbekümmerter Hingabe. Mit Genuss. Sie und Hendrix reißen die Hände in die Luft, lassen die Hüften kreisen und tanzen ausgelassen. Nicht einmal die schwindelerregenden Absätze hindern Hendrix daran, jede Bewegung von Deja mitzumachen. Ich bin nicht mal sicher, ob Deja diesen alten R&B-Klassiker je zuvor gehört hat, aber sie tanzt dazu, als wäre es der neueste Hit von BTS. Und die beiden müssen so lachen, während sie versuchen, sich gegenseitig zu übertrumpfen, dass sie sich die Bäuche halten. Am Ende der ersten Strophe gesellen sich auch Lupe und Soledad dazu. Wie gebannt sehe ich zu, wie die Menschen, die ich liebe, Spaß miteinander haben, und bin für ein paar herrliche Sekunden einfach glücklich. Ich hatte in den letzten paar Jahren einige düstere Tage. Tage, an denen ich nicht sicher war, ob ich das überstehen würde.

Aber an diesem Tag.

An diesem Abend.

Das ist die pure Freude. Ich koste sie in meinem Lachen, als Kassim meine Hand nimmt und sich alle Mühe gibt, mich herumzuwirbeln. Ich spüre sie in den Wassertropfen auf meinem Gesicht, als wir dem Springbrunnen zu nahe kommen. Sie hüpft in meiner Brust, als ich beinahe hineinfalle in diesen Brunnen voller Wünsche. Ich starre zum Himmel empor, diesem blauschwarzen Quilt, bestickt mit Sternen. Die Arme nach der Ewigkeit ausgestreckt, ist es für einen Moment, als betete ich ihn an. Wie eine Sammlung geheiligter Sekunden, geweiht tief empfundenem Dank an Freunde und Angehörige und der Hoffnung, dieser schwer zu packenden Emotion, von der ich nicht wusste, dass sie so ein kostbares Herzensgut ist, bis ich keine mehr hatte.

Die Menschen sprechen über die Stadien der Trauer, aber es gibt ein Stadium der Depression – zumindest für mich –, an dem man von einem Schmerz, so heftig, dass man ihn nicht mehr ertragen kann, in einen Zustand gleitet, in dem man gar nichts mehr fühlt. In eine gesegnete Taubheit, die die lähmende Traurigkeit in Schach hält. Das ist, als läge ein dünner Film aus Stahl über den eigenen Gefühlen. Dünn genug, um transparent zu sein. Du kannst hindurchblicken und alles sehen, aber es berührt dich nicht mehr. Ich konnte gar nichts fühlen, aber ich war dankbar dafür, denn so habe ich wenigstens keinen Schmerz mehr empfunden. An Freude war damals gar nicht zu denken. Aber heute Abend fühle ich alles. Und endlich ist das etwas Gutes.

Sogar, nachdem der Song zu Ende ist und Tony! Toni! Toné! es wieder geschafft haben, hört das Gelächter nicht auf. Es blubbert in mir empor wie das Wasser im Springbrunnen. Ich sehe mich nach dem DJ um, will ihm den hochgereckten Daumen zeigen und stelle verwundert fest, dass Josiah neben ihm steht, die Arme vor der Brust verschränkt, und als sein Blick den meinen trifft, erscheint auf seinen Lippen ein leises Lächeln.

Er hat danebengestanden, als Hendrix erzählt hat, wie sehr sie den Song liebt. Hat er …

Ich gestikuliere ein »Danke«, indem ich mein Kinn berühre und die Hand dann sinken lasse. Als die Kinder noch ganz klein waren, bevor sie sprechen konnten, haben wir ihnen ein paar grundlegende Zeichen beigebracht. Es ist Jahre her, seit ich diese Zeichen das letzte Mal benutzt habe, aber das war die Methode, mit der wir uns auch bei Besprechungen quer durch einen vollen Raum verständigt haben. Josiahs Lächeln gerät für einen Moment aus den Fugen. Niemand würde das merken, aber ich schon, denn auch wenn wir nicht mehr verheiratet sind, hatte ich doch Jahre Zeit, um die mimischen Äußerungen dieses Mannes auswendig zu lernen. Nach einer Pause, so kurz, dass sie kaum wahrnehmbar ist, signalisiert er »gern geschehen«.

Ich lächele immer noch, als Vashti neben ihm auftaucht und an seinem Ärmel zupft. Er wendet den Blick gerade eine Sekunde ab. Mein Lächeln verblasst ein wenig, und Kassim zupft an meinem Ärmel, um mich an Madden und Jamal zu erinnern. Deja ist wieder mit ihrem Telefon beschäftigt, die Unterlippe ein wenig vorgeschoben. Es war schön, solange es gedauert hat, und obwohl der Song vorbei ist und die Wassertropfen auf meiner Haut trocknen, halte ich diesen Moment der Freude in meinem Inneren fest. Als ich dann wieder zum Stand des DJs schaue, bereit, Josiah zu signalisieren, dass wir gehen, ist die Stelle, an der er und Vashti gestanden haben, leer.

Er ist schon gegangen.

Kapitel 4

# JOSIAH

Ich erwache, als eine warme Zunge samten über meine Haut gleitet.

Ich öffne ein Auge, stemme mich von den Kissen und der Stoffdichte, aus der Träume geschaffen sind, um einen finsteren Blick Richtung Bettkante zu werfen. Otis hat natürlich die Decke mit seinen Zähnen weggezogen und ist dabei, meinen Fuß zu lecken, wie er es jeden Morgen tut.

»Junge, ernsthaft?« Ich schaue zum Fenster hinaus, hinter dem der Himmel immer noch lavendelfarben ist, vermengt mit einem so kleinen Hauch Pink, dass von Dämmerung kaum die Rede sein kann. »Können wir nicht noch ein paar Minuten schlafen?«

Das klägliche Winseln am Fuß des Betts steigert sich zu einem Jaulen. Ich weiß, wie das läuft. Wenn die Blase noch voller wird, eskaliert das noch weiter, bis er dann aus Leibeskräften heult.

»Mist.« Ich setze mich auf, schiebe die Füße in die Lederschlappen, die Deja und Kassim mir letztes Weihnachten geschenkt haben. Mir ist klar, dass Yasmen sie vermutlich ausgesucht hat, denn sie riechen nach dem praktischen Luxus, der so typisch für sie ist, trotzdem sind sie ein Geschenk meiner Kinder.

»Ersatz für die, die du zerfetzt hast«, erinnere ich Otis, der nicht ansatzweise reumütig wirkt. Ich tätschele seinen Kopf, als ich das Schlafzimmer verlasse, und er folgt mir die Treppe hinunter und zur Haustür hinaus. Jegliche Hoffnung, diesen Hund je loszuwerden, habe ich vor langer Zeit aufgegeben. Seine Hartnäckigkeit hat er schon in der ersten Nacht demonstriert, in der ich in diesem Haus geschlafen habe.

Die Scheidung war noch nicht ganz durch, aber ich brauchte einen Schlafplatz. Statt also einen neuen Mieter für Tante Byrds Haus zu suchen, bin ich eingezogen. Natürlich haben wir alle gedacht, Otis würde bei den Kindern bleiben. Sie sind mit ihm rausgegangen, haben mit ihm gespielt. Ich habe ihm lediglich ein Dach über dem Kopf geboten und gelegentlich seine Existenz zur Kenntnis genommen.

Ich hatte gerade den großen Fernseher an einer der vier kahlen Wände beäugt, ohne mir die Mühe zu machen, ihn einzuschalten, denn wen kümmert schon Netflix, wenn das eigene Leben gerade in Flammen aufgeht und alle, die man liebt, zwei Straßen weiter wohnen … als mein Telefon klingelte. In dieser ungewohnten einsamen Stille, die ich seit meiner Hochzeit nicht mehr erlebt hatte, klang es erschreckend misstönend.

Yasmens Name und Gesicht erschienen auf dem Display. Und für einen irren Moment schlug mir das Herz bis zum Hals. Hatte sie es sich anders überlegt? Begriffen, dass diese Scheidung ein furchtbarer Fehler war? So irrational diese Gedanken auch waren, mein Puls raste, als ich den Anruf annahm.

»Yas, hey. Alles in Ordnung?«

Brauchst du mich? Willst du mich? Soll ich nach Hause kommen?

»Ich glaube, Otis vermisst dich.«

Das war das Verwirrendste, was sie überhaupt zu mir hatte sagen können um zwei Uhr morgens.

Ich räusperte mich. »Sorry. Was?«

»O-tis.« Yasmen teilte den Namen in leicht verdauliche Stücke auf. »Er hört nicht auf zu heulen. Er steht auf deiner Seite des Betts und hat den Kopf auf dein Kissen gelegt.«

»Was zum Teufel …? Warum?«

»Jemine, Si, lass mich nur schnell mein Mensch-Otis-Wörterbuch suchen, dann frage ich ihn. Ich weiß nicht, warum, aber hier bekommt heute niemand Schlaf, bis du nach Hause kommst.«

Nicht gerade die Einladung, nach Hause zu kommen, die ich mir vorgestellt hatte.

»Ich bin gleich da.«

Er konnte unmöglich mich wollen. Denn warum sollte er? Aber kaum betrat ich die Küche durch die Tür zur Garage, hörte Otis auf zu heulen, stürmte herbei, stellte sich auf die Hinterbeine und leckte mir das Gesicht ab.

»Verdammt, Otis«, zischte ich ihn an. »Ich habe dir doch gesagt, dass ich nicht so ein Typ bin. Du sollst mir nicht das Gesicht ablecken.«

Er hechelte an meiner Kehle, und seine riesigen Pfoten drückten so fest gegen meine Brust, dass ich mich unter dem beachtlichen Gewicht kaum auf den Beinen halten konnte.

Yasmen lehnte sich mit der Schulter an den Türrahmen. Die Erschöpfung hatte zarte Fältchen um diese wundervollen Lippen gezogen. Ein seidener Morgenmantel spannte sich über ihren Brüsten, und der straff gezogene Gürtel betonte ihre üppige Gestalt nur noch mehr. Bei dem Anblick schwoll mir der Schwanz an, und als ich gerade Gott dankte, dass mein T-Shirt die Erektion verbarg, schob Otis es zur Seite wie die Ständer erschnüffelnde Version eines Drogenspürhunds, der Kokain entdeckt hat.

»Otis«, blaffte ich und zog das Shirt zurecht. »Hör auf.«

»Ich glaube, er sollte vielleicht wenigstens heute Nacht bei dir schlafen«, sagte Yasmen, deren Ermattung unüberhörbar war. »Morgen überlegen wir uns was.«

»Bei mir?« Was, zum Teufel, sollte ich ganz allein mit einem Neunzig-Kilo-Hund anfangen? »Vielleicht verstehen wir nur nicht, was Otis will. Vielleicht …«

In diesem Moment bestätigte Otis, was ich immer schon geargwöhnt hatte. Dass er von einer übernatürlichen Wolfshundart abstammte, denn er ging ganz gemächlich durch den kleinen Flur, unsere Schmutzschleuse, und zur Tür hinaus und wartete still und geduldig auf der Beifahrerseite meines Trucks auf mich.

»Ist das ein neuer Trick, den du ihm beigebracht hast?«, brachte ich mühsam hervor. »Oder wollen die Kinder uns einen Streich spielen?«

»Nein. Otis will bei dir sein. Die Kinder würden ihn ja trotzdem ständig sehen. Das ist keine so große Sache.«

»Keine große Sache, ja?«, schimpfe ich und kehre müde blinzelnd in die Gegenwart bei Anbruch der Dämmerung zurück, während Otis sein Geschäft auf einem Stück Gras erledigt. »Sie ist nicht die, die dir dabei hinterherlaufen muss«, sage ich vorwurfsvoll und schüttele die Hundekotschaufel mit dem Glittergriff. Er sieht mich auf eine Art an, die zu sagen scheint: Bro, ich bin derjenige, der dich am Hals hat.

Und ich würde Tante Byrd durchaus zutrauen, dass sie ein Wörtchen mit Otis geredet und ihm das Versprechen abgenommen hat, sich um mich zu kümmern, wenn sie nicht mehr da ist.

»Sie hat uns reingelegt. Dir hat sie gesagt, du sollst dich um mich kümmern, und mir, ich soll mich um dich kümmern. Sie war eine Schwindlerin.«

Byrd war vieles. Sie war die stärkste Frau, die ich je getroffen habe. Sie war indiskret, hatte Affären und einen Scheiß darauf gegeben, was andere dachten. Sie hatte einen miesen Geschmack in Bezug auf Männer, was die vier Arschlöcher, die sie geheiratet hat, anschaulich beweisen. Sie war die Erste, die gelacht hat, und die Erste, die geweint hat. Sie war selbstlos und großzügig und konnte sich in jedermanns Herz kochen.

Ich glaube nicht, dass ich je über ihren Tod hinwegkommen werde. Den Tod der Frau, die mich großgezogen hat. Wenn man mit gerade acht Jahren schon beide Eltern verloren hat, dann weiß man mit absoluter Sicherheit, dass nichts ewig bleibt. Dass niemand ewig bleibt. Meine nächste lebende Verwandte war für eine lange Zeit meine ganze Welt, und als Kind habe ich ständig auf die nächste Hiobsbotschaft gewartet, darauf, auch sie zu verlieren.

Und dann, eines Tages, habe ich sie verloren.

»Verdammt, sind wir heute Morgen morbide«, sage ich zu Otis, als wir durch die Vordertür zurück ins Haus gehen.

Er wirft mir einen leidenden Blick zu, der sagt: Wir?

»Okay, ich.« Ich gehe in die Küche. »Hunger?«

Er nimmt seinen Platz vor der erhöhten Futterstation ein, die Kassim entdeckt hat. Als mein Sohn herausgefunden hat, dass Deutsche Doggen eine der kürzesten Lebensspannen aller Hunderassen haben, hat er getan, was ein junges Genie eben zu tun hat. Er hat umfassend recherchiert, was Otis' Leben verlängern könnte, und dazu gehört nach Kassims Aussage auch eine Schüssel, die höher steht, damit Hunde, die so groß sind wie Otis, nicht mit jedem Bissen Luft schlucken, die sich in ihrem Verdauungstrakt festsetzt. Was auch gegen Magendrehung helfen soll, eine der häufigsten Todesursachen bei Deutschen Doggen. Also versucht Kassim, Otis' Verdauungssystem zu überlisten. Er hat ihm sogar eine biologisch artgerechte Ernährung mit rohem Fleisch verordnet.

»Rate mal, was es zum Frühstück gibt.« Ich hole das in weißes Papier gewickelte Fleisch aus dem Kühlschrank, und Otis richtet die Ohren auf, während sein Schwanz beglückt auf den Boden trommelt. »Jupp. Vashti hat Hühnerkeulen für dich zur Seite gelegt.«

Otis winselt und macht Platz, schnüffelt dabei aber in der Luft herum wie ein verbannter Prinz.

»Okay, du verhältst dich jedes Mal seltsam, wenn ich sie erwähne.« Ich bedenke ihn mit einem vielsagenden Blick. »Denkst du, ich merke das nicht? Gib ihr eine Chance.«

Ich hole einen Behälter mit püriertem Gemüse aus dem Kühlschrank. Otis legt den Kopf auf die Pfoten und starrt mich unbeirrt an, als wartete er darauf, dass ich ihm etwas Überzeugendes liefere. Ich schütte püriertes Grünzeug in eine Schüssel, füge das rohe Fleisch hinzu, mit dem Vashti mich versorgt hat, schlage ein Ei darüber auf und garniere das Ganze mit etwas Joghurt. Beim Anblick des Napfs, beladen mit dem, was laut Kassims Beteuerungen ein Frühstück für Champions ist, wird Otis wieder munter. Ich hole seine Nahrungsergänzungsmittel aus dem Schrank, mische sie in das Gulasch und stelle den Napf auf den Ständer. Otis erhebt sich und taucht den Kopf in sein Futter.

»Ich überlasse dich deinem Frühstück«, informiere ich ihn über die Schulter. »Ich muss duschen. Wir gehen mit den Kindern zum Fluss.«

Seine Antwort beschränkt sich auf ein freudiges »Wuff«. Ich drehe mich um und zeige mit dem Finger auf ihn. »Ich weiß, dass du den Fluss magst. Sag nicht, ich würde nie etwas für dich tun.«

Ich laufe die Treppe hinauf und rufe dabei: »Aber wie könntest du das auch sagen, wo ich doch buchstäblich alles für dich tue?«

Ich stelle mir eine Sprechblase über Otis' Kopf vor, in der stehen dürfte: »Krieg dich mal wieder ein, Alter!«

»Ja«, sage ich, natürlich zu mir selbst, als ich mich ausziehe und die Dusche aufdrehe. »Du hast schon zu lange allein gelebt.«

Die Fahrt von Byrds Drei-Zimmer-Craftsman-Haus zu dem Traumhaus, das Yasmen und ich zusammen entworfen haben, dauert keine zwei Minuten, und doch könnte ein ganzes Millennium zwischen uns stehen. Ich habe das ständige Chaos mit kleinen Kindern und ihren Freunden, die das ganze Haus auf den Kopf stellen, geliebt. Partnerschaftlich ihr Leben zu managen und sie unter einem gemeinsamen Dach großzuziehen. Zwar hüpfen Deja und Kassim zwischen unseren Häusern hin und her, doch die meiste Zeit verbringen sie bei Yasmen. Ohne meine Kinder leben zu müssen war eine der größten Umstellungen nach unserer Scheidung. Als Einzelkinder, die wir beide sind, haben Yasmen und ich vorgehabt, mindestens vier Kinder zu bekommen. An unserem ersten Hochzeitstag war Yasmen mit Deja schwanger. Danach haben wir ein bisschen gewartet und es nach ein paar Jahren mit Begeisterung wiederholt. Ein Schmerz, so scharf, dass ich nach Luft schnappe, zerschneidet mein Herz wie ein Skalpell.

Ich sollte inzwischen daran gewöhnt sein, den Schmerz gewohnt sein, aber er überfällt mich immer wieder unerwartet und so frisch wie eh und je. Fast drei Jahre sind vergangen, und die Zeit hat ihn immer noch nicht lindern können.

Ich verbuche es als eine weitere Sache, über die ich nie hinwegkommen werde, als ich in Yasmens Einfahrt einbiege.

»Morgen, Josiah!«

Der Gruß kommt von dem Mann, der auf der Veranda des Nebenhauses steht, eines modernen, blaugrauen, dreistöckigen Gebäudes, das einen starken Kontrast zu unseren eher traditionellen weißen Kalksteinmauern bildet. Ich steige aus dem Truck und öffne die Heckklappe für Otis, der sofort die Stufen zu dem Haus hinaufspringt, in dem wir früher gelebt haben, und sich in die Ecke bei der Schaukel setzt, seinen Lieblingsplatz.

»Morgen, Clint«, antworte ich dem Nachbarn, der kurz nach uns eingezogen ist.

Clint könnte mit seiner blassen Haut und dem rotblonden Haar erschöpft aussehen, wären da nicht diese lebhaften blauen Augen und die Röte, die ihm ins Gesicht steigt. »Hab dich gestern beim Food Truck Friday gesehen, aber keine Gelegenheit gehabt, mit dir zu reden.«

Ehe ich antworten kann, schiebt Brock, Clints Ehemann, einen Kinderwagen zur Tür heraus, Hershey, der braune Labrador der beiden, folgt ihm auf dem Fuß.

»Josiah«, sagt Brock. Sein Lächeln leuchtet weiß vor der dunklen Haut. »Tolle Veranstaltung gestern. Danke, dass ihr das organisiert habt.«

»Das war alles Yas, aber ja, es war toll.« Mit einem Nicken deute ich auf den Kinderwagen. »Ist das da Skylands neueste Herzensbrecherin?«

Beide strahlen unwillkürlich, und Brock dreht den Kinderwagen in meine Richtung.

»Genau«, sagt Clint. »Komm, sag unserer Lilian guten Tag.«

Ich steige ihre Vordertreppe hinauf und schaue in den Kinderwagen. Dunkle Augen in einem perfekt runden Gesicht mit glatten braunen Bäckchen starren zu mir zurück. Sie hat dunkles, lockiges Haar, sieht ein bisschen so aus, als hätte sie Blähungen, und ist das süßeste kleine Ding, das ich je gesehen habe. Ich strecke den Finger aus, und sie greift ihn und strampelt dabei vergnügt quietschend mit den Beinchen.

»Sie mag dich!«, stellt Clint fest. »Sonst begrüßt sie niemanden so. Du hast sie bezirzt.«

Ich lächele, doch in meiner Brust meldet sich erneut der stechende Schmerz.

»Willst du sie mal halten?«, fragt Brock und klingt dabei erwartungsvoll.

Ich will sie nicht halten. Nicht, weil Lilian nicht liebenswert wäre. Das ist sie eindeutig. Ich mache nur nach Möglichkeit einen weiten Bogen um Babys. Und natürlich ist das nicht immer möglich, aber eines zu halten … Ich bin im Begriff abzulehnen, aber das Glück und die freudige Erwartung in ihren Gesichtern veranlassen mich, die Arme auszustrecken und sie hochzunehmen. Das war schon ihr dritter Adoptionsversuch. Diese Jungs passen öfter für uns auf Kassim und Deja auf. Sie waren ständig zum Abendessen bei uns oder unsere Familie bei ihnen. Sie sind gute Freunde, und ich kann ihnen die Freude nicht verderben, nur weil ich nicht mit dem Mist zurechtkomme, den ich nie verarbeitet habe – den ich bei dem Tempo wohl auch nie verarbeiten werde –, was es mir schwer macht, ein Baby zu halten.

Also nehme ich sie hoch.

Aus purem Instinkt ziehe ich die Decke fester um sie, als sie sich lockert. Sie passt perfekt in meine Armbeuge, genau wie es bei Kassim und Deja war. Die Erinnerung daran, wie ich das letzte Mal ein Baby gehalten habe, stürzt auf mich zu wie der Boden beim freien Fall. Nichts an dieser Erinnerung ist warm oder süß, und ich knirsche mit den Zähnen, als ich die Emotionen niederkämpfe, die all das in mir auslöst und die ich seit drei Jahren verdränge.

Unsere Haustür geht auf, und Yasmen spaziert heraus, gekleidet in Yogahose und passendem Top, das ihr knapp bis zur Hüfte reicht und einen schmalen Streifen glatter Haut im satten Kelly-Rowland-Braun offenbart. Sie stutzt, bleibt stehen, goldgefleckte Augen wandern von meinem Gesicht zu Lilian, die in meinen Armen liegt. Etwas passiert zwischen uns, überbrückt die kurze Distanz zwischen den beiden Veranden, eine Anspannung, die keiner Erklärung bedarf. Ich weiß, dass es an dem kleinen Mädchen liegt, das ich in den Armen wiege.

»Yasmen«, sagt Clint. »Morgen. Wir haben Josiah gerade erzählt, wie toll wir es fanden, was du mit dem Food Truck Friday auf die Beine gestellt hast. Im Verband sind alle froh, dass du wieder da bist.«

Brock ist einer der bekanntesten Architekten von Atlanta, aber Clint ist der Eigentümer des Fancy, eines Tierpflegesalons am Sky Square, und aktives Mitglied der Skyland Association.

»Danke.« Ihr Lächeln wirkt erzwungen, als sie den Tragegurt der Yogamatte über ihrer Schulter verlagert.

»Ich nehme an, die nächste große Veranstaltung des Verbands ist ›Screen on the Green‹?«, fragt Brock.

»Jupp, nächste Woche«, sagt sie.

»Und ab mit dir.« Vorsichtig gebe ich Brock das Baby. »Sie ist hinreißend. Noch mal herzlichen Glückwunsch.«

»Danke, Mann.« Brock nimmt das Kind, legt es sich an die Schulter und klopft ihm auf den winzigen Rücken. »Wir gehen mit ihr und Hershey in den Hundepark. Wollt ihr mit Otis nicht mitkommen?«

»Vielleicht ein andermal«, antworte ich. »Ich will mit den Kindern zum Old Mill.«

Hershey kläfft und zerrt an seiner Leine, will die Stufen hinunter.

»Sieht aus, als hätte es jemand eilig, hier wegzukommen«, sagt Clint und trägt den Kinderwagen die Stufen hinab. Brock folgt ihm mit Lilian auf den Armen. »Schön, dich mal wieder zu sehen, Josiah. Ich weiß, du bist oft da, aber wir hatten so viel zu tun. Nächste Woche ist unser Hochzeitstag. Wenn wir es schaffen, wollen wir uns Vashtis berühmte Garnelen mit Maisgrütze gönnen.«

»Wir müssen erst noch einen Babysitter finden«, erinnert ihn Brock.

»Ich kann auf Lilian aufpassen«, erbietet sich Yasmen.

Es ist, als würde die Luft abgesogen in der Stille, die ihren Worten folgt, als stünden wir wie erstarrt in einem Vakuum.

»Ja«, sagt Clint und zieht das Wort vor lauter Verunsicherung in die Länge. »Wenn du willst … bist du sicher?«

Brock und Clint wissen, wie bei uns alles den Bach runtergegangen ist. Sie haben direkt mitbekommen, wie sich das alles auf Yasmen ausgewirkt hat.

»Ich kann auf sie aufpassen«, wiederholt Yasmen und sieht erst dem einen, dann dem anderen direkt in die Augen. »Wirklich. Ich komme klar.«

Diese letzten Worte, das Eingeständnis, dass es eine Zeit gegeben hat, in der sie nicht damit klargekommen wäre, auf ein Baby aufzupassen, scheint das Netz der Beklemmung zu zerreißen, das sich über die beiden Veranden gelegt hat.

»Das ist toll, Yas. Danke«, antwortet Clint lächelnd. »Wir sollten los. Wir reden später über die Einzelheiten, ja?«

»Aber klar.« Yasmen sieht mir eine halbe Sekunde lang in die Augen, ehe sie sich wieder abwendet.

Ich gehe rüber und die Stufen zur Veranda hinauf, auf der sie steht. Ich möchte sie fragen, ob sie wirklich sicher ist wegen des Babysittens, aber sie hat schon die Schultern hochgezogen vor Anspannung, als bereitete sie sich auf den Schlag vor, denn sie kennt mich gut genug, um die Frage, die ich ihr stellen würde, vorauszuahnen.

Also gehe ich stattdessen zur Schaukel und setze mich. Manchmal wünschte ich, ich würde Yasmen nicht so gut kennen. Wir haben beide diese verräterischen Eigenarten und empfindlichen Punkte, geheime Zugänge zu unseren Gedanken, die zu finden uns Jahre gekostet hat. Niemand kennt sie besser als ich, und niemand kennt mich besser, als sie es tut. Wenn sie nun also die Zähne in das weiche Fleisch ihrer Unterlippe gräbt, bedeutet das, dass sie an einem Thema knabbert, über das zu sprechen ihr schwerfällt.

»Sind die Kinder fertig?«, frage ich, um ihr Gelegenheit zu geben, auch das auszusprechen, was ausgesprochen werden muss. Otis legt den Kopf in meinen Schoß, und ich gönne ihm ein kurzes Streicheln auf dem glatten Fell in seinem Nacken.

»Äh, ja.« Yasmen lässt die Yogamatte von der Schulter gleiten und lehnt sich ans Geländer. »Aber da ist etwas, worüber ich vorher mit dir reden wollte.«

»Was ist los?«

»Wir müssen Deja in den Griff bekommen. Gestern hat sie den Englischunterricht geschwänzt.«

»Wirklich?«, frage ich stirnrunzelnd. »Das klingt gar nicht nach Day.«

»Sie denkt immer weniger an ihre Noten. Das ist gerade der erste Monat des neuen Schuljahrs, und schon mache ich mir Sorgen. Dabei war sie früher eine so gute Schülerin.«

»Sie hat viel durchgemacht, Yas. Wir alle.«

»Du musst mir nicht erklären, was wir durchgemacht haben. Oder was Deja durchgemacht hat.«

Meine Hand spannt sich in Otis' Fell. »Ich habe nicht versucht, dir irgendwas zu erklären. Ich sage nur, dass wir ihr gegenüber vielleicht ein wenig nachsichtiger sein sollten, weil das alles nicht leicht war.«

»Nachsicht ist das eine, als Eltern unverantwortlich zu handeln, etwas anderes.«

Meine Brauen zucken aufwärts, und ich frage mich, ob sie sich erinnert, dass sie, wenn sie mich provoziert, einen meiner empfindlichen Punkte berührt. »Soll das heißen, dass ich als Vater unverantwortlich handle?«

»Nein, so habe ich das nicht gemeint.« Yasmen lässt die Yogamatte fallen und faltet die Hände im Nacken. »Ich sage nur, wir können nicht einfach darüber hinwegsehen, dass sie schwänzt, nur weil wir eine harte Zeit hinter uns haben.«

»Bist du sicher, dass sie geschwänzt hat?«

»Ja, sie hat gesagt, sie hätte eine Sendung zu irgendeiner Natural-Hair-Veranstaltung geguckt.«

»Was, bitte?«

»Wie ich gesagt habe, du solltest mit ihr reden.«

»Was hat sie denn gesagt, als du mit ihr geredet hast?«

»Nur, dass ich überreagiere und sie es nie wieder tun wird.«

»Gut, wenn sie geschwänzt hat, dann sollte es Konsequenzen geben. Eine Woche keine Social-Media-Posts vielleicht?«

»Klingt gut. Wir haben Zugriff auf alles. Wir können ihr einfach den Zugang sperren.«

»Das kann ich ihr heute sagen.«

»Sicher, dass wir das nicht zusammen machen sollten? Einigkeit demonstrieren und so?«

»Wenn ich mir überlege, wie angespannt die Beziehung zwischen euch beiden ist, wäre es vielleicht besser, sie erfährt es von mir.«

Für einen Moment flackert Erleichterung in ihren Zügen auf, doch dann verzieht sie das Gesicht. »Ich bin im Moment nicht gerade ihr Lieblingsmensch.«

»Vielleicht bist du zu empfindlich.«

»Was soll das heißen?« Ärger blitzt in ihrem Gesicht auf. »Wann bin ich zu empfindlich?«

»Äh … jetzt?«

»Schon klar, Josiah.« Sie nimmt die Yogamatte und schlingt sie sich wieder über die Schulter. »Kein Wunder, dass sie denkt, ich würde überreagieren. Du tust es ja auch.«

Sie öffnet die Haustür und brüllt hinein: »Kinder, euer Dad ist hier.«

Ohne Make-up, das Haar auf dem Kopf zu einem lockigen Pferdeschwanz gebunden, sieht sie so jung und frisch aus. Sie ist noch so schön wie an dem Tag, an dem wir uns kennengelernt haben. Sicher, sie verändert sich, altert, aber für mich wird sie nur immer besser. Als würde Gott auf die katzenhaften Konturen ihrer Wangenknochen blicken, auf den verführerischen Schmollmund, die sinnlichen dunklen Augen mit den goldenen Punkten und sagen: Du denkst, sie sieht jetzt gut aus? Ich fange gerade erst an. Ich hatte angenommen, ich würde diese Veränderungen aus der Nähe sehen können, erleben, wie sie mit zunehmendem Alter immer schöner würde, aber das Schicksal hatte andere Pläne.

Korrektur: Yasmen hatte andere Pläne, und ich bin immer noch dabei, mich daran zu gewöhnen, wie sehr sich alles verändert hat – offensichtlich nicht immer sehr erfolgreich.

»Yas, ich habe nicht gemeint ...«

»Ich weiß, was du gemeint hast.« Ihr Blick zuckt zu meinen Augen. »Ich weiß immer, was du meinst. Dass ich überreagiere. Dass ich zu empfindlich bin. Dass ich völlig daneben bin.«

»Ich habe dich nie als völlig daneben bezeichnet, selbst wenn du es warst.«

Unsere Blicke treffen sich, und der Schmerz in ihren Augen bohrt sich geradewegs durch meine. Ich bin ein Arschloch. Ich bin schlecht in so was. Darin, mit ihr zusammen zu sein, ohne mit ihr zusammen zu sein. Das alles lässt mich kurz angebunden und distanziert wirken, obwohl ich eigentlich nur versuche, mich in dieser neuen Dynamik zwischen uns zurechtzufinden. Wie kriegen die Leute das hin? Wenn einem der Boden unter den Füßen weggezogen wird, auf dem man glaubt ewig wandeln zu können, wie soll man das dann nicht als seismisch erleben? Wie kann man so tun, als wäre das Dach nicht eingestürzt und man selbst unter einem Betonträger gefangen? Wie kann man noch atmen, wenn die Person, die man für alle Zeiten auf Händen tragen wollte, einen so ansieht wie Yasmen mich in diesem Moment, weil man sie so verletzt hat?

»Ich überlasse es dir, mit deiner Tochter darüber zu sprechen«, sagt sie, und ein angespannter Zug liegt um diesen Mund, der mich früher so verrückt gemacht hat. »Kassim muss um zwei am Fußballplatz sein. Wir sehen uns dort.«

Dann rauscht sie davon und den Bürgersteig hinunter zum Park, ehe ich eine Gelegenheit zur Wiedergutmachung habe. Nicht, dass ich gewusst hätte, wie ich das hinbekommen soll. Ich starre ihr ein paar Sekunden hinterher, wohl wissend, wie ungeschickt ich bei diesem Gespräch agiert habe. Dann streiche ich mir mit der Hand über das Gesicht, müde, obwohl der Tag gerade erst angefangen hat. Otis starrt mich mit hündischem Tadel in den Augen an.

»Sieh mich nicht so an. Auf wessen Seite stehst du?«

Darauf hebt er sacht den Kopf von meinem Schoß und wendet sich ab, eine deutliche Antwort auf meine Frage.

Die Tür springt auf, und Kassim rennt mit einem Frisbee, einer Sporttasche und einem Pop-Tart heraus.

»Morgen, Sohn.«

»Hey, Dad«, sagt er mit einem Mundvoll Frühstück.

Er geht einfach an mir vorbei zum Rover, klettert auf die Rückbank und schließt die Tür. Sekunden später hat er schon die Ohrhörer drin und lauscht wahrscheinlich einem seiner Robotik-Podcasts. Deja verlässt das Haus gemächlicher. Sie trägt eine abgeschnittene, knielange Hose, ein TLC-T-Shirt und pinkfarbene High-Top-Converse-Sneakers. Zwei Zöpfe hängen auf ihren Schultern, und sie ist wunderschön. Mein kleines Mädchen wird erwachsen, verdammt. Bald hat sie nur noch Jungs und all diesen Mist im Kopf, der mich in den Herzinfarkt treiben wird. Ich möchte die Zeit genießen, in der sie noch Spaß daran hat, den Samstagvormittag mit ihrem alten Herrn zu verbringen, denn ich fürchte, die ist bald vorbei.

»Warum starrst du mich so an, Dad?« Ihr Grinsen gleicht exakt dem von Yasmen, wenn sie guter Laune ist.

»Du siehst deiner Mom mit jedem Tag ähnlicher«, sage ich ihr mit einem Lächeln.

Sie runzelt die Stirn, verdreht die Augen und stolziert die Stufen hinab. »Da wachse ich hoffentlich noch raus.«

War Yasmen zu empfindlich? Denn das war … harsch.

Otis jagt die Treppe hinunter, vorbei an Deja, die hinterhersaust, kaum dass sie erkennt, was er vorhat. Ich weiß nicht recht, wie das angefangen hat, aber die zwei wetteifern immer darum, wer den Vordersitz bekommt, was Otis nur versucht, wenn Deja bei mir mitfährt. Sonst ist er zufrieden damit, sich auf der Ladefläche von mir herumkutschieren zu lassen.

»Auf keinen Fall, Otis«, quiekt Deja, deren Mimik von der eines mürrischen Teenies zu der eines ausgelassenen Kindes wechselt. »Der Beifahrersitz gehört mir!«

Als ich den Wagen erreiche, öffnet Deja die hintere Tür auf der Beifahrerseite und zeigt hinein. »Du sitzt hinten bei Kassim. Du hast Daddy sonst ständig für dich.«

Mein Ärger ist wie fortgeblasen. Vielleicht bin jetzt ich derjenige, der zu empfindlich reagiert, und ihre Bemerkung war gar nicht so schlimm, wie sie in meinem Kopf geklungen hat. Zugegeben, meine Tochter hat mich ein Stück weit um den Finger gewickelt, aber sie und Yasmen werden schon klarkommen.

Wenn es etwas gibt, das die Wades in den letzten paar Jahren gelernt haben, dann ist es klarzukommen.

# Kapitel 5

# YASMEN

»Empfindlich!« Ich falte meine Beine auf der Matte in die Lotus-
position, als die Yogaübungen im Park zu Ende gehen. Es ist der
letzte Samstag im August, und die Luftfeuchtigkeit ist immer
noch extrem. Aber wir sind in Atlanta, also kann es noch bis
Oktober über dreißig Grad warm bleiben. »Ist das zu fassen, dass
er sagt, ich wäre zu empfindlich?«, schimpfe ich, und mein Blick
huscht zwischen Hendrix und Soledad hin und her. »Ich! Als
wäre es keine große Sache, wenn Deja einfach den Unterricht
schwänzt.«

Hendrix liegt auf ihrer Matte, einen Fuß über das andere Knie
gezogen, und starrt zu dem Blätterdach der Bäume empor, die uns
bei unseren Fitnessbemühungen im Freien Schatten spenden. »Ich
habe auch so ein- bis zehnmal geschwänzt, aber aus mir ist trotzdem noch was geworden.«

»Verteidige sie nicht, Hen.« Ich binde mir den Pferdeschwanz
neu. »Irgend so einen Haarkram gucken, statt Englisch zu lernen?
Inakzeptabel.«

»Da stimme ich zu«, sagt Soledad. »Ich würde ausflippen,
wenn meine Mädchen schwänzen würden.«

Sie hockt auf den Knien, beugt sich vor, rollt den Oberkörper
ein, zieht die Beine hoch und stemmt sich zu einem perfekten
Kopfstand in die Höhe … und breitet dann mitten in der Luft
die Beine zu einem luftigen Spagat aus. Hendrix und ich sehen
beide mit offen stehendem Mund zu. Diese Übung ist was für
Fortgeschrittene, und keiner von uns hat sich in unserem Kurs
bisher auch nur an ihr versucht.

»Was?«, fragt Soledad, den Kopf auf die Matte gedrückt, während ihre Augen von einer zur anderen huschen. »Okay, vielleicht habe ich zu Hause ein bisschen geübt.«

»Also, du findest schon, dass das eine große Sache ist, Sol?«, frage ich.

»Du willst von ihr wissen, was normal ist?«, spottet Hendrix. »Die Frau, die sogar beim Yoga Zusatzpunkte sammeln will?«

Soledad lässt langsam die Beine sinken und kehrt in eine sitzende Haltung zurück. »Ich sage nur, dass wir unseren Kindern gegenüber eine klare Position vertreten müssen, wenn es darum geht, was sie dürfen und was nicht. Wenn sie erst in der Highschool sind, entgleitet uns das schnell genug. Glaubt mir, ich gucke *Euphoria*.«

Ihre hochgezogenen Brauen und die weit aufgerissenen Augen sagen, dass das absolut alles ist, was sie wissen muss.

»Bei Drogenentzug und Camgirls sind wir noch nicht«, versichere ich ihr.

»Man weiß nie.« Soledad beugt sich vor und fährt flüsternd fort: »Staffel eins.«

»Wie auch immer.« Hendrix schüttelt den Kopf und gluckst gutmütig. »Ich sage nur, dass ich zwar keinen Teenager habe, aber mal einer war, und ich war Deja ziemlich ähnlich. Je mehr meine Mutter die Zügel angezogen hat, desto mehr habe ich gebockt. Ich sage nicht, dass du sie einfach machen lassen sollst, aber vielleicht solltest du es nicht ganz so eng sehen.«

Ich zwinge mich, durch die Nase auszuatmen – kein »bewusstes« Atmen –, und stehe auf.

»Ich werde darüber nachdenken.« Ich rolle meine Matte auf und schlinge sie mir über die Schulter. »Aber die Entscheidungen, die sie heute trifft, werden sich auf ihre Zukunft auswirken. Das ist nur ein Teil in einem größeren Ganzen. Ihre Noten werden schlechter, sie meint, sie braucht das College nicht, und will nur Hair Influencerin sein.«

Hendrix erhebt sich ebenfalls und greift zu ihrer Matte. »Die Möglichkeit gab es noch gar nicht, als wir so jung waren.«

»Die gibt es immer noch nicht«, entgegne ich rundweg. »Nicht als tragfähige Berufsoption.«

»Es gibt Leute, die sich ihren Lebensunterhalt mit den sozialen Medien verdienen, Yas, aber sie hat noch viel Zeit für ihre Lebensplanung«, sagt Hendrix trocken. »Sie ist erst in der achten Klasse.«

»Du hast wahrscheinlich recht, aber ihr freches Benehmen und Josiahs ... na ja, Josiah-Auftreten ... rauben mir den letzten Nerv.« Ich sehe zu, wie auch Soledad ihre Matte aufrollt und in die Tasche schiebt. »Habt ihr Zeit zum Brunchen?«

Hendrix lacht. »Ich hatte gehofft, du würdest das fragen.«

»Ich verhungere«, schließt sich Soledad an. »Mein Sonntagvormittag ist ausnahmsweise mal nicht vollgestopft. Inez' Fußballspiel beginnt erst um drei und Lupes Vortrag um fünf. Wo gehen wir hin?«

»Egal, nur nicht ins Grits.« Die Worte rutschen mir raus, bevor ich auch nur daran denken kann, sie nicht auszusprechen.

»Weil das dein Job ist oder weil Vashti dort sein wird?«, fragt Hendrix und kneift die Augen zusammen. »Wir brauchen mehr Informationen über das, was sich da zwischen ihr und Josiah entwickelt.«

»Ich habe keine.« Im Gleichschritt gehen wir durch das kunstvolle Parktor hinaus.

»Aber wir gehen schon davon aus, dass sie vögeln, richtig?«, fragt Hendrix.

Ich stolpere, stürze beinahe, aber Soledad fängt mich am Arm ab und studiert mein Gesicht. »Alles in Ordnung?«

»Äh, ja.« Mein Herz stolpert bei dem Gedanken immer noch. Natürlich könnten sie miteinander schlafen. Als würde mich das kümmern. »Alles bestens. Ich habe keinen Anspruch auf Josiah. Wir sind geschieden. Er kann tun, was er will, und zwar mit wem er will.«

Ich versuche mich an einem lässigen Achselzucken und wechsele zu einem Thema, von dem ich hoffe, dass es sie mehr interessieren wird.

»Also, Brunch?«, frage ich und hole mein unbekümmertes Lächeln hervor. »Wir haben dieses neue Lokal noch gar nicht ausprobiert. Sunny Side.«

Mochten sie mich auch etwas zu aufmerksam beobachten während unseres Festmahls aus Obst, armen Rittern und Omelett, beschließe ich dennoch, die Fragen in ihren Augen zu ignorieren. Das sind Fragen, die ich nicht einmal mir selbst stellen mag. Wer bin ich, Einwände zu erheben, wenn Josiah eine neue Partnerin findet, nachdem ich diejenige war, die die Scheidung angestoßen hat? Sie wissen so wenig wie irgendjemand anderes, mit Ausnahme von ihm und mir, wie sehr er sich bei jedem Schritt dahin gegen diesen Gedanken gesträubt hat.

Bis keine Schritte mehr übrig waren.

Nur Papiere zum Unterschreiben. Nur Erleichterung.

Es fühlte sich an, als würde jeden Morgen die ganze Welt auf meiner Brust lasten, und ich kam kaum aus dem Bett. Die Scheidung war so schmerzhaft, aber als es vorbei war, hat es sich angefühlt, als hätte ich endlich durchatmen können. Es war still im Haus, und, ja, ich habe Josiah auf Anhieb vermisst, aber sogar in dieser ungewohnten Einsamkeit empfand ich eine Art der Erleichterung, weil es nun nur noch eines gab, was ich zu retten hatte. Nicht meine Ehe, nur mich selbst.

Ich nehme einen kräftigen Schluck von meinem Mimosa, wobei mir durch den Kopf geht, dass sie etwas geizig mit dem Prosecco waren, blicke auf und begegne Hendrix' durchdringendem Blick.

»Okay«, sage ich zu ihr und stelle mein Glas nicht allzu sanft auf dem Tisch ab. »Ich weiß, dass ihr Fragen habt wegen Vashti und Josiah, aber du kannst jetzt aufhören, mich so anzustarren.«

Hendrix klappt den Mund auf, um etwas zu sagen, aber ich recke eine Hand hoch, um sie davon abzuhalten.

»Ich weiß, was du denkst. Dass es nur natürlich wäre, die neue Freundin des Ex abzulehnen.«

»Na ja, eigentlich ...«, fängt Hen an.

»Und vermutlich denkst du auch, ich sollte mich in dem Punkt wie eine Erwachsene verhalten, weil es nicht zu vermeiden ist, dass ein Mann wie Josiah, groß, stark, dunkel, attraktiv, männlich ...«

»All das«, murmelt Soledad. »Verdammt.«

»Charismatisch«, fahre ich fort. »Ehrgeizig, um nur ein paar Dinge zu nennen, anziehend auf schöne Frauen wirkt. Ich werde mich daran gewöhnen müssen.«

»Richtig, aber ...«, setzt Hendrix erneut an.

»Und das werde ich.« Ich wedele vor ihnen mit dem Finger. »Ich meine, das habe ich. Ich habe mich schon in den zwei Tagen daran gewöhnt, seit ich erfahren habe, dass sie ...«

»Vögeln«, wirft Hendrix ein.

»Zeit miteinander verbringen«, sage ich zugleich und starre finster auf die Überreste meines Omeletts. »Also, ich hab's begriffen. Ihr könnt aufhören, mich anzugaffen, als könnte ich jeden Moment hochgehen.«

»So habe ich dich gar nicht angesehen«, beteuert Hendrix und zeigt auf mein Gesicht. »Eigentlich habe ich nur den kleinen Schnurrbart betrachtet, der auf deiner Oberlippe wächst.«

Mein Zeigefinger zuckt zu meinem Mund.

»Ziege.« Ich lache. »Das sind nur ein paar ... verirrte Haare.«

»Hmpf«, macht Hendrix gackernd. »Sieht eher nach einem Drei-Tage-Bart aus.«

»Die Frauen in unserer Familie«, kläre ich sie auf, »wir sind alle ein bisschen haarig. Meine Großtante hatte beinahe einen Vollbart, als sie gestorben ist.«

»Also das verdamme ich im Namen des Schwarzen Jesus.« Entsetzen spiegelt sich in Hendrix' geweiteten Augen.

»War es ein offener Sarg?«, fragt Soledad im Flüsterton.

»Oh mein Gott!« Ich breche in Gelächter aus. »Sie war haarig, nicht enthauptet.«

Wir ergehen uns alle drei in einem Kicheranfall und lehnen uns beieinander an, beschwingt vom Essen, den Mimosas und dem gemeinsamen Lachen.

»Sinja, die Eigentümerin des Honey Chile, hat mir ein tolles Haarentfernungsmittel mit Honig empfohlen«, sagt Soledad. »Das ist nur einen Block von hier.«

»Perfekt«, sage ich. »Sie macht ein Quiz beim ›Screen on the Green‹. Dann kann ich mich gleich vergewissern, dass alles läuft.«

Auf dem Weg zum Honey Chile schleicht sich eine Erinnerung in mein Bewusstsein, so lebhaft, sie wirkt so real wie das Klimpern des Windspiels über der Tür, als wir den Laden betreten. Josiah und ich standen eines Morgens an unserem Doppelwaschbecken, und unsere Blicke trafen sich im Spiegel. Er stand nur da, und die Linien und Wölbungen seiner nackten Brust und des muskulösen Bauchs verwirrten auf köstliche Art meine Sinne. Seine tief sitzende Pyjamahose offenbarte die fein gemeißelte Form seiner Hüften. Er war gerade dabei, sich zu rasieren, und sein kantiges Kinn war mit Schaum bedeckt, als er mich wegen der verirrten Haare über den Lippen neckte. Nicht lange darauf hielt er mich im Bett fest, den Rasierer in der Hand wie ein Barbier, der im Begriff war, mich zu rasieren. In jener Zeit mussten wir nur in die Nähe eines Betts geraten, um es einer sinnvollen Verwendung zuzuführen, und so dauerte es nicht lange, bis mein Morgenmantel offen war. Bis sein Kopf zwischen meinen Beinen war. Bis er in meinem Mund war. Bis unsere Hände verzweifelt nach allem Möglichen getastet haben.

»Ich hoffe, es gefällt dir«, sagt Sinja und bongt das Haarentfernungsmittel ein.

»Äh, oh … ja«, stammele ich, während mir die Hitze den Hals hinauf ins Gesicht steigt. »Kann es nicht erwarten, es auszuprobieren. Danke.«

Das ist nicht der richtige Zeitpunkt, um in Erinnerungen an gute Zeiten zu schwelgen. An heiße, an perfekte Zeiten, in denen ich mir nicht vorstellen konnte, dass es anders sein könnte, weil ich mir das Wie und Warum der irrationalen Grausamkeiten des Lebens nicht vorstellen konnte. Diese Art Erinnerung kann ich mir nicht ansehen. Da gibt es Abschnitte, die einfach zu sehr wehtun, aber auch solche, die sich schlicht zu gut anfühlen.

»Ist das alles?«, fragt Sinja.

»Ja«, sage ich mehr zu mir als zu ihr, fest entschlossen, meine Gedanken zu zügeln und jegliche Erinnerungen zu verdrängen. »Das ist alles.«

Kapitel 6

# JOSIAH

»Ich weiß nicht, wer von ihnen glücklicher ist«, sage ich, während ich zusehe, wie Kassim und Otis das Flussufer hinunterlaufen und sich dabei großzügig mit Schlamm beschmutzen. »Aber mit der Wagenwäsche hätte ich warten sollen. All dieser Dreck.«

»Verständlich.« Deja grinst und klopft auf den kleinen Rucksack zu ihren Füßen. »Ich habe mich an das letzte Mal erinnert und ein Handtuch eingepackt.«

Lachend quittieren wir mit einem Fistbump, als Otis nach dem Frisbee springt, das Kassim geworfen hat, nur um geradewegs im Wasser zu landen und außer Sicht zu verschwinden. Sekunden später durchbricht er die Oberfläche mit dem Frisbee zwischen den Zähnen.

»Angeber«, murmele ich.

»Du liebst ihn«, zieht mich Deja auf.

»Egal.« Ich verdrehe die Augen und räuspere mich. »Also, deine Mom sagt, du schwänzt die Schule.«

»Oh mein Gott«, ächzt Deja und schlägt eine Hand vor die Augen. »Macht die immer noch so einen Aufstand? Es war nur eine Stunde und nur, damit ich eine wichtige Sendung gucken konnte. Ich wünschte, sie würde mich einfach in Ruhe lassen.«

»Tja, ich fürchte, so funktioniert Erziehung nicht. Keine sozialen Medien in der nächsten Woche.«

»Dad! Ich habe schon fest eingeplante Posts.«

»Dann plan sie wieder aus.«

»Du kannst wirklich alles andere haben«, bettelt sie.

»Und genau das ist der Grund, warum wir das nehmen.«

»Wir?« Misstrauisch kneift sie die Augen zusammen. »Hat sie dich dazu angestiftet?«

»Das war meine Idee.« Meine Brauen gleiten bis zur Und-jetzt-Ebene aufwärts. »Deine Mutter ist nicht deine Feindin. Sie will nur das Beste für dich. Das wollen wir beide. Wir bezahlen kein Schulgeld, nur damit du an der Harrington patzt.«

»Wer sagt, dass ich überhaupt an der Harrington sein will?«, brummelt sie und tritt einen Stein am Fluss entlang.

»Das ist eine der besten Schulen im ganzen Staat, Day. Wenn du da gut abschneidest, kannst du dir das College später aussuchen.«

»Wer sagt, dass ich das will? College ist nicht für jeden geeignet.«

Ich komme nicht mehr dazu, ihr zu antworten, weil mein Telefon eine eingehende Nachricht meldet.

**Vashti:** Hey, Babe. Ich bin im
Restaurant und bereite mich auf
den Mittagsansturm vor. Kommst
du rein?

> **Ich:** Ja. Bin noch mit den Kindern
> am Fluss. Wir gehen bald, aber
> Kassim hat um zwei Fußball. Ich
> sollte vor der Abendmeute im
> Restaurant sein. Anthony ist doch
> da, oder?

So lange hatte ich im Grits von allem ein bisschen übernommen. Nun, da Ruhe eingekehrt ist und wir eine Küchenchefin haben, einen Souschef und Anthony, einen großartigen Geschäftsführer, den ich einem von Atlantas Spitzenrestaurants abgeworben habe, kann ich endlich auch mal wieder ein bisschen durchatmen.

**Vashti:** Ja, Anthony ist hier. Alles unter Kontrolle. Ich würde dich nur gern sehen, und vielleicht können wir nach Geschäftsschluss noch ein bisschen Zeit miteinander verbringen?

Sie hat schon vorher einige Hinweise darauf fallen lassen, dass sie die Nacht gern mit mir verbringen würde. Wir sind nicht lange zusammen, aber die Verlockung ist da, und ich mag sie sehr. Ich hatte eine sehr lange Zeit keine Dates mehr, aber ich erinnere mich, dass so Beziehungen beginnen. Ich bin ein scharfer Kerl. Ich will das.

Oder nicht?

**Ich:** Ich möchte dich auch sehen. Yas holt die Kinder nach dem Fußballspiel ab. Dann komme ich rüber.

**Vashti:** Dann kommt Yasmen heute nicht her?

Ich runzele die Stirn. Mein Finger schwebt über dem Display. Trotz der Spannungen zwischen Yasmen und mir ist mir überaus bewusst, dass das Geschäft ohne sie, ihre Ideen und die Leidenschaft, die sie schon früh investiert hatte, nicht das wäre, was es heute ist. Wir mögen nicht mehr verheiratet sein, aber wir sind immer noch Partner.

**Ich:** Sie wird es heute wahrscheinlich nicht schaffen. Brauchst du sie?

**Vashti:** Nein, gar nicht. Es fühlt sich nur ein bisschen komisch an, jetzt, wo sie weiß, dass wir zusammen sind. Ich will einfach, dass alles hinhaut. Dass es mit uns hinhaut. Ich möchte, dass im Grits alles gut läuft. Und ich will da nichts durcheinanderbringen. Klingt das albern?

**Ich:** Nein, aber du musst dir keine Sorgen machen.

**Vashti:** Okay. Bis bald. 🖤

Ein paar endlose Sekunden lang starre ich das 🖤 an, ehe ich das Telefon in die Tasche meiner Jeans stecke. Es ist kein richtiges Herz, aber es macht mich nachdenklich. Ich muss vorsichtig sein mit dieser Beziehung. Vashti ist mir wichtig, und ich habe sicher nicht den Wunsch, ihr wehzutun. Ich habe offen gesagt, dass ich einfach sehen will, wohin das führt, dies aber die erste Beziehung seit meiner Scheidung ist. Ich lege es derzeit nicht auf etwas allzu Ernstes an.

»War das Vashti?«, fragt Deja, ohne von ihrem eigenen Handy aufzublicken.

»Ja, wir haben nur über die Abendschicht gesprochen.«

»Ach, komm, Dad.« Deja grinst spöttisch und guckt mich belustigt an. »Kassim und ich haben es rausgefunden.«

»Was rausgefunden?« Ich stelle mich dumm.

»Du«, sagt sie heftig nickend, »und Vashti. Ihr habt was miteinander. Das wissen wir.«

»Wie kommst du auf die Idee?«

»Zum einen wegen der Art, wie sie dich anschaut.« Deja klimpert übertrieben mit ihren Wimpern. »Als wärest du so supertoll.«

»Ich bin supertoll.« Ich zupfe an einem ihrer Zöpfe. »Da muss noch mehr dahinterstecken.«

»Sie kommt immer öfter, sogar wenn ihr gerade nicht arbeitet.« Sie zuckt mit den Schultern. »Ich weiß nicht. Ich sehe einfach, dass du sie magst.«

»Das tue ich«, sage ich und wähle meine Worte sorgfältig. »Ich war nicht sicher, wie du und Seem darüber denken würdet. Ist es okay für euch, wenn ich jemanden date?«

»Warum sollte es nicht okay sein?« Sie atmet zischend durch die Zähne ein. »Du hast ein bisschen Glück verdient, nach allem, was du ihretwegen durchgemacht hast.«

Ihretwegen?

»Äh ... meinst du deine Mutter?«

»Natürlich. Wer kann es dir verdenken, wenn du weiterziehst? Mom ist verrückt geworden und hat dein Leben ruiniert und ...«

»Wow, wow, wow.« Ich schüttele den Kopf und sehe ihr direkt in die Augen, damit sie mich auch versteht. »Lass mich nicht noch einmal hören, dass du deine Mutter verrückt nennst. Hast du mich verstanden, Deja Marie?«

»Aber, Dad, sie ...«

»Sie war schwer depressiv, nicht verrückt. Begreifst du eigentlich, was wir als Familie in wenigen Monaten verloren haben?«

»Ja, Sir.« Dejas Kehle zieht sich zusammen, als sie heftig schluckt. »Tante Byrd und ... und Henry.«

Seinen Namen zu hören ist, als würde man mir eine Schraube in die Brust drehen. Das wird immer so sein.

»Ja«, antworte ich, und ein Teil der schmerzhaften Glut sickert in meine Stimme. »Wir alle haben Henry verloren, aber deine Mom, sie hat ihn unter dem Herzen getragen. Genauso wie dich und Kassim. Und wie sie ihn verloren hat, das war ...«

Meine Kehle brennt, und ich wünschte, ich könnte die Worte einfach hinunterschlucken, könnte dieses ganze Gespräch hinunterschlucken. Es ist immer noch qualvoll, daran zu denken, darüber zu sprechen, und mir geht auf, dass ich das nie tue. Teufel auch, nie getan habe.

Die Erinnerung an Yas, sonst so strahlend wie Sonnenschein, wie sie trübsinnig, derangiert und vollends regungslos in einem Schaukelstuhl sitzt und die Wand von Henrys Kinderzimmer anstarrt, sucht mich kurz heim, und schon bin ich wieder dort. Wieder an diesem von Verzweiflung, von Mutlosigkeit und Zorn beherrschten Ort. Ohne auch nur zu wissen, worauf ich meine Wut richten soll. Hilflos, weil ich Tag für Tag spüren konnte, wie sie davongeleitet. Ich wusste, ich war dabei, sie zu verlieren, und es gab nichts, was ich hätte tun können, um sie zu halten.

»Sie musste ihn zur Welt bringen, Day«, fahre ich fort. »Obwohl sie wusste, dass er bereits tot war, und das war zu viel. Es war so hart.«

»Ich weiß, aber sie …«

»Kein Aber. Wenn ich dich je wieder so über deine Mutter reden höre, bekommst du es mit mir zu tun.« Ich hebe ihr Kinn an, damit sie nicht einfach wegschauen kann. »Kapiert?«

Sie nickt, langsam und verunsichert, und ich verspüre ein wenig Reue. Vielleicht war ich zu hart zu ihr, aber es macht mich wütend, sie so über das reden zu hören, was Yas hat durchmachen müssen, nicht nur geringschätzig, sondern auch vorwurfsvoll. Ich küsse ihre Stirn, um den Schlag nachträglich etwas abzumildern, und meine eigenen Worte hallen mir durch den Kopf. Yasmen gegenüber Deja verteidigen. Versuchen zu verstehen. Da ist eine Stimme in meinem Hinterkopf, die fragt, ob ich das intensiver hätte tun sollen, als ich noch die Chance dazu hatte.

Kapitel 7

# YASMEN

»›Screen on the Green‹ geht nun ins vierte Jahr.« Ich umfasse das Mikro und lächele die Menge an, die sich auf dem Rasen des Sky Park versammelt hat. »Und ich danke Ihnen allen im Namen der Skyland Association für Ihr Kommen. Also, ehe wir nun mit der Vorführung von ›Spider-Man: A New Universe‹ beginnen, hat Sinja Buchanan, der das Honey Chile ganz in der Nähe gehört, ein bisschen Filmwissen für Sie.«

Ich gebe das Mikro ab, steige von dem kleinen Podest, bereit, dorthin zu gehen, wo Hendrix und Soledad kampieren. Seit dem Brunch in der letzten Woche habe ich sie nicht mehr gesehen, und meine Lippen zucken unter dem Einfluss eines erfreuten Grinsens bei dem Gedanken an einen Abend mit meinen Mädels.

»Wie schön, dich zu sehen, Yasmen«, sagt Deidre Chadworth und legt mir eine Hand auf die Schulter, als ich meine Freundinnen schon beinahe erreicht habe.

»Oh, danke, Deidre.«

Mehr als nur einmal kam ein wohlmeinender Nachbar vorbei, klingelte an der Tür und wartete mit einem Schmorgericht oder einem Eintopf auf der Veranda. An manchen Tagen ignorierte ich sie einfach, bis sie wieder gegangen waren. Deidre, eine der Hartnäckigeren unter ihnen, hat mir kein Essen gebracht. Als Eigentümerin der örtlichen Buchhandlung Stacks kam sie immer mit einem Buch.

»Ich habe das neueste Buch von Sarah MacLean eingekauft«, sagt sie, und ihr Lächeln verrät mir ebenso wie das verruchte Funkeln in ihren Augen, dass es eines von der schärferen Sorte sein muss. »Und das neue von Beverly Jenkins.«

»Ich versuche, diese Woche mal vorbeizuschauen.« Ich berühre ihren Arm, der voller Sommersprossen und mit klimpernden Armreifen geschmückt ist. »Und ich habe mich noch gar nicht bei dir bedankt für die vielen Male, zu denen du vorbeigekommen bist, als ich …«

Ich bin nicht sicher, ob ich über meine Depression reden will. Ich hatte immer nach der Philosophie gelebt, steh es durch, lass es hinter dir und mach weiter – bis diese eine Sache geschah, die ich nicht hinter mir lassen konnte. Das war, als würde man jeden Morgen auf einem schmalen Fensterbrett erwachen und sich fragen: Ist heute der Tag, an dem ich abstürzen werde?

»Ach, Liebes«, sagt Deidre und drückt meine Hand. »Ich verstehe das. Ich habe drei verloren, ehe ich Charlie bekam.«

»Das war mir gar nicht bewusst. Tut mir so leid, Deidre.«

»Zwei waren Fehlgeburten, was schlimm genug war, aber das letzte …« Schmerz flackert in ihren Augen auf. »Wie Henry, eine Totgeburt.«

Wer das nicht erlebt hat, der kann den machtvollen Schrecken nicht begreifen, der in diesem einen Wort liegt.

Totgeburt.

Ein Kind betritt die Welt und hat sie doch schon verlassen. Das Paradoxon von Geburt und Tod, in einen einzigen, lautlosen Augenblick gepackt. Kein erster Klaps auf den Po, kein Aufschrei neuen Lebens, nur das Klagelied einer Mutter. Eine Glocke, die nie klingt. Ich habe mich in einem sterilen Raum mit gestärkten weißen Laken zusammengerollt. Heiße, stumme Tränen sind mir über das Gesicht gelaufen, durch meine Poren eingedrungen und haben mich bis ins Innerste verseucht. Ein unentrinnbarer Schmerz, der mir durch Mark und Bein schoss.

»Man lernt, damit zu leben, weißt du«, sagt Deidre, und in ihrem Lächeln liegt Mitgefühl und seltenes Verständnis. »Aber jeder, der glaubt, du würdest je ›darüber hinwegkommen‹, hat nie so viel verloren wie wir. Ich bin einfach froh, dass du noch da bist.«

Trauer ist eine Plage und eine Plackerei. Zu atmen, aufzuwachen, aufzustehen und sich durch eine Welt zu bewegen, die sich leerer anfühlt. Dieses klaffende Loch, das in die eigene Existenz gerissen wurde, und alle um dich herum spazieren einfach daran vorbei, als wäre es gar nicht da.

Und du selbst kannst nichts tun außer dastehen und hinstarren.

An diesem noch hellen Abend blinzele ich die Tränen fort und erwidere Deidres Lächeln. »Danke, und ich werde diese Woche reinschauen.«

Als ich schließlich bei Hendrix und Soledad ankomme, habe ich mich wieder gefangen, die Augen sind trocken, ein strahlendes Lächeln sicher ins Gesicht getackert.

Hendrix mit ihren eins achtundsiebzig ohne Schuhe – deutlich über eins achtzig mit ihren Blockabsatzsandalen – trägt eine knallenge Ripped-Jeans und ein kobaltblaues Neckholder-Top, akzentuiert durch überdimensionierte Creolen und goldene Haarmanschetten, die sie in ihre Braids eingeflochten hat.

»Du siehst toll aus«, sage ich und berühre das seidige Material ihrer Bluse.

»Danke. Lotus Ross hat diese neue Übergrößen-Linie namens Mo' Better.« Sie führt die Fingerspitzen von Daumen und Zeigefinger an die Lippen und macht einen Kussmund, um ihre Begeisterung auszudrücken.

»Oh, ich muss mir ihr Zeug unbedingt ansehen«, sagt Soledad.

»Ja, sie hat sogar ein paar Klamotten für deinen kleinen Hintern.« Hen weicht aus, als Soledad einen Faustschlag mimt. »Ich sag's ja nur. Mo' Better ist halt nichts für kleine Leute.«

»Es mag ja vieles an diesem Körper geben, was klein ist.« Soledad klopft sich auf das eigene Hinterteil. »Aber dieser Arsch gehört nicht dazu.«

Wir brauchen gleich mehrere auf dem Gras ausgebreitete Decken, um Soledads ganze Brut aufzunehmen. Drei Mädchen in variierenden Nuancen ihrer Mutter, in die hier und da ein Sprenkel ihres erbärmlichen Gatten eingeflossen ist, fläzen sich im Gras, holen sich Snacks aus Soledads Picknickkorb, der so, wie er ist, einer Werbung hätte entsprungen sein können, und reichen sie weiter.

»Da ist noch Quiche Lorraine«, sagt Soledad. »Und ein Salat, den ich noch schnell eingepackt habe, ehe wir das Haus verlassen haben. Der wird dir schmecken. Oliven, Spinat und Feta. Und Tomaten als Farbtupfer.«

»Diese Vinaigrette«, sagt Hendrix mit einem lustvollen Stöhnen, verdreht die Augen und wedelt zur Betonung mit ihrer Gabel. »Gott, wo hast du die her?«

»Ach, die habe ich gemacht.« Soledad zuckt mit den Schultern, doch zugleich umspielt ein zufriedenes Lächeln ihre Mundwinkel. »Mein eigenes Rezept.«

»Oooh, lass mich probieren.« Ich sitze neben Hendrix auf der Decke und beuge mich vor, öffne den Mund wie ein Küken.

»Neeeeeh, Shugah«, sagt Soledad grinsend und reicht mir einen Teller mit buntem Salat und einem Stück Quiche. »Bei dieser Veranstaltung hast du übrigens wieder ganze Arbeit geleistet.«

»Danke.« Ich nehme den Teller entgegen und stürze mich zuerst auf den Salat. »Oh, Sol. Diese Vinaigrette ist fantastisch. Alles, was du anfasst, wird köstlich. Du musst wirklich einen Weg finden, dieses Soledad-Erlebnis zu vermarkten.«

»Ich sage ihr ständig, dass es mein Beruf ist, Stars zu machen«, bemerkt Hendrix mit vollem Mund. »Wenn sie mich nur lassen würde, könnten wir ihr ganzes Leben bis zum Abwinken durchbranden.«

Soledad reicht Inez ein Sandwich und eine Flasche LaCroix. »Das ist dir ernst, oder?«

»So ernst wie ein Herzanfall.« Hendrix klopft mit der Gabel auf ihren Teller. »Was denkst du, warum ich das schon seit einem Jahr predige? Bereit, wann immer du bereit bist, Girl.«

Soledads Blick wandert zu ihren drei hübschen, kichernden, quasselnden Töchtern, die wechselweise Karten zu einer Partie »War« auf die Decke werfen. Für sie sind die drei ein Privileg, das größte überhaupt, und sie zieht sie auf, als wäre das ihre einzige Bestimmung.

»Später vielleicht«, sagt Soledad endlich, schneidet ein Stück Quiche ab, legt es auf einen Teller und gibt ihn Lupe. »Vorerst gilt mein Hauptaugenmerk den Kindern. Inez will ernsthaft Ballett tanzen und hat gerade mit der Middleschool angefangen. Wir wissen alle, was für ein Höllenritt das ist. Lottie legt gerade richtig mit dem Turnen los, und wir besorgen ihr nächsten Monat einen neuen Trainer, einen, der schon ein paar Mädchen olympiafit gemacht hat.«

»Gar nicht anspruchsvoll oder so«, murmelt Hendrix gerade laut genug, dass ich es hören kann. Ich unterdrücke ein Kichern und blicke weiter unverwandt Soledad an.

»Und Lupe kommt nächstes Jahr in die Highschool«, fährt Soledad fort. »Cheerleading, vielleicht sogar modeln, da muss ich einfach …«

»Ich will kein Model werden, Mom«, unterbricht Lupe. Ihre Lippen glänzen von Soledads magischer Vinaigrette.

»Wir werden sehen.« Soledad beugt sich vor und flüstert uns zu: »Wisst ihr, auf die anderen Angebote habe ich kaum geachtet, aber jetzt hat sich Wilhelmina gemeldet. Ich meine, wer weist schon Wilhelmina ab?«

»Ich«, sagt Lupe, beugt sich ebenfalls vor, streicht Soledad eine dicke Strähne dunklen Haars aus dem Gesicht und küsst sie auf die Wange, ehe sie ihren Kopf an die Schulter ihrer Mutter lehnt.

Und ich verstehe sie. Diese Harmonie zwischen den drei Töchtern. Das stille Selbstvertrauen, das jede von ihnen so mühelos verströmt. Die unbelastete, tiefe Liebe zwischen Soledad und ihren Mädchen, so was kommt nicht von ungefähr. Ich glaube zwar nicht, dass es so etwas nur bei Vollzeitmüttern gibt, aber ich verstehe Soledads Einsatz für ihre Familie, für ihre Mädchen, und ich respektiere ihn.

»Kommt Deja auch, Mrs Wade?«, fragt Lupe.

»Ja.« Ich schlucke einen Bissen Quiche hinunter. »Sie und Kassim kommen mit ihrem Vater her.«

»Tut mir wirklich leid wegen …« Lupe guckt jämmerlich drein. »Mein kleiner Ausrutscher. Ich wollte Deja nicht in Schwierigkeiten bringen.«

»Schon gut.« Ich winke gelassen ab, als hätte der Vorfall nicht zu einem gewaltigen Streit zwischen Deja und mir geführt.

»Und du sollst es uns sagen, wenn einer deiner Altersgenossen sich in Gefahr begibt«, fügt Soledad hinzu und runzelt die Stirn über den feinen Brauen. »Nichts ist wichtiger als die Sicherheit von Freunden.«

»Sie hat nur Englisch geschwänzt«, sagt Lupe trocken. »Bei dir klingt das, als hätte sie Meth geraucht und wäre nackt durch die Gänge getanzt. Mom, wirklich, du solltest aufhören, *Euphoria* zu gucken.«

»Aber ich liebe diese irren Kids.« Soledad zieht einen Flunsch, und ihre dunklen Augen funkeln vergnügt. »Da kommen deine, Yas.«

Ich drehe mich um und grinse, als ich Kassim hastig über den Rasen auf uns zulaufen sehe. Otis ist ihm direkt auf den Fersen. Deja kommt mit der typischen Muss-ich-hier-sein-Geschwindigkeit hinterher, aber nicht einmal das kann meine Laune trüben. Der Sommer liegt in den letzten Zügen. Ich bin wieder im Takt, ich arbeite, bin mental und emotional stabil, gesund an Körper und Seele, umgeben von Freundinnen. Vielleicht den besten Freundinnen, die ich je hatte.

Ich hebe eine Gabel mit Quiche an die Lippen, als Josiah und Vashti hinter Deja in mein Blickfeld geraten.

Hand. In. Hand. Scheiße!

Meine Zen-Blase platzt.

Ich bemühe mich, achtsam zu atmen, so, wie es mir meine Therapeutin Dr. Adams beigebracht hat. Dann versuche ich es mit den 4-7-8-Atemzügen aus dem Yogaunterricht. Nichts funktioniert. Jeder Atemzug verfängt sich in meiner Lunge und stottert über meine Lippen.

Es sind beinahe zwei Jahre. Du hast gewusst, dass das passieren würde. Dass er eine andere finden und du ihn mit ihr sehen würdest. Das sollte dir nicht so viel ausmachen.

»Richte mal dein Gesicht«, sagt Hendrix durch den Mundwinkel. »Du siehst aus, als hätte dir jemand die Faust in den Magen gerammt.«

Ich wende den Blick von dem näher kommenden Paar ab und sehe meine Freundin an. Die zieht die Brauen hoch und reicht mir ein Glas Rosé. »Geht's wieder?«

»Äh, ja, natürlich.« Ich kippe den kühlen Wein hinunter und verwandle meine Züge in eine unbeeindruckte, glatte Fassade. »Ich war nur …«

»Nicht so ganz darauf vorbereitet, dass dein Ex weiterzieht?« Hendrix sieht mir unauffällig über die Schulter. »Dann hol das schnell nach. Sie sind fast hier, und sie muss nicht sehen, wie sehr dir das zu schaffen macht. Jetzt, Ma'am, müssen Sie Ihren Glücksort suchen. Geh da hin und hol die Bad Bitch wieder raus.«

»Verstanden. Krieg ich hin.«

Bad Bitch.

Bad Bitch.

Bad Bitch.

Das Mantra läuft immer noch in meinem Kopf, als Josiah und Vashti schließlich zu uns stoßen.

»Hey.« Josiah grüßt uns alle mit einem einzigen Wort und einem flüchtigen Blick.

Alle murmeln eine Antwort, aber ich bin nicht die Einzige, die die Anspannung spürt. Ein paar Leute um uns herum starren her, als wäre das Familientheater auf dem Rasen sehenswerter als der

Film. In dieser idyllischen kleinen Nachbarschaft ist das natürlich hochdramatisch. Hier ist es eine echte Sensationsnachricht, wenn ein Paar, das wahrscheinlich ewig zusammenbleiben wird ... eben das nicht tut und der Mann plötzlich die Hand einer anderen hält. Josiah breitet gleich neben uns eine große Decke aus.

Toll. Ich kann aus der ersten Reihe die ekelhaft bewundernden Blicke beobachten, die Vashti Josiah alle drei Sekunden zuwirft. Schlimmer kann mein Abend kaum werden.

»Hi, Mom«, sagt Deja gedehnt und setzt sich genau da hin, wo sich die beiden Decken überlappen.

Ich war zu voreilig. Ich bin sicher, Deja wird wahnsinnig originelle Möglichkeiten finden, um diesen Abend doch noch schlimmer zu machen.

»Diese Quiche ist köstlich, Soledad«, sagt Vashti, ehe sie an ihrem Rosé nippt. »Danke, dass du mit uns teilst.«

»Aus deinem Mund ist das ein besonderes Lob«, sagt Soledad und wirft mir einen entschuldigenden Blick zu, als hätte sie gerade Regina George mit offenen Armen aufgenommen. Josiah und Vashti als Paar, zusammen mit meinen Kindern, fühlt sich so ... endgültig an. Als wären sie eine Einheit und vollständig von mir getrennt. Als gäbe es keine Gemeinsamkeit mehr. Ich bin nicht sauer – Josiah und ich haben ja darüber gesprochen –, aber es wird dauern, bis ich mich daran gewöhnt habe.

»Oh, Achtung.« Hendrix stupst mich mit dem Ellbogen an und kneift Soledad.

»Au!«, quiekt die und reibt sich die gerötete Haut an ihrem Arm. »Was soll das?«

»Scharfer weißer Typ im Anflug.« Subtil dreht Hendrix den Kopf und starrt irgendwo hinter mich. »Kommt direkt auf uns zu.«

Ich will mich umsehen.

»Nicht hingucken! Verdammt!« Hendrix tippt mir auf den Oberschenkel. »Du wirst ihn schon sehen, wenn er da ist, weil er nämlich ganz offensichtlich zu uns kommt.«

»Ooooh.« Soledad beugt sich grinsend zu uns herüber, schließt den Kreis und flüstert: »Er kommt nicht zu uns. Er will zu Yasmen.«

Jetzt kann ich nicht mehr anders, ich muss nachsehen. Mark Lancaster, einer der erfolgreichsten Bauunternehmer von Skyland und frisch gekürter Kongresskandidat, nähert sich uns mit sicheren Schritten.

»Ich bin übrigens eine seiner freiwilligen Wahlkampfhelferinnen«, sagt Soledad mit vage verrucht leuchtenden Augen. »Er schafft es immer irgendwie, das Gespräch auf Yasmen zu bringen. Da wir gerade von der Kanalisation sprechen, wie geht es Yasmen?«

Hendrix prustet, wird aber schnell wieder ernst. »Und da ist er schon.«

»Guten Abend, die Damen«, sagt Mark. Dann nickt er Josiah und Kassim zu. »Und Herren. Bereit für den Film?«

»Sind wir«, antwortet Hendrix. »Warum setzt du dich nicht zu uns?«

Offensichtlich zur selbst ernannten Gastgeberin avanciert, klopft sie auf die freie Stelle auf der Decke gleich neben mir.

Fällt ja gar nicht auf.

»Hätte nichts dagegen.« Mark lässt seinen groß gewachsenen, fitten Körper neben mir nieder. Er ist attraktiv auf diese Ken-Art: glattes Plastik mit beweglichen Teilen. Blaue Augen, blondes Haar. Strahlend weißes Lächeln, ein bisschen zu sehr das Muster eines geübten Politikers, aber durchaus nett. Nicht, dass mit dem künftigen Kongressabgeordneten Mark etwas nicht stimmen würde, aber die vorsichtigen Regungen meiner im Ruhezustand befindlichen Libido machen sich in seiner Gegenwart nicht bemerkbar. Verstohlen werfe ich einen Blick auf Josiah, der sich zurückgelehnt auf die Handflächen stützt, die muskulösen Arme lang hinter dem Rücken ausgestreckt, sodass sich das minzgrüne Lacoste-Poloshirt, das prächtig mit dem ebenmäßigen Mahagoniton seiner Haut kontrastiert, über der breiten Brust spannt. Kassim sagt etwas, das ihm ein träges Lächeln entlockt, das über sein Gesicht huscht. Ich möchte lieber nicht genauer erkunden, welche »Regungen« mein Ex-Ehemann nach wie vor auszulösen imstande ist.

Er blickt auf und ertappt mich dabei, wie ich ihn beobachte. Ich bin gut genug darin, Dinge zu überspielen, um zu wissen, dass es völlig amateurhaft wäre, so zu tun, als hätte ich gar nicht hingesehen. Also setze ich ein falsches, aber natürlich wirkendes Lächeln auf und warte darauf, dass er es erwidert. Josiah ist in vielem gut. Etwas vorzugeben gehört nicht dazu. Er erwidert das Lächeln nicht, stattdessen huscht sein Blick von mir zu Mark, und seine Augen werden schmaler.

Ich drehe mich zu Mark um und lächele etwas breiter. Ich könnte vielleicht ein kleines bisschen mit den Wimpern geklimpert haben. Das ist erbärmlich, aber mein Ex ist hier, mit unseren Kindern und unserem verdammten Hund, auf dass die ganze Welt ihn sehen kann. Schlendert händchenhaltend zu uns. Also, ja, ich lache ein bisschen länger und lauter, wenn Mark einen Witz reißt, der auch nur ansatzweise ein wenig komisch ist. Vielleicht beuge ich mich bisweilen ein oder zwei Zentimeter nach vorn, damit er die Vorzüge oberhalb meiner Taille besser in Augenschein nehmen kann. Ich meine … das ist eben die List, derer ich mich bediene, wenn man mich in eine Ecke drängt. Zu wissen, dass die zwei was miteinander haben, ist eine Sache. Wenn Hendrix recht hat, haben sie schon Sex. Aber es ist ganz einfach etwas völlig anderes, mit eigenen Augen dabei zuzusehen, wie die Beziehung zwischen Josiah und Vashti wächst und gedeiht. Es trifft mich schwerer.

Und manchmal komme ich mit schweren Treffern nicht gut klar.

»Sieht aus, als würde der Film gleich anfangen«, bemerkt Mark nach einigen Minuten Geplauder und vorsichtiger Flirterei. Was Letzteres betrifft, bin ich zwar außer Übung, aber ich glaube, ich bekomme es einigermaßen hin. Angesichts der Wärme seines Lächelns und der Tatsache, dass er sich ausschließlich auf mich konzentriert, würde ich sagen, ich schlage mich vielleicht sogar besser als nur einigermaßen.

»Kann ich dich eine Sekunde sprechen, ehe der Film losgeht?«, fragt Mark. Ohne eine Antwort abzuwarten, hält er mir die Hand hin, um mir beim Aufstehen zu helfen.

»Äh, ja, klar.« Ich folge ihm ein paar Schritte weit und sehe mich kurz zu Hendrix und Soledad um. Beide grinsen aufmunternd. Wäre das nicht gar zu offensichtlich, würde mir Hendrix vermutlich auch noch einen hochgereckten Daumen zeigen.

»Also, vielleicht habe ich mein Interesse etwas zu subtil gezeigt«, sagt Mark, als wir das Ende der Menge erreichen und außer Hörweite sind.

Das ist nicht das erste Mal, dass er seit meiner Scheidung mit mir zu flirten versucht. Wenn er das für subtil hält, dann denkt er vermutlich auch, Pearl Harbor wäre nur ein Tag am Strand gewesen.

»Subtil?«, frage ich, auf eine ausdruckslose Miene bedacht. »Was meinst du?«

»Ich mag dich, Yasmen.« Sein Lächeln wirkt offen und aufrichtig, die Augen ernst. »Sehr, um genau zu sein.«

Ich starre zu Boden, schiebe die Hände in die Taschen meines Sommerkleids und fühle mich plötzlich gar nicht wohl. In seinen Augen flackert eine Hoffnung, von der ich nicht sicher bin, dass sie in Bezug auf mich angemessen ist. Nicht, weil ich es nicht wert wäre, sondern weil ich es nicht fühle. Nicht ihm gegenüber.

»Mark, ich will dir nicht wehtun.«

»Warum solltest du mir wehtun?« Er legt den Zeigefinger unter mein Kinn und drückt meinen Kopf hoch, um mir in die Augen zu sehen.

Ich möchte niemanden im Kreuzfeuer zwischen Josiah und mir sehen, auch wenn Josiah kein Spielchen treibt oder nur vorgibt, Vashti zu mögen, um mich eifersüchtig zu machen. Er mag sie. Er möchte wirklich mit ihr zusammen sein. Ich kann Mark nicht in ein Spiel hineinziehen, das ich spielen könnte, um besser damit umgehen zu können.

»Ich habe seit meiner Scheidung nichts mit irgendwem angefangen«, sage ich schließlich und sehe ihn offenherzig an. »Und ich bin sicher, du willst nicht der erste Mann am Schlagmal sein. Ich bin noch nicht bereit für etwas Ernstes oder …«

»Schau, ich erwarte gar nichts Ernstes. Es kann sein, was immer du willst. Ich bin bereit, das Risiko einzugehen und als Erster ans Schlagmal zu treten.« Sein bewundernder Blick gleitet von meinem Haar, heute lockig und offen, über die Kurven meines Körpers bis zu den Sandalen an meinen Füßen. »Ich finde dich einfach umwerfend, Yasmen. Höllisch sexy. Klug. Eine geborene Anführerin. Freundlich. Du bist das ganze Paket, und ich würde dich gern besser kennenlernen.«

Die Frau, die Mark beschreibt, ist das Vorher-Ich. Das, das jeden Rückschlag überwunden und seinen Job gemacht hat. Das, das die Bürde aller anderen mitgetragen und die Last kaum wahrgenommen hat. Nicht das, das implodiert ist. Das gefallen ist und sich nicht wieder aufrichten konnte. Das sich versteckt hat. Es ist berauschend, dass mich jemand wieder so sieht wie früher. Ich habe gedacht, ich käme allmählich wieder zur mir, aber zu hören, wie Mark in Worte fasst, was er sieht, wenn er mich anschaut, macht mir Mut. Und nachdem mich der Anblick von Josiah und Vashti heute Abend so erschüttert hat, fühlt es sich auch gut an.

»Okay.« Ich kichere und werfe ihm einen unsicheren Blick zu. »Also willst du den ersten Schlagmann geben?«

Er nimmt meine Hand und streichelt mit dem Daumen meine Handfläche.

»Vielleicht schaffen wir ja einen Homerun«, neckt er und senkt den Kopf, um mir in die Augen zu schauen und mir ein Lächeln zu entlocken. »Gib mir deine Nummer. Ich rufe an, und dann können wir vielleicht zusammen zu Abend essen.«

Wir tauschen unsere Telefonnummern aus, und er drückt noch einmal sanft meine Hand, ehe wir zu den anderen zurückgehen.

Ich atme tief durch, um meinen Herzschlag zu besänftigen. Nicht, dass Mark meinen Puls beschleunigen würde. Ich bin ehrlich genug zu mir selbst, um mir da nichts vorzumachen. Er mag attraktiv und charismatisch sein, alles haben, was eine Frau sich wünschen kann, ich fahre nur nicht auf ihn ab ... noch nicht. Aber die Tatsache, dass ich ihm eine Chance gebe, dass ich mir eine Chance gebe, fühlt sich nach der langen Zeit, in der es mir so schlecht ging, an wie ein Abenteuer, bei dem ich Vorsicht walten lassen muss.

Mark kehrt zu den Leuten zurück, mit denen er gekommen ist, und ich mache mich auf den Weg zu unseren Decken und vereinten Familien, freue mich darüber, wie mein kleines Team sich mit dem von Soledad vermischt. Wie Hendrix Deja zum Lachen bringt und das Gesicht meiner Tochter zur Abwechslung mal nicht verdrießlich aussieht, sondern amüsiert und offen.

Und dann sind da Vashti und Josiah, gleich daneben. Mit seinem kantigen Kinn und den breiten Schultern ist er ein Abbild gezügelter Kraft und Potenz. Ich kenne ihn ganz genau. Ich kenne ihn ohne seine Kleidung. Ohne die Selbstbeherrschung, die er sich gewöhnlich auferlegt. Ich habe ihn zusammenklappen sehen. Vor Freude, vor Wut, vor Schmerz. Aber mir war nie klar, wie es sich auf mich auswirken würde, wenn jemand anderes ihn so kennt, so sieht.

Jetzt weiß ich es.

Kaum sitze ich wieder auf der Decke, geht der Film los, und alle verstummen.

Alle bis auf Hendrix, natürlich.

»Also, was war das gerade?«, flüstert sie dicht an meinem Ohr. Jemand ist so umsichtig gewesen, Popcorn zu kaufen. Wer immer es ist, er sei gesegnet. Ich starre stur auf die Leinwand, versenke die Hand im Popcorn, antworte aber nicht.

»Yas!«, flüstert sie erneut. »Was wollte er?«

Ich drehe mich um und höre auf, so zu tun, als würde ich den Vorspann sehen wollen.

»Ein Date«, sagte ich lauter als beabsichtigt. Ein paar Köpfe drehen sich in unsere Richtung, begleitet von einem kollektiven »Pst!«.

Soledad rutscht näher.

»Worüber redet ihr?«, flüstert sie, und ihr Blick zuckt von Hendrix' Gesicht zu meinem. »Geht sie mit Mark aus?«

»Sollte sie, und sei es nur zu Vergleichszwecken.« Hendrix lacht. »Ich habe immer nur Schwarze geliebt, andere Schwanzfarben kenne ich also nicht, aber ich schätze, wenn Dicke, Länge und Geschwindigkeit passen ...«

»Lieber Gott«, murmele ich und schlage die Hand vor den Mund, um nicht laut loszulachen. »Geschwindigkeit? Was soll das bedeuten?«

»Du weißt schon«, sagt Hendrix. »Schubkraft.«

»Das ist eine himmelschreiende Falschverwendung von Geschwindigkeit.« Soledad schüttelt den Kopf.

»Wirklich?«, kontert Hendrix und pocht sich an die Schläfe. »Es geht doch um Geschwindigkeit und Bewegungsrichtung. Das ist Schub.«

»Sie hat nicht unrecht«, räume ich widerstrebend ein. »Aber ich habe nicht die Absicht, irgendetwas über Marks Geschwindigkeit herauszufinden, umso weniger beim ersten Date.«

»Willst du mit Mark ausgehen, weil er«, subtil neigt sie den Kopf in Josiahs Richtung, »was mit ihr hat?«

»Nein.« Ich welke unter der Hitze von Hendrix' starrem Blick dahin. »Okay. Vielleicht auch, ein bisschen. Keine Ahnung. Ich habe Mark gesagt, dass ich noch nicht wieder zu etwas Ernstem bereit bin.«

»Mom!«, flüsterbrüllt Deja. »Könnt ihr vielleicht mal still sein? Richtig still?«

Wir drei stecken die Köpfe zusammen wie Kinder, weisen uns gegenseitig an zu schweigen, während Gekicher durch unsere Finger dringt. Und als ich mein Amüsement unter Kontrolle habe und mein Blick zu Josiah schweift, den langen Linien seines Körpers folgt, die sogar im Ruhezustand kraftvoll und fesselnd aussehen, lehnt Vashti den Kopf an seine Schulter, und sie verschränken ihre Hände in ihrem Schoß. Ich muss ein Knurren unterdrücken.

Was, zum Geier ...

Ich habe kein Recht, zu knurren oder zu maulen oder auch nur das Gefühl zu hegen, Vashti sei ein Eindringling. Ich hatte um die Scheidung gebeten. Ich habe Josiah weggestoßen. Ich kann nicht erwarten, dass, wenn ich ihn nicht will, auch niemand anderes ihn haben kann. Die kalte Realität dieser Wahrheit legt sich wie ein Eisblock auf meine Brust. Von da an bereitet es mir an diesem Abend keine Mühe mehr, nicht zu lachen.

## Kapitel 8

# JOSIAH

»Ich bin in einer Stunde zurück«, teile ich Anthony, dem Geschäftsführer des Grits' mit, während ich meine Ohrhörer justiere und die Nachrichten auf meinem Telefon durchsehe. Zwei Textmitteilungen stammen von Vashti.

»Cool«, sagt er am anderen Ende der Leitung. »Heute Abend ist es irre voll, vor allem für einen Mittwoch, aber wir kriegen das hin.«

»Danke, Mann.« Ich setze mich in den beinahe leeren Klassenraum und studiere das saubere Whiteboard und die Motivationsposter an den Wänden. »Dieses Eltern-Lehrer-Treffen sollte nicht lange dauern. Ich komme rüber, sobald es vorbei ist.«

Ich trenne die Verbindung. Schritte nähern sich. Als ich aufblicke, sehe ich Yasmen in der Tür stehen. Sie versucht sich an einem vorsichtigen Lächeln und tritt ein. Seit dem ›Screen on the Green‹ am Samstag haben wir uns kaum gesehen.

»Hey«, grüßt sie und setzt sich an den Tisch neben meinem.

Ich nehme die Ohrhörer raus und mustere meine Ex-Frau verstohlen. Der rosafarbene, kurzärmelige Pulli schmiegt sich auf eine Weise an ihre Brüste, die, meiner objektiven Meinung nach, ungebührlich ist. Yasmen war noch nie dürr, und mit jeder Schwangerschaft wurde ihre Figur nur noch üppiger.

Größere Brüste. Mehr Arsch. Dickere Oberschenkel.

Aber sie hat es immer geschafft, straff zu bleiben. Da war nur mit jedem Mal mehr von allem.

Und ich war der Begünstigte von alldem. Aber jetzt erlebe ich, wie andere Männer ihr mit ihren Blicken folgen, weiß, dass sie auch nur das kleinste Zeichen von Interesse offenbaren muss, damit sie hinter ihr her wären. Bis jetzt hat sie das nie getan, zumindest, soweit ich weiß. Wie wird es sich anfühlen, wenn sie es irgendwann tut?

Vielleicht wählt sie Mark. Mir ist nicht entgangen, dass er beim ›Screen on the Green‹ versucht hat, sie anzubaggern. Teufel auch, wann immer er ins Restaurant kommt, stürzt er sich, wenn sie da ist, geradewegs auf sie. Sein Blick klebt ständig auf ihrem Hintern. Hätte ein Mann Yasmen während unserer Ehe so angesehen, wie Mark es tut, ich hätte dem Arschloch die Fresse poliert.

Aber … wir sind nicht mehr verheiratet. Also kann er sie ansehen, wie immer es ihm beliebt. Geht mich nichts an. Langsam öffne ich die Fäuste auf meinen Knien und löse die Zähne voneinander. Gewohnheit. Nur das gewohnte Gefühl, ich möchte ihm die Eier durch die Nase ziehen, weil er Yasmen so angafft.

»Geht es den Kindern gut?«, frage ich und richte meinen Blick auf ihr Gesicht, weil alles unter ihrem Hals schlicht gefährlich ist.

»Ja, sie essen mit Clint zu Abend und gehen danach rüber zum Haus, um ihre Schulaufgaben zu machen. Clint behält sie im Auge.« Sie stellt eine riesige Tasche auf den Boden und schlägt die Beine übereinander. »Im Grits auch alles okay?«

»Ja. Anthony hat alles unter Kontrolle.«

»Der war ein echter Glücksgriff.«

»Du warst diejenige, die ihn zu uns holen wollte.«

Sie lächelt, schüttelt aber den Kopf. »Ich war einfach nur froh, dass du mich gebeten hast, ihn kennenzulernen, ehe du ihn angeheuert hast.«

»Ich habe nie jemanden ohne dein Einverständnis angeheuert.«

»Stimmt, aber wir wissen beide, dass ich nicht greifbar war, darum schätze ich es, dass du mich trotzdem einbezogen hast.«

»Jedenfalls war das eine gute Entscheidung.« Ich sehe zur Uhr und verziehe das Gesicht. »Ich habe ihm gesagt, ich komme rüber, sobald das hier vorbei ist, also hoffe ich, es dauert nicht allzu lange.«

»Was meinst du, worum es geht? Ms Halsteads E-Mail war ziemlich vage: ›Ich möchte einige Dinge in Bezug auf Kassims Fortschritte mit Ihnen besprechen.‹ Was soll das überhaupt heißen?«

»Etwas Schlimmes kann es nicht sein. Wir sprechen immerhin von Kassim.«

»Ich mache mir keine Sorgen wegen Kassims Benehmen. Er ist der einzige Schwarze Junge in der Klasse. Die sollten gut aufpassen.«

»Ich bin genauso auf der Hut wie du, aber geh das nicht zu gereizt an. Weißt du noch, wie du vielleicht ein bisschen überreagiert hast, als Mrs Thatcher letztes Jahr diese Bemerkung über Deja gemacht hat?«

»Die Frau hat gesagt, sie wisse sich zu artikulieren. Das ist nichts anderes als mikroaggressiver Mist. So etwa.« Yasmens Gesicht durchläuft eine wundersame Verwandlung und liefert eine geradezu unheimlich präzise Imitation von Mrs Thatchers verkniffener Miene. »Ich bin ja so erstaunt, dass dieses kleine Schwarze Mädchen zwei ganze Sätze zusammenklöppeln kann, und das sogar in Oxford-Englisch. Sie weiß sich so gut zu artikulieren.«

Mutmaßlich versteckt sich eine Kevlarweste unter dem rosaroten Sweatshirt, und Yasmen ist voll im Black-Mama-Modus.

»Yas, wir bleiben ruhig, ja? Keine vorschnellen Schlüsse.«

»Ach, bin ich etwa zum Berserker geworden, als sie Kassim in die gelbe Lesegruppe stecken wollten?«

»Erstens war das in der zweiten Klasse, und zweitens war es lächerlich. Er hat besser gelesen als all die anderen Kids, und …«

Ihr süffisantes Lächeln kapert den Rest meiner Worte, und ich muss selbst grinsen.

»Schon gut, du hast deinen Standpunkt deutlich gemacht, Sister Souljah.«

»Freut mich, Brother Malcolm.«

Eine Sekunde lang starren wir einander an, ehe wir die Stille mit einem gemeinsamen Kichern brechen. Wir haben bis zu unserer Scheidung so viel gestritten, hatten danach so ein angespanntes Verhältnis, ich hatte beinahe vergessen, was für ein tolles Team wir sind.

Ms Halstead, eine Frau mit blasser, sommersprossiger Haut, braunen Locken und Rehaugen, tritt ein und saust durch den Raum. »Tut mir leid, dass ich Sie habe warten lassen.«

»Kein Problem«, nuschelt Yasmen mit einem Lächeln, das ein bisschen zu perfekt aussieht, während sie mir einen Blick aus dem Augenwinkel zuwirft, der etwa besagt: Die macht jetzt besser keinen Fehler.

Ms Halstead dreht eine der Stuhl-Tisch-Kombinationen um, um sich uns gegenüberzusetzen. Sie streift die Ärmel ihrer cremefarbenen Strickjacke hoch und stützt die Ellbogen auf den Tisch.

»Schön, Sie beide wiederzusehen«, sagt sie mit einem freundlichen, warmen Lächeln. »Während der Einführungsveranstaltung hatte ich erwähnt, dass ich tolle Dinge über Kassim gehört habe, und er ist all den anerkennenden Worten früherer Lehrer mehr als gerecht geworden.«

»Das ist wunderbar«, sagt Yasmen. Prompt sinken ihre Schultern kaum wahrnehmbar ab, und ihr Lächeln wird natürlicher.

»Großartig«, sage ich trocken. »Und Sie wollten uns sehen, nur um mit uns zu feiern, wie unfassbar gut Kassim sich schlägt?«

Yasmen versetzt mir heimlich einen Tritt an den Fuß. Ich ignoriere es.

»Oder gibt es ein Problem?«, fahre ich fort.

Ms Halstead rutscht auf ihrem Stuhl herum, überkreuzt die Unterschenkel und räuspert sich. »Kassim ist einer unserer gescheitesten Schüler. Er ist sogar so klug, dass der Stoff ihn möglicherweise nicht ausreichend fordert. Wenn ich ehrlich bin, er könnte anfangen, sich zu langweilen.«

Da lauert so unverkennbar noch ein »aber«, dass Yasmen und ich einen raschen Blick wechseln, und ich wappne mich innerlich.

»Und«, fährt Ms Halstead dann doch mit einer anderen Konjunktion fort, »ich würde gern mit Ihnen darüber sprechen, wie man die Dinge etwas beschleunigen könnte.«

»Beschleunigen?«, fragt Yasmen. »Sie meinen, eine Klasse überspringen?«

»Das ist eine Möglichkeit«, antwortet Ms Halstead und nickt. »Aber er müsste auf emotionaler und sozialer Ebene ein Stück voranschreiten, ehe wir das in Betracht ziehen.«

»Erklären Sie das«, sage ich in einem Ton, schärfer als beabsichtigt. »Bitte.«

»Die sechste Klasse ist für Kinder sehr prägend. Der Sprung von der sechsten in die siebte ist im Hinblick auf die Entwicklung und das Sozialverhalten gewaltig. Von der fünften in die siebte zu wechseln ... nun ja, ich bezweifle nicht, dass Kassim den Lehrstoff spielend bewältigen würde, trotzdem müssen wir dieses Jahr einiges tun, um ihn auf den Wechsel vorzubereiten.«

»Was müssen wir tun?«, fragt Yasmen. »Worum geht es genau? Denn ich habe den Eindruck, Sie wollen über etwas Bestimmtes mit uns sprechen. Wir mögen klare Worte, Ms Halstead. All das Gute haben wir schon gehört. Aber nicht, was Ihnen Kopfzerbrechen bereitet, denn ich kann hören, dass da etwas ist.«

Yasmen kommt immer direkt zur Sache, besonders, wenn es um unsere Kinder geht. Einer der Punkte, die ich besonders an ihr schätze. Selbst als sie während der Depression auf ihrem absoluten Tiefpunkt zu sein schien, hat sie nie diesen kämpferischen Beschützerinstinkt im Hinblick auf Kassim und Deja verloren.

Ms Halstead steht auf und geht zur Vorderseite des Klassenzimmers, wo sie einen Ordner aus ihrem Lehrertisch holt. Dann atmet sie tief durch, setzt sich wieder und schlägt den Ordner auf.

»Hier an der Harrington sind wir stets bestrebt, dafür zu sorgen, dass wir unsere Studenten nicht nur akademisch hervorragend ausbilden, sondern auch ihre emotionale Intelligenz schulen«, sagt sie. »Schüler, die mit sich und ihren Gefühlen im Reinen sind, lernen besser und haben sich selbst und der Welt gegenüber eine bessere Haltung.«

Ich kann ein Augenverdrehen gerade noch verhindern und verleihe meinem Gesicht einen neutralen Ausdruck, der nicht offenbart, wie Yogi-Gen-Z-mäßig sich das alles für mich anhört.

»Weiter«, sagt Yasmen mit wachsamem Blick.

Sie muss ja darauf abfahren, wenn man bedenkt, wie viel Zeit sie mit ihrer Therapeutin verbringt. Hey, kein böses Blut. Immerhin scheint ihr das geholfen zu haben, als nichts anderes geholfen hat. Mehr Energie, aber ich brauche so was nicht, und ich glaube ganz bestimmt nicht, dass Kassim es braucht.

»Aus diesem Grund lassen wir unsere Schüler eine Art Tagebuch führen«, sagt Ms Halstead. »Darin sollen sie ihre Gefühle festhalten. Wir benutzen es auch, um sicherzustellen, dass sie nicht ins Rudern geraten. Kassim hat über seine Ängste geschrieben, und ich glaube, das deckt ein paar Probleme auf, die er vielleicht noch nicht überwunden hat.«

»Soll heißen?«, verlangt Yasmen zu erfahren, voll und ganz auf diesen Moment fixiert.

Ms Halstead streicht mit dem Zeigefinger über den Rand des Ordners. »Beispielsweise haben wir die Klasse gebeten, ihre größten Ängste zu nennen.«

»Und?«, frage ich. »Was hat er gesagt?«

»Zunächst möchte ich klarstellen, dass die Schüler wissen, dass wir ihre Tagebucheinträge lesen«, sagt sie. »Wir missbrauchen also nicht ihr Vertrauen und dringen nicht eigenmächtig in ihre Privatsphäre ein.«

»Verstanden«, sagt Yasmen und saugt vor lauter Ungeduld Luft durch die Zähne. »Was hat er geschrieben?«

»Er schrieb, seine größte Angst sei, dass seine ganze Familie sterben könnte.« Ms Halstead schleift ihren pathetischen Blick von meinem Gesicht zu Yasmens. »So wie seine Tante und sein Bruder. Ich glaube, diese beiden Verluste folgten dicht aufeinander?«

»Tante Byrd ist zuerst gestorben«, sagt Yasmen kleinlaut, den Blick starr auf die Hände in ihrem Schoß gerichtet. »Und mein … unser …«

Sie zaudert, leckt sich die Lippen und krümmt die Finger zur Faust.

»Henry, unser Sohn, wurde wenige Wochen später tot geboren«, sage ich mit bedacht ruhiger Stimme.

»Es tut mir sehr leid, was Sie durchmachen mussten«, sagt Ms Halstead mit einem aufrichtigen Ausdruck in den Augen. »Es ergibt Sinn, dass er Angst davor hat, die Menschen zu verlieren, die er liebt. Besonders hervorgehoben hat er seine Angst, Sie zu verlieren, Mr Wade.«

»Er fürchtet, ich könnte sterben?«, frage ich.

»Er fürchtet, Sie könnten ihn verlassen«, antwortet Ms Halstead. »Er scheint hinsichtlich Ihrer Familie sehr verunsichert zu sein, nach seinen Einträgen zu schließen.«

»Wir wurden ungefähr ein Jahr nach dem Tod von Tante Byrd und Henry geschieden«, sagt Yasmen gesenkten Blicks, und es klingt wie ein Geständnis.

»Hat er je mit einer Fachkraft gesprochen, nachdem das alles passiert ist?«, fragt Ms Halstead. »Mit einem psychologischen Berater oder einem Therapeuten?«

»Er und unsere Tochter waren ein paarmal bei einem Trauerberater hier an der Schule.« Yasmen nagt an ihrer Lippe. »Vermutlich hätten sie weiter hingehen sollen. Ich war nur so …«

»Zu dem Zeitpunkt haben wir keine Notwendigkeit erkannt, das fortzusetzen«, gehe ich dazwischen. »Wollen Sie sagen, dass Sie denken, wir sollten das nachholen?«

»Basierend auf dem, was ich in seinen Einträgen gesehen habe«, beginnt Ms Halstead mit fester Stimme und doch zögerlich, »könnte es eine gute Idee sein, wenn er wieder mit jemandem sprechen würde, ganz besonders, wenn wir ihn im kommenden Jahr für eine beschleunigte Ausbildung in Betracht ziehen sollen. Wenn er emotional oder sozial nicht in einer Verfassung ist, die das Überspringen einer Klasse stützt, dann können wir themenbezogene Intensivierungen in Betracht ziehen, die es ihm erlauben würden, in seiner Klasse zu bleiben.«

»Aber wie dem auch sei, Sie denken, er sollte eine Therapie machen?«, hakt Yasmen nach.

»War von Ihnen je jemand in Therapie?« Ms Halstead blickt uns abwechselnd an.

»Ich schon.« Yasmen räuspert sich. »Immer noch. Kassim weiß, dass ich mit jemandem rede. Unsere beiden Kinder wissen das.«

»Und Sie, Mr Wade?«, fragt die Lehrerin und sieht mich fragend an. Ich ahne mehr, als ich fühle, dass sich Yasmen neben mir verspannt. Das war noch so ein Streitpunkt zwischen uns, dass ich nicht in Therapie wollte. Damals habe ich darin nur Zeitverschwendung gesehen. Ich hatte zu viel damit zu tun, unser Leben im Griff zu behalten, Hypotheken zu bezahlen, das Geschäft zu retten, um Zeit für etwas freizuschaufeln, von dem ich dachte, es würde sowieso nicht helfen.

»Nein«, antworte ich auf Ms Halsteads Frage. »Ich war nie bei einem Seelenkl…, äh, Therapeuten.«

»Sollten Sie sich dazu entschließen, könnte auch Kassim davon profitieren«, sagt Ms Halstead, und zum ersten Mal klingt ihre Stimme streng. »Man sollte das in einem positiven Licht darstellen. Sie dürfen es nicht als etwas Schlechtes hinstellen oder als etwas, das Sie missachten.«

»Werden wir nicht.« Nun sieht mir Yasmen ostentativ in die Augen. »Werden wir, Josiah?«

»Natürlich nicht«, sage ich, als hätte ich Yasmen nie erzählt, Therapie wäre nur ein Haufen Bockmist und ich würde eher nackt in ein Hornissennest springen. Ja, ich glaube, das ist ein exaktes Zitat.

»Gut«, sagt Ms Halstead. Sie seufzt erleichtert, und ihr Lächeln wirkt wieder lockerer. »Ich bin so froh, dass wir die Chance bekommen haben, miteinander zu reden. Vielleicht sollten Sie die Angelegenheit unter sich diskutieren und mir sagen, zu welchem Schluss Sie kommen. Wie Sie wissen, haben wir hier Berater, aber er könnte auch zu einem unabhängigen Kinderpsychologen gehen.«

»Und was ist nun mit der stärkeren Förderung?«, frage ich.

»Vorerst werde ich Möglichkeiten suchen, um ihn da, wo er ist, stärker herauszufordern«, sagt Ms Halstead. »Er ist in vielfacher Hinsicht so weit voraus, aber zunächst lassen wir alles beim Alten. Ich hoffe, Sie ziehen in Erwägung, ihm jemanden zu suchen, mit dem er reden kann, vielleicht während der nächsten paar Monate, und wenn das Schuljahr dem Ende zugeht, reden wir noch einmal miteinander.«

Mit ihrem besten Lehrerlächeln, akzentuiert durch Optimismus, fragt Ms Halstead: »Klingt das gut?«

Yasmen und ich sind immer ein gutes Team gewesen, aber Therapie war etwas, bei dem wir immer uneins waren. Während wir einander mit einem gewissen Argwohn beäugen, nicken wir einfach.

Kapitel 9

# YASMEN

»Pizza ist da!«, brüllt Deja mir von unten zu.

»Sie ist schon bezahlt, Day«, rufe ich zurück. »Nimm sie einfach an, dann könnt ihr essen.«

Ich winde mich, um die Jeans von meinem Arsch zu bekommen. Dreimal die Woche Yoga, und der Hintern wird nicht kleiner. Ich durchquere das Schlafzimmer, betrete den begehbaren Kleiderschrank und werfe sie in den Korb. Mein Schrank ist groß, so groß wie das Schlafzimmer in dem Schuhkarton, der unsere erste gemeinsame Wohnung war. Meine Taschen und Schuhe nehmen mit ihrem Regal eine ganze Wand ein. Kleider, Hosen, Blusen, Overalls hängen – grob nach Farben sortiert – an einer anderen Wand. Nur in Slip und T-Shirt setze ich mich auf den graugrünen Polsterhocker in der Mitte des Raums und mustere die leeren Fächer, in denen früher Josiahs Sachen untergebracht waren. Lange Zeit habe ich seine Schrankseite komplett leer gelassen. Es hat sich irgendwie falsch angefühlt, seine Sachen durch meine zu »ersetzen«, nachdem wir diesen Schrank gemeinsam entworfen und dabei haufenweise Platz für seine enorme Sneaker-Sammlung eingeplant hatten. Ich starre die leeren Fächer an, die ich bisher nicht habe füllen können. Ich werde Schuhe nie so lieben, wie Josiah es tut, aber nun ist nur noch ein kleiner Teil dessen, was einmal seine Seite des Schranks war, frei. Stück für Stück fülle ich die Lücken mit meinen neuen Klamotten, meinem neuen Leben.

Ich stehe auf, gehe zu seiner Seite und öffne eine der unteren Schubladen. Sie ist leer, abgesehen von einem Paar taubenblauer Air Jordans.

»Ich kann meine OG UNCs nicht finden«, hatte Josiah ein paar Wochen nach seinem Auszug gesagt, als die noch frischen Missstimmungen sich auf jeden Austausch zwischen uns niedergeschlagen hatten. »Hast du sie gesehen?«

»Nein«, hatte ich gelogen. »Aber ich sehe nach.«

Warum bunkere ich diese Schuhe?

Ich schlüpfe hinein, versinke in der Größe 47. Ihr wisst ja, was man über einen Mann mit großen Füßen sagt. Und puh, wie Josiah dieser Idee gerecht geworden ist. Ein Schauder rinnt mir über den Rücken, und dieser ruhelose Schmerz kriecht mir zwischen die Beine und raubt mir den Atem. Mein Blick schweift zu dem Doppelbett, in dem wir, ehe alles schiefging, alles so gut hinbekommen haben.

»Aufhören«, befehle ich dem leeren Schrank und dem ralligen Mädchen.

Je nach Tag und Website könnten diese Schuhe um die fünfzehnhundert Dollar bringen, und ich weiß, dass Josiah sie höchstens ein- oder zweimal getragen hat. Bei dem Gedanken daran, wie er sich gefreut hat, sie gefunden zu haben, streichele ich unwillkürlich das kleine orangefarbene Etikett, von dem er sagte, es beweise, dass sie echt seien. Das Leder ist noch makellos, und der Neuwarengeruch klebt nach wie vor an den Schuhen. Ich blicke auf und erschrecke mich vor dem Bild, das ich in dem gerahmten Spiegel auf der anderen Seite des Schranks sehe. Eine halb nackte Frau mit runden Hüften, wirrem Haar und blutunterlaufenen Augen, die die Schuhe des Mannes trägt, den sie fortgeschickt hat.

Bildnis einer Törichten.

Der Signalton, der eine eingehende Textnachricht meldet, reißt mich aus meinen Gedanken. Ich haste aus dem Schrank, um mir das Telefon vom Bett zu holen, stolpere mehr oder weniger hinaus und verliere unterwegs einen der großen Schuhe.

**Josiah:** Hey. Bin in etwa zehn Minuten da. Hast du ihm gesagt, dass wir uns mit ihm unterhalten wollen, oder wird das ein Überfall aus dem Hinterhalt?

**Ich:** Eindeutig ein Überfall. Dachte, es wäre besser, das Thema erst aufzubringen, wenn du hier bist. Hab Pizza bestellt, um ihn in beste Stimmung zu bringen.

**Josiah:** Lasst mir ein Stück übrig.

**Ich:** Anchovis?

**Josiah:** Lass gut sein.

**Ich:** Sorry?! Bis gleich.

Während ich noch auf dem Bett sitze, ziehe ich auch den anderen Sneaker aus, hebe ihn hoch und drehe ihn in den Händen, ehe ich aufstehe und den einsammele, den ich verloren habe. Wie eine Diebin husche ich rasch zurück in den Schrank und lege ihn wieder in die leere Schublade. Er wird bald hier sein, und wir werden mit Kassim über eine Therapie reden. Ich muss mich auf dieses Gespräch konzentrieren und darf mich nicht in der Vergangenheit verlieren.

Nach einem Tag in hautengen Jeans fühlt sich nichts besser an als die weiche Jogginghose, deren Baumwolle sich an meinen müden Körper schmiegt, ohne mich einzuengen. Das enge T-Shirt, das kurz über der Taille endet, lasse ich an. Dann noch ein Tropfen Lipgloss und rasch die Haare aufschütteln. Dank Dejas neuem Leave-in-Conditioner sehen die gelösten Twists einfach großartig aus. Ich muss, wenn auch zähneknirschend, anerkennen, dass sich das Mädchen wirklich mit Haaren auskennt, trotzdem wird sie ihren Lebensunterhalt nicht mit Instagram-Posts über die Entwirrung und Entfilzung zauseliger Haare verdienen können.

Ein Kind nach dem anderen. Heute geht es um Kassim. Wie ich meine Tochter dazu bewegen kann, sich für tragfähige Berufe zu interessieren, werde ich mir später überlegen. Als ich die Küche betrete, sitzen beide Kinder mit ihren Telefonen an der Theke und essen Pizza.

»Gut?«, frage ich, öffne eine Glasschranktür und hole mir einen Teller. »Ich dachte, ich probiere mal diesen neuen Laden namens Guido's am Square aus.«

»Jupp.« Kassim grinst und zeigt dabei all seine Vorderzähne. »Die ist sogar besser als die aus dem anderen Laden.«

Ich lege ein Stück auf den Teller und zupfe sämtliche Anchovis heraus. Ich weiß nicht so recht, woher Deja und Kassim die Vorliebe für diesen Belag haben, denn Josiah und ich können beide keine Sardellen ausstehen.

Tante Byrd.

Eine Sekunde lang halte ich inne, genieße die Erinnerung daran, wie Byrd Pizza backte und die Kinder mit Anchovis bekannt machte. Das war Liebe auf den ersten Biss. Dann, einen Moment lang, vermisse ich sie so sehr, dass mich der Schmerz beinahe überwältigt. Wenn man jemanden verliert, der einem so nahe ist, trifft einen die ganze Wucht, die ganze Endgültigkeit bisweilen, wenn man es am wenigsten erwartet. Wenn man am wenigsten darauf vorbereitet ist. Dann fängt das Herz an zu stottern, und die Knie werden weich, ganz so wie damals, als man gerade erfahren hat, dass sie nicht mehr da sind. Wenn man jemanden wie Byrd verliert, kann man die Trauer nie ganz verwinden. Ich habe jedoch gelernt, sie zu zügeln, damit sie nicht ins Kraut schießt und mir das ganze Leben ruiniert. Und doch, in diesen unvorbereiteten Momenten faucht und knurrt der Schmerz von Neuem wie eine tollwütige Bestie, die an den Gitterstäben ihres Käfigs rüttelt.

Aber Peitsche und Stuhl habe ich. Schloss und Schlüssel behalte ich unter Kontrolle.

»Euer Dad ist unterwegs zu uns«, sage ich zu ihnen, ohne von meinem Teller aufzublicken.

Aus dem Augenwinkel sehe ich, wie beide aufhören zu kauen und einen Blick wechseln. Josiah ist ständig hier, aber nie ohne Grund. Er holt sie ab und zieht mit ihnen los. Er setzt sie ab. Er hilft ihnen bei den Hausaufgaben. Dadurch, dass ich Josiahs Ankunft angekündigt habe, habe ich mich verraten.

»Warum?«, fragt Deja und fixiert mich aus zusammengekniffenen Augen.

»Wir wollen nur reden.« Ich öffne den Kühlschrank und schnappe mir ein LaCroix.

»Also wird das ein Familientreffen?«, hakt Deja nach.

Ehe ich antworten kann, klingelt es. Eindeutig von der Türklingel gerettet.

Deja springt auf und verlässt die Küche, um aufzumachen.

»Ist alles in Ordnung?«, fragt Kassim und reißt den Rand von seinem Pizzastück ab.

»Ja, bestens.« Ich beuge mich über die Esstheke und küsse ihn auf die Stirn. »Nur reden, Baby.«

Otis stürmt in die Küche und beschnüffelt mein Bein.

»Hey, mein Freund.« Lächelnd kraule ich seinen Kopf und danke Byrd wieder einmal stumm dafür, dass sie ihn bei uns gelassen hat. Sosehr ich mich bemühe, es nicht zu tun, manchmal mache ich mir doch Sorgen um Josiah. In der Nacht, in der Otis so unverkennbar deutlich gemacht hat, dass er bei meinem Ex bleiben will, war ich, so irrational das auch klingt, froh. Nicht, weil der Hund dann nicht mehr hier wäre, sondern weil er bei Josiah wäre. Ein kleiner Trost, ich weiß, aber immerhin. Otis trottet zu dem Hundebett, das wir nach wie vor in der Ecke für ihn bereithalten, und legt sich offenbar zufrieden hinein. Ich hatte oft das Gefühl, Tante Byrd hat mit ihm ihre ganz eigene Art von Schutzengel hinterlassen, der über uns wachen soll. Die Art, die einem auf den guten Teppich pinkelt, wenn man vergisst, mit ihr rauszugehen.

Deja und Josiah folgen ihm und lachen über irgendetwas. Manchmal beneide ich sie um die entspannte Harmonie, die ihre Beziehung prägt. Ich weiß immer noch nicht, was Josiah getan hat, um Dejas Groll zu entgehen, aber ich wünschte, er würde dieses Geheimnis mit mir teilen. Mir gegenüber ist sie ein Teen Wolf, und jeden Tag ist Vollmond. Und bei Daddy? Strahlend gute Laune, gepaart mit Artigkeit.

»Pizza?«, frage ich Josiah und zeige auf meinen Teller. »Ich habe die Anchovis rausgepickt.«

»Ne, ich habe Essen aus dem Restaurant mitgenommen, das kann ich essen, wenn ich nach Hause komme.« Er setzt sich auf einen der Barhocker und sieht mich bedeutungsvoll an, und seine gehobenen Brauen formulieren ein stilles Wie lautet der Plan?

»Deja«, sage ich. »Wir möchten kurz mit Kassim sprechen. Kannst du vielleicht für eine Weile mit deiner Pizza ins Esszimmer gehen?«

»Was ist denn los?«, fragt Kassim, in dessen Ton sich ein kleiner Hauch von Panik schleicht.

»Alles gut, Sohn«, antwortet Josiah. »Wir wollen nur mit dir reden.«

»Ich will auch dabei sein«, sagt Deja und reckt das Kinn vor. »Wenn du willst, dass ich bleibe, Seem, dann bleibe ich.«

»Du machst daraus eine unnötig große Sache«, sage ich.

»Ach ja?« Deja lehnt sich zurück und verschränkt die Arme. »Als ihr euch das letzte Mal mit uns zusammengesetzt habt und

›nur reden‹ wolltet, habt ihr gesagt, dass ihr euch scheiden lasst. Wenn es jetzt wieder schlechte Nachrichten gibt, dann will ich sie auch hören.«

Dejas Worte tragen mich zurück zu jenem Abend, an dem wir uns mit unseren Kindern an genau diese Theke gesetzt und ihnen erklärt haben, dass sich ihr Leben in Kürze unwiderruflich verändern wird. Das Einzige, was noch schwerer war, als die Kinder über unsere bevorstehende Scheidung zu unterrichten, das war, Josiah darum zu bitten. Die Erinnerungen wirbeln in der Küche um uns herum, und einen Moment lang ist die Last so tiefgreifend, so real, dass sie mich zu ersticken droht.

»Wir müssen mit Kassim über unser Treffen mit seiner Lehrerin sprechen«, sagt Josiah, und der tiefe Klang seiner Stimme ist so ebenmäßig und volltönend und zugleich besänftigend.

»Ach so. Warum habt ihr das nicht gleich gesagt?« Deja schnappt sich ihren Teller. »Viel Glück, Seem.«

Sie schwingt die schmalen Hüften aus der Küche, frech bei jedem Schritt.

»Bin ich in Schwierigkeiten?«, murmelt Kassim und starrt auf seinen Teller.

»Nein.« Ich hebe sein Kinn an, um ihm in die Augen zu schauen. »Im Gegenteil. Du warst so toll, mein Sohn. Wir haben gute Neuigkeiten.«

Ich sehe mich zu Josiah um, der, die Brauen hochgezogen, den Kopf neigt, um mir zu signalisieren, ich solle fortfahren.

»Ms Halstead sagt, du bist eines der klügsten Kinder in der Klasse.« Ich streiche mit der Hand über Kassims Haar, das wogt wie das von Josiah, wenn er einen Haarschnitt braucht, was gerade der Fall ist.

»Jap.« Kassim nickt angesichts dieser Neuigkeit und sagt vage prahlerisch: »Bin ich.«

Ich pruste, ehe Josiah und ich uns gegenseitig angrinsen. Seine Augen blitzen vor Liebe und Stolz.

»Selbstbewusst, nicht selbstherrlich, lautet das Motto, Sohn«, ermahnt er Kassim.

»Ja, Sir«, antwortet Kassim, aber das Zucken seiner Mundwinkel verrät wenig Reue.

»Langweilst du dich manchmal im Unterricht?«, frage ich.

Er nickt. »Ja, aber das ist okay. Die anderen Kinder müssen noch viel lernen, also müssen wir langsam machen.«

Josiah gestattet sich ein kurzes Grienen, ehe er sagt: »Ms Halstead möchte nicht, dass du dich langweilst. Sie denkt, wir sollten eine Möglichkeit finden, dich mehr zu fordern. Wir sind nur nicht sicher, ob du einfach Aufgaben aus der nächsten Klasse bekommen oder vielleicht eine Klasse überspringen solltest.«

Kassim klappt der Unterkiefer herab, und er starrt uns aus großen Augen an. »In die sechste? Jetzt?«

»Nein«, stelle ich rasch klar. »Aber vielleicht nächstes Jahr in die siebte statt in die sechste. Wir wissen es noch nicht, aber wir möchten mit dir darüber reden. Uns vergewissern, dass du dich mit was immer wir entscheiden wohlfühlst.«

»Aber wenn ich in die siebte wechsele«, sagt Kassim, und zwischen seinen Brauen gräbt sich ein V in die Haut, »wäre Jamal immer noch in der sechsten.«

»Richtig«, sagt Josiah. »Jamal und deine anderen Freunde können trotzdem deine Freunde bleiben, aber ihr wäret nicht mehr in derselben Klasse. Immer vorausgesetzt, wir alle stimmen überein, dass du eine Klasse überspringen solltest. Wie gesagt, vielleicht kommen wir auch zu dem Schluss, dass es besser wäre, dir nur zu bestimmten Themen anspruchsvollere Aufgaben zu geben. Wir möchten nur nicht, dass du dich langweilst.«

»Und wir möchten sicherstellen, dass du deine Möglichkeiten ausschöpfen kannst«, füge ich lächelnd hinzu. »Wir sind so stolz auf dich, Kassim.«

»Ehrlich?«, fragt er und blickt von mir zu Josiah.

»Natürlich.« Josiah legt ihm die Hand in den Nacken und drückt sacht seinen Hals. »Das weißt du doch.«

Er nickt, aber ein Lächeln zupft an seinen Mundwinkeln, und er senkt den Kopf, um seine Mimik zu verbergen.

»Als wir mit Ms Halstead gesprochen haben …«, fange ich mit einem fragenden Blick zu Josiah an, worauf er mir zunickt fortzufahren. »Da hat sie gesagt, wenn du beschließt, du möchtest eine Klasse überspringen, dann müssen wir dafür sorgen, dass du bereit dazu bist, nicht nur, was das Lernen betrifft, sondern in jeder Hinsicht.«

»Was bedeutet das?«, fragt Kassim.

»Viele Kinder sind klug genug, um eine Klasse zu überspringen«, sagt Josiah. »Aber es fällt ihnen oft schwer, neue Freunde zu finden oder sich einzufügen. Ms Halstead hat vorgeschlagen, dass du vielleicht mit jemandem reden solltest. Über das, was du … na ja …«

Er sieht mich an, und mir wird bewusst, dass er nicht weiß, wie er Kassim Therapie so erklären kann, dass sein Sohn ihn auch versteht.

»Seem«, sage ich, beuge mich vor und sehe ihm direkt in die Augen. »Weißt du noch, wie ich dir und Deja erzählt habe, dass Mommy jemanden zum Reden braucht?«

»Deine Therapeutin?«, fragt Kassim und reißt die Augen weit auf. »Du hast gesagt, du warst krank und traurig.«

Es klingt so krass und simpel zugleich, wie er das sagt, aber so war es. Und so ist es an manchen Tagen immer noch. Solche Tage wird es vielleicht immer wieder geben, und ich werde womöglich den Rest meines Lebens Therapie benötigen.

»Ja, das ist wahr.« Ich hoffe, mein Lächeln wirkt natürlich und aufmunternd. »Aber es ist auch gut, jemanden zu haben, mit dem man über Dinge reden kann, die verwirrend oder schwer zu verstehen sind.«

»Wie Robotik?«, fragt Kassim prompt. »Weil es da ganz neue …«

»Nein«, unterbricht Josiah ihn glucksend. »Nicht Robotik, obwohl die mich auch immer verwirrt. Es geht eher um persönliches Zeug, so etwas wie Tante Byrds Tod. Und Henry.«

Als ich den Namen meines Sohns über Josiahs Lippen kommen höre, atme ich scharf durch die Nase ein. Er hat ihn so selten ausgesprochen. Früher habe ich ihm übel genommen, dass er Henrys Namen nicht ausspricht. Dass er nicht so ein schluchzendes, verheultes Häufchen Elend war, wie ich es über Monate jeden Tag war. Dass er sich so verdammt aufrecht gehalten hat, als ich zusammengeklappt bin. Heute weiß ich, dass wir die Dinge unterschiedlich verarbeiten, auch wenn es noch viele Dinge gibt, mit denen Josiah sich gar nicht befasst hat. Aber ich bin nicht seine Therapeutin. Zum Teufel, ich bin nicht einmal mehr seine Frau.

Kassims Miene verschließt sich, und es bricht mir das Herz zu sehen, wie dieses kleine Gesicht, das sonst so offen blickt, obwohl er noch so jung ist, dichtmacht.

»Ich musste mit jemandem darüber sprechen, wie weh das getan hat, weißt du«, erkläre ich ihm. »Als wir die beiden verloren haben.«

»Bist du darum die ganze Zeit im Bett geblieben und hast aufgehört, dir die Haare zu kämmen und so was?«, fragt Kassim.

Mir ist, als würden sich in meiner Kehle heiße Kieselsteine sammeln. Ich fühle, dass Josiah mich ansieht, aber ich kann mich nicht überwinden, seinem Blick zu begegnen, weil ich nicht weiß, ob ich darin Verachtung oder Verständnis lesen werde.

»Genau«, sage ich mit einem erzwungenen Lachen zu Kassim. »Ich bin damals sozusagen zusammengeklappt, aber mit jemandem zu reden hat mir geholfen.«

»Ich bin aber nicht krank oder traurig«, sagt Kassim. »Ich klappe nicht zusammen.«

Diese Aussage, gesprochen in vollendeter Unschuld und bar aller Häme, trifft mich wie ein Dolchstoß. Nein, ich war die Einzige, die zusammengeklappt ist. Die vertrauten Dämonen der Scham und der Schuld ziehen sich ihre eigenen Hocker heran, streifen mit ihren kalten Fingern durch mein Haar und flüstern mir Lügen ins Ohr.

»Wir alle brauchen manchmal Hilfe«, sagt Josiah zu Kassim, sieht aber mich an. Die Verachtung, die ich in seinen Augen zu sehen gefürchtet habe, ist nicht da. Ich weiß nicht, was da ist, aber Josiah ist immer schwer zu deuten.

»Brauchst du Hilfe, Daddy?« Kassim klingt verdattert, und seine Brauen schießen Richtung Haaransatz. »Redest du mit einem Therapeuten?«

Oh, wie schön das wäre.

Ich rette ihn nicht. Ich kann nicht. Josiah hat in der Vergangenheit so eisern erklärt, er brauche keinen »Seelenklempner«, dass ich gar nicht weiß, wie ich helfen kann. Und wenn ich ehrlich bin, will ich auch nicht.

»Nein, ich habe nie mit einem Therapeuten gesprochen«, sagt Josiah und begegnet Kassims bohrendem Blick. »Aber ich werde es tun, wenn du es auch tust.«

Ich wäre beinahe vom Hocker gefallen.

Er wird?

»Wirst du?«, fragt Kassim, und die Überraschung in seinem Mienenspiel ist unverkennbar. Soweit ich weiß, hat Josiah den Kindern gegenüber nie ausgesprochen, dass er Therapie für ein blödes Placebo hält, das vor allem die »Quacksalber« reich machen soll, sondern ist immer sehr selbstsicher und unerschütterlich aufgetreten. Wenn er nun also sagt, er brauche vielleicht doch »Hilfe«, dann muss das Kassim wohl genauso schockieren wie mich.

»Werde ich«, sagt Josiah. Er klingt ganz ruhig, aber seine Kiefermuskulatur zuckt, was mir sagt, dass die Tatsache, dass er das für Kassim tun muss, ihn belastet. Aber er würde alles für seine Kinder tun, das weiß ich. Er hat mal gesagt, er würde alles für mich tun, aber Therapie war eine Art unsichtbarer Grenzlinie in dem Treibsand unseres gemeinsamen Lebens, und er hat nie mit jemandem gesprochen.

Und da stehen wir nun.

»Du redest mit jemandem, und ich tue es auch«, sagt Josiah und hält Kassim die Hand hin. »Deal?«

Kassims Miene hellt sich auf, und er ergreift die viel größere Hand seines Vaters.

»Deal.«

Kapitel 10

# JOSIAH

*Was, zum Teufel, war das gerade?*

Habe ich gerade zugestimmt, zu einem verdammten Thera-peuten zu gehen? Ich glaube immer noch nicht, dass es irgendwas besser macht, mit jemandem über seine Gefühle zu reden. Wir fühlen uns vielleicht besser in Bezug auf unseren Mist, weil wir ja »Schritte unternehmen«, aber im Grunde ändert das gar nichts. Ich weiß, Yasmen denkt, das hätte ihr geholfen, aber sie war auch auf Antidepressiva. Medikamente? Klar, die können helfen. Deren Wirkung ist messbar. Sie sind real. Aber Scheiße labern?

»Halloooo«, sagt Deja auf der Schwelle zwischen Küche und Esszimmer. »Kann ich noch ein Stück Pizza haben, oder seid ihr noch nicht fertig mit dem Gerede darüber, wie brillant und perfekt Seem ist?«

Sie mildert die Schärfe in ihren Worten ihrem Bruder gegen-über mit einem kurzen Grinsen ab und zerzaust ihm auf dem Weg zum Pizzakarton auf der Theke das Haar. Sie mögen einander gnadenlos aufziehen und sind ganz das klassische Geschwisterpaar mit großer Schwester und kleinem Bruder, aber sie würden alles füreinander tun. Sie sind enger zusammengerückt, als die Nähte, die unsere Familie zusammenhielten, zu reißen anfingen.

»Doch, ich denke, wir sind fertig«, sage ich und sehe mit der stummen Bitte um Bestätigung Yasmen an.

»Äh, ja.« Sie schaut zu Kassim, der sich mit abgeklärter Miene ein weiteres Stück Pizza nimmt. »Ich glaube, wir haben einen Plan.«

Ich stehe auf. Schlüssel klimpern in meiner Tasche. »Dann verschwinde ich nach Hause. Ich bin müde und hungrig und möchte mich ein Weilchen entspannen. Morgen geht es früh wieder los.«

Ich klopfe mir zweimal auf den Oberschenkel. »Otis, kommst du?«

Ich frage immer, als wollte ich den Hund entscheiden lassen, wo er schläft. Er könnte genauso wie die Kids zwischen unseren Häusern wechseln, aber er bleibt immer bei mir. Er steht auf und tapst mit herrschaftlicher Kopfhaltung Richtung Haustür. Selbstgefälliges Mistvieh. Wenn er frisch gebadet ist, stolziert er förmlich durch den Hundepark.

»Ich bringe dich raus«, sagt Yasmen, klettert vom Hocker und folgt Otis.

Ich lasse ihr etwas Vorsprung. Diese verdammte Hose, die sie trägt. Das Ding muss der Teufel selbst von Hand genäht und aus der Hölle geschickt haben, so wie es sich an ihren Arsch und ihre Oberschenkel schmiegt. Ihr T-Shirt endet kurz über der Taille und verteilt großzügig Ausblicke auf ihren Bauch – glatt und braun und straff. Unter dem Top wölben sich reif und übervoll ihre Brüste. Als wir verheiratet waren, ist sie ohne BH durchs Haus gelaufen, um mich zu piesacken. Und ich habe nie eine Gelegenheit ausgelassen, sie in die Speisekammer oder irgendeine Ecke zu ziehen, ihr T-Shirt hochzuschieben, die Brüste freizulegen und an ihren Nippeln zu saugen. Das war unsere spezielle Art des Vorspiels. Es gab Zeiten, wenn die Kinder oben oder außer Haus waren, da habe ich sie gleich auf der Küchenarbeitsfläche genommen. Öffne sie weit, lutsch sie aus.

Himmel, jetzt steht er stramm.

Nicht gut. Gar nicht gut. Ich habe keine Chance, mir einzureden, diese Erektion hätte irgendwas mit meiner aktuellen Freundin zu tun, die mir zwei Nachrichten geschickt hat, in denen sie andeutet, sie würde gern die Nacht mit mir verbringen. Nope. Das liegt nur an Yasmen, verflucht. Ich bewege mich subtil, hoffe, ich kann die Stufen runterlaufen und weiter zum Wagen, ohne dass sie etwas sieht.

»Hey.« Sie packt meinen Arm, als ich Anstalten mache, auf der Veranda an ihr vorbeizugehen. »Können wir reden?«

Nach einem kurzen Blick auf ihre Hand auf meinem Arm nicke ich angespannt und setze mich auf die Schaukel. Wenn ich sitze, wird sie, solange das Licht auf der Veranda aus ist, den Ständer in meiner Hose vielleicht nicht bemerken.

Der Bewegungssensor schaltet das Licht an.

Toll.

Ich beuge mich vor und stütze die Ellbogen auf die Knie. Sie kommt zu mir, setzt sich neben mich auf die Verandaschaukel und streichelt Otis' Kopf. Er lehnt sich in ihre Handfläche und verdreht in hündischer Beglückung die Augen.

»Das lief besser als erwartet.« Sie zieht ein Bein unter das andere. »Was meinst du?«

»Ja, lief ziemlich gut. Er scheint damit klarzukommen.«

»Ich denke … Ich bin überzeugt, dass du angeboten hast, auch zum Therapeuten zu gehen, hat viel dazu beigetragen.« Sie mustert mich von der Seite. »Hast du das ernst gemeint?«

Ich beuge die Knie ein paarmal, um die Schaukel in Bewegung zu setzen. »Verdammt, Yas. Denkst du, ich würde so etwas sagen und es dann nicht durchziehen?«

»Nein, natürlich nicht. Du warst nur immer so eisern, wenn es darum ging, einen Therapeuten aufzusuchen, als wir … als ich … na ja, vorher, darum hat mich das Angebot überrascht.«

»Willst du wissen, ob ich mich dafür begeistere? Nein. Ob ich denke, dass es mir irgendwas bringt? Teufel, nein, aber wenn es Kassim helfen könnte, dann mache ich es.«

»Ich verstehe.« Sie blinzelt, und ihre hübschen, rosaroten Lippen krümmen sich zu einem schiefen Grinsen. »Also könnte Therapie Kindern und willensschwachen Menschen wie mir helfen, aber unmöglich von Nutzen für jemanden sein, der so stark ist wie du.«

»Du weißt, dass ich das so nicht gesagt habe. Verdreh mir nicht die Worte im Mund.«

»Muss ich nicht.« Abrupt steht sie auf, und der gleichgültige Ausdruck in ihren Augen kann den Schmerz nicht ganz verbergen. »Möchtest du ein paar Empfehlungen? Falls ja, kann ich mir welche von Dr. Abrams geben lassen. Oder willst du sowieso nur so tun als ob, um Kassim einen Gefallen zu tun?«

Beides.

Ich weiß, würde ich das aussprechen, dann würde das die Spannungen zwischen uns nur verschärfen, also setze ich eine nichtssagende Miene auf, ehe ich antworte.

»Das wäre toll.«

»Ich sage Ms Halstead, dass wir Schritte einleiten«, teilt sie mir mit, macht kehrt und greift nach dem Türknauf.

»Yas, hey.« Ich stehe auch auf, und dieses Mal greife ich nach ihrem Arm. »Ich wollte nicht andeuten, ich wäre zu gut für Therapie oder dass du schwach wärest oder …«

»Du musst gar nichts andeuten, Si.« Sie reißt sich los, befreit ihren Ellbogen aus meinem Griff und starrt zu Boden. »Offensichtlich siehst du das Wohlergehen deines Sohns als etwas an, für das es sich lohnt, zu kämpfen und zur Therapie zu gehen. Ich finde, das ist großartig.«

Nur, dass es sich anhört, als hätte sie ebenso gut sagen können: »Ich finde, du bist ein Arschloch.«

»Also ist zwischen uns alles klar?«, frage ich, obwohl mir die Anspannung, die zwischen uns in der Luft hängt, ebenso wie die in ihrem Gesicht deutlich sagt, das ist es nicht.

Über ihre Schulter begegnet sie meinem starren Blick, eine Hand am Türknauf, und ich bin nicht sicher, ob das, was ihre Augen überschattet, Abscheu oder Enttäuschung ist, aber es reicht, dass ich mich vor mir selbst ekele.

»Ja.« Sie öffnet die Tür. »Alles klar zwischen uns.«

# Kapitel 11

# YASMEN

»Ist das wirklich okay für dich, Deja mitzunehmen, Hen?« Ich löse die Gatorade-Flaschen aus den Plastikringen und packe sie zusammen mit dem Eis in die Kühltasche. »Wir sind gestern durch die ganze Stadt gefahren und konnten nirgends diese Extensions finden, die sie haben will.«

»Oh, ich weiß schon, dass es sie in der Nähe der Candler Road gibt.« Hendrix sitzt an meiner Küchentheke und nippt an ihrem Kaffee. »Etliche meiner Klienten holen sich da heimlich, still und leise für kleines Geld ihre Haare. Wenn man das im Fernsehen sieht, käme man nie darauf, dass die aus dem Supermarktregal stammen.«

Ich stutze, eine Flasche in jeder Hand, und starre sie an. »Der Shop gehört zu einem Supermarkt?«

»Das ist einer von diesen Läden, die alles haben und immer etwas abseits liegen. ›Hier finden Sie Eier und Milch, können sich die Nägel manikūren und die Steuererklärung erledigen lassen, Ihre Uhr versetzen und noch vier, fünf Packungen Haarextensions mitnehmen, ehe Sie gehen.‹«

Sie greift nach dem langen Pferdeschwanz, der ihr über die Schulter hängt, hebt ihn hoch und lässt ihn wieder fallen. »Da habe ich dieses geschmeidige Teil her.«

»Tja, dann vielen Dank. Ich darf Kassims Fußballspiel nicht verpassen, und Josiah spricht bei einer Unternehmerkonferenz, also konnte er auch nicht einspringen.« Ich halte eine Flasche Glacier Freeze und eine Packung Go-Gurts hoch. »Hab vergessen, dass ich heute die Snack-Mom geben darf, also muss ich jetzt schnell was zusammensuchen.«

Ich hole eine Flasche Orangensaft für Kassim aus dem Kühlschrank.

»Jedenfalls«, fahre ich fort, »hat Kassim nach dem Spiel seine erste Sitzung beim Kinderpsychologen. Josiah und ich waren bei dem Kennlerngespräch zwischen Kassim und ihm letzte Woche dabei, einfach nur ein Informationsaustausch und eine Gelegenheit für uns, ihn kennenzulernen, aber heute findet das erste Therapiegespräch unter vier Augen statt. Das war der einzige Termin, den Dr. Cabbot uns anbieten konnte, und darum fehlt mir die Zeit, überall herumzufahren und nach diesen Extensions zu suchen. Auf dich ist echt Verlass.«

»Ist Kassim nervös?«

»Die bessere Frage wäre wahrscheinlich, ob ich nervös bin.« Ich lehne mich an die Küchentheke. »Wie konnte mir entgehen, dass er so extrem auf den Tod fixiert ist? Und Angst hat, seine Familie zu verlieren? Ich bin jeden Tag mit ihm zusammen, und er hat nie irgendwas erwähnt, was dem entsprechen würde, was er, wie seine Lehrerin sagt, in sein Tagebuch geschrieben hat.«

»Das ist nicht so überraschend, wenn man darüber nachdenkt. Gehen Kinder wirklich hin und erzählen ihren Eltern von sich aus und ohne besonderen Anlass von ihren schlimmsten Ängsten?« Hendrix zuckt mit den Schultern. »Manche vielleicht, aber ich habe das als Kind nicht getan. Klopf dir einfach selbst auf die Schulter, dass du jetzt etwas tust, statt dich dafür zu verdammen, dass du nicht früher gewusst hast, dass er so was braucht.«

»Du hast recht. Mir hat das so viel gebracht, und ich bin wirklich froh, dass Kassim schon in so jungen Jahren erfährt, was Therapie bedeutet. Sollte er dann später, wenn er älter ist, mal Hilfe brauchen, hat sie für ihn nicht mehr dieses Stigma, das so viele abschreckt.«

»Besonders Schwarze Männer. Mein Cousin Bilail hat so viel Mist durchgemacht. Eltern geschieden, von seinem Onkel missbraucht. Die Mom war süchtig. Aber denkst du, er redet mit jemandem über seine Gefühle?« Hendrix schüttelt den Kopf und zieht die Mundwinkel herab. »Nein, Ma'am. Der Mann ist so verschlossen wie eine Konservendose und kann einfach nicht verstehen, warum all seine Beziehungen schon ein Ablaufdatum haben, bevor sie überhaupt anfangen.«

»Da wir gerade von Schwarzen Männern und Therapie sprechen«, sage ich und packe mehr Flaschen in die Kühlbox. »Habe ich erwähnt, dass Kassim hingeht, weil Josiah ihm gesagt hat, er würde es auch tun?«

Hendrix' Kaffeetasse hängt reglos vor ihren Lippen, und ihre Brauen zucken empor. »War er nicht absolut gegen Therapie, als ihr zwei noch zusammen wart?«

»Allerdings.« Ich bücke mich, um den letzten Sportdrink in die Kühltasche zu stecken. »Er hat immer gesagt, das würde ihm nichts bringen, aber er hat offenbar gedacht, wenn er ginge, könnte er damit auch Kassim überzeugen hinzugehen, also tut er es. Da kommt man ins Nachdenken.«

»Worüber?«, fragt Hendrix.

Ich blicke auf, begegne ihrem forschenden Blick gerade eine Millisekunde, ehe ich mich abwende, um das letzte Joghurt aus dem Kühlschrank zu holen. »Nichts. Also, diese Extensions heißen wohl Kinky Curly oder so. Deja …«

»Worüber kommt man ins Nachdenken, Yas? Darüber, warum Josiah das für dich nicht tun wollte?«

Meine Hand ist immer noch auf halber Strecke zwischen Kühlschrank und Kühlbox, und ich scheue davor zurück, mich wieder umzudrehen und ihr in die Augen zu sehen, aber ich tue es.

»Vielleicht. Nicht mal für mich, aber für ihn, damals, als ich es ihm vorgeschlagen habe. Er wollte es gar nicht in Erwägung ziehen, aber jetzt, wo es um Kassim geht, hat er sich freiwillig dazu bereiterklärt. Und ich frage mich, was sich da verändert hat.«

Ich lache schnaubend und schließe die Kühltasche. »Nicht, dass er glaubt, er könnte da irgendwas rausziehen. Er hält Therapie immer noch für nutzlos, aber wenigstens bemüht er sich.«

»Therapie kann einschüchternd sein, und die Leute sind nicht immer bereit, wenn wir es uns wünschen würden. Sie sind dann bereit, wenn sie bereit sind. Josiah denkt, er ginge nur wegen Kassim hin, aber vielleicht ist er auch tief im Inneren jetzt endlich bereit dazu. Die Therapie könnte ihn überraschen. Vielleicht geht er hin und lernt viel über sich selbst. Der richtige Therapeut kann einfach alles ändern.«

»Ja, und der falsche ändert manchmal gar nichts.« Ich verdrehe die Augen. »Gott sei Dank habe ich Dr. Abrams gefunden.«

Schritte donnern die Treppe herunter und beenden das Gespräch, und ich bin gewissermaßen erleichtert. Ich möchte nicht darüber nachdenken, dass Josiah nun doch endlich eine Therapie macht und wie sich das damals darauf ausgewirkt hätte, was mit uns geschehen ist. Und noch weniger möchte ich darüber reden.

»Hey, Tante Hen«, sagt Deja mit einem strahlenden, aufrichtigen Lächeln. »Danke, dass du heute mit mir losziehst.«

»Kein Problem.« Hendrix steht auf, kippt den Rest ihres Kaffees in die Spüle und wäscht die Tasse aus.

»Und du meinst wirklich, die haben diese Extensions, die ich brauche?«, fragt Deja.

»Ich habe schon angerufen und es mir bestätigen lassen«, sagt Hendrix und lächelt nur ein kleines bisschen blasiert.

»Jippie!« Deja reißt die Hände zu einem Halleluja in die Luft. »Ich habe schon überall gesucht, und nächste Woche ist diese Passion-Braids-Challenge, bei der ich mitmachen will, und dafür muss ich diese Extensions benutzen.«

»Ich verstehe dich«, sagt Hendrix. »Und ganz in der Nähe ist das Ruby's. Da gibt es den besten Schweinenacken in der ganzen Stadt.«

»Schweinenacken?« Dejas Skepsis ist beinahe tastbar.

»Momang.« Hendrix stemmt die Hände in die Hüften. »Willst du mir etwa sagen, dass deine Eltern ein Soul-Food-Restaurant haben und du noch nie Schweinenacken gegessen hast?«

»Steht nicht auf der Karte.« Lachend schnappe ich mir meine Handtasche, die auf dem Hocker gelegen hat. »Byrd hat das Zeug gehasst, und Vashti bereitet es auch nicht zu.«

Hendrix hakt sich bei Deja unter. »Tja, dann wirst du heute noch etwas lernen. Wir werden heute Mittag Schweinenacken essen, wenn du willst.«

»Okay!« Deja nickt so munter, dass ihre Space Buns zu beiden Seiten ihres Kopfes federnd herumwackeln.

»Um welche Zeit willst du sie wiederhaben, Yas?«, fragt Hendrix.

Nun sieht Deja mich zum ersten Mal direkt an, und ihr Lächeln verblasst. Ich komme mir vor, als wäre ich eine Nadel, die jeden ihrer Luftballons zum Platzen bringt.

»Äh, wann immer ihr fertig seid«, sage ich und ringe mir ein Lächeln ab. »Noch mal danke, dass du aushilfst.«

Hendrix blickt zwischen Deja und mir hin und her, und auch ihre Miene wird ernster. »Du bist doch mein Mädchen. Du weißt, dass das kein Ding ist.«

Ich verlasse die Küche und drücke kurz Hens Arm, ehe ich auf dem Weg zur Haustür an der Treppe innehalte.

»Kassim!«, brülle ich ins Obergeschoss. »Wir sind spät dran. Komm jetzt.«

Er taucht am Kopf der Treppe in seiner rot-weißen Fußballkluft auf, die Sporttasche über die Schulter geschlungen. Ich mustere seine Füße.

»Deine Knöchel sind ganz grau, so trocken ist die Haut.« Ich atme durch und neige den Kopf Richtung Garage. »Im Auto ist eine Lotion.«

»Kommt Dad auch?«, fragt er und steigt die Stufen herab.

Josiah hat viele Nachmittage und Abende im Garten mit Kassim einen Ball herumgetreten. Natürlich freut sich mein Sohn auch, wenn ich zu seinen Spielen gehe, aber das, was er in der Menge sucht, wenn er ein Tor geschossen hat, sind das Gesicht und die Anerkennung seines Vaters.

»Heute nicht, aber ich verspreche, ich nehme ein Video für ihn auf, okay?«

»Also geht er heute auch nicht mit zur Therapie?« Kassims Miene verändert sich nicht, aber in seinen Augen flackert ein Unbehagen auf, bei dem sich mein Herz zusammenzieht.

»Er spricht heute bei einer Tagung, mein Sohn. Tut mir leid, das ist schon vor Monaten vereinbart worden, und er konnte nicht absagen. Aber ich bin sicher, er ruft heute Abend an, um sich zu erkundigen, wie es gelaufen ist.«

»Okay«, sagt er und verlagert die Tasche über seiner Schulter. »Habe ich Zeit, was zu essen?«

»Müsliriegel und Orangensaft auf der Küchentheke. Schnapp sie dir, und dann ab ins Auto. Ich habe die Snacks für das Team. Wir dürfen nicht zu spät kommen.«

Sein Mund klappt auf. »Du bist die Snack-Mom?«

»Ja.« Ich verziehe das Gesicht. »Hatte ich vergessen.«

»Dann müssen wir los!«

Kassim ist definitiv in jeder Lage der »Verantwortungsbewusste«. Er hastet an mir vorbei, greift sich, ohne innezuhalten, das Frühstück, das ich für ihn hingestellt habe, winkt Hendrix und Deja zu und läuft geradewegs in die Garage.

»Schätze, wir sollten auch los«, sagt Hendrix und nimmt ihre Hermès-Tasche an sich, ein Geschenk, das sie bei einer dieser schicken Preisverleihungen abgestaubt hat.

»Und du benimmst dich, Deja.« Ich umfasse den Griff der Kühlbox und zerre sie hinter mir her, als ich zur Tür gehe.

»Ja, Mom.« Die übliche Erbitterung färbt ihren Ton, kann aber die heimliche Begeisterung nicht ganz übertünchen. Sie redet schon die ganze Woche von dieser Extensions-Challenge, und wenn ich auch vehement der Idee widerspreche, Haarguru auf Social Media wäre eine kluge Berufswahl, möchte ich sie doch nicht enttäuscht sehen.

Ich küsse Hendrix rasch auf die Wange. »Ich bin dir was schuldig.«

»Ich schreib es auf deinen Deckel«, sagt sie und drückt mir ebenfalls einen Kuss auf die Wange. »Weißt du doch.«

Sie und Deja folgen mir in die Garage und gehen dann die Auffahrt entlang zur Straße, wo Hendrix' Mercedes G-Klasse steht. Als ich rückwärts aus der Garage fahre und das Tor herabsinkt, sind sie schon weg.

Wir kommen gerade noch rechtzeitig am Fußballplatz an. Das Team hat sich im Kreis aufgestellt, und der Trainer ist bereits dabei, seine Spieler anzuspornen. Ich stelle die Kühlbox ans Ende der Bank und meinen Klappstuhl zu den anderen Eltern an der Seitenlinie. Gegen Ende der zweiten Halbzeit kommt noch mal richtig Leben ins Spiel, und Kassim läuft mit dem Ball über das Feld.

»Los, Seem!« Ich stehe da und richte die Linse des Telefons gerade im passenden Moment auf ihn, um ihn zu filmen, als er das entscheidende Tor schießt.

Alle Eltern klatschen sich ab, während unsere Kids den Spielern aus dem anderen Team die Hand schütteln.

»Mom, hast du mein Tor gesehen?«, fragt Kassim und grinst, wenn er nicht gerade Gatorade hinunterkippt. Schweiß bedeckt seine Stirn und durchtränkt sein Trikot.

»Hab ich.« Ich halte das Telefon hoch. »Und ich habe es sogar gefilmt.«

»Dann können wir es Dad zeigen!«

»Ich schicke es ihm gleich.« Ich sehe auf dem Handy nach, wie spät es ist. »Aber jetzt müssen wir los, wenn wir es pünktlich zu Dr. Cabbots Praxis schaffen wollen.«

Prompt verschwindet die Begeisterung aus Kassims Zügen, und an ihre Stelle tritt etwas wie Furcht. Ich bedauere, dass ich das Thema angesprochen habe.

»Oh, ja«, murmelt er. »Hätte ich beinahe vergessen. Therapie.«

»Therapie« klingt, so wie er es sagt, nach »Erschießungskommando«.

Ich schnappe mir die Kühlbox und rolle sie zum Wagen. Immer noch ungewöhnlich kleinlaut, bedenkt man, dass er gerade gewonnen hat, schlüpft Kassim mit seiner Sporttasche auf die Rückbank. Ich frage ihn nicht, warum, dränge ihn auch nicht, sich wie üblich zu mir nach vorn zu setzen. Wenn jemand den Bammel vor der ersten Sitzung versteht, dann bin ich das.

Vor Dr. Cabbots Praxis parke ich den Wagen und drehe mich zu Kassim um.

»Hey.« Ich warte, bis er mich ansieht. »Ich weiß, du bist nervös …«

»Ich bin nicht nervös.« Er wendet den Blick ab. »Ich glaube nur nicht, dass wir irgendwas zu reden haben. Mit mir ist alles in Ordnung.«

»Ich rede die ganze Zeit mit jemandem. Meinst du, mit mir ist was nicht in Ordnung?«

Große braune Augen zucken zurück und blicken mich an. »Nein. Mit dir ist alles in Ordnung, Mom. Ich … ich wollte nur … tut mir leid.«

»Du musst dich nicht entschuldigen, Baby.« Ich strecke den Arm nach hinten und lege ihm die Hand aufs Knie. »Manchmal müssen wir mit vielen Gefühlen zurechtkommen und wissen nicht so genau, was wir mit ihnen anfangen sollen, weißt du?«

Er zögert, aber dann nickt er und zupft an einem losen Faden an seiner Shorts.

»Dr. Abrams sagt, Gefühle kommen auf die eine oder andere Art ans Licht. Beispielsweise lassen wir es, wenn wir wütend sind, manchmal an anderen Menschen aus. Vielleicht blaffen wir den

Barista bei Starbucks an oder schreien unsere Kinder an oder treten unseren Hund.«

»Wenn jemand Otis tritt«, sagt Kassim, und seine Lippen zucken kaum wahrnehmbar, »dann tritt er zurück.«

»Da hast du wahrscheinlich recht. Mit Otis sollte man sich nicht anlegen. Aber das ist nicht, was ich meine. Wenn wir unsere Gefühle nicht verstehen, dann leben wir sie manchmal auf die falsche Art aus. Oder wir schließen sie in uns ein, und dann sorgen sie dafür, dass es uns mies geht. Wir möchten, dass du ein bisschen von dem, was du wegen Tante Byrd und Henry und was dir sonst noch im Kopf herumgeht, empfindest, besser verstehen kannst.«

»Damit ich Otis nicht trete?« Sein Lächeln ist schwach und ein bisschen bang, aber er wirkt immerhin nicht mehr ganz so angespannt.

»So was in der Art, ja. Du sollst wissen, dass du mit dem, was du wegen der beiden manchmal empfindest, nicht allein bist. Ich fühle auch so.«

»Aber es geht dir doch gut, oder, Mom?« Durch die Verunsicherung, die sich in seiner Stimme kundtut, klingt er jünger, als er ist, und ich frage mich, wie meine inneren Kämpfe sich auf meine Kinder ausgewirkt haben mochten, denn sosehr ich mich auch bemüht habe, meine vollkommene Unfähigkeit, mit dem Leben und der Welt fertigzuwerden, vor ihnen zu verbergen, könnten sie trotzdem etwas mitbekommen haben. Natürlich könnte ich bei dem Gedanken, was ich wohl zu Kassims Ängsten beigesteuert habe, vor Scham im Boden versinken, oder ich kann jetzt meinen Teil dazu beitragen, sie zu lindern.

»Niemandem geht es immer gut, Seem.« Ich ergreife seine Hand. »Ums Gutgehen geht es im Leben nicht. Es geht darum, sich Hilfe zu suchen, wenn es einem nicht gut geht. Zuzulassen, dass unsere Familien und Freunde uns helfen. Zuzulassen, dass Menschen wie Dr. Cabbot uns helfen. Verstehst du, was ich meine?«

»Daddy geht es auch nicht immer gut?«

Ein Teil von mir möchte schreien, nein, Daddy geht es nicht immer gut, okay?, obwohl er den Eindruck erweckt. Dass jemand nie um Hilfe bittet, bedeutet eben nicht, dass er keine brauchen würde.

»Wie gesagt«, antworte ich stattdessen, »niemandem geht es immer gut. Aber dein Vater ist einer der stärksten Menschen, die ich kenne. Er wird immer für dich da sein. Das werden wir beide.«

Seine Miene hellt sich auf, aber ehe ich Gelegenheit bekomme, mir zu dieser beeindruckenden mütterlichen Weisheit zu gratulieren, kräht er: »Dad!«

Über die Schulter folge ich seiner Blickrichtung und entdecke Josiahs schwarzen Range Rover nur ein paar Parkstände entfernt. Kassim löst seinen Gurt und saust aus dem Wagen. Ich folge ihm in gemächlicherem Tempo. Ich möchte ihnen ein paar Augenblicke für sich lassen, mir aber auch ein wenig Zeit nehmen, um mich zu sammeln. Josiah sieht natürlich immer gut aus, aber heute ist er für die Tagung herausgeputzt. Der hervorragend geschneiderte Anzug betont seine breiten Schultern und passt perfekt an seine enorm muskulösen Beine. Die harten Linien seines Gesichts werden gleich weicher, als Kassim zu ihm kommt. Er legt unserem Sohn die Hände in den Nacken und bückt sich, um ihn auf die Stirn zu küssen, und ein Teil von mir, ganz tief im Inneren, schmilzt dahin. Selbst am Tiefpunkt konnte ich nie an der Liebe zweifeln, die Josiah für Deja und Kassim empfindet.

»Ich dachte, du müsstest auf einer Tagung sprechen«, höre ich Kassim sagen, als ich nahe genug bin.

Er blickt von Kassims Gesicht zu meinem, und seine Züge verschließen sich wieder, die Wärme in seinen Augen schwindet. Die vertrauensvolle Offenheit, die einmal für uns drei – Kassim, Deja und mich – reserviert war, bekomme ich nicht mehr zu sehen. Ich habe das Privileg verloren, Zugang zu seinen Gefühlen zu bekommen, seinem Körper, seinem Herzen; oder vielmehr: Ich habe all das verwirkt, als ich um die Scheidung gebeten habe.

»Hey.« Ich beiße mir auf die Lippe und schiebe die Hände in die Taschen meiner Jeans. »Ich hatte nicht damit gerechnet, dich hier zu treffen.«

»Ich musste meinen Jungen sehen«, sagt er, sieht wieder Kassim an und schenkt ihm ein strahlendes Lächeln. »Ich hab mir gedacht, du machst das schon, aber ich wollte trotzdem nach dir sehen, falls es dich doch ein bisschen nervös macht. Alles in Ordnung?«

»Ja.« Kassim sieht sich zu mir um. »Aber Mom sagt, es ist in Ordnung, wenn es einem mal nicht so toll geht. Sie sagt, niemandem geht es immer gut.«

Josiah zögert nicht, er nickt und bückt sich, um Kassim direkt in die Augen zu sehen. »Sie hat recht.«

»Geht es dir auch nicht immer gut?«, flüstert Kassim so leise, dass ich es kaum hören kann.

In der kurzen Stille, die sich Kassims Frage anschließt, möchte ich Josiah zur Seite nehmen und ihn anbetteln, seine Mauern fallen zu lassen, nur dieses eine Mal. Wenigstens so zu tun, als würde auch er Schmerz verspüren, so wie der Rest von uns Sterblichen, nur, damit sich sein Sohn nicht so allein fühlt.

»Nein, mir geht es auch nicht immer gut.« Josiah drückt Kassims Schulter, und dabei leuchtet diese einzigartige Zärtlichkeit, die er jedem außer unseren Kindern vorenthält, in seinen Augen. »Nicht vergessen, ich werde auch mit einem Therapeuten sprechen.«

»Wann?« Hoffnung und Neugier zaubern Kassim ein breites Lächeln ins Gesicht.

»Montag«, antwortet Josiah. »Wie wäre es, wenn du mir erzählst, wie es bei deiner Therapie läuft, und ich erzähle dir von meiner?«

»Okay.« Kassim strahlt. »Deal.«

Josiah sieht zur Uhr. »Ich muss bald zurück, also lass uns reingehen, ehe ich wegmuss.«

»Oh, du gehst mit rein?«, frage ich.

»Ja.« Er grinst seinen Sohn an. »Bereit, Sohn?«

Immer noch in seinem Trikot, hüpft Kassim beinahe ausgelassen zwischen uns, als wir zu dem Gebäude gehen, in dem Dr. Cabbot praktiziert. Der Wartebereich ist in warmen Honig- und Erdtönen gehalten, ausgestattet mit therapeutischem Spielzeug, Puzzlespielen und einem großen, in die Wand eingelassenen Aquarium. Kassim ist kurz davor, das Blickgefecht mit einem Kugelfisch für sich zu entscheiden, als die Tür zum Sprechzimmer geöffnet wird und ein Mann Ende dreißig, Anfang vierzig herauskommt. Sein strohblondes Haar ist ordentlich frisiert, die Augen wissen offenbar nicht so recht, ob sie braun oder grün sein wollen. Er reicht erst Josiah und dann mir die Hand.

»Schön, dich wiederzusehen, Kassim.« Ein sanftmütiges Lächeln liegt auf seinen Lippen, als er zu unserem Sohn hinabblickt.

»Ja«, sagt Kassim. »Ich meine, ja, Sir.«

»Heute werden wir uns einfach ein bisschen kennenlernen, du und ich.« Dr. Cabbot zeigt auf die Tür, durch die er gerade gekommen ist. »Wie hört sich das an?«

Kassim nickt nur zögerlich, antwortet aber: »Ja, okay.«

»Ich muss los, Sohn«, sagt Josiah. »Aber heute Abend reden wir, okay?«

»Okay, Dad.«

»Hab dich lieb, Seem«, sage ich und hoffe, wie ein ganz normaler Mensch zu klingen, obwohl ich am liebsten einen Kniefall machen und Dr. Cabbot anbetteln würde, meinem Jungen zu helfen.

»Ich dich auch, Mom.« Kassim geht voran, und Dr. Cabbot schließt die Tür hinter beiden.

»Geht es dir gut?«, fragt Josiah, und erstmals seit seinem Auftauchen klingt vages Amüsement in seiner Stimme an.

»Nicht wirklich.« Ich sinke auf das Ledersofa und wühle in

meiner Handtasche nach Kaugummis, um meine Ängste risikofrei zu zerkauen. »Danke, dass du gekommen bist. Ich weiß, das bedeutet ihm viel.«

»Mir war klar, dass er nervös sein würde, und ich wollte ihm zeigen, dass ich meinen Teil der Abmachung einhalten werde.«

»Obwohl du eigentlich nicht damit rechnest, dass dir das irgendwas bringt, richtig?«, frage ich und blicke auf, mustere forschend sein Gesicht.

Er zieht eine dicke Braue hoch. »Ich sage ja nicht, Therapie würde niemandem was bringen. Ich glaube nur nicht, dass es mir was bringt.«

»Was du aus all den vielen Malen schließt, zu denen du es versucht hast. Erinnere mich, wie viele Male waren das noch?« Ich lege meinen Finger ans Kinn, als würde ich angestrengt nachdenken. »Oh, ich hab's. Null Male.«

Seine Mundwinkel zucken leicht, und er verdreht die Augen. »Ich tue das für Kassim, aber ich gehe dort ohne irgendwelche Erwartungen hin. Lass uns später reden und schauen, wie seine erste Sitzung gelaufen ist. Ich muss los.«

Ohne Erwartungen. So ist es mir vor meiner ersten Sitzung nicht ergangen. Ich hatte mir große Hoffnungen gemacht, dass die erste Therapeutin mich wieder in Ordnung bringen würde, dass sie die Wolke vertreiben würde, die jeden Tag schon beim Aufwachen über meinem Kopf hing. Nicht nur, dass sie nichts dergleichen getan hat, sie hat es in mancher Hinsicht sogar schlimmer gemacht. Ich war überzeugt, das Problem läge nicht bei ihr, denn wenn es mir nach sechs Wochen Therapie immer noch nicht besser ging, musste es doch einfach an mir liegen. Und als weitere zwei Monate bei einer zweiten Therapeutin auch ergebnislos blieben, verfestigte sich diese Überzeugung, die wie eine Kettensäge in meinem Kopf kreischte, nur noch mehr.

Ich würde nie wieder in Ordnung kommen.

Ich würde nie wieder glücklich sein.

Ich würde eine Bürde sein, eine Last für meine Familie und meine Freunde.

Diese leise Stimme flüsterte ständig, es würde nie besser werden. Ich hatte mich von dem Mann scheiden lassen, den ich immer geliebt habe, weil es zu sehr geschmerzt hat, mit ihm zusammen zu sein, mit ihm zu streiten, ihm zu grollen … und auch das hatte es nicht besser gemacht. Was für eine Verschwendung. Was für ein Reinfall.

Ich werfe den beiden ersten Therapeutinnen nichts vor. Wir haben einfach nicht zusammengepasst. Bei Dr. Abrams war das anders, aber auch sie hat lange gebraucht, um mir zu helfen, diese Stimme zum Schweigen zu bringen, um die Kettensäge abzuschalten, die mich innerlich in Stücke zerteilt hat, aber als ich das geschafft habe, war das eine enorme Erleichterung. Und das wünsche ich mir auch für Kassim. Die Gewissheit, dass seine Ängste »normal« sind. Dass er okay ist, sogar dann, wenn nicht alles okay ist.

Blicklos starre ich die Fische an, die durch die künstliche Unterwasserwelt navigieren, während mein Geist ins Schwimmen gerät in all den Grübeleien über Josiah und die Frage, was dieser Schritt wohl für ihn bedeutet. Noch dominanter ist die Frage, wie es Kassim auf der anderen Seite dieser Tür ergeht, während ein Fremder in seinem Geist und seinem Herzen herumstochert.

Mein Telefon klingelt, reißt mich aus dem Durcheinander meiner Betrachtungen.

»Hendrix, hey.« Ich bin allein im Wartezimmer, also kann ich sitzen bleiben und hier telefonieren. »Was gibt's? Glück gehabt?«

»Oh, ja, wir haben die Extensions gefunden. Wir wollen uns noch die Nägel machen lassen. Ist das okay?«

»Oh, na ja … klar.« Ich lecke mir die Lippen, meine Finger spannen sich um das Telefon. »Klingt nach Spaß.«

»Toll. Und wir wollen auch noch zu Ruby's, wenn du einverstanden bist.«

»Sicher. Beschaff dem Mädel ein bisschen Schweinenacken.«
Wir kichern gemeinsam. Hendrix' gewohntes Gackern klingt ungezwungen und natürlich, meines fühlt sich an, als hätte ich es erst durch ein Sieb gepresst. Deja und ich haben uns früher zusammen die Nägel machen lassen. Wir hatten richtige Mutter-Tochter-Tage. Aber heute kann ich mich kaum mehr erinnern, wann sie das letzte Mal freiwillig Zeit mit mir verbracht hat.

»Danke, Hen«, sage ich und meine es auch so. »Wirklich.«

»Nicht der Rede wert, Süße.« Hendrix legt eine kurze Pause ein und fährt dann fort: »Sie ist ein gutes Kind. Ich weiß, ihr zwei habt Probleme, aber ich sehe so sehr dich in ihr. Du bist eine tolle Mutter, auch wenn es sich gerade nicht so anfühlt.«

Ich schließe die Augen und lasse mich von diesem schlichten Lob einhüllen, nehme es tief in mir auf, auf dass es all die Zweifel und Schuldgefühle erreicht, die stets direkt unter der Oberfläche zu lauern scheinen.

»Danke. Für alles. Und nehmt euch so viel Zeit, wie ihr wollt. Wir sehen uns, wenn ihr fertig seid.«

Die Tür wird geöffnet, und Kassim kommt mit Dr. Cabbot heraus.

»Hey, Hen. Ich muss auflegen. Seem ist gerade rausgekommen. Lieb dich.«

»Lieb dich, bye.«

Ich stehe auf und gehe zu Kassim, umfasse sein Kinn und mustere forschend sein Gesicht, als glaubte ich nach einer Fünfundvierzig-Minuten-Sitzung schon eine Veränderung in seinen Augen entdecken zu können.

»Wie ist es gelaufen?«, frage ich Dr. Cabbot.

»Gut.« Er lächelt Kassim an. »Wir haben uns heute ein bisschen kennengelernt.«

»Schön«, sage ich. »Und, was denkst du bisher, Kassim?«

Er zuckt mit den Schultern. »Alles cool. Können wir jetzt gehen? Heute Nachmittag gibt es eine Halo-Meisterschaft.«

»Oh, natürlich.« Ich schnappe mir meine Handtasche, die noch auf dem Stuhl gelegen hat, und gebe ihm die Schlüssel. »Geh schon zum Auto. Ich komme gleich nach.«

Durch das Fenster sehe ich zu, wie er den kleinen Parkplatz überquert. Die Lichter an meinem Wagen blinken kurz, als er ihn entriegelt, dann steigt er ein, und ich drehe mich wieder zu Dr. Cabbot um und zwinge mich, ihn nicht mit Fragen zu überhäufen.

»Also, womit haben wir es zu tun?«, frage ich.

»Das war heute wirklich nur ein Kennenlernen«, sagt Dr. Cabbot. »Wir sind nicht tief eingestiegen, aber es ist unverkennbar, dass er mit einigen Unsicherheiten hinsichtlich der Zukunft zu kämpfen hat. Und mit der verständlichen Angst, die Menschen zu verlieren, die er liebt.«

»Selbst wenn wir zu dem Schluss kommen sollten, dass er keine Klasse überspringen soll, ich bin froh, dass wir ihn hergebracht haben. Ich weiß, wie wertvoll ein sicherer Ort ist, an dem man seine Gedanken und Sorgen frei aussprechen kann.«

»Es ist wunderbar, dass Sie ihn hergebracht haben, damit er über all die Dinge reden kann.«

Es fühlt sich so bestärkend an, dieses kleine Lob. Und das zeigt mir, wie bedürftig ich tief im Inneren war, wie ausgedörrt. Dr. Abrams sagt immer, ich müsse lernen, netter zu mir selbst zu sein. Angesichts meiner Reaktion erst gegenüber Hendrix und nun auch gegenüber Dr. Cabbot, die mir gewissermaßen bestätigt haben, dass ich als Mutter nicht versage, schätze ich, sie könnte recht haben.

Kapitel 12

# JOSIAH

»Also, erzählen Sie mir ein bisschen von sich.«

»Äh, was wollen Sie wissen?«, frage ich den Therapeuten, der mir gegenüber in einem Lehnstuhl sitzt, der dem gleicht, in dem ich Platz genommen habe.

»Der Anamnese-Fragebogen, den Sie ausgefüllt haben, hat mir schon eine Menge darüber erzählt, was Sie durchgemacht haben«, antwortet Dr. Musa, stützt die Ellbogen auf die Armlehnen des Sessels und legt die Fingerspitzen aneinander. »Aber nicht viel über Ihr Leben, falls das für Sie einen Sinn ergibt.«

»Wenn Ihnen der Fragebogen gesagt hat, was mir passiert ist, wissen Sie doch über mein Leben Bescheid.«

Dunkle Brauen erheben sich über den schwarzen Rahmen seiner Brille. »Nicht zwangsläufig. Jemand anderes könnte beide Eltern in einem sehr jungen Alter verloren haben, dann binnen eines Jahres die Person, die ihn aufgezogen hat, ein Kind und seine Ehe und damit völlig anders umgehen. Es gibt eine unendliche Anzahl an Türen, durch die man schreiten kann, wenn man etwas verloren hat, wenn man Menschen verliert, die einem wichtig sind. Eine Million Wege zu trauern. Ich wüsste gern, welche Tür Sie gewählt haben.«

Ein raues Lachen rattert in meiner Kehle bei dieser unbeteiligten Katalogisierung all der Scheiße in meinem Leben. »Also steigen wir einfach direkt ein, was?«

»Ich bin recht gut darin, Menschen einzuschätzen«, sagt Dr. Musa lächelnd. »Bei Ihnen habe ich das Gefühl, es mit einem Mann zu tun zu haben, der gern gleich zur Sache kommt.«

Seine Dreads hängen ihm bis auf die Schultern und sind von grauen Strähnen durchzogen, aber das Gesicht, das sie einrahmen, ist ziemlich faltenfrei. Er ist wahrscheinlich nicht viel älter als ich. Ich mustere die afrikanischen Masken und Kunstwerke an den Wänden, die Urkunden und Zeugnisse, die die Lücken ausfüllen.

»Wie ich sehe, waren Sie am Morehouse.« Ich mustere das Abschlusszeugnis: Bachelor of Arts in Psychologie.

»War ich. Und Sie?«

»Ich war auch dort, ja. Wirtschaftswissenschaften.«

»Gibt es kein zweites Mal, was?«, fragt er, und sein Lächeln wirkt entspannter angesichts der gemeinsamen Erfahrung, die nur jemand ganz verstehen kann, der auch eine Einrichtung der HBCU besucht hat.

»Das Morehouse ist wirklich einmalig.« Mein Blick gleitet weiter zu den anderen Zeugnissen von der Emory und der Yale University. »Sieht aus, als wären Sie ein kluger Mann. Werden Ihnen all diese Abschlüsse verraten, was mit mir nicht stimmt?«

»Denken Sie denn, dass mit Ihnen etwas nicht stimmt?«

»Nein, ich denke das nicht.« Ich lege den Unterschenkel auf das Knie des anderen Beins und betrachte amüsiert die Packung Taschentücher auf dem Tisch neben ihm. Die werden wir nicht brauchen. »Bei allem Respekt für die Arbeit, die Sie machen, aber ich brauche so was nicht. Ich tue das nur für meinen Sohn.«

»Sie machen stellvertretend für Ihren Sohn Therapie?« Er grinst ein wenig. »Ich wusste nicht, dass so etwas möglich ist.«

»Was ich meine, ist, dass mein Sohn Angst davor hatte, mit jemandem zu reden, und ich ihm zeigen wollte, dass er nichts zu fürchten hat. Dass es okay ist, eine Therapie zu machen. Ich will ihm ein passendes Vorbild liefern.«

»Muss ich einen Anwesenheitsnachweis unterzeichnen, damit Sie ihm zeigen können, dass Sie hier waren? Und dann können wir während unserer Sitzungen vielleicht über die Aussichten der Falcons in dieser Saison diskutieren oder in Erinnerungen an

Homecomings und die gute alte Zeit auf dem Campus schwelgen, denn wir haben hier ja keine ernsthaften Probleme zu bewältigen.«

Sein Sarkasmus entlockt mir ein zögerliches Lächeln. »Ich will wirklich nicht herabwürdigen, was Sie tun. Meine Frau ... Ex-Frau ... hat von dem Kram sehr profitiert und schwört darauf. Was immer den Menschen, die mir wichtig sind, hilft, unterstütze ich.«

»Wie wäre es, wenn wir damit anfangen?«

»Womit?«

»Mit Ihrer Ex-Frau. Sie haben in Ihrem Fragebogen angegeben, dass Sie seit fast zwei Jahren geschieden sind. Wie ist das gewesen?«

Ich erstarre innerlich. Es ist eine Sache, für ein paar Sitzungen herzukommen, bis Kassim sich in seiner Therapie gut aufgehoben fühlt, aber es ist etwas ganz anderes, wenn dieser fremde Mann plötzlich Höhlen aufbricht, die ich mit Findlingen verschlossen habe.

»Gut. Ihr geht es gut. Sie hat die Hilfe bekommen, die sie gebraucht hat.« Ich verlagere mein Gewicht, stelle beide Füße auf den Boden. »Wir sind ein tolles Team. Ziehen unsere Kinder gemeinsam auf. Führen gemeinsam ein Geschäft. Alles bestens.«

»Das klingt sehr fortschrittlich und einvernehmlich.«

»Warum auch nicht? Wir wollten weder unsere Kinder drangeben noch das Geschäft, für dessen Aufbau wir so hart gearbeitet hatten, nur weil sie nicht ...« Ich räuspere mich. »Weil wir nicht mehr verheiratet sein wollten.«

»Also, hat sie die Scheidung gewollt, haben Sie sie gewollt, oder war das eine gemeinsame Entscheidung?« Er greift zu seinem Notizblock. »Dass beide das gleichermaßen wollen, ist eher selten.«

»Stellen Sie all Ihren Klienten schon in der ersten Sitzung so übergriffige Fragen?« Ärger kribbelt unter meinem Kragen und treibt mir die Hitze in den Hals.

»Ich habe hier auch irgendwo Samthandschuhe.« Er tut, als sähe er sich suchend um. »Die kann ich benutzen, wenn Ihnen das lieber ist, aber für mich hört es sich nicht so an, als wollten Sie zu vielen Sitzungen erscheinen. Da dachte ich mir, wir sollten das Beste aus der Zeit machen, die wir haben.«

Ein paar Sekunden lang starren wir einander schweigend an, und die Anspannung nimmt zu, je länger es dauert. Ich bin entschlossen, die Stille nicht zu brechen, ihm nichts zu liefern, denn warum sollte ich? Ich kenne diesen Arsch doch überhaupt nicht, und der will in meinem Kopf herumwühlen? All den Mist hervorzerren, den ich säuberlich in Fächern abgelegt habe, damit ich ein bisschen Frieden finden kann? Er will das alles aufrühren, aber er wird nicht mit den Folgen leben müssen. Ich schon.

»Erzählen Sie mir ein bisschen von Ihrer Ex-Frau«, sagt er schließlich. »Wie ist ihr Name?«

Meine Anspannung legt sich nicht. Ich lasse ihn nicht aus den Augen, als wäre er ein Jäger, der eine Falle aufstellt, und ich in Gefahr hineinzustolpern, wenn ich nicht aufpasse.

»Ihr Name ist Yasmen.« Ich lehne mich zurück und verschränke die Arme vor dem Leib.

»Warum haben Sie sie geheiratet?«

Weil sie das Beste war, das mir je begegnet ist.

Schlimm genug, dass ich diesen Gedanken aus dem Käfig und in den allgemein zugänglichen Teil meines Gehirns gelassen habe. Aber ich werde den Teufel tun und das auch noch laut aussprechen. Das ist naiver, romantischer Bockmist; die Version von mir, die Yasmen damals kennengelernt hat, die sich beinahe auf den ersten Blick in sie verliebt hat, käme mit diesem rührseligen Unsinn vielleicht durch, aber der Mann, der ein Jahr lang zugesehen hat, wie sie sich Schritt für Schritt verabschiedete, der sie angefleht hat zu bleiben und dann doch akzeptieren musste, dass sie ging? Dieser Mann wird keinen schwächlichen, weichlichen Gedanken über seine Ex-Frau nachhängen.

»Ich wollte sie für den Rest meines Lebens jeden Tag ficken«, sage ich halb im Scherz. »Sie ist so schön. Ist das ein ausreichender Grund?«

Diese Antwort ist zwar vollkommen wahr, lässt aber enorm viel aus, und ich sehe ihm an, dass er eine stark gekürzte Version erkennt, wenn er sie zu hören bekommt. Er lacht grunzend und schüttelt den Kopf.

»Wenn das stimmt und das alles ist, was Sie verbunden hat, dann wundert mich nicht, dass Sie sich haben scheiden lassen. Muss wohl irgendwann alt geworden sein.«

»Ich weiß, was Sie tun. Diese Masche mit der umgekehrten Psychologie funktioniert bei mir nicht.«

»Umgekehrte Psychologie basiert auf der Idee, man könne, wenn man eine gegenteilige Überzeugung vertritt, jemanden dazu bringen, seine eigene preiszugeben. Wäre das hier der Fall, dann sagen Sie gewissermaßen, dass ich glaube, Ihre Ehe basierte auf mehr als nur auf Ihrem dringenden Wunsch, Ihre Frau zu ficken.« Er zieht einen Hefter unter dem Block hervor und schlägt ihn auf. »Also, sind Sie sie müde geworden? Vielleicht hat sie sich nach ihren zwei Schwangerschaften gehen lassen?«

»Drei«, korrigiere ich automatisch. »Drei Schwangerschaften.«

Die Erinnerung an diesen Verlust, so leise ich sie ausgesprochen habe, landet mit einem dumpfen Aufschlag im Raum.

»Natürlich, drei«, sagt er und klingt nun sanfter.

Nicht einmal das möchte ich ihm zugestehen, aber etwas in mir reagiert zutiefst abwehrend darauf, wenn sich irgendjemand über Yas und das, was wir einmal hatten, so geringschätzig äußert.

Selbst dann, wenn ich damit angefangen habe.

»Sie hat sich nicht gehen lassen, wie Sie es nennen, aber es wäre auch egal gewesen, wenn sie hätte. Das hätte mir nichts ausgemacht, und das wusste sie.«

»Dann erzählen Sie mir doch, was passiert ist.«

»Wir … umpf … wir hatten eine schwere Zeit durchzustehen, wie Sie bereits wissen.« Ich wedele mit der Hand in Richtung des Hefters in seinem Schoß, der lebenslangen Schmerz zu einem Blatt Papier und etwas Tinte reduziert, obwohl es eigentlich ein gewaltiger Wulst ist, der mich vollständig auffressen würde, würde ich es zulassen. Aber es ist besser, das alles zwischen ein paar Seiten zu pressen, als es frei herumstreifen zu lassen, auf dass es seine zerstörerische Wirkung entfalte.

»Reden wir ein wenig über den Verlust Ihrer Tante.«

Ich verspanne mich in meinem Sessel und beäuge ihn argwöhnisch. »Was wollen Sie wissen?«

»Alles, was Sie mir erzählen wollen.«

»Das hört sich an, als wollten Sie sich drücken«, murmele ich, begleite die Worte aber mit einem halben Grinsen.

Er trägt die andere Hälfte auf den Lippen und zuckt mit einer Schulter. »Vielleicht, aber mir ist lieber, wenn Sie mir erzählen, was sich für Sie gut greifbar anfühlt. Sollte ich tiefer graben müssen, dann tue ich das.«

»Also schön. Sie hat mich aufgezogen. Ich war erst acht Jahre alt, als meine Eltern bei einem Autounfall ums Leben gekommen sind. Eine Massenkarambolage auf der Interstate.« Ich fahre mir mit den Händen über das Gesicht. »Sie war die ältere Schwester meines Dads. Wir haben in Texas gelebt, und ich war ihr bis dahin nur ein paarmal begegnet, aber sie war sofort da, denn sonst gab es niemanden. Ich wäre im System verschwunden, hätte sie mich nicht mit nach Atlanta genommen.«

»Wow. Das ist bewundernswert. Wie war Ihre Beziehung zu ihr?«

Ich kann nicht verhindern, dass sich ein Lächeln auf meinem Gesicht ausbreitet. Der Gedanke an Byrd ist stets mit Schmerz verbunden, aber ich werde auch nie die Freude übergehen, die sie nicht nur in mein Leben gebracht hat, sondern in das jedes Menschen, der sie kannte.

»Sie war nicht das, was man sich üblicherweise unter einem Vormund vorstellt. Sie hat mir wahrscheinlich so viel Freiraum gelassen, weil sie selbst sehr eigenständig war und es hasste, wenn jemand ihr sagen wollte, was sie zu tun hatte.« Mein Lächeln erlischt, und die niederschmetternde Realität überfällt mich wieder. »Wir waren eine Familie, wir waren aber auch Freunde.«

Ich räuspere mich, starre meine schwarzen Stiefel an. »Sie war da, und dann war sie einfach ... weg. Schwerer Herzinfarkt. Ich ... mmmmmh ... ich habe sie gefunden.«

»Das tut mir leid, Josiah. Das muss schwer für Sie gewesen sein.«

»Ja. Sie war in der Küche.« Ein heiseres Lachen entfleucht mir. »Ihre Liebe ging wirklich durch den Magen. Die beste Köchin, die mir je begegnet ist.«

Der beste Mensch, der mir je begegnet ist.

»Sie hatte immer neue, originalverpackte Socken und Unterwäsche in allen möglichen Größen im Auto, und wenn Obdachlose sie an einer Ampel oder so um Geld angebettelt haben, dann hat sie ihnen Wäsche angeboten.«

»Hört sich an, als wäre sie eine fantastische Person gewesen.«

»War sie. Ich habe kürzlich eine Obdachlose in der Innenstadt gesehen. Sie hat keine Schuhe getragen. Ihre Kleidung war ... sie war eindeutig in Not. Und alles, was ich denken konnte, war: Was würde Byrd tun? Wie würde sie helfen? Yasmen fährt ihretwegen immer noch mit Socken und Unterwäsche in der Mittelkonsole herum.«

»Sie haben sich nahegestanden? Ihre Ex-Frau und Byrd?«

»Sie war für Yas wie eine zweite Mom. Die beiden waren sich sehr nahe. Als meine Tante Yasmen das erste Mal getroffen hat, hat sie zu mir gesagt, lass die bloß nicht wieder gehen.«

»Und was haben Sie gesagt?«

Mein Lächeln verblasst, und Verbitterung härtet die Linien meiner Lippen. »Ich habe gesagt, das würde ich nie tun, aber sie ist gegangen, nicht wahr? Hat wohl nicht so hingehauen.«

»Wenn Sie die Frage gestatten, wie weit war Ihre Frau, als sie das Baby verloren hat?«

»Sechsunddreißigste Woche.« Ich kralle die Finger in die Armlehnen des Sessels. »Sie war allein im Restaurant und hat dichtgemacht. Ich habe ihr gesagt …«

Ich schüttele den Kopf und beiße die Zähne zusammen, um die Worte zu ersticken, die klingen könnten, als würde ich Yasmen die Schuld an dem geben, was passiert ist. Das tue ich nicht.

»Ich hatte sie gebeten, jemand anderen abschließen zu lassen, aber Yasmen ging es ja prächtig. Sie hatte eine tolle Schwangerschaft. Keine Komplikationen. Sie ist gar nicht auf die Idee gekommen, dass etwas schiefgehen könnte. Ich auch nicht. Und ich war unterwegs.« Ich lasse meine Schultern kreisen, um die Anspannung zu lindern, und wünschte, ich könnte damit auch gleich die Schuldgefühle abstreifen. »Mist. Ist die Zeit nicht langsam um? Ist es Zeit für mich zu gehen?«

»Wir haben gerade erst angefangen«, sagt Dr. Musa. »Sie sagten, Sie waren unterwegs. Wo?«

»Ich war bei einer albernen Tagung in Santa Barbara.«

Wenn ich irgendetwas in meiner Vergangenheit ungeschehen machen könnte, wäre es diese Reise. Bis zur Geburt war noch Zeit, und wir waren beide der Ansicht, es wäre das Beste für das Grits, wenn ich hingehe, aber ich hatte ein ungutes Gefühl im Magen, kaum dass der Flieger abgehoben hatte. Ich habe ihr ständig Textnachrichten geschickt und angerufen, um mich zu vergewissern, dass alles in Ordnung ist. Damals hatten wir bereits Tante Byrd begraben müssen. Vielleicht hat mir das bewusst gemacht, wie zerbrechlich das Leben ist, vielleicht war ich deswegen so besorgt, nachdem ich gerade erst jemanden verloren hatte, den ich so sehr geliebt habe. Vielleicht war es auch eine Vorahnung. Was immer es war, es hat mich in der ersten Nacht im Hotel wach gehalten. Und als am nächsten Tag das Krankenhaus angerufen hat und man mir sagte, dass Yasmen das Baby verloren hatte, jagte mir nur noch ein Gedanke sengend heiß durch den Kopf.

Ich hätte dort sein müssen.

Wäre ich dort gewesen, hätte sie nicht abgeschlossen. Das Restaurant wäre nicht verlassen gewesen. Sie wäre nicht gefallen. Und sie hätte diese kostbaren Augenblicke nicht verloren, die verstrichen sind, während ihr Mobiltelefon im anderen Raum war und Henry keine Luft bekam.

Und dann war er tot.

»Mögen Sie über die Reise nach Santa Barbara sprechen, Josiah?«, fragt Dr. Musa, und seine sanfte Stimme durchdringt den Aufruhr der Gedanken in meinem Kopf.

Ich schlucke. Ein Kloß aus glühenden Empfindungen versengt mir den Hals. Siehst du, deshalb mache ich so einen Mist nicht. Deshalb rühre ich nicht an alldem.

Aber ist das wirklich ausreichend?

»Denken Sie, die Verluste, die Sie so kurz nacheinander haben erleben müssen, haben zum Scheitern Ihrer Ehe beigetragen?«

Ein heiseres Kichern rappelt durch meine Kehle. »Könnte man sagen. Ich wusste, dass es wirklich schlimm steht, aber eines Nachts ist sie einfach …«

Früher habe ich wechselweise all die Ereignisse in der Nacht, in der Yasmen ein Ende gemacht hat, verdrängt oder sie wieder und wieder in Gedanken durchgespielt, sie darauf abgeklopft, ob es da irgendetwas gab, das ich hätte anders machen oder formulieren können, um dieses Ergebnis zu verhindern. Um uns zu retten.

»Möchten Sie über diese Nacht sprechen?«, fragt Dr. Musa. »Wir haben jede Menge Zeit.«

Nein, verdammt!

Warum sollte ich die schmerzlichste Nacht meines Lebens vor diesem Fremden ausbreiten? Mein Mund ist offen, und die Ablehnung liegt mir bereits auf der Zungenspitze, aber dann kommt ein Bild dazwischen, das meine absolute Gewissheit, dass dieser Kerl einen Scheiß für mich tun kann, erschüttert. Es ist ein Bild von Kassim, der in Dr. Cabbots Sprechzimmer geht und sich über die Schulter zu seiner Mom und mir umblickt. Nervös, ängstlich, unsicher und doch voller Vertrauen, weil Yasmen ihm gesagt hat, dass es in Ordnung ist, wenn es einem mal nicht so gut geht.

Geht es dir auch nicht immer gut?

Nein, mir geht es auch nicht immer gut.

Ich räuspere mich, schlucke die scharfe Erwiderung, die ich Dr. Musa hatte vorsetzen wollen, hinunter und mustere meine Hände, die meine Knie umklammern.

»Möchten Sie über diese Nacht reden?«, wiederholt Dr. Musa und spricht dabei so sanft und leise, als hätte er es mit einem schreckhaften Tier zu tun, das einfach davonlaufen könnte.

»Klar«, sage ich schließlich und hoffe, dass ich das nicht noch bedauern werde. »Was wollen Sie wissen?«

Dr. Musa sieht zur Uhr und lächelt. »Die Zeit reicht vielleicht für alles.«

# Kapitel 13

# JOSIAH: DAMALS

Als ich langsam vom Grits nach Hause fahre, nehme ich die Dinge, die uns so an Skyland begeistert hatten, als wir hergezogen sind, kaum noch wahr. Mein Kopf brummt nach einem Tag, der vor Sonnenaufgang begonnen und lange nach Sonnenuntergang geendet hat. Ich biege in die First Court ein, unsere Straße, gesäumt von gepflegten Rasenflächen und säuberlich gestutzten Sträuchern vor Häusern im siebenstelligen Preisbereich. Das war die perfekte Kulisse für unsere Ambitionen gewesen. Man lebt nicht im Herzen von Skyland, ohne den Preis für diese Umgebung zu bezahlen, und dieser Preis ist hoch. Wäre alles nach Plan verlaufen, hätten wir kein Problem gehabt, diesen Preis zu bezahlen, aber stattdessen ist alles den Bach runtergegangen, und unsere Hypothek hängt mir wie ein Albatros am Hals. Während ich mental in einem Meer aus Rechnungen und Mahnungen versinke, übersehe ich fast das weiße Blatt Papier, das an unserem Garagentor klebt.

»Was zum Teufel …?«, murmele ich, und mein Blick schweift über unser etwas zu hohes Gras und die unansehnlichen Sträucher. Der Gärtner, der für die meisten Leute in unserer Straße arbeitet, hätte heute kommen sollen. Ich steige aus dem Wagen und schnappe mir den Zettel.

Scheck geplatzt.

Zwei hingekritzelte Worte auf einem grasfleckigen Papierbogen, krass und kränkend. Eine Schlammspur aus Scham und Zorn zieht sich durch mein Bewusstsein. Ich habe seit dem College keinen Scheck mehr platzen lassen, und jetzt, wo ich in einer Straße mit Millionen-Dollar-Häusern lebe, passiert das?

Ich hole mein Telefon heraus, um unseren Kontostand zu überprüfen. Und tatsächlich, unser Konto ist überzogen. Um Geld zu sparen, während wir damit beschäftigt waren, uns ein Fundament ohne Byrd zu schaffen, hatten Yasmen und ich unsere Gehälter gekürzt. Das schien sinnvoll, zumal sie kaum noch im Grits war, seit wir Henry verloren hatten. Angesichts der rückläufigen Einnahmen musste ich irgendwo Abstriche machen, und ich hatte nicht vor, den Lohn unserer Mitarbeiter zu kürzen. Sie hatten Familien, Verbindlichkeiten. Wir können das besser abfedern als sie.

Jedenfalls dachte ich das.

Deja und Kassim von der Harrington abzumelden, würde sich anfühlen wie das Eingeständnis eines weiteren Scheiterns, aber womöglich bleibt uns nichts anderes übrig.

Ich zerknülle das Blatt in der Faust. Meine Gefühle sind genauso verworren wie dieses Gestrüpp. Mein Leben ist aus der Form geraten und vernachlässigt. Noch etwas, worum ich mich morgen werde kümmern müssen.

Ich betrete unser Traumhaus und möchte gleich wieder kehrtmachen und gehen. Der Schmerz klebt in den Vorhängen, überzieht den Boden wie Bohnerwachs. Hängt schwer und beißend in der Luft. Lieber arbeite ich vierzehn Stunden am Tag im Grits, als mich der Trauerarbeit zu widmen, die mich in diesem Haus erwartet. Die letzten paar Monate haben sich angefühlt, als lebte ich in einer Senkgrube. Sicher, wir alle brauchen Zeit, aber dem Zustand, in dem Yasmen jetzt ist, haftet etwas so Dunkles und Kaltes und Trostloses an. Ich kann nicht zu ihr durchdringen. Ich möchte sie mir schnappen und in unser Leben zurückzerren oder in das, was davon übrig ist. Ich möchte sie anflehen, es zusammen mit mir wieder aufzubauen. Den Ruf unseres Restaurants zu retten. Wir sind immer Partner gewesen. Bin ich egoistisch, dass ich sie wieder an meiner Seite haben will? Oder nur einsam? Frustriert? Verbittert? Alles zusammen?

Ja, all der verdammte Scheiß zusammen, und ich hasse mich dafür, so zu empfinden.

Ich atme scharf aus. Meine Schultern hängen kraftlos durch nach dem Tag und dem langen Abend. Die Treppe kommt mir vor wie der Mount Everest. Ich schaue kurz in die Zimmer der Kinder. Beide schlafen friedlich. Es ist schwer, sie davor abzuschirmen, wie alles zerbricht, denn wenn wir nicht in Eiseskälte auf der Stelle treten, dann loten wir zänkisch heiße Quellen aus und schreien das ganze Haus zusammen. Ich kann nicht fassen, dass wir das sind. Wir haben gesagt, wir fahren gemeinsam durchs Leben, bis die Räder abfallen. Aber in letzter Zeit fühlt sich unsere Ehe wie eine Reifenpanne an, während wir beide nach dem Lenkrad greifen und mit quietschenden Pneus immer mehr ins Schleudern geraten und Tag für Tag nur knapp einem verheerenden Unfall entgehen.

Als ich in unser Schlafzimmer schaue, ist es leer. Ich weiß, dass sie in Henrys Zimmer ist. Meine Schuhe scheinen Betonsohlen zu haben, als ich die wenigen Schritte zu dem Raum am Ende des Korridors zurücklege, den wir als Heimbüro benutzt hatten, ehe wir ihn für das Baby brauchten. Ich habe vorgeschlagen, dass wir die Kindermöbel aufbewahren, bis wir wissen, was wir damit machen können. Wir müssen den Raum neu streichen, Schreibtisch und Drucker wieder reinstellen. Alle Spuren dessen beseitigen, was dieser Raum hätte darstellen sollen. Aber Yasmen rastet aus, wenn ich das auch nur erwähne. Ich stehe in der Tür und beobachte sie, wie sie da vollendet still in dem Schaukelstuhl sitzt, als hätte sie ihren Körper verlassen und wäre ganz woanders. Eine Karussell-Lampe, die wir nach Dejas erstem Ultraschallbild gekauft haben, steht auf einem Tisch, dreht sich langsam, verbreitet Licht und wirft Schatten an die Wände.

»Babe.« Ich bin so müde, dass dieses Kosewort nur rau über meine Lippen kommt. »Es ist spät. Komm ins Bett.«

Ich kann ihr nicht verdenken, dass sie sich anstelle der kalten Matratze in unserem Schlafzimmer irgendein anderes Plätzchen sucht. In dem großen Bett müssen unsere Körper sich nicht berühren, und sie tun es auch nicht mehr, und doch fühlt es sich an, als wäre es nicht groß genug für uns beide und die Gespenster, die an unseren Decken zerren.

Sie rührt sich nicht, schaut mich nicht an, starrt nur weiter die Wand an. Mein Herz krampft sich jedes Mal zusammen, wenn ich die Schreibschrift – Yasmens Handschrift – sehe, die sich in einem munteren Babyblau von dem dunklen Grau abhebt, das wir für die Wände von Henrys Zimmer ausgewählt haben.

Ich kenne die Pläne, die ich für dich habe … denn ich will dir eine Zukunft und eine Hoffnung geben.

Deja und Kassim hatten beide einen Kinderreim an ihrer Wand, aber diesen Vers hat Yasmen irgendwo auf einer Grußkarte entdeckt, Jeremia 29,11, und ihn für Henrys Zimmer umformuliert.

»Denkst du überhaupt noch an ihn?«, fragt Yasmen. Sie sieht mich immer noch nicht an, und ihre Stimme klingt beängstigend ruhig.

Ich lehne mich an die Wand und verschränke die Arme vor der Brust, ein schwacher Schutz für ein gebrochenes Herz, dessen Leid ich nicht in Worte fassen kann.

»Natürlich.«

»Du sprichst nie über ihn.« Die Worte klingen sanft, doch dahinter höre ich einen eisernen Vorwurf. »Du hast nie um ihn geweint.«

Dagegen kann ich nichts einwenden, denn sie hat recht. Sosehr mir der Verlust Henrys wehtut, sosehr mich der Schmerz innerlich zerreißt, ich habe keine Träne vergossen. Nicht einmal bei seiner Beerdigung, als er in einem Sarg lag, so winzig, dass ich das Gefühl hatte, in Stücke zu brechen, wenn ich daran dachte, dass er da drin lag. Keine Tränen. Kein Zusammenbruch. Anfangs hatte ich mir eingeredet, ich wäre nur für alle anderen stark, aber irgendwann ist mir klar geworden, dass ich nicht weinen konnte. So intensiv ich innerlich auch leiden mag, ich war unfähig, diese Gefühle auszudrücken. Ich kam mir vor wie ein Roboter. Wie ein Monster.

Und genauso sieht mich Yasmen an, als sie endlich den Kopf dreht, um mir in die Augen zu blicken. Als wäre ich eine Art Android, völlig außerstande, ihre menschliche Qual nachzuempfinden.

Sie krallt die Finger in den seidigen Stoff ihres Nachthemds. Nein, kein Nachthemd, ein Negligé. Etwas, das ich seit langer Zeit nicht mehr gesehen habe. Nein, noch nie. Ein Negligé, das ich noch nie gesehen habe. Ist es neu? Hat sie etwas Neues gekauft? Etwas, das sexy und neu ist? Für sich? Für mich? Für uns? Ein Fähnchen, das kaum ihre üppigen Kurven verdeckt. Die Seide klebt an den Wölbungen ihrer Hüften, spannt sich um ihre Brüste. Sie steht auf, verlässt ihren Schaukelstuhl, durchquert den Raum und baut sich vor mir auf. Ich zwinge mich, an der Wand zu bleiben, stillzuhalten, nicht über sie herzufallen, wie es mein Instinkt verlangt. Der sanfte Lichtschein der Karussell-Lampe tanzt spielerisch über ihren Körper, streift die zarten Schultern unter den dünnen Trägern, streichelt die runde Fülle ihrer Brüste, und ihre Nippel drücken sich durch die Seide.

Ich will sie ficken.

Schnell. Gleich hier. So hart und tief, dass wir Dellen in die Wand schlagen. Ich würde schnell kommen, weil es so lange her ist. Und dann würden wir ins Bett stolpern und es noch mal machen. Langsam. Uns gegenseitig auskostend, weil ich fast vergessen habe, wie sich ihre Wonne anhört, wie sie schmeckt. Es würde die ganze Nacht dauern, meine Erinnerung aufzufrischen. Es ist, als könnte sie meine Gedanken lesen. Ein Versprechen liegt in ihren nachtschwarzen Augen. Sie tritt so nahe an mich heran, dass ich das Duftöl rieche, das sie dem Badewasser zufügt. Sie drückt meine Arme runter und steht direkt vor mir, Körper an Körper. Ihre Brüste pressen sich an mich. Sie stellt sich auf die Zehenspitzen, fängt meinen starren Blick ein und meinen Mund mit ihrem. Erst liegt meine Oberlippe zwischen ihren beiden, dann meine Unterlippe. Geflissentlich schiebt sie ihre Zunge in meinen Mund und entlockt mir ein Stöhnen. Das ist unser Ritual, dieser Kuss. Ein sanftes Saugen. Träger, leckender Hunger. Ich liebe es, sie zu küssen. Habe ich immer. Nicht nur als Vorspiel zum Sex. Nicht bei ihr. Nur sie zu kosten, ihre Lippen zu berühren, sie mit jeder Regung und jedem Atemzug zu lieben.

»Fick mich, Si«, keucht sie in meinen Mund, Worte, gekleidet in Minze und Verwegenheit.

Ihr Körper ist seit der letzten Schwangerschaft fülliger, die Brüste runder, schwerer. Ich erkunde ihr Gewicht mit meinen Händen, reibe mit den Daumen ehrfurchtsvoll ihre Nippel.

»Gott, Baby, ja.«

Das sind die einzigen Worte, die ich herausbringe, denn das ist alles, was ich mir gewünscht habe, und doch war ich nicht imstande, mich durchzuringen und sie zu fragen. Nicht, solange sie so traurig ist. Nicht, wenn die ganze Welt in Flammen aufgeht und jedes Schiff sinkt. Ich wusste, Sex konnte nicht so wichtig sein. Dass es ihr besser geht, dass sie sich besser fühlt – das war das Wichtigste. Aber ich habe mich geirrt, denn das fühlt sich dringlich an. Das leichte Kratzen ihrer Zähne auf meiner Lippe – unentbehrlich. Die Bewegung ihrer Zunge in meinem Mund – notwendig. Jeder Atemzug fühlt sich an wie ein letztes Keuchen vor dem Tod, und mein Herz rast, beeilt sich, mit dem verzweifelten Drängen ihrer Hände an meiner Brust Schritt zu halten, den Fingern, die sicher und ruhig an meinem Reißverschluss liegen. Ich ziehe das Seidenhemdchen über ihre Hüfte, stelle mir vor, wie sie die nackten Beine fest um meinen Leib wickelt. Ich zögere, weiß, wo ich sie berühren will, aber nicht, ob sie es auch wirklich will. Es ist so lange her, und das ist das erste Mal, dass sie wieder Interesse an Sex zeigt.

»Ja«, haucht sie, küsst mein Kinn, saugt an meinem Hals. »Berühr mich dort.«

Ich lasse meine Finger über ihren Körper gleiten, dann hinein. Halte inne. Ich weiß, wie sie sich anfühlt, wenn sie das will. Sie ist feucht, schlüpfrig, rutschig, wenn sie mich will. Und plötzlich erlischt die Glut. Das neue Negligé. Die glatten, frisch enthaarten Beine. Sogar der Minzgeruch in ihrem Atem um Mitternacht. Das alles fühlt sich kalkuliert an. Zielgerichtet, nicht drängend, nicht verzweifelt. Nicht begehrlich, sondern einfach falsch.

Sie weicht ein kleines Stück zurück, um mein Gesicht im schwachen Licht zu studieren, und runzelt leicht die Stirn. »Komm schon.«

»Warum?«, frage ich, obwohl ich es weiß. Ich fürchte ihre Antwort, bin diesem Gespräch, von dem ich wusste, dass wir es führen müssen, bis jetzt ausgewichen. Ein weiterer Streit.

»Warum?« Sie lacht, und es klingt atemlos. Sie starrt zu Boden, nagt an ihrer Unterlippe. »Ich möchte noch ein Baby.«

»Nein.« Das Wort platzt so aus mir heraus, dass wir beide erschrecken. Ihre geweiteten Augen blicken in meine. »Keine Babys mehr.«

Keine Verluste mehr. Kein Tod. Kein weiteres Risiko. Kein Leid.

»Yasmen, die Ärztin hat gesagt ...«

»Was?« Sie fügt noch ein paar Zentimeter hinzu, fünf sind nun zwischen uns, und das zarte Stirnrunzeln schlägt in Verachtung um. »Dass das riskant wäre? Dass ich vielleicht ...«

»Sterbe?« Meine Seele spuckt das aus, und es prallt von Henrys Kinderzimmerwänden ab. »Ja. Ist es das, was du dir für diese Familie wünschst? Dass wir noch einen Tod durchstehen müssen?«

Sie ignoriert es und drängt sich wieder an mich. In dem Zug um ihren Mund, in der Sicherheit, mit der ihre Hand zwischen uns meinen Schwanz sucht, da liegt die Überzeugung, dass mein Verlangen, die Tatsache, dass ich sie immer will, alles andere verdrängen wird, dass es meine Einwände einfach ausradiert. Und es hat eine Zeit gegeben, in der ihre sanfte Weiblichkeit, dieses perfekte Gewicht ihres Körpers an meinem, gereicht hätte, aber als sie nun zwischen uns greift, da weiß ich, was sie finden wird.

»Was ist los?«, fragt sie. Bestürzung schlägt sich auf ihr ebenmäßiges, wunderschönes Gesicht nieder. »Du willst das doch.«

Ich bin nicht hart geworden. Schon seit sehr langer Zeit nicht mehr. Die hungrigen Küsse, die suchenden Zungen und abgehackten Atemzüge – alles real. Alles ein Schrei nach Nähe, nach Intimität, nach einer Nähe, die wir nicht mehr hatten, seit sie mit leeren Armen aus dem Krankenhaus zurückgekehrt ist. Ich will es wollen, aber mein Körper reagiert nicht. Das hatten wir immer, dieses Feuer, das bei der kleinsten Berührung aufflammt. Beim kleinsten Blick. Und nun haben wir sogar das verloren.

Wir sind eine Katastrophe. Sie, die insgeheim plant, mich zu verführen, um ein Baby zu empfangen, das wir niemals haben können. Ich, der nach dem Feuer greift, das früher zwischen uns gelodert hat, und nur noch Asche findet. Was einst zwischen uns war, ist nun ausgedörrt und kraftlos.

»Warum solltest du auch noch ein Kind wollen?«, fragt sie, und ihre Stimme wird mit jedem Wort schriller. »Du hast ja nicht mal Henry gewollt.«

»Das ist eine Lüge.« Wut flackert in mir auf, Wut über diese Ungerechtigkeit, diesen gut gezielten Pfeil. »Was, zum Teufel, soll das, Yas?«

»Was soll ich denn sonst denken? Du warst ja nicht einmal da.«

»Das ist nicht fair. Du …« Ich breche ab, hole tief Luft. »Du hast mir gesagt, ich soll zu dieser Tagung gehen, und das weißt du auch. Du warst noch nicht so weit. Wir konnten nicht ahnen …«

»Dass ich beinahe allein gestorben wäre? Dass ich ihn da auf dem Boden verlieren würde?« Hysterie färbt ihre Stimme in kummervollen Tönen. »Dass ich …«

Ich ziehe sie an mich, halte sie so, wie ich es nicht tun konnte, als es darauf ankam. Sie hasst mich dafür, dass ich nicht da war, als sie mich gebraucht hat? Nicht so sehr, wie ich mich selbst hasse.

Ruckweise bewegt sie sich in meinen Armen, windet sich, als würde ich sie unter Zwang festhalten, nicht tröstend umarmen.

»Lass mich los. Ich will nicht, dass du mich anrührst.«

Abrupt lasse ich die Arme sinken. »Das ging schnell. Vor einer Minute hast du noch gebettelt, dass ich dich ficke.«

»Ich will ein Baby, Si.« Tränen tränken ihre Worte, die stetig lauter fallen. »Nur noch ein Baby, und wir ...«

»Und welche Rolle spiele ich dabei? Bin ich dein Deckhengst oder dein Ehemann?«

»Du redest Unsinn. Du willst nur streiten. Ich will doch lediglich ...«

»Gefickt werden, hab ich verstanden. Damit du schwanger wirst, ganz egal, was ich will. Ganz egal, wie riskant das ist. Und entgegen dem, was die Ärztin rät.«

»Ich habe noch mal mit ihr gesprochen, und sie ...«

»Ohne mich? Du redest mit der Ärztin über ein neues Baby, ohne überhaupt mit mir darüber zu sprechen?«

Ich packe ihre Hand, ziehe sie aus dem Kinderzimmer und die Treppe hinab, durch das Wohnzimmer und die Küche in die Garage. Weit entfernt von den neugierigen Ohren unserer Kinder, ist das unser Boxring geworden. Der Ort, den wir aufsuchen, wenn das eisige Schweigen bricht, um lauthals zu schreien und zu kreischen. Yasmens Acura MDX steht ordentlich neben meinem Range Rover in unserer Garage in unserem elitären Postleitzahlbereich. Dies sollte der Stoff unserer Träume sein, stattdessen ist es eine Kühltruhe, gefüllt mit Metallmonstern, deren Scheinwerfer unsere Unzulänglichkeiten ans Licht zerren und uns dafür verhöhnen, dass wir naiv genug waren zu glauben, das wäre genug.

»Wir bekommen nicht noch ein Baby, Yas.«

Meine Stimme klingt hart, unnachgiebig. Ich kann nicht noch mehr verlieren. Nicht noch einen Menschen. Ich kann sie nicht verlieren. Das würde ich nicht überleben.

»Das wird nicht passieren«, blaffe ich sie an. »Und ich kann nicht fassen, dass du das nach allem, was diese Familie durchmachen musste, auch nur in Erwägung ziehst.«

»Wir haben gesagt, wir wollen eine große Familie. Willst du das nicht mehr?«

»Wir können eine große Familie haben, so groß du willst.« Ich ergreife ihre Hand. »Wir können Pflegekinder aufnehmen, adoptieren …«

»Nein!« Sie reißt sich los, entfernt sich von mir, geht auf die andere Seite ihres Wagens und starrt mich über das Dach hinweg an, völlig fehl am Platz in ihrem Negligé, umgeben von Laubbläser, Wasserschlauch und Rasenmäher. »Ich will … ich brauche …«

Sie schüttelt den Kopf und sieht frustriert aus. Ich weiß, was sie will. Die Zeit zurückdrehen. Die Chance, ein Baby treten zu spüren, seine Bewegungen in ihr wahrzunehmen. Es lebend aus ihrem Körper kommen zu sehen. Nicht so, wie Henry geboren wurde. Tot. Die Seele längst entfleucht.

»Ein weiteres Baby kann nicht wieder in Ordnung bringen, was kaputt ist, Yas.«

»Was kaputt ist?« Ihr Gelächter hallt beißend durch die kalte Luft. »Du meinst, was bei mir kaputt ist.«

»Ich habe nicht gesagt, dass bei dir was kaputt ist, aber dich die ganze Zeit in dem Kinderzimmer zu verkriechen, hilft auch nicht weiter. Schnell ein neues Baby zu machen hilft nicht weiter.«

»Ich verkrieche mich? Wer wohnt denn mehr oder weniger im Grits, weil er nicht weiß, wie er es zu Hause aushalten soll? Und das liegt nicht nur an Henry. Du bist nicht mehr zur Ruhe gekommen, seit Byrd gestorben ist. Du warst ständig in Bewegung.

Hast dir nie Zeit zum Trauern genommen. Um sie hast du auch nicht geweint.«

»Hör auf.«

»Du musst das hören. Ja, vielleicht bin ich irgendwie stecken geblieben. Vielleicht kann ich an den meisten Tagen kaum das Haus verlassen, und vielleicht bin ich verrückt.«

»Ich habe nie gesagt, du wärest verrückt.«

»Trotzdem fühlt es sich so an, aber ich gestatte mir wenigstens, das alles zu fühlen. Jedes bisschen. Das haben sie verdient. Alle beide. Ich fürchte mich nicht davor, Leid und Schmerz zu ertragen und zu trauern.«

»Du denkst also, ich würde nicht leiden?« Zorn, Fassungslosigkeit, Verbitterung lassen meine Stimme brechen. »Weil ich mich nicht Tag für Tag im Dunkeln verkrieche und kaum lebensfähig bin? Deswegen leide ich nicht?«

»Sei doch still!« Der Schmerz in ihren Augen bohrt sich in mich hinein, hallt um uns herum, bis er von den von Regalen gesäumten Wänden der Garage verschluckt wird.

»Wir können es uns nicht leisten, beide zusammenzuklappen«, beharre ich, getrieben von meinen eigenen Schutzmechanismen. »Wer, denkst du, sorgt dafür, dass wir das Dach über unseren verdammten Köpfen behalten?« Ich schlage mit der flachen Hand auf die Motorhaube des Wagens zwischen uns. »Ich! Wer sorgt dafür, dass das Geschäft jeden Tag öffnet? Ich!«

»Du hast doch alles unter Kontrolle, Si! Wozu brauchst du dann mich?«

»Tu ich nicht.«

Die Worte purzeln heraus, ehe ich Gelegenheit habe, mir zu überlegen, welche Wirkung sie erzielen könnten. Wie sie in dieser Kälte zwischen diesen vier Wänden aufschlagen werden, aus denen es kein Entrinnen gibt.

»Richtig«, sagt sie und lacht humorlos. »Weil du die ganze Welt wie eine gut geölte Maschine am Laufen hältst.«

»Eine gut geölte Maschine?« Ich hole den Zettel vom Tor aus der Tasche und halte ihn ihr vor die Nase, die Hand zur Faust geballt. »Wir können es uns nicht einmal mehr leisten, unseren verdammten Rasen mähen zu lassen, Yas. Das Restaurant bringt kaum was ein, und die mittelmäßige Köchin, die wir eingestellt haben, hat gekündigt. Ich arbeite fünfzehn Stunden am Tag.«

Ein Ausdruck des Schreckens steht in ihren Augen, die von meinem Gesicht zu dem Papier huschen.

»Warum enthältst du mir all das vor?«, fragt sie dumpf. »Weil ich so verrückt bin, so schwach, dass ich zerbrechen könnte?«

»Ich enthalte dir das vor? Es ist Monate her, Monate, seit du an irgendetwas irgendein Interesse gezeigt hast.« Ich zeige nach oben. »Abgesehen von diesem verfluchten Kinderzimmer. Du schenkst ja unseren Kindern kaum Aufmerksamkeit.«

»Ich sorge für meine Kinder!« Die Worte fallen laut und schrill. »Du hast keine Ahnung, wie schwer es an den meisten Tagen für mich ist, auch nur aus dem Bett aufzustehen, aber ich tue es. Alles tut weh, aber ich mache weiter.«

Ich verstumme, als ich ihren Schmerz höre, wahrnehme, wie tief er sitzt. Wie allumfassend er ist. Immer noch.

»Und ich habe versucht, auch für dich da zu sein, aber du bist ja nie hier. Du bist auf und davon, um die Welt zu retten, auf dass wir alle dir zu Dank verpflichtet sind. Aber weißt du was, Si?« Sie stürmt in einem Wirbel aus Seide und Wut zur Tür. »Ich bin nicht dankbar, ich bin erschöpft!«

»Von mir?«, herrsche ich ihre Kehrseite an. »Hast du genug von mir?«

Sie sieht sich über die glatte braune Schulter um und antwortet mir nicht mit Worten, sondern mit dem Groll, dem Zorn, der in ihren Augen schwärt und die Wahrheit offenbart. Dann geht sie ohne ein weiteres Wort durch die Tür ins Haus zurück.

Und das ist zu viel. Ihr Desinteresse, ihre Bitterkeit. Mein Körper verweigert die Mitarbeit, weigert sich zu tun, was er tun soll. Er will nicht weinen, wenn Menschen sterben. Er will nicht hart werden, wenn meine fast nackte Frau, die ich mehr liebe als mein Leben, mich berührt, mich küsst. Wut schießt durch meine Adern, rast heiß und schnell von meinem Herzen in meine Hände und Füße. Ich gehe zu den Schränken an einer Garagenwand, reiße eine Tür auf und sehe den Inhalt durch, bis ich gefunden habe, was ich suche. Einen Pinsel – und eine Dose rosa Farbe, die von der Umgestaltung von Dejas Zimmer übrig geblieben ist. Ich umfasse den Griff, spüre das Gewicht der halbvollen Dose, und stürme durch die Tür in die Küche. Purer Zorn und Adrenalin treiben meine müden Beine die Treppe hinauf, immer zwei Stufen auf einmal, und den Korridor hinunter zum Kinderzimmer. Und natürlich, sie ist wieder hier, zusammengesunken kauert sie in dem Schaukelstuhl und hat sich eine Decke um den spärlich gekleideten Körper gewickelt. Wortlos gehe ich zu der Wand mit dem Vers und streiche die Worte mit einem schnellen Pinselstrich durch.

»Was tust du da?« Yasmen stürzt herbei und greift nach dem Pinsel, den ich über meinen Kopf halte, außerhalb ihrer Reichweite. Flugs klatsche ich ihn an die Wand, ziehe ihn über die Wünsche, die wir für Henry hegten und die mit ihm gestorben sind.

Yasmen schreit, stemmt sich gegen mich, schlägt mir auf die Brust und auf den Rücken. »Ich hasse dich. Ich kann nicht fassen, dass du …«

Ich umfange sie, klemme ihre Arme an ihren Seiten fest und drücke sie an die feuchte Wand, ohne auf die rosa Farbe zu achten, die ihr Negligé und meinen Anzug befleckt.

»Ich will das nicht mehr«, sagt sie, und die Tränen laufen ihr über die Wangen. »Wir können so nicht weitermachen. Ich will … ich brauche die Scheidung.«

Ich erstarre vollends, das Blut gefriert in meinen Adern bei dem Wort, das ich nie von ihr zu hören erwartet habe.

Bis die Räder abfallen.

»Das meinst du nicht ernst.« Ich schlucke um den glühenden Kloß in meiner Kehle herum. Womöglich kommen mir nun doch die Tränen.

»Ich weiß nur, dass ich immer so traurig bin. Dass es immer so wehtut.« Ihre Schultern beben unter ihren Schluchzern, ihr Gesicht ist unter dem Anprall der Gefühle verzerrt. »Ich frage mich langsam, ob die Trauer, die ich mit dir empfinde, vielleicht weniger schmerzt, wenn ich ohne dich wäre.«

»Ich bereite dir Schmerz?«

»Ja«, flüstert sie, schließt die Augen, und noch immer rinnen Tränen über ihre Wangen.

»Du liebst mich nicht mehr?«

»Ich kann es nicht mehr finden. Ich finde uns nicht mehr. Das ist alles unter diesem Schmerz begraben.«

»Es ist nicht begraben. Ich muss es nicht suchen. Ich will keine Scheidung. Ich liebe dich, Yas, und du liebst mich. Wir machen eine schwere Zeit durch, aber wir haben gesagt, bis die Räder abfallen.«

»Sieh uns doch an«, sagt sie und blickt dorthin, wo sich unsere Körper berühren, während ich sie an die feuchte Wand drücke. »Hast du uns heute Abend gehört? Wollen wir wirklich, dass unsere Kinder uns so erleben? Ich habe gesagt, ich würde dich hassen, aber das tue ich nicht. Noch nicht, aber wenn wir so weitermachen, werde ich das irgendwann tun, Si. Und du wirst mich hassen.«

»Ich könnte dich nie hassen.« Ich streiche mit dem Handrücken über ihre feuchte Wange. »Ich werde dich lieben, bis ich sterbe. Wir haben gesagt, bis der Tod uns scheidet.«

»Der Tod reißt uns doch schon auseinander.« Sie lacht kurz und bitter auf. »Wir dachten, mit unserem Tod würde irgendwann alles enden. Stattdessen ist es ihr Tod, der es beendet.«

»Wir haben einen Eid abgelegt.«

»Das sind nur Worte, keine Mauern. Sie schützen nicht. Sie erzwingen nicht. Sie können uns nicht vor dem Leben abschirmen. Vor Schmerz. Davor, wie sich die Dinge verändern. Und ich will nicht nur daran festhalten, weil wir gesagt haben, wir würden das tun. Ich muss diesen Schmerz hinter mir lassen. Und das kann ich in deiner Gegenwart nicht. Denn das tut weh. Jetzt.«

Die Worte bohren sich mit der Schärfe der Wahrheit in mein Bewusstsein. Ich höre an ihrer Stimme, dass sie das wirklich glaubt. Von all den Dingen, die ihr wehtun, schmerzt es sie am meisten, mit mir zusammen zu sein. Sie wehrt mich ab, versucht wegzugehen, und ich spanne instinktiv die Arme um sie, halte sie, presse sie an die Wand.

»Lass mich los«, flüstert sie. Tränen ersticken ihre Stimme, schimmern auf ihrem Gesicht. Sie meint nicht nur diesen Moment. Sie meint endgültig. Und so stark ich auch bei alldem war, was geschehen ist – Byrd verlieren, Henry verlieren, der Kampf um unser Geschäft –, weiß ich nicht, ob ich auch stark genug bin, um Yasmen gehen zu lassen.

Unsere Blicke treffen sich, und die Trauer in ihren Augen verdrängt das Gold. Ich dachte immer, die helleren Flecken in ihren dunklen Augen bedeuten, sie könnten sogar in der dunkelsten Nacht noch leuchten. Aber in den Augen, aus denen sie mich nun anblickt, ist kein Licht. Ihre Unterlippe zittert, sie beißt darauf, kämpft gegen neue Tränen. Meine Arme schmerzen von der Anspannung, sie festzuhalten, sie einzufangen.

Langsam schalte ich einen Gang runter, weiche zurück, lasse ihr Raum, um sich zu bewegen. Sofort entschlüpft sie meinen Armen und geht zur Tür. Dann sieht sie die Wand an, und ich auch – die frischen Streifen in unerträglich optimistischem Pink, die sich durch die graue Farbe ziehen und den Vers verdecken. Scham ballt sich in meinem Bauch. Natürlich müssen wir weiterziehen, und dazu gehört auch, diesen Raum einem neuen Zweck zu widmen, aber die Art, wie ich das in einem Anfall von Wut, einer Aufwallung der Rage getan habe, ist, als hätte ich ihn ausgelöscht. Farbe läuft in klumpigen Rinnsalen die Wand hinab, weint ungehindert pinkfarbene Tränen auf den Teppich. Eine weinende Wand. Selbst dieses konturlose, leblose Ding kann weinen, nur ich nicht.

»Ich meine es ernst, Si«, sagt sie leise, aber entschlossen genug, dass die Worte tief in mein Herz sinken, gekettet an einen Anker. »Ich will die Scheidung.«

Der Raum ist so still und luftleer wie eine Gruft, und ich kann nicht mehr atmen. Die unfassbare Realität dessen, was sie sagt, was sie verlangt, dass ich aufgebe, legt sich mit roher Gewalt auf meine Schultern. Ich stolpere zu dem Schaukelstuhl, sinke in die Polster, sehne mich nach einem Sohn, den ich nie getroffen habe. Einmal habe ich ihn gehalten, diesen kleinen Körper, wollte den letzten Rest seiner Wärme, die Überbleibsel seines Lebens festhalten. Meine Zähne sind zusammengebissen, wollen den animalischen Schrei in meiner Kehle bändigen, und trotz all meiner Bemühungen – trotz all der Wege, die ich beschritten habe, um alles zusammenzuhalten – spüre ich, wie sich die Säume meiner selbst zu lösen beginnen. Der Stoff meines Lebens, jeder Fetzen, der zählt, reißt auf. Ich setze den Schaukelstuhl in Bewegung, hoffe auf eine Art Magie in dem Vor und Zurück, aber dafür gibt es keine Linderung. Nicht einmal ein falscher Trost lässt sich finden, also höre ich wieder auf, kann mich aber nicht aufraffen, mich von dieser Stelle zu entfernen. Ich sitze hier, an dem Platz, an dem ich Yasmen an so vielen Abenden beim Nachhausekommen genauso angetroffen habe. Regungslos, den Blick starr auf die Wand der toten Wünsche gerichtet.

## Kapitel 14

# YASMEN

»Hört sich an, als liefe es recht gut«, sagt Dr. Abrams, deren intelligente Augen mich aus dem Bildschirm meines Laptops betrachten.

Normalerweise gehe ich zu ihr in die Praxis, aber diese Woche ist sie nicht in der Stadt. Gott sei gedankt für Teletherapie. Wir haben nur noch fünf Minuten übrig von dieser Sitzung, und das Gefühl des Friedens, das ich gewöhnlich gegen Ende der gemeinsamen Zeit verspüre, durchzieht mein Homeoffice.

»Ja, ich glaube schon.« Ich lächele und spiele müßig mit den Büroklammern auf meinem Schreibtisch. »Ich habe vergessen, Ihnen zu erzählen, dass ich wieder angefangen habe, für die Skyland Association zu arbeiten. Wir hatten schon zwei Veranstaltungen, und alles ist gut gelaufen.«

»Das ist wunderbar, Yasmen.« Sie lehnt sich zurück, verschränkt die Arme und lächelt. »Sie sollten stolz auf sich sein. Sie haben schon so viel geschafft.«

Als ich die Therapie bei Dr. Abrams angefangen hatte, da konnte ich mir nicht vorstellen, einmal gut gestimmt aufzuwachen oder einen ganzen Tag durchzustehen, ohne wenigstens einmal zu weinen. Diese Art von Depression ist niederschmetternder als Trauer. Bohrender als Leid. Es ist wie eine undurchdringliche Nacht, gezeichnet im schwärzesten Blau – ein blauer Fleck im Geist, der wirkt, als wolle er nie verblassen. Bis, eines Tages ... er es doch tut. Mit der Hilfe der Frau auf meinem Monitor hat er es getan.

Es ist nicht übertrieben zu sagen, dass Dr. Abrams – mit ihrem stets perfekt geglätteten, seidigen Haar, den modischen Blusen und Bleistiftröcken und den klugen, aufmerksamen Augen – mein Leben verändert hat. Ich vertraue ihr bedingungslos, und sie hat mich viel darüber gelehrt, auch mir selbst zu vertrauen.

»Wie läuft es mit den Kindern?«, fragt sie. »Was macht Deja?«

Ich seufze, verdrehe die Augen, gestatte mir aber auch ein leichtes Lächeln. »Sie testet die Grenzen aus und geht mir auf die Nerven.«

»So sind sie«, antwortet Dr. Abrams leise lachend.

»Ich versuche, Verständnis aufzubringen angesichts all der Veränderungen, die sie durchleben musste, aber manchmal bringt sie mich einfach auf die Palme, und ich blaffe sie an.«

»Sie sind kein Roboter. Sie sind ein Mensch. Lassen Sie sie das ruhig sehen, und entschuldigen Sie sich nur, wenn es wirklich angebracht ist. Ziehen Sie weiter, aber machen Sie ihr klar, dass sie, nur weil Sie auch Fehler machen, nicht einfach tun und lassen kann, was sie will. Sie sind ihre Mutter, keine Heilige. Alles, was Sie tun können, ist, sie zu lieben und sich zu bemühen, die Dinge in Ordnung zu bringen, die falsch gelaufen sind.«

»Ich weiß, aber manchmal ist das wirklich schwer. Sie ist aufsässig und grob und gemein mir gegenüber, und … bäh. Ich schätze, viele Eltern müssen damit klarkommen, dass ihre Kinder als Teenager schwierig werden, aber das fühlt sich irgendwie nach mehr an.«

»Es ist wahrscheinlich auch mehr«, sagt Dr. Abrams. »Ihre Familie hat eine Menge hinter sich, und das ist alles in einer der prägendsten Phasen ihres Lebens geschehen.«

»Wie lange gilt ihre Sie-kommen-aus-dem-Gefängnis-frei-Karte noch?«, scherze ich. »Denn ich bin mit meiner Geduld langsam am Ende.«

»Halten Sie nur die Kommunikationswege offen. Sie bekommt keinen Freifahrtschein, aber Verständnis sollte sie schon bekommen. Sie müssen sie immer noch erziehen. Sie müssen immer noch die Grenzen setzen, über die wir gesprochen haben, und wenn sie die überschreitet, müssen Sie immer noch dafür sorgen, dass sie die Konsequenzen zu spüren bekommt.« Sie legt eine Pause ein und neigt den Kopf zur Seite. »Und wie ist ihre Beziehung zu Ihrem Ex-Mann?«

Ich senke die Lider, studiere die Tischplatte, als sie Josiah erwähnt. »Äh … besser als die zu mir. Sie hat kaum mit der Wimper gezuckt, als er angefangen hat, sich mit einer neuen Frau zu treffen.«

»Josiah hat eine neue Beziehung?« Ich sehe wieder zum Bildschirm und stelle fest, dass Dr. Abrams' Blick schärfer denn je auf meinem Gesicht ruht. »Wie geht es Ihnen damit?«

»Ist okay für mich«, sage ich achselzuckend, aber der Stift, den ich mit einer Hand umklammere, straft meine Lässigkeit Lügen.

Ihre Lippen öffnen sich, bereit nachzuhaken, jedenfalls, wenn ich sie so gut kenne, wie ich glaube, aber dann mustert sie stirnrunzelnd die Uhr auf ihrem Schreibtisch. »Ich habe jetzt einen anderen Termin, aber beim nächsten Mal möchte ich mehr über diese neue Phase erfahren, in die Sie und Josiah gerade eintreten.«

»Natürlich«, sage ich rasch und lächele erleichtert. »Beim nächsten Mal.«

Sie bedenkt mich mit einem wissenden Blick und einem kaum wahrnehmbaren Lächeln. »Passen Sie auf sich auf, Yasmen.«

Wir verabschieden uns, und ich sacke auf meinem Stuhl zusammen. Dr. Abrams hat so eine Art, sich durch all meine Schutzschichten zu graben, bis sie die Wahrheit zutage gefördert hat. Und wenn es um die Frage geht, wie sich Josiahs neue Beziehung auf mich auswirkt, dann weiß ich nicht, ob ich diese Wahrheit gerade jetzt erkunden möchte.

Ich stehe auf und strecke mich, schnappe mir die Gießkanne, die unter meinem Schreibtisch steht, und wässere die Geigen-Feige vor dem Fenster. Dann sehe ich mich im Büro um, betrachte die Hängepflanzen und die, die den Rand meines Schreibtischs belegen. Wir haben jetzt überall im Haus Pflanzen. Dr. Abrams hat vorgeschlagen, dass ich Pflanzen züchten soll, um etwas zu haben, das mir helfen kann, mich zu motivieren, als ich ganz unten war. Ich hatte meine Kinder, um die ich mich kümmern musste, und dann hatte ich meine Pflanzen. Ich reibe ein wächsern-grünes Blatt, als mein Handy klingelt. Ich gehe hin, nehme es vom Schreibtisch und sehe nach, wer anruft.

»Hey, Seem«, sage ich. »Was …«

»Mom, ich hab sie zu Hause vergessen«, sagt er hastig. Panik würzt seine Worte. »Kannst du sie mir bringen? Ich dachte, ich hätte sie, aber …«

»Langsam, Kassim.« Ich klemme mir das Telefon zwischen Ohr und Schulter und stelle die Gießkanne auf dem Tisch ab. »Zuerst einmal, warum rufst du an und bist nicht im Unterricht?«

»Wir haben gerade kurze Pause. Der Roboter, den ich für Naturwissenschaft gebaut habe«, sagt er und keucht, als wäre er gerade zur Schule gerannt. »Ich habe die Fernbedienung in Dads Haus vergessen. Kannst du sie mir herbringen?«

»Wann brauchst du sie?«

»Jetzt. Jetzt sofort, Mom.«

»Hast du es bei deinem Vater versucht?«

»Dreimal. Aber es geht immer gleich auf die Mailbox.«

»Tja, das Grits ist montags geschlossen, und da spielt er gewöhnlich Basketball. Wahrscheinlich liegt sein Telefon im Spind.«

»Du hast doch einen Schlüssel für sein Haus, oder? Kannst du nicht einfach hingehen und sie mir bringen?«

Ich habe einen Schlüssel, und sicher, ich war auch schon in dem Haus … als Byrd dort gelebt hat, aber ich möchte Josiahs Privatsphäre nicht verletzen, indem ich sein Zuhause betrete, während er nicht dort ist.

»Geben wir deinem Vater noch fünf Minuten. Normalerweise hat er sein Telefon ja immer dabei. Also wird er sich, sobald er …«

»Mom, bitte. Ich will den Roboter in der Mittagspause noch mal testen, ehe ich ihn vor der Klasse vorstellen muss.«

Gott!

»Okay, Seem. Ich werde es noch einmal bei deinem Dad versuchen ...«

»Aber ...«

»Und wenn er nicht drangeht, fahre ich rüber und schnappe mir die Fernbedienung. Wo ist sie?«

»Ja!« Ich kann ihn förmlich die Faust in die Luft stoßen sehen. »Du kannst sie gar nicht übersehen. Sie liegt auf dem Schreibtisch in meinem Zimmer.«

»Verstanden. Ich schicke dir eine Textnachricht, wenn ich unterwegs bin. Und jetzt ab in den Unterricht.«

Kaum haben wir aufgelegt, rufe ich Josiah an. Es klingelt ein paarmal, dann lande ich auf der Mailbox, und seine tiefe Stimme poltert durch das Telefon. Selbst bei seiner aufgesprochenen Nachricht klingt er, als bekäme man vielleicht drei Sekunden seiner Aufmerksamkeit. Sie ist kurz. Knapp. Und trotzdem höllisch sexy.

Das muss aufhören.

»Äh, hey.« Hitze steigt mir in die Wangen, als hätte ich es nicht mit einer körperlosen Mailboxansage zu tun, sondern stünde direkt vor ihm. »Ich bin's. Kassim hat seine Roboterfernbedienung oder was auch immer in deinem Haus vergessen und braucht sie.«

Ich lache und beiße mir auf die Lippe. »Man könnte glauben, er wäre Tony Stark und diese Fernbedienung der Schlüssel zur Rettung der Welt oder irgendwas in der Art, so panisch hat er mich angebettelt, sie zu holen. Ich will eigentlich nicht einfach so in dein Haus spazieren, wenn du nicht da bist.«

Ich sehe auf die obere rechte Bildschirmecke, um nachzuschauen, wie spät es ist.

»Aber er will das Ding mittags testen, also muss ich jetzt los, wenn ich rechtzeitig bei der Harrington sein will. Ruf mich an, wenn du diese Nachricht erhältst. Ich mache mich jetzt auf den Weg, um das Ding zu holen und es ihm zu bringen.«

Ich fahre mir rasch mit der Hand durchs Haar. Ich war heute natürlich schon draußen, denn ich habe die Kinder zur Schule gebracht, aber das war einer dieser Sonnenbrille-und-Mütze-Tage.

»Du wirst ihm ja nicht begegnen«, murmele ich, während ich gerade ein wenig Mascara und farbiges Lipgloss auflege.

Ich schnappe mir Handtasche und Schlüssel und gehe rasch in die Garage.

»Und selbst wenn«, ermahne ich mich, während ich in den Rückspiegel sehe und zurücksetze. »Dann geht es nicht darum. Du musst das in den Griff bekommen.«

Was muss ich eigentlich noch zu sehen bekommen, bis ich kapiere, dass Josiah weitergezogen und es Zeit ist, dass ich das Gleiche tue?

Ich biege in die Auffahrt des robusten dunkelblauen Craftsman-Hauses mit den hellgrauen Fensterläden. Es ist nicht annähernd so groß wie unser Haus, aber es reicht für ein Zimmer für jedes Kind und einen überzähligen Raum im Untergeschoss, den Josiah als Büro benutzt, wenn er nicht im Grits ist. Er hat keine Garage, nur einen Unterstand. Der Rover steht nicht vor dem Haus, was mir bestätigt, dass er nicht hier ist. Statt zu klingeln, schließe ich einfach auf und drehe mich automatisch zu dem Tastenfeld der Alarmanlage um, um sie mit dem Sicherheitscode – Byrds Geburtstag – zu deaktivieren, aber das Piepen ertönt nicht.

»Wirst du auf deine alten Tagen etwa unvorsichtig, Si?« Ich sehe mich im Eingangsbereich um, schaue mir an, was sich verändert hat. Josiah hat das Haus verständlicherweise umdekoriert.

»Sieht sehr nach Restoration Hardware aus«, murmele ich, als ich am Wohnzimmer mit all den schlanken Linien und der Strukturfarbe an den Wänden vorbeigehe. Eine Flasche Wein und zwei Gläser stehen auf dem Tisch in der Mitte des Raums. Klar, wer das zweite Glas benutzt hat.

»Ich verschwinde besser schnell wieder, ehe meine Fantasie die Lücken ausfüllt.«

Dejas und Kassims Zimmer liegen am Ende des Flurs auf gegenüberliegenden Seiten, also marschiere ich in diese Richtung. Kaum betrete ich Kassims Zimmer, sehe ich die Fernbedienung auch schon auf seinem Schreibtisch.

Ich schnappe sie mir und wende mich zum Gehen, als mir ein Foto in der Ecke auffällt, eingeklemmt zwischen dem unberührten Zauberwürfel, den Kassim als altmodisch bezeichnet und sich weigert, ihn auch nur anzufassen, und seiner Black-Panther-Wackelkopffigur, die immer noch in ihrer Verpackung liegt. Es ist das letzte Familienfoto, das wir haben machen lassen. Wir waren draußen, und Kassim sieht noch so jung aus, sein Lächeln ist so strahlend und sorglos wie jetzt auch, aber ein Zahn fehlt. Deja war da noch in der Grundschule, und beim Anblick dieses Fotos erkenne ich ihre Unschuld – eine emotionale Reinheit, unberührt von Schmerz und Verlust und Trauer. Heute ist Dejas Blick auf die Welt von weniger Illusionen geprägt. Aber das junge Mädchen auf dem Foto, dessen Rattenschwänze die Schulterteile des Disney-Descendants-T-Shirts streifen, wirkt vollkommen unbekümmert.

Ich möchte in das Foto hineingreifen und meine Kinder fest umarmen, sie abschirmen vor den Stürmen, die keiner von uns hat kommen sehen.

Mein Blick bewegt sich beinahe widerstrebend zu Josiah. Er steht hinter mir, und ich lehne locker und vertraut den Kopf an seine Schulter. Unsere Finger sind auf meinem Bauch miteinander verschränkt, und wir teilen ein Geheimnis. Wir hatten den Kindern noch nicht erzählt, dass ich mit Henry schwanger war, und in diesem eingefrorenen Moment waren wir die beiden einzigen Menschen auf Erden gewesen, die davon wussten. Wir wollten dieses Geheimnis so lange wie möglich für uns bewahren. Meine ganze Welt passt in dieses Zehn-mal-fünfzehn-Foto, der Rahmen bildet die Grenzen meines Glücks.

Sinnieren, grübeln, erinnern ... Ich habe keine Zeit, und ich bin noch nicht weit genug, um auf diese Weise zurückzublicken.

Dieser Tag fühlt sich, obwohl er Jahre zurückliegt, noch so nah an. Wenn ich die Augen schließe, kann ich immer noch die frische Herbstluft spüren, das bunte Laub sehen, den Mann hinter mir riechen, meine Zukunft kosten. Unduldsam wische ich mir die Tränen aus dem Gesicht, die ich gar nicht wahrgenommen hatte, wende mich wieder der Tür zu und erstarre, als ich Vashti dort stehen sehe. Wir zucken beide zusammen, als hätten wir ein Gespenst gesehen.

»Oh mein Gott«, sie lacht und presst eine Hand an die Brust. »Ich dachte, ich hätte jemanden gehört. Du hast mir eine Todesangst eingejagt.«

»Tut mir leid. Ich …« Die Worte verdorren auf meiner Zunge, als mir bewusst wird, was sie trägt.

Der Saum von Josiahs weißem Hemd schmiegt sich bis auf wenige Zentimeter über den Knien an ihre schlanken, aber muskulösen Beine. Die Knöpfe gleich unter den bloßen Brüsten sind offen. Sie ist eines dieser Mädchen, die ich in meiner Jugend um ihre kessen Titten beneidet habe, Mädchen, die kaum eine Handvoll Brust haben und keinen BH tragen müssen.

»Ich hatte nicht damit gerechnet, dass jemand herkommen könnte«, sagt Vashti. Der Mascara von gestern Abend hat dunkle Schmierflecken unter ihren Augen hinterlassen, und ihre Lippen sind immer noch ein wenig rosa vom Lippenstift. »Josiah hat montags immer ein …«

»Basketballspiel, ja.«

Ich möchte sie anbrüllen, dass ich seinen Tagesablauf, sein Leben besser kenne als sie. Dass ich ihn besser kenne als sie. Aber letzte Nacht hat sie ihn auf eine Art gekannt, wie ich es schon lange nicht mehr erlebt habe. Intim. Sinnlich.

Vögelig.

»Tut mir leid, dass ich dich erschreckt habe«, fahre ich fort, bemüht, unerschüttert zu klingen. »Kassim hat diese Fernbedienung vergessen, die er für den Wettbewerb in Naturwissenschaft braucht, für das Projekt meine ich. Hausaufgabe. Es ist eine Hausaufgabe, kein Wettbewerb. Oder ein Projekt. Und darum … er hat angerufen, und ich bin hergekommen, weil Josiah nicht da ist. Also … na ja.«

Na, das war ja sehr gefasst. Gar nicht erschüttert.

»Richtig.« Vashti nickt langsam, und ihr Blick ruht dabei unentwegt auf meinem Gesicht. »Schau, ich weiß, das ist irgendwie schräg.«

»Was? Neiiiiiin.« Ich lache, spöttisch sogar. »Warum sollte das schräg sein?«

»Weil ich die erste Person bin, die Josiah seit der Scheidung gedatet hat?«

Ich hasse es, dass sie so sanft mit mir spricht, als müsste man besonders vorsichtig mit mir umgehen. Als wäre ich so zerbrechlich, dabei hat sie keine Ahnung, was ich aushalten kann, was ich durchgestanden habe. Wozu ich fähig bin.

Was wir verloren haben.

Ihre Mimik ist so verdammt sanft, so mitfühlend, als wäre das hier so was wie *Family Feud* und ich hätte gerade drei falsche Antworten gegeben. Als würde ich von den Kulissen aus zusehen, wenn sie da draußen mit Steve Harvey um einen Lincoln Town Car und eine Reise nach Hawaii spielt.

»Es ist nicht schräg.« Die Gewohnheit zu lügen meldet sich wie von selbst und gerade noch rechtzeitig zurück. »Wirklich, Vashti. Ich bin froh, dass Josiah so einen tollen Menschen gefunden hat. Und jemanden, den die Kinder auch gernhaben.«

»Er hat dir sicher erzählt, dass wir über die Dynamik am Arbeitsplatz gesprochen haben, und falls du dir Sorgen darüber machst, wie sich das auf das Restaurant auswirken …«

»Tue ich nicht. Ihr seid beide erwachsen, und ich weiß, dass Josiah nie etwas tun würde, was das Geschäft gefährdet.«

»Ich auch nicht. Wenn etwas schiefgeht, beenden wir es, aber im Moment bin ich einfach nur froh, dass alles so gut läuft. Du weißt ja selbst, wie toll Josiah ist.«

»Ja, er ist großartig«, flüstere ich und drücke die Fernbedienung an mich wie eine Brustplatte, als wollte ich gerade in die Schlacht ziehen. »Na schön, ich sollte los und Kassim das Ding bringen.«

Ich gehe zur Tür, aber Vashti rührt sich nicht, also muss ich vor ihr stehen bleiben und seinen Geruch an ihr riechen. Mich der Mischung aus seinem Parfüm und was immer sie für ein Duftwässerchen bevorzugt, aussetzen. Eine Faust ballt sich um mein verräterisches Herz. Ich bin ihr nahe genug, um seine Initialen an den Manschetten zu erkennen, die weit über ihre Hände hängen. Diese kleinen Intimitäten fühlen sich an wie Kostbarkeiten, die mir gestohlen wurden, aber nein, ich habe sie weggegeben, und es trifft mich mit der Wucht einer Tonne Wackersteine, dass ich das Recht auf jede dieser Emotionen, die in meinem Inneren herumwirbeln, verwirkt habe. Das einzige Gefühl, das mir zusteht, ist diese Leere, diese Sinnlosigkeit, die in meinem Bauch nistet und in meiner Brust gähnt.

Mir ist, als träte ich den Weg der Schande an, als ich mich an ihr vorbeischiebe und den Flur hinuntergehe, den Blick abgewandt, um bloß keinen Knutschfleck an ihrem Hals zu sehen oder irgendwelche anderen Hinweise auf ihre gemeinsame Nacht. Der Josiah, an den ich mich aus der Zeit erinnere, als unsere Ehe noch kein Eisschrank war, war in der einen Sekunde aggressiv, in der nächsten zärtlich. Er wusste, wann er sanft sein musste und wann forsch. Er sagte immer, er müsse mir nur in die Augen sehen und wisse, wie ich es wolle.

Was haben Vashtis Augen ihm letzte Nacht erzählt?

»Ich sage Josiah, dass du hier warst«, sagt sie und folgt mir zur Haustür.

»Ich habe ihm schon eine Nachricht auf die Mailbox gesprochen, aber danke.« Ich warte keine Antwort ab, sondern rufe über die Schulter: »Bye!«

Ich zwinge mich, gemächlich die Auffahrt hinunterzugehen, starte den Wagen und parke aus, achte darauf, keine Mülleimer oder Briefkästen zu streifen. Ich weiß nicht, wie ich zur Interstate gekommen bin, aber ich schaffe es, die richtige Ausfahrt zur Harrington zu erwischen. Nachdem ich die Fernbedienung beim Pförtner abgegeben habe, schicke ich Kassim eine Textnachricht, damit er weiß, dass sie hier ist, ehe ich den Schulparkplatz verlasse. Kurz darauf klingelt mein mit dem Audiosystem des Wagens verbundenes Handy über die Lautsprecher und erschreckt mich so, dass ich beinahe eine Ampel überfahren hätte.

Josiahs Name steht auf dem Display.

Ich atme einmal tief durch, ehe ich drangehe.

»Hey!« Ich verbiege das Wort, wie es mir gefällt, forme es zu einem fröhlichen Gruß. »Wie geht es dir?«

»Gut. Bin gerade raus aus der Sporthalle. Tut mir leid, dass ich deinen Anruf verpasst habe. Ich habe deine Nachricht wegen Kassims Fernbedienung abgehört. Ich kann sie holen und hinbringen.«

»Nicht nötig. Ich war kurz bei dir und habe meinen Schlüssel benutzt. Ich habe sie gerade in der Schule abgegeben, also alles in Ordnung.«

Sein Stutzen plärrt mich in der Stille an, als ihm zweifellos die Bedeutung bewusst wird.

»Du warst in meinem Haus?«, fragt er so vorsichtig, als gäbe es noch irgendeine Möglichkeit, dass ich nicht wüsste, dass er seine neue Freundin fickt.

»Ja.« Mein gepresstes Lachen klingt wie das eingespielte Gelächter vom Band bei einer Sitcom – blechern, erzwungen und wie auf Knopfdruck. »Ich hoffe, ich habe der armen Vashti keinen zu großen Schrecken eingejagt.«

»Dann war sie noch da, als du …«

»Jupp.« Ich spucke das Wort um jegliches Gefühl beraubt aus. »Hör mal, ich muss weiter, weil ich diese Projektpläne für das Nachbarschaftsfest abgeben muss.«

»Oh, ja. Brauchst du …?«

»Nein, alles gut. Ich muss nur …« Ich atme langsam durch den Mund aus und blinzele gegen das Brennen in meinen Augen an. Ich weiß nicht, wie viel länger ich meine Stimme noch ruhig und die Augen trocken halten kann. »Ich muss einfach los, okay?«

»Ja, klar. Hör mal, Yas, wegen …«

»Sorry, Si, ich muss jetzt wirklich.«

Statt darauf zu warten, dass er noch etwas sagt, lege ich auf. Das Schild zur Interstate ragt vor mir auf, und ich weiß, dass der Verkehr in Atlanta mich derzeit überfordert. Nehme ich mir einen Moment, um diese neue Entwicklung zu verdauen? Oder tue ich das, was ich immer tue? Einfach weitermachen, den Schmerz ignorieren, der mich mittendurch schneidet, mich zwingen, die paar Meilen bis nach Hause zu fahren. Dr. Abrams spricht oft über die Gefahren, die damit verbunden sind, wenn ich meine Gefühle einfach unterdrücke, aber ich glaube, wenn ich das nicht tue, wenn ich sie nicht ignoriere, könnte es wirklich hässlich werden.

Und dann schickt Gott mir ein Zeichen.

Es ist groß, rot und weiß und sieht aus wie eine Zielscheibe.

Statt mich also in den Verkehr auf der Interstate zu mischen, steuere ich den Parkplatz des Target an, schalte den Motor ab, lege die Stirn ans Lenkrad und weine.

So sehr habe ich schon seit langer Zeit nicht mehr geschluchzt. Manchmal ist es gut zu weinen. Es tut gut, sich selbst durchzuspülen. Aber das ist nicht so ein Zeitpunkt. Jede Träne fühlt sich an, als wäre sie aus meinem Körper gewrungen worden. Mein Herzschlag fühlt sich an wie das Tick-tack einer Bombe, Zeit, die wie in einem Countdown abläuft, bis zu dem Punkt, an dem der Druck zu groß wird und ich einfach explodiere. Ich kann nicht so tun, als würde es nicht wehtun, dass er seinen Körper nun einer anderen hingibt. Damit war zu rechnen, nicht wahr? Das bedeutet nicht, dass ich ihn immer noch liebe. Es fühlt sich nicht wie das Ende an, sondern wie der Anfang von etwas Neuem. Nicht für mich, aber für ihn. Das Novum, dass nun ein anderer Kopf auf seinem Kissen liegt. Dass sie, wenn sie ihre Zahnbürste vergisst, seine benutzt, ohne zu ahnen, wie sehr er das hassen würde. Eine andere Frau stellt nun fest, dass sein Kaffee mit einem und einem viertelgefüllten Löffel Zucker perfekt ist. Ihre Finger, nicht meine, werden die verspannten Muskeln in seinem Nacken finden, wenn er zu viel Stress hat. Und er wird all die Geheimnisse preisgeben, die aufzuspüren ich Jahre gebraucht hatte.

Ja, es tut weh, dass Josiah mit einer anderen schläft.

Nein, ich will nicht genau untersuchen, warum sich das wie ein Betrug anfühlt, obwohl es nichts gibt, was ihn davon abhalten müsste, jede Nacht eine andere in sein Bett zu holen, sollte ihm der Sinn danach stehen.

Ich habe mir gesagt, ihn zu verlassen würde dem Schmerz ein Ende machen, also warum tut das dann so schrecklich weh? Dieser Kummer und die dazugehörenden Implikationen sind zu viel für mich. Ich kann das jetzt nicht verarbeiten, also greife ich zu einer weniger belastenden Emotion: Wut. Er hat eine andere? Das kann ich auch.

Ich hole das Handy aus meiner Handtasche und rufe die Textnachricht auf, die Mark mir letzte Woche geschickt hat.

> **Ich:** Hey! Willst du immer noch
> am Donnerstagabend mit mir
> essen gehen?

Ich starre das Telefon an, halte ein paar Sekunden die Luft an, bis die kleinen Punkte auftauchen.

> **Mark:** Liebend gern. Wann soll ich
> dich abholen?

> **Ich:** Sieben. Bis dann.

# Kapitel 15

# JOSIAH

»*Verdammt!*«

Ich starre mein Telefon an und widerstehe dem Drang, auf den Spind einzuprügeln. So hätte Yasmen nicht herausfinden sollen, dass Vashti und ich in unserer Beziehung den nächsten Schritt unternommen haben. Wenn ich ehrlich bin, will ich darüber überhaupt nicht mit ihr sprechen. Was ich tue, geht sie gar nichts an. Ich wollte lediglich so eine peinliche Situation vermeiden wie die, die sich gerade in meinem Haus abgespielt hat. Und vielleicht wollte ich sie auf irgendeiner Ebene auch nicht verletzen. Nicht, dass Yasmen mich noch wollen würde, aber wäre es umgekehrt gewesen ... ich hätte auf so eine Überraschung gut verzichten können.

Ich wäre total am Arsch.

»Warum bist du so mies drauf?«, fragt mich Charles »Preach« Hollister, mein Freund seit beinahe zwanzig Jahren. »Dein Team hat gewonnen, wenn auch nur, weil Kevin krank war. Aber nächsten Montag ist er wieder da, und wir ...«

»Es ist nicht wegen des Spiels.« Ich schließe den Reißverschluss meiner Sporttasche und knalle die Spindtür zu. »Es ist ... ach, vergiss es.«

»Die Kids?« Preach runzelt die Stirn und lehnt sich an den nächsten Spind. »Seem? Day?«

»Ne, die Kids sind okay. Alles bestens.«

Preach, der sich diesen Spitznamen eingefangen hatte, als er im zweiten Halbjahr seines Studiums eine intensive, wenn auch kurze religiöse Phase durchlebt hat, mustert forschend mein Gesicht. Ich bin nicht sicher, ob die Maske, die ich aufgesetzt habe, irgendetwas vor ihm verbergen kann, nach allem, was wir durchgemacht haben.

»Ich hoffe, dein Therapeut bekommt dich dazu, dich zu öffnen«, sagt Preach, schnappt sich seine eigene Sporttasche und schließt seinen Spind.

Ich seufze und werfe mir die Tasche über die Schulter, immer noch schockiert darüber, wie viel ich Dr. Musa schon bei der ersten Sitzung offenbart habe. Diesem Fremden das alles zu erzählen hatte etwas … Erlösendes? Befreiendes? Etwas Richtiges. Nichts hat sich verändert, und doch habe ich mich irgendwie besser gefühlt. Ich kann das zwar nicht ganz nachvollziehen, aber nach all dem Mist der letzten paar Jahre ist es schon wertvoll, mich besser zu fühlen.

»Ich habe in ein paar Tagen wieder eine Sitzung«, sage ich zu Preach.

»Längst überfällig, wenn du mich fragst.«

»Soweit ich mich erinnere, habe ich dich nicht gefragt, und wie war noch der Name deines Therapeuten?«

»Na ja, ich, weißt du …«

»Genau. Du hast keinen, also hör auf, mir zu erzählen, wie dringend ich Therapie brauche.«

»Ich kann meine Probleme aber auf den Tisch legen. Liz und ich sprechen über alles.«

»Wir haben nicht alle eine Frau, die gleichzeitig als psychologische Beraterin fungiert«, sage ich in verräterisch bitterem Ton.

Preach verzieht das Gesicht. »Tut mir leid, ich habe nicht nachgedacht. Du und Yas …«

»Haben nicht über alles gesprochen. Das ist eine alte Geschichte. Du weißt es, also fühl dich nicht schlecht, weil du und Liz das hinbekommt.«

»Ich mache mir nur Sorgen um dich, Bro, weil du all die Scheiße in deinem Inneren verschließt.«

»Habe ich jetzt Verstopfung, oder bin ich nur psychisch dicht?«, frage ich und bringe sogar ein Lächeln zustande.

»Wenn du weiter Vashtis mit Käse überbackene Makkaroni isst, bist du bald beides. Das Mädchen kann kochen«, sagt er glucksend und lehnt sich wieder an den Spind. »Hat es was mit ihr zu tun?«

Will ich das wirklich? Will ich in dieses Wespennest stechen, noch dazu in Gegenwart von Preach, der immer weiter bohren wird, bis sich all meine Eingeweide vor ihm über den Boden ergießen? Ganz sicher will ich mich nicht in einem Fitnesszentrum emotional ausweiden lassen.

»Das war Yas«, räume ich widerwillig ein. »Sie musste kurz bei mir zu Hause vorbei, um etwas für Kassims Naturwissenschaftsprojekt zu holen. Sie ist mit ihrem Schlüssel rein und ...«

Ich atme schnaubend aus. »Vashti war nach letzter Nacht noch dort.«

»Oh, Mist!« Er richtet sich wieder auf, sieht mich aus wachsamen Augen an, und ein schelmisches Lächeln breitet sich auf seinem Gesicht aus. »Du meinst, Vashti hat die Nacht mit dir verbracht, und deine Ex-Frau hat sie bei dir angetroffen? Und nun weiß sie, dass ihr zwei fickt?«

»Einmal gefickt habt. Die letzte Nacht war unser erstes Mal.«

»Aber, ich meine, ihr habt was miteinander. Ihr werdet ja wohl kaum nach einem Mal aufhören.« Sein Grinsen wird noch breiter. »Und? Wie war's?«

So eng Preach und ich auch befreundet sind, ich habe nie Details über mein Sexleben ausgebreitet, als ich noch mit Yasmen zusammen war. Er sagte mal, das wäre einer der Gründe, warum er wusste, wie ernst es mir mit ihr war, denn im College haben wir uns gegenseitig mit unseren Eskapaden auszustechen versucht und angegeben, was das Zeug hielt. Bis zur letzten Nacht war ich seit dem College mit niemandem außer Yasmen zusammen.

Wie war's?

Seit ich davor das letzte Mal Sex hatte, ist scheißviel Zeit vergangen, also hat es sich natürlich gut angefühlt, etwas anderes zu haben als meine Hand. Das war befreiend.

Aber als es vorbei war und Vashti neben mir lag, da habe ich zur Decke hinaufgestarrt, und etwas ist in mir zerbrochen. Das letzte bisschen Gefühl? Der letzte Funke Hoffnung, dass vielleicht eines Tages … Nein! Ich habe vor langer Zeit aufgehört zu denken, Yasmen und ich könnten uns aussöhnen. Ich habe aufgehört, das zu wollen. Ich könnte ihr mein Herz, mein Glück nicht noch einmal anvertrauen, aber vielleicht fühlt sich irgendein abtrünniger, aufsässiger Teil meiner Seele immer noch an sie gebunden. Obwohl wir geschieden sind, hat dieser dämliche, winzige Teil meiner selbst mir das Gefühl vermittelt, ich hätte Yasmen betrogen, als ich mit Vashti geschlafen habe.

Ich habe zu lange geschwiegen, und der wissbegierige Ausdruck auf Preachs Gesicht wird zu einem argwöhnischen.

»War es nicht gut?«, fragt er. »Mit Vashti? Keine Sorge. Ich habe von Männern, die gerade erst eine Beziehung hinter sich haben, gehört, das erste Mal mit einer anderen Frau …«

»Preach, sei nicht so respektlos. Wir sind zu alt für so einen Scheiß. Es war okay.«

»Du weißt, dass ich nicht respektlos sein wollte. Du bist so lange nicht mehr mit irgendwem außer Yasmen zusammen gewesen, also habe ich gefragt.« Er kneift die Augen zusammen. »Und okay? Vashti ist eine wunderschöne Frau, und eine blinde Fledermaus kann sehen, dass sie in dich verliebt ist, da klingt okay ein kleines bisschen enttäuschend.«

»Ich werde keine Details vor dir breittreten. Eigentlich hatte ich überhaupt nicht vor, dir Idiot davon zu erzählen.« Unwillkürlich muss ich lachen. Preach hat diese Wirkung auf mich. »Ich sollte lieber los.« Ich schlage meine Faust an seine und ringe mir ein Lächeln ab. »Ich bringe Kassim bald im Laden vorbei.«

»Wird auch verdammt Zeit. Dem Jungen wachsen bestimmt

schon ganz von selbst Dreads, so lange, wie er nicht mehr beim Friseur war.«

»Nicht ganz, aber Yas nervt mich und ihn zu Tode, wenn ich mich nicht darum kümmere.«

»Bring ihn einfach gleich morgens rein, ehe es richtig losgeht. Und du weißt ja, samstags brummt der Laden.«

»Darauf wette ich.«

Und während ich in Gedanken immer noch bei der Nacht mit Vashti und dem peinlichen Telefongespräch mit Yasmen bin, gehe ich.

Kapitel 16

# YASMEN

Ich fürchte mich vor dem Anruf. Mein letztes Gespräch mit Josiah war endlos unangenehm, und ich krümme mich förmlich, wenn ich mir vorstelle, wie Vashti unsere Begegnung vermutlich geschildert hat.

»Was du heute kannst besorgen ...«, murmele ich vor mich hin, ziehe das Telefon aus der Seitentasche meiner Yogahose und wähle.

»Yas, hey«, sagt Josiah. Er war beim ersten Klingeln dran, klingt aber, als würde er mir nur einen Teil seiner Aufmerksamkeit widmen. »Was gibt's?«

»Äh, bist du gerade beschäftigt? Falls du ...«

»Warte kurz.« Einige Sekunden lang herrscht Stille, dann höre ich, wie eine Tür geschlossen wird. »Tut mir leid, ich war draußen im Gastraum. Jetzt bin ich im Büro. Brauchst du was?«

»Ich will heute Abend ausgehen und dachte, ich könnte die Kinder einfach zu Hause lassen, weil Clint und Brock auch daheim wären, aber jetzt muss Brock sich um irgendeine Sache bei der Arbeit kümmern, also ...«

»Ich kann rüberkommen. Oder die Kids kommen zu mir. Was euch lieber ist.«

»Na ja, sie müssen morgen wieder zur Schule, und ich werde sie hinfahren müssen, darum wäre es schön, wenn du hier nach ihnen sehen kannst. Deja ist eigentlich alt genug. Es ist nur ... weißt du, was ich meine?«

»Kein Problem. Ich komme rüber. Noch ein Mädelsabend? Ein Geburtstag?«

Aus irgendeinem Grund hatte ich nicht damit gerechnet, dass er fragen könnte. Besonders viel Interesse an meinem Sozialleben hat er in der Vergangenheit, als er noch ein Teil davon war, nicht gezeigt.

»Nein, eigentlich …« Ich gehe in die Küche und setze mich auf einen der Hocker an der Esstheke. »… habe ich ein Date.«

Stille tritt ein, so umfassend, ich glaube, so muss sich eine Zigarre in einem Humidor fühlen. Eingesiegelt in vollendeter Stille in einer luftdichten Kiste.

»Ein Date.« Es hört sich an, als überprüfe er das Wort auf Authentizität. »Wow. Wer ist der Glückliche?«

»Mark Lancaster.«

»War ja klar«, sagt er, und seine Worte reiten auf einem verächtlichen Unterton.

»Was soll das heißen, war ja klar?«

»Komm schon, Yas. Der Typ macht dir schöne Augen, wann immer er vorbeikommt. Er hat nicht mal versucht, das zu verbergen.«

»Vielleicht mag ich das ja. So muss ich mich nicht fragen, wo ich stehe oder was er will.«

»Und was denkst du, das er will?«

»Ein Date. Liegt doch auf der Hand.«

»Bei Typen wie dem liegt nie etwas wirklich auf der Hand.«

»Typen wie dem? Das musst du mir schon genauer erklären, denn ich weiß nicht recht, was du …«

»Reiche Typen, Yas. Privilegierte Männer, die es gewohnt sind, immer zu bekommen, was sie wollen, und zwar dann, wenn sie es wollen.«

»Angesichts des Wagens, den du fährst, der Gegend, in der du lebst, der Klamotten, die du trägst, und der Kohle, die du, ohne mit der Wimper zu zucken, für Sneaker ausgibst, könnte man auf den Gedanken kommen, dass du selbst ein reicher Typ bist.«

»Du weißt, was ich meine.«

»Du meinst, weiß?«

»Nein, das ist nicht, was ich meine. Ich will mich nicht in deine Angelegenheiten einmischen ...«

»Und doch habe ich das Gefühl, du tust genau das, obwohl ich immer sehr darauf geachtet habe, mich aus deinen zum Teufel noch mal rauszuhalten.«

»Und was soll das jetzt? Wie du mir, so ich dir? Ich fange an, Vashti zu sehen, also gehst du hin und schnappst dir den ersten Kerl, der Interesse an dir zeigt?«

»Glaub mir, er ist nicht der Erste, der Interesse zeigt.«

»Ich meine ja nur ...«

»Er ist nur der Erste, dessen Einladung ich angenommen habe. Und ich weiß, du willst gar nicht andeuten, dass ich nur mit Mark ausgehe, weil du jemanden triffst.«

Eine kleine Stimme in meinem Hinterkopf erinnert mich daran, dass ich Marks Einladung kaum Beachtung geschenkt habe, bis ich Vashti in Josiahs Haus angetroffen habe. Trotzdem hat Josiah so etwas nicht zu mir zu sagen.

»So war das nicht gemeint, aber dass Vashti und ich die Nacht zusammen verbracht haben, war ja offensichtlich, und ...«

»So etwas mache ich mit dir nicht«, sage ich und walze die Worte aus, plätte sie, bis mein Ton so ebenmäßig ist, dass nur noch ich erkennen kann, was mich das kostet.

Er stutzt, wartet, bis sich der Staub, den wir gerade aufgewühlt haben, wieder gelegt hat, ehe er weiterspricht: »Und ich habe keine Zeit, so was mit dir zu machen«, sagt er schließlich, und jedes Wort klingt abgehackt vor Ungeduld. »Wann verlässt du das Haus? Ich komme dann rüber und sehe nach den Kindern.«

»Sieben.«

»Gut. Muss auflegen.«

Ich lasse das Telefon auf die Theke fallen und verberge den Kopf in den Händen. »Na, das ist ja toll gelaufen.«

Mir bleibt nicht viel Zeit, über die Zankerei nachzudenken, weil ich bald los- und mich durch den Verkehr kämpfen muss, um die Kinder pünktlich abzuholen. Glücklicherweise findet heute kein Fußballtraining statt. Auf dem Heimweg werfe ich einen verstohlenen Blick auf Kassim neben mir und beobachte Deja im Rückspiegel.

»Ich gehe heute Abend aus, Leute«, sage ich in gleichmütigem Ton. »Aber euer Dad kommt vorbei und sieht nach euch.«

»Wir kommen auch allein zurecht«, sagt Deja, und eine defensive Note schleicht sich in ihren sonst absichtsvoll gleichgültigen Ton. »Ich bin fast vierzehn.«

»Ich weiß.« Ich löse für eine kurze Sekunde den Blick von der Straße, um ihr über den Spiegel in die Augen zu sehen. »Aber Clint und Brock werden nicht nebenan sein, darum schaut euer Vater kurz rein, vielleicht auf seinem Heimweg.«

»Wo willst du hin?«, fragt Kassim.

Ich könnte lügen. Die Wahrheit umgehen. Mit einer vagen Antwort ausweichen. Aber wozu? Sie haben ja schon bei Vashti gezeigt, dass sie kein Problem damit haben, wenn ihre Eltern sich anderweitig verabreden. Außerdem holt mich Mark zu Hause ab, und ich möchte die Kinder nicht unvorbereitet damit überraschen, dass der Typ, dessen Gesicht in endlos vielen Wahlwerbespots auftaucht, ihre Mutter ausführt.

»Ich habe ein Date.«

Angesichts des entsetzten Schweigens, das meinen Worten begegnet, könnte man glauben, ich hätte erklärt, ich wolle mich Elon Musk bei seinem nächsten Ausflug zum Mars anschließen.

»Mit wem?«, fragt Kassim, und nun klingt seine Stimme angespannter und gedämpfter zugleich.

Ich riskiere einen Blick auf sein Gesicht, und etwas in seinen Augen tut mir im Herzen weh. Enttäuschung? Traurigkeit? Ich weiß es nicht, aber es ist definitiv nicht der gewohnte Optimismus.

»Mark Lancaster.«

»Dieser Weiße mit den blöden Schildern, die überall in der Nachbarschaft hängen?«, schnaubt Deja, ehe sie, bemüht, so weiß wie möglich zu klingen, seinen Wahlkampfslogan nachahmt: »Lancaster Can.«

»Er ist wirklich nett, Day«, erkläre ich in gemessenem Ton und steuere die Ausfahrt nach Hause hinunter. »Er holt mich um sieben ab, und wie ich ja schon gesagt habe, kommt euer Vater dann vorbei.«

»Was gibt es zum Abendessen?«, fragt Kassim.

Ich weiß nicht, ob die ganze Sache für ihn schon erledigt ist und sein Vielfraßmodus wieder aktiviert oder ob er lediglich das Thema wechseln will, weil es ihm unangenehm ist. Wie auch immer, mir ist es recht.

»Lasagne-Reste.«

Als wir ihr Haus ausgeräumt haben, da habe ich eines von Byrds handgeschriebenen Kochbüchern gefunden und es mir zur persönlichen Herausforderung gemacht, jedes Gericht wenigstens einmal auszuprobieren, angefangen mit ihrer berühmten Lasagne. Anfangs war es mir nur darum gegangen, ein paar Tricks zu lernen, aber jedes Mal, wenn ich eines ihrer handgeschriebenen Rezepte benutze, fühle ich mich ihr irgendwie näher.

»Igitt«, jammert Deja hinter uns. »Wenn Dad sowieso kommt, können wir ihn dann nicht fragen, ob er uns etwas aus dem Restaurant mitbringt?«

»Oooh, ja.« Prompt sieht Kassim ganz aufgeregt aus. »Vashtis Rippchen.«

Scheiß auf die verdammten Rippchen.

Ich bin es so verflucht leid, dieses ständige Gerede über Josiahs unglaubliche kleine Köchin. Ich bin nicht die beste Köchin, aber die Lasagne gestern Abend war toll, und meine Kinder tun so, als wollte ich ihnen zum Abendessen Hundefutter aufwärmen.

»Wenn ihr wollt«, murmele ich, biege in die Einfahrt und fahre das Garagentor hoch. »Mir soll's recht sein. Und ihr kommt klar, während ich weg bin, ja?«

»Klar.« Deja öffnet die Tür und steigt schnell aus. »Wir sind keine Babys, Mom.«

Ich muss rein, damit ich genug Zeit habe, um mich fertig zu machen, aber Kassim hat sich noch nicht gerührt. Er sitzt auf dem Beifahrersitz und fummelt an dem Reißverschluss seines Rucksacks herum.

»Alles okay, Seem?« Ich schalte den Motor ab und drehe mich ein Stück in seine Richtung, um ihn genauer anzusehen.

»Ja, alles okay.« Er atmet scharf durch die Nase ein und nickt.

»Hör mal, ich kann mir vorstellen, dass sich das für dich komisch anfühlt, wenn dein Dad und ich uns mit anderen verabreden. Eine Scheidung ist für alle hart.«

»Ich bin nicht sauer, weil ihr andere Leute datet, und mir ist lieber, ihr seid geschieden, als dass ihr euch dauernd streitet wie davor.«

Ich bin erschrocken. Wir haben uns so bemüht, vorsichtig zu sein, sind zum Streiten immer in die Garage gegangen, um unsere Kinder vor unserem zunehmend feindseligen Gezänk abzuschirmen. Ich meine, klar, sie haben uns von Zeit zu Zeit streiten gehört, aber so, wie Kassim es sagt, klingt es, als wäre das der Normalfall gewesen.

»Wann hast du uns streiten gehört, Seem?«

»Die ganze Zeit.« Er zuckt mit den Schultern, greift sich den Riemen des Rucksacks und öffnet die Tür. »Ich bin dann manchmal in Dejas Zimmer gegangen und mit in ihr Bett gekrochen, wenn ich Angst hatte.«

»Angst wovor?«

»Dass ihr euch scheiden lasst, aber Deja hat gesagt, egal was passiert, wir hätten immer noch uns, sie und ich.«

»Ihr habt auch uns immer noch.« Ich strecke die Hand aus,

um ihm über das Haar zu streichen, das dringend geschnitten werden muss.

»Ich weiß.« Er schenkt mir ein schwaches Lächeln, das viel zu alt und verständnisinnig wirkt, gemessen an seinen Jahren. »Aber jetzt ist es anders.«

Seine großen Augen suchen meine. »Ich meine, es ist in Ordnung. Es ist nur anders.«

»Weißt du noch, was wir gesagt haben? Es ist okay, wenn es einem mal nicht so gut geht, und du hast immer jemanden, mit dem du reden kannst. Wenn nicht deinen Dad oder mich, dann hast du Dr. Cabbot. Verstanden?«

»Verstanden.« Er steigt aus, verharrt an der offenen Tür und steckt den Kopf noch einmal in den Wagen. Seine dunklen Augen, die denen seines Vaters so ähnlich sind, blicken ernst. »Ich kann, äh … ich glaube, ich esse einfach deine Lasagne, wenn das okay ist.«

Mein lieber Junge. Mein Empath.

»Du musst die Lasagne nicht essen, wenn du nicht willst. Dein Dad kann dir was von Vashtis …«

»Nein, ich will deine Lasagne. Die war gut. Echt.« Er schürzt die Lippen. »Ich weiß, Deja hat igitt gesagt, aber sie wollte nur … du weißt schon.«

»Ja.« Ich verziehe das Gesicht, schnappe mir meine Handtasche und steige ebenfalls aus. »Ich weiß.«

Ich hole die Lasagne aus dem Kühlschrank, packe sie in den Ofen und haste die Treppe hinauf, um mich fertig zu machen. Ich wünschte, ich hätte mehr Zeit, aber heute gibt es nur die Autoschnellwäsche-Version: Wasser auf den Körper, waschen und enthaaren mit Mut zur Lücke und dazu am Ende eine nicht sonderlich gründliche Politur. Zum Schluss fahre ich mir noch rasch mit dem Jaderoller über das Gesicht und hoffe, der kühle Stein wird seine beruhigende Magie nicht nur auf meiner Haut, sondern auch in meinem Nervenkostüm entfalten.

Und dann sehe ich stirnrunzelnd mein Spiegelbild an. »Und was mache ich jetzt mit diesen Haaren?«

Meine Stammstylistin ist nicht in der Stadt, und ich will keinen Fehlschlag mit einer anderen Person riskieren. Einmal bei Höllentemperatur glätten, und meine Lockenstruktur ist womöglich hinüber.

»Mom.«

Ich wende mich vom Spiegel ab und sehe Deja in der Tür zu meinem Badezimmer stehen.

»Day, was gibt's?«

»Ich habe gehört, Ende der Saison wird in der Innenstadt ein Hotwives-Reunion-Special gedreht.« Sie presst unter dem Kinn die Hände zusammen. »Bitte, fragst du, ob Tante Hen mich da reinbringen kann? Ich möchte so gern dabei sein.«

»Reden wir mit Hendrix. Wenn sie dich reinbringen kann und sie auch dabei ist, sehen wir weiter.«

Das scheint sie vorerst zufriedenzustellen, und sie nickt, aber ihr Blick wandert zu meinem Kopf, und sie runzelt die Stirn. »Was ist denn da oben los?«

Sie zeigt mit rotierendem Zeigefinger auf mein Haarnest.

»Carmen ist nicht da, also habe ich es selbst gemacht, und ...« Ich zupfe an einer widerspenstigen Locke. »Gefällt es dir nicht?«

»Ich meine, es ist okay.« Ihr Gesichtsausdruck sagt etwas anderes. Sie kommt herein und zieht an ein paar Locken, die ziemlich kraftlos mein Gesicht umrahmen.

»Mir wäre es lieber, es wäre etwas mehr als okay bei meinem ersten Date seit ...« Ich verstumme, um nicht auch noch dieses Wespennest anzustechen.

»Schon klar, aber die Frisur bringt es nicht.«

»Irgendwelche Vorschläge?«, frage ich, binde den Gürtel meines Bademantels straffer und lehne mich mit dem Hintern an den Waschtisch.

Kritisch beäugt sie mein Haar. »Was willst du tragen?«

Ich zeige auf einen Overall in Burnt Orange, den ich irgendwo in der Tiefe meines Schranks entdeckt habe und der nun auf einem Bügel an der Badezimmertür hängt.

Sie blickt spekulierend zwischen mir und meinem Outfit hin und her. »Bin gleich wieder da.«

Als sie zurückkommt, schleppt sie einen großen Behälter am Griff herein, stellt ihn auf den Waschtisch, holt eine Sprühflasche und diverse andere Produkte und einen Diffusor heraus.

»Setz dich.« Mit einem Nicken deutet sie auf den Hocker vor dem Waschtisch.

Sie feuchtet mein Haar an und behandelt es mit einigen Stylingprodukten für lockiges Haar, darunter irgendein klebriges Zeug, das nicht ausgespült wird, trennt die Locken voneinander und lässt mich das Haar über den Kopf werfen, während sie mit dem Diffusor hantiert. Als ich anschließend das Ergebnis im Spiegel betrachte, bleibt mir der Mund offen stehen, so anders sieht es aus. Viel besser, als wenn ich es selbst versuche, das steht fest. Sogar genauso gut wie bei Carmen.

»Wow, Day.« Ich ziehe eine Strähne gerade und sehe zu, wie sie sich sofort wieder kringelt, als ich loslasse. »Das hast du toll gemacht.«

»Ich bin noch nicht fertig.« Sie neigt nachdenklich den Kopf zur Seite, ehe sie erneut in ihrem Zauberkoffer mit Frisierzubehör wühlt und ein paar schmuckvolle Haarklammern zum Vorschein bringt. »Die habe ich von dem Kosmetikgeschäft, zu dem mich Tante Hen gefahren hat.«

Sie scheitelt mein Haar in der Mitte, glättet die Haare und steckt sie im Zickzack fest, sodass mir eine Woge aus Locken über die Ohren und auf die Schultern fällt.

Ich schnappe mir den Handspiegel vom Waschtisch und beäuge mein Haar aus allen Winkeln.

»Das sieht fantastisch aus.« Ich sehe meine Tochter an, und in mir regt sich ein ganz neuer Stolz. »Du bist richtig gut darin.«

»Ich weiß.« Sie grinst nicht, aber ihre Lippen zucken verräterisch. »Also gefällt es dir?«

»Allerdings.« Ich stehe auf, nehme den Overall und schenke ihr ein Lächeln. »Sollen wir uns mal das Gesamtbild ansehen?«

Die Freude in ihren Augen erlischt, als ihr wieder einfällt, dass sie mich ja eigentlich gar nicht mehr leiden kann. »Ne, aber sagst du mir Bescheid wegen dieser Hotwives-Sache mit Tante Hen?«

Ich dachte, wir hätten einen Moment. Aber wann immer es aussieht, als könnten wir uns wirklich wieder annähern, sage ich etwas, tue ich etwas – ich weiß nie, was –, das alles kaputt macht.

»Ja, sicher. Ich spreche mit Hen und gebe dir Bescheid.« Über die Schulter sehe ich sie an und ringe mir ein Lächeln ab. »Danke für deine Hilfe, Day. Es ist wirklich toll.«

Sie nickt und wendet sich ohne ein weiteres Wort zum Gehen. Seufzend setze ich mich, um Make-up aufzulegen. Die glitzernden Haarklammern machen zusammen mit goldenem und grünem Lidschatten, kupferfarbenem Lippenstift und Bronzer aus meinem Gesicht eine eindrucksvolle Palette aus kostbaren Metallen.

Mein Blick fällt auf mein Spiegelbild, während ich nur BH und Unterhose trage. Ich betrachte die üppigen Brüste, die sich wie eine Plage angefühlt haben, als ich jünger war, die Dehnungsstreifen rund um meinen Bauchnabel und nehme all die subtilen und nicht ganz so subtilen Veränderungen wahr, die mein Körper im Lauf der Zeit durchgemacht hat. Ich habe gelernt, nicht darüber zu schimpfen, wie rund meine Hüften sind, sondern dankbar zu sein, dass ich mich mit ihnen aufrecht halten kann. Ich streife einen trägerlosen Bodyformer über und schlüpfe in den Overall. Er hat ein Korsagenoberteil, das meine Brüste anhebt, bis sie Hallo sagen. Das Material, eine Mischung aus leichter Wolle und Kaschmir, schmiegt sich an die üppigen Kurven an Hüfte und Arsch, ehe es sich aufweitet und mir bis zum Boden locker über die Beine fällt.

Die Frau, die mich aus dem Ankleidespiegel ansieht, ist eine Fremde oder zumindest jemand, den ich längst aus den Augen verloren habe, jemand, den ich seit einer gefühlten Ewigkeit nicht mehr gesehen habe. Selbstsichere Sinnlichkeit hüllt mich ein wie ein unsichtbarer Umhang. Das Burnt Orange kontrastiert flammend mit dem tiefen Kupferbraun meiner Haut und lässt die kräftigen Kurven eines Arms und einer Schulter frei. Der Bodyformer sitzt straff an meiner Taille und betont die Linie vom Rücken zum Hintern und zu den Hüften nur noch mehr, hebt jede Wölbung und Vertiefung dramatisch hervor.

So viele Male habe ich im Spiegel in leere oder sorgenvolle Augen geschaut. Heute sind sie klar, umrahmt von Kajal, scheinbar beschattet von Rätselhaftigkeit, ein katzenäugiger Blick voll gespannter Erwartung. Lachend sause ich ins Schlafzimmer und hole mir mein Telefon vom Nachttisch, um mich wie versprochen per FaceTime bei Hendrix und Soledad zu melden. Eines von Soledads Mädchen hat heute Fußballtraining, und auf Hendrix wartet morgen eine große Präsentation.

»Hey, ho«, sagt Hendrix, die an ihrer Küchentheke mit einem offenen Laptop und einer Schale Pho vor der Linse sitzt. »Und jetzt bitte die Totale.«

»Zeig's uns!«, fordert mich auch Soledad auf, die am Steuer ihres Wagens sitzt.

Ich lehne das Telefon an den Spiegel über dem Waschtisch, trete zurück und wirbele im Kreis herum.

»Verdammt, Mädchen!«, donnert Hendrix. »Was hast du vor? Willst du, dass dir der Mann gleich beim ersten Date mit Haut und Haaren verfällt?«

»Du siehst fantastisch aus, Yas.« Soledad fächelt sich Luft zu. »Heiß.«

»Findet ihr?« Ich nage an meiner Unterlippe. »Ich hatte schon ewig kein Date mehr und weiß es einfach nicht. Ist das übertrieben? Unzureichend?«

»Es ist perfekt«, versichert mir Hendrix. »Und dein Haar ist die Krönung. Hast du das selbst gemacht?«

»Deja.« Ich tätschele die Locken. »Gefällt es euch?«

»Es sieht klasse aus«, sagt Hendrix. »Ich sag dir, diese Kinderinfluencer gehen echt durch die Decke. Vielleicht ist an der Sache mit den Haaren doch mehr dran.«

»Mag ja sein.« Ich verdrehe die Augen. »Trotzdem muss sie sich um ihre Noten kümmern. Mich interessiert viel mehr ihr Zwischenzeugnis als die Frage, wie viele Follower sie hat.«

»Schon klar.« Hendrix zuckt mit den Schultern. »Ich sage ja nur, dass sie wirklich Talent hat und auf Social Media toll rüberkommt.«

»Okay, okay.« Ich gehe zurück zum Waschtisch und setze mich. »Wir reden später darüber.«

»Ja, später«, stimmt Soledad zu. »Heute geht es nur um dich und Mark. Bist du nervös?«

»Eigentlich nicht.« Auf dem Display begegnen mir zwei ungläubig blickende Augenpaare. »Okay, ein bisschen.«

»Du machst das schon«, versichert mir Hendrix.

»Danke, Leute«, sage ich. »Muss los, aber ich erzähle euch später, wie es gelaufen ist.«

Als die Türglocke klingelt, pumpe ich einen tiefen Atemzug in meine lufthungrige Lunge, zwinge mich, die Treppe hinunterzusteigen und in den Eingangsbereich zu gehen, wo ich mir ein strahlendes Lächeln aufs Gesicht zaubere und die Tür öffne.

Vor mir steht groß und breit Josiah auf der Veranda, und der Lichtschein zeichnet Schatten unter die hohen Wangenknochen. Zum Teufel mit meinem Ex, dass er so anziehend sein muss, wenn ich gerade im Begriff bin, zu meinem ersten ehelosen Date seit eineinhalb Jahrzehnten aufzubrechen.

»Si, hey.« Ich mache kehrt. »Ich dachte, es wäre Mark. Du bist früh dran.«

»Anthony und Vashti haben im Grits alles unter Kontrolle.«

Mit Otis auf den Fersen kommt er herein und schließt die Tür hinter sich, in der Hand eine Menübox. »Außerdem hat Deja mir eine Nachricht geschickt und mich gebeten, ihr Abendessen mitzubringen.«

»Lasagne von gestern war gut genug für Kassim, kann aber natürlich nicht mit Vashtis Rippchen mithalten.«

»Frittiertes Huhn«, korrigiert Josiah mit einem schwachen Lächeln. »Du siehst …«

Er nimmt sich Zeit, lässt seinen Blick über die schmuckvollen Haarnadeln in meinen Locken gleiten, weiter zu dem auffallenden Overall, der sich an meine Kurven schmiegt, und den Glitzerschuhen, in die ich meine Füße gezwungen habe.

»Nett.« Er wendet den Blick ab, und eine Falte gräbt sich zwischen seine Brauen.

»Danke«, sage ich ironisch. »Bei deinen schwärmerischen Komplimenten gerate ich zumindest nicht in Gefahr, eingebildet zu werden.«

»Die Schwärmerei überlasse ich deinem Date.« Er geht zur Treppe und ruft hinauf: »Day, dein Essen ist da.«

Sie stürmt die Treppe herunter, und ihr Gesicht leuchtet, als wäre Santa gerade durch den Kamin gekommen.

»Dad!« Deja stellt sich auf ihre Zehenspitzen und küsst ihn auf die Wange, ehe sie ihm die Box abnimmt.

Ich kann mich nicht erinnern, wann sie mich das letzte Mal so begrüßt hat. Ich weiß, wir machen eine Phase durch, aber ein kleiner Teil von mir sehnt sich furchtbar nach der Leichtigkeit, die zwischen Deja und Josiah immer noch Bestand hat. Etwas Weiches, Warmes berührt meine Hand, und als ich hinabblicke, sehe ich Otis neben mir sitzen und seinen Kopf an meine Handfläche schmiegen.

»Hey, alter Freund.« Ich kraule ihn hinter den Ohren, bücke mich und flüstere ihm zu: »Du freust dich immer, mich zu sehen, was?«

Früher hatte ich Josiah aufgezogen, wenn ich ihn dabei erwischt habe, mit Otis zu sprechen, aber als ich nun in die ruhigen dunklen Augen unseres Hundes blicke, kann ich ihm nicht verdenken, dass er glaubt, Otis würde jedes Wort verstehen, denn ich habe das Gefühl, den ganzen Tag von niemandem so wahrgenommen worden zu sein wie von diesem Hund.

»Du bist was ganz Besonderes«, sage ich mit einem leisen Lachen zu ihm.

Es klingelt erneut, und alle Gespräche enden abrupt. Deja und Josiah widmen ihre ganze Aufmerksamkeit der Tür. Genau im passenden – oder, aus meiner Sicht, unpassenden – Moment kommt Kassim die Treppe herunter und setzt sich auf halber Strecke auf eine Stufe, ein Ellbogen auf das Knie gestützt, das Kinn auf die Hand, als säße er auf einem Logenplatz.

»Könnt ihr vielleicht …« Ich ziehe erwartungsvoll die Brauen hoch und hoffe, sie verziehen sich und lassen mir ein wenig Privatsphäre, aber keiner rührt sich. »Örx.«

Ich pflastere mir wieder das First-Date-Lächeln ins Gesicht und öffne die Tür. Mark Lancaster steht mit einem Blumenstrauß auf der Veranda. Der makellose, maßgeschneiderte dunkle Anzug und das schiefergraue Hemd mit dem offenen Kragen bilden einen auffallenden Kontrast zu dem nach hinten gekämmten blonden Haar. Trotz der Last der drei Augenpaare in meinem Rücken bessert sich meine Laune beim Anblick der Blumen und des Mannes. Er ist groß und attraktiv, und er sieht mich an, als würde er am liebsten zuerst das Dessert genießen.

Ich bin's. Ich bin das Dessert.

»Mark, hi.« Ich nehme ihm den Strauß ab, versenke meine Nase in den in Papier eingewickelten Wildblumenblüten. »Die sind allerliebst. Danke.«

»Hi, Yasmen. Du siehst …« Seine blauen Augen leuchten, erglühen förmlich, als sie über mein Gesicht und meinen Körper streifen, nur um sich dann zu weiten, als er die versammelte

Familie hinter mir entdeckt. »Äh ... toll aus. Du siehst toll aus.«

»Danke.« Ich lade ihn nicht ins Haus ein, nicht, solange die ganze Gang hier ist und uns auf Schritt und Tritt beobachten würde. Stattdessen drehe ich mich um und drücke, ohne hinzusehen, dem nächsten Wade, bei dem es sich zufällig um Josiah handelt, die Blumen in die Hand. »Kannst du die bitte für mich ins Wasser stellen? Danke.«

Nach einem kurzen Zögern und einem langen Blick auf Mark, der mir zugleich forschend und warnend vorkommt, nimmt er sie. Dieser Mann kandidiert für den Kongress. Bildet Josiah sich etwa ein, er würde mir die Kehle aufschlitzen und mich in den Kofferraum seines Tesla stecken? Er ist nicht mehr mein Ehemann. Ich weiß genau, wie wenig es ihn interessiert, mit wem ich ausgehe. Und ich weiß auch, wie Vashti aussieht, wenn sie nichts weiter als sein Hemd trägt. Mit dieser kleinen Erinnerung im Hinterkopf kontrolliere ich, ob ich alles Wesentliche in der Handtasche habe, und wende mich an meine Zuschauer.

»Ihr kennt ja Mister Lancaster.« Ich gestikuliere in Richtung des hochgewachsenen Mannes auf der Veranda. »Mark, meine Familie.«

»Hi.« Mark lächelt, sein Blick verweilt ein wenig bei meinen Kindern, ehe er über meinen Ex-Mann hinwegschweift, der ein wenig unbehaglich dasteht und die Blumen in den Händen hält, die Mark mir mitgebracht hat.

»Hallo«, sagt Kassim. »Wo geht ihr hin?«

Ich werfe einen halb beschämten, halb amüsierten Blick auf meinen Sohn, der mit ernster Miene auf halber Treppe sitzt.

»Äh, ins Rail«, antwortet Mark. »Das ist dieser neue Laden ein bisschen weiter nördlich.«

»Von dem habe ich schon gelesen«, sagt Josiah, und Interesse tritt in seine Augen. Er ist eben mit Leib und Seele Gastronom, und das Konzept dieses Lokals fasziniert ihn. »Die haben einen alten Zug in ein Restaurant umgewandelt.«

Marks Lächeln wird ein wenig lockerer, die Schultern sinken um ein oder zwei Zentimeter ab. »Und die Kritiken sind glänzend.«

»Ich habe gehört …«

»Ich werde dir berichten, welchen Eindruck es auf mich macht«, falle ich Josiah ins Wort, drehe mich zu Mark um und deute mit einem Nicken zur Veranda und meinem Fluchtweg. »Fertig?«

»Klar.« Sein Grinsen wird breiter, und er winkt mir zu vorauszugehen, und so segele ich hinaus auf die Veranda und schließe die Tür vor den gaffenden Wades, ehe ich mich mit einem strahlenden Lächeln meinem Date zuwende.

»Dann los. Ich bin halb verhungert!«

## Kapitel 17

# YASMEN

Mark Lancaster könnte eine Schildkröte aus ihrem Panzer charmieren.

Der klassische Politiker, sieht gut aus und hat eine tiefe, ruhige Stimme, in die man sich hineinfallen lassen möchte. Wohlhabend. Gut gekleidet.

Gut bestückt?

Nope. Daraus wird nichts. Nicht heute Nacht. Ganz kleine Schritte. Josiah mag zu Übernachtungspartys bereit sein, ich bin es nicht. Dinner, Drinks, Konversation. Und vielleicht ein Kuss, falls mir danach ist. Ein Küsschen oder mit etwas Zunge, das entscheide ich dann. Und davon abgesehen, wird dies ein züchtiger Abend. Verführen lasse ich mich heute nur von dem Brathähnchen und dem Knoblauch-Kartoffelpüree auf meinem Teller.

»Das Essen ist fantastisch«, sage ich und sehe mich in dem Zug um, der zu einem eleganten Speisesaal umfunktioniert wurde. »Und das Lokal ist wirklich schön. Eine wunderbare Wahl.«

»Als Eigentümerin eines der besten Restaurants in Skyland«, sagt er und sieht mich aus strahlenden Augen über den Rand seines Weinglases hinweg an, »bist du sicher nicht leicht zu beeindrucken, aber ich wollte es unbedingt versuchen.«

»Props gehen an dich, würde meine Tochter sagen.«

»Props?« Verwirrung gräbt Falten in seine Stirn.

»Tut mir leid.« Ich schlucke einen Bissen Essen hinunter und trinke einen Schluck Wasser. »So reden die Kids.«

»Meine Tochter würde die Augen verdrehen, wenn sie hier wäre und mitbekommen hätte, dass ich damit nichts anfangen kann.«

»Du hast eine Tochter? Wie heißt sie? Wie alt ist sie?«

»Ihr Name ist Brenna, und sie ist sechzehn. Sie hasst es, wegen meiner Kandidatur in der Öffentlichkeit zu stehen, darum bemühe ich mich, ihre Privatsphäre zu schützen. Die ihrer Mutter natürlich auch. Die beiden haben sich schließlich nicht um ein Amt beworben. Meine Ex sagt gern, wir hätten uns gerade rechtzeitig scheiden lassen, damit sie den ganzen Wahlkampfkram nicht über sich ergehen lassen muss.«

»Wie lange seid ihr geschieden?«

»Fünf Jahre«, sagt er. »Ich war nicht der beste Ehemann und Vater. Ich habe meine Familie zugunsten der Arbeit schlicht vernachlässigt. Mein Ehrgeiz hat sich ausgezahlt, mich aber auch alles gekostet. Ich bin immer noch dabei, mein Leben wieder aufzubauen.«

»Und deswegen kandidierst du? Um dein Leben aufzubauen?«

»Teilweise, vielleicht. Meine Familie war weg, und damit blieb mir nur das Geschäft, in das ich einfach alles gesteckt hatte. Ich schätze, ich musste erkennen, dass das nicht so befriedigend ist, wie ich mal angenommen hatte, also habe ich angefangen zu überlegen, was es da noch geben könnte.«

»Tja, meine Stimme bekommst du wahrscheinlich«, sage ich, halb, um ihn ein wenig aufzuziehen.

»Wahrscheinlich?«

Ich lache, wie er es beabsichtigt hat, und zucke mit den Schultern. »Was soll ich sagen. Meine Stimme kostet zu viele Leute zu viel, um sie einfach zu verschenken.«

»Mal ernsthaft.« Er wirft seine Serviette auf den Tisch, beugt sich vor und blickt mir in die Augen. »Welche Themen oder Probleme möchtest du angesprochen wissen?«

»Viele, aber die Frage, die mich wirklich neugierig macht, lautet, wie du mit der Gentrifizierung umzugehen beabsichtigst.«

Denn ebendie Leute, die den historischen Schwarzen Gemeinden von Atlanta Geld und Ressourcen verschaffen, verdrängen zugleich alteingesessene Bürger.

»Ich glaube, es gibt Möglichkeiten, von denen alle Beteiligten profitieren können«, sagt er.

»Kommt mir nicht mit diplomatischem Geschwätz.« Mein Lächeln sitzt, verhärtet aber ein wenig. »Menschen, die seit Jahrzehnten in diesen Gemeinden leben, haben das Recht, dort zu bleiben, wenn sie das wollen, statt rausgemobbt oder rausbesteuert zu werden, und das ist genau das, was derzeit passiert.«

»Mein Plan beinhaltet bezahlbaren Wohnraum für die, die bereits vertrieben wurden, und Schutzmaßnahmen für die, die derzeit in diesen Gemeinden leben.«

Er grinst, ein schiefes Bild unnatürlich weißer Zähne, eine Mimik, die ihn vermutlich schon seit der Highschool in Schwierigkeiten gebracht und wieder herausgeholt hat. »Wir könnten den Rest des Abends damit verbringen, meine Pläne für den Bezirk zu diskutieren, aber ich hatte gehofft, ich bekäme einen freien Abend in Gegenwart einer wunderschönen Frau.«

Ich lache schnaubend und esse weiter. »Sorry. Ich hatte nicht vor, dich auszuhorchen.«

»Hey, wenn ich so etwas von der Frau, mit der ich ausgehe, nicht verkraften würde, wäre ich sicher nicht bereit für die große Bühne.« Er lehnt sich auf seinem Stuhl zurück. »Aber mir fallen bessere Möglichkeiten ein, wie wir die gemeinsame Zeit nutzen können.«

Sein Blick wandert über mein Gesicht, gleitet weiter zu der nackten Schulter, um dann, unvermeidlich bei Männern, bei meinen Brüsten zu verweilen. Ich widerstehe der Versuchung, mit den Fingern zu schnippen und ihn daran zu erinnern, dass ich hier oben bin, denn wozu habe ich mich überhaupt erst schick gemacht, um seine Aufmerksamkeit zu fesseln, wenn ich selbige dann nicht genießen kann? Es ist lange her, dass ein Mann mich so angesehen hat, ausgenommen irgendwelche Kerle, die mir auf der Straße nachpfeifen und mir unanständige Bemerkungen zurufen. Diese fokussierte, ausdauernde, intensive Aufmerksamkeit wird von Verlangen angeheizt, und ich lasse mich davon wärmen und erwidere sein Lächeln.

»Also, ich bin dein erstes Date seit der Scheidung?«

»Ja.« Ich hebe mein Glas und lächele ihn an, ehe ich einen Schluck nehme. »Woran hast du das gemerkt? An dem Wade-Willkommenskomitee in meinem Haus? Oder an dem Zehnjährigen, der deine Absichten erkunden wollte?«

»Ich bin ziemlich sicher, die Blumen liegen inzwischen im Mülleimer.«

Ich hätte beinahe meinen Wein wieder ausgespuckt. »Wie kommst du darauf?«

Er zögert, kneift die Augen zusammen und mustert mich forschend, ehe er wieder etwas sagt. »Darf ich dich fragen, was dazu geführt hat, dass du und Josiah euch getrennt habt? Alle waren völlig entsetzt. Ihr habt immer so unangreifbar gewirkt.«

»Das waren wir, bis wir es nicht mehr waren.« Ich lache erbittert. »Unsere persönlichen Erdbeben haben eines nach dem anderen jede Richterskala gesprengt.«

»Du hast ihn geliebt«, eine Feststellung, keine Frage.

Ich schlucke, als mir plötzlich Hitze in die Kehle schießt. »Sehr sogar.«

»Und er hat dich geliebt.«

Ich werde dich bis zum Ende meines Lebens lieben.

»Sehr sogar«, stimme ich zu, stelle vorsichtig mein Weinglas ab und senke den Blick.

»Ich weiß, welche Verluste ihr beide zu verkraften hattet, aber bei einem so starken, so innigen Paar wie euch hätte ich eher damit gerechnet, dass ihr noch enger zusammenrückt.«

»Das hatte ich gehofft, aber vielleicht ging es uns gleichzeitig nicht gut genug, um füreinander da zu sein. Ich weiß, dass ich in meiner Verfassung … keine große Hilfe war.«

»Depression?«, fühlt er mir auf den Zahn, spricht dabei aber in einem Ton, der sanft genug ist, dass ich damit zurechtkomme.

»Ja.« Ich lächele traurig. »Sehr lange sogar. Ich konnte mich einfach nicht von alldem befreien. Trauerstörung. Depression. Man sagte mir, ich hätte beides. Ich habe es immer geschafft, mich aufzuraffen. Aufstehen, Staub abschütteln, weitermachen. Aber nach Byrd und Henry ... ich konnte einfach nicht. Ich weiß im Grunde nicht, warum das so war. Meine Therapeutin sagt, die Leute, die immer alles zusammenhalten, alles geregelt bekommen, sind bisweilen am schlechtesten darauf vorbereitet, selbst an ihre Grenzen zu stoßen.«

»Das wäre für jeden eine extreme Last gewesen. Und wir alle verarbeiten Verluste unterschiedlich.«

»Ja. Damals habe ich nicht begriffen, dass Josiah, während ich absolute Ruhe gebraucht habe, immer in Bewegung bleiben musste, dass er dem Leid ausweichen musste, in dem ich gefangen war.«

Ich erinnere mich an die Nächte, in denen er sich die Treppe hinauf und den Flur hinunter in das Kinderzimmer geschleppt und mich in dem Schaukelstuhl angestarrt hat, und seine Müdigkeit und Erschöpfung stand im Widerstreit mit meiner gramvollen Trägheit und Ermattung. Zwei Seelen, die Schiffbruch erlitten hatten und einfach nicht wussten, wie sie einander retten konnten. Und beide gingen unter.

Wie konnte sich das erste Date seit der Scheidung zu einer Autopsie meiner Ehe entwickeln? Irgendwie dreht sich ständig alles im Kreis und am Ende um Josiah. Aber nicht heute Abend.

»Lass uns über etwas Dringenderes reden«, sage ich und bedenke Mark mit meinem süßesten Lächeln. »Nachtisch.«

# Kapitel 18

# JOSIAH

»Solltest du dich nicht allmählich bettfertig machen?«, frage ich und lehne mich an den Türrahmen von Dejas Zimmer. Sie ist dabei, Leuchten und Stativ aufzubauen, als wollte sie anfangen, etwas aufzuzeichnen, aber sie hat morgen Schule, und es wird langsam spät.

»Solltest du nicht allmählich nach Hause gehen?«, kontert sie. »Oder hast du vor, auf Mom zu warten?«

Klugscheißer.

»Ich habe deinem Bruder bei den Hausaufgaben geholfen.«

Deja zieht skeptisch eine Braue hoch. »Du hilfst unserem hauseigenen Genie bei Hausaufgaben, die er buchstäblich im Schlaf erledigen könnte?«

»Und wir haben uns über Therapie unterhalten.« Ich trete in den Raum. »Er hat mir erzählt, wie es bei Dr. Cabbot läuft, und ich habe ihm von meinen Sitzungen berichtet.«

»Und, wie war's?«

Ich wäge meine Worte ab. Therapie mag nicht mein Ding sein, aber basierend auf dem Gespräch, das ich mit Kassim hatte, denke ich, ihm gefällt es. Er glaubt, es hilft, und ich komme nicht umhin, ihm zuzustimmen. Es fällt mir sogar meiner dreizehnjährigen Tochter gegenüber schwer zuzugeben, dass ich vielleicht ... nur vielleicht ... auch ein bisschen von der Therapie profitieren könnte.

Und was sagt das über mich?

»Dr. Musa ist cool«, sage ich.

Sie legt ihr Telefon auf den Schreibtisch. Unter dem Spitzenabschluss ihrer schwarzen Haarhaube – passend zu Halloween nächste Woche bedruckt mit weißen und orangefarbenen Gespenstern – mustert sie mich forschend.

»Redet ihr über Henry?«, fragt sie. »Und Tante Byrd?«

Meine Kiefermuskulatur verkrampft sich um die Antwort herum, und ich habe Mühe, die Worte herauszubringen, ganz einfach, weil ich bisher so wenig über das alles gesprochen habe.

»Ja.« Ich räuspere mich und setze mich auf ihr Bett, möchte ihr signalisieren, dass ich bereit bin, mit ihr darüber zu sprechen, wenn es ihr wichtig ist. Noch vor wenigen Wochen hätte ich vermutlich einen Ausweg gesucht und gefunden und das Gespräch im Keim erstickt. Aber etwas hat sich verändert, seit ich mit Dr. Musa gesprochen habe, seit ich darüber ausgepackt habe, dass der Verlust meiner Eltern in so jungen Jahren etwas in mir kaputt gemacht hat, was ich nie auch nur zugeben konnte, umso weniger reparieren. Das hat eine Tür aufgestoßen, die es uns ermöglicht hat, tiefer zu gehen und dieses Trauma damit zu verknüpfen, wie ich den Verlust von Tante Byrd und Henry verarbeitet habe.

Oder nicht verarbeitet habe, was der Sache schon näherkommt.

Deja dreht ihren Stuhl um und setzt sich rittlings darauf, sodass sie mich ansehen kann.

»Du warst so stark, als sie gestorben sind. Du hast alles im Griff behalten«, sagt sie, und dann tritt ein harter Ausdruck in diese jugendlichen Züge, die denen ihrer Mutter so ähnlich sind. »Und Mom ist einfach zusammengeklappt. Sie hat alles kaputt gemacht.«

»Deja, was habe ich dir über die Dinge gesagt, die du deiner Mutter vorwirfst? Sie hat ihr Bestes getan. Das haben wir alle. Trauer erlebt jeder anders. Du hast sie als schwach und mich als stark wahrgenommen, obwohl sie vielleicht etwas getan hat, wozu ich nicht in der Lage war.«

Ich schlucke und blicke auf meine gefalteten Hände hinab, auf die Ellbogen, die ich auf die Knie gestützt habe.

»Vielleicht hat sie es gefühlt. Auf einer Ebene akzeptiert, dass sie fort sind, die mir versperrt war. Getan, was nötig war, damit sie heilen konnte.« Ich sehe den aufgewühlten Groll in Dejas Augen. »Das erfordert viel Kraft.«

Ich bin nicht sicher, wie ich das gesehen habe, als wir diese Zeit durchstehen mussten. Habe ich Yasmen das Gefühl gegeben, schwach zu sein? Durch meine Erwartungen? Durch meine Ungeduld, mein dringendes Bedürfnis, unser altes Leben wieder aufzunehmen und weiterzuziehen, meine Unfähigkeit, mit all diesen Verlusten umzugehen? Habe ich womöglich zu Yasmens Schmerz beigetragen?

»Du musst sie nicht verteidigen, Dad. Ich war dabei.«

»Dabei?« Ich sehe sie tadelnd an. »Wobei? Wo warst du dabei, Day?«

Sie steht auf, kehrt mir den Rücken zu, schaltet die Stativleuchte ab und klappt die Beine ein. »Ich habe nur die Scheidung und alles, was da passiert ist, gemeint. Ich habe das alles miterlebt.«

Sie geht auf das Bett zu, gähnt und sieht mich nicht an.

»Du hast recht«, sagt sie und schlägt die Decke zurück. »Es ist spät. Gute Nacht, Dad.«

Hat meine Tochter mich gerade fortgeschickt?

Sie richtet die Haube und kriecht ins Bett. Dann zieht sie den halb durchsichtigen Vorhang des Himmelbetts zu, der über Kissen und Kopfende gehangen hat, sodass ich nur noch eine verschwommene Gestalt sehen kann, gekrönt von Gespenstern und Kobolden.

»Kannst du das große Licht bitte ausmachen, Daddy?«, fragt sie.

Eindeutig fortgeschickt.

Ich stelle sie wegen der Vermeidungstaktik nicht zur Rede, nehme mir aber vor, ihrem Groll gegenüber Yasmen auf den Grund zu gehen. Ich kann das nicht mehr auf die üblichen Ängste und Probleme der Pubertät schieben.

Ich schalte das Licht aus und schließe die Tür von außen, ehe ich die Treppe hinuntergehe. Auf der letzten Stufe halte ich inne, als ich höre, wie das Garagentor von Clint und Brock geöffnet wird. Wenn unsere Nachbarn wieder zu Hause sind, kann ich unbesorgt nach Hause gehen, aber ich rühre mich nicht.

Warte ich womöglich wirklich auf Yasmen?

Sie müsste ja bald nach Hause kommen, nicht wahr? Immerhin ist morgen wieder Schule.

»Bro, sie ist keine sechzehn mehr«, sage ich, als ich die Küche betrete. »Und du bist nicht ihr Daddy.«

Vor dem Hundebett in der Ecke der Küche, in dem Otis zusammengerollt schlummert, bleibe ich stehen und klopfe mir auf das Bein, um ihn zu rufen. Man könnte glauben, ich hätte ihn aufgefordert, einen Marathon mit mir zu laufen, nicht nur ein paar Blocks bis zu unserem Haus zu gehen, so ermattet, wie er vor sich hin schnaubt und sich weigert aufzustehen.

»Lass uns verschwinden, ehe sie nach Hause kommt.«

Meinen Worten zum Trotz gehe ich zur Küchentheke, auf der ich Marks verdammten Blumenstrauß abgelegt habe.

»Stell sie ins Wasser«, sage ich und imitiere dabei Yasmen. »Den Teufel werde ich. Wenn du glaubst, ich würde deine Scheißblumen ins Wasser stellen, kannst du sie auch gleich auf den Kompost werfen.«

Es wäre so einfach, die Blumen »versehentlich« in den Müll zu werfen, es wäre aber auch reichlich unreif. Ich blicke auf und stellte fest, dass Otis mich beobachtet.

»Voreingenommenes Mistvieh«, murmele ich.

Mein Blick fällt auf die Lasagne hinter den Blumen, die Kassim nicht weggeräumt hat. Sie riecht gut. Yasmen hat viele Talente, aber Kochen hat nie dazugehört, darum bin ich neugierig, wie sie dieses Gericht hinbekommen hat. Ich nehme eine Gabel aus der Schublade und schaufele mir eine deftige Probe in den Mund.

»Mmmm«, grunze ich, während ich Nudeln, Käse und Puten-hackfleisch zerkaue. »Die ist sogar kalt gut.«

Otis kommt herbei, um sich selbst ein Bild zu machen. Er ist groß genug, um den Kopf auf die Theke zu legen. Den Glasbräter fest im Blick, schnüffelt er und fängt an, klagend zu winseln.

»Garantiert nicht«, erkläre ich ihm und ziehe an seinem Hals-band, bis er den Kopf von der Theke nimmt. »Bei all der Mühe, die ich mir mit deiner raffinierten Rohfütterung mache, bildest du dir ein, ich würde dir Lasagne geben? Dann müsste ich wohl ...«

Ein kleiner Bildschirm an der Wand schaltet sich ein und lenkt mich ab. Zu dem Sicherheitssystem, das wir eingebaut haben, gehören mehrere Monitore – im Wohnzimmer, in unserem Schlafzimmer und der Küche. Die Kamera fängt auf der Veranda alles in Echtzeit ein. Ich weiß, was ich sehen werde, als ich zu dem kleinen Bildschirm gehe.

Yasmen ist von ihrem Date zurück. Ich sollte gehen, sollte mich zur Hintertür rausschleichen und mich um meine eigenen Angelegenheiten kümmern. Das war ein verdammt langer Tag, und morgen früh um sieben steht ein Networking-Frühstück für Schwarze Unternehmer auf dem Programm.

Aber ich kann mich nicht überwinden zu gehen.

Meine Füße sind am Boden festgenagelt, mein Blick auf den Bildschirm geheftet.

Ich kann nicht hören, was Yasmen und Mark sagen, aber das ist der klassische Balztanz zum ersten Date. Er ist beinahe so groß wie ich, also muss sie den Kopf in den Nacken legen, um ihn anzulachen, und das legt einen Teil ihres schlanken Halses frei. Sein Lächeln ist unschuldig, aber sein Blick wie eine Fackel, die glühend heiß über ihre Kehle wandert, über Arm und Schulter, bis sie die Brüste erreicht hat.

Gott, sie sieht aber auch gut aus. Ich meine, das ist Yasmen, also sieht sie in meinen Augen immer gut aus, aber als sie vorhin die Tür geöffnet hat, da hätte ich beinahe aus Gewohnheit nach ihr gegriffen. Das war so ein kleines Spiel bei uns. Sie hat sich in Schale geworfen und Make-up aufgelegt, wohl wissend, dass ich es verschmieren würde, sobald ich sie küsse. Wohl wissend, dass meine Hand mit hoher Wahrscheinlichkeit in ihre Hose gleiten, ihren BH öffnen, ihre Brüste umfassen würde. Ich konnte nie genug von ihr kriegen. Konnte die Hände nicht von ihr lassen.

Früher.

So waren wir früher, und dann … dann sind wir geworden, was wir am Ende waren. Hölzern. Kalt. Stumm.

Mark tritt näher. Seine weißen Zähne schimmern im warmen Lichtschein der Verandalampe. Er verschränkt seine Finger mit ihren, und meine Hand ballt sich zur Faust. Warum gehe ich nicht einfach? Das ist übergriffig. Sie hat ein Recht auf ihre Privatsphäre, aber ich kann nicht aufhören, muss mir ansehen, was ihr erster Kuss sein könnte. Er zieht sie an sich, berührt mit der freien Hand ihr Kreuz, umfasst sie, bis sie Leib an Leib sind.

Mir tun die Kiefer weh, und da erst fällt mir auf, dass ich krampfhaft die Zähne zusammenbeiße, während ein leises Knurren aus meiner Kehle dringt. Otis' Ohren zucken, seine Sinne fangen den animalischen Laut auf. Mark berührt sie auf eine Art, die jahrelang allein mir vorbehalten war, und das fühlt sich falsch an. Es fühlt sich an, als hätte ich immer noch jedes Recht, auf die Veranda zu stürmen und ihm die Hand zu brechen, wenn er sie nicht umgehend von ihren runden Hüften, der üppigen Wölbung ihres Hinterns entfernt.

Aber ich bleibe, wo ich bin, weiß, ich sollte gehen, und kann doch nicht.

Das Lächeln in beiden Gesichtern schwindet in dem Moment, in dem er den Kopf senkt, um sie zu küssen, ihre Lippen neckt, um sie zu öffnen. Und ich weiß, was er dahinter finden wird. So süß. Ich erinnere mich, wie süß sie schmeckt. Wie Beeren und Minze und Wollust. Er küsst sie nun intensiver, seine Hände umfassen ihren Arsch, und ich glaube, ich könnte den Verstand verlieren. Irgendein Schalter in meinem Kopf wird umgelegt, und ich brauche all meine Selbstbeherrschung, um nicht rauszugehen und ihn an die Wand zu klatschen. Um ihn nicht von der Veranda und weg von meiner Frau zu schubsen.

Nur, dass sie das nicht mehr ist.

Nichts davon geht mich noch etwas an. Sicher, ich bin ihr nahe, ihr, diesem Haus, aber nichts davon gehört mir, und ich gehöre nicht mehr dazu. Zu ihr.

Sie hat das entschieden, und der Frust und die Hilflosigkeit, die mit alldem einhergehen, was ich verloren habe, zerfetzen mir nicht zum ersten Mal die Eingeweide. Das Chaos des Lebens; man kalkuliert, plant, spart, entwirft eine Zukunft … und dann sterben die, die man liebt. Da wächst Hoffnung heran im Inneren der Frau, die man mehr liebt als sein Leben, und schon im nächsten Moment kann die Hoffnung verloren sein. Diese Zukunft, vorbei. Und diese Frau auf der Veranda des Hauses, das dir einmal gehört hat, küsst einen anderen.

Und du hast keine Kontrolle darüber.

Das Telefon brummt in meiner Tasche, und ich reiße mich von dem Anblick des küssenden Paars los, um nachzusehen.

**Vashti:** Hey, Babe.

**Ich:** Hey. Feierabend?

**Vashti:** Jupp, bin gerade fertig.
Ich vermisse dich. Ich würde gern
noch rüberkommen und die Nacht
bei dir verbringen.

Ich sehe mich zu dem Bildschirm an der Wand um. Jetzt kleben sie nicht mehr aneinander, der erste Kuss liegt hinter ihnen. Ich kann ihr Gesicht nicht sehen, aber seine Augen sind vor Begierde ganz glasig, seine Hand streift auf ihrem Rücken auf und ab und packt dann ihre Taille.

Ich sollte Vashtis Vorschlag aufgreifen. Mich in einer anderen Frau verlieren und nicht mehr an das erste Mal denken, dass ich Yasmen geküsst habe. Am Ende sind wir in ihrer Ghetto-Bude gelandet. Ich habe sie an die Wand gedrückt, unsere Zungen haben gevögelt, unsere Hände hektisch herumgetastet. Als ich die Finger in ihren Slip geschoben habe, hat sie gestöhnt und sich von mir gelöst, den Kopf an die Wand gelehnt und zugesehen, wie ich sie befingert habe. Wir haben uns angesehen, bis sie in meiner Hand gekommen ist, und ich habe sie zerfließen sehen, die Augen verschleiert, diese hübsche, volle Unterlippe zwischen ihren Zähnen gefangen. Große, wunderschöne Brüste, die sich unter ihrer Leidenschaft hoben, während unsere Körper von dem Verlangen nacheinander durchgerüttelt wurden.

Und ich erinnere mich daran, wie unsere Seelen eine Verbindung einzugehen schienen, die nicht mal die Zeit würde lösen können.

Mein Schwanz klopft an meinen Reißverschluss, und ich stütze mich mit einer Hand auf die Arbeitsfläche und drücke mit der anderen die Erektion runter. Schon bei der Erinnerung an diese Nacht werde ich hart. Daran, wie sie mich, ohne auch nur einmal den Blick zu senken, durch die Hose angefasst hat, erst sanft und dann, auf mein Drängen, fester, so fest, dass ich anfing zu stöhnen. Dass ich in meiner Jeans gekommen bin wie ein Teenager und es mir völlig egal war. Es war schmuddelig und heiß und hat sich angefühlt wie in diesen alten Filmen, in denen sich zwei Leute, die zusammengehören, über den Weg laufen und aufeinanderprallen. Entbrennen. Einander voller Ehrfurcht anstarren, denn wie groß sind wohl die Chancen, so etwas je zu erleben?

So war es bei uns.

Und nun steht sie auf der Veranda und küsst einen Typen namens Mark, und ich sollte auf dem Weg nach Hause sein und dort im Bett auf eine andere Frau warten.

Nur, dass ich nicht kann. So empfinden und dann mit Vashti zusammen sein? Das fühlt sich nicht richtig an. Es fühlt sich respektlos an. Selbstsüchtig. Ich kann beinahe Byrds Stimme hören.

Junge, ich habe dich besser erzogen.

»Ja, das hast du«, murmele ich reumütig und bescheide mich mit einer Nacht mit mir und meiner Hand.

> **Ich:** Hey, wie wäre es mit morgen?
> Das war ein langer Tag, und ich
> muss früh raus.

Ein paar Augenblicke geschieht nichts, und ich kann beinahe vor mir sehen, wie sich Bestürzung in ihrem hübschen Gesicht abzeichnet, während sie überlegt, wie sie darauf idealerweise antworten soll. Sie ist immer vorsichtig, bedächtig. Vashti und ich sind uns ziemlich ähnlich. Vielleicht funktioniert es deswegen.

> **Vashti:** Okay. Verstehe. Ruh dich
> aus, wir sehen uns dann morgen.

Keineswegs sicher, dass ich diesen Anflug von Edelmut nicht bereuen werde, klopfe ich mir erneut aufs Bein, um Otis zu rufen. Er blickt auf das Verandabild auf dem Monitor und bleckt die Zähne, die Ohren aufgerichtet, der schlanke Körper angespannt, Beschützerinstinkt in höchster Alarmbereitschaft, als er sieht, wie ein Fremder jemanden berührt, den er als Teil seines Rudels betrachtet.

»Schon klar, Junge«, sage ich mit einem bitteren Lachen und öffne die Hintertür. »Aber wir müssen gehen.«

Nicht bereit, die Szene auf der Veranda noch eine einzige Sekunde länger zu verfolgen, gelingt es mir endlich, das auch zu tun.

# Kapitel 19

# YASMEN

»Jetzt kann ich es nicht mehr aufschieben.«

Ich stehe vor Josiahs Bürotür; die Gerüche und Geräusche aus der Küche bringen ein gewisses Maß an Behaglichkeit mit sich. Das Grits war für mich wie ein Geisterhaus gewesen, nachdem ich Henry hier auf dem Boden im Dunkeln verloren hatte, aber bis dahin war dies mein zweites Zuhause gewesen. Und nun endlich fängt es an, sich wieder wie ein solches anzufühlen.

Ich hole tief Luft und bereite mich auf das Zusammentreffen mit Josiah an diesem Morgen vor. Wir sind uns die letzten paar Wochen, seit Vashti bei ihm übernachtet hat, seit meinem Date mit Mark, aus dem Weg gegangen. Abgesehen von flüchtigen Begegnungen im Flur hier im Grits, waren wir in jüngster Zeit kaum mal gleichzeitig im selben Raum. Selbst bei den Fußballspielen haben wir nicht mehr gemeinsam am Spielfeldrand gestanden. Hätten wir heute nicht diese Besprechung mit unserem Consultant, dann hätte ich zu Hause an Feiertagsveranstaltungen der Skyland Association gearbeitet und mich von dem Mann auf der anderen Seite dieser Tür ferngehalten.

Ich klopfe und warte darauf, dass Josiahs Bariton mir sagt, ich soll eintreten. Er sitzt hinter seinem Schreibtisch, den Blick stur auf den Laptop gerichtet, der vor ihm steht. Er sieht nicht einmal auf, sondern tippt einfach weiter. Die Stille hält vor, dehnt sich unbehaglich, also lasse ich mich in einen der Lehnsessel fallen, die zusammen mit einem Kaffeetisch und einem Sofa die Mitte des Raums beherrschen, und stelle meine Handtasche auf den Boden.

»Harvey ist unterwegs«, sagt er, blickt aber immer noch nicht auf. »Seine letzte Besprechung hat etwas länger gedauert, aber er wird bald da sein.«

»Oh. Sicher. Toll.«

Ich fahre mit feuchten Handflächen über meine Beine, und die Jeans fühlt sich kühl und glatt an. Zappelig, auf der Suche nach irgendetwas, was ich tun könnte, richte ich meinen Haarknoten. Letztes Wochenende habe ich mir Box Braids machen lassen, weil ich es leid war, mit meinem Haar zu kämpfen. Heute sind sie mit ein paar im Haar verteilten Goldcuffs geschmückt.

Alles in allem fühle ich mich hübsch. Und sicher. Und ich werde mich nicht von der Scheißlaune verunsichern lassen, die Josiah offenbar allein für mich reserviert hat. Endlich klappt er den Laptop zu und kommt zur Sitzecke. Ich studiere meine Fingernägel und ignoriere zur Abwechslung ihn.

»Die Braids gefallen mir.«

Überrascht blicke ich auf und sehe ihn auf der Armlehne des Ledersofas mir gegenübersitzen. Ich hatte nicht damit gerechnet, dass er etwas Persönliches sagen könnte. Und ganz besonders nicht damit, dass er sich zu meinem Aussehen äußert. Als ich ihm in die Augen schaue, sehen die noch genauso kalt aus wie in den letzten Wochen, und seine Miene ist immer noch vollends verschlossen.

»Danke.« Ich zermartere mir das Hirn auf der Suche nach irgendeiner Antwort. Vorbei die Tage, als ich die Worte gar nicht schnell genug aussprechen konnte. Früher haben wir Paare beobachtet, die beim Essen nicht ein Wort miteinander gewechselt haben, und wir haben uns gegenseitig versprochen, wir würden nie so werden.

»Äh, hast du Dejas Zeugnis gesehen?«, frage ich.

»Ja.« Er runzelt die Stirn. »Nicht zu fassen, dass sie ein C in Englisch hat.«

»Das war mal ihr bestes Fach. Aber es ist nicht nur die Note allein, ich fürchte, sie verbringt zu viel Zeit auf Social Media.«

»Ich glaube, sie wird eine Balance finden, ohne dass wir ihr gleich die Daumenschrauben anlegen. Deine Beziehung zu ihr ist sowieso schon belastet genug, und ...«

»Belastet?«, frage ich, und mein Ton übermittelt eine unausgesprochene Warnung.

»Das hast du selbst gesagt, Yas.« Er verschränkt die blöden muskulösen Arme vor der blöden breiten Brust. »Lass uns nicht darüber streiten, wie wir die Sache mit Day regeln sollen. Hast du noch mal über Kassims Football-Wunsch nachgedacht?«

»Du meinst, nachdem ich das letzte Mal auf keinen Fall gesagt habe? Nein. Außerdem spielt er schon Fußball.«

»Er will aber gern auch Football spielen.«

»Ein Kind kann vieles wollen, was nicht gut für es ist, beispielsweise den Kopf immer wieder an eine Ziegelmauer rammen und sein Leben und seinen Verstand riskieren, und wofür? Für ein Spiel? Nach allem, was inzwischen über CTE bekannt ist, finde ich, das ist das Risiko nicht wert. Viele Eltern wollen nicht mehr, dass ihre Kinder Football spielen.«

»Findest du das nicht ein bisschen zu dramatisch? Ich habe Football gespielt. Preach auch. Und Theo spielt ebenfalls.«

»Ich mag Preach sehr, aber dass er Theo spielen lässt, spielt für mich absolut keine Rolle. Was er und Liz für ihre Kinder entscheiden, hat nichts mit unseren Entscheidungen für unsere Kinder zu tun. Außerdem hat Kassim Football mir gegenüber kaum erwähnt.«

»Er hat es nicht erwähnt«, erwidert er unverkennbar ungeduldig, »weil er dich liebt und dich nicht ärgern will, aber mich fragt er beinahe täglich.«

»Natürlich, weil du ja der coole Elternteil bist.«

»Na ja, jedenfalls bin ich nicht der, der zu allem Nein sagt, weil er selbst zu viel Angst hat oder zu verspannt ist, den Kindern ein bisschen Freiheit einzuräumen, damit sie eigene Entscheidungen treffen können.«

»Was fällt dir eigentlich ein?«

Ich springe auf, außerstande, noch eine Sekunde länger sitzen zu bleiben. Ich muss mich bewegen, muss diese Wut zirkulieren lassen, ehe sie mir die Adern verstopft. Meine Schritte verschlingen die Distanz zwischen uns, und ehe ich weiß, wie mir geschieht, bin ich schon bei ihm und stehe in der Lücke zwischen seinen kraftvollen Beinen. Die Luft knistert, als hätte ein Blitz eingeschlagen, abrupt und heiß und gefährlich. Unberechenbar. Ich sollte Schutz suchen, aber ich weiche nicht zurück.

Seine Miene bleibt unergründlich, die Schönheit seiner Züge unbeeinträchtigt, aber er atmet tiefer. Im Gegenzug heben und senken sich meine Brüste in dem Bemühen zu atmen, während die Luft zwischen uns sich zu verdichten scheint. So dicht bei ihm überwältigt mich seine bloße Präsenz, und meine hungrigen Sinne verschlingen ihn. Die Art, wie sich sein Parfüm mit seinem einmaligen, männlichen Geruch mischt. Die harte Linie seines Kinns im Gegensatz zu der sinnlichen Wölbung seiner Lippen. Die Hitze, die sein großer Körper sogar in Ruhe verströmt, umfängt mich.

Ich lecke mir die plötzlich so trockenen Lippen, und er folgt der Bewegung aus zusammengekniffenen Augen. Ich fühle mich von dem Blick verfolgt, es ist, als wäre ich in eine Falle getappt, die mein eigener Körper ausgelegt, mein eigener Geist ersonnen hat. Etwas, von dem ich dachte, wir hätten es schon lange begraben, erhebt sich, umringt uns, haucht einer Verbindung neues Leben ein, die ich für tot gehalten habe. Ich weiß seit Monaten, dass ich mich immer noch zu Josiah hingezogen fühle, aber in diesem Moment, während seine Augen noch dunkler werden, seine Kiefermuskulatur arbeitet, seine Hände sich zu Fäusten krümmen, komme ich nicht umhin, mich zu fragen …

Fühlt er sich auch noch zu mir hingezogen?

»Tut mir leid, dass ich zu spät komme.« Harvey, unser Consultant, stürmt zur Tür herein, wirft sich in einen Lehnsessel und lässt seine Aktentasche zu Boden fallen.

»Irgendeine Chance, dass ich einen Kaffee bekomme, ehe wir loslegen?«, fragt er, ohne uns anzusehen, und nimmt einen Stapel Papiere aus der offenen Aktentasche zu seinen Füßen.

»Klar«, antwortet Josiah. Als er aufsteht, trennen uns, da ich mich nicht bewegt habe, gerade noch ein paar Zentimeter. Die Hitze, die von ihm ausgeht, lässt das Herz in meiner Brust klimpern, als säße es in einem Käfig fest und wäre bereit, sich den Weg in die Freiheit mit den Klauen zu erkämpfen. Eine Sekunde starrt er auf mich herab, dann holt er durch die Nase scharf Luft, geht um mich herum und verlässt mit großen Schritten das Büro. Mein Atem kollabiert, und ich muss mich am Sofa festhalten. In meinem Kopf dreht sich alles wie in einer Zentrifuge, während mein Gehirn all die Gefühle sortiert, die diese wenigen Sekunden ausgelöst haben.

Wut. Verwirrung. Hochgefühl.

Verlangen.

»Wobei habe ich euch gestört?«, fragt Harvey, ohne von den Papieren aufzuschauen, die er auf dem Tisch ausgebreitet hat.

»Was?«, entgegne ich dümmlich und setze mich an ein Ende des Sofas. »Was meinst du?«

»Ich arbeite seit mehr als zehn Jahren für euch. Inzwischen muss ich euch vermutlich nur ansehen, um zu erkennen, wer von euch das letzte Wort hatte.«

»Es ist alles in Ordnung.« Ich reibe mir den Nacken, massiere die plötzlich verspannten Muskeln.

Harvey bedenkt mich mit einem zweifelnden Blick, aber ehe er mir weitere Fragen stellen kann, auf die ich keine vernünftige Antwort habe, kehrt Josiah mit einer Tasse Kaffee zurück.

»Schwarz, richtig?«, fragt er.

»Vergelt's Gott.« Harvey nimmt die Tasse, trinkt einen großen Schluck und schließt die Augen. »Ich bin heute früh nicht zu meinem Kaffee gekommen, und die Kopfschmerzen haben schon angefangen. Das tut jetzt richtig gut.«

»Schön.« Josiahs Blick wandert von Harvey in seinem Sessel zum Sofa, wo ich sitze. Ihm bleibt wohl keine andere Wahl, als sich zu mir zu setzen. Trotzdem zögert er, ehe er am anderen Ende Platz nimmt und die langen Beine ausstreckt.

»Zuerst«, beginnt Harvey nach einem weiteren, tiefen koffeinhaltigen Schluck, »muss ich sagen, dass ihr die Veränderungen bewunderungswürdig gemeistert habt. Nicht viele Paare schaffen es, nach einer Scheidung im Geschäft zu bleiben.«

Keiner von uns antwortet, und als ich einen verstohlenen Blick auf Josiah werfe, starrt er mit nichtssagender Miene stur geradeaus.

Dann sieht er zur Uhr. »Können wir zur Sache kommen, damit ich an der Personalbesprechung teilnehmen kann, ehe wir zur Mittagszeit öffnen? Wir sind sowieso schon spät dran.«

»Klar.« Harvey zieht zwar die Brauen hoch, aber Josiahs Schroffheit scheint ihn nicht zu stören. Inzwischen kennt er ihn auch schon lange genug, um zu wissen, dass für Josiah immer das Geschäft an erster Stelle steht.

Harvey stellt seine Tasse auf dem Tisch ab. »Ich würde gern noch einmal auf die Geschäftserweiterung nach Charlotte zu sprechen kommen.«

Josiah und ich schweigen. Kurz bevor Byrd gestorben ist, hat der Laden so sehr gebrummt, dass wir schon davon geträumt hatten, ein weiteres Restaurant in Georgia zu eröffnen oder vielleicht sogar in irgendeiner fetzigen Stadt in einem anderen Bundesstaat.

»Ehe wir dazu kommen«, sage ich und weiche sorgsam Josiahs Blick aus. »Als wir zum ersten Mal über eine Expansion gesprochen haben, war ich die treibende Kraft, aber inzwischen hat sich viel verändert. Si, ich weiß, du hast dieses Lokal gerettet, als ich … nicht hier sein konnte. Wenn du der Ansicht bist, wir sollten jetzt nicht expandieren, beuge ich mich deiner Entscheidung.«

Die Idee, noch ein Restaurant aufzumachen, finde ich immer

noch aufregend, aber in Anbetracht dessen, wie weit ich mich vom Geschäftsalltag zurückgezogen habe, werde ich mich zurückhalten.

»Das Grits gehört dir so sehr wie mir, Yas«, sagt Josiah und legt den Kopf auf die Seite, um meinen Blick einzufangen.

»Lieb, dass du das sagst, aber wir wissen alle, dass ich …«

»Du hast dich um die beiden Dinge gekümmert, die mir am meisten bedeuten. Meine Kinder.« Mit einem aufrichtigen Ausdruck in den Augen blickt er in meine. »Und um dich. Nach allem, was du durchgemacht hast, war das alles, was ich überhaupt erwarten konnte. Hättest du dich nicht um Day und Seem gekümmert, dann wäre ich nicht in der Lage gewesen, das Geschäft am Laufen zu halten.«

Er lacht, dumpf und selbstironisch. »Allerdings habe ich hier auch nicht gerade den besten Job gemacht, wenn …«

»Stopp!«, falle ich ihm ins Wort. »Es ist ein Wunder, dass du uns überhaupt im Geschäft halten konntest. Und es tut mir leid, falls ich das damals nicht ausreichend gewürdigt habe. Falls ich es dir womöglich noch schwerer gemacht habe.«

Wir starren einander an, und die Sekunden dehnen sich. Nach den Spannungen, die den Raum beherrscht haben, bevor Harvey gekommen ist, fühlen sich diese Worte gegenseitiger Bestärkung fremdartig an, aber auch angenehm.

»Gut, Harvey, was denkst du darüber?«, frage ich in der Hoffnung, wieder auf eine ruhigere Schiene zurückkehren zu können.

»Ich meine, es läuft unglaublich gut, aber wir kommen gerade erst wieder auf die Beine. Warum, denkst du, sollten wir jetzt expandieren?«

»Eine Frage der Gelegenheit.« Seine Lippen dehnen sich zu dem, was ich sein Geldfressergrinsen nenne. »Da macht bald ein Restaurant dicht in NoDa, North Davidson – eine der geschäftigsten Gegenden in Charlotte. Wir sprechen über eine erstklassige Immobilie an einem Spitzenstandort.«

»Wenn der so toll ist«, fragt Josiah, »warum schließen die dann?«

»Zeit für den Ruhestand.« Harvey zuckt mit den Schultern und zieht die Mundwinkel herab. »Das Restaurant gehört einem älteren Paar, das beschlossen hat, alles zu verkaufen und nach Florida zu ziehen.«

»Sind wir in der Position, das Lokal zu übernehmen, wenn alles passt?«, frage ich.

»Sind wir«, sagt Harvey. »Die letzten Quartale mit Vashti als Küchenchefin und Anthony in der Geschäftsleitung und euren raffinierten, strategischen Entscheidungen sind sehr gut gelaufen. So gut ist es dem Grits noch nie gegangen.«

»Das ist wahr.« Josiah legt den Kopf zur Seite. Seine Miene ist zugleich wachsam und neugierig. »Wird das Geschäft verpachtet?«

»Das ist ein Haus, das sie selbst renoviert haben, ganz ähnlich, wie ihr es beim Grits gemacht habt«, antwortet Harvey. »Ihr würdet die Hypothek übernehmen müssen, aber glaubt mir, das Ding ist so heiß, ihr werdet keine Probleme haben, die Kosten aufzufangen. Charlotte ist im Begriff, ein neues Atlanta zu werden.«

»Es wird nie ein neues Atlanta geben«, sagt Josiah mit all der Blasiertheit der einzigen Person im Raum, die hier aufgewachsen ist.

»Aber Charlotte steht auf der Liste der lebenswertesten Städte«, kontert Harvey. »Dem Bankensektor geht es prächtig, und die Menschen stehen finanziell gut da. Und dieser Teil von Charlotte erlebt einen Boom. Viele Künstler und tolle Restaurants. Die alten Eigentümer fragen, ob ihr vielleicht zwischen Thanksgiving und Weihnachten ein paar Tage rüberkommen und es euch ansehen wollt.«

»Ein paar Tage?« Ich löse den Blick von Harveys erwartungsvoller Miene und richte ihn auf Josiahs nun plötzlich sehr verschlossene.

»Ja, und ich möchte natürlich, dass ihr es euch beide anschaut«, sagt Harvey. »Und sie würden es begrüßen, wenn ihr einen Tag oder so erübrigt, um einige Dinge durchzusprechen und euch die Umgebung anzusehen. Und damit sie euch ein bisschen kennenlernen können. Sie würden es nicht einfach irgendjemandem überlassen. Nur ein kurzer Ausflug mit Übernachtung.«

Übernachtung? Mein Gehirn kreischt, und die Alarmglocken zwischen meinen Ohren fangen an zu läuten.

Zusammen?

»Können Yas und ich das noch etwas ausführlicher bereden?«, fragt Josiah und fixiert dabei Harvey.

»Sicher.« Harvey beugt sich vor und nimmt ein paar Papiere vom Kaffeetisch. Einen Teil gibt er mir, den anderen Josiah. »Inzwischen ist hier ein bisschen Werbematerial zu dem Restaurant und dem Viertel.«

Ich blättere die Fotos durch und ertappe mich pochenden Herzens bei einem Lächeln. NoDa ist vielseitig und charmant und hat eine Menge Ähnlichkeit mit Skyland. Das Restaurant befindet sich in einem Haus, kleiner als das, was wir für das Grits renoviert haben, aber nicht weniger reizvoll. Die Fotos sind im Sommer aufgenommen worden, als alle Tanktops, Flip-Flops und Shorts getragen haben. Es gibt eine Rasenfläche vor dem Gebäude, und im Gras sind Tische aufgestellt worden. Menschen in allen Farben und Formen wuseln dort umher oder sitzen strahlend beim Essen.

Etwas an diesem Ort wirkt verlockend. Josiah war immer ein Zahlenmensch. Zeig ihm die Daten, die Fakten, und dann entscheidet er. Meine Herangehensweise ist … weicher. Ihr Ursprung liegt ein wenig tiefer, nicht in meinem Kopf, sondern in Herz und Bauch. Bedenkt man die Feindseligkeit, die sich zwischen uns eingeschlichen hat, ist es leicht zu vergessen, was für tolle Partner wir waren. Mit seinem Kopf und meinen Instinkten haben wir hier in Atlanta etwas ziemlich Fantastisches aufgebaut.

Ob wir das noch mal schaffen können?

»Ich lasse euch das hier«, sagt Harvey und deutet mit einem Nicken auf den offen daliegenden Ordner und die auf dem Kaffeetisch verteilten Hochglanzfotos. »Ich schicke euch ein paar Zahlen und Daten per Mail, um euch bei der Entscheidung zu helfen. Aber wenn ihr mich fragt, ihr wäret verrückt, wenn ihr euch den Laden nicht wenigstens mal anseht. Wenn die das Ding in dieser Lage auf den Markt werfen, ist es weg, und allzu lange werden sie damit nicht mehr warten.«

Harvey schließt seine Aktentasche, steht auf und lächelt zu mir herab. Ich erhebe mich ebenfalls und beuge mich zu der Umarmung und dem Wangenkuss vor, von denen ich weiß, dass sie nun kommen müssen.

»Dieser Ort ist ohne dich nicht derselbe«, flüstert er mir ins Ohr und drückt mich ein wenig fester. »Ich bin froh, dass du wieder da bist, und er ist es auch.«

Überrascht und gerührt sehe ich unseren alten Freund an und erwidere sein Lächeln ebenso wie die Umarmung. »Danke, Harv.«

»Ich kann dich rausbringen«, sagt Josiah und steht seinerseits auf. »Bist du hungrig? Wir können dir schnell was zum Mitnehmen machen, wenn du möchtest.«

»Oh, ich möchte immer«, sagt Harvey und folgt Josiah zur Bürotür hinaus.

Ihre Stimmen und ihr Lachen schweben aus dem Flur in das Büro, bis sie zu weit entfernt sind, um sie noch zu hören. Ich greife zu einem der Fotos, eines, das einen Mann und eine Frau zeigt, die ein paar Jahrzehnte älter sind als Josiah und ich und auf der Veranda des Hauses sitzen.

Merry Herman und Ken Harris, Eigentümer.

»Was ist eure Geschichte?«, sinniere ich laut und starre das Paar an, das uns kennenlernen will.

Ein Ausflug mit Übernachtung.

Zusammen.

Josiah und ich würden natürlich getrennte Zimmer haben, trotzdem … die Vorstellung, dass wir beide in einer anderen Stadt sind, ohne die Kinder, ohne das Grits.

Ohne Vashti.

Das jagt mir einen unerwünschten Kitzel durch den Leib. Dieser Moment, den wir erlebt haben, bevor Harvey eingetroffen ist, kommt mir wieder in den Sinn, und mir bleibt die Luft weg. Flüssige Hitze rinnt durch meine Adern, brennt sich durch mein ganzes Sein.

Ich will ihn.

Aber das sollte ich nicht. Es ist zu spät. Ich werde dem Verlangen nicht nachgeben, aber diese verräterische Sehnsucht, die ich schon beinahe vergessen hatte, stürmt nun aus allen staubigen Ecken auf mich ein, lugt aus den Schatten und greift durch fein gewebte Spinnennetze nach mir. Sie ist wild und begierig. Wenn ich klug bin, dann hungere ich sie aus, denn anders als früher wird sie nicht befriedigt werden.

# Kapitel 20

# JOSIAH

Ich schicke Harvey vergnügt seiner Wege, ehe ich mich widerstrebend wieder in Richtung Büro umdrehe und noch einen Moment länger im Korridor verweile.

Was, zum Teufel, war das mit Yas, ehe Harvey eingetroffen ist?

Ich möchte mir das Gehirn auswaschen, damit ich mich nicht mehr an diese Augenblicke erinnere, in denen Yasmen zwischen meinen Beinen gestanden hat, aber ihr Duft hängt noch an meinen Klamotten und in meinem Kopf. Ihre Wärme ist in meine Poren gekrochen. Und obwohl unsere Körper sich dabei nicht einmal berührt haben, spüre ich sie immer noch. Aber was mir präsenter ist als alles andere, ist das Feuer in ihren Augen.

Ein Feuer, das ich seit Jahren nicht mehr gesehen habe. Wut? Ja. Empörung? Vielleicht. Verlangen?

Unverkennbar.

Noch schlimmer, als mir einzugestehen, dass ich sie immer noch will, ist die Vorstellung, dass sie mich auch noch will.

Aber dazu wird es nicht kommen. Nicht noch einmal.

»Ist Harvey weg?«, fragt Vashti und tritt in ihrer üblichen weißen Kochmontur aus der Küche in den Flur. Sie ist klein, aber nicht allzu zierlich. Sie strahlt eine flexible Kraft aus, eine innere Abgeklärtheit, die beruhigend auf mich wirkt. Ich mag sie sehr. Noch mehr respektiere ich sie, und ich will sie nicht verletzen oder in die Irre führen.

»Ja.« Ich lächele auf sie hinab. »Er liebt das Chicken Potpie.«

»Wer nicht?« Sie lacht. Dann tritt sie näher, lehnt sich an mich, stellt sich auf die Zehenspitzen, presst mir eine Hand auf die Brust und flüstert: »Ich kann es kaum erwarten, dich heute Abend nach Hause zu schaffen.«

Wir sind stets vorsichtig bei der Arbeit. Wüsste man nicht, dass wir uns sahen, würde man durch unser Verhalten auch nicht darauf kommen, aber das ist nicht der Grund, warum ich jetzt auf Abstand gehe. Solange die Erinnerung an Yasmen immer noch mein Denken durchzieht, fühlt es sich einfach falsch an, hier zu stehen und mit Vashti über die kommende Nacht zu plaudern. Ich drehe den Kopf und küsse sie flüchtig auf die Lippen, schiebe sie aber zugleich sanft weg. Enttäuschung huscht über ihre Züge und ist schon fast wieder verschwunden, ehe ich es auch nur wahrnehme.

»Ich gehe besser zurück in die Küche«, sagt sie, aber ihr Lächeln fällt weniger strahlend aus als sonst. »Das heutige Tagesgericht muss auf den Punkt vorbereitet werden, sonst endet es in einer Katastrophe.«

»Gib Gas.« Mit einem Nicken deute ich in Richtung Büro. »Ich habe noch was mit Yas zu bereden, ehe sie losmuss.«

Ich weiß, dass sie sich Gedanken über Yasmen und mich macht, aber sie hat mich kaum nach unserer Ehe, der Scheidung oder unseren aktuellen Arrangements gefragt. Sie vertraut darauf, dass ich einer von den Guten bin, und das werde ich sein. Ich bücke mich und küsse sie erneut, dieses Mal nicht so flüchtig, und drücke kurz die sanfte Kurve ihrer Hüfte. Sie stöhnt leise auf und neigt den Kopf, um den Kuss zu intensivieren. Da höre ich das Geräusch einer Tür, und über Vashtis Schulter hinweg trifft mein Blick auf Yasmens. Sie steht in der Bürotür, einen düsteren Ausdruck in den Augen, einen angespannten Zug um die vollen Lippen. Unwillkürlich muss ich an jene Nacht denken, in der ich ihren ersten Kuss mit Mark beobachtet habe. Haben sie sich wieder geküsst? Hatten sie noch ein Date?

Haben sie gefickt?

Ich will es nicht wissen.

Vashti schaut sich um. Der Anblick von Yasmen, die uns beobachtet, beeindruckt sie wenig. Sie lächelt ihr zu, drückt kurz meine Hand und verschwindet wieder in der Küche.

»Hast du eine Sekunde?«, frage ich, und mein Blick wandert von der Tasche in Yasmens Hand zurück zu ihrer vage abwehrenden Miene. »Ich möchte mit dir über etwas sprechen, das Harvey gesagt hat.«

»Klar.« Sie macht kehrt und geht zurück ins Büro.

Vashti ist in der Küche und Yasmen im Büro. Preach würde sich totlachen und sagen, beide hätten mir den Kopf verdreht, aber in meinem Kopf ist gar nichts verdreht. Ich sehe vollkommen klar. Dass ich meine Ex begehre, ist nichts Neues. Wann habe ich das nicht? Womöglich werde ich mich bis zu meinem Tod nach ihr sehnen. Wir könnten achtzig sein, und mein Schwanz würde sich womöglich immer noch aufrichten, wenn diese Frau mit Gehhilfe ins Zimmer schlurfen würde, aber ich werde sie nicht mehr an mich heranlassen. Sie hat bewiesen, dass ihr nicht zu trauen ist, und ich wäre ein Narr, irgendetwas anderes anzunehmen.

»Also, was meinst du?«, frage ich und greife nach einigen der Fotos, die Harvey dagelassen hat. »Eine Überlegung wert?«

Ich hoffe, wenn ich tue, als wäre alles normal, wird es das auch. Was, wenn ich an die Gespräche mit Dr. Musa denke, offenbar mein Modus Operandi ist.

»Mein Bauch sagt Ja.« Sie setzt sich in einen Lehnsessel. »Aber ich könnte falschliegen.«

Wir wissen beide, wie verlässlich ihr Bauchgefühl in der Vergangenheit war. Um ein wenig Distanz zu wahren, setze ich mich auf die Schreibtischkante statt auf das Sofa ihr gegenüber.

»Ich möchte mir die Zahlen ansehen«, sage ich. »Aber wenn das wirklich so eine tolle Gelegenheit ist, wie Harvey denkt ...«

»Und er liegt selten falsch.«

»Und da er selten falschliegt, wäre das genau das, was wir tun wollten, bevor ...«

Ich verstumme, halte ihrem Blick stand und lasse den unvollständigen Satz für sich selbst sprechen. Vor allem, was passiert ist.

»Das könnte uns wieder auf den richtigen Weg bringen«, führt sie meinen Gedanken weiter aus. »Ich meine, was die Expansion betrifft.«

»Richtig. Und du wärest einverstanden mit einem Besuch samt Übernachtung?«

Ich stelle die Frage, als wäre sie völlig unverfänglich.

Sie räuspert sich, blickt mir in die Augen. »Klar. Meine Mom kommt Thanksgiving und bleibt eine Woche. Vielleicht können wir das machen, während sie hier ist, dann kann sie sich so lange um die Kinder kümmern.«

»Keine schlechte Idee.« Ich lächele unwillkürlich. »Also kommt Carole zum Essen? Hoffentlich macht sie wieder Chitterlings, das haben die Kids immer noch nicht überwunden.«

»Oh mein Gott. Der Geruch. Weißt du noch, wie sie sich darüber beklagt und sich geweigert haben, das Zeug auch nur anzurühren? Sie will unbedingt, dass sie sie dieses Jahr kosten.« Ihr Lächeln schwindet dahin. »Bist du, äh … na ja, wir haben noch gar nicht über deine Pläne für Thanksgiving gesprochen.«

»Ich werde natürlich hier sein.«

Wo sollte ich wohl sonst sein? Wir haben von Anfang an gesagt, wir werden nicht von unseren Mitarbeitern verlangen, an Thanksgiving oder Weihnachten zu arbeiten.

»Ach, ich war nur nicht sicher, ob Vashti …« Yasmen wendet den Blick ab und leckt sich die Lippen. »Ich dachte, vielleicht möchtest du ja ihre Familie besuchen oder so was.«

»Noch nicht.« Ich verschränke die Unterschenkel und mustere sie forschend. »Was ist mit Mark? Kommt er vorbei, um deine Mutter kennenzulernen?«

»Machst du Witze? Warum sollte ich …? Nein.«

»Zu früh?«, frage ich und hoffe, mein Ton klingt ungezwungen.

»Wir haben überhaupt nicht darüber gesprochen. Da sind wir nicht.«

»Habt ihr euch wiedergesehen?«

Sie kneift die Augen zusammen und neigt den Kopf zur Seite. »Ein paarmal. Warum?«

»Nur Neugier.« Ich zucke lässig mit den Schultern. »Dann lass uns sehen, ob deine Mom bereit ist, sich ein, zwei Tage um die Kids zu kümmern.«

»Und Harvey fragen, ob die Eigentümer einverstanden wären, wenn wir am Samstag nach Thanksgiving kämen?«

»Klingt gut.«

Da dieser Punkt nun erledigt ist, steht sie auf, aber sie geht nicht gleich.

»Äh, also, wegen Thanksgiving. Willst du mit uns essen?«

»Warum sollte ich nicht?«, frage ich stirnrunzelnd. »Letztes Jahr war das doch prima, oder?«

Ich weiß nicht, ob »prima« gerade das richtige Wort ist, um die bittere Stille zu beschreiben, die unser Thanksgiving-Essen im letzten Jahr beherrscht hat, aber es ist sicherer, als die Wahrheit zu sagen. Es war höllisch unangenehm, sobald Yas und ich im selben Raum waren, aber die Familie war zusammen, verdammt. Die Kinder sind nach dem Essen sofort in ihren Zimmern verschwunden, und ich bin umgehend gegangen.

»Ja, es war prima.« Yasmens angespanntes Lächeln zeigt mir, dass sie es auf die gleiche Art im Gedächtnis behalten hat wie ich. »Ich wollte nur nicht wie selbstverständlich davon ausgehen.«

Yasmen plagt sich mit etwas.

Verräterische Zeichen: Nagen an der Unterlippe, Zupfen am linken Ohrläppchen, Falte zwischen den Brauen.

Ich warte darauf, dass sie sich entscheidet, ob das, was ihr durch den Kopf spukt, es wert ist, ausgesprochen zu werden.

»Ich meine, du könntest ja Vashti mitbringen«, sagt sie weitere drei Sekunden später. »Zu Thanksgiving, meine ich.«

Damit hatte ich nicht gerechnet.

»Vashti? Du sagst, ich kann sie zum Thanksgiving-Essen mitbringen?«

Als sie die Worte aus meinem Mund hört, stutzt sie kurz, nickt dann langsam und blinzelt dabei, als müsse sie das selbst erst noch verarbeiten.

»Ja. Wenn du willst. Deine Entscheidung. Ich meine, die Kinder wollen dich dabeihaben, und …«

»Ich frage sie, ob sie mitkommen möchte, und gebe dir Bescheid. Danke, dass du an sie gedacht hast.«

»Klar«, sagt sie, und ehe wir noch weitere Gespräche führen können, die sich als heikel erweisen könnten, geht sie ihrer Wege.

# Kapitel 21

# YASMEN

»Nur, damit ich das richtig verstehe«, sagt meine Mutter.

Ich höre auf, Süßkartoffeln in der Spüle zu putzen, und sehe sie an. Wenn Dejas Anblick für mich ist, als würde ich mein jüngeres Ich im Rückspiegel sehen, liefert der meiner Mutter mir einen Ausblick auf eine mögliche Zukunft. Von ein paar Falten um die Augen abgesehen, ist ihre Haut immer noch straff und glatt und braun. Ich bin ziemlich sicher, sie hat ihr Leben lang Noxzema benutzt. Früher habe ich ihr oft zugesehen, wenn sie die dicke, weiße Creme vor dem Zubettgehen aufgetragen hat. Nichts Schickes, nichts Teures. Alles aus der Drogerie, aber ihre Haut ist fantastisch. Ich kann nur hoffen, dass ich wirklich so aussehen werde, wenn ich in ihrem Alter bin.

»Du dachtest, es wäre eine gute Idee«, fährt sie fort und kneift hinter den rot gerahmten Brillengläsern die Augen zusammen, »Josiah und seine neue Freundin Thanksgiving zum Essen einzuladen?«

»Das klappt schon, Mama.« Ich drehe das Wasser ab und lege die Süßkartoffeln in eine Schüssel auf der Arbeitsfläche. »Die sind sauber.«

»Schäl sie. Wie ist ihr Name noch gleich?«

»Vashti.«

Sie weiß das. Sie hat mich schon dreimal gefragt, und meine Mutter könnte einen Elefanten daran erinnern, wo er sein Zeug gelassen hat. Ich entziehe mich ihrem scharfen Blick und fange an, die Kartoffeln zu schälen.

»Ich habe ihnen gesagt, das Essen ist um vier. Ist das okay?«, frage ich.

»Mmmmhhh. Sie ist Köchin, sagst du?«

»Eine Weltklasse-Köchin, ja.« Ich verkneife mir ein Lächeln, denn ich weiß jetzt schon, wohin das führt.

»Aber sie weiß, dass ich das Essen koche, richtig?« Mama nimmt einen Schluck Eggnog. Sie wartet damit nicht erst bis Weihnachten. »Sie kann meinetwegen ein paar Beilagen mitbringen, aber ...«

»Sie hat natürlich gefragt, ob sie etwas beisteuern kann, und ich habe ihr gesagt, wir würden uns freuen, aber du würdest das Essen ...«

»Den Truthahn, das Blattgemüse, die Yamswurzeln und den Süßkartoffelauflauf und den Schweinenacken.«

»Ich bin sicher, der Schweinenacken ist nicht in Gefahr.«

»Die grünen Bohnen, das frittierte Huhn, d...«

»Ja, Mama. Sie bringt nur ein paar Sachen mit, die du nicht zubereitest. Alles wird gut.«

»Geht es dir gut?«

»Wie meinst du das?«

Mama lehnt sich mit einer runden Hüfte an die Arbeitsplatte und schiebt sich die Brille ins Haar. »Treib keine Spielchen mit mir, Mädchen. Ich habe dich großgezogen. Ich kenne dich. Wie geht es dir damit, dass Josiah etwas mit dieser Frau angefangen hat?«

»Ma...«

»Komm mir nicht mit Ma.« Sie deutet mit einem Nicken auf die Esstheke. »Setz dich.«

»Wir bekommen morgen Gäste, und ich habe noch so viel zu tun, ehe ...«

»Ich habe alles im Griff. Was denkst du, warum ich so frühzeitig hergeflogen bin? Und jetzt setz dich und rede mit mir.«

Ich atme scharf ein und langsam aus, ehe ich mich setze. Dann sehe ich sie unter hochgezogenen Brauen erwartungsvoll an.

»Was guckst du mich an?«, sagt sie. »Ich habe dir bereits eine

Frage gestellt. Wie geht es dir damit, dass Josiah sich mit anderen trifft?«

»Das ist in Ordnung.« Ich zucke mit den Schultern, starre die Theke an und streiche mit dem Finger über die Granitplatte. »Sie ist eine Bereicherung für das Grits. Die Kinder lieben sie. Josiah ...«

Ich suche nach dem richtigen Wort. Liebt er sie?

»Ich weiß, dass sie ihm sehr wichtig ist«, schließe ich. »Und es scheint sich was zu entwickeln, also wünsche ich beiden nur das Beste.«

»Entwickeln? Soll das heißen, du denkst, er könnte ihr einen Antrag machen oder so?«

Bei dem Wort »Antrag« muss ich unwillkürlich daran denken, wie Josiah mich gebeten hat, seine Frau zu werden. Ein selten impulsiver Auftritt zu einem Zeitpunkt, zu dem wir beide es am wenigsten erwartet hätten.

»Äh, nein. Jedenfalls glaube ich das nicht.« Ich runzele die Stirn, denn was weiß ich schon? »Ich ... ich weiß nur, dass sie miteinander schlafen.«

Ich hatte nicht vor, das zu sagen, ihr davon zu erzählen, aber Mama hat so eine Art an sich, Dinge aus mir hervorzulocken, die ich eigentlich für mich behalten will. Als Kind hatte ich ihr nie irgendwas vormachen können.

Mama setzt sich auf den Hocker neben mir. »Und du sagst, das macht dir nichts aus ... gar nichts?«

»Wir sind seit fast zwei Jahren geschieden. Das musste irgendwann passieren. Außerdem habe ich auch jemanden.«

»Wen?« Mama zieht eine Braue hoch.

»Einen Typ namens Mark. Ich meine, es ist nichts Ernstes, nichts Festes, aber wir waren ein paarmal aus, und ich mag ihn. Ich fühle mich wohl in seiner Gesellschaft.«

»Also zieht ihr beide weiter.«

»Meinst du, ich kann die Füllung machen?«

Mama spuckt beinahe ihren Eggnog aus, aber ich bin nicht sicher, ob das an dem abrupten Themenwechsel liegt oder an der Vorstellung, dass ich die Füllung zubereite. »Du?«

»Ja, ich.« Ich zwinge mich zu einem leisen Lachen und widme mich wieder der Aufgabe, die Süßkartoffeln zu schälen, den Blick stur auf meine Finger gerichtet. »Ich möchte Byrds Rezept ausprobieren.«

Einige Sekunden ziehen in Stille vorüber, bis ich meine Arbeit unterbreche und meine Mutter ansehe. Ein schwaches Lächeln umspielt ihre Mundwinkel.

»Ich vermisse das verrückte alte Mädchen«, sagt sie leise. »An den Feiertagen haben wir uns einen regelrechten Wettkampf geliefert.«

Byrd war eine der wenigen Personen, mit denen meine Mutter freiwillig ihre Küche teilen würde. Ihre anstößigen Geschichten über die gute alte Zeit, das raue Gelächter und ihre unbestreitbare Liebe zum Essen und zu ihrer Familie prägen viele meiner Feiertagserinnerungen.

»Ich auch.« Ich drücke ihre Hand und lächele ihr zu. »Ich habe eines ihrer alten Kochbücher gefunden, als wir das Haus ausgeräumt haben. Alle Rezepte sind in ihrer Handschrift. Ein paar davon habe ich inzwischen schon ausprobiert.«

Nach Byrds Rezepten zu kochen gibt mir irgendwie das Gefühl, ihr näher zu sein.

Schulterzuckend wende ich mich wieder den Kartoffeln zu. »Wir wissen alle, dass ich keine tolle Köchin bin, aber ich würde dieses Jahr gern ihre Füllung ausprobieren. Wenn es danebengeht, kannst du …«

»Wird es nicht. Wir werden dafür sorgen, dass es perfekt gelingt.« Sie zwinkert mir zu. »Dein flinkes Köpfchen hätte zuhören sollen, als ich versucht habe, dir während der Highschool das Kochen beizubringen.«

Das ist ein echter Running Gag, ich, die in ihrer Jugend keinerlei Interesse am Kochen gezeigt hat, ende als Restaurantbesitzerin.

»Lektion gelernt«, sage ich kichernd. »Schätze, ich versuche, die verlorene Zeit aufzuholen.«

»Besser spät als nie.«

»Da wir gerade von spät sprechen.« Ich sehe auf meine Armbanduhr. »Kassims Therapiesitzung dürfte schon eine Weile vorbei sein. Ich schicke Josiah eine Nachricht, um zu hören, ob alles in Ordnung ist.«

Ich greife zu meinem Telefon, als Kassim auch schon mit einem breiten Grienen durch die Hintertür in die Küche stürmt. Josiah folgt ihm gemesseneren Schritts.

»Grandma!« Kassim stürzt sich förmlich auf Mama und bringt sie mit seiner stürmischen Umarmung ins Wanken.

»Sei vorsichtig, Kassim«, sagt Josiah, klingt aber nachsichtig. »Hau sie nicht aus den Schuhen, ehe sie mein Thanksgiving-Essen gekocht hat.«

Mama legt beide Hände an Kassims Gesicht und küsst ihn auf den Kopf, ehe sie sich Josiah zuwendet.

»Na, da schau her, wen die Katze angeschleppt hat«, sagt sie gedehnt, und in ihren Augen schimmert tiefe Zuneigung. »Sei lieber froh, dass du so hübsch bist, sonst würde ich dir gar nichts kochen.«

Josiah gluckst leise, geht zu Mama und nimmt sie in die Arme.

»Dann fordere ich mein Glück wohl besser nicht heraus«, sagt er. »Wie war der Flug?«

»Gut.« Sie legt den Kopf in den Nacken und studiert sein Gesicht. »Geht es dir gut?«

Sein Lächeln verblasst, denn er weiß, was das für eine Frage ist, dass sie ein Beweis für Mamas Scharfblick ist. Byrd hat die Feiertage zu etwas Besonderem gemacht, und niemandem fehlt sie mehr als Josiah.

»Ja, Ma'am«, sagt er schlicht. »Mir geht es gut.«

»Mom, wir haben heute Abend indisch gegessen«, sagt Kassim und hängt seinen Rucksack an den Haken neben der Tür.

»Ich hatte mich schon gefragt, wo ihr abgeblieben seid.«

»Tut mir leid.« Josiah lehnt sich an die Kücheninsel und zupft einen Apfelschnitz aus dem Cobbler, den Mama gerade vorbereitet. »Ich dachte, ich hätte erwähnt, dass wir noch essen gehen, wenn wir bei Dr. Cabbot fertig sind. Wir waren im Saffron's.«

Mama schlägt ihm auf die Hand und bringt den Cobbler außer Reichweite.

»Ist okay«, sage ich, wende mich ab und putze die Arbeitsplatte, damit ich ihn nicht ansehen muss. Er trägt einen Morehouse-Hoodie und dunkle Jeans, und ich bin nicht sicher, ob er mir im schicken Anzug besser gefällt oder eher in dieser Freizeitkleidung. Der Mann sollte wirklich aufhören zu trainieren. Und zu altern, denn das scheint es auch nicht besser zu machen. Er scheint nur attraktiver zu werden, je älter er wird, und ich kann mich nicht konzentrieren. Also werde ich einfach warten, bis er geht, ehe ich weiter diese Süßkartoffeln schäle, damit ich mir keinen Finger abschneide, während ich heimlich nach meinem Ex lechze.

»Darf ich Fortnite spielen?«, fragt mich Kassim flehentlichen Blicks. »Morgen habe ich keine Schule.«

»Klar, aber schlaf nicht ein, während das Ding läuft. Ich weiß ja, wie du und Jamal sein könnt.«

Er saust aus der Küche und stampft die Treppe hinauf, den Geräuschen nach in Begleitung einer fliehenden Herde Pferde.

»Dieser Junge und seine Spiele«, murmelt Mama und wendet sich von ihrem Cobbler ab. »Ich kümmere mich um den Schrank, während ihr in Charlotte seid. Als ich das letzte Mal hier war, haben wir alles neu sortiert, aber ich wette, jetzt sieht es wieder so aus wie vorher.«

Josiah und ich wechseln einen knappen, bedeutungsvollen Blick. Immer, wenn Mama hier ist, muss sie irgendwas sortieren

246

und alles gründlich putzen. Die Kinder beklagen sich darüber, aber für uns ist das zu einem Insiderwitz geworden. Sie werden uns so hassen, wenn wir aus Charlotte zurückkommen.

»Essen morgen um vier?«, fragt er und sieht Mama mit hochgezogenen Brauen an.

»Ja, und komm nicht zu spät.« Sie schürzt die Lippen. »Wie ich höre, bringst du einen Gast mit.«

»Ja, Ma'am.«

»Und sie hat eine Liste mit den Dingen, die ich mache und über die sie sich keine Gedanken machen muss?«, fragt Mama mit einem Blick, der zugleich herausfordernd und neckisch wirkt.

»Ja, ich habe sie weitergereicht.« Grinsend beugt er sich herab, um sie auf die Wange zu küssen.

»Ich freue mich darauf, sie kennenzulernen«, sagt Mama.

»Ich bin sicher, sie wird dich lieben.« Sein offener Blick verschließt sich ein wenig, als er auf mir landet. »Muss los«, sagt er.

»Ich bringe dich raus.« Ich trockne mir die Hände an einem Geschirrtuch ab. »Ich möchte hören, wie es bei Dr. Cabbot gelaufen ist.«

»Wir sehen uns morgen, Mom«, sagt Josiah und geht zur Hintertür hinaus.

Ich folge ihm. Draußen lehnt er sich an seinen Wagen, und ich bleibe in sicherer Distanz stehen. Nicht nahe genug, um seinen Geruch wahrzunehmen oder mich von seiner Wärme umfangen zu lassen.

»Also, wie ist es gelaufen?«, frage ich.

»Gut. Dr. Cabbot ist erfreut über das, was er sieht. Er erzählt mir natürlich nicht alles, aber er hat erwähnt, dass Kassim ein bisschen besorgt ist, er könnte nicht gut genug sein, um im nächsten Jahr eine Klasse zu überspringen. Er scheint sich irgendwie einzubilden, die Therapie wäre so etwas wie ein Vorsprechen für eine Rolle, ein Test, der zeigen soll, ob er gut genug für die siebte Klasse ist.«

Ich lache humorlos auf. »Ich schätze, du denkst, das ist meine Schuld, weil ich zu viel erwarte? Da hast du wahrscheinlich gar nicht so unrecht.«

Mit einem Finger hebt er sanft mein Kinn an, um mir ihn die Augen zu blicken, eine Geste, die mich unvorbereitet erwischt.

»Tu das nicht.« Er verzieht das Gesicht. »Ich schulde dir Abbitte wegen dieser Bemerkung, du würdest zu viel Druck machen. Ich habe keine bessere Erklärung, als dass ich manchmal einfach ein Arschloch bin, aber deine Schuld ist das nicht.«

»Ich weiß, dass ich hohe Erwartungen habe.«

Ich schmiege mich an seine raue, warme Handfläche. Anscheinend merken wir beide im gleichen Moment, dass sein Daumen die empfindliche Haut an meinem Kinn und unter den Lippen streichelt. Aber sicher hat ihn nur sein Muskelgedächtnis dazu gebracht. Unsere Körper erinnern sich an Dinge, die wir zu vergessen beschlossen haben. Ich rechne damit, dass er die Hand wegzieht, aber die Art, wie er mich in der abendlichen Düsternis bei Halbmond beäugt, wie seine Finger noch über mein Kinn streichen, als er sie wegzieht, beinahe widerstrebend, raubt mir den Atem.

Mein Gehirn blättert in einem Album der Erinnerungen, in denen zu schwelgen ich mir nicht leisten kann. Ein paar Sekunden lang gleite ich pochenden Herzens zurück zu dem Moment, als ich ihn das erste Mal sah. Dem ersten Kuss. Dem ersten Mal, dass wir Liebe gemacht haben, einander unsere Liebe gestanden haben, heisere Stimmen, eingehüllt in die Postfickglut zerdrückter Laken, ineinander verschlungener Gliedmaßen und kusswunder Lippen. Uns hat die Art von Chemie verbunden, die bei jeder Berührung auflodert – Haut, Bett, Herzen. Nichts war sicher, und wenn es eines gibt, was ich nach den Gefahren der letzten paar Jahre unbedingt will, dann ist es Sicherheit.

Er hat jetzt eine Beziehung. Tabu.

»Also, vier Uhr, ja?« Ich trete einen Schritt zurück. »Ihr werdet pünktlich hier sein, du und Vashti?«

»Jupp.« Er drückt auf die Fernbedienung, und die Scheinwerfer des Rovers blinken auf. »Ich fahre besser heim, ehe Otis irgendwas Kostbares verstoffwechselt. Ich bin immer noch nicht überzeugt, dass er diese Schuhe, die ich nicht mehr finden kann, nicht gefressen hat.«

Ich würge an meiner eigenen List, huste bei dem Gedanken an Josiahs Tennisschuhe, die säuberlich in meinem Schrank verstaut sind.

»Zuzutrauen ist es ihm«, stimme ich zu.

Tut mir leid, Otis.

Josiah blickt an unserem Haus empor und dann zu dem von Brock und Clint und weiter zu all den beeindruckenden Häusern, die am First Court unser Eckchen von Skyland säumen, und ein ironisches Lächeln umspielt seine Mundwinkel.

»Hast du je darüber nachgedacht, wie weit wir es gebracht haben?«

Wenn ich daran denke, muss ich auch an all das denken, was wir verloren haben.

»Ja«, antworte ich und schiebe die Hände in die Taschen meiner Jeans.

»Unsere erste Wohnung war ein Schuhkarton.«

»Mit Kakerlaken.« Kichernd schüttele ich den Kopf.

»Und ohne Wasserdruck. Ich habe ein Jahr lang keine anständige Dusche bekommen.« Seine ganze Miene hellt sich auf. »Weißt du noch, das erste Thanksgiving? Da hatten wir nicht einmal ein Klo.«

Ich gebe mich der Erinnerung an den Supermarkt in der Nacht vor unserem ersten Thanksgiving hin. Mein sonst so ernsthafter Ehemann hatte mich abgeholt und in einen Einkaufswagen gesetzt. Dann ist er hinten draufgesprungen, und wir sind, lachend und ohne auf die befremdeten Blicke all der anderen Leute zu achten, durch die Gänge gesaust. Ich kann beinahe noch den Luftzug in meinem Gesicht spüren, die klackernden Räder gegen unser gemeinsames Gewicht protestieren hören. Seinen unverkennbaren Geruch – sauber, männlich, ganz er – riechen und seine Wärme in meinem Rücken fühlen.

Wir hatten ein paar Lebensmittel gekauft. Milch, Eier, Brot, Aufschnitt. Wir hatten so wenig Geld, aber wir haben uns das Vergnügen gemacht, jeder noch ein Produkt auszuwählen, dass wir besonders mochten. Eine Sechserpackung Trauben-Fanta für mich. Eine Tüte Popcorn, süß und salzig gemischt, für ihn.

»Wir hatten nicht genug Geld, als wir an der Kasse waren«, sagt er lächelnd, als wäre er in meinem Kopf und hätte die Nacht mit mir erneut erlebt.

»Oh mein Gott.« Einen Moment lang berge ich lachend das Gesicht in den Händen. »All diese Leute mit ihren Einkaufswagen voller Zutaten für das Thanksgiving-Essen, und wir geben dem Kassierer einen Gegenstand nach dem anderen, um ihn notfalls dazulassen, während wir versucht haben herauszufinden, worauf wir verzichten müssen, um uns den Rest leisten zu können.«

»Mein Popcorn haben wir behalten«, sagt er.

Ich runzele die Stirn, aber zugleich zupft ein Lächeln an meinen Lippen. »Ich bin ziemlich sicher, wir haben meinen Sprudel behalten. Weißt du noch, man hat uns den Strom abgeschaltet, und es war kalt in unserem Drecksloch von einer Wohnung, aber der Sprudel war warm.«

Wir hätten natürlich zu Byrd gehen können, aber die hatte zu den Feiertagen immer ein volles Haus, und wir wollten unter uns sein, also sind wir geblieben. Ich erinnere mich nicht, dass auch nur einer von uns sich über die Eiseskälte in der zerlumpten Kiezbutze beklagt hat. Stattdessen erinnere ich mich an Al Greens »Let's Stay Together«, das aus Josiahs Telefon plärrte, während wir mit Kerzen, Erdnussbutterbroten mit Marmelade und lauwarmer Trauben-Fanta das Beste aus diesem Abend gemacht haben. Als wir uns geliebt haben, war das wie ein Rausch aus Berührungen gewesen, ein Versinken im anderen, als wäre er alles, was ich auf Erden hatte, und ich alles, was er hatte. Denn so war es auch. Bis heute wird mir innerlich ein wenig heiß, wenn ich »Let's Stay Together« höre. Der Song gehört zu jener Nacht und den süßen, schmutzigen Dingen, die wir getan haben, um einander warm zu halten.

Jene Jahre, die magersten in unserer Ehe, gehörten auch zu den besten.

Es ist eine Ironie, dass er sich erinnert, ich hätte auf meinen Sprudel verzichtet, während meiner Erinnerung nach er verzichten musste. Ich frage mich, ob das bei allem so ist und die Wahrheit sich irgendwo zwischen den Dingen versteckt, an die wir uns erinnern. Ob wir unsere Erinnerungen umgestalten, bis sie so aussehen, wie sie es unserer Ansicht nach tun sollten. Habe ich die Dinge besser zusammengebastelt, als sie tatsächlich waren? Habe ich sie je schlechter dargestellt?

Ich mustere ihn, die scharfen Linien seines Gesichts, die diese vollen Lippen umrahmen. Seine herbe Strenge, die gar nicht zu der Zärtlichkeit passen will, die er den Leuten erweist, die ihm am meisten bedeuten. Er ist ein Rätsel, das ich völlig einleuchtend finde.

Jedenfalls war er das.

»Das war eine schöne Nacht«, sage ich, und meine Kehle brennt, als ich mich von seinem Anblick lösen will. Es ist, als wären wir wieder in dieser winzigen Wohnung, würden uns zitternd unter Decken kuscheln und bei Kerzenschein billiges Zeug aus dem Supermarkt essen. Vollends zufrieden. Eine Faust drückt mein Herz zusammen, bis es Nostalgie und Bedauern verströmt.

»Ich gehe besser«, sagt er, wendet endlich den Blick ab und entfernt sich von mir.

»Ja, wir sehen uns dann morgen«, antworte ich mit einem Lächeln, das an einem seidenen Faden hängt.

Er öffnet die Wagentür und steigt ein, startet den Rover und fährt davon. Ich stehe noch lange, nachdem er fort ist, in der Einfahrt und zittere vor Kälte.

## Kapitel 22

# JOSIAH

»Warte, noch nicht klingeln.«

Ich sehe Vashti über die Kiste mit abgedeckten Speisen an, die ich auf den Armen balanciere, während mein Finger vor Yasmens Klingelknopf in der Luft schwebt.

»Ich bin nervös«, sagt sie und kneift die Augen zu. »Ich weiß, das ist albern, aber ich kann nichts dagegen tun. Das fühlt sich an, als würdest du mich deiner Familie vorstellen.«

Otis, der neben uns auf der Veranda wartet, blickt von Vashti zu mir, legt sich ab und parkt den Kopf auf den Vorderpfoten, als wollte er es sich gemütlich machen, während ich ihre Nerven besänftige.

»Es gibt keinen Grund, nervös zu sein.« Ich verlagere die Kiste ein wenig und lächele sie aufmunternd an. »Es sind nur die Kinder und Yas und ein paar Leute aus dem Grits, die niemanden zum Feiern haben, glaube ich.«

»Und deine Schwiegermutter.«

»Ehemalige Schwiegermutter«, korrigiere ich sie, obwohl sich Carole Miller alles andere als ehemalig anfühlt. Sie hat mich von Anfang an wie ihren eigenen Sohn behandelt, und das hat sich durch die Scheidung nicht geändert. Die Tatsache, dass sie und Byrd sich so gern hatten, hat unsere Familien noch enger zusammengeschweißt. »Du wirst Carole lieben. Und sie dich.«

»Es ist wirklich eine tolle Geste von Yasmen, mich einzuladen. Nicht viele Frauen wären so nett und würden die neue Freundin ihres Ex an ihrem Tisch willkommen heißen.«

»So ist Yas.« Mit einer Kopfbewegung deute ich auf ihre eigene, kleinere Kiste mit Speisen. »Außerdem kommst du ja mit haufenweise Geschenken bei all dem Essen.«

»Ich habe aufgepasst, dass ich nichts zubereite, was auf Caroles Liste steht.«

»Du bist eine der besten Köchinnen in der Stadt, also danke, dass du so cool auf Caroles Anweisungen reagiert hast.«

»Ach, ich verstehe das. Dass ich eine Kochschule besucht habe, bedeutet ja nicht, dass ich einfach ihre Küche übernehmen kann. Meine Mutter ist genauso. Alte Schule, was ich respektiere.«

»Ich glaube, du wirst gut mit allen zurechtkommen.« Ich ziehe die Brauen hoch und nähere mich der Türklingel ein paar Zentimeter mit meinem Zeigefinger. »Bereit?«

Sie atmet tief durch und nickt. »Bereit.«

Ich habe kaum auf den Knopf gedrückt, da wird die Tür aufgerissen.

»Dad!«, ruft Kassim und hüpft mehr oder weniger vor mir auf und ab. »Es gibt so viel zu essen.«

»Nicht mehr lange, wenn ich etwas dazu zu sagen habe. Hilf Vashti mit diesen Speisen, Seem«, sage ich, als Otis wie ein befreiter Gefangener an uns vorüber ins Haus fliegt. »Otis!«

Er bleibt stehen, zeigt sich mit der schnellen Reaktion gehorsam, aber seine zuckenden Ohren und der wild wedelnde Schwanz verraten seine Ungeduld. Ich weiß, dass er geradewegs in die Küche stürmen will, um Yasmen zu suchen, und Carole toleriert in ihrer Domäne keine Hunde.

»Bleib hier.« Ich deute mit einem Nicken auf das Hundebett im Wohnzimmer. Er schnaubt verächtlich, geht aber in Position und rollt sich neben dem Kamin zusammen.

Kassim nimmt Vashti ein paar Sachen ab, und wir gehen gemeinsam zur Küche. Ich rechne mit einem Riesenchaos, aber ich hätte es besser wissen müssen. Carole mit ihrem Kochtalent und Yasmen, die überragende Gastgeberin, haben dafür gesorgt, dass die Küche sauber ist und zugleich angefüllt mit Aromen, bei denen einem das Wasser im Munde zusammenläuft. Alle Gerichte sind säuberlich auf Arbeitsplatte und Kücheninsel aufgereiht. Als ich einen Blick ins Esszimmer werfe, stelle ich fest, dass der Tisch mit dem vertrauten feinen Porzellan und dem Silberbesteck gedeckt ist. Die Menge an Speisen ist geradezu obszön. Mein Magen knurrt, und Carole, die gerade dabei ist, den Süßkartoffelauflauf mit ein paar Pekannüssen zu veredeln, blickt auf.

»Wie ich höre, hat dein Bauch schon einiges zu sagen.« Sie lacht und zeigt auf einen freien Platz auf der Kücheninsel. »Stellt das Essen da ab.«

Kassim und ich setzen vorsichtig unsere Kisten ab. Carole steckt die Hände in die Taschen ihrer Schürze, auf deren Vorderseite die Worte »Keine Oma von früher« gedruckt sind.

»Und wen haben wir hier?«, fragt Carole und studiert Vashti über den Rand ihrer Brille hinweg mit einem freundlichen Lächeln auf den Lippen.

»Das ist Vashti«, sage ich. »Vashti, Carole Miller.«

»Ich freue mich so, Sie kennenzulernen«, sagt Vashti und stellt das Gericht ab, das sie noch in der Hand gehalten hat.

»Ich freue mich ebenfalls.« Carole nimmt den Deckel von einem von Vashtis Töpfen ab. »Hmmmph. Lachskroketten.«

»Ja, Ma'am. Nach einem Rezept meiner Mutter«, sagt Vashti, und die Unsicherheit schwindet ein wenig aus ihrer Stimme, als es ums Essen geht. »Der Maispudding auch.«

»Maispudding?« Bei dem Wort horcht Carole auf. »Und wo ist der?«

Vashti nimmt den Deckel von einem weiteren Gericht ab, und darunter kommt der goldgelbe, süß riechende Pudding zum Vorschein.

»Es ist Jahre her, seit ich so was gegessen habe.« Carole lächelt anerkennend. »Woher stammt Ihre Familie?«

»Heute leben sie alle in Kalifornien«, sagt Vashti. »Aber sie kamen aus Louisiana.«

»Oh, dann haben Sie also ein bisschen Cajun im Blut.«

»Ja, habe ich. Sehen Sie sich das an.« Grinsend löst Vashti den Deckel von einem anderen verschlossenen Behälter, in dem Beignets mit Puderzucker liegen.

»Wie lange noch bis zum Essen?«, ächze ich.

»Wir sind so weit«, antwortet Carole geistesabwesend, den Blick immer noch auf die Beignets geheftet. »Sobald Yas kommt. Sie ist raufgegangen, um zu duschen und sich umzuziehen, aber sie muss jeden Moment zurück sein, dann können wir loslegen.«

»Ich bin hier.«

Yasmen betritt die Küche, begleitet von einem süßen Vanilleduft. Goldene Klammern verteilen sich in den hochgesteckten Braids. Ihre schwarze, weite Hose und der passende, leuchtend grüne Pullover umschmeicheln ihre üppigen Kurven. Der mattrote Lippenstift betont ihren Schmollmund. All diese Details lassen sie frisch und hübsch aussehen, aber was meine Aufmerksamkeit fesselt, das sind die Ohrringe.

»Du hast sie gefunden!«, sagt Kassim, kommt zu ihr und zupft sacht an den bunt bemalten Truthahnohrringen.

»Ja.« Sie grinst ihn an. »Sie waren in einer Kiste ganz hinten in meinem Kleiderschrank, zusammen mit anderem Schmuck, den ich verlegt hatte. Ich weiß nicht mal mehr, zu welchem Geburtstag ihr sie mir geschenkt habt.«

»Dreißigster«, sage ich und beiße mir prompt, aber zu spät, auf die Zunge.

Yasmen sieht mich an, als wäre ihr gerade erst aufgefallen, dass ich hier bin. Ihr Lächeln schwächelt eine Sekunde, ehe sie es wieder im Griff hat.

»Oh, ja«, sagt sie. »Ich glaube, du hast recht.«

Ich weiß, dass ich recht habe, denn das war das Jahr, in dem ich ihr die goldene Halskette mit dem kleinen Anhänger in Form eines Rads geschenkt hatte. Bis die Räder abfallen war in die Rückseite graviert worden. Ich bin sicher, den hat sie auch verlegt, sich aber gar nicht bemüht, ihn wiederzufinden, nachdem die Räder unserer Ehe abgefallen waren.

»Hey, Vashti.« Yasmen nimmt lächelnd die Deckel von mehreren Behältern. »Danke, dass du gekommen bist und so viel Essen mitgebracht hast.«

»Das war gar nichts.« Vashtis Nervosität scheint geschwunden zu sein, und ihr Lächeln ist breit und wirkt natürlich. »Danke, dass ich dabei sein darf.«

»Aber klar.« Yasmens Blick huscht über mich hinweg zu Carole. »Alles bereit, Mama?«

»All die hungrigen Leute im Wohnzimmer hoffen das sehr.« Carole kichert. »Sechs von euren Leuten aus dem Grits sind auch schon aufgetaucht.«

Freude hellt Yasmens Miene auf. Die Frau liebt es zu feiern. Und je mehr Leute, desto lustiger wird es. »Dann los.«

Es ist schön, so viele bekannte Gesichter aus dem Restaurant am Tisch zu sehen, während wir unsere Teller vollhäufen und uns auf das Essen stürzen. Neben mir sitzt auf der einen Seite Milky und auf der anderen Vashti.

»Wie geht es deiner Tochter, Milk?«, frage ich und überlege, was auf meinem Teller, auf dem alles von Makkaroniauflauf bis hin zu Caroles berühmtem Maisbrot lockt, ich zuerst essen soll.

»Gut.« Er beißt in ein Brötchen und kaut ein wenig, ehe er fortfährt: »Sie und ihre Familie sind nach Memphis gefahren, um Thanksgiving mit der Familie ihres Mannes zu verbringen. Weihnachten werden sie dann hier sein.«

Dann stutzt er und sieht mich an. »Ich freue mich wirklich, dass ihr mich eingeladen habt. An den Feiertagen vermisst man die Menschen, die man verloren hat, am meisten, nicht wahr?«

Mir geht auf, dass ich nicht der einzige Mensch bin, der Tante Byrd heute vermisst. Der versucht herauszufinden, wie es ohne sie gehen kann. Harte Linien umschließen Milkys Mund und furchen seine Stirn. Zum ersten Mal, seit ich den Mann kenne, sieht er wirklich so alt aus, wie er ist.

»Ich freue mich, dass du hier bist, Milky«, sage ich sanft. »Du weißt doch, dass du immer willkommen bist.«

Ehe es peinlich werden kann, konzentrieren wir uns beide auf unseren Truthahn, den Carole wie immer perfekt gewürzt hat. Ich esse etwas von der Füllung. Kaum landet der Bissen auf meiner Zunge, da erstarre ich, die Gabel zwischen Mund und Teller. Ich lege sie weg, lasse mir Zeit, koste die Füllung einen Moment lang aus, prüfe sie geradezu.

»Carole«, sage ich stirnrunzelnd. »Deine Füllung ist köstlich. Sie schmeckt wie ...«

Byrds.

Ich spreche den Namen nicht aus, denn ich möchte heute keine Erinnerungen an Verluste aufbringen, aber eine Woge der Nostalgie spült über mich hinweg. Nicht begleitet von Trauer, sondern eingehüllt in Freude. Die Geschmacksnoten explodieren in meinem Mund, eine Wirkung, die sonst nur Byrds Füllung erzielt hat, es ist, als säße sie hier, strahlend vor Freude darüber, die Menschen zu bekochen, die sie liebt.

»Ich habe die Füllung nicht gemacht«, sagt Carole.

»Wow.« Ich sehe Vashti an. »Das hast du wunderbar hinge-kriegt, V. So eine gute Füllung habe ich seit langer Zeit nicht mehr gehabt.«

»Ich habe sie auch nicht gemacht«, sagt Vashti ein wenig steif. »Und was ist mit meiner Füllung auf der Karte? Du hast gesagt, du liebst sie.«

»Oh, das tue ich, aber wenn du diese Füllung nicht gemacht hast, wer ...«

»Ich habe sie gemacht«, sagt Yasmen am Ende des Tisches.

»Du?«, frage ich fassungslos. Ein gespannter Zug legt sich über ihre Lippen, und sie blickt verlegen an der Reihe der Leute entlang, die alle interessiert lauschen. »So habe ich es nicht gemeint, Yas. Es ist nur ... es schmeckt genau wie Byrds Füllung.«

Die Anspannung lässt nach, und ein zartes Lächeln lüpft ihre Mundwinkel. »Ich habe ihr Rezept benutzt.«

»Du hast ihr Rezept?«

»Als wir ihre Sachen durchgesehen haben«, sagt Yasmen und durchbohrt einen Hügel Makkaroniauflauf mit ihrer Gabel, »da habe ich ein Notizbuch mit einigen Rezepten gefunden. Von Hand geschrieben.«

Alle hören zu, und ich sollte mir das Verhör für später aufsparen, aber ich muss es wissen. Es gibt ein paar Rezepte, die Byrd nie für das Grits benutzt, sondern für Familie und Freunde reserviert hat, beinahe, als wollte sie etwas Besonderes für uns bewahren. Diese spezielle Version ihrer Füllung gehört dazu. Vashti hat Byrds Küche im Lauf der Zeit ihren eigenen Stempel aufgedrückt, also ist das, was wir heute servieren, nicht mehr Byrds Kreation. Ich habe Fotos und Andenken und alle möglichen Dinge, die Byrd mir hinterlassen hat, damit ich mich an sie erinnern werde. Sogar ihren verdammten Hund habe ich, aber ihr Essen? Das bekomme ich nie mehr. Jedenfalls nicht so, wie sie es gemacht hat. Und darum ist alles, was auch nur in die Nähe kommt, kostbar. Und ihre handschriftlich festgehaltenen Rezepte zu sehen – unbezahlbar.

Yasmen zuckt mit den Schultern, blickt auf den Teller und lächelt wehmütig. »Ich schätze, dadurch fühle ich mich ihr irgendwie näher. Wir wissen ja alle, dass ich keine tolle Köchin bin, aber ...«

»Es ist köstlich.« Ich achte nicht auf all die anderen am Tisch, sondern blicke ihr in die Augen, versuche, ihr meine Dankbarkeit quer durch den Raum zu übermitteln. »Ich würde das Notizbuch gern mal sehen.«

Langsam begreife ich, dass alle aufgehört haben zu essen und in unterschiedlichen Stadien der Neugier zwischen mir und

Yasmen hin- und hergucken. Alle, bis auf Vashti, die aufrecht wie ein Ladestock auf ihrem Stuhl sitzt und in ihren Schoß starrt.

»Wie auch immer«, sage ich in der Hoffnung, die plötzliche Anspannung wieder lösen zu können. »Dieser Truthahn ist auch toll, Carole, wie gewohnt.«

»Danke«, sagt Carole und wirft ihrer Tochter einen forschenden Blick zu.

»Jetzt, wo du es erwähnt hast«, sagt Milky und nimmt eine Gabel Füllung. »Das schmeckt wirklich wie Byrds. Ich muss das Rezept auch sehen, Yas.«

»Jederzeit.« Yasmen lacht. Ein warmer Schimmer hat sich bei Milkys anerkennenden Worten in ihre Augen geschlichen. »Also, Kassim, Grandma hat dein Lieblingsgericht gemacht. Wie ist der Süßkartoffelauflauf?«

Nach dieser Pirouette widmen sich alle wieder ihrem Essen. Zufriedenes Grunzen akzentuiert die Tischgespräche.

»Diese Lachskroketten sind so lecker«, sage ich leise zu Vashti und greife unter dem Tisch nach ihrer Hand. Irgendwie fühlt sich das unredlich an, als würde ich sie nur berühren, um ihr Mut zu machen, aber sie erwidert den Händedruck, hebt den Kopf und schenkt mir ein kleinmütiges Lächeln.

»Danke.« Sie nimmt einen Schluck von dem süßen Tee, der neben ihrem Teller steht. »Und jetzt erzähl mir mehr über diesen Ausflug nach Charlotte.«

»Wir machen uns Samstag auf den Weg«, antworte ich in nichtssagendem Ton. Ich habe mir ganz gezielt keine großen Gedanken über diesen Trip gemacht. »Es geht ganz schnell. Sonntagnachmittag fliegen wir wieder zurück.«

»Wir, das sind du, Harvey und Yasmen? Ihr fliegt alle am Samstag?«

Ich esse einen zeitschindenden Löffel Kartoffelbrei und lasse mir mit dem Kauen und der Antwort Zeit. »Harvey hat Familie in Charlotte. Er ist schon wegen Thanksgiving dort und trifft sich dann mit uns.«

Vashti legt die Gabel ab und wirft mir einen prüfenden Blick zu. »Also reisen du und Yasmen allein hin?«

»Ja«, wirft Deja neben Vashti mit vollem Mund ein. »Grandma bleibt bei uns. Sie wird uns zwingen, alles sauber zu machen. Ich hoffe nur, sie kocht nicht wieder Chitterlings. Hast du die mal gegessen, Vashti?«

Vashti reißt sich von mir los, um Deja zu antworten. »Was? Tut mir leid, habe ich was je gegessen?«

»Chitterlings.« Deja schlägt mit funkelnden Augen die Hand vor den Mund. »Die stinken so übel.«

»Ich wasche sie in Chlorbleiche«, kommentiert Carole und lacht über Dejas und Vashtis entsetzte Mienen. »All das Gift verkocht. Es ist noch niemand an meinen Chitterlings gestorben. Ihr wisst alle gar nicht, was gut ist. Ich hebe dir ein bisschen davon auf, Vashti.«

»Äh, schon gut. Nein danke.« Vashti bringt ein leises Lachen zustande, aber ihr gedämpfter Blick kehrt zu mir zurück, und ich weiß, sie überlegt immer noch, was es wohl zu bedeuten haben mag, dass Yasmen und ich zusammen reisen. Dabei sollte es gar nichts zu bedeuten haben. Wir sind zwei Erwachsene, die nicht mehr miteinander verheiratet und weitergezogen sind, die sogar andere Menschen daten.

Und doch … Ich hatte Vashti gegenüber nichts davon gesagt, weil ich selbst eine gewisse Unsicherheit verspüre, die irgendwo zwischen Furcht und Erwartung schwankt. Ich unterdrücke das Gefühl, weil es irrational und gefährlich und nutzlos ist.

»Es ist so ein kurzer Abstecher«, beschwichtige ich sie und drücke wieder ihre Hand.

»Ich weiß. Ich wünschte nur, du hättest es mir erzählt.« Sie entreißt mir die Hand, augenscheinlich, um einen weiteren Schluck von ihrem Tee zu trinken, aber ich kann mich des Eindrucks nicht erwehren, dass sie eigentlich mich damit tadeln will.

»Hätte ich, wenn es wichtig gewesen wäre«, sage ich, gerade laut genug, dass sie mich verstehen kann. »Aber das ist es nicht. Es ist strikt geschäftlich.«

Der Blick, den sie auf mich richtet, vermittelt eine gewisse Ironie, vermengt mit einem kleinen Funken Besorgnis. »Okay, Josiah. Wenn du das sagst.«

Und damit widmet sie sich wieder dem Essen und unterhält sich mit Deja. Ich riskiere einen Blick zur anderen Seite des Tisches, wo Yasmen mit Bayli plaudert, einer unserer besten Empfangsdamen, und den Kopf zurückwirft, als sich ihr typisches Lachen durch den langen Hals Bahn bricht und in mir den Wunsch weckt, Teil des Spaßes zu sein. Die billigen, kunterbunten Truthahnohrringe schwingen hin und her, als sie sich vorbeugt und nach ihrem Glas Wasser greift. Amüsement funkelt in ihren dunklen Augen, und ihr Lächeln lässt sie glücklich wirken. Glücklicher, als ich sie seit Langem erlebt habe. Obwohl, das stimmt nicht ganz. Sie sieht schon seit Monaten glücklich aus, und diese Erkenntnis bohrt sich wie eine kleine Nadel in meine Brust.

Sie ist wieder da.

Die Frau, die ich geheiratet hatte, die die ganze Welt um sich herum im Griff hatte, ohne auch nur ins Schwitzen zu kommen, die sich um unsere Kinder, um sich, um alle gekümmert hat – sie ist wieder da.

Die Frau, die ich geliebt habe, ist wieder da. Therapie, Medizin, Zeit. Ach, verdammt, als wüsste ich, was alles notwendig war, um sie zu uns zurückzubringen, so schön, so strahlend, klug und selbstbewusst wie eh und je, aber es ist passiert.

Vashti zupft an meinem Ärmel, und ich sehe mich um, zwinge meine Lippen, ihr Lächeln zu spiegeln. Ihre gelassene Miene verrät mir, dass sie ihre Besorgnis wegen meiner Reise mit Yasmen verworfen hat. Sie glaubt, dass alles gut wird. Sie glaubt mir.

Ich hoffe, ich verdiene ihr Vertrauen.

»Sagen wir heute auch, wofür wir dankbar sind?«, fragt Deja, als am Tisch mehr gesprochen als gegessen wird.

Überrascht, aber auch erfreut blicke ich sie an. Sie macht derzeit irgendeine Phase durch, ist aber auch immer noch das Mädchen, das es liebt, an Feiertagen von ihrer Familie und Gastrofreaks umgeben zu sein.

»Tolle Idee.« Ich lächele erst sie und dann Kassim an, der bei dem Vorschlag prompt zu strahlen anfängt.

»Wir gehen immer am Tisch reihum und sagen, wofür wir dankbar sind«, informiert Deja die Runde.

»Toll, dass du daran gedacht hast, Deja«, sagt Yasmen und stützt das Kinn auf die gefalteten Hände. »Willst du anfangen?«

»Na klar«, sagt Deja. »Ich bin dankbar für all meine neuen Follower. Ihr findet mich unter dem Namen Kurly Girly bei Insta und TikTok.«

Alle lachen erwartungsgemäß, und Dejas Grinsen breitet sich über ihr ganzes Gesicht aus.

Charmeurin.

Nacheinander erzählen wir alle, wofür wir gerade dankbar sind. Es ist schön zu hören, was den Mitarbeitern des Grits wichtig ist, einen kurzen Einblick in ihr Leben zu bekommen. Das gilt besonders für Milk. Er und ich reden nicht viel über Byrd, aber wenn es jemanden gibt, der sie fast so sehr vermisst wie Yasmen und ich, dann ist es Milk. Ich weiß selbst nicht recht, warum ich nicht öfter Kontakt zu ihm gesucht habe. Vielleicht erinnert er mich zu sehr daran, was ich verloren habe. Schon die wenigen Therapiesitzungen, die ich bei Dr. Musa hatte, haben mir dabei geholfen, mir bewusst zu machen, dass ich, wenn ich leide, dichtmache und mich in der Arbeit vergrabe, was ich im Grunde wusste. Aber ich erkenne nun auch, wie sehr ich mich abkapsele, um ganz allein meine Wunden zu lecken. Vielleicht habe ich auf einer unbewussten Ebene, gerade weil ich so viel verloren habe, Angst, dass ich eines Tages allein sein werde.

Säße ich jetzt vor Dr. Musa, würde ich mit ihm darüber lachen, wie dieses Psychopalaver auf mich abfärbt.

»Wofür ich dankbar bin?« Yasmen neigt den Kopf zur Seite. »Wow, ich weiß gar nicht, wo ich anfangen soll. Ich muss wohl schummeln und mehr als nur eine Sache nennen.«

Sie senkt den Blick auf die Reste auf ihrem Teller, beißt sich auf die Lippe und spielt mit der Gabel.

»Meine Kinder. Sie sind der Grund, warum ich immer noch da bin, ehrlich.« Mit geweiteten Augen blickt sie auf, als hätte sie etwas gesagt, das sie nicht hatte sagen wollen. »Ich meine, ihr wisst ja alle, dass ein paar harte Jahre hinter uns liegen. Deja und Kassim, ihr bedeutet mir einfach alles. Ich bin dankbar für Freundinnen, die sich für mich wie Schwestern anfühlen. Und ich glaube, am meisten bin ich dankbar für die Zeit, die zwar nicht immer alle Wunden heilt, uns aber lehrt, wie wir mit den Narben wieder glücklich sein können.«

Ihre Worte treffen uns alle, manche mehr als andere. Carole blinzelt hektisch, stemmt sich gegen die Tränen. Nicht einmal sie hatte noch an ihre Tochter herankommen können, als Yas auf dem Tiefpunkt war. Carole hier zu sehen, wie sie wieder mit Yasmen lacht, macht diesen Feiertag sogar noch außergewöhnlicher.

»Kassim«, sagt Yasmen. »Du bist dran.«

Kassim setzt sich auf, als würde er sich vor einer Klasse aufbauen und darauf vorbereiten, ein Referat zu halten. Ich weiß nicht, bei wem die Strebergene ausgeprägter sind, bei mir oder Yasmen, aber Kassim hat offenbar die doppelte Dosis abbekommen.

»Ich bin dankbar für die Therapie«, sagt Kassim, ohne zu zögern. »Dr. Cabbot ist cool. Ich mag es, jemanden zum Reden zu haben.«

Das ist so schlicht und doch so tiefgründig, dieser Junge sagt, er ist in Therapie, und es hilft ihm. Wie viele Erwachsene würden nie zugeben, dass sie Hilfe brauchen? Jemanden zum Reden brauchen? Wie viele bekommen niemals die Hilfe, die, wie ich selbst erst zu begreifen beginne, eine Therapie liefern kann. Die Scham versetzt mir einen Stich. Mein Sohn ist im Umgang mit seinen Gefühlen mit zehn Jahren schon tapferer, als ich es je war. Ich schaue auf und sehe, dass Yasmens Blick auf Kassim ruht, nicht auf mir. Freude, Stolz – eine Mischung von beidem teilt sich unverkennbar in ihrem leichten Lächeln mit.

Nach dem Dessert gehen einige der Gäste, während andere es sich vor dem Fernseher bequem machen und Football gucken.

»Das war wirklich toll«, flüstert mir Vashti zu. »Ich hab's geliebt.«

»Das freut mich. Bereit zu gehen?« Sie nickt, und ich sehe mich um, aber von meinen Kindern ist keine Spur zu entdecken. »Lass mich Kassim und Deja sagen, dass wir uns auf den Weg machen.«

»Sag ihnen von mir auf Wiedersehen. Ich gehe schon zum Wagen. Ich war lange auf und musste früh wieder loslegen. Ich bin erledigt.«

»Und ich habe dir gesagt, es gibt keinen Grund, nervös zu sein«, stichele ich. »Carole beißt nicht mal.«

»Sie ist wunderbar. Ich werde mich von ihr verabschieden und mich für alles bedanken.«

Ich gehe die Treppe hinauf, ziemlich überzeugt, dass ich weiß, wo Deja ist. Und tatsächlich hat sie ihr Telefon und das Stativ vorbereitet, zusammen mit einer Reihe von Haarpflegeprodukten. Mit dem Versprechen, nicht die ganze Nacht mit dem Handy zuzubringen, küsst sie mich und schiebt mich zur Tür hinaus. Kassim ist ebenfalls in seinem Zimmer, trägt ein Headset und spielt ein Videospiel mit Jamal. Otis schlummert zu seinen Füßen.

»Hey, Dad«, sagt er, ohne den Blick vom Bildschirm abzuwenden. »Kann Otis heute Nacht bei mir bleiben?«

Ich sehe Otis an. Es ist nicht ungewöhnlich, dass er hierbleibt, statt mit zu mir zu kommen, besonders an Feiertagen, auch wenn er manchmal winselt, weil er nach Hause will. Der Hund kann es nicht ertragen, ohne mich zu schlafen.

»Klar, aber ich komme nicht zurück, wenn er anfängt zu jaulen, weil er nach Hause will.«

»Er macht das schon«, sagt Kassim und krault den Kopf des Hundes. »Stimmt doch, Otis, oder?«

Otis legt den Kopf in Kassims Schoß, was mir als Antwort genügt.

»Du und Deja müsst früh am Morgen mit ihm raus«, ermahne ich Kassim. »Dann ist es immer noch dunkel, du kannst also nicht allein mit ihm gehen.«

»Ich weiß. Ich hab sie schon gefragt. Sie hat gesagt, das ist in Ordnung.«

Ich strecke die Hand aus und kraule Otis hinter den Ohren, worauf er sich für eine Sekunde in meine Hand schmiegt, ehe er zu Kassim zurückkehrt.

»Also gut«, sage ich und küsse Kassim rasch auf den Kopf. »Hab dich lieb, Kid.«

»Ich dich auch, Dad.«

Carole steht am Fuß der Treppe. Müdigkeit zieht Falten um ihren Mund und ihre Augen. Sie ist nicht mehr so jung wie früher, und zwei Tage lang für so viele Leute zu kochen muss ihr zu schaffen machen.

»Ich hatte gehofft, dass ich dich nicht verpasst habe«, sagt Carole und hakt sich bei mir unter. »Es war schön, dich zu sehen.«

Ich drücke sie seitlich an mich, und es fühlt sich an wie bei hundert anderen Familientreffen, bei denen sie neben mir gestanden hat, und doch ist jetzt alles ganz anders.

»Es ist auch schön, dich zu sehen, Carole. Tolle Arbeit, wie immer.«

»Vashti kennenzulernen war mir auch eine Freude. Sie ist wirklich süß.« Sie blickt zu mir auf. Ihr Lächeln sitzt, aber sie hat die Augen zusammengekniffen. »Es würde mir nicht gefallen, wenn diesem Mädchen wehgetan wird.«

»Warum sagst du das?«, frage ich, obwohl ich glaube, ich weiß es.

»Junge, du bist kein Dummkopf und ich auch nicht.« Ihr Lächeln verblasst. »Ich kenne dich, Josiah, und ich kenne meine Tochter.«

»Na ja, dann solltest du vielleicht mit ihr sprechen«, sage ich und glätte sogleich die harten Kanten dieser Bemerkung. »Denn dieses Schiff hat den Hafen verlassen, und sie war der Kapitän. Das ist vorbei.«

»Fühlt sich für mich nicht so an. Nicht bei deiner Art, Yasmen anzuschauen, während eine andere Frau direkt neben dir sitzt.«

Das Letzte, was ich bei all den widerstreitenden Gefühlen, die in meinem Inneren toben, brauchen kann, ist, dass Carole es noch schlimmer macht.

»Vashti wartet im Wagen«, sage ich, um dem Gespräch ein Ende zu machen. »Ich sollte besser gehen.«

»Ich hab's nicht bös gemeint. Ich liebe dich wie einen Sohn, das weißt du.«

»Ich weiß.« Ich beuge mich zu ihr und küsse sie auf die Wange.

»Oh! Ich glaube, Vashti hat eine ihrer Schüsseln in der Küche vergessen. Kannst du die auf dem Weg nach draußen noch holen? Und sag ihr noch mal danke für die Beignets.«

Als ich die Küche betrete, ist die nach diesem gewaltigen Mahl mit so vielen verschiedenen Speisen und so vielen Gästen geradezu schockierend sauber, aber außer Yasmen, die auf ihr Telefon hinabgrient, ist niemand hier.

»Hast du das alles allein gemacht?« Ich schäme mich ein wenig dafür, dass ich so unbesonnen war und gar nicht ans Aufräumen gedacht habe. Carole hat uns versichert, dass für alles gesorgt sei, aber haben Yasmen und sie diese ganze Arbeit völlig allein erledigt?

Yasmens Lächeln verblasst ein wenig, als sie von ihrem Handy aufblickt.

»Oh, nein, Mama und Bayli haben geholfen. Mama hat sogar unsere kleine Rebellin Deja dazu gebracht, ein paar Minuten lang die Spülmaschine einzuräumen. Es hat nicht lange gedauert.«

»Oh, gut.« Mit einem Nicken deute ich auf ihr Telefon. »Dein Freund?«

Das geht mich nichts an, und der Blick, den sie mir zuwirft, sagt genau das. Wann habe ich eigentlich die Kontrolle über mein Sprachzentrum verloren? Ich wollte diese Frage gar nicht stellen. Mir ist egal, ob sie Nachrichten mit Mark austauscht.

»Ich habe keinen Freund.« Sie steckt das Telefon in ihre Hosentasche und sieht mich mit einem schwachen Lächeln an. »Aber falls du Mark meinst, nein. Hendrix und Soledad haben sich nur gerade gemeldet.«

Ich nicke, sehe mich um und suche auf den aufgeräumten Arbeitsflächen nach einer verirrten Schüssel. »Deine Mom sagte, Vashti hätte eine Schüssel hiergelassen?«

»Ich glaube nicht.« Falten bilden sich auf Yasmens Stirn. »Sie hat extra noch mal nachgesehen, ehe sie gegangen ist.«

Ich zögere, weiß, dass ich keinen Grund habe, länger zu bleiben, fühle mich aber irgendwie gezwungen, noch etwas zu sagen. »Was Seem heute gesagt hat, war klasse, was?«

Sie bläst Atem durch gespitzte Lippen und legt beide Hände auf ihr Herz. »Ich glaube, ich war noch nie so stolz auf ihn. Keine perfekte Punktzahl und keine Trophäe, die er gewonnen hat, können in meinen Augen mit dem mithalten, was er heute am Tisch gesagt hat.«

»Ja.« Ich lehne mich neben sie an die Arbeitsplatte. »Er ist schon was Besonderes. Wie offen er das gesagt hat, ganz ohne Verlegenheit. Die meisten Jungs, die ich kenne, würden das nicht tun, auch nicht, wenn sie gerade eine Therapie machen würden.«

»Das ist der junge Mann, den du großziehst.« Sie blickt mich unter ihren langen Wimpern an. »Ich weiß, du hattest deine Probleme mit Therapie, aber du gehst für ihn hin. Du hast ihm vorgemacht, dass das okay ist, und darum geht es ihm immer besser.«

»Ich habe ihm das vorgemacht?«, spöttele ich. »Ich glaube, wir wissen beide, dass du sehr viel mehr getan hast, um ihm die Vorzüge einer Therapie zu vermitteln, als ich.«

»Dann eben wir«, sagt sie. »Wir sind immer noch ein ziemlich gutes Team, was?«

Neuerliche Spannung erfüllt die Luft, verdichtet sich um uns herum. Sie zerrt an mir, bis es sich, obwohl keiner von uns sich auch nur einen Zentimeter vom Fleck bewegt hat, anfühlt, als wären wir nur einen Atemhauch voneinander entfernt. Als würde der Raum, der unsere Körper trennt, einfach verschwinden. Die Kühle ihres Atems, der berauschende Vanilleduft auf ihrer warmen Haut, von der mir die Erinnerung sagt, wie weich sie sich anfühlt. Meine Sinne verschlingen sie in großen Happen, bis ich glaube, ich kann keine Sekunde länger atmen, wenn ich nicht …

»Ich gehe besser.« Ich stemme mich von der Arbeitsfläche weg, stolziere zur Hintertür, öffne sie und hoffe, die erfrischend kühle Luft wird sie aus meinem Kopf vertreiben.

Aber ich weiß nicht, ob sie das kann. Ich weiß nicht, ob irgendetwas das je schaffen könnte. Trotzdem muss ich es versuchen, denn sie hat ihre Wahl getroffen. Das war nicht ich. Das bin nicht ich. Ich kann nicht hierbleiben. Nicht in dieser Küche, nicht hier, während ich sie immer noch begehre.

»Josiah«, sagt sie hinter mir.

Ich drehe nur halb den Kopf, zeige ihr nur mein Profil. »Ja?«

»Wir, äh, wir sehen uns Samstagmorgen, richtig?«

Mist. Charlotte.

»Ja. Der Wagen holt uns um zehn ab.«

»Toll. Äh …« Es ist, als würden wir beide den Atem anhalten, während ich darauf warte, dass sie sagt, was sie zu sagen hat. »Happy Thanksgiving.«

Ich nicke, schaue mich nicht um, sondern gehe hinaus zum Wagen, wo Vashti auf mich wartet.

»Idiot.« Ich schiebe die Hände in die Taschen und knirsche frustriert mit den Zähnen. »Du lernst es nie.«

# Kapitel 23

# JOSIAH

Vashti möchte, dass ich die Nacht bei ihr verbringe.

Natürlich möchte sie, es ist schließlich Feiertag. Wir hatten wenig Zeit füreinander, weil so viel zu tun war. Wenn ich ehrlich bin – und ich muss ehrlich sein, zu mir und zu ihr –, gehe ich dem sogar schon seit jenem aufgeladenen Moment mit Yasmen in meinem Büro aus dem Weg. Vielleicht bereits, seit ich gesehen habe, wie sie diesen Möchtegern-Kongressabgeordneten auf der Veranda geküsst hat. Meine Reaktion darauf, sie mit einem anderen zu sehen, war unvernünftig, unverhältnismäßig und verstörend. Ich muss diesen ganzen Mist unbedingt nächste Woche bei Dr. Musa auf den Tisch packen, aber jetzt kann er mir nicht helfen, mich durch dieses vermutlich längst überfällige Gespräch zu manövrieren.

»Das Essen war echt cool«, sagt Vashti und stapelt Tupperware in den Kühlschrank. »Alle waren toll, und Yasmens Mutter ist total süß.«

»Ja.« Ich setze mich auf einen der Barhocker an der Esstheke ihrer Küche. »Carole ist einzigartig.«

Es würde mir nicht gefallen, wenn diesem Mädchen wehgetan wird.

Die Worte meiner Ex-Schwiegermutter sind mir während der ganzen Fahrt zu Vashtis Wohnung in einer Endlosschleife durch den Kopf gehallt. Ich wollte nicht hören, was sie zu sagen hatte, und Gott weiß, ich will mich nicht damit befassen, aber sie hat recht. Ich darf Vashti nicht wehtun. Mein Geist will das Bild von Yasmen am anderen Ende des Tisches nicht loslassen, wie sie den

Kopf in den Nacken legt und ihr heiseres Lachen mich überfällt. Wie diese albernen Ohrringe flüsternd über ihren Hals streichen. Die Zeit nach der Scheidung war hart und kalt und einsam, und ich musste wirklich weiterziehen, fortziehen von der schmerzlichsten Zeit meines Lebens, und irgendwie hatte ich gehofft, die Beziehung zu Vashti könnte diesen Schmerz lindern. Denn wenn ich darauf warten will, dass ich irgendwann nichts mehr für Yasmen empfinde, dann werde ich ewig am gleichen Punkt festsitzen.

Vielleicht muss ich einfach stillhalten, bis ich weniger für sie empfinde als gerade jetzt.

Das ist eine verdammt bittere Pille, die ich zu schlucken habe. Ohne nachspülen. Aber je länger ich darüber nachdenke, desto überzeugter bin ich, dass es das einzig Richtige ist.

Als die Reste weggepackt sind, kommt Vashti her, stellt sich an der Esstheke zwischen meine Beine und blickt aus klaren Augen zu mir empor. Sie vertraut mir, aber ich traue mir selbst nicht. Nicht, dass ich glaube, die Sehnsucht nach Yasmen könnte mich treiben, irgendwas Dummes zu tun, aber ich kann keine Beziehung mit einer anderen Frau führen, solange ich noch so empfinde.

Vashtis Finger gleiten aufwärts, streichen über meine Schulter, liebkosen meinen Hals.

»Vash«, beginne ich und lege meine Hand auf ihre, um sie davon abzuhalten, noch weiterzugehen. »Wir müssen reden.«

»Sicher.« Sie stellt sich auf die Zehenspitzen und küsst mich hinters Ohr. »Danach?«

Ich stehe auf, schiebe sie sacht einen Schritt weg von mir und gehe auf die andere Seite der Theke, baue mich ihr gegenüber auf, stütze die Ellbogen auf die Granitplatte und sehe ihr in die Augen.

»Jetzt.«

»Okay.« In ihrem Lachen liegt ein Hauch nervöser Unsicherheit. Ob sie es irgendwie kommen sieht? Bei dem Thanksgiving-Essen ist ihr Misstrauen zum Vorschein gekommen, auch wenn sie es schnell wieder verborgen hat. Vielleicht macht sie sich genauso etwas vor wie ich.

»Brauchen wir zu diesem Gespräch einen Drink?«, fragt sie nur halb im Scherz und nimmt eine Flasche Wein von der Arbeitsplatte.

»Ähhh ... ich nicht, aber danke.«

»Ich glaube, ich möchte.« Sie füllt ein Weinglas beinahe bis zum Rand und stellt die Flasche zwischen uns auf die Theke, ehe sie auf den Hocker hüpft. »Denn ›Wir müssen reden‹ verheißt gewöhnlich nichts Gutes.«

Ich kann sie nicht mal beruhigen, denn zu diesem Zeitpunkt weiß ich nicht, wie ich ihr nicht wehtun könnte. Aber ich weiß, je länger ich warte, desto schlimmer wird es sich anfühlen.

»Ich möchte dir nicht wehtun, Vash.«

»Dann tu es nicht«, sagt sie. Schon jetzt ist von ihrer Stimme nur ein schwaches Flüstern übrig und das Licht in ihren Augen ein wenig schwächer.

»Ich denke, wir sollten uns nicht mehr sehen.« Und dann konkretisiere ich meine Worte hastig, denn ich weiß, wie viel ihr das Grits bedeutet. »Außerhalb der Arbeit, natürlich. Ich wollte sagen ...«

»Du machst Schluss mit mir.«

Unsere Blicke treffen sich über dem unberührten Weinglas, und ich hole tief Luft. »Ich glaube, es ist das Beste, wenn wir es jetzt beenden.«

Ihre Wimpern senken sich, verdecken, was immer in ihren Augen steht, und sie trinkt einen tiefen Schluck, ehe sie das Weinglas vorsichtig wieder abstellt.

»Yasmen?«, fragt sie.

Sie stellt diese Frage so nüchtern und geradeheraus, ich möchte es ihr gleichtun, aber die Sache ist etwas komplizierter.

»Ja«, antworte ich. »Und nein.«

Als sie die Augenbrauen hochzieht, fahre ich fort.

»Ja, ich habe noch unbearbeitete Altlasten von meiner Ehe. Nein, zwischen mir und Yasmen läuft nichts. Und ich habe auch nicht vor, das zu ändern.«

»Und warum können wir dann nicht einfach …«

»Weil es nicht fair ist. Du willst keinen Mann, der an eine andere denkt, wenn er mit dir zusammen ist.«

»Oh.« Sie blinzelt hektisch und beißt sich auf die Unterlippe. »Also ist sie die ganze Zeit in deinem Kopf?«

»Nein, so ist das nicht.«

»Aber du denkst an sie, hast Gefühle für sie.« Vashti scheint den Atem anzuhalten, während sie auf meine Antwort wartet. Spannung legt sich über ihre Schultern und ergreift Besitz von den Fingern, die das zerbrechliche Glas am Stiel halten.

»Hätte ich gewartet, bis ich keine Gefühle mehr für Yasmen habe, ehe ich weitergezogen wäre, dann hätte ich es nie getan«, sage ich so sanft wie möglich.

Die Wahrheit, die in diesen Worten liegt, müssen wir beide verdauen. Das ist es. Sosehr ich mir wünschte, es wäre nicht so, aber über Yasmen hinwegzukommen wird mir vielleicht niemals gelingen. Das heißt nicht, dass ich ihr vertrauen oder je wieder mit ihr zusammen sein kann. Ich bin nicht überzeugt, dass ich zu einem von beidem imstande bin, aber ich kann die Wurzel dieser Gefühle nicht einfach aus meinem Herzen reißen. Sie sind verwoben mit den Fasern meines Seins. Das ist eine emotionale Sackgasse, aus der ich selbst hinausfinden muss, und solange ich das nicht getan habe, kann ich auch mit niemand anderem zusammen sein.

»Ich weiß, dass ich dir was bedeute«, sagt Vashti. Tränen schimmern in ihren Augen. »Ich kann dir Zeit geben. Wir können versuchen, etwas aus uns zu machen.«

Das klingt kräftezehrend. Gegen meine Gefühle für Yasmen anzukämpfen ist ein Vollzeitjob geworden. Im Nebenjob dafür zu sorgen, dass ich Vashti gebe, was sie braucht, ist nicht fair, weder ihr noch mir noch Yasmen gegenüber.

»Du verdienst einen Mann in deinem Leben, der dir alles gibt, Vash«, sage ich und greife nach ihrer Hand. »Ich hatte gehofft, dieser Mann könnte ich sein. Das habe ich wirklich, aber ich möchte nicht, dass du dich mit weniger begnügst.«

Eine Träne rinnt über ihre Wange und fällt auf meinen Handrücken, und ich komme mir vor wie ein Arschloch. Ich wollte so verzweifelt weiterziehen, Yasmen aus meinem Leben streichen, dass ich einen anderen Menschen in diesen Morast mit hineingezogen habe. Schuldgefühle nagen an meinem Innenleben, und ich will nichts lieber, als diese Sache so sanft und freundlich zu Ende zu bringen, wie es nur geht, also sitze ich in der unbehaglichen Stille und lasse ihr Zeit, die Sache zu verarbeiten.

»Wir haben nie von Liebe gesprochen, nicht wahr?«, murmelt sie mit einem erstickten Lachen.

Ich habe ihr nie gesagt, ich würde sie lieben. Ich habe immer gewusst, dass das nicht stimmt. Diese Worte und mein Herz habe ich nur einer einzigen Frau in meinem Leben dargeboten, und das ging in einem Wirbelsturm aus Schmerz und Bedauern voll ins Auge. Wenn ich diese Worte noch einmal sage, dann werde ich das tun, weil ich es irgendwie geschafft habe, Yasmen aus mir herauszureißen und wie durch ein Wunder jemand anderen hineinzulassen. Aber dieser Zeitpunkt ist nicht jetzt.

Ich räuspere mich. »Bei der Arbeit …«

»Ich komme klar«, fällt sie mir ins Wort. Ihr Blick ist härter als zuvor, das Kinn trotzig vorgereckt. »Ich habe zu hart und zu lange gearbeitet, um mir meine Karriere durch eine Beziehung versauen zu lassen. Das Grits ist einer der angesagtesten Läden in der Stadt. Ich werde nicht hinwerfen.«

»Gut. Dann sind wir uns einig.«

»Ich denke, wir sagen es den Leuten einfach, falls sie fragen. Machen keine große Sache daraus.« Sie lacht schnaubend auf. »Ich meine, es war ja auch keine große Sache.«

»Hey.« Ich warte, bis sie aufblickt. »Ich habe nicht mit dir gespielt. Ich wollte wirklich nach vorn schauen. Ich hatte gehofft, ich wäre bereit für etwas Neues mit jemandem, der mir wichtig ist. Das war das. Ich hoffe, du glaubst mir das und auch, dass ich dir nie vormachen wollte, es wäre etwas anderes.«

»Hast du nicht.« Sie schenkt mir ein tränenreiches Lächeln. »Aber du hast recht. Ich verdiene einen Mann, der so verrückt nach mir ist, wie du es nach ihr bist.«

»Ich bin nicht ...« Ich verstumme unter dem fassungslosen Blick, mit dem sie mich betrachtet. »Ich hoffe, du bekommst alles, was du verdienst.«

## Kapitel 24

# YASMEN

»Yasmen!«, brüllt Mama von unten rauf. »Der Fahrer ist da, um dich zum Flughafen zu bringen.«

»Ich bin in fünf Minuten unten«, rufe ich zurück.

Ich sehe mich im Raum um. Ein paar Minuten klingen ziemlich ambitioniert, da meine Klamotten auf dem Bett verteilt sind, neben dem Koffer statt drin. Ich habe geduscht, aber ich trage immer noch meinen Morgenmantel und habe immer noch ein Tuch um meine Braids gebunden.

»Dass ich ausgerechnet heute verschlafen muss«, murmele ich und versuche, meine Gedanken zu ordnen.

Auf Zehenspitzen gehe ich zum Fenster und schaue hinaus. Ein Suburban tuckert im Leerlauf in meiner Einfahrt. Vielleicht sollte ich den Fahrer bitten, erst Josiah zu holen, falls er das noch nicht getan hat, und dann wiederzukommen, um mich einzusammeln. Ein festes Pochen ertönt an meiner Tür, ehe ich diesen hervorragenden Plan in die Tat umsetzen kann.

»Komm rein, Mama.« Ich werfe meinen Morgenmantel auf das Bett. »Ich könnte wirklich ein bisschen Hilfe brauchen.«

»Das dachte ich mir, denn wir warten schon zehn Minuten auf dich«, sagt Josiah schroff. Ärger spiegelt sich in seinen Zügen. »Wir werden den Flug verpassen, wenn du dich nicht beeilst. Was soll ich machen?«

Als sich unsere Blicke begegnen, erstarren wir beide. Ich stehe da, regungslos, nur in Slip und BH.

»Rausgehen«, grolle ich zähneknirschend, hole mir den Bademantel zurück und schlüpfe hinein.

Josiah weicht nicht, starrt aber über meine Schulter hinweg. »Carole hat gesagt, sie wäre beschäftigt und könnte gerade nicht helfen, darum hat sie mich raufgeschickt, um nach dir zu sehen.«

Erst schickt Mama ihn wegen einer Schüssel, die Vashti nicht hat stehen lassen, in die Küche. Und jetzt das.

Ich weiß, was du vorhast, Mama.

Der Versuch, die eigene Tochter mit ihrem geschiedenen Mann zu verkuppeln, sollte strafbar sein.

Matrizid?

»Sie hätte wissen müssen, dass es keine gute Idee ist, dich in mein Schlafzimmer zu schicken, während ich noch dabei bin, mich anzuziehen«, informiere ich ihn und kralle die Finger in den Kragen des Bademantels.

»Vielleicht hat sie sich ja gedacht, dass es da nichts zu sehen gibt, was ich nicht schon gesehen habe.« Sein Ton klingt entschieden gleichgültig, aber die Art, wie er mich angesehen hat, ehe er den Blick abgewandt hat, hatte rein gar nichts Gleichgültiges. »Ich glaube, ich kann im selben Zimmer sein wie du, ohne die Beherrschung zu verlieren.«

Und was ist mit meiner Beherrschung?

»Wir müssen los«, sagt er. »Wie kann ich dir helfen?«

Ich seufze widerwillig und deute mit einem Nicken auf die Klamotten auf dem Bett. »Ich habe bereits geduscht, also wirf das Zeug einfach in den Koffer.«

»Das alles brauchst du für eine Übernachtung?« Er zieht eine Braue hoch und fängt an, die Sachen zusammenzufalten.

»Ein Mädchen sollte stets auf alles vorbereitet sein.« Mit einem erzwungenen Grinsen verlasse ich den Raum und betrete meinen Kleiderschrank in der Absicht, mich anzuziehen, nur um festzustellen, dass auch die Sachen, die ich gleich tragen will, auf dem Bett liegen. Als ich wieder ins Zimmer zurückgehe, baumelt ein schwarzer Spitzen-Stringtanga an Josiahs Zeigefinger.

»Her damit.« Ich reiße ihm den Slip aus der Hand und stopfe ihn in den Koffer. »Weißt du, was? Ich schaffe das allein. Es ist nicht so viel. Geh du zurück zum Wagen, ich komme gleich nach.«

»Ich habe nur versucht, deinen trägen Arsch in Gang zu bringen.« Kichernd schüttelt er den Kopf.

»Ich bin im Handumdrehen fertig, wenn du mich einfach in Ruhe lässt.«

Ich verdrehe die Augen, packe seinen Arm und dirigiere ihn Richtung Tür. Ohne eng zu sein, schmiegt sich der marineblaue Pulli an die wohlgeformten Muskeln seiner Arme und seines Oberkörpers. Ich bin mir des winzigen Abstands zwischen seiner Brust und meiner nur allzu bewusst. Spüre deutlich, dass meine Brüste sich fester anfühlen, sich gegen den Stoff des Bademantels drängen. Mein BH, ein seidener Käfig, reizt meine empfindlichen Nippel. Mein Herz, eine wilde Bestie, fordert mit stetem Donnern seine Freiheit. Ich bin barfuß. Breit und groß ragt er auf eine Weise vor mir auf, die mir früher ein Gefühl der Sicherheit vermittelt hat. Aber jetzt fühle ich mich nicht sicher. Jeder verkümmerte Atemzug, jede Sekunde der Stille, die zwischen uns pulsiert, fühlt sich gefährlich an. Ich werde bedroht, aber der Feind sitzt in meinem Inneren. Die Gefahr ist meine eigene treulose Reaktion auf einen Mann, der einmal der meine war. Er blickt auf mich herab, die Lider über den dunklen Augen halb gesenkt, beobachtet mich ganz genau und macht keinerlei Anstalten zu gehen. Meine Finger krallen sich um seinen Arm, und ich lasse ganz langsam, Finger für Finger los.

»Gib mir zehn Minuten«, sage ich mit rauchiger, heiserer Stimme, verzweifelt darauf bedacht, ihn aus diesem Raum und meiner direkten Nähe zu schaffen.

»Mach fünf daraus.« Diese Worte wirft er lapidar über die Schulter, als er endlich zur Tür hinausgeht.

Es dauert sieben. Während ich durch den Raum flitze, als würden die Höllenhunde mir schon in die Fersen beißen, was gar nicht so weit von der Wahrheit entfernt ist, werfe ich Klamotten und Toilettenartikel in meinen Trolley und stopfe die Kosmetiktasche in die überdimensionierte Handtasche. Dann ziehe ich mich an und klopfe an Dejas Tür, warte auf die Aufforderung hereinzukommen. Als ich eintrete, zieht sie die dünnen Vorhänge um ihr Bett zur Seite, steckt den Kopf heraus und blinzelt mich verschlafen an. Eine Seidenhaube mit Leopardenmuster verhüllt ihr Haar, und sie trägt einen Marvel-Pyjama. Storms kreideweiße Augen mustern mich beinahe genauso intensiv wie die meiner Tochter. So wie jetzt, wenn sie noch keine Zeit hatte, die Mauern hochzuziehen, sieht sie so jung und verwundbar aus.

»Hey.« Lächelnd lehne ich mich an den Türrahmen.

»Hey.« Sie streckt sich gähnend. »Wie spät ist es?«

»Früh. Du kannst weiterschlafen. Aber wir fahren jetzt zum Flughafen. Seid brav, ja? Eurer Großmutter zuliebe.«

Sie lässt sich wieder auf ihre Kissen fallen und zieht sich die Decke über Schultern und Hals. »Gute Reise, Mom«, murmelt sie in der Tiefe ihrer Bettwäsche. »Wir kommen klar.«

»Wir rufen an, wenn wir gelandet sind. Grandma ist zwar hier, aber kümmere dich bitte ein bisschen um deinen Bruder.«

»Tu ich doch immer.« Ihre Stimme geht im Schlaf unter, die letzte Silbe verschluckt sie.

Ich schließe die Tür von außen und öffne die von Kassim einen Spaltbreit. Er schläft immer noch friedlich, hat sich die Decke weggetreten und die Arme um sein Kissen geschlungen. Ich wecke ihn nicht, küsse ihn nur rasch aufs Haar und schleiche mich auf Zehenspitzen hinaus und die Treppe hinunter.

Der Geruch von Kaffee und Speck empfängt mich im Eingangsbereich. Ich stelle mein Zeug an der Tür ab und gehe in die Küche. Mom blickt von dem Teig auf, den sie zu Brötchen formt.

»Du gehst?«, fragt sie.

»Ja.« Ich gehe zu ihr und lehne mich mit der Hüfte an die

Kücheninsel. »Ich weiß, was du im Schilde führst, und du musst damit aufhören.«

Sie starrt mich aus weit aufgerissenen Augen unschuldig an. »Ich habe keine Ahnung, wovon du sprichst.«

»Am Thanksgiving-Abend hast du Josiah zu mir in die Küche geschickt, damit er eine Schüssel holt, die Vashti nicht vergessen hat. Heute Morgen hast du ihn nach oben in mein Schlafzimmer geschickt, damit er mir ›hilft‹.«

»Ich hatte zu tun.« Sie zeigt mit ihren mehligen Händen auf den Teig. »Diese Brötchen machen sich nicht von allein.«

»Mama, wir sind geschieden. Wir nehmen uns nicht nur eine Auszeit. Wir haben uns nicht nur vorübergehend getrennt. Es ist vorbei, und Josiah ist mit einer anderen Frau zusammen.«

»Und ich mag Vashti wirklich«, sagt Mama. »So ein süßes Kind.«

»Das ist sie.«

»Viel zu süß, um sich zwischen zwei Menschen zu verfangen, die so unverkennbar zusammengehören.«

Ich fixiere sie starren Blicks, und der Frust brodelt in mir. »Mama …«

»Denkst du, andere Leute sehen das nicht? Dass du ihn immer noch willst und er dich?«

»Er will mich nicht«, antworte ich matt.

»Immerhin leugnest du nicht, dass du ihn immer noch willst.« Der triumphale Ausdruck in Mamas Gesicht ärgert mich.

»Hörst du jetzt mal auf?«

Die Worte fallen lauter und energischer als beabsichtigt, befeuert von all meinem Frust, meinem Ärger, meiner Wut. All das gilt mir selbst, richtet sich in diesem Moment aber gegen sie. Mama zuckt mit keiner Wimper angesichts meines scharfen Tons, sondern blickt mir ungerührt in die Augen.

»Willst du ihn wiederhaben?«, fragt sie, lässt mir aber keine Möglichkeit zu antworten. »Denn wenn du das willst, dann hast du jetzt eine seltene Gelegenheit. Ein Wochenende, allein und ungestört, nur ihr zwei. Vielleicht könnt ihr dann mal wirklich reden und herausfinden, wie zwei Menschen, die einander liebten – entschuldige, lieben –, so sehr wie ihr zwei, am Ende nicht zusammen sein können, denn das würde ich verflixt gern erfahren.«

Ihre Frage spielt Pingpong in meinem Hirnkasten.

Willst du ihn wiederhaben?

Selbst wenn ich wollte, jetzt hat ihn eine andere. Er hat eine Frau gefunden, die ihm nicht das Gefühl vermittelt, ein Leben im Schleudergang zu führen.

Ein schauderhaftes Hupen vor dem Haus macht ihrer Tirade ein vorzeitiges Ende, und mir ist klar, dass Josiah den Fahrer zum Hupen aufgefordert hat.

»Ich muss los.« Ich küsse sie auf die Wange. »Du hast ja unsere Telefonnummern. Ruf an, wenn du oder die Kids irgendwas brauchen. Morgen Abend sind wir zurück.«

»Wir kommen schon klar, aber du musst über das nachdenken, was ich dir gesagt habe, Yasmen. Es ist nicht zu spät, noch nicht, aber was, wenn er sie heiratet?«

Beim dem Wort »heiratet« gefriert mir das Blut in den Adern, und meine Finger krallen sich um den Griff meines Koffers. Mein Herz schlägt jetzt in meinen Schuhen, weil es mir bei dieser Frage geradewegs durch die Hose gerutscht ist. Natürlich wusste ich immer, dass Josiah wieder heiraten könnte, aber bisher war nie ein Gesicht, eine Person mit dieser Möglichkeit verknüpft. Jetzt schon. Und sie ist eine wunderschöne, talentierte, selbstsichere Frau, die vermutlich nie so sehr am Leben verzweifeln würde, dass sich schon das Aufstehen am Morgen anfühlt wie eine olympische Disziplin.

»Bye, Mama«, sagte ich, rolle mein Gepäck aus der Küche und Richtung Eingangsbereich. »Ich muss los.«

Josiah lehnt an der Beifahrerseite des Suburban, als ich auf die

Veranda trete. Nun stößt er sich von dem Truck ab, kommt mir ein paar Schritte entgegen und schnappt sich meinen Trolley, um ihn in den Kofferraum zu packen.

Es herrscht nicht viel Verkehr, und die Fahrt verläuft ereignislos, also kann ich in Ruhe Make-up auflegen, während Josiah an seinem Handy E-Mails beantwortet.

»Die Kinder haben noch geschlafen, als ich bei ihnen reingeschaut habe«, sagt er.

»Ja.« Den kleinen Spiegel im Schoß, tupfe ich Concealer unter meine Augen und auf ein paar unebenmäßige Hautstellen. »Ich habe kurz mit Deja gesprochen, aber Seem hat sich überhaupt nicht gerührt.«

»Wir rufen an, wenn wir gelandet sind.«

»Wie ging es Vashti heute früh?«, frage ich und verwünsche mich umgehend, als mir die Frage über die Lippen gekommen ist, schaffe es aber immerhin, weiter säuberlich mit ruhiger Hand das Make-up mit dem Schwämmchen zu verwischen.

Josiah dreht sich zu mir um. »Wir haben uns heute noch nicht gesprochen, aber ich nehme an, es geht ihr gut. Sie und Anthony kümmern sich ums Restaurant, bis wir zurück sind, falls du dir darüber Gedanken machst.«

Darüber nicht.

Nachdem ich sie an jenem Morgen in seinem Haus gesehen hatte, habe ich wohl einfach angenommen, sie würde ständig bei ihm übernachten. Meine Wissbegier hinsichtlich ihrer Beziehung ist unerschöpflich. Bei der Arbeit verhalten sie sich zugegebenermaßen sehr diskret, und sie gehören nicht zu den Paaren, die in aller Öffentlichkeit knutschen. Ich habe sie dann und wann Händchen halten gesehen, aber sie kleben nicht aneinander. Nicht so, wie Josiah und ich es getan haben, als noch alles gut war. Zwar ist Josiah zurückhaltender als ich, aber er hat sich seiner Liebe nie geschämt und war stets bereit, sie zu zeigen. Hält er sich im Hinblick auf Vashti womöglich zurück, wenn ich in der Nähe bin, um mir Kummer zu ersparen? Oder sind sie immer so maßvoll? Wie gehen sie miteinander um, wenn sie unter sich sind?

Wie läuft es im Bett?

Meine Hand zuckt. Dunkelbrauner Eyeliner hinterlässt eine unerwünschte Spur unter meinem Auge.

»Verdammt.« Ich lecke mir den Finger an und wische den Fleck weg.

»Alles in Ordnung?«, fragt Josiah, ohne den Blick von seiner Apple Watch zu wenden.

»Ja, war nur ein Schlagloch.«

Ich widme mich wieder meinen Smokey Eyes. Als der Lidschatten fertig ist, tupfe ich noch ein wenig Throphy Wife Highlighter auf Wangen und Kinn. Falls Rihanna nie wieder irgendeinen Song aufnähme, mir wäre es recht, solange Fenty nur weiter verfügbar ist. Das würde mir schon reichen.

Unsere Telefone kündigen gleichzeitig eine eingehende Textnachricht an. Ich bin gerade dabei, meine Brauen nachzuziehen, also überlasse ich es Josiah nachzusehen.

»Harvey«, sagt er und liest die Nachricht von seiner Uhr ab. »Er will wissen, ob seine Assistentin uns die Hotelinfos geschickt hat.«

»Die habe ich.« Ich werfe ihm einen Seitenblick zu. »Das Hardway, richtig? Das Boutique-Hotel in der Nähe des Restaurants?«

»Ja. Online hat es ziemlich nett ausgesehen.«

Er holt sein Telefon aus der Tasche und tippt eine Antwort.

Als wir vor der Abflughalle des Hartsfield-Jackson halten, ist mein Make-up fertig, und ich habe das Tuch von den Braids abgenommen, sodass sie mir nun über den Rücken hängen. Josiah schnappt sich unsere Trolleys und rollt sie Richtung Flughafeneingang.

Während der nächsten paar Stunden wünsche ich mir ein Dutzend Mal, dass Harvey mit uns reisen und eine Art Puffer bilden könnte. Wenn wir nur zu zweit sind, scheinen wir ständig auf Abwege zu geraten, sagen entweder viel zu viel oder nicht genug. Das Falsche anstelle des Richtigen. Ich kann es nicht erwarten, in Charlotte anzukommen, mich in meinem Zimmer einzurichten und nur mit Josiah zu interagieren, wenn es unbedingt notwendig ist. Offenbar denkt er genauso, denn kaum haben wir unsere Sitzplätze eingenommen, steckt er seine Earbuds in die Ohren. Ich schließe die Augen und tue während des ganzen Flugs, als würde ich schlafen.

Harvey hat dafür gesorgt, dass ein Wagen für uns bereitsteht, als wir gelandet sind, und uns zum Hardway bringt. Der Schlafmangel und das frühmorgendliche Aufstehen machen sich bemerkbar, und ich kann an nichts anderes denken als daran, dass ich mich in meinem Zimmer eine Stunde ausruhen könnte, ehe wir das Paar treffen, das sein Restaurant veräußern möchte. Auf dem Parkplatz und in der Lobby geht es so geschäftig zu wie in einem Bienenkorb. Wir warten einige Minute in der Schlange der Gäste, die sich anmelden wollen. Als wir dann endlich den Empfangstisch erreicht haben, tun mir die Füße weh, und ich sehne mich nach bequemerem Schuhwerk. Ich bin so auf meinen schmerzenden kleinen Zeh fixiert, dass die Worte der Empfangsmitarbeiterin kaum zu mir durchdringen.

»Was, zum Teufel, soll das heißen, es gibt kein anderes Zimmer?«, schimpft Josiah, und eine Falte gräbt sich zwischen seine Augenbrauen. »Ich habe die Reservierung hier.«

Er zeigt ihr die Buchungsnummer, die Harveys Assistentin per E-Mail geschickt hat.

»Ja, Sir«, sagt dem Namensschild zufolge Amanda in einem übertrieben geduldigen Ton. »Ich habe Ihnen den Schlüssel für Zimmer vier-zwei-acht gegeben.«

»Ja, aber Sie haben mir auch einen Schlüssel für sie gegeben«, sagt er und deutet mit einer Kopfbewegung auf mich. »Für Zimmer vier-zwei-acht.«

»Ja, Ihre Buchung beinhaltet ein Doppelbett«, sagt sie und blickt auf ihren Monitor. »Zwei Personen. Josiah Wade und Yasmen Wade.«

»Wir hätten doch getrennte Zimmer bekommen sollen!« Meine Stimme kommt einem Kreischen ziemlich nahe.

»Das kann nur ein Missverständnis sein«, sagt Josiah zu mir. »Sie werden uns ein anderes Zimmer geben.«

»Es tut mir wirklich leid, aber wie ich schon sagte, es ist nichts anderes frei.« Amanda bedenkt uns beide mit einem bedauernden Blick. »In der Stadt findet eine große Frauentagung statt, das ist so ein Kirchending, und alles ist ausgebucht. Zimmer vier-zwei-acht ist alles, was wir haben.«

»Ich rufe Harvey an. Der regelt das schon«, sage ich, aber ein Hauch von Verzweiflung liegt in meiner Stimme, als ich in meiner Handtasche nach dem Telefon suche. Auf keinen Fall werde ich die Nacht mit Josiah in einem Bett verbringen.

»Es gibt ein ausziehbares Sofa im Wohnbereich«, sagt Amanda wenig hilfreich. »Vielleicht können Sie …«

»Nein«, falle ich ihr ins Wort, und mein Herzschlag nimmt mit jedem Klingeln mehr Tempo auf.

»Yasmen«, sagt Harvey, als er endlich abnimmt. »Ihr seid angekommen? Wie ist das Hotel?«

»Das Hotel«, sage ich, »hat uns beide im selben Zimmer einquartiert.«

Ich lasse ihm Zeit, diese Information zu verdauen, damit er begreift, wie desaströs die Lage ist.

»Oh, da muss meine neue Assistentin wohl was durcheinandergebracht haben. Sie macht in letzter Zeit eine Menge Fehler. Sie hat dies…«

»Harvey, verzeih, wenn mir deine neue Assistentin gerade scheißegal ist. Hast du einen Lösungsvorschlag?«

»Ein anderes Zimmer ist nicht mehr frei?«

»Nein, irgendeine Frauentagung hat die ganze Stadt belegt,

und alles ist ausgebucht. Du musst das in Ordnung bringen.«
Meine Stimme klingt immer schriller, während die Situation
schwer auf mir lastet. »Wir können nicht …«

»Yas«, unterbricht mich Josiah mit ruhiger Stimme. »Das ist
keine große Sache. Ich nehme das Sofa im Wohnbereich. Es ist ja
nur eine Nacht.«

Die Welt wurde binnen eines Tages erschüttert. Ein einziges
Ereignis kann den Lauf unseres Lebens massiv verändern. Ich
weiß, dass es nur eine Nacht ist, aber es wird die erste Nacht
seit über zwei Jahren sein, die wir unter einem Dach zubringen
werden.

Ich starre ihn an. Seine Mimik ist unerbittlich, aber es kommt
mir vor, als hätte er sich einer wohl erwogenen Kontrolle unter-
worfen, die nun auch mich befällt.

Und vielleicht könnte es ja funktionieren, vielleicht würde es
reichen, wenn mich nur die Erinnerung an jenen Moment in
seinem Büro nicht seit Wochen verfolgen würde. Wie ich zwischen seinen Beinen stand, wie wir uns gegenseitig mit unserer
Willenskraft übertrumpft haben, während die Luft vor Emotionen brodelte. Wie sehr ich auch versuche, nicht daran zu denken,
mir einzureden, es hätte nichts zu bedeuten, bin ich doch nicht
überzeugt.

Nichts zwischen ihm und mir hatte je nichts zu bedeuten.

»Das klappt schon«, sagt er und steckt den Schlüssel ein. »Ver-
trau mir.«

Wie soll ich ihm sagen, dass er nicht derjenige ist, dem ich
nicht vertraue.

Das bin ich.

## Kapitel 25

# JOSIAH

»Harvey, du musst das in Ordnung bringen.«

Ich gehe im Flur vor Zimmer 428, das eigentlich sogar eine Suite ist, auf und ab, presse mir mit einer Hand das Telefon ans Ohr und kralle die Finger der anderen in meinen Hals.

»Ich dachte, du hast gesagt, du kannst auf dem Sofa schlafen«, sagt Harvey unverkennbar verwirrt. »Und das wäre in Ordnung.«

»Ich habe gelogen.«

»Was … warum denn bloß?«

»Natürlich«, sage ich und senke die Stimme, »weil ich nicht wollte, dass Yasmen merkt, dass es nicht in Ordnung ist.«

»Das ergibt keinen Sinn.«

»Du hörst mir eben nicht zu.«

»Doch, tue ich. Es hört sich an, als hättest du Angst davor, auch nur eine Nacht im selben Raum wie deine Ex-Frau zu verbringen.«

»Angst?« Ich verharre. »Pffft.«

Toller Konter.

»Du wirst im Wohnbereich auf der Couch sein und sie im Schlafzimmer. Ich verstehe nicht, wo das Problem liegt.«

Es sollte kein Problem geben. Das weiß ich. Trotzdem kann ich das Gefühl nicht abschütteln, dass sich, sollten wir die Nacht gemeinsam in diesem Zimmer verbringen, alles verändern wird … erneut.

»Du denkst doch nicht ernsthaft, es könnte irgendwas passieren, oder?«, fragt Harvey. »Zwischen dir und Yasmen, meine ich.«

Es passiert doch schon.

Seit jenem Tag in meinem Büro verschiebt sich der Boden zentimeterweise. Vielleicht sogar schon länger. Die ganze Nacht im selben Raum mit ihr? Eine falsche Bewegung, und diese Verschiebung könnte ein Erdbeben auslösen.

»Du denkst, du könntest Vashti betrügen. Machst du dir deswegen solche Sorgen?«

»Das ist irrelevant.« Ich kneife mir in die Nasenwurzel und zwinge mich, tief durchzuatmen. »Vashti und ich haben Schluss gemacht.«

Ein leises Aufkeuchen hinter mir veranlasst mich, mich umzudrehen und dem erschrockenen Blick aus Yasmens geweiteten Augen zu begegnen.

Verdammt!

Ich hatte nicht vor, ihr davon zu erzählen, umso weniger so.

»Harvey«, sage ich und mustere sie argwöhnisch. »Ich muss auflegen. Wir sollen um eins zum Mittagessen kommen, richtig?«

»Ja, wir sehen uns dann dort«, sagt er. »Das wird schon.«

Ich unterbreche ohne ein weiteres Wort die Verbindung, stecke das Telefon in die Tasche und zwinge meinem Gesicht eine gefasste Miene auf.

»Du und Vashti habt euch getrennt?«, fragt Yasmen und legt die Stirn in Falten.

»Ja.«

»Wann?«

»Thanksgiving.«

»Oh, ich …« Sie senkt den Blick. »Tut mir leid.«

»Tut es?«, frage ich leise, und in meiner Stimme liegt nicht eine Spur echten Interesses.

Als sie aufblickt, verrät mir ihre Miene auch nichts. Sie macht kehrt, geht zurück ins Zimmer, ohne mir zu antworten. Ich zögere auf der Schwelle, folge ihr dann aber hinein und schließe die Tür.

Es ist helllichter Tag. Wir haben einen Termin in weniger als einer Stunde. Geschäftliches zu regeln. Ich weiß, es wird nichts passieren, aber in letzter Zeit ist es, als würde dieses Band, das uns zusammengehalten hat und das ich glaubte dauerhaft durchtrennt zu haben, jedes Mal, wenn wir unter uns sind, an mir zerren.

»Ich glaube, ich bin ein bisschen zu salopp gekleidet. Für den Flieger hat es gereicht«, ruft sie aus dem Schlafzimmer. »Aber jetzt werde ich mich besser umziehen.«

Ich setze mich auf die Couch und schnappe mir die Karte des Zimmerservices. Ich habe seit dem Frühstück nichts mehr gegessen, und mein Magen knurrt wie ein Monster.

»Ich hoffe, das Essen in dem Restaurant dieser Leute ist gut«, sage ich laut genug, dass sie es im anderen Zimmer hören kann.

»Ich habe solchen Hunger, vergiss gutes Essen, ich bin mit allem zufrieden, was gar ist.«

Ich blicke auf, und meine Antwort verfängt sich in meiner Kehle. Die Tür zum Schlafzimmer ist einen Spalt geöffnet und gibt den Blick auf ein kleines Stück des Schlafzimmers preis. Yasmen steht da in BH und Slip. Der Blickwinkel liefert mir nur ein wenig pinkfarbenes Satin und Spitze und dazu glatte braune Haut, aber mein Vorstellungsvermögen füllt die Lücken. Es war schon schlimm genug, sie heute Morgen halb nackt zu sehen und über diesen Stringtanga zu stolpern. Ich hätte es besser wissen sollen. Ich hätte nicht auf Carole hören sollen, als sie mich raufgeschickt hat, um Yasmen zu »helfen«. Aber habe ich es nicht besser gewusst? Habe ich die Gefahr nicht erkannt, die damit verbunden ist, in ihr Schlafzimmer – in mein ehemaliges Schlafzimmer – zu gehen, während sie sich anzieht? Die Gefahr, zu sehen und geradewegs hineinzulaufen, ist dumm und unverantwortlich. Zwei Dinge, die zu sein ich mir nicht leisten kann. Zwei Dinge, die ich normalerweise nicht bin, aber im Zusammenhang mit dieser Frau scheint nie irgendetwas normal zu sein.

»Äh, ja.« Entschlossen wende ich mich von diesem verlockenden Anblick ab. »Ich verhungere.«

Sie öffnet die Tür und steckt den Kopf hinaus. »Musst du noch ins Bad? Ich bin hier fertig.«

Ihre Braids wogen über ihre Schultern bis zu den Ellbogen und lassen sie noch jünger aussehen. Das rote Strickkleid, das sie angezogen hat, umschmeichelt jede Kurve ihres Körpers, und der schwarze Gürtel in der Taille unterstreicht die üppige Linie von den Brüsten hinab zu ihren Hüften und ihrem Arsch.

»Nein, nicht nötig.« Ich räuspere mich und schaue weg, konzentriere mich wieder auf die Karte. »Aber wenn wir nicht bald etwas zu essen bekommen, verschlinge ich diese Speisekarte.«

»Rate mal, was ich habe.« Ihr Lächeln ist süß und vertraut und ansteckend, und ich ertappe mich dabei, es zu erwidern.

»Was?«

Sie huscht zurück ins Schlafzimmer und taucht Sekunden später mit ihrer Riesenhandtasche wieder auf.

»Ta-da!« Sie wirft mir einen kleinen Beutel zu.

Ich fange ihn auf, und mein Lächeln gerät ins Schwanken, als ich mir die Packung ansehe: Chicago-Style Popcorn, eine meiner großen Schwächen.

»Wow.« Ich halte die Packung ein paar Sekunden in der Hand, ohne sie zu öffnen. »Danke.«

»Das magst du immer noch, richtig?« Ihr Lächeln schwächelt ebenfalls. »Ich hatte mir gestern Abend nur ein paar Snacks im Supermarkt holen wollen und das Popcorn gesehen. Falls du es nicht …«

»Immer noch süchtig«, gestehe ich, öffne die Packung und esse eine Handvoll süß-salziges Popcorn. »Danke. Das hält mich bis zum Mittagessen über Wasser.«

»Hast du schon ein Uber gerufen?«

»Mach ich jetzt.«

Sie greift sich die vorderen Braids und reckt die Arme hoch, um sie zu einem Knoten zusammenzudrehen, während ihr der Rest lose über den Rücken fällt. Bei der Bewegung heben sich ihre Brüste, und das eng anliegende Kleid spannt sich über ihnen. Ich zermahle das Popcorn zwischen den Zähnen. Ich werde geprüft. Offensichtlich. Ich muss bestehen. Versagen wäre so katastrophal wie dumm. Ich bin nicht scharf auf Zurückweisung und nicht auf den Kopf gefallen. Beides müsste ich sein, um auch nur daran zu denken, mich dieser Lust, die wie ein Schlag in den Magen ist und zugleich meinen Schwanz aufrichtet, zu ergeben, einer Lust, die ich nie ganz hinter mir lassen konnte. Ich bin auch nicht blind und daher ziemlich sicher, dass sie sich ebenso von mir angezogen fühlt, dass sie mich in irgendeiner Weise auch noch immer will. Aber sie will mich nicht für den Rest ihres Lebens, und das ist das Versprechen, das wir einander gegeben haben. Das Versprechen, das sie gebrochen hat. Das ist nicht ganz fair. Ich weiß, was sie durchgemacht hat, aber zu verstehen, wie und warum man verletzt wurde, lindert den Schmerz kein bisschen.

Ich lege das Popcorn auf den niedrigen Tisch im Wohnzimmer und schnappe mir mein Telefon, um ein Uber zu bestellen. Und um mich auf etwas anderes zu konzentrieren als darauf, wie gut Yasmen in diesem verfluchten Kleid aussieht.

Als wir im Wagen sitzen, entspanne ich mich ein bisschen, bleibe sicher auf meiner Seite, und die Breite der Rückbank verschafft mir etwas Raum. Kaum habe ich meine Augen geschlossen, fest entschlossen, sie während dieser Zehn-Minuten-Fahrt zum Restaurant auszublenden, findet sie eine neue Methode, um meine Sinne zu terrorisieren. Dieses Mal ist es ihr Duft.

»Was ist das für ein verdammter Geruch?«, blaffe ich und drehe den Kopf, um sie anzusehen.

»Oh, sorry, Sir«, sagt der Fahrer und wirft mir über den Rückspiegel einen reumütigen Blick zu. »Ich hatte Garlic Knots zum Mittagessen. Wahrscheinlich riechen Sie …«

»Nicht Sie«, sage ich zu ihm und fixiere immer noch Yasmen. »Du.«

Sie schnüffelt an ihren Achselhöhlen. »Du kannst mich nicht riechen.«

»Es ist ein angenehmer Geruch«, räume ich ein. »Aber er ist neu. Das ist kein Duft, den du früher schon getragen hast.«

»Oh.« Sie hält mir ein Handgelenk unter die Nase. »Das?«

Sie hat keine Ahnung, wie kurz ich davor stehe, ihr Handgelenk an meine Lippen zu ziehen und an dem lebhaften Puls zu saugen, ihren Adern mit meiner Zunge zu folgen wie ein durstiger Vampir. Diese ganze Sache wird mit jeder Sekunde schlimmer.

»Ja, das ist es.« Ich schiebe ihre Hand von mir und drehe den Kopf weg, um aus dem Fenster zu blicken, ohne die hübsche Nachbarschaft, die bereits mit Kränzen und Lichtern für Weihnachten geschmückt ist, wirklich wahrzunehmen.

»Das habe ich aus dem Honey Chile. Vanilla. Gefällt es dir?«

»Ja, riecht gut«, sage ich knapp.

»›Riecht gut‹ muss eines der schönsten Komplimente sein, das ich je bekommen habe«, bemerkt sie mit einem trockenen Lachen.

»Darum geht es dir?« Ich schwenke meinen Kopf wieder zu ihr und starre sie an. »Um Komplimente? Du willst von mir hören, wie gut du aussiehst und riechst? Pumpt Mark dein Ego nicht genug auf?«

Warum habe ich das gesagt?

Das Lächeln auf ihren Lippen erstirbt, und ihre Augen ziehen sich zusammen. Mit ihrem Ärger, ihrem Zorn kann ich viel besser umgehen als mit einem süßen, verführerischen Auftreten.

»Ich brauche keine Komplimente von irgendwem«, sagt sie in einem Ton, so scharf wie eine Klinge. »Und am wenigsten von dir, obwohl ich doch weiß, dass du es gar nicht so meinst.«

Ich schüttele den Kopf und lache schnaubend auf, spotte innerlich über mich selbst. Ich meine es nicht so? Wenn sie nur wüsste.

»Hör zu, Yas, es tut mir leid.« Feigling, der ich bin, spreche ich meine Abbitte dem Fenster aus, statt sie anzusehen. Sie ist so verdammt scharfsinnig, und ich kann darauf verzichten, dass sie erkennt, was wirklich los ist in meinem Kopf und in meiner Hose.

»Es passiert einfach viel auf einmal«, sage ich. »Aber das sollte ich nicht an dir auslassen.«

»Nein, das solltest du nicht«, antwortet sie und klingt schon weniger hitzig. »Kann ich dir vielleicht bei irgendwas helfen?«

»Nein.« Nicht, solange du mein Problem bist. »Aber danke. Sieht aus, als wären wir da.«

Das Uber hält vor einem weißen, viktorianischen Haus mit dunkelroten Fensterläden. Blumenkästen flankieren eine kurze Treppe, die zu einer dunkelroten Tür führt. Weihnachtsbeleuchtung funkelt auf der Terrasse, und an den Fenstern hängen Kränze.

Als wir das HH Eatz betreten, steht Harvey von seiner Bank im Wartebereich auf, um uns in Empfang zu nehmen.

»Da seid ihr ja«, sagt er. »Und gerade rechtzeitig. Tut mir wirklich leid wegen des Hotels. Meine Assistentin war ganz bestürzt über ihren Fehler.«

»Wir auch«, murmele ich.

»Es wird schon gehen«, sagt Yas und wirft mir einen spitzen Blick zu. »So was passiert. Wir werden einfach das Beste daraus machen, richtig, Si?«

»Sicher werden wir.« Ich schaue am Empfang vorbei ins Restaurant und stelle fest, dass die Innenausstattung vorwiegend aus dunklem Leder und patiniertem Holz besteht. »Bitte sag mir, ein Essen gehört zum Programm.«

»Oh, ja. Merry und Ken haben etwas Besonderes für euch vorbereitet«, sagt Harvey und winkt uns zu, ihm in den Gastraum zu folgen.

Das Lokal ist kleiner als das Grits, ein bisschen lauschiger auch. Wir haben voll und ganz auf eine Mischung aus Luxus und Gemütlichkeit gesetzt. Die Gerichte mögen Klassiker der traditionellen Küche sein, aber die luxuriöse Ausstattung und die erstklassige Präsentation im Grits tragen das Ihre zu dem Erlebnis bei.

Zumindest ist es das, worauf wir abzielen. Hier herrscht hingegen eine Wärme und Intimität, die man schlicht darauf zurückführen könnte, dass die Stadt selbst kleiner ist, die aber vermutlich auf einer ganz bewussten Entscheidung der Eigentümer beruht.

»Sie warten schon auf uns«, sagt Harvey und führt uns zu einem Paar in einer großen Nische auf der Rückseite des Gastraums. »Josiah und Yasmen Wade, das sind Merry Herman und Ken Harris.«

Yasmen streckt die Hand aus und lächelt freundlich. »Schön, Sie kennenzulernen.«

»Wir haben uns auf dieses Treffen gefreut«, sagt Merry und ergreift erst Yasmens Hand und danach meine. »Es ist so schön, Sie beide kennenzulernen. Wir haben unser beliebtestes Gericht für Sie zubereitet, aber falls Sie etwas anderes von unserer Karte bevorzugen, sagen Sie es nur.«

»Vielleicht sollten wir ihnen sagen, was zur Auswahl steht, Baby«, sagt Ken, ein mittelgroßer weißer Mann mit ergrauendem Haar und munteren haselnussbraunen Augen. Ich würde ihn zwischen fünfundsechzig und siebzig schätzen, aber das ist bisweilen schwer zu sagen.

»Du hast recht.« Merry ist eine Frau von durchschnittlicher Größe. Ihre Haut ist blass, das Haar, das vermutlich mal blond war, grau, und die blauen Augen funkeln, als sie lachend ihren Mann ansieht. »Setzen Sie sich doch, dann können wir uns damit befassen.«

Yasmen und ich rutschen hinter Harvey, der die Mitte einnimmt, auf einer Seite der Nische auf die runde Bank, sodass wir Merry und Ken gegenübersitzen. Ich zucke zusammen, als Yasmens Hüfte meine berührt.

»Alles in Ordnung?«, fragt sie und mustert mich mit einem besorgten Stirnrunzeln.

Sie beugt sich zu mir, und ihre Brust drückt gegen meinen Arm.

Verdammt! Das ganze Essen wird eine einzige Qual, wenn ich es nicht schaffe, mich zusammenzureißen.

»Alles gut.« Aus Gewohnheit verdränge ich das Verlangen, buddele ein Lächeln aus und präsentiere es dem Paar. »Ich bin am Verhungern. Was gibt es denn?«

## Kapitel 26

# YASMEN

Merry und Ken sind das perfekte Paar. Bei Pastete, gefüllt mit perfekt gewürztem Pulled Chicken und zartem Gemüse, lernen wir das ältere Paar kennen. Sie können die Hände nicht voneinander lassen. Daran ist nichts Frivoles. Aber wenn sie keine Gabel halten, dann halten sie Händchen. Er spielt mit ihrem Ohrring, während er redet. Sie lehnt sich bei ihm an, legt den Kopf an seine Schulter. Die zwei verbindet eine ungezwungene Intimität, erprobt und warm wie eine alte Decke, auf die man nie verzichten möchte.

»Das war eine der besten Mahlzeiten seit Langem«, sagt Josiah und lehnt sich zurück, nachdem auch das letzte Häppchen von seinem Teller verschwunden ist. »Und unsere Köchin ist eine der besten in Atlanta.«

Vashti.

Ich hatte kaum Zeit, die Neuigkeit zu verarbeiten, dass die zwei nicht mehr zusammen sind. Ein Dutzend Fragen fliegen mir durch den Kopf, aber jetzt ist nicht der passende Zeitpunkt, irgendeine davon aufzugreifen. Außerdem schuldet er mir keine Antwort und keine Erklärung. Sie waren zusammen. Jetzt sind sie es nicht mehr. Zwischen uns ändert das überhaupt nichts. Aber während ich Merry und Ken betrachte, kann ich nicht umhin, daran zu denken, wie Josiah und ich früher waren. Es ist eine Ironie, dass wir solch eine Innigkeit hatten, als wir jünger waren, und nun einem doppelt so alten Paar gegenübersitzen, dessen Liebe immer noch hell lodert, während unsere zu Asche verbrannt ist.

»Wir haben eine exzellente Köchin«, sagt Ken. »Aber sie geht nach Paris, wenn wir hier dichtmachen.«

Erstaunlicherweise ist das das erste Mal seit unserer Ankunft, dass das Thema Verkauf aufkommt, was ja der Grund für unseren Besuch ist. Wir haben Anfängergeschichten ausgetauscht, wie wir unseren jeweiligen Geschäften ins Leben geholfen haben. Die beiden haben sich in einem großen Cateringunternehmen kennengelernt, für das beide gearbeitet haben, und beschlossen, es auf eigene Faust zu versuchen.

»Einen tollen Koch aufzutreiben, um keine Diskrepanzen zwischen dem Restaurant in Atlanta und diesem zu schaffen, dürfte kein Problem sein«, sagt Josiah und trinkt einen Schluck Wasser. »Sofern es so kommt.«

»Sie kennen unsere Zahlen«, sagt Merry. »Sie wissen, wie erfolgreich das Geschäft hier gelaufen ist. Wir haben unsere Hausaufgaben auch gemacht, und wir wissen ein bisschen was über das Grits. Zwischen dem, was Sie tun, und dem, was wir hier tun, gibt es viele Gemeinsamkeiten. NoDa ist eines der angesagtesten Viertel der Stadt, ein Boom in einem Boom. Charlottes Stern geht schnell auf, und dieser Teil der Stadt ist gefragter als jeder andere.«

»Er ist vielseitig«, greift Ken den Faden auf. »Hier gibt es eine Menge Kunsthandwerk und das beste Essen in der ganzen Stadt. Und viele Fußgänger. Mit dem Wochenendansturm kommen wir kaum noch mit.«

»Beeindruckend«, sage ich und schenke ihnen ein Lächeln, »was Sie hier aufgebaut haben.«

»Na ja, wir sind auch von Ihnen ziemlich beeindruckt«, sagt Merry. »Die Parallelen zwischen Ihnen und uns gefallen uns sehr. Es wäre fantastisch, wenn ein anderes Paar dieses Geschäft übernehmen würde.«

»Wir, äh, wir sind kein Paar mehr«, sagt Josiah und folgt der Maserung des Tisches mit der Fingerspitze. »Wir sind geschieden.«

»Oh.« Ken zieht die Brauen hoch. »Das ist sogar noch beeindruckender. Es ist nicht leicht, mit dem eigenen Lebensgefährten ein Geschäft zu führen, aber es ist noch viel schwerer, das mit dem ehemaligen Lebensgefährten zu tun. Man sollte nie zu viele Mutmaßungen anstellen. Tut mir leid.«

»Kein Problem«, versichere ich ihm. »Wir haben das Geschäft und unsere Kinder an die erste Stelle gesetzt. Sie sind am wichtigsten. Und wir haben es geschafft, Freunde zu bleiben.«

Ich riskiere einen Blick und stelle fest, dass Josiah mich beäugt. Sekundenlang sehen wir einander an. Hitze kriecht mir den Hals empor und kribbelt in meinen Wangen. Endlich wende ich mich ab und starre die Leinenserviette in meinem Schoß an.

»Freunde, ja?« Merry blickt zwischen uns hin und her, und ein schiefes Lächeln zeichnet zarte Linien um ihre Lippen. »Da schau her. Nun ja, wir haben uns die Sache mit der Heirat erspart, aber alles andere haben wir mitgenommen.«

»Was?« Mein Kopf ruckt hoch, als ich diese Worte höre. »Sie sind gar nicht verheiratet? Aber wie lange …«

»Wir sind dreißig Jahre zusammen.« Ken küsst Merry auf den Kopf. »Ein erfolgreiches Geschäft, zwei erfolgreiche Kinder, aber keine Ringe.«

»Das ist … unkonventionell«, bemerkt Josiah.

»Wie wir«, sagt Merry lachend. »Aber es funktioniert. Wir brauchen weder Papiere noch Metall. Die meisten Ehen, die ich als junger Mensch erlebt habe, waren Fallen, die nur dazu dienten, Frauen kleinzuhalten. Nicht, dass ich glauben würde, Ken würde mir so etwas je antun.«

Sie hebt seine Hand zu einem Kuss an ihre Lippen.

»Wir glauben einfach nicht so recht an diese Institution«, fügt Ken hinzu. »Aber wir glauben für immer aneinander. Wir haben uns unser gemeinsames Leben nach unseren eigenen Vorstellungen aufgebaut.«

»Das Einzige, was uns zusammenhält«, sagt Merry und sieht

Ken dabei zärtlich an, »ist unsere Liebe, aber zugleich ist das auch der Beweis für ihre Existenz. Weil jeder von uns jederzeit gehen könnte.«

»Aber keiner würde. Dazu ist es nie gekommen. Ich würde sogar behaupten, was wir uns geschaffen haben, ist stärker als die meisten Ehen, und das liegt an der Freiheit, die uns das einräumt.«

»Dann haben Sie eine offene Beziehung?«, fragt Harvey. »Das war mir nicht bewusst.«

»Sie ist nicht offen. Wir sind monogam.« Ken wirft Merry einen amüsierten Blick zu. »Und ich bilde mir zumindest ein, dass wir das immer waren.«

»Immer.« Merry kichert und schmiegt sich noch mehr in Kens Arm. »Wir haben einander gewählt, und wir haben unsere Meinung nie geändert.«

Ein Kellner kommt mit einem Tablett voller Nachspeisen zu unserem Tisch, und das Gespräch nimmt eine andere Richtung, aber ich kann den Gedanken an das, was sie gesagt haben, nicht abschütteln. Hätten Josiah und ich diesen Weg eingeschlagen, dann wären wir nie geschieden worden. Wir wären einfach getrennter Wege gegangen, aber ich glaube, der Schmerz und die Verbitterung hätten uns dennoch verfolgt. Dieses Stück Papier definiert nicht die Bindung zweier Menschen, seine Abwesenheit aber auch nicht. Ich schätze, was Josiah und ich einmal hatten, wäre genauso groß gewesen, hätten wir uns gegen eine Heirat entschieden, und es hätte genauso wehgetan, als die Beziehung in die Brüche gegangen ist. Mir kommt der schlichte Goldring mit dem Diamantsplitter in den Sinn, den Josiah mir gab. Das war alles, was er sich damals leisten konnte. Er liegt in derselben Schmuckschatulle wie diese Truthahnohrringe und die Kette mit dem Rad, die er mir zu unserem Jahrestag geschenkt hat. Eine Grabstätte für Diamanten, Dämonen und Gespenster.

»Schokoladenkuchen?«, fragt Josiah und reißt mich aus meinen rührseligen Gedanken.

»Was?« Mein Blick wandert von ihm zu den Nachspeisen.

»Schokolade ist köstlich«, sagt Merry. »Aber der Birnenstrudel ist großartig. Ich empfehle Ihnen, ihn zumindest zu kosten.«

»Birnen sind mein Lieblingsobst«, entgegne ich lächelnd. »Und ich habe schon ewig keine gegessen. Ich nehme den Strudel.«

»Die Birnbäume wachsen hinter dem Haus«, sagt Ken und schiebt mir ein Stück Strudel mit dem Messer auf den Teller. »Die waren schon lange vor uns da. Wir haben sie nur übernommen und sorgen dafür, dass sie am Leben bleiben. Diese Birnen gehören zu den besten im ganzen Staat.«

»Sie haben sogar Wettbewerbe gewonnen«, fügt Merry mit einem stolzen Lächeln hinzu. »Sie werden es nicht bereuen, den Strudel zu probieren.«

»Ach du lieber Gott«, ächze ich und wälze die warmen Birnenstücke und den blättrigen Teig in meinem Mund. »Das muss eine Todsünde sein.«

Merry lacht. »Ich habe es Ihnen ja gesagt.«

»Kosten«, sage ich, fülle meine Gabel mit dem klebrigen Dessert und halte sie Josiah vor die Lippen. Das ist eine alte Gewohnheit. Früher haben wir uns unser Essen immer geteilt. Er klappt prompt den Mund auf und schließt erwartungsvoll die Augen.

»Wow«, sagt er und verzichtet auf den Schokoladenkuchen, um sich stattdessen ebenfalls etwas von dem Strudel zu nehmen. »Gehört das Rezept dafür zum Geschäft?«

»Perfekte Überleitung«, sagt Ken. »Sie haben uns auf Papier und nun auch persönlich kennengelernt und das Geschäft gesehen.«

»Und das Essen verspeist«, bemerkt Merry. »Sind Sie interessiert?«

»Sie haben hier ein tolles Lokal.« Josiah legt seine Gabel auf den Teller. »Sehr schön. Wunderbare Nachbarschaft. Yasmen und ich werden aber darüber sprechen müssen, ehe wir Pläne schmieden.«

»Es geht nicht nur darum, was hier möglich wäre«, erkläre ich ihnen, »sondern auch darum sicherzustellen, dass eine Expansion unserer Arbeit in Atlanta nicht in die Quere kommt.«

»Ich habe sämtliche Zahlen«, wirft Harvey ein.

»Sie meint nicht das Geld«, sagt Josiah. »Wir müssen uns persönlich um diese Expansion kümmern. Wir erleben auch gerade einen Boom, und der verlangt uns viel ab. Wir wollen uns nicht zu viel aufladen.«

»Unsere Kinder stehen an erster Stelle«, sage ich. »Wir müssen sichergehen, dass wir sie nicht vernachlässigen, Dinge verpassen, die wir nicht verpassen dürften, weil wir expandieren wollen.«

»Das respektieren wir.« Merry verschränkt auf dem Tisch die Finger mit denen von Ken. »Wie alt sind sie gleich?«

»Deja ist dreizehn«, sagt Josiah.

»Und Kassim ist zehn«, füge ich hinzu.

»Wir waren gerade dabei, dies alles aufzubauen, als unsere Zwillinge klein waren«, erzählt Ken und wechselt einen reumütigen Blick mit Merry. »Wir haben viel verpasst.«

»Und bitter dafür bezahlt.« Merry seufzt, und ein Schatten fällt über ihre beständig fröhliche Mimik. »Gott sei Dank, haben wir gemerkt, dass sie aus der Bahn geraten, ehe es zu schlimm werden konnte.«

»Also wägen Sie die Pros und Kontras ab und setzen die Kinder an die erste Stelle«, sagt Ken. »Und dann geben Sie uns Bescheid. Aber lassen Sie sich nicht zu viel Zeit. Es wäre wunderbar, würden wir, wenn wir dann gehen, wissen, dass dieser Ort in guten Händen ist, und Sie scheinen genau die Leute zu sein, die wir hier gern sehen würden, dennoch werden wir das Restaurant im kommenden Jahr auf den Markt bringen.«

»Und sobald das passiert ...« Merry schnippt mit den Fingern. »Ist es weg.«

Wir essen den Rest unseres Desserts und sehen uns den Besitz an, eingehender als auf dem Weg durch den Gastraum zu unserem

Tisch. Im hinteren Bereich gibt es einen großen Raum mit Regalen an den Wänden, die voller Flaschen mit Wein oder anderen alkoholischen Getränken sind. Ken nimmt eine Flasche aus einem hoch gelegenen Fach und zeigt sie Josiah.

»Die wollte ich Ihnen als Zeichen unserer Anerkennung überreichen«, sagt Ken. »Dafür, dass Sie beide hergekommen sind, um sich das Lokal anzuschauen. Dass Sie sich die Zeit genommen haben, um sich anzusehen, was wir hier tun, bedeutet uns viel.«

»Wow.« Josiah liest das Etikett der eckigen Flasche, und ein bewundernder Unterton schleicht sich in seine Stimme. »Yamazaki. Nett. Vielen Dank.«

Ich habe Josiah schon über den kostspieligen japanischen Whiskey reden gehört, aber gekostet habe ich ihn noch nie. Wir beenden den Rundgang in einem kleinen Innenhof, in dem die Gäste, wenn es warm ist, an schmiedeeisernen Tischen speisen können. Das ist genau das, was ich mir für unsere Kundschaft vorstelle. Es ist ein toller Standort, und ein zweites Grits würde hier gut gehen. Dann fällt mir das Leuchten in Josiahs Augen auf. Das hatte ich auch gesehen, als wir in Atlanta losgelegt haben. Der Mann liebt Herausforderungen.

»Es war wunderbar, Sie kennenzulernen«, sagt Merry und beugt sich vor, um mir ein Küsschen auf die Wange zu drücken, als wir auf unser Uber warten. Als ich mich dann von ihr entfernen will, drückt sie sanft meinen Arm und zieht mich näher heran.

»Es ist noch nicht zu spät«, flüstert sie mir ins Ohr.

Ich lehne mich ein Stück zurück, um ihr ins Gesicht zu sehen. Kaum merklich neigt sie den Kopf in die Richtung, in der sich Josiah und Ken gerade voneinander verabschieden.

»Ich …« Ich sehe mich zu Josiah um, und mein Herz setzt einen verräterischen Schlag aus, so attraktiv ist er mit seinem breiten Lächeln und den schmalen Wangen. »Ich weiß nicht, was Sie meinen.«

Merry lacht leise und listig. »Ich habe während des Essens beobachtet, wie Sie zwei sich verstohlene Blicke zugeworfen haben, wenn Sie dachten, niemand würde es merken. Vielleicht gibt es ja eine zweite Chance.«

Mein Blick streunt zu Josiahs breiten Schultern, den kraftvollen Muskeln seines Rückens, die sich unter der makellos maßgeschneiderten Jacke abzeichnen, dem umwerfenden Profil und den weißen Zähnen, die er bei einem Lächeln aufblitzen lässt, so betörend, dass es mir beinahe das Höschen auszieht.

»Es war nicht einfach, Merry.«

»Wer will schon einfach? Ich glaube, dieser Mann würde mit Ihnen zusammen die Welt aus den Angeln heben.«

Ihre Worte hängen zwischen uns in der kühlen Luft, und ich weiß nicht, was ich davon halten soll. Weiß nicht, ob an dem, was sie sagt, etwas dran ist und ob ich das Risiko eingehen will, mein Gesicht zu verlieren, indem ich versuche, es herauszufinden.

Willst du ihn wiederhaben?

Mamas Frage infiltriert meine Gedanken, beunruhigend, aufwühlend und erregend. Wie viel länger kann ich die Anziehung, die zwischen uns köchelt, noch ignorieren? Und jetzt, da er nicht mehr mit Vashti zusammen ist, sollte ich da vorpreschen? Schauen, ob er überhaupt interessiert ist ... und an was eigentlich? Ich habe die Scheidung verlangt, und jetzt, da meine Libido zum Spielen rauswill, will ich genau was von ihm?

»Danke für alles«, sage ich zu Merry. »Wir melden uns.«

Sie schenkt mir ein verständnisinniges Lächeln, sagt aber weiter nichts und winkt zum Abschied.

Das Uber hält am Rinnstein, und ich steige dankbar ein. Im Restaurant schien die Zeit nur so zu verfliegen, aber jetzt, da das erledigt ist, holt mich der lange Tag ein. Wir haben mehr als vier Stunden bei Merry und Ken verbracht. Wenn wir in unserem Zimmer sind, werde ich mich nicht mehr rühren, bis wir zurückfliegen.

Das Zimmer.

Merry und Ken zu treffen und uns das Restaurant anzusehen hat mich von der unverkennbaren Gefahr abgelenkt, die uns in Zimmer 428 erwartet. Ich werde nur ein paar Schritte von Josiah entfernt schlafen müssen.

»Lasst uns darüber reden, wenn wir zurück sind, ja?« Harvey beugt sich auf Josiahs Seite zum Fenster, die Brauen fragend hochgezogen.

»Okay.« Josiah salutiert und fährt das Fenster hoch. Harvey schlägt zweimal mit der flachen Hand auf das Auto und geht zurück zum Restaurant, als wir losfahren. Ich lehne meinen Kopf an die Rücklehne.

»Also, was meinst du?«, frage ich und betrachte ihn durch die Zwischenräume zwischen meinen Wimpern, weil meine Lider zu schwer geworden sind, um sie richtig aufzuhalten.

Josiah lehnt ebenfalls den Kopf an den Lederbezug hinter ihm und faltet die Arme auf dem flachen Bauch. »Ich meine, das ist eine tolle Gelegenheit.«

»Stimmt.«

»Wir müssen natürlich abwägen, wie viel uns das finanziell abverlangt, aber auch, was es uns selbst abverlangt.« Er dreht den Kopf zu mir. »Ich würde anfangs viel Zeit hier verbringen müssen. Und wenn ich nicht in Atlanta bin, bleibt mehr an dir hängen.«

»Damit komme ich zurecht, glaube ich. Es wäre ja nur für eine Saison.« Ich sehe ihm im nachlassenden Licht des frühen Abends in die Augen. »Das könnte eine große Chance für uns sein und uns helfen, den Kindern einen guten Start zu ermöglichen.«

»Ja, daran habe ich natürlich auch gedacht. Studienkosten, Geld genug, um ihnen bei ihrem ersten Auto oder ihrem ersten Haus unter die Arme zu greifen.«

»Mama konnte sich nichts dergleichen leisten. Ich hatte das Glück, wenigstens ein Teilstipendium zu ergattern, aber den Studienkredit zurückzubezahlen war anfangs ganz schön schwer. Ich wünsche mir was Besseres für sie.«

»Byrd hatte eindeutig nicht das Geld, um mich wegen meines Autos, diesem Honda aus zweiter Hand, finanziell zu unterstützen.«

»Aus zweiter Hand?« Ich lache. »Der war eher aus vierter oder fünfter Hand.«

»Hey.« Er setzt eine gespielt finstere Miene auf. »Ich habe den ganzen Sommer in der Waschanlage geschuftet, um mir das Geld für das Ding zusammenzusparen.«

Kichernd beuge ich mich ein wenig vor. »Und du hattest den Nerv, mich zu unserem ersten Date mit dieser Todesfalle auf Rädern abzuholen. Ich hätte mir eine Tetanusspritze geben lassen sollen, nachdem ich auf diesem zerfetzten Beifahrersitz gesessen habe. Von unten bis oben aufgerissen, das Ding.«

»Unfassbar, dass ich dich damit rumkutschiert habe.« Ein Lächeln umspielt seine Lippen, und seine Schultern erbeben unter einem tonlosen Gelächter. »Oder dass es überhaupt zu einem zweiten Date gekommen ist.«

»Weißt du noch, wie wir diesen Sicherheitsgurt zurechtgebastelt haben?«

»Und dieser Polizist uns angehalten hat?«

»Äh, wir wurden nicht von diesem Cop angehalten«, erinnere ich ihn. »Wir hatten hinter dieser Brathähnchenbude geparkt, die drüben in der Nähe vom Moreland in Flammen aufgegangen ist.«

»Scheiße.« Er fährt sich mit der Hand über den Kopf und lacht. »Du hast recht.«

»Er hat mit seiner Taschenlampe ans Fenster geklopft, weil alles beschlagen war und wir …«

Gefickt haben.

Sinnliche Erinnerungen umwehen uns. Ich oben auf dem Vordersitz, die Beine gespreizt, das Kleid auf der Hüfte, das Höschen zur Seite gestreift, damit er eindringen konnte. Wir konnten es nicht daheim machen, also war Josiah einfach auf den ungenutzten Parkplatz gefahren, als es spät war und niemand in der Nähe und wir es einfach tun mussten. Die heiße Begierde hatte sich durch unseren gesunden Menschenverstand gesengt und jegliche Vorsicht verbrannt.

Mein Herz hämmert in einem rasenden Tempo, meine Lungen gieren nach Luft. Ich lecke mir über die Lippen, und er folgt der Bewegung. Seine Augen unter den schweren Lidern erglühen, ob wegen der Erinnerung oder wegen dieses Moments, weiß ich nicht.

Ich huste und setze mich auf, und Josiah wendet sich ab und schaut aus dem Fenster, womit diese Unterhaltung beendet wäre. Die letzten paar Minuten der Fahrt bringen wir schweigend hinter uns, und die Stadt saust an uns vorbei wie ein Wirrwarr aus hellen Lichtern und dem Feiertagsoptimismus, der in den Ästen der Bäume hängt, als wäre Lametta von den Sternen gefallen.

Kapitel 27

# JOSIAH

»Abendessen beim Zimmerservice?«, frage ich Yasmen und stecke den Kopf ins Schlafzimmer.

Nach unserem Treffen haben wir uns während der letzten paar Stunden beide in unserer jeweiligen Ecke entspannt. Sie liegt auf der Seite, ein Kissen unter dem Kopf, eines zwischen den Knien. Die Braids breiten sich um sie herum aus, wogen über ihre Schultern und ihren Rücken. Sie hat sich nach dem Meeting umgezogen und abgeschminkt. Die Beine angezogen, sieht sie in der Jogginghose und dem Aggie-Pride-T-Shirt wieder beinahe aus wie das College-Mädchen, in das ich mich auf den ersten Blick verliebt hatte.

»Ja, bitte.« Sie dreht sich auf den Rücken und starrt ächzend an die Zimmerdecke. »Von mir aus kannst du mir das Essen in einem Trog vorsetzen, wenn ich nur diesen Raum nicht verlassen muss.«

Ich trete ein, setze mich auf die Bettkante und gebe ihr die Karte. »Das Steak sieht gut aus.«

»Steak hatte ich schon. Ich versuche, nicht öfter als einmal pro Woche rotes Fleisch zu essen. Aber vielleicht muss ich eine Ausnahme machen, denn du weißt ja, bei einer guten Pilzsoße bin ich nie abgeneigt.«

»Immer noch medium-rare?«

»Jupp.«

»In Ordnung. Dann bestelle ich mal.«

Während wir auf das Essen warten, ziehe ich mich ebenfalls um und schlüpfe in Jogginghose und einen meiner Morehouse-Hoodies. Als ich aus dem Bad zurück ins Schlafzimmer komme, sitzt Yasmen an eines der Kissen gelehnt im Bett.

»Es wäre so schön, wenn die Kinder im College ähnliche Erfahrungen machen würden wie wir«, sagt sie sehnsüchtig.

»Denkst du an eine HBCU-Hochschule?«

»Bei Day wäre ich momentan mit allem zufrieden. Sie sagt ständig, sie würde das College nicht brauchen. Kassim endet vermutlich am MIT oder in Harvard oder so.«

»Du bist wahrscheinlich die einzige Mom, die ich kenne, die sich enttäuscht anhört, weil ihr Sohn höchstwahrscheinlich eine Ivy-League-Institution besuchen wird.«

Sie verdreht die Augen und gestattet sich ein schwaches Lächeln. »Du weißt, was ich meine.«

Ihr Telefon klingelt neben ihr auf dem Bett.

»Da wir gerade von unseren großartigen Kindern sprechen«, sagt sie gedehnt und greift nach dem Telefon. »Das sind sie. Face-Time.«

Ich setze mich neben sie, lehne mich ebenfalls ans Kissen und lächele, als ihre Gesichter auf dem Display erscheinen.

»Mom!«, sagt Kassim. »Dad, hey!«

»Hey, Sohn«, antworte ich. »Was hast du heute so gemacht?«

»Madden mit Jamal.« Dann fängt er an zu strahlen. »Aber rate mal, was Grandma gemacht hat.«

»Das weiß man nie.« Yasmen lacht. »Hat sie dich dazu gebracht, deinen Schrank aufzuräumen? Deine Dusche mit der Zahnbürste geschrubbt?«

»Das tut sie immer«, sagt er und zappelt regelrecht, weil er es kaum erwarten kann, uns die Neuigkeit zu unterbreiten. »Aber sie hat wieder Chitterlings gemacht.«

Yasmen rümpft die Nase. »Sie hat mir das ganze Haus zugestunken?«

»Nein!« Kassim lächelt noch breiter. »Sie hat sie mit Bleiche gesäubert, ehe sie sie gekocht hat, und jetzt kann man gar nichts riechen.«

Ich wechsele einen knappen, panischen Blick mit Yasmen. »Iss das nicht.«

»Hab ein bisschen probiert.« Kassim verzieht das Gesicht. »So schlecht war das gar nicht.«

Deja schiebt den Kopf in den Aufnahmewinkel. »Aber dann habe ich ihn daran erinnert, dass sie das Zeug nur so sorgfältig putzt, weil Chitterlings buchstäblich voller Sch…«

»Deja Marie«, ermahne ich sie. Ich weiß, dass sie die Gossensprache beherrscht, aber es wäre schön, wenn mein Zehnjähriger es ihr nicht jetzt schon gleichtun würde.

»Ist doch wahr.« Sie grinst und blickt kurz von mir zu ihrer Mutter. »Wo seid ihr?«

»In Charlotte«, antwortet Yasmen. »Das weißt du doch. Morgen kommen wir wieder nach Hause.«

»Nein, ich meine, wo seid ihr gerade jetzt?« Sie runzelt die Stirn. »Seid ihr im Bett?«

Ach, verdammt.

In dem Preview-Fenster von FaceTime sehe ich Yasmen und mich Schulter an Schulter an Kissen gelehnt, und unsere Köpfe berühren sich beinahe bei dem Versuch, beide im Bild zu sein.

Yasmen richtet sich auf, entfernt sich einige Zentimeter von mir. »Wir, äh, wir warten nur auf den Zimmerservice.«

»Wir hatten eine geschäftliche Besprechung, die den ganzen Tag gedauert hat«, füge ich hinzu. »Und uns ist nicht nach Ausgehen, also essen wir in Moms Hotelzimmer.«

»Cool«, sagt Kassim arglos, doch Deja fixiert uns noch immer misstrauischen Blicks. »Ratet mal, was Grandma heute zu Deja gesagt hat.«

»Oje«, sagt Yasmen. »Was?«

»Sie hat gesagt«, fängt Deja an und lacht, »du bist so stur, du würdest nicht mal glauben, dass Speck fett ist.«

»Er ist fett«, wirft Kassim ein. »Sie hat welchen gebraten, und alles war fettig.«

»Und sie hat beim Kochen ihre Musik gespielt«, fährt Deja fort. »Aber so ein Zeug, das ich noch nie gehört habe, so was wie ›Merry Christmas‹ von den Temptations und ›Jesus Is Love‹ von Commotion.«

»Das waren die Commodores«, korrigiere ich sie.

»Holt mal eure Großmutter ans Telefon«, sagt Yasmen einige Minuten später, nachdem die zwei diverse komische Geschichten darüber zum Besten gegeben haben, was Carole mit den Chitterlings und Dosen aus dem Container Store gemacht hat.

»Okay«, stimmt Kassim zu und stürmt mit dem Telefon aus dem Zimmer. »Grandma!«

»Das mache ich lieber im Wohnzimmer«, sagt Yasmen, steht auf und verlässt das Schlafzimmer, gerade einen Moment ehe ich höre, wie Carole sie am Telefon begrüßt.

Sie will nicht, dass ihre Mutter die Art von Fragen stellt, die Deja gestellt hat, will nicht, dass sie erfährt, dass wir uns die Räumlichkeiten teilen. Carole und Yasmen plaudern immer noch, als unser Essen eintrifft. Ich gebe dem Zimmerservice ein Trinkgeld und stelle das Tablett auf den kleinen Tisch in der Essecke.

»Mama lässt dich grüßen«, sagt Yasmen, als sie mir gegenüber am Tisch Platz nimmt.

Ich nehme den Deckel von der Chicken Piccata, die ich bestellt habe. »Haben die zwei sie noch nicht in den Wahnsinn getrieben?«

»Bisher nicht.« Yasmen lacht und nimmt ihrerseits die Glocke über ihrem Teller ab. »Ooooh, das Steak sieht so lecker aus.«

Dann beäugt sie begehrlich – und so erwartungsgemäß – mein Hühnchen.

»Und doch«, sage ich mit einem wissenden Lächeln, »möchtest du mein Essen probieren.«

»Nur ein kleines bisschen.« Sie zeigt mir zwei Fingerspitzen, die sich beinahe berühren.

Ich schiebe meinen Teller zu ihr und sie ihren zu mir. Wir haben unser Essen immer geteilt, immer gekostet, was auf dem anderen Teller lag.

»Oh, das ist so gut«, ächzt sie.

Ich beiße in das Steak, das mir im Mund beinahe zu zerfließen scheint, so zart ist es. »Verdammt, ist das gut.«

»Halbe-halbe?« Ein hoffnungsvolles Grinsen erscheint auf ihren Lippen.

Wortlos schiebe ich den Teller rüber, und sie teilt das Steak auf und legt die Hälfte auf meinen Teller, ehe sie das Gleiche mit meinem Hühnchen macht und sich ihren Teil nimmt. Dann gibt sie mir den Teller zurück, und wir hauen rein und grunzen vor Begeisterung leise vor uns hin.

»Nicht übel für Hotelessen.« Ich wische mir den Mund mit der Leinenserviette ab und lehne mich auf meinem Stuhl zurück. »Willst du Nachtisch?«

»Was ich will«, sagt sie, »ist diesen Yamazaki probieren.«

»Ernsthaft?«

»Nun mach ihn schon auf. Sonst nimmst du ihn nur mit nach Hause und lässt ihn das nächste halbe Jahrhundert vor sich hin modern.«

Ich hole die Flasche Whiskey aus meiner Tasche und zwei Gläser aus der Bar und gehe zu ihr in den Wohnbereich. Yasmen sitzt auf der Couch, also nehme ich den Lehnsessel gleich gegenüber.

»Der ist stark«, warne ich sie und schenke ein.

»Stark kann ich brauchen.« Sie nimmt einen kräftigen Schluck, keucht auf und schlägt sich leicht auf die Wangen. »Du hast nicht gelogen. Aber gut ist er auch. Schmeckt wie flüssiges Gold.«

»Und ist ungefähr so teuer. Mach langsam.« Ich nehme einen etwas maßvolleren Schluck und nicke. »Das ist ein gutes Zeug, das muss man genießen.«

»Mama hat richtig Spaß. Würde mich nicht wundern, wenn sie herzieht, sobald sie im Ruhestand ist.«

»Die Kinder würden sich freuen.«

»Ich auch. Manchmal frage ich mich, ob …« Yasmen zuckt mit den Schultern. »Ich weiß auch nicht. Vielleicht hätte ich manches besser gehandhabt, wenn sie da gewesen wäre.«

Ich schweige, verarbeite ihre Worte und lasse ihr den Raum fortzufahren, wenn sie möchte.

»Rückblickend und dank der passenden Medikation«, fährt sie trocken und ein wenig selbstironisch fort, »kann ich heute sehen, wie sehr ich mich isoliert habe. Und dass das die Dinge nur noch schlimmer gemacht hat.«

Ich bin nachweislich höchst erfolgreich darin, in Situationen wie dieser das Falsche zu sagen, also nippe ich stattdessen nur an meinem Drink und halte weiter den Mund.

»Macht es dir etwas aus, wenn ich frage, wie es mit Dr. Musa läuft?«, fragt sie.

»Gut.« Ich stelle das Glas auf den Beistelltisch und verschränke die Finger hinter dem Kopf. »Er ist gut. Er hat so eine Art, mich dazu zu bringen, Dinge zu überdenken, über die ich mir vorher keinen Kopf gemacht habe.«

»Wie zum Beispiel?«

»Mann, wo fange ich an? Beispielsweise, dass ich den Verlust meiner Eltern in so einem jungen Alter nie richtig verarbeitet habe. Und wie sich das auf mich ausgewirkt hat. Ich glaube nicht, dass ich die passenden Werkzeuge hatte, um damit fertigzuwerden, Byrd und Henry so kurz nacheinander zu verlieren.«

Ich lache auf, ein Hauch der Selbstabwertung. »Wem mache ich hier eigentlich was vor? Wahrscheinlich hätte das auch keinen Unterschied gemacht. Ich wäre wohl auch nicht besser damit klargekommen, hätten Jahre dazwischen gelegen.«

»Wir haben getan, was wir konnten, unter diesen mehr als außergewöhnlichen Umständen. Das ist jedenfalls das, was ich mir laut Dr. Abrams selbst sagen sollte.« Sie nimmt noch einen Schluck aus ihrem beinahe leeren Glas. »Sie macht da so ein Ding, wo sie mich ermutigt, mein eigener, wohlmeinender Beobachter zu sein.«

»Was heißt das?«

»Es heißt, ich soll mich neutral betrachten – Gutes, Böses, Schönes, Hässliches, Schwächen, Fehler –, anerkennen, was ich wirklich denke und fühle, ohne über diese Empfindungen zu urteilen. Mich verstehen, aber nicht benoten. Mitgefühl mit mir selbst haben.«

»Die Idee, lieb zu dir selbst zu sein, gefällt mir«, antworte ich, blicke aber nicht auf, nicht einmal, als ich spüre, dass sie mich ansieht.

»Das ist schwerer, als man glauben sollte. Bei all den Erwartungen, die die Gesellschaft uns auferlegt, dem Mist, den wir erben, und den mütterlichen Schuldgefühlen, das Schlimmste von allem, ist das manchmal ziemlich hart.«

Ich lehne mich auf dem Sessel zurück und riskiere einen Seitenblick zu ihr. »Darf ich dich etwas fragen?«

Sie zieht ein Bein unter den Körper, einen Ausdruck in den Augen, der zugleich skeptisch und offen ist. »Klar.«

»Du hast Thanksgiving etwas gesagt.« Ich greife nach meinem Drink und nehme einen stärkenden Schluck, weil ich nicht sicher bin, ob ich auch die Antwort auf meine Frage hören will, aber fragen muss ich. Das macht mir schon seit dem Tag selbst zu schaffen. Als sie es gesagt hat, wollte ich nicht zu eingehend darüber nachdenken, was sie nicht gesagt hat, aber ich lerne gerade, schweren Gesprächen, Konflikten, nicht aus dem Weg zu gehen.

»Was habe ich gesagt?«, fragt sie stirnrunzelnd.

»Du hast gesagt, du wärest dankbar, dass es die Kinder gibt, weil du glaubst, ohne sie wärest du gar nicht mehr da.«

Die Worte hallen in der Stille des Raums nach. Wir könnten die einzigen Menschen auf der Welt sein, so still ist es. Als wären wir vorübergehend in einer Art Zeitkapsel gefangen, abgeschirmt von der Realität und der Welt jenseits dieser Wände.

»Was hast du damit gemeint?«, frage ich, als sie nicht von selbst darauf eingeht.

»Was denkst du, habe ich gemeint?«

»Hast du je …?« Ich unterbreche mich, fürchte, die Antwort auf meine Frage könnte meine schlimmsten Befürchtungen bestätigen. »Hast du je daran gedacht, dir selbst wehzutun?«

»Mir wehzutun?« Sie zieht die Brauen hoch, und ihre Nasenflügel flattern, als sie scharf einatmet. »Wenn wir schon so ein Gespräch führen, dann frag mich, was du wirklich wissen willst, Si.«

»Hast du daran gedacht, deinem Leben ein Ende zu machen?«

Ich stelle die Frage auf die mildeste Art, auf die man solch eine schwierige Frage überhaupt stellen kann, trotzdem regt sich Panik in meinem Bauch, während ich auf ihre Antwort warte. Ihr Kehlkopf bewegt sich, sie schluckt, und schließlich blickt sie zu Boden.

»Dr. Abrams hat mir bei der ersten Sitzung die gleiche Frage gestellt.«

Eine Bärenfalle schnappt um meinen Hals zu, und ich bin eine Sekunde lang nicht imstande, die Worte hindurchzuquetschen. »Und was hast du gesagt?«

Die Lichter der Stadt funkeln jenseits des Fensters, das einzige Licht im Raum stammt von den Lampen auf den Tischen. In diesem schwachen Lichtschein legt sich ein Schatten auf ihre Augen, und sie füllen sich mit Tränen.

»Ich habe ihr gesagt, es ging nicht darum, dass ich mir das Leben nehmen wollte«, berichtet sie. »Sondern darum, dass ich es nicht leben wollte. Ich wollte nicht aufwachen und enttäuscht sein, dass ich nicht mehr schlafe, denken, Oh mein Gott, jetzt muss ich das schon wieder durchstehen, schon wieder hier sein. Das Einzige, was mich aus dem Bett geholt hat, war das Wissen, dass ich mich um meine Kinder kümmern muss, auch wenn ich keinerlei Verlangen hatte, mich auch nur um mich selbst zu kümmern. Jeden Tag musste ich mir klarmachen, wie sehr sie mich vermissen würden, wäre ich nicht mehr da. Und was ich verpassen würde, wäre ich nicht hier, obwohl hier lange Zeit der letzte Ort war, an dem ich sein wollte. Jeder Moment jeden Tages war eine einzige Qual für mich.«

»Und wenn du dir klargemacht hast«, sage ich, bemüht, die Spannung in meiner Kiefermuskulatur zu überwinden, »dass unsere Kinder dich brauchen, dass sie dich vermissen würden, ist dir da je der Gedanke gekommen, dass ich dich auch gebraucht habe? Hast du je darüber nachgedacht, was du mit mir verpasst hättest? Oder war ich da völlig außen vor?«

Forschend, suchend, argwöhnisch mustert sie mein Gesicht, ehe sie antwortet: »Dr. Abrams hat mir dieses Konzept der radikalen Ehrlichkeit nahegebracht. So ehrlich zu sein, wie es nur möglich ist. Das möchte ich auch bei dir machen, aber ich bin nicht sicher, ob ich es tun sollte.«

»Denkst du, ich verkrafte das nicht?«

»Ich bin nicht sicher, ob ich es verkrafte.«

»Versuch es.«

Sie zieht die Beine an, wickelt die Arme darum und stützt das Kinn auf die Knie. »Ich war so wütend auf dich.«

»Wegen Henry.« Ich beiße mir von innen in die Wange, bestrafe mich selbst auf die unauffälligste Art, die mir in den Sinn kommt. »Weil ich nicht da war, ich weiß. Ich glaube nicht, dass ich selbst mir das je verzeihen kann.«

Ich war nicht dort, also habe ich mir meine eigenen Erinnerungen ersonnen, um mich zu quälen. Wie oft habe ich mir Yasmen auf dem Boden liegend vorgestellt, ganz allein, während ich Hunderte von Meilen entfernt war?

Sie schüttelt den Kopf. »Ich war nicht wütend auf dich, weil du nicht da warst, als ich gestürzt bin. Ich war wütend wegen dem, was danach war.«

»Was meinst du?«

»Ich habe mal jemanden sagen hören, wenn man versucht, einem anderen seinen Schmerz zu nehmen, kontrolliere man ihn, statt sich mit demjenigen zusammenzusetzen und eine echte Verbindung herzustellen. Damals hatte ich keine Worte dafür, aber jetzt habe ich die passende Sprache erlernt.«

»Und was ist das für eine Sprache?«

»Eine, die sagt, dass ich nicht behaupte, du hättest falschgelegen und es sei alles deine Schuld. Ich sage, dass ich endlich begreife, wie absolut inkompatibel wir beide in unserer Trauer waren.«

»Inkompatibel?«

»In jeder denkbaren Hinsicht. Ich musste innehalten. Musste die Dinge verarbeiten, und vielleicht habe ich mich zu lange versteckt. Ich bin sogar sicher, dass ich das getan habe, aber zugleich kam es mir vor, als würdest du gar nicht innehalten. Es hat sich angefühlt, als würdest du vor allem weglaufen, was ich durcharbeiten musste. Und wir haben über nichts von alldem gesprochen.«

»Du hast recht. Ich dachte, ich täte, was ich tun sollte. Ich habe uns das Dach über unseren Köpfen gesichert und versucht, das Geschäft in Gang zu halten. Aber nach den Gesprächen mit Dr. Musa ist mir klar geworden, dass ich gearbeitet habe, um mich nicht mit all diesen Verlusten beschäftigen zu müssen. Ich war dazu nicht gerüstet, und ich habe das Gefühl gebraucht, etwas zu leisten.«

»Du bist kompetenter als jeder andere Mann, den ich kenne«, sagt sie mit einem traurigen Lächeln. »Es muss dich wahnsinnig gemacht haben, dass du das nicht in Ordnung bringen konntest. Dass du nichts tun konntest, damit ich mich besser fühle, mich nicht dazu bringen konntest, aufzustehen und mein Leben wieder aufzunehmen.«

»Ich habe erst vor Kurzem erkannt, dass derjenige, den ich nicht reparieren konnte, ich selbst war.«

Wir starren einander einige endlose Sekunden lang an. Normalerweise zwinge ich mich, den Blickkontakt zu brechen, aber heute ist es, als gälten in diesem Raum keine Regeln. Ich kann hinsehen, solange ich nur will, wahrnehmen, was immer sich hinter ihren Augen verbirgt, versuchen, die Mysterien auszuloten, die ich so lange nicht habe entziffern können.

»Wir waren so kaputt«, sagt sie, lässt sich auf den Boden gleiten, zieht die Knie an und lehnt sich mit dem Rücken ans Sofa.

»Waren? Ich habe immer noch jede Menge Mist durchzuarbeiten.«

»Wir beide, aber wir kommen jetzt besser zurecht, oder?«

»Wir sind geschieden, Yas. Ich weiß nicht, was Schlimmeres hätte passieren können.«

Sie blickt auf, schaut mich an, und ich weiß nicht, ob ich Bedauern sehe, Traurigkeit oder Erleichterung. Zur Abwechslung kann ich ihre Miene absolut nicht deuten. Ich kippe das halbe Glas Whiskey hinunter und genieße das Brennen in meiner Kehle.

»Wo bist du in der Nacht hingegangen?«, fragt sie in einem sanften Ton, in dem eine Menge Neugier liegt. »In der Nacht, in der wir gestritten haben?«

Der Nacht, in der sie um die Scheidung gebeten hat.

Abgesehen von dieser ersten Sitzung bei Dr. Musa, in der ich ihm so umfassend mein Herz ausgeschüttet habe, habe ich es nach Möglichkeit vermieden, über diese Nacht zu sprechen oder auch nur an sie zu denken. Mit Yasmen darüber zu reden fühlt sich an, als könnte ich damit ein Fass aufmachen, das es nicht wert ist, geöffnet zu werden.

Ich gehe zu ihr und setze mich neben sie auf den Boden. Die Flasche nehme ich mit. Da sitzen wir nun, nur getrennt durch ein paar Zentimeter und eine halb leere Flasche japanischen Whiskeys. Dieses lange überfällige Gespräch könnte auch den Rest davon erforderlich machen.

# Kapitel 28

# YASMEN

»Wohin bin ich in dieser Nacht gegangen?« Josiah wirft die Frage zurück zu mir, seine dunklen Brauen ziehen sich über Augen zusammen, umwölkt von Erinnerungen und Schnaps. Ein schiefes, humorloses Lächeln zupft an seinem Mundwinkel. »Ich war bei Preach. Bin total abgestürzt und volltrunken bei ihm umgekippt.«

»Du betrinkst dich nie.«

»Ich glaube, es ist eine gute Ausrede, wenn deine Frau dich um die Scheidung bittet.«

Ich verziehe das Gesicht, balanciere den Yamazaki auf den Knien und umfasse das kühle Glas mit meinen heißen Handflächen.

»In der Nacht, in der ich dir ins Gesicht geschleudert habe, dass du nicht da warst, als ich Henry verloren habe … das war nicht in Ordnung«, sage ich. »Ich war an so einem finsteren Ort, aber das entschuldigt gar nichts. Es tut mir leid.«

»Aber es war wahr.« Seine Stimme klingt gedämpft, durchzogen von Kummer. »Ich war nicht da.«

»Du musst dir selbst vergeben, Si, auch wenn es sowieso nicht deine Schuld war. Du hattest ja recht, als du eingewandt hast, dass ich dir gesagt habe, du sollst die Reise machen. Das habe ich. Wir konnten das nicht ahnen. Da haben sich so viele Dinge gegen uns verschworen, dass wir sie unmöglich vorhersehen oder kontrollieren konnten.«

»Ich wusste, dass etwas nicht stimmt, noch bevor das Krankenhaus angerufen hat. Ich war kaum gelandet, da wollte ich schon zurückfliegen. Irgendwas hat sich einfach nicht richtig angefühlt. Ich hätte nach Hause kommen sollen. Dann wäre alles anders gekommen.«

»Hast du eine Ahnung, wie oft ich im Kopf den Moment durchspiele, in dem du mir gesagt hast, ich solle das Grits an diesem Abend nicht schließen? Ich solle früh nach Hause gehen?« Meine Stimme klingt erstickt vor Tränen. »Oder wie sehr ich mich dafür gehasst habe, dass ich dieses lose Brett nicht in der Woche vorher, als es auf meiner To-do-Liste stand, habe reparieren lassen?«

Ich war gestolpert.

Allein im Grits, in Eile, weil ich den Alarm anstellen wollte. Mein Schuh hat sich in dieser winzigen Lücke verfangen, die durch das lose Bodenbrett entstanden ist, und ich bin gestürzt und hart mit dem Bauch aufgeschlagen. Milky hatte ich nach Hause geschickt, weil er krank und erschöpft war. Und da lag ich nun ganz allein auf dem Boden mit einem schlimm verstauchten Fußgelenk, und in den endlos langen Minuten, die ich gebraucht habe, bis ich wieder auf den Beinen war, verlor ich Henry.

Vorzeitige Plazentalösung.

Ich wusste, dass das ein schlimmer Sturz war, ein heftiger Sturz. Ich hatte mich gar nicht abgefangen, sodass mein Bauch die Hauptlast zu tragen hatte, aber ich hatte auch keine Ahnung, dass Henry keine Luft mehr bekam. So viele Tage habe ich in dem Schaukelstuhl gesessen, meine Worte an seiner Wand angestarrt und daran gedacht, dass er nicht atmen konnte, meinen eigenen Atem angehalten und mir den Sauerstoff verweigert, solange ich nur konnte, so lange, bis ich schwarze Punkte vor Augen hatte. Eine winzige Selbstbestrafung, die doch nichts ändern konnte.

»Er war immer so aktiv.« Ich presse die Worte aus mir heraus.

Ein wehmütiges Lächeln zeichnet sich vage auf Josiahs ausdrucksstarken Lippen ab. »Wir haben immer gesagt, der Junge tritt, als wollte er sich bei den Cowboys bewerben.«

»Nicht wahr?« Ich bringe ein flüchtiges Lächeln zustande, das kommt und geht wie eine Dampfwolke. »Aber nach dem Sturz ... nichts. Er hat sich gar nicht bewegt, und ich wusste ...«

Meine Fruchtblase platzte, Fruchtwasser strömte hervor, vermengt mit Blut und Panik. Während der rasenden Fahrt zum Krankenhaus wusste ich, dass ich ihn verliere. Tränen sammelten sich in meiner Kehle, während der Arzt eine Ultraschalluntersuchung vornahm, während wir auf einen Herzschlag warteten. Und dann das schlecht getarnte Entsetzen in den geweiteten Augen der Krankenschwester. Die professionell-mitfühlende Mimik des Arztes, als er bestätigte, dass Henry gegangen war, ehe er überhaupt gekommen war.

»Ein Teil von mir ist mit ihm gestorben«, sage ich zu Josiah, und meine Stimme klingt rau unter der Anstrengung, die Worte auszusprechen. »Und ich habe lange gebraucht, um zu lernen, wie ich ohne diesen Teil leben kann.«

Ich saß wie betäubt in diesem kühlen, sterilen Raum und hörte nur halb, wie der Doktor sagte, ein Kaiserschnitt wäre in einem Fall wie meinem die beste Option. Mein Körper, der acht Monate lang mein Baby genährt hatte, war zu einem Sarg geworden.

»In manchen Nächten«, flüstere ich, starren Blicks und doch blicklos, »fühle ich diesen Phantomschmerz. Aber nicht den vom Aufprall auf den Bauch. Es ist mein Fußgelenk. Wie es sich beim Sturz verdreht hat. Wie lange ich gebraucht habe, um auf die Beine zu kommen. Und dann frage ich mich, was ihn diese Minuten gekostet haben. Wenn ich ... wenn ich nur nie ...«

Tränen rinnen mir über die Wangen, während ich die unfertigen Gedanken mit all den anderen Was-wäre-wenns und den unerfüllten Prophezeiungen begrabe, die mich immer wieder heimsuchen. Josiah zieht mich zu sich, schlingt die Arme um mich. Ich schmiege mich in seine Wärme, in eine Umarmung, die mir so vertraut ist, es schmerzt mich sogar, dass ich sie zuvor nicht hatte. Während unsere Vergangenheit aufersteht, um uns zu peinigen,

fesselt er mich an diese Nacht, hält mich davon ab, zurückzuglei-
ten in dieses schwarze Loch, das sich an manchen Tagen nur allzu
nah anfühlt. Seine Hände auf meinem Rücken sind groß und
warm, streichen in langsamen, besänftigenden Bewegungen von
meinen Schultern bis hinab zur Taille. Er riecht so göttlich vertraut, dass ich mich an seinen Hals kuschele, seine Arme mit
zitternden Händen umklammere, den Augenblick beanspruche
und mit ihm diesen Mann. Heute Nacht gehört er mir. Dies ist
ein Gespräch, das so lange überfällig ist, und es geht nur uns etwas
an und niemanden sonst. Das gehört allein uns. Die Intimität der
Trauer um das Leben, das wir gemeinsam geschaffen und verloren
haben.

Die Tränen fließen langsamer, versiegen allmählich, aber er
lässt nicht los, und die Welt hätte schon in Flammen aufgehen
müssen, ehe ich mich gerührt hätte. Er streichelt meinen Rücken
nicht mehr, aber seine Hände bleiben bei mir. Ich fürchte, wenn
ich mich auch nur einen Zentimeter weit bewege, könnte er loslassen, also lehne ich mich nur weiter an und halte die Luft an.
Aber als er mich auf den Kopf küsst, entweicht all die Luft aus
meinem Körper. Ich lehne den Kopf zurück, bis ich ihm ins Gesicht blicken kann. Gott, er ist so schön, seine Züge rau, aber
robust und er selbst doch so verletzlich. Seine Lippen wölben sich
jetzt, wo er die Zügel locker lässt, entspannt und sinnlich vor, die
Augen unter den schweren Lidern wirken schläfrig statt scharf. In
diesem kleinen Eckchen der Welt, in dem wir ganz unter uns sind,
könnte ich ihn anstarren, bis die Sonne aufgeht.

Wir sind uns so nahe, dass ich mich unvermeidlich ihm an-
passe. Daran, wie sein Herz schneller schlägt. An die zunehmende
Spannung der Muskeln, die mich umfangen. An die Art, wie sein
Atem schneller geht, um meinem zu folgen, wie er roh und rau
über unsere Lippen fegt. Wenn ich mich einen Zentimeter bewegen würde, dann würden wir uns küssen. So nahe, würde ich
meine Lippen lecken, dann leckte ich auch seine. Und ich sehne

mich so sehr danach, ihn noch einmal zu kosten, ein Gefühl, so intensiv, ich weiß nicht, ob ich es im Griff behalten kann.

»Si.« Ich stoße den Namen aus, und meine Brust hebt und senkt sich unter meinen Atemzügen. »Frag mich noch mal, ob es mir leidtut, dass du und Vashti euch getrennt habt.«

Seine dunklen Augen werden schmaler, die langen Wimpern verfangen sich in den Augenwinkeln. »Tut es?«

Ich greife in seinen Nacken, ziehe ihn näher heran, um die Wahrheit auf seine Lippen zu drücken.

»Teufel, nein.«

Wir prallen aufeinander, und unser erster Kuss seit Jahren ist schon vom ersten Moment an voller Hitze. Seine Lippen sind hungrig und begierig und vertraut. Es überwältigt mich, dieses Gefühl, das sagt: Und du hast geglaubt, du kennst das alles. Dieses Du-hattest-ja-keine-Ahnung. Diese hitzige Neuartigkeit eines Mannes, den ich schon so lange kenne und der mich nun mit einer Inbrunst küsst, als wäre es das erste Mal. Sein Geschmack überflutet alles mit der Geschwindigkeit und Intensität eines Buschfeuers. Ich kann nicht sehen, nicht hören, nicht fühlen. All meine Sinne konzentrieren sich auf unsere Lippen, und alles, was ich tun kann, ist den Geschmack des Whiskeys und des Verlangens auf seiner Zunge kosten.

»Yas«, haucht er mit einem angestrengten Atemzug meinen Namen und presst seine Stirn an meine. »Wir müssen aufhören.«

»Warum?« Ich gleite mit den Lippen über die rauen Bartstoppeln an seinem Kinn.

»Das ist keine gute Idee. Ich kann … ich kann nicht wieder mit dir dorthin gehen.« Die wilde Leidenschaft in seinen Augen wird von Entschlossenheit und Umsicht überlagert.

Diese alten Gefühle, von Alkohol und Nostalgie zu einem wahren Hexengebräu zusammengerührt, sind uns zu Kopf gestiegen, aber sie können meine Fehler nicht fortwaschen oder all die Male auslöschen, zu denen wir einander auf alle möglichen Arten wehgetan haben. Ich war dumm zu glauben, so etwas wäre möglich. Seine Lippen streichen einen kurzen Moment über meine Schläfe, ehe er sich auf die Beine stemmt und den Raum durchquert. Er fährt sich mit beiden Händen über das Gesicht, und der Ständer in seiner Hose lässt keinen Zweifel daran aufkommen, dass er es so sehr wollte wie ich.

Bis er sich erinnert hat.

Die Luft wird kühler, aber mein Herz donnert immer noch in meiner Brust, meine Lippen pulsieren unter dem Eindruck seines innigen Kusses. Und ich bin immer noch feucht zwischen den Beinen. Scham ballt sich in meinem Bauch zusammen, und ich stehe hastig auf, getrieben von dem Bedürfnis, mich von alldem zu entfernen. Und von ihm.

»Tut mir leid«, murmele ich, haste ins Schlafzimmer und schließe die Tür, lehne mich dagegen und beiße mir auf die Lippe, um einen frustrierten Aufschrei zu ersticken. Ja, genau, denn mein Körper vibriert, auf Touren gebracht, doch ohne Ziel, aber ich bin auch frustriert, weil ich vergessen habe, dass ich das getan habe. Es ist meine Schuld, und es gibt keine zweite Chance.

Ich kann nicht wieder mit dir dorthin gehen.

Ich mache mir nicht einmal die Mühe, mich auszuziehen, sondern schlüpfe einfach samt Klamotten zwischen die kühlen Laken. Drehe meinen Kopf zum Kissen, spüre brennende Tränen, weigere mich aber, sie zu vergießen. Nicht, während er im Nebenraum ist und einen Kuss bedauert, der mir so viel Leben eingehaucht hat. Ich trete mich selbst auf tausend Arten in den Hintern, als ein Geräusch an der Tür mich unterbricht. Ich drehe mich auf den Rücken, stemme mich auf den Ellbogen hoch und mustere Josiahs imposante Gestalt im Türrahmen.

»Einmal«, sagt er, seine Stimme ist heiser, aber beherrscht, die Augen glühend vor Leidenschaft und doch standhaft. »Wir tun das einmal, werden die Lust los und vergessen, dass es diese Nacht je gegeben hat. Das ist die einzige Möglichkeit.«

Kann ich das? Kann ich damit leben, ihn nur noch einmal zu haben, obwohl ich weiß, dass ich ihn wahrscheinlich immer wollen werde? Mit der Aussicht auf ein Vergnügen, das wir miteinander stets gefunden haben, schreit mein Körper Ja. Mein Geist und mein Herz fragen mich, ob ich sicher bin. Ich habe ihm wehgetan, das weiß ich, aber weiß er auch, wie sehr er mir wehtun konnte? Dass mein Herz, wenn ich ihm meinen Körper hingebe, nicht anders kann, als ihm zu folgen? Ich wünschte, wir hätten früher geredet. Wünschte, wir hätten eine Therapie gemacht. Wünschte, ich hätte rechtzeitig den richtigen Therapeuten gefunden, die richtige Medizin, das richtige Was-auch-immer. Dann wäre alles so anders gelaufen. Womöglich hätte ich uns retten können. Aber nichts von alldem ist passiert, und nun ist das alles, was noch übrig ist.

Sein Körper, heute Nacht, und mehr nicht.

Nehme ich.

Ich setze mich auf, und die Laken sammeln sich um meine Taille, als ich mir das T-Shirt über den Kopf ziehe. Er hat meine Brüste immer geliebt, also lasse ich mir Zeit, um sie ihm vorzuführen, greife langsam hinter meinen Rücken und hake den BH auf. Seine Augen flackern im Lampenschein, als die Träger an meinen Armen herabgleiten und meine harten Brustwarzen in sein Blickfeld geraten. Er schnappt nach Luft, und das Geräusch füllt den ganzen Raum aus. Ich schiebe die Decke von meinen Beinen und ziehe die Yogahose runter, über die Knie und über die Füße. Als ich sie in die Ecke schleudere, kommt er näher, ragt hoch vor mir auf. Ich lege den Kopf in den Nacken, um ihn zu betrachten. Meine Finger zucken förmlich, so begierig bin ich, ihn auszuziehen und jeden einzelnen festen Muskel und die warme Haut zu erkunden, die sich unter seiner Kleidung verbergen. Ehe er etwas sagen kann, diskutieren kann, Bedingungen niederlegen oder dafür sorgen kann, dass wir es uns anders überlegen, greife ich nach ihm.

Unser zweiter Kuss ist noch explosiver als der erste. Da ist nichts Vorsichtiges mehr an der Art, wie er meinen Mund überfällt, wie er stöhnt und meine Arme festhält. Als er meine Brüste umfasst und mit dem Daumen die Nippel streichelt, biege ich unter der Berührung den Rücken durch. Ich bin so ausgehungert. Ich hatte seit sehr langer Zeit keinen Sex, aber es ist nicht nur die physische Befreiung, nach der ich mich sehne. Es ist dieser Blick, der unerschütterlich auf mir ruht, die Ehrfurcht, mit der er mich berührt, die trotz der Hölle, die wir haben durchstehen müssen, irgendwie überdauert hat.

Seine Hände wandern von meinen Brüsten über meinen Bauch zwischen meine Beine, berühren mich durch das feuchte Höschen. Unsere Blicke treffen sich, als er seinen Daumen auf meinen Kitzler presst, die Seide wegschiebt und die flache Hand auf mich legt. Und während sich sein Blick ungestüm und besitzergreifend in meine Augen bohrt, wölbt sich seine Hand über meine Pussy.

»Die gehört heute Nacht mir, Yas.« Seine Stimme schwankt zwischen Grollen und Stöhnen.

Niemand hat mich mehr dort berührt, seit er es das letzte Mal getan hat, und es mit einem anderen Mann zu tun ist mir nie ernsthaft in den Sinn gekommen. Er würde mir das nicht glauben, so, wie er mich ansieht, während die Zweifel gleich jenseits seines Verlangens lauern. Denn er sieht die Frau, die ihn fortgeschickt hat. Er würde nicht verstehen, wie leer und ausgehöhlt sich mein Körper angefühlt hat, seit er das letzte Mal in mir war. Dass ich ihn manchmal so sehr vermisse, dass ich in seine Schuhe schlüpfe, nur um mich ihm nahe zu fühlen. Dass ich bei Nacht, allein im Bett, das Echo seiner Stimme in unserem Schlafzimmer höre, wie sie meinen Namen keucht, so, wie sie es immer wieder getan hat, wenn er sich in meinen Armen verloren hat. Er würde das nicht verstehen, also nicke ich nur zustimmend. Heute Nacht bin ich sein.

Mein Atem geht schneller, als er mir das Höschen abstreift. Dann dreht er mich so, dass meine Beine über das Bett hinaushängen, und sinkt auf die Knie. Ich starre seinen Kopf an, die dichten Wellen seines Haars, die starke Linie seiner Schulter. Er beugt sich hinab, um die Haut auf der Innenseite meiner Oberschenkel zu küssen, wiederholt eine intime Geste nach der anderen, ehe er meine Beine anhebt und meine Fersen auf die Matratze stellt. In dieser Haltung bin ich gänzlich entblößt und klappe unwillkürlich züchtig die Knie zusammen.

»Aufmachen«, sagt er und drückt sie wieder auseinander. »Ich will dich sehen. Ich habe so oft an diese Mumu gedacht.«

Er zieht einen Fingerknöchel zwischen meinen Lippen hindurch, streift meinen Kitzler, raubt mir den Atem und sorgt dafür, dass sich die Muskeln in meinen Beinen spannen. Er senkt den Kopf und atmet tief durch die Nase ein.

»Gott, ja«, krächzt er und nähert sich mir mit seinem Mund.

Ich winde mich unter dem Überfall von Lippen, Zunge und Zähnen. Er packt meine Hüften, zieht mich näher zu sich, hält mich an seinem Mund fest. Das tiefe Grollen seines Stöhnens vibriert in meinem Inneren, und ich zittere vom Scheitel bis zur Fußsohle, als müsste ich jeden Moment in Stücke brechen. Als er einen Finger hinzufügt, zwei, drei, während er an mir saugt und leckt, als fürchtete er, er könnte einen Tropfen verpassen, kralle ich die Hände in sein Haar. Ich kann nicht anders. Ich drücke seinen Kopf, seinen Mund tiefer zwischen meine Beine. Schamlos packe ich dann meine Knie und ziehe sie weiter auseinander, halte mich offen für ihn, als meine Hüften zu zucken beginnen, meine Brust sich wölbt. Als ich komme, ist es, als würde eine riesige Welle brechen, feucht und heftig genug, um jeden rationalen Gedanken zu ersäufen.

»Oh Gott. Oh Gott. Oh Gott.« Es ist ein Choral, ein Gebet, eine Litanei, die da wieder und wieder über meine Lippen kommt, während ich den Kopf auf dem Bett hochreiße und wieder fallen lasse. Der Orgasmus verkrampft die Muskeln in meinem Bauch und meinen Beinen. Meine Zehen krümmen sich, und ich schlage mit der Faust auf die Laken. Er streicht mit dem Finger über meine Pussy, sieht mir in die Augen. Wir hören beide, wie feucht ich klinge, und er leckt sich die Finger ab, während ich langsam wieder zu Sinnen komme.

Ich bin immer noch ein zittriges Häufchen Mensch, als er mich sacht zurück auf das Bett bugsiert. Mein Mund ist erschlafft, und meine Augen blicken hungrig, als ich zusehe, wie er sich auszieht. Er reißt sich das Sweatshirt über den Kopf, legt den Waschbrettbauch frei, entblößt die statuenhaften Oberarmmuskeln. Ich habe immer seine Brust geliebt, die wie gemeißelt wirkenden Brustmuskeln, die glatte Haut, die dunklen Höfe um seine Nippel in dem satten Braun. Hose und Unterhose folgen, und ich lecke mir buchstäblich die Lippen. Ich will ihn in meinem Mund. Ich habe mich immer geziert, wenn es um Blowjobs ging, sehr zum Unmut früherer Freunde, aber als ich das erste Mal die Lippen um Josiah geschlossen hatte, da liebte ich es, und seither habe ich ihm oft und begierig einen geblasen.

»Sieh mich nicht so an«, sagt er mit einem schwachen Lächeln und klettert auf das Bett. »Ich schwöre, ich würde in deinem Mund nicht lange durchhalten.«

Beinahe hätte ich gesagt: »Dann eben nächstes Mal«, aber mir fällt rechtzeitig ein, dass es kein nächstes Mal geben wird. Nur heute Nacht. Mein Bedürfnis, ihn jetzt in mir zu spüren, schnell und hart, streitet mit dem Wunsch, alles ein bisschen hinauszuzögern, um diese eine Nacht besser auszukosten.

Er streift ein Kondom über, und ich hätte fast gelacht und ihn gefragt, wozu. Kondome haben wir nur ganz am Anfang benutzt. Ich hatte immer entweder versucht, schwanger zu werden, oder alles getan, um es nicht zu werden, und selbst verhütet. Aber das war während einer monogamen Beziehung, die auf uneingeschränktem Vertrauen aufbaute. Die haben wir nicht mehr. Wir sind beide ... Single. Er hatte eine Beziehung mit einer anderen Frau und kann nicht davon ausgehen, dass ich nicht auch mit einem anderen zusammen war.

Als er sich zwischen meine Beine hockt, erwarte ich, dass er in mich eindringt, aber stattdessen haucht er mir Küsse auf das Kinn, über den Hals, umfasst mit den Lippen gierig saugend meinen Nippel. Ich halte seinen Kopf fest, wickele die Beine um seine, während er meinen Brüsten huldigt. Er stützt sein Gewicht auf die Ellbogen, und ich greife zwischen uns nach ihm, umfasse ihn mit der Hand, bewege sie auf und ab, erst langsam, dann schnell, spanne und lockere meinen Griff. Mit einem heftigen Schnaufen legt er seine Stirn an meine.

»Du hörst besser auf«, sagt er. »Es sei denn, du willst, dass ich überall auf dir komme.«

Mit einem schelmischen Lächeln führe ich ihn mir ein. Aber auf diesen Moment, auf diese Wiedervereinigung unserer Körper nach so langer Zeit, bin ich nicht vorbereitet. Jeder Teil von mir keucht, als ich ihn spüre. Nicht nur mein Körper verbindet sich wieder mit ihm, sondern auch meine Seele. Seine Finger spielen auf mir wie auf einem Instrument, und ich schlage die passenden Töne an. So öffne ich mich nur für ihn, immer nur für ihn. Er hält still, senkt den Kopf, um mich zu küssen. Er ist hart, aber sein Kuss ist so sanft, dass mir die Tränen in die Augen treten. Ich streichele seine Schultern, seinen Rücken, seinen Arsch, erkunde erneut all die Arten, auf die er immer schon so schön gewesen ist, und bemerke, wie er sich verändert hat. Er ist so groß und hart, wie ich ihn in Erinnerung habe, passt noch genauso perfekt oder, falls das überhaupt möglich ist, noch besser als früher. Mein ganzer Körper stöhnt ihm eine Ermunterung zu, als er wieder anfängt, sich zu bewegen.

»Scheiße, Yas«, ächzt er in mein Haar, packt meine Hüften, hebt meine Knie an, bis sie seine Oberschenkel umklammern. »Das ist total verrückt.«

Ich liebe es, wie seine Stimme, seine Sprache, beim Sex rauer wird. Die stets kontrollierte, polierte Fassade fällt einfach in sich zusammen, wenn er sich in mir verliert. Ich unterdrücke ein Wimmern, als er die Stelle trifft, bei der mir immer kurz schwarz vor Augen wird. Er muss nicht herumfummeln, suchen, raten. Sein Körper kennt meinen. Unsere Haut, unsere Hände, unser Atem, alles gleitet in einen vertrauten Rhythmus, der so erregend ist wie beim ersten Mal. Er stößt in mich, unser Grunzen und Ächzen mischt sich, während das Bett in Bewegung gerät und das Kopfbrett an die Wand schlägt. Ich schließe die Augen, ergebe mich ganz dem primitiven Tanz unserer Körper, den ungezähmten Lauten, die wir von uns geben, während wir nehmen und nehmen und geben und geben, bis er zwischen uns greift und meinen Kitzler streichelt, sodass ich vor ihm komme. Dann lässt er den Kopf sinken, unsere Schläfen küssen sich, und er stützt sich mit einer Hand an der Wand hinter uns ab, während die andere meine Hüfte umspannt.

»Baby.« Es rauscht aus ihm hinaus in einem langen Atemzug, während sein Körper sich über mir spannt.

Bei dem Kosewort, von dem er vermutlich gar nicht gemerkt hat, dass es ihm entschlüpft ist, verfalle ich flüchtig in Regungslosigkeit. Ich will seinen Körper, ja, aber ich sehne mich nach der Intimität, nach seiner Liebe, mindestens ebenso sehr. Ich ziehe ihn fest an mich, ertaste das muskulöse Terrain seines Rückens mit hektischen Händen, sauge an der gespannten Haut an seiner Kehle, grabe die Zähne in seine Schulter und umklammere ihn reflexartig noch fester, als er loslässt.

Mein Herz pocht so heftig, ich schwöre, ich kann es hören, aber tatsächlich ist es bis auf unser Keuchen still im Raum. Das ist der stille Schock, der einem erschütternden Ereignis folgt. Wir beide sehen stumm zu, wie um uns herum alles in Stücke fällt, während die Welt, die ich kannte, sich neu ordnet.

Mitten in der Nacht erwache ich, von hinten umfangen von seinem starken Arm, der mich besitzergreifend umschließt. Seine

Hände wandern. Er legt mir eine Handfläche ans Gesicht, sein Daumen streichelt meine Wangen, seine Augen glühen im Lampenschein, und er küsst mich. Einmal haben wir gesagt, aber er fickt mich noch mal, und beim zweiten Mal ist es sogar noch besser, langsamer, zärtlicher und herzerweichender, denn ich weiß, dieses Mal ... ist es das letzte Mal.

# Kapitel 29

# YASMEN

»Mom, was gibt es zum Abendessen?«, fragt Kassim und guckt durch die Glastür in mein Büro.

Ich blicke von der E-Mail des Fördervereins der Harrington auf, in der es um neue Uniformen für die Band geht. Deja würde sich nicht einmal tot in einer Band erwischen lassen wollen, aber da Kassim immer wieder droht, Posaune lernen zu wollen, wäre es möglich, dass ich mich damit befassen werden muss.

»Was es zum Abendessen gibt?« Ich lehne mich auf dem Stuhl zurück und necke ihn lächelnd. »Warum bin ich in diesem Haus die einzige Person, die ständig kochen muss?«

Kassim sieht beschämt aus. Seine Augen weiten sich, und sein Mund klappt ein Stück weit auf. »Äh ... na ja ... weil ich nicht kochen kann?«

»Du willst mir erzählen, du kannst praktisch aus dem Nichts einen Roboter bauen, aber du kannst nicht den Anweisungen in einem einfachen Rezept folgen?«

Er runzelt die Stirn. Wenn etwas »einfach« ist, geht Kassim davon aus, dass er es können sollte.

»Vielleicht Spaghetti?« Seine Stimme klingt fester, und er drückt entschlossen die Schultern durch.

Heute Spaghetti, morgen die ganze Welt.

»Ich habe schon Indisch bestellt.« Seine Züge entspannen sich, und er sieht erleichtert aus, was mir ein Lachen entlockt. »Aber danke für das Angebot.«

Mein Handy fängt auf dem Tisch zu klingeln an, und Marks Kontaktbild taucht auf dem Bildschirm auf. Ich ziehe die Stirn kraus, bin in Versuchung, den Anruf zu ignorieren. Zwischen uns gab es nie etwas Festes oder Ernstes, in dem Punkt war ich ihm gegenüber absolut offen, trotzdem fühlt es sich falsch an, mit ihm zu reden, solange ich mich kaum rühren kann, ohne dass die lange ungenutzten »Fickmuskeln« nach der Nacht mit Josiah schmerzen. Der Mann weiß immer noch, wie es geht. Seit er mich gestern vom Flughafen hergebracht und abgesetzt hat, muss ich ständig die Erinnerungen … okay, Fantasien … verdrängen, die die Nacht in Charlotte in mir wachgerufen hat.

»Gehst du da dran?«, fragt Kassim, wirft sich auf den Stuhl auf der anderen Seite des Schreibtischs und holt sein eigenes Telefon hervor.

»Ich nehme an, als Mutter steht mir keine Privatsphäre zu«, murmele ich, wohl wissend, dass er sich keines Vergehens bewusst ist.

Beim vierten Klingeln nehme ich ab. »Hey, Mark.«

»Yasmen.« Er klingt erfreut. »Schön, dass ich dich erreiche. Einen Moment dachte ich, ich würde auf der Mailbox landen.«

»Tut mir leid, ich war …« Ich mustere Kassim, der ganz in sein Spiel versunken ist. »Beschäftigt. Wie geht es dir?«

»Gut. Ich habe dich vermisst.«

Ich weiß nicht recht, was ich darauf sagen kann, das einerseits aufrichtig ist und andererseits nicht verletzend.

»Das ist süß von dir.« Bei dieser nicht gerade begeisterten Antwort verziehe ich selbst das Gesicht. »Es ist gut, wieder daheim zu sein. Was gibt es?«

»Ich habe mich nur gefragt, ob du schon einen Weihnachtsbaum hast.«

»Weihnachtsbaum?«

Ich bedauere es, das Wort ausgesprochen zu haben, kaum dass es mir über die Lippen gekommen ist. Kassims Augen leuchten prompt auf und blicken in meine. Normalerweise haben wir zu dieser Zeit bereits einen Baum, obwohl Thanksgiving gerade drei Tage her ist.

»Meine Familie besitzt eine Weihnachtsbaumplantage«, sagt Mark. »Die Fläche am Platz, auf der den ganzen Monat Bäume verkauft werden? Die sind von meinem Vater.«

»Oh. Das sind die besten Bäume in Skyland.«

»So steht es auf dem Schild«, sagt er glucksend. »Ich habe mir gerade einen großen Baum vom Platz geholt. Ich könnte ihn vorbeibringen, wenn du ihn dir mal ansehen möchtest.«

Kassim fixiert mich schon, seit der Baum das erste Mal erwähnt wurde. Er und Deja lieben Weihnachten, und einen Baum zu beschaffen steht auf meiner Liste für diese Woche.

»Falls er dir nicht gefällt, bringe ich ihn einfach zu meiner Schwester«, fährt Mark fort. »Sie ist alleinerziehend mit vier Kindern und arbeitet Vollzeit. So, wie ich sie kenne, hat sie bisher noch nicht mal an einen Baum gedacht.«

»Warum bringst du ihn dann nicht gleich ihr?«, frage ich, um einen lockeren Tonfall bemüht.

»Weil ich dich gern sehen würde, und diese Ausrede ist so gut wie jede andere.«

Es ist nur ein Baum, aber wenn er das so sagt …

»Oh … okay«, stimme ich nach kurzem Schweigen zu. »Warum nicht?«

»Und vielleicht können wir was essen gehen, wenn der Baum steht. Oder auf einen Drink?«

»Äh … morgen ist Schule, und meine Kinder …«

»Richtig. Sorry, hab nicht nachgedacht. Dann liefere ich den Baum einfach nur ab.«

Der Mann wird mir einen Baum bringen.

»Ich habe Essen bestellt«, zwinge ich mich zu sagen. »Du kannst gern zum Abendessen bleiben.«

»Bist du sicher?«, fragt er, aber ich höre das Ja, das nur darauf wartet, ausgesprochen zu werden.

»Natürlich. Ich hoffe, du magst Indisch.«

»Ich hoffe, du magst den Baum.«

Dreißig Minuten später steht Mark mit dem größten Weihnachtsbaum, den ich je gesehen habe, auf meiner Veranda.

»Du hast nicht übertrieben«, stelle ich lachend fest und blicke an den Ästen bis zur Spitze hinauf. »Er ist riesig und wunderschön.«

»Ist das unser Baum?«, fragt Kassim und steckt hinter mir den Kopf zur Tür heraus. »Boah!«

»Wenn ihr ihn haben wollt.« Mark sieht mich mit einer fragend hochgezogenen Braue an.

»Ja!«, brüllt Kassim prompt, ehe ich etwas sagen kann.

»Natürlich wollen wir ihn.« Ich trete zur Seite, damit Mark hereinkommen und den Baum mit ins Haus manövrieren kann.

Den Ständer, den wir jedes Jahr benutzen, habe ich bereits vor dem Fenster im Familienzimmer bereitgestellt. Mark packt den Baum rasch hinein und richtet ihn auf. Die Zweige streichen über die Zimmerdecke.

»Day!«, ruft Kassim die Treppe hinauf. »Komm und sieh dir unseren Baum an.«

Am Kopf der Treppe öffnet sich die Tür zu Dejas Zimmer, und sie lugt heraus. Ihr Haar ist auf einer Seite offen und auf der anderen geflochten, die Braids sind festgeklammert und diese Woche blau.

»Welchen Baum?«, fragt sie, und ihr Blick ruht einen Moment auf mir, ehe er zu Mark wandert, der hinter mir im Eingangsbereich steht. »Hey, Mister Lancaster.«

Ihr Ton ist auffallend höflich, wenn man bedenkt, dass sie ihn, wann immer er erwähnt wird, als den »Trottel mit den Schildern« bezeichnet.

Er erwidert den Gruß mit einem Lächeln, ehe eine unbehagliche Stille eintritt. Nur die Türklingel verhindert, dass die Situation noch seltsamer wird.

»Das Essen ist da.« Ich haste zur Tür und nehme dem Boten die wohlriechenden Essenstüten ab.

»Ich schätze, ich sollte mich auf den Weg machen«, sagt Mark, und sein Blick huscht zur Treppe und zu Deja, die eine gezielt unbeteiligte Miene aufgesetzt hat.

»Nein, bleib.« Ich deute mit einer Kopfbewegung Richtung Küche. »Ich habe dir doch gesagt, wir haben dich gern zum Essen bei uns. Das ist das Mindeste, was wir tun können, nachdem du uns so einen tollen Baum gebracht hast.«

»Die machen das beste Butterhuhn«, informiert ihn Kassim.

»Haben wir auch Chicken Masala?«, fragt Deja und kommt nun ganz aus ihrem Zimmer und die Treppe herunter.

»Ja.« Ich reiche ihr die Tüte. »Ihr könnt schon anfangen.«

Nach einem knappen Blick auf Mark und mich nimmt sie die Tüte und stößt Kassim mit der Schulter an. »Komm mit, Freak.«

Er hüpft mehr oder weniger an ihr vorbei und um die Ecke und ist vor ihr in der Küche.

Der Junge liebt sein Butterhuhn.

»Wie gesagt, wir haben mehr als genug«, sage ich zu Mark und schiebe die Hände in die Gesäßtaschen meiner Jeans.

»Ich würde gern bleiben.« Er tritt näher und blickt in die Richtung, in der meine Kinder gerade verschwunden sind. »Es gibt nur eins, was ich noch lieber täte.«

Er beugt sich zu mir, um mich zu küssen, und ich erstarre. Wir hatten ein paar Dates. Ein paar Küsse. Und obwohl ich nicht gerade in Leidenschaft entbrannt bin, war es okay. Angenehm. Aber das hier ist nicht angenehm. Nach der Nacht mit Josiah fühlt es sich an wie ein Treuebruch. Ich weiß, wie albern das ist, denn schließlich hat mich Josiah gewarnt, dass das nie wieder passieren würde. Das wir nicht mehr passieren würden. Und doch … Marks Lippen pressen sich fester auf meine, suchen etwas, das ich nicht geben kann. Nicht jetzt.

»Mark«, murmele ich an seinen Lippen und weiche zurück. »Ich … nein.«

Verwirrt legt er die Stirn in Falten. »Ich hatte gehofft …«

»Ich glaube, wir sollten aufhören, uns zu treffen. Zumindest … so.« Ich blicke auf den kleinen Fleck Parkett zwischen unseren Füßen, ehe ich mich zwinge, ihm wieder in die Augen zu sehen. »Du bist toll. Das bist du wirklich, aber ich bin nicht bereit, nicht einmal für etwas Unverbindliches.«

»Ich verstehe.« Und tatsächlich begreift er ausreichend, dass das Stirnrunzeln verschwindet und sich stattdessen ein düsterer Ausdruck in seine Augen schleicht. »Liegt es daran, dass ich nicht derjenige welcher bin, oder daran, dass er es immer noch ist?«

Ein grimassenhaftes Grinsen ist alles, was ich zustande bringe. Sein Verständnis und seine unverblümte Frage haben mich aus dem Konzept gebracht. »Ich schätze, beides?«

Einer seiner Mundwinkel wandert zu einem schiefen Grinsen aufwärts. »Du hast mich gewarnt, dass ich der erste Versuch bin, nicht wahr? Das ist nicht das erste Mal, dass ich auf die Nase falle, und es wird auch nicht das letzte Mal sein.«

Forschend blicke ich in seine blauen Augen – intelligente, freundliche Augen in einem auf klassische Art attraktiven Gesicht. Er ist erfolgreich, ehrgeizig, prinzipientreu. Vielleicht werde ich eines Tages bereuen, dass ich einen Typen wie ihn habe gehen lassen, aber die Küsse, die Berührungen, das Flüstern im Dunkeln, all das, was ich mit Josiah geteilt habe, es ist noch zu frisch. Meine Gefühle für ihn sind so tief, dass ich derzeit gar nicht fähig bin, auch nur an einen anderen zu denken. Offensichtlich muss ich diese Gefühle für meinen Ex erst wieder loswerden, ehe ich irgendwelche neuen für einen anderen entwickeln kann.

»Du, Mark Lancaster«, sage ich und umfasse seine Hand mit meinen beiden, »bist für jemanden der Hauptgewinn.«

Er nickt, bückt sich, um mir einen raschen Kuss auf den Kopf zu geben, und dreht sich zur Tür um. Ich folge ihm, warte auf der Veranda, als er die Stufen hinuntersteigt und zu seinem Tesla geht, der in meiner Auffahrt steht.

»Oh, und Mark!«, rufe ich, als er gerade die Wagentür öffnet, worauf er sich zu mir umdreht. Enttäuschung und Akzeptanz spiegeln sich in seinen Zügen, als er auf meine Abschiedsworte wartet.

»Du hast meine Stimme.«

Langsam breitet sich ein Lächeln in seinem Gesicht aus. Er salutiert schwungvoll vor mir, steigt ein und fährt davon.

»Wollte Mister Lancaster nicht zum Abendessen bleiben?«

Ich drehe mich um und sehe Deja im Eingangsbereich stehen. Sie hält ein LaCroix in der Hand, und die Neugier steht ihr ins Gesicht geschrieben, während sie mich forschend mustert. Die Arme gegen die Kälte vor der Brust verschränkt, gehe ich hinein und schließe die Tür.

»Nein, es war Zeit für ihn zu gehen.« Ich schnuppere und folge ihr zur Küche. »Lasst uns essen.«

# Kapitel 30

# JOSIAH

»Wie war die Schule?«, frage ich Kassim, als wir vom Parkplatz der Harrington fahren.

»Gut.« Er dreht sich um, um Otis zu streicheln, der auf der Rückbank liegt, ehe er sein Telefon hervorholt. Mir ist klar, dass er gleich wieder mit Roblox beschäftigt sein wird.

»Hey. Rede eine Minute mit mir, ehe du dich wieder in diesem Spiel verlierst.«

Er legt das Telefon in den Schoß. »Ja, Sir.«

»Wie war der Unterricht? Hast du dich gelangweilt?«

»Ms Halstead hat mir ein paar Extraaufgaben gegeben. Andere Sachen als dem Rest der Klasse.«

»Und wie geht es dir damit?«

Verdammt. Ich klinge selbst wie ein Therapeut. Dr. Musa würde sich freuen, wüsste er, wie er auf mich abfärbt.

Kassim zuckt mit den Schultern. »Ist okay. Nur ein paar von den Kindern ärgern mich und sagen, ich würde mich für so schlau halten.«

»Du bist so schlau.«

»Aber ich will es ihnen nicht unter die Nase reiben.«

»Gut. So ein Mensch solltest du auch nicht sein. Du bist nicht besser als andere. Ms Halstead hat nur erkannt, dass du mit dem, was die Klasse macht, unterfordert bist. Sie sieht dein Potenzial und möchte sicherstellen, dass wir alle tun, was wir können, um es zu entwickeln.«

»Ja. Jamal sagt, es wäre irgendwie cool, dass ich Sachen mache, die sonst noch keiner kann, und dass ich vielleicht eine Klasse überspringe, solange wir trotzdem zusammen abhängen und Madden spielen können und so.«

»Toll«, sage ich. Mir ist bewusst, wie wichtig dieses Gütesiegel aus Jamals Mund ist. »Gut, dann lass uns dieses Gestrüpp auslichten, damit du nach Hause gehen und deine Hausaufgaben machen kannst.«

Ich strecke die Hand aus und zupfe an dem derben Afro, der auf seinem Kopf wuchert.

»Und den Baum dekorieren!«, antwortet Kassim strahlend.

Ich spüre ein kurzes Zwicken in der Brust. Früher haben wir immer ein großes Trara darum gemacht, den Baum gemeinsam auszuwählen. Gewöhnlich am Samstag nach Thanksgiving, und danach sind wir in irgendein Lokal wie das Laughing Latte am Platz gegangen und haben uns heiße Schokolade mit Marshmallows gegönnt. In den letzten Jahren haben sich so viele Risse aufgetan, und das ist eine der Traditionen, die hindurchgefallen sind.

»Ihr habt schon einen Baum?«, frage ich.

»Ja. Mister Lancaster hat ihn zu uns gebracht.«

Das arme Lenkrad. Ich erwürge es mehr oder weniger, als Kassim den Namen dieses Mannes erwähnt.

»Mark Lancaster?«, frage ich beiläufig.

»Ja, Moms neuer Freund.«

Freund?

Ein Scheiß ist der. Sie hat jedenfalls nicht an ihren Freund gedacht, als ich sie gefickt habe. Zweimal.

Der Gedanke formt sich, ehe ich ihn unterdrücken kann. Sie hat es so dargestellt, als wäre nichts Ernstes zwischen ihnen. Läuft da womöglich mehr, als sie gesagt hat?

Mein Vorstellungsvermögen spuckt eine ganze Flut von Bildern von dem blonden Politiker aus, wie er unser Schlafzimmer verlässt, nur mit einer Pyjamahose bekleidet, und die Treppe hinuntergeht, um sich einen Kaffee zu machen – in meiner Küche, in Gegenwart meiner Kinder, nach einer Nacht, in der er meine Frau gefickt hat.

Sie ist nicht deine Frau.

Für eine Nacht war sie es. Ich habe mit niemandem so gesprochen, wie wir es in Charlotte getan haben, seit Byrd und Henry gestorben sind. Oder je davor. Vielleicht macht Therapie es leichter, über meinen Mist zu reden, was sich vorher so verdammt schwer angefühlt hat. Yasmen so zu halten, wieder in ihr zu sein, ihr pochendes Herz zu spüren, wenn sich unsere Körper aneinanderpressen, den Vanilleduft und ihre einzigartige Essenz zu atmen. Sie war so weich, ihre Kurven so perfekt, als wären sie für mich gemacht. Und nur für mich. Aber wir haben uns beide an die Abmachung gehalten. Es ist, als wäre nichts geschehen. Wenn überhaupt, dann läuft es zwischen uns besser, seit wir reinen Tisch gemacht haben.

Ich muss einfach weiter so tun, als würde ich nicht die ganze Zeit an diese Nacht denken, so tun, als würde sich mein Körper nicht nach mehr verzehren.

»Ist es ein guter Baum?«, frage ich.

»Er ist riesig«, schwärmt Kassim.

Was auch sonst?

»Ihm gehört eine von diesen Weihnachtsbaumplantagen, und er hat Mom gefragt, ob wir noch einen Baum brauchen, und ihn uns gebracht.«

Noch mehr Gerede über diesen Möchtegern-Kongressabgeordneten wird mein Lenkrad nicht überleben.

»Also, dein Haarschnitt, einfach ganz normal?«, frage ich. »Oder willst du ein paar Linien und Pfeile?«

Er lacht, wie ich es vorhergesehen habe, und beschreibt mir das Muster, das er und Jamal bei ihrem nächsten Friseurbesuch ausprobieren wollen. Als wir vor Preachs Salon The Cut halten, bin ich stolz darauf, wie gut mein Freund das hingekriegt hat. Wir haben beide einen Wirtschaftsabschluss und wussten, was wir machen wollten. Nun ja, das Grits haben Byrd und Yasmen konzipiert, aber ich wusste, dass ich nicht für jemand anderen arbeiten wollte. Preach hat in seinem Wohnheimzimmer Haare geschnitten und später vier Jahre lang in seiner Wohnung außerhalb des Campus. Seine Schulden hat er mit der Arbeit in anderen Salons abbezahlt, bis er es sich leisten konnte, The Cut in Castleberry Hill zu eröffnen, dem Ortsteil, in dem es, als ich das letzte Mal nachgesehen habe, die höchste Konzentration an Schwarzen Geschäftseignern im ganzen Land gibt.

»Was geht, Leute?« Preach strahlt uns über den Schopf hinweg an, den er gerade schneidet. »Sieh sich einer das ganze Haar an, Seem. Hast du dich etwa davor gedrückt herzukommen, kleiner Mann?«

Kassim grinst und bringt Otis rüber in die Ecke, in der er sich immer brav zusammenrollt, während ich mich in den freien Friseurstuhl neben Preach setze.

»Dein Einsatz, Seem«, ruft Preach und bürstet Haare von Hals und Schultern des Kunden, mit dem er gerade fertig geworden ist.

Kassim setzt sich auf den Stuhl und beschreibt das Muster, das er und Jamal sich ausgedacht haben. Preach schaltet mit einem nachsichtigen Lächeln die Haarschneidemaschine ein.

»Hab dich gestern beim Sport vermisst«, sagt Preach.

»Tut mir leid, dass ich nicht angerufen habe.« Ich stehe auf, um mir eine Zeitschrift aus dem Stapel auf dem Tisch des Frisierplatzes zu holen, an dem ich gesessen habe. »Ich war vorübergehend nicht in der Stadt und bin seitdem dabei, Liegengelassenes nachzuholen. Viel los.«

»Wir haben gewonnen … wieder mal.« Preach feixt und blickt von Kassims Haar auf. »Wo bist du gewesen?«

»Äh, wir ziehen diese Charlotte-Expansion in Erwägung.« Ich blättere ein paar der Magazine oben auf dem Stapel durch und bemühe mich um einen beiläufigen Tonfall, um Preachs Spinnensinne nicht zu triggern. »Yas und ich sind hingefahren, um uns ein Lokal genauer anzusehen.«

Ich sehe seine Fragen und Bemerkungen in Form von Sprechblasen über seinem Kopf vor mir, aber da Kassim vor ihm sitzt, begnügt er sich mit einem Blick, der besagt, er werde mich später ausfragen.

Aber er wird keine Antworten bekommen.

Ich muss das, was in Charlotte passiert ist, hinter mir lassen, ich kann es mir nicht leisten, es näher zu ergründen. Ich blende all die Fragen in meinem Kopf aus und konzentriere mich auf das Gequassel der Kunden. Die Gespräche drehen sich um die Chancen der Falcons in dieser Saison und münden unweigerlich in der üblichen GOAT-Debatte: Michael Jordan versus LeBron James.

»Eins muss man 'Bron lassen«, behauptet einer der Kunden, der sich die Locken kürzen lässt. »Er tut echt viel für die Gemeinde.«

»Was, zum Teufel, hat diese Schule, die er gegründet hat, mit irgendwas zu tun?«, fragt Rick, der Friseur neben Preach. »Der Kerl hat einfach nicht den Killerinstinkt von Mike und Kobe.«

»Kobe war besser als 'Bron«, sagt der Kerl auf dem letzten Stuhl in der Reihe.

»Shiiiiit.« Preach schüttelt den Kopf, während er Kassims Kopf in Form bringt. »Möge Mamba in Frieden ruhen, und er gehört definitiv zu meinen Top-Fünf, aber 'Bron schafft er nicht.«

»Wen nimmst du, Kassim?«, fragt Rick und lächelt ihn aufmunternd an.

»Äh …« Kassim sieht ein bisschen panisch aus, als hätte man ihm einen unangekündigten Test vorgesetzt und er Angst, die falsche Antwort zu geben. »Jordan?«

Ich beuge mich vor und schlage die Faust an seine. »Das ist mein Junge.«

Kassim strahlt und setzt sich aufrechter hin. Schon verrückt, wie er schon beim kleinsten Lob aus meinem Mund aufblüht. Es ist so einfach, sein Selbstvertrauen zu stützen. Ich schätze, das ist genau das, was die bedingungslose Liebe und Akzeptanz eines Vaters einem Jungen bieten sollte. Mein Vater war Soldat und knallhart, aber bis ich acht Jahre alt war, galt mir seine Liebe und Akzeptanz. Dr. Musa meint, dass ich vielleicht nie darüber hinweggekommen bin, das verloren zu haben.

»Was meinst du?«, fragt Preach meinen Sohn und reicht ihm den Handspiegel, damit er seinen Hinterkopf überprüfen kann.

»Wow!« Kassim grinst. »Ich wette, Jamals wird nicht so gut.«

Ich bezahle Preach und schlag mir aufs Bein. »Otis, komm.«

Otis steht schwerfällig auf, gähnt und tapst auf uns zu. Er geht einfach an mir vorbei zur Tür, als wäre ich sein persönlicher Portier. Ich verdrehe die Augen und wische ein paar verirrte Haare von Kassims Hemd.

»Hey, ich muss dich noch was fragen, ehe du gehst, Si«, sagt Preach.

»'kay. Seem, geh zu Otis und warte auf mich. Geh nicht raus, bleib hier drin.«

»Ja, Sir«, sagt er und geht zur Tür.

»Und hast du dich bei Preach bedankt?«, frage ich.

Kassim dreht sich um. »Sorry. Danke.«

Ich warte, bis er ein paar Schritte weit weg ist, ehe ich mich zu Preach umdrehe, der prompt näher tritt.

»Was ist wirklich los, Bro?«, fragt er im Flüsterton. »Als wir uns das letzte Mal unterhalten haben, war Yasmen bei dir im Haus, als Vashti auch dort war, und wir hatten ein schönes Übernachtungsdrama. Und jetzt übernachtet jeder mit jedem? Was ist los?«

»Nichts.« Die Lüge kommt mir leicht über die Lippen. »Vashti und ich haben uns getrennt. Yas und ich haben eine Geschäftsreise unternommen. Ganz einfach.«

»Wann habt du und Vashti euch getrennt?«

»Thanksgiving. Es hat einfach nicht funktioniert.«

»Hey, das war der erste Versuch nach der Scheidung. Nächstes Mal hast du mehr Glück.« Forschend mustert er mein Gesicht. »Es sei denn, du willst gar kein nächstes Mal und hast erkannt, dass du noch lange nicht über deine Ex hinweg bist.«

»Ne, Bro.«

Ich lache, als wäre der Gedanke völlig idiotisch. Preach hat mich völlig aufgelöst erlebt in der Nacht, in der Yasmen um die Scheidung gebeten hatte. Aber so nahe wir uns auch stehen, ich will ihm nicht erzählen, dass ich sie nicht nur immer noch will, sondern dem Drang auch eine Nacht lang nachgegeben habe, die ich nun nicht mehr vergessen kann.

»Hallo, ich bin's.« Preach legt mir eine Hand auf die Schulter und sieht mir direkt in die Augen. »Du und Yas, das war der richtig heiße Scheiß, den's nur einmal im Leben gibt.«

»Ja, war, ist aber nicht mehr«, antworte ich und schüttele seine Hand ab. »Wie hat Erykah das noch ausgedrückt? Vielleicht im nächsten Leben?«

»Ich wäre kein guter Freund, wenn ich nicht nachhaken würde.«

»Sie wollte die Scheidung. Sie hat sie bekommen. Mit mir und Vashti mag es nicht funktioniert haben, aber ich bin weitergezogen. Hör auf, in altem Scheiß zu buddeln, Preach. Selbst wenn wir wieder etwas miteinander anfangen könnten, wie soll ich Yas je wieder vertrauen, wie kann ich sicher sein, dass sie mich nicht beim ersten Anzeichen von Ärger wieder von sich stößt?«

»Ihr seid heute beide auf einem anderen Stand als damals. Ich meine, sie ist in Therapie. Du bist in Therapie. Wer hätte das gedacht. Du bist der verschlossenste, verkrampfteste Typ, den ich kenne.«

Die Hände in den Taschen, wippe ich auf den Fersen und gluckse leise. Es ist witzig, weil es wahr ist.

»Wir bekommen nicht alle eine zweite Chance, Preach.«

»Dann bastele dir eben eine. Aber bau keinen Scheiß beim nächsten Mal.«

»Bau keinen Scheiß? Ich habe kein ...«

Das spöttische Grinsen in seinem Gesicht verrät mir, dass er mich veralbert hat.

»Arschloch. Ich habe keine Zeit für deinen Scheiß. Ich bin weg.«

»Denk darüber nach, was ich gesagt habe.« Er klatscht mich ab. »Und wenn du nicht mit mir reden willst, dann rede wenigstens mit deinem Doc, jetzt, wo du Kontakt zu deinen Gefühlen hast.«

Kontakt zu meinen Gefühlen ist eine Art, das auszudrücken.

Ich fühle pure Begierde, sobald ich auch nur in der Nähe meiner Ex-Frau bin.

Ich fühle puren Zorn beim Gedanken an Mark Möchtegern, der meiner Familie einen Weihnachtsbaum bringt. Spitz wie Nachbars Lumpi, wenn es um Yasmen geht.

Ich fühle Frust, weil diese eine Nacht, mit der ich sie endlich hinter mir lassen wollte, ins Auge gegangen ist, und jetzt, nachdem ich sie wieder gekostet habe, sie gehabt habe, sie gehalten habe, verdammt, jetzt hat sie noch tiefere Wurzeln in mir geschlagen.

Kontakt zu meinen Gefühlen? Meine Gefühle sind ein heißer Ofen, den ich immer wieder anfassen will, obwohl ich weiß, wie sehr ich mich beim letzten Mal daran verbrannt habe.

# Kapitel 31

# YASMEN

Das ist meine liebste Nacht im ganzen Jahr.

Zumindest war das einmal so. Am Silvesterabend steht man auf der Schwelle zwischen vorher und nachher. Ich weiß, ein neues Jahr liefert einem nicht immer einen Neuanfang. Die überfällige Miete? Die ist immer noch überfällig, nachdem die Uhr Mitternacht geschlagen hat. Der Beruf ohne Zukunft? Führt danach auch nirgends hin. Und die siechende Ehe heilt sich nicht von selbst am Ende von »Auld Lang Syne«. Das weiß ich aus erster Hand.

Aber das Gefühl des Neuen, der neuen Möglichkeiten, kann dich dazu anstacheln, deine Lebensumstände auf bedeutsame Art zu verändern. Außer in den letzten beiden Jahren hatte ich jede Silvesterparty, die je im Grits stattgefunden hat, geplant. Letztes Jahr haben Josiah und ich kaum miteinander geredet, und ich habe die Planung Bayli und ein paar anderen Mitarbeitern überlassen. Heute kommen wir besser miteinander aus, auch wenn sich eine ganz andere Art der Anspannung zwischen uns breitgemacht hat. Wir mögen nicht über unseren Doppelfick-One-Night-Stand gesprochen haben, aber ich wache nur allzu häufig schwitzend und keuchend und feucht zwischen den Beinen auf, weil Josiah nackt durch meine Träume stromert.

»Die Party ist der Hammer«, sagt Hendrix neben mir. »Gute Arbeit, wie üblich.«

»Danke. Jeder Mitarbeiter hat seinen Teil beigetragen.«

Umgeben von Feiernden auf halbem Wege zu ihrem Neujahrsrausch, sitzen wir an einem großen Tisch im Obergeschoss des

Grits gleich neben dem Zugang zum Dach, von dem aus wir freien Blick auf den Hauptgastraum des Grits haben. Deja, Soledad und ihre drei Mädchen und – ausnahmsweise – ihr Ehemann Edward vervollständigen die Runde.

»Die Deko gefällt mir sehr«, sagt Soledad und schaut hinab in den Hauptgastraum, mustert die Weihnachtsbeleuchtung und die Ilexzweige, die immer noch an Decke und Wänden hängen. »Alles sieht einfach toll aus.«

»Deine selbst gemachte Girlande ist echt der Hit.« Ich grinse sie an und nippe an meinem French 75. »Du solltest wirklich mal darüber nachdenken, deine Talente gegen Dollars zu wechseln.«

»Was soll das heißen?«, fragt Edward und blickt zum womöglich ersten Mal an diesem Abend von seinem Handy auf. »Dollars? Wovon spricht sie, Sol?«

Soledad räuspert sich und wickelt ihr Besteck wieder in die Leinenserviette ein. »Yas und Hen denken, ich sollte aus einigen meiner Ideen ein Geschäft machen.«

»Bestimmt solltest du«, wirft Hendrix ein. »Selbst Joanna Gaines hat Sol nichts entgegenzusetzen.«

»Abgesehen von einem Milliarden-Imperium«, spottet Edward und kippt seinen Scotch.

»Das ist nur eine Frage der Zeit.« Hendrix' Lächeln wirkt angespannt, ihr Blick scharf. »Wenn sie die Gelegenheit hätte, sich darauf zu konzentrieren.«

Edward lacht. »Du hast ja großartige Freundinnen, Schatz.«

»Die habe ich in der Tat«, sagt Soledad und übergeht gezielt seinen Sarkasmus. »Vielleicht sollte ich auf ihren Rat hören.«

Das Glas, das sich wieder auf halbem Weg zu Edwards Mund befindet, bleibt in der Luft hängen. »Das kann nicht dein Ernst sein. Wir haben immerhin Kinder.«

»Joanna Gaines auch, fünf sogar«, wirft Deja von der anderen Seite des Tisches ein und kaut auf den gebratenen grünen Tomaten ihrer Vorspeise herum.

»Das scheint sie nicht zu beeinträchtigen«, fügt Lupe hinzu und klimpert vor ihrem Vater unschuldig mit den langen Wimpern. »Ich will jedenfalls nicht der Grund dafür sein, dass Mom nicht all das tut, was sie kann.«

Ich betrachte die beiden selbstsicheren, aufgeräumten Dreizehnjährigen, die sich vernünftiger geben als der einzige Mann an unserem Tisch. Wenn alle so sind wie diese Mädchen, wird die nächste Generation auf geradezu beängstigende Weise kämpferisch sein.

»Bist du nicht«, sagt Soledad nachdrücklich zu Lupe und sieht dann nacheinander allen drei Mädchen in die Augen. »Keine von euch. Euch großzuziehen ist genau das, was ich will. Und das war es schon immer.«

»Und wenn wir weg sind? Ich fange nächstes Jahr mit der Highschool an, und diese Hosenscheißer …« Lupe deutet grinsend auf ihre Schwestern, »… sind nicht weit hinter mir.«

»Ja, Mom«, fügt Inez hinzu. »Wir sind keine Babys mehr.«

»Den Haushalt schmeißen, unsere Kinder aufziehen«, sagt Edward stirnrunzelnd. »Das war doch immer dein Traum.«

»Einer davon«, sagt Soledad sanft, aber da liegt ein stählerner Unterton in ihrer Stimme, den ich von ihr nicht gewohnt bin. »Die Dinge ändern sich, nicht wahr?«

Ehemann und Ehefrau wechseln einen langen Blick, eine stumme Konversation, die uns andere nicht einbezieht. Hendrix versetzt mir unter dem Tisch einen Tritt. Ich grunze gepeinigt und werfe ihr einen finsteren Blick zu.

»Wollt ihr Nachschub oder irgendwas anderes, ehe ich losgehe?« Ich lächele, als wäre alles eitel Sonnenschein. »Ich muss nachsehen, ob alles für den Mitternachtstoast bereit ist.«

»Ich bin versorgt, danke«, sagt Edward, greift zu seinem Telefon und starrt wieder auf das Display.

Soledad mustert das Handy in der Hand ihres Gatten eisig und presst die Lippen zusammen. Eine Sekunde später wendet

sie sich von ihrem Mann ab und ertappt mich dabei, sie anzustarren. Sogleich lichtet sich ihre Miene und wird wieder gewohnt wonnig. Was verbirgt sie? Was hält sie zurück? Ich weiß,
wie anstrengend es ist, in der Öffentlichkeit auf Friede, Freude,
Eierkuchen zu machen. Das funktioniert nur bis zum endgülti-
gen Zusammenbruch. Und das sage ich als jemand, der in den
letzten paar Jahren spektakulär und öffentlich zusammengeklappt ist. Unter dem Tisch ergreife ich ihre Hand und drücke
sie. Selbst wenn sie nicht bereit ist, darüber zu sprechen, was los
ist, hoffe ich, sie weiß, dass Hendrix und ich da sein werden,
wenn sie es ist.

»Gut.« Ich schiebe meinen Stuhl zurück und stehe auf. »Ich
bin bald zurück, aber wenn ich aufgehalten werde und es nicht
bis Mitternacht schaffe, dann stoßt auf mich mit an.«

»Kann ich immer noch bei Lupe übernachten?«, fragt Deja.
»Kassim schläft bei Jamal.«

»Wenn du einverstanden bist, Sol?« Fragend ziehe ich die
Brauen hoch.

»Oh, mir ist das recht«, sagt Soledad.

»Ich kann die Mädchen gleich nach Mitternacht alle mitnehmen«, bietet Edward an. »Falls du länger bleiben und dich mit
Hendrix und Yasmen amüsieren willst, Sol.«

Ein bemerkenswert großzügiges Angebot für einen Mann, der
üblicherweise nur das absolut Nötigste beisteuert. Dieser Gedanke
muss Soledad wohl auch gekommen sein, denn sie kneift argwöhnisch die Augen zusammen.

»Klar«, sagt sie, ein Wort, gesprenkelt mit Saccharin. »Wie lieb
von dir, Schatz.«

»Du arbeitest so hart«, antwortet er. »Mir liegt immer daran,
dafür zu sorgen, dass du auch Zeit für dich hast.«

»Bullshit.« Hendrix hustet in ihre Hand. »Tut mir leid, hab
was in den falschen Hals gekriegt.«

Wie der lügen kann.

Hendrix und ich wissen es beide. Ich hoffe nur, Soledad tut das auch. Ich konnte ihn nie leiden. Und irgendwas sagt mir, wir sollten ihm auch nicht trauen.

»Wenn dann nur noch die erwachsenen Mädchen übrig sind«, sagt Hendrix, »dann lasst uns doch bei mir abstürzen. Wegen all der Sauferei, die ich geplant habe, bin ich gar nicht erst hergefahren, sondern gegangen, wir können also einfach zu mir flitzen und unterwegs einen Abstecher zum Brunnen machen.«

»Oh, ja. Ich habe schon so lange keinen Neujahrswunsch mehr geäußert«, sagt Soledad.

Jedes Jahr versammeln sich zu Neujahr Leute um den Brunnen und werfen Münzen hinein in der Hoffnung, dass es sich im Laufe des Jahres auszahlen wird.

»Ich habe meine Münzen schon parat«, sage ich. »Lasst mich nur schauen, ob alles läuft. Aber ich bin dabei.«

Vorsichtig gehe ich die Wendeltreppe zum Erdgeschoss hinunter. Die Party ist voll im Gang, die Musik, die aus den Lautsprechern hallt, pulsiert wie ein Herzschlag, und die Menge schwillt weiter an, als noch mehr Leute zur Tür hereinkommen. Es ist gerammelt voll, und ich nehme mir vor zu überprüfen, ob wir noch innerhalb der zulässigen Kapazität liegen. Das Letzte, was wir bei der größten Party des Jahres brauchen können, ist, dass man uns das Lokal schließt. Aber wie ich Josiah kenne, hat er das alles im Blick. Ich habe ihn heute Abend noch gar nicht gesehen, aber ich nehme an, er verbringt jetzt mehr Zeit in der Küche als sonst. Wegen all der Vorbereitungen für die Party, den vielen Arbeitsstunden, die wegen der Feiertagsgäste zusätzlich anfallen, und der Zeit, die für das Vorantreiben unserer Expansion nach Charlotte draufgeht, haben wir uns kaum gesehen, seit er am Weihnachtstag bei uns war. Aber der Morgen ist mir immer noch sehr präsent. Wir beide, wie wir aufgeregt zusehen, während unsere Kinder ihre Geschenke aufreißen und vor Freude quieken. Er am Herd, die Ärmel seines Pullis bis zu den Ellbogen hochgeschoben,

tränke auf der Rückseite der Küche. Dort sind Anthony, Milk und Josiah gerade dabei, Sektflaschen aus dem Kühlschrank auf Barwagen zu laden. Die drei Männer blicken auf, als ich eintrete, und ich lächele und sehe Josiah gerade lang genug an, um festzustellen, dass er in seiner maßgeschneiderten Hose, dem weißen Hemd und den Hosenträgern einfach umwerfend aussieht.

Hosenträger. Die hat er früher nie getragen. Meine neue Lieblingsbeschäftigung könnte sein, ihm die abzunehmen.

»Meine Herren«, sage ich und trete näher. »Alles bereit für den großen Toast?«

»Ja«, sagt Anthony. »Es ist bald so weit, darum laden wir schon mal den Sekt auf.«

»Du siehst heute mächtig hübsch aus, Yas«, sagt Milk, kommt zu mir und legt mir den Arm um die Schultern.

Ich blicke an meinem rosaroten Paillettenkleid hinab. Der Ausschnitt ist hoch genug, um die Kette zu verbergen, aber nicht gerade züchtig. Jedenfalls nicht an mir. Der Stoff klebt wie eine funkelnde zweite Haut an meinen Brüsten. Der Rock endet auf der Mitte der Oberschenkel. Außerdem habe ich einen Haufen Geld für Padlock-Sandalen von Tom Ford hingelegt. Hendrix sagt, wenn ich die trage, sehen meine Beine aus, als sollten sie entweder um eine Stange oder einen Mann gewickelt sein. Ich verstehe es als Kompliment.

Ich erwidere die Umarmung und küsse ihn auf die Wange. »Frohes neues Jahr, Milk.«

»Willst du die rausbringen?«, wendet sich Anthony an Milky. »Und dann die nächste Ladung holen?«

»Zu Befehl.« Milky lässt mich nach einem letzten kurzen Drücken los und hilft Anthony, den ersten Barwagen voller Sektflaschen hinauszurollen.

Womit Josiah und ich allein zurückbleiben. Wir starren einander in dem beengten Raum an, und einen Atemzug lang vergesse ich die Festlichkeiten außerhalb dieser Wände und all die Leute, die ihre Sorgen hinunterspülen und auf ihr Glück trinken. Jetzt sind es wieder nur wir. Und all das, was wir gemeinsam aufgebaut haben, liegt auf der anderen Seite dieser Tür. Das florierende Geschäft, all die Freundschaften, die wir gepflegt haben, sogar die Kinder, die wir in diese Welt gesetzt haben, nichts davon hat vor dem hier existiert. Vor dem Du und Ich von Josiah und Yas. Ich kämpfe gegen den irrsinnigen Drang an, die Tür zu verriegeln und mich hier mit ihm einzuschließen, bis die Neujahrssonne aufgeht.

»Ich könnte helfen«, sage ich und deute auf den zweiten, erst teilweise beladenen Barwagen.

»Ne, ich mach das schon.« Anerkennend mustert er mein Erscheinungsbild. »Außerdem ist das Kleid viel zu hübsch für diese Schufterei, und mit diesen Schuhen wurde bestimmt noch nie gearbeitet.«

Ich lache, packe den hoch angesetzten Pferdeschwanz, den Deja mir für diese Nacht gebunden hat, mit der Faust und werfe ihn über die Schulter. »Damit hast du absolut recht.«

Sein tiefes Glucksen rumpelt durch die Stille im Raum, und ich schaudere, absorbiere das tiefe, sexy Timbre. Sein Rasierwasser, die Marke, die er schon seit Jahren benutzt, dringt mir in die Nase und scheint besser zu riechen als je zuvor. Meine Instinkte reagieren in diesem beengten Raum auf meinen Ex-Mann.

»Äh, sind wir wegen der Gästezahl noch im Limit?«

»Ja. Bayli zählt mit. Wenn wir das Maximum erreichen, lässt sie niemanden mehr rein. Ich bin ziemlich sicher, dieser Zeitpunkt war vor einer Stunde erreicht.«

»Es ist proppenvoll.« Ich lehne mich mit einer Hüfte an den Tisch. »Alle lieben es.«

»Du hast tolle Arbeit geleistet.« Er legt eine weitere Flasche auf den Wagen. »Seem schläft bei Jamal, richtig?«

»Ja, und Deja verbringt die Nacht bei Lupe.«

»Also hast du sturmfreie Bude. Eine Nacht für dich. Irgendwelche großen Pläne mit Lancaster?«

»Mark?« Lachend schüttele ich den Kopf. »Nein. Hab gehört, er läutet das neue Jahr mit einer Spendensammlung ein.«

»Und er verzichtet darauf, seine Freundin all den Schwarzen Leuten vorzuführen, deren Stimmen er braucht?«

Ich verspüre einen Schmerz hinter dem Brustbein und ziehe die Mundwinkel herab. »Also ist das der einzige Grund, warum ein Mann wie Mark an mir interessiert sein könnte?«

Er mustert mich vom Pferdeschwanz bis zu den Schuhen, verweilt unterwegs bei meinen üppigen Kurven. »Ich glaube, wir wissen beide, dass er jede Menge Gründe hat, sich für eine Frau wie dich zu interessieren. Die Frage ist, ob er dich auch verdient, und dazu sage ich, Teufel, nein.«

Die Anspannung zwischen uns nimmt mit jeder Sekunde, in der wir einander ansehen, weiter zu. Bei jedem hämmernden Herzschlag, jedem holprigen Atemzug will ich ihm diese Hosenträger runterreißen, sein Hemd aufknöpfen und meine Lippen auf sein Herz pressen. Ein Kuss, der ihn wieder als mein kennzeichnen würde.

»So ist das nicht«, sage ich.

Er hält inne und betrachtet mich eingehend, ehe er weiterarbeitet. »Nicht?«

»Nope. Hab ihn nicht mehr gesehen, seit er uns mit dem Weihnachtsbaum überrascht hat.«

Gespielt vorwurfsvoll schüttelt er den Kopf. »Den Mann einfach wegen seiner Bäume zu benutzen.«

»Ich habe ihm gesagt …« Ich verstumme, streiche mit dem Finger über den Rand der Tischplatte und weiche seinem Blick aus. »Ich habe ihm gesagt, wir sollten besser Freunde bleiben.«

»Wie wir.«

Ruckartig blicke ich auf und starre ihn an. Sein Blick wirkt ruhig, scheint aber irgendetwas zu suchen. Ob er aber tatsächlich mich betrachtet oder in sich hineinschaut, kann ich nicht sagen.

»Nicht so ganz.« Ich lache trocken und kämpfe darum, meine Atmung wieder in den Griff zu bekommen. »Er ist nie über einen Kuss hinausgekommen.«

»Tatsächlich?« Josiah lehnt sich an den Tisch und verschränkt die starken Arme vor der Brust.

»Ja.« Meine Stimme klingt so leicht und luftig wie eine Schaumwolke.

»Wir haben gar nicht …« Er starrt zu Boden und blickt mir dann direkt in die Augen. »Über diese Nacht in Charlotte geredet.«

Ich bin erschrocken, dass er das Thema zur Sprache bringt. Es hat wie ein Gespenst zwischen uns gelauert, nie erwähnt, aber doch bei jeder Interaktion im Hintergrund zugegen.

»Wir haben gesagt, das werden wir nicht tun«, erinnere ich ihn kurzatmig.

»Ja, aber es ist passiert. Ich möchte nur sicherstellen, dass du damit zufrieden bist und es die Dinge nicht noch schwieriger macht. Du weißt, ich schätze unsere Freundschaft. Ich würde nie …«

»Alles gut«, falle ich ihm ins Wort. Ich habe wirklich keine Lust, mir anzuhören, wie er sich poetisch darüber auslässt, was für eine tolle Freundin ich doch bin, während ich ihn in meiner Fantasie vögele. Denkt er wirklich, ich könnte vergessen, was passiert ist? Das war fantastischer Sex, der reine Wahnsinn. Wie in alten Zeiten, nur noch besser. Wie es scheint, geilt Mangel das Herz auf.

Das solltest du auf ein Kissen sticken.

»Äh, Soledad und ich verbringen die Nacht bei Hendrix«, sage ich, ehe er mir erzählt, was für eine tolle platonische Kumpanin ich bin. »Nun weißt du, was ich in meiner sturmfreien Nacht ohne Kinder im Haus tun werde.«

»Sie haben mich gebeten, mit ihnen zum Old Mill Park zu fahren, ehe die Schule wieder losgeht.«

Und schon sind wir wieder zurück in unserem profanen Alltagsleben, in dem wir uns nicht küssen, nicht ficken oder im Dunkeln Geheimnisse ausplaudern. Unsere eine Nacht ist fortgespült. Unser offenes Gespräch über die Dinge, die unsere Ehe zerstört haben, hat eine neue Offenheit und ein neues Verständnis hervorgebracht.

Zuneigung, Respekt, Wohlwollen.

Alles da, aber die Leidenschaft, die wir geteilt haben – die ist fort. Das ist der Preis, den ich bezahlt habe. Er hat mir gesagt, dass es so laufen wird, und ich weiß, es ist das Beste so.

Du kannst tun, als wäre es nie geschehen.

Du kannst seine Freundin sein, seine Geschäftspartnerin, die Mutter seiner Kinder, ohne dass mehr passiert.

Du kannst aufhören, ihn zu begehren.

Dr. Abrams sagt, Ehrlichkeit ist wie Medizin für die Seele. Ich werde sie nach einem Heilmittel für eine Lüge fragen müssen.

Er nimmt noch zwei Flaschen aus dem Kühlschrank und legt sie auf den Wagen.

»Ist das eine neue Marke?«, frage ich und deute mit einem Nicken auf die Flasche in seiner Hand.

»Ja.« Er wirft mir einen listigen Blick zu. »Willst du probieren?«

Ich kichere, trete aber näher. »Bringt es denn kein Pech, die Flaschen vor Mitternacht zu öffnen?«

»Wir machen unser eigenes Glück.« Er greift nach einem Kellnermesser und sieht mich an, als wollte er sagen: Fordere mich nur heraus. Ich nicke und griene dabei wie ein Kind, das heimlich Schokolade aus dem Süßwarengeschäft geschmuggelt hat.

Pop.

Das Geräusch bringt mich zum Lachen, ebenso wie der Schaum, der aus der Flasche schießt, so hell und leuchtend in der Tristheit des Raums.

»Wir haben keine Gläser«, keuche ich und trete vor, um etwas von der kühlen Flüssigkeit mit den Fingerspitzen aufzufangen.

»Wer braucht schon Gläser.« Er hebt die Flasche hoch in die Luft. »Also, auf das neue Jahr. May all your pain be champagne.«

Mein Schmerz soll zu Champagner werden? »Ist das von dir?«

»Nein. Otis.«

»Unser Hund?«

»Nein, der Song ›Otis‹ von dem Album Watch the Throne. Ich spiele es immer, wenn ich zu Hause trainiere, und Otis liebt es. Wahrscheinlich denkt er, das wäre seine Hymne.«

»Dann also: May all your pain be champagne.«

Er trinkt direkt aus der Flasche, ohne seinen Blick dabei auch nur für einen Moment von meinen Augen zu lösen, ein Blick, der immer intensiver und zugleich sanfter wird, je länger er mich ansieht. Wortlos reicht er die Flasche an mich weiter, und ich schließe die Lippen um den Rand, genau dort, wo gerade noch seine waren. Näher werden wir einem Neujahrskuss wohl nicht kommen. Ich trinke, bis ich Luft holen muss, keuche, als die moussierenden Blasen meine Kehle streicheln und in meinen Blutkreislauf vordringen.

»Frohes neues Jahr!« Lachend lehne ich mich zur Seite, um ihn mit einem Arm zu drücken, schlinge den Ellbogen um seinen Hals, während ich nach wie vor die Flasche in der Hand habe. Eine Sekunde lang erstarrt er, ehe er sich neben mir wieder entspannt. Seine Hände streifen zu meinen Hüften, seine Nase nähert sich meinem Hals. Tief atmete er mich ein, und als er ausatmet, ist es, als streiche ein warmer Seufzer über meine Haut. Ich schaudere, ziehe ihn fester zu mir, drehe das Gesicht im selben Moment wie er. Unsere Nasen sind nur noch einige Zentimeter voneinander entfernt. Unsere Gesichter sind sich so nah, ich kann beinahe den Sekt auf seinen Lippen schmecken.

»Frohes neues Jahr, Baby«, flüstert er, und sein Atem dringt feucht in meinen Mund.

Die Luft zwischen uns fühlt sich frisch und klar an und doch aufgeladen mit Verlangen und Zuneigung, so, wie es immer war, ehe alles kaputtgegangen ist. In seinen Armen fühle ich mich wieder wie sein Mädchen. Wie das Mädchen, das ihn so sehr gewollt und versprochen hat, ihn ewig zu lieben. Ihn zu lieben, bis die Räder abfallen. Diese wenigen Sekunden, gewürzt mit kleinen Bläschen und kühlem Sekt, fühlen sich für mich realer an als alles andere seit unserer Nacht in Charlotte, aber ein Geräusch an der Tür zertrümmert die Illusion sogleich.

Vashti.

»Oh.« Ihre Augen weiten sich, als sie uns da Arm in Arm stehen sieht. »Tut mir leid, dass ich störe. Anthony dachte ... na ja, ich ...«

»Du störst nicht«, sage ich und löse mich gemächlich von Josiah, achte darauf, dass es nicht so wirkt, als wären wir bei irgendeiner Missetat ertappt worden. »Wir laden nur Sekt auf.«

»Ja.« Josiah legt die letzten paar Flaschen auf den Barwagen und schiebt ihn zur Tür. »Das Servicepersonal kann anfangen, die Flaschen zu den Tischen zu bringen, damit wir um Mitternacht zum Toast bereit sind. War irgendwas?«

»Ja.« Sie blickt zweifelnd zwischen uns hin und her. »Ich habe nur eine Frage.«

»Ich verschwinde besser«, sage ich lächelnd zu den beiden. »Es ist schon fast Mitternacht.«

Dann lasse ich die zwei allein, und in meinem Bauch breitet sich eine gewisse Beklommenheit aus. Ich habe Josiah nie viele Fragen zu der Trennung gestellt, sondern ihm einfach abgenommen, dass es, wie er sagte, nicht hingehauen hat. Im letzten Monat habe ich sie kaum zusammen gesehen. Aber für mich ist offensichtlich, dass sie noch Gefühle für ihn hat. Was, wenn sie doch noch einen Weg finden, es hinzubiegen?

Welcher Dämon mich dazu bringt, weiß ich nicht, aber ich schleiche auf Zehenspitzen zurück zum Keller. Ich höre keinen Laut, keine Gespräche von der anderen Seite. Den Rücken an die Wand gepresst, als wäre ich eine Filmspionin, wage ich einen kurzen Blick, nur für einen Sekundenbruchteil, aber das reicht, um zu sehen, dass sie sich im Arm halten. Sie ist so klein, ihr Kopf passt perfekt unter sein Kinn, und seine Arme sind in ihrem Kreuz verschränkt. Sofort zucke ich zurück und husche so schnell und leise wie möglich davon.

Was hält ihn davon ab, zu ihr zurückzukehren?

Schlafen sie wieder miteinander?

Haben sie sich versöhnt, und er hat es mir nur nicht gesagt? Denn warum sollte er auch? Er muss ja nicht. Wir hatten eine gemeinsame Nacht in zwei Jahren, in denen wir einander nicht vertraut haben, in denen uns nichts mehr verbunden hat außer dem Geschäft und unseren Kindern. Es war eine Nacht, aber es hat sich nichts verändert.

Tränen steigen mir in die Kehle, als ich durch die Küche haste und mich im Gang an die Wand lehne, ehe ich mich wieder in den Gastraum wage.

»Bereit, Yas?«

Erschrocken blicke ich auf und wische mir hastig über die Augen, worauf sich ein Ausdruck der Besorgnis in Cassies Blick schleicht.

»Alles in Ordnung? Wir können den Toast auch von jemand anderem ausbringen lassen.«

»Nein.« Ich drücke den Rücken durch, werfe mir den Pferdeschwanz über die Schulter und setze ein Lächeln auf – alles nur Getue. »Ich bin bereit.«

Nach den letzten paar Jahren, in denen ich außerstande war, den Abend zu planen oder hier zu sein, ist diese Nacht ein voller Erfolg, den ich mir durch nichts verderben lassen werde. Nicht einmal durch eine mögliche Versöhnung von Josiah und Vashti. Es ist ein neues Jahr, ein neuer Tag. Und wenn es jemanden gibt, der dringend die Vergangenheit hinter sich lassen sollte, dann bin das wohl ich.

Bayli gibt mir ein Glas Sekt, und ich nehme meinen Platz auf der Bühne gleich neben dem Pult des DJs ein. Mit dem Mikrofon in der einen und dem Blubberwasser in der anderen Hand schaue ich auf die Menge hinaus. Das Pult ist so positioniert, dass ich nicht nur den ganzen Raum sehen kann, sondern auch die meisten Tische im Obergeschoss. Wir haben sogar Lautsprecher auf dem Dach installiert, damit man auch dort die Musik genießen kann, also werden die Leute da oben auch meinen Toast hören.

»Darf ich um Ihre Aufmerksamkeit bitten?«, fange ich an, und das breite Lächeln sitzt. Das sind zu viele Leute, um alle zu kennen, aber etliche Gesichter sind mir vertraut. Aus dem Augenwinkel sehe ich Josiah mit Vashti am Tresen stehen, gestatte mir aber nicht, genauer hinzublicken. Ich sehe Eltern von Kassims Fußballkameraden. Mitglieder der Skyland Association. Sinja vom Honey Chile. Stammgäste, die uns wochenlang Karten und Blumen geschickt haben, als bekannt wurde, dass wir Henry verloren hatten. Deidre, die nie aufgehört hat, mir stapelweise Liebesromane vorbeizubringen, versteckt sich ganz hinten in einer Ecke auf der anderen Seite des Gastraums. Clint zeigt mir den hochgereckten Daumen, während Brock ihr wunderschönes Baby an seiner Brust hält. Mein Blick schweift nach oben, wo Soledad und Hendrix, meine Freundinnen, die meine Geheimnisse wahren und meine Schmerzen lindern, zu mir hinunterlächeln.

»Ich soll einen Toast ausbringen«, sage ich. »Aber zuerst möchte ich Ihnen allen danken, dass Sie heute hergekommen sind und uns das ganze Jahr unterstützt haben. Das Grits könnte ohne Sie nicht weitermachen.«

Ich grübele, suche nach etwas Bedeutungsvollem, das ich sagen könnte. Hätte ich mich vorbereitet, dann hätte ich etwas zusammengestellt, das sicher ist, das sich aufrichtig anfühlt, aber nicht zu viel preisgibt. Aber das habe ich nicht, also bleibt mir nur diese Wahrheit, die auszusprechen ich morgen vermutlich bedauern werde.

»In den letzten paar Jahren war ich nicht auf dieser Party«, sage ich. »Es war eine harte Zeit für mich, wie viele von euch wissen. Wenn nicht, dann stellen Sie sich einfach eine Zeit in Ihrem Leben vor, in der Sie das Gefühl hatten, alles verloren zu haben. So ist es mir ergangen, und ich konnte mich nicht überwinden, herzukommen und so zu tun, als wäre es nicht so.«

Meine Worte scheinen in einem Meer des Schweigens zu versinken. Ich bin befangen, und das Lächeln, das nun auf meinen Lippen erscheint, ist echt, aber schwach.

»Falls es jemandem hier heute so ergeht, dann ermutige ich Sie, nicht aufzugeben. Sich Zeit zu geben, um zu heilen, zu wachsen und wieder Freude im Leben zu finden. Ein Jahr kann so viel verändern, und in wenigen Minuten fängt ein brandneues an. Solange es ein neues Jahr gibt, gibt es auch eine neue Chance.«

Ich hebe mein Glas, und eine funkelnde Woge anderer Gläser erhebt sich mit meinem.

»Also trinken wir auf ein neues Jahr, eine neue Chance. Machen Sie das Beste daraus.« Ich sehe mich im Raum um, bis mein Blick mit dem von Josiah kollidiert. »May all your pain be champagne.«

Die Leute führen die Gläser an die Lippen, nippen, kippen, schütten das Blubberwasser gerade rechtzeitig für den Countdown hinunter.

»Los geht's!«, rufe ich lachend ins Mikro. »Zehn, neun, acht.«

Ich höre auf zu zählen, als die Menge übernimmt, und blicke hinauf zu dem Tisch, an dem Hendrix, Soledad und ihre Mädchen und Deja sitzen. Ich erhebe erneut mein Glas und werfe ihnen einen Luftkuss zu. Alle erwidern den Gruß. Bis auf Deja, die mich anstarrt, ohne zu lächeln, aber auch ohne zu grollen. Eher mustert sie mich, als wäre ich ein Rätsel, das sie erst noch lösen muss. Im Grunde geht es mir mit ihr genauso. Vielleicht gelingt es uns in diesem Jahr, einander zu entschlüsseln.

»Drei!«, donnert die Menge. »Zwei! Eins! Frohes neues Jahr!«

»Auld Lang Syne« erfüllt sogleich lautstark den Raum, Luftrüsselpfeifen quäken überall los, Liebende schlagen mit einem Kuss eine neue Seite auf. Ich werde von allen möglichen Leuten umarmt und gestatte mir einen Blick auf Vashti, die sich auf die Zehenspitzen stellt, um Josiah auf die Wange zu küssen. Ich habe mir die zwei beim Küssen vorgestellt. Teufel auch, nachdem ich Vashti in seinem Haus begegnet bin, habe ich sie mir bei weit mehr vorgestellt, aber sie heute wieder in seinen Armen zu sehen, ist eine Realität, die ich nicht ertragen will.

»Zeit zu gehen.« Hendrix taucht neben mir auf und wedelt mit einer Sektflasche. »Jetzt wird bei mir weitergefeiert.«

»Ja«, stimmt Soledad zu. »Edward bringt die Mädchen nach Hause. Lasst uns das Beste aus dieser Nacht machen.«

»Okay.« Ich riskiere noch einen Blick zum Tresen, aber Josiah und Vashti sind nicht mehr dort. »Lasst uns von hier verschwinden.«

Ich nehme einem vorbeigehenden Kellner eine Flasche ab, sage aber niemandem, dass ich gehe. Ich habe die letzten Wochen damit zugebracht, zu planen und dafür zu sorgen, dass jeder genau weiß, was er zu tun hat, vor, während und nach diesem Ereignis. Die schaffen das.

Auf die stürmische Begrüßung der Kälte, die uns erwartet, als wir auf den Bürgersteig hinaustreten, bin ich nicht vorbereitet.

»Diese Schuhe sind nicht für Kopfsteinpflaster gemacht«, beklagt sich derweil Hendrix und zeigt auf ihre Stilettos.

»Wir gehen zu ihr nach Hause, hat sie gesagt«, erinnert Soledad uns und imitiert Hendrix dabei perfekt. »Es ist nicht weit, hat sie gesagt.«

»Meine Wohnung ist gleich um die Ecke.« Hendrix zittert und zieht ihr Cape enger um den Leib. »Aber Mama ist zu hübsch für Frostbeulen, und ich werde euretwegen keine Zehen verlieren, also los, werfen wir unsere Münzen in den Brunnen, damit wir den restlichen Sekt bei mir runterkippen können.«

Ich atme die winterliche Luft tief ein, lasse mich durch die Kälte von dem verstörenden Anblick von Josiah und Vashti im Keller ablenken.

»Alles gut?«, fragt Hendrix sanft.

»Ja.« Ich drehe mich zu ihr. »Warum sollte es das nicht sein?«

»Du hast nur ein bisschen …« Soledad wirft mir einen schiefen Blick zu. »Ich weiß nicht, dann und wann ein bisschen traurig gewirkt?«

»Alles bestens.« Ich bedenke sie mit einem ironischen Lächeln und zeige auf den Brunnen in der Mitte des Platzes, der von allerlei Münzen werfenden Leuten umringt ist. »Gehen wir uns was wünschen.«

»Vergesst nicht«, sagt Soledad, »ihr dürft niemandem sagen, was ihr euch wünscht, sonst erfüllt sich der Wunsch nicht.«

Zu dritt stehen wir am Rand des Brunnens, und jede von uns starrt mit feierlicher Miene in das Wasser. Soledad wirft ihre Münze zuerst, dann kommt Hendrix. Ich greife in die mit Seide gefütterte Tasche meines Kleids und will die Münze herausholen, die ich speziell für diesen Anlass dort deponiert habe, aber dann wandert meine Hand wie von selbst zu meinem Hals. Ich hole die Kette mit dem Radanhänger und meinem alten Ehering hervor, ziehe sie mir über den Kopf und halte sie in der Handfläche. Von meiner Haut erwärmt, ist sie beladen mit dem toten Gewicht alter Wünsche. Es ist Zeit für einen Neuanfang, nicht wahr? Also warum das Symbol einer alten Liebe aus meinem früheren Leben behalten, wenn doch so offensichtlich ist, dass Josiah kein Interesse daran hat zurückzublicken. Ohne allzu genau darüber nachzudenken, werfe ich sie mitten in den Brunnen. Das ist keine Nacht für Wünsche. Es ist eine Nacht, in der sich meine Fehler erheben, eine Nacht, durch die all die Dinge spuken, die ich nicht ändern kann. Morgen mag ein Tag für neue Entschlüsse sein, aber diese Nacht ertrinkt in Bedauern.

Meine Augen brennen, und ich hoffe, meine Freundinnen werden meine Tränen dem kalten Wind zuschreiben. Wir fragen einander nicht, was wir uns gewünscht haben, sondern wenden uns schweigend vom Brunnen ab, jede mit einer Sektflasche in der Hand und den eigenen Gedanken im Kopf. Wir haben gerade ein paar Schritte getan, als der Wind ein Flüstern an mein Ohr trägt.

Frohes neues Jahr, Baby.

Das hat er nicht zurückgenommen. Und es war kein Gestammel. Was, wenn dieser Moment, in dem er Vashti umarmt hat, völlig harmlos war? Was, wenn die bedeutendsten Augenblicke dieser Nacht die waren, die wir im Keller erlebt haben, als sich unsere Lippen beinahe berührt hätten? Als unsere Herzen wie Trommeln in der Brust geschlagen haben? Das hat sich nicht nach nichts angefühlt. Es hat sich nicht so angefühlt, als wäre zwischen uns nun alles vorbei und erledigt, auch wenn jene Nacht allem ein Ende hätte machen sollen. War es möglich, dass das, was ich für Asche gehalten habe, doch Kohle war, die nur darauf wartet, wieder entzündet zu werden?

Will ich ihn wiederhaben?

Ich hatte mich davor gefürchtet, Mamas Frage zu beantworten, aber nun, da mein Gesicht tränenfeucht und mein Herz so schwer ist, dass es wehtut, kann ich mich nicht mehr davor drücken.

Ich will.

Ich will Josiah in meinem Leben haben, und nicht nur als Freund, nicht nur als Vater meiner Kinder. Ich will ihn wieder in meinem Bett haben.

Ich will ihn wiederhaben!

War ich diejenige, die um die Scheidung gebeten hat? Ja.

Habe ich Fehler gemacht? Gott, ja.

Fühlt sich das unerreichbar an? Ich muss gestehen, das tut es.

Aber heute Abend war er womöglich eifersüchtig auf Mark. Er hat mich Baby genannt. Er hat mich begehrlich und liebevoll angesehen. Damit kann ich arbeiten. Darauf lässt sich was aufbauen. Ich muss es versuchen. Ehe ich die Vergangenheit loslasse und eine Zukunft ohne ihn anpacke, muss ich sicher sein. Ich weiß nicht, wann oder ob ich eine zweite Chance bekomme, aber solange die Möglichkeit besteht, werde ich auch die Hoffnung aufrechterhalten.

Mit meinen hohen Absätzen stolpere ich zurück zum Brunnen, genau an die Stelle, an der ich gestanden habe, als ich die Vergangenheit in den Wunschbrunnen geworfen habe, beuge mich weit über den Rand und starre ins Wasser. Die Lampen im Boden des Brunnens beleuchten stapelweise Münzen, aber keine Halskette.

»Ich habe genau hier gestanden«, murmele ich, stütze mich mit einem Knie auf den Rand und beuge mich noch weiter vor. »Sie muss hier sein.«

Ich habe nicht das Recht, auch nur zu hoffen, mein Glück mit Josiah ein zweites Mal zu finden. Das ist irrational. Es ist unfair. Ich habe uns das angetan, ihm das angetan, mir das angetan. Ich verdiene keine zweite Chance, aber ist sie es nicht dennoch wert, darum zu kämpfen?

Ist er es wert?

Ehe ich mir die Sache wieder ausreden kann, ziehe ich die Schuhe aus und trete in das eisige Wasser, schaudere vor Kälte. Die Leute um mich herum keuchen auf, einige lachen auch. Ich achte nicht auf sie, sondern schreite durch das flache Wasser und halte die Augen offen auf der Suche nach dem Glitzern eines Diamanten unter all den Kupfermünzen.

Ein leises Plätschern rechts von mir lenkt mich von der Suche ab. Hendrix steht neben mir, die Beine ihres Hosenanzugs bis über die Knie hochgekrempelt. Und in der Mitte des Brunnens gesellt sich Soledad zu uns, barfuß und zitternd. Wir wechseln nur einen Blick, ehe wir unisono in Gelächter ausbrechen.

»Wonach suchen wir?«, fragt Hendrix.

»Nach einer goldenen Halskette«, erkläre ich und suche mit den Augen immer noch den Boden ab. »Mit einem Ring mit Diamantsplitter und einem Anhänger in Form eines Rads.«

Als wir einige Minuten lang erfolglos gesucht haben, breitet sich Panik in mir aus. So irrational es auch klingt, es fühlt sich an, als könnte ich, wenn es mir gelingt, die Kette zu retten, auch uns retten. Ich bücke mich, taste mich durch Berge von Münzen, und die Tränen wärmen meine kalten Wangen. Ich will schon aufgeben, als mir ein Schimmer von Gold ins Auge fällt. Ich greife danach, hole mir die Kette mitsamt Anhänger und Ring.

»Hab sie!«, sage ich zu meinen Freundinnen, die immer noch den Boden absuchen. Jubel ertönt aus den Reihen der Leute, die sich um den Brunnen versammelt haben und zusehen, wie ich mich zum Narren mache. Die Kette ist kalt und nass, aber ich ziehe sie mir über den Kopf, lege sie wieder um meinen Hals und verberge sie unter dem Kleid.

Zu dritt kehren wir zurück zum Rand des Brunnens und klettern vorsichtig hinaus.

»Werden wir erfahren, was das alles zu bedeuten hat?«, fragt Hendrix, wickelt ihre Hosenbeine wieder ab und holt sich ihre Schuhe zurück.

»Kann ich euch auch erst mal nur danken und es euch später erzählen?«, frage ich zurück, nicht bereit, den Pfad zu beschreiten, auf den uns meine Beichte den Rest der Nacht führen würde. Ich möchte mich ausruhen und schlafen, und die ganze Nacht aufzubleiben und meine Gefühle auf den Tisch zu packen würde mir weder das eine noch das andere gestatten.

»Ja«, sagt Soledad mit einem spitzen Blick auf Hendrix, die im selben Moment Nein sagt. »Du erzählst es uns, wenn du dazu bereit bist.«

»Das mache ich.« Ich hake mich bei beiden unter und lotse uns zurück auf den Kopfsteinpflasterweg, der uns zu Hendrix' Wohnung führt. »Vorerst müsst ihr nur wissen, dass ich keine Wünsche brauche, solange ich Hoffnung habe.«

# Kapitel 32

# YASMEN

»Ich habe Mist gebaut.«

Ich schreite vor Dr. Abrams auf und ab, die Hände im Nacken verschränkt. Durch das Fenster dringt zwischen den Blättern der Hängepflanzen, die überall in ihrem Sprechzimmer herumhängen, Sonnenschein in den Raum. Ihr Schreibtisch steht hinten in der Ecke, sauber und ordentlich, nur ein paar Papierstapel liegen auf der Tischplatte. Sie deutet auf den Sessel, auf dem ich sonst sitze – wo wir einander vor dem Fenster in behaglichen Lehnsesseln gegenübersitzen und unsere Gespräche im Sonnenschein locker und warm verlaufen. Ich habe hier so viele Emotionen durchgeackert. Dies ist der Ort, an dem ich so viele Verletzungen bewältigt, so viele meiner Dämonen niedergerungen habe. Aber dieses Mal glaube ich nicht, dass es eine Bestärkung, eine Meditation oder eine Tagebuchnotiz gibt, die mir helfen kann, mit den Konsequenzen dessen zu leben, was ich getan habe. In der schonungslosen Kälte des Morgens erwies sich die Erkenntnis, dass ich Josiah wiederhaben will, so sehr als Fluch wie als Segen. Es ist, als erwachte ich in einem Albtraum, den ich selbst geschaffen habe.

»Drücken Sie sich konkreter aus«, sagt Dr. Abrams, als wir beide sitzen. »Inwiefern haben Sie Mist gebaut?«

Ich ziehe das flauschige Kissen hinter meinem Rücken hervor und lege es mir auf den Schoß, spiele ruhelos mit den Quasten am Rand.

»Mein Ex. Ich glaube, ich liebe ihn immer noch.«

»Ach, das.« Ein nachsichtiges Lächeln erscheint auf ihren Lippen. »Basierend auf ein paar unserer Gespräche hatte ich das angenommen, aber Sie mussten auch selbst darauf kommen.«

Mir stockt der Atem in der Kehle, und ich bekomme nicht genug Luft. Ich klammere mich an den Armlehnen fest, kämpfe gegen die Woge der Panik an. Nein, keine Woge, ein Tsunami. Er bricht über meinem Kopf, überschwemmt mich mit all den Dingen, die ich möglicherweise auf eine Art versaut habe, die sich nicht mehr korrigieren lässt.

»Beruhigen Sie sich, Yasmen«, sagt Dr. Abrams. »Tief einatmen, langsam ausatmen.«

Das dürfte gar nicht funktionieren. Der bloße Akt, Luft in meine Lungen zu saugen, sollte mich nicht beruhigen, nicht dazu führen, dass ich mich besser fühle, und doch tut er das für gewöhnlich. Der kühle Luftstrom, der sich in mir dehnt, an mein darbendes Gehirn dringt und es mit Sauerstoff füllt, verfehlt nie seinen Zweck. Ich wiederhole die Übung einige Male, bis mein Herz aufhört zu hämmern und die dunklen Punkte vor meinen Augen verschwunden sind.

»Ich habe alles ruiniert.« Ich schüttele den Kopf, Tränen laufen mir aus den Augenwinkeln. »Meine Tochter hasst mich. Mein Mann ... Ex-Mann ist fertig mit mir. Was habe ich mir bloß gedacht? Wie konnte ich ...«

Meine Stimme bricht, mündet in einem Schluchzen, und ich berge das Gesicht in den Händen, Scham, Schuldgefühle und Frustration schnüren mir die Kehle zu, bis ich erneut kurzatmig werde und sich in meinem Kopf alles dreht. Es ist so lange her, seit ich das letzte Mal eine Panikattacke hatte, aber jetzt bin ich kurz davor.

»Sagen wir, Sie haben alles ruiniert.«

Diese erschreckenden Worte fallen in einem so besänftigenden Ton, dass ich die Augen aufschlage. Dr. Abrams' freundlicher Blick fixiert mich, hält mich an Ort und Stelle fest, obwohl ich mich am liebsten hinter dem Schutzschild meiner Lider verkriechen würde.

»So etwas passiert, Yasmen. Depression verändert die Denk-vorgänge. Depression führt nicht nur dazu, dass Sie sich traurig fühlen, sie verändert auch die Gehirnchemie, die Hormonaus-schüttung. Ihr Körper ist beteiligt, er ist ebenso eine Geißel der Depression wie Ihr Geist.«

Darüber hatten wir schon gesprochen, ehe ich mit dem Anti-depressivum angefangen hatte. Und wir sind es erneut durchge-gangen, als wir an der Dosis herumgetüftelt haben, auf der Suche nach der passenden Mischung für meinen Körper und meine Gehirnchemie.

»Depression«, fährt sie fort, »lügt. Wenn sie Ihnen erzählen kann, niemand würde sie lieben, Sie wären nicht gut genug, Sie wären nur eine Last oder, im allerschlimmsten Fall, Sie wären besser tot, dann kann sie Sie zweifellos auch davon überzeugen, dass Sie ohne den Mann, den Sie lieben, besser dran sind und dass er letzten Endes auch ohne Sie besser dran wäre.«

Ich weiß, dass Depression trügerisch wirken kann, aber wie diese Krankheit die Wahrheit verzerrt, wie sie meine Gefühle ma-nipuliert und meine Ängste gegen mich einsetzt, raubt mir einen Moment lang den Atem. Das Ausmaß dessen, was ich verloren, was ich aufgegeben habe, trifft mich mit dem ganzen Gewicht und der Hitze eines Meteors.

»Solange wir die Lügen glauben, die uns die Depression er-zählt«, sagt sie, »treffen wir manchmal Entscheidungen und tun Dinge, die wir anderenfalls nicht täten. Ein Teil des Heilungspro-zesses bei depressiven Episoden kann darin bestehen, uns mit den Nachwehen, den negativen Folgen der Dinge, die wir in diesem veränderten Geisteszustand getan und entschieden haben, zu be-schäftigen.«

»Nachwehen? So nennen Sie etwas so Unwiderrufliches wie eine Scheidung?«

»Oh, eine Scheidung ist nicht unwiderruflich. Während Sie depressiv sind oder trauern, könnten Sie durchaus Entscheidungen treffen, die Sie weit mehr bedauern würden«, sagt Dr. Abrams. »Es gibt eine Dokumentation über die Golden Gate Bridge. Ein Dokumentarfilmer hat eine Kamera an der Brücke angebracht, die ein Jahr lang vierundzwanzig Stunden am Tag gefilmt hat. Sie hat vierundzwanzig Sprünge aufgezeichnet.«

»Oh mein Gott.« Ich falte krampfhaft die Hände im Schoß und halte ihrem Blick stand. Sie weiß genau, wie sehr ich mit meinen finstersten Gedanken gerungen habe. Zwar habe ich nie versucht, meinem Leben ein Ende zu machen, doch der Gedanke wurde zu etwas, als das ihn die unbelastete, prä-tragische Version meiner selbst nie eingestuft hätte: einer Verlockung.

»Sie haben mit einem Überlebenden gesprochen, und wissen Sie, was er gesagt hat?« Sie legt eine kurze Pause ein, wartet darauf, dass ich mit angehaltenem Atem den Kopf schüttele. »Kaum, dass er gesprungen ist, hat er sich gewünscht, er hätte es nicht getan.«

Ich blinzele sie an wie eine Eule. Die Last ihrer Worte sackt durch Fleisch und Bein in mein Herz.

»Das«, sagt sie, »ist unwiderruflich. Scheidung kann es sein oder auch nicht. Zerbrochene Beziehungen können es sein oder auch nicht. Vielleicht kann man sie nie mehr ganz reparieren, aber dennoch sind Sie hier und können es versuchen. Ist Ihnen klar, was für ein wundervolles Geschenk das ist? Dass Sie immer noch hier sind und es versuchen können?«

Ich blinzele gegen die heißen Tränen an und nicke.

»Sie haben recht. Ich bin dankbar dafür, dass ich noch da bin«, sage ich. »Ich blicke zurück und lese meine Tagebucheinträge vom Anfang der Therapie, und jetzt kann ich erkennen, wie verdreht mein Denken war, wie ich die Lügen der Depression geschluckt habe. Sie wurden so sehr ein Teil von mir, dass sie sich wahr angefühlt haben. Ich kenne diese Person gar nicht. Es ist, als hätte jemand anderes mein Leben übernommen. Als hätte jemand anderes als ich diese Entscheidungen getroffen, und jetzt bin ich zurück und muss mit den Folgen leben.«

»Sie müssen Frieden schließen mit dieser Frau, Yasmen, denn sie ist Sie. Sie ist nicht jemand, den sie durch Therapie oder Medikamente davongescheucht haben. Sie ist Sie. Sie können sie nicht von sich abspalten. Solange Sie sie verurteilen, statt mit ihr zu fühlen, können Sie nicht vollständig gesunden.«

Sie nimmt Block und Stift von einem Beistelltisch, blickt auf und starrt mich nieder. »Also, legen wir ein Datum fest.«

»Ein Datum? Wofür?«

»Wir müssen einen Termin festsetzen für den Tag, an dem Sie sich selbst vergeben und sich wieder der Aufgabe zuwenden, Ihr Leben zu leben.«

»Äh, ich glaube nicht, dass das so funktioniert.«

»Es kann so funktionieren. Sie können nicht ändern, was bereits passiert ist. Was Sie getan oder entschieden haben. Also stehen Sie nun vor der Wahl: Suhlen Sie sich darin, bleiben Sie im Würgegriff Ihrer Schuldgefühle, Ihrer Scham, die Sie davon abhalten, sich der nächsten Phase Ihres Lebens zu widmen ...« Sie tippt mit dem Stift auf den Block. »... oder beschließen Sie, dass Sie sich nun lange genug für Dinge gestraft haben, die Sie nicht ändern können, und legen Sie einen Tag fest, an dem Sie sich vergeben und weiterziehen werden.«

Wie soll das so einfach gehen? Meine Brust zieht sich zusammen, ich werde wieder kurzatmig, schwindelig, und da verstehe ich.

Es ist ein Zyklus.

Sie wird immer wieder zurückkommen, diese lähmende Schuld, diese enorme Scham, solange ich es zulasse, und nichts wird sich je ändern. Die Sinnlosigkeit all dessen ärgert mich, denn während ich hier sitze, keine Luft bekomme und mich Tag für Tag selbst bestrafe, wartet mein Leben auf mich. Ich muss akzeptieren, wie zwingend notwendig es ist, dass ich Freude innerhalb meiner eigenen Seele finde, muss die Parameter der Zufriedenheit in meinem Herzen und meinem Selbst umreißen. Die Dinge werden nie perfekt sein. Perfekt muss ich loslassen. Nicht, weil ich mir davon ein garantiertes Glück verspreche. Vielleicht kann ich Josiah irgendwann zurückbekommen. Vielleicht gibt er mir wider jede Wahrscheinlichkeit eine neue Chance. Und vielleicht wird er mich nie wieder lieben. Aber auch wenn es so kommen sollte, ich kann so nicht weitermachen. Es gibt da ein Eckchen in meinem Herzen, einen Raum in meiner Seele, einen Ort, an dem ich mich für Freude entscheiden muss, nur für mich und nur, weil ich endlich frei von alldem sein will. Ich will heilen, will die beste, die vollständigste Version meiner selbst werden, für meine Kinder, für meine Mutter, für meine Freunde.

Und vor allem für mich.

Also, wann werde ich mir vergeben und mich der Aufgabe widmen, mir das Leben zu schaffen, das ich verdiene, auch wenn ich nicht das Gefühl habe, es zu verdienen?

Ich blicke auf, wische mir die Tränen von den Wangen, und nicke in Richtung des Stifts, der über Dr. Abrams Block schwebt.

»Heute«, sage ich. »Schreiben Sie ›heute‹.«

## Kapitel 33

# JOSIAH

Heute ist Dejas vierzehnter Geburtstag, und ich stelle erstaunt fest, wie sehr mich das bewegt.

Ich gebe Dr. Musa die Schuld.

Er hat mich vielleicht ein bisschen zu intensiv mit meinen Gefühlen in Kontakt gebracht, denn als ich heute Morgen aufgewacht bin, habe ich die Fotos von dem Tag aufgerufen, an dem meine Tochter geboren wurde. Angefangen mit der Fahrt zum Krankenhaus. Yasmen hat darauf bestanden, dass wir alles aufzeichnen, also habe ich auch dutzendweise Fotos, die das Fortschreiten der Wehentätigkeit dokumentieren, angefangen von einem angespannten Lächeln im ersten Stadium über gereiztes Stirnrunzeln bis hin zu einem Foto, das sie mit weit geöffnetem Mund zeigt, schreiend vor Wut. Heute kann ich darüber lachen, aber das war unsere erste Schwangerschaft. Damals ging mir der Arsch auf Grundeis. Was wusste ich schon darüber, ein Vater zu sein? Ich hatte so wenig Zeit mit meinem, ich wusste einfach, ich würde es vermasseln. Ich würde bei Deja versagen, würde Yasmen enttäuschen. Damals war ich nicht in der Lage, das in Worte zu fassen, also habe ich mich mehr oder weniger durch die neun Monate gegrunzt, fest überzeugt, ich würde einen Ausschlag bekommen, so schlimm war die Angst am Ende.

Dass nun diese wunderschöne junge Frau die Treppe herunterspringt, das Haar aufgeplustert und voller Locken, die Lippen pink und glänzend vor Gloss, kann ich mir nicht allein anrechnen, aber ich habe sie nicht kaputt gemacht.

Ganz und gar nicht.

»Daddy!« Deja stürzt die letzten zwei Stufen geradezu herunter und direkt in meine Arme.

Sie prallt mit ihrem zierlichen Körper so heftig gegen meinen, dass mir die Luft aus der Lunge getrieben wird. Meine Arme spannen sich um sie, und ich drücke sie noch etwas fester an mich. Sie ist mein Schatz. Aufmüpfig. Willensstark. Eigensinnig und manchmal regelrecht kleinkariert, aber sie ist mein Kind, und wer immer ihr dumm kommen will, muss erst an mir vorbei.

»Ich bekomme keine Luft«, keucht sie gespielt.

»Gör.« Ich schüttele sie kurz, ehe ich sie loslasse. »Herzlichen Glückwunsch zum Geburtstag, Eichkätzchen.«

Überrascht sieht sie mir in die Augen. »So hast du mich nicht mehr genannt, seit ich ein Kind war.«

»Eilmeldung: Du bist immer noch ein Kind. Mit vierzehn bist du noch nicht erwachsen.«

Aber sie hat recht, so habe ich sie seit Jahren nicht mehr genannt. Als Kleinkind war sie so flink, ist ständig von hier nach dort geflitzt. Ehe wir irgendwas tun konnten, war sie schon auf und davon, um sich in irgendein neues, lebensgefährliches Abenteuer zu stürzen. Jedenfalls hat sich für mich als erstmaligem Vater alles irgendwie lebensgefährlich angefühlt.

»Das ist süß«, sagt sie. »Aber nenn mich bitte nicht so vor meinen Freundinnen.«

»Ich werd's versuchen. Was ist der Plan? Was passiert heute?«

»Nur ein paar Mädchen aus der Schule, die hier übernachten. Hat Cassie dir das Essen mitgegeben, das ich haben wollte?«

»Ja. Hab gerade alles in der Küche abgeladen.« Ich zögere, will keinen Schatten über ihren Tag werfen, muss aber etwas mit ihr besprechen. »Hey, wegen deines Kuchens …«

»Ich weiß.« Sie verdreht die Augen. »Mom hat mir gesagt, sie will ihn machen. Soll ich alle warnen, dass er wahrscheinlich nicht schmeckt?«

Ärger regt sich in mir. Yasmen war nicht in der Küche, als

Kassim mich reingelassen hat, damit ich das Essen abstellen kann, aber der Kuchen, den sie gebacken hat, stand unter einer Glashaube auf der Arbeitsfläche. Ich wusste sofort, was ich da vor mir hatte.

»Day«, sage ich und sehe ihr in die Augen, berühre sacht ihre Schulter. »Sie hat Limoncello-Kuchen gebacken.«

»Ehrlich? Das ist mein Lieblingskuchen. Tante Byrd war die Einzige, die ihn je für mich gebacken hat.«

»Ich weiß. Bestimmt hat deine Mutter das Rezept in Byrds Notizbuch gefunden und wollte es probieren.«

»Oh.« Sie beißt sich auf die Lippe. »Okay.«

»Kannst du einfach lieb zu deiner Mutter sein? Mir zuliebe?«

»Auch wenn er scheiße schmeckt, meinst du? Einfach so tun als ob?«

»Erinnerst du dich an den Aschenbecher, den du in der zweiten Klasse gemacht hast?«

»Ja.« Sie grinst mich an. »Er steht auf deinem Schreibtisch bei der Arbeit.«

»Er ist scheußlich.«

Ihr Lächeln erlischt, und ihre Augen ziehen sich zusammen.

»Wenn du so erwachsen bist«, sage ich und achte auf einen lockeren Tonfall, »dann bist du auch alt genug, um zu begreifen, dass dieses Ding nur auf meinem Schreibtisch steht, weil du es gemacht hast. Ich rauche ja nicht mal. Es geht nicht darum, wie sehr ich den Aschenbecher liebe, sondern darum, wie sehr ich dich liebe.«

Sie nickt, und ich streiche ihr eine dichte Locke aus dem Gesicht und bücke mich, um sie auf die Stirn zu küssen.

Die Türglocke läutet, und sie strahlt wie purer Sonnenschein. »Sie sind da!«

Sie läuft in den Eingangsbereich, um die Tür zu öffnen, als Yasmen die Treppe herunterkommt. Ihre Braids sind fort, und ihr Haar lockt sich in einem natürlichen Afro. Sie hat ein bisschen Farbe aufgelegt, bräunlich-goldene Glanzlichter, die einen leuchtenden Kontrast zu dem dunkleren Kupferton ihrer Haut bilden.

»Hey.« Sie bringt die letzten Stufen hinter sich und steht vor mir.

»Hey.« Ich stecke die Hände in die Taschen, weil sie gut genug aussieht, dass ich nach ihr greifen will. »Wie geht es dir?«

»Gut.« Sie blickt über meine Schulter zur Haustür, durch die gerade Dejas Freundinnen kreischend hereinstürmen. »Bereit?«

»Wenn du es bist.«

Während der nächsten paar Stunden überrollt ein Rudel dreizehn- und vierzehnjähriger Mädchen das Haus. Sie mampfen sich durch die Speisen, die Cassie geschickt hat. Geschenkpapier und Kartons türmen sich zu einem Berg auf, als Deja ihre Geschenke öffnet und bei jedem Einzelnen in Gebrüll und Gelächter ausbricht. Mir und Yasmen hat sie allerdings klar gesagt, von uns wolle sie nur Geld, weil wir »keine Ahnung« hätten.

Nachdem die Spiele gespielt sind, ist es Zeit für den Kuchen. Yasmen wirkt völlig entspannt, als sie Scheiben von dem gelben Kuchen mit dem elfenbeinfarbenen Guss verteilt. Schließlich kommt sie zu mir und bietet mir ein dickes Stück an, sieht mir aber nicht direkt in die Augen.

»Der ist toll«, sagt eines der Mädchen und trennt mit der Gabel den nächsten Bissen ab. »Haben Sie den gemacht, Mrs Wade?«

»Ja.« Yasmens Lächeln wirkt ein wenig zögerlich, der Kuchen auf ihrem Teller ist unberührt. »Freut mich, dass er dir schmeckt.«

»Er schmeckt genau wie der von Tante Byrd«, sagt Deja, kaut Kuchen und sieht ihre Mutter an. In ihren Augen spiegelt sich keine Belustigung, aber auch keine Boshaftigkeit. »Danke, Mom.«

Yasmen nickt, lächelt und kostet endlich ihr eigenes Stück. Als sie aufblickt, ertappt sie mich dabei, sie anzustarren. Einen Moment ist sie wie erstarrt, dann wirft sie rasch einen Blick auf meinen unberührten Kuchen.

»Hast du Angst, er könnte vergiftet sein?«, stichelt sie.

»Ne.« Ich breche ein Stück mit der Gabel ab und halte es mir vor die Lippen. »Vorfreude ist die beste Freude.«

»Hmmm.« Sie kaut, und ihr Blick ruht unverwandt auf meinem Gesicht. »Genug der Vorfreude, Wade. Iss den Kuchen.«

Ich habe oft zugeschaut, wenn Byrd den Kuchen gebacken hat. So köstlich er auch ist, das war nie mein Favorit. Diese Ehre gebührt ihrem Schokoladenkuchen. Aber kaum beiße ich in den Kuchen, da weiß ich wieder, warum er immer so gut angekommen ist. Das Zitronenaroma zischt über die Geschmacksknospen, und er ist so saftig, er schmilzt mehr oder weniger auf der Zunge. Und der süße Zuckerguss vereint sich mit genau dem richtigen Grad an Säure. Er ist perfekt.

»Du bist ziemlich gut darin, was?« Ich nehme mir noch einen Happen.

»Ich versuche es.« Sie lacht und fängt an, mit der Gabel mit den gelben Krumen auf ihrem Teller herumzuspielen.

Die meisten Mädchen gehen wieder nach Hause, aber ein paar, darunter Soledads Tochter Lupe, bleiben und gehen nach oben, um sich irgendwelchen Mädchendingen zu widmen. Ich fürchte mich davor, darüber nachzudenken, was die hinter verschlossenen Türen anstellen.

»Wo ist Sol heute?«, frage ich und werfe die Plastikteller weg, die wir für den Kuchen benutzt haben.

»Lottie hat heute den ganzen Tag volles Programm«, sagt Yasmen und spült Geschirr. »Darum hat sie Lupe nur abgesetzt und ist gleich wieder los.«

Ich nicke, nehme die Mülltüte aus dem Eimer, binde sie zu und bringe sie nach draußen in den Mülleimer in der Garage. Als ich zurückkomme, ist sie immer noch am Spülbecken. Ich stelle mich neben sie und greife nach der Seife, um mir die Hände zu waschen. Unsere Schultern berühren sich, und schon durchfährt uns ein Strom elektrisierender Hitze. Nun gut, ich kann nur für mich sprechen, aber was ich bei der Berührung empfinde, fühlt sich elektrisierend und heiß an und reizt meine Nervenenden. Ich sehe Yasmen an, die kurz innegehalten hat, die Hände im Wasser, und um Luft ringt.

Ja, sie spürt es auch.

»Ich muss mit dir über was sprechen«, sage ich.

Das ist wahr, aber ich brauche auch eine Ablenkung von der Energie, die ständig zwischen uns aufflammt.

»Was ist los?« Sie dreht sich zu mir und lehnt sich mit der Hüfte an die Spüle. Wasser ist auf ihr Kleid gespritzt, und das Material klebt beinahe durchsichtig an ihren Brüsten. Der Anblick bringt mich um den Verstand. Ich zwinge mich, ihr ins Gesicht zu schauen.

»Es ist wegen Vashti.«

Eine Klappe fällt, ihre Miene ist plötzlich verschlossen, der Blick hingegen aufgeschreckt. »Ich schätze, ich weiß, was du sagen willst.«

»So?« Das bezweifle ich, aber ich möchte wissen, was sie zu wissen glaubt.

»Ich, äh, ich habe euch zwei an Silvester gesehen, Nachdem ich den Keller verlassen habe. Ich habe mich umgeschaut, und ihr habt euch ...« Blinzelnd blickt sie zu Boden. »Umarmt.«

Ich ziehe die Brauen hoch, weiß nicht recht, worauf sie hinauswill.

»Ich nehme an, du willst mir sagen, dass ihr euch wieder zusammengerauft habt«, sprudelt sie hastig hervor. »Ich weiß, dass ihr euch gernhabt, und ...«

»Sie will nach Charlotte gehen.«

Die goldenen Flecken in ihren Augen flammen vor Verblüffung auf, aber da ist noch etwas. Ehe sie Gelegenheit hat, es zu verbergen, huscht ein Ausdruck der Erleichterung über ihre Züge, so grell wie eine Neonreklame.

»Als du gesehen hast, wie wir uns an Silvester umarmt haben, da hat sie mir gerade gesagt, sie möchte die Stelle der Chefköchin im Grits Charlotte haben, und ich habe gesagt, das wäre prima.« Forschend suche ich in Yasmens Gesicht nach weiteren Hinweisen auf ihre wahren Gefühle. »Sie wird noch ein paar Monate bleiben, um dafür zu sorgen, dass Cassie problemlos übernehmen kann, was, wie ich annehme, kein Problem sein dürfte, weil …«

»Cassie ist toll«, unterbricht sie mich geistesabwesend. »Sie schafft das schon. Und wie geht es dir damit?«

»Du meinst, ob ich denke, dass wir hier in Atlanta ohne sie zurechtkommen? Ja, ich denke, wir kommen klar, solange …«

»Nicht wegen des Grits'. Weil Vashti dann weg ist.«

»Das ist das, was sie möchte«, sage ich schulterzuckend, mag ihr aber nicht in die Augen sehen.

»Aber Atlanta liebt sie auch. Sie hat immer gesagt, dass sie gern hier ist.«

»Jetzt nicht mehr.«

»Weil ihr zwei euch getrennt habt?«

»Weil sie denkt, du und ich werden irgendwann wieder zusammenkommen, und nicht dabei zusehen will.«

Das hatte ich ihr nicht erzählen wollen, hatte den Grund für Vashtis Entscheidung nicht aufdecken wollen, oder vielleicht wollte ich es doch. Wie ein Chemiker, der in einem Labor die Wahrheit auf ein Stück Lackmuspapier schüttet. Ich will wissen, wie es sich bei Yasmen einfärbt.

»D-das denkt sie?«

»Ja.« Ich lehne mich an die Arbeitsplatte und umfasse den Rand des Spülbeckens. »Sie denkt, das wäre nur eine Frage der Zeit.«

»Hast du ihr denn nicht gesagt, dass das albern ist?«, fragt Yasmen. Ihr Blick ruht unverwandt auf meinem Gesicht, ihr Atem ist unstet. »Dass du mich nicht mehr willst? Dass du mich nicht mal mit der Kneifzange anfassen würdest?«

Ich habe eindeutig eine masochistische Ader und mache mich aus Wollust zum Affen, denn obwohl ich mir seit Wochen einrede, dass eine Nacht genug ist, greife ich nun nach ihrem Kinn, lege eine Hand an ihre Taille und ziehe sie an mich.

»Ich fasse dich gerade an.«

## Kapitel 34

# YASMEN

Das ist das, was man den Augenblick der Wahrheit nennt.

Seit meiner letzten Sitzung bei Dr. Abrams habe ich mir gelobt, sobald ich die Gelegenheit bekomme, Josiah zu offenbaren, wie ich wirklich empfinde, werde ich es tun. Denn was nützt es, dass ich die Kette aus dem Brunnen geholt und die Hoffnung nicht aufgegeben habe, wenn ich dann nicht die Chance ergreife, die Hoffnung wirklich werden zu lassen.

»Und ich«, sage ich und schmiege mich an ihn, »berühre dich.«

Er ragt über mir auf, blickt durch diese langen Wimpern zu mir herunter, und seine Kiefermuskulatur spannt sich unter der straffen braunen Haut.

»Yas«, sagt er, und sein Bariton klingt tiefer, rauer. »Sei vorsichtig. Wenn du nicht ...«

Ich stelle mich auf die Zehenspitzen und küsse ihm die Worte aus dem Mund. Ich habe genug davon, vorsichtig und still zu sein. Auf diesem Weg habe ich diesen Mann beinahe endgültig verloren. Ich stoße ihm die Zunge in den Mund, lecke mich hinein – hungrig, durstig, ausgedörrt und ausgehungert –, und er stöhnt auf. Er packt mich, presst meine Brüste an seine Brust, während seine Hände sich auf meinem Rückgrat treffen, zu meiner Taille sinken und schließlich meinen Hintern umfassen. Ohne den Kuss zu unterbrechen, hebt er mich hoch, bis unsere Hüften auf einer Höhe sind, und seine stählerne Härte drückt sich durch die Baumwolle meines Kleids an meinen Körper. Ich kann nicht widerstehen, ich schiebe die Hände zwischen uns, um es genauer zu ertasten.

Als ich ihn durch die Hose packe, löst er sich von meinen Lippen und legt seine Stirn an meine.

»Yas«, haucht er. »Ich kann nicht … du willst nicht …«

»Ich will.« Ich knabbere zärtlich an seinem Hals. »Ich weiß, was wir vereinbart haben, aber seither ist nicht ein Tag vergangen, an dem ich nicht an diese Nacht gedacht habe.«

Er wird vollends ruhig, fängt meinen Blick mit seinen Augen ein und streicht mit dem Daumen über meine Lippen. »Geht mir genauso.«

Er packt meine Taille und hebt mich auf die Arbeitsfläche, stellt sich zwischen meine gespreizten Beine und zieht mein Kleid hoch, bis er meine nackten Beine umfassen kann.

»Fass mich an«, flüstere ich an seinem Ohr und verschränke die Unterarme in seinem Nacken. »Ich bin so feucht.«

Seine Finger gleiten forschend an meiner Hüfte empor, schieben mein Höschen zur Seite und gleiten hinein, um mich zu streicheln. Ich stütze mich mit den Handflächen hinter dem Körper auf die Arbeitsplatte und lege den Kopf in den Nacken. Als er einen Finger in mich stößt, schreie ich auf und beiße mir auf die Lippen, um mich zum Schweigen zu bringen. Ich hebe den Kopf, sehe ihn an, begegne der flüssigen Dunkelheit seiner Augen. Sein Begehren ist so deutlich zu sehen, da ist kein Raum für Unsicherheit, kein Raum für Fragen. Er stößt den Finger hinein, zieht ihn heraus, streicht über meine Scham.

»Oh, Gott!« Die Worte platzen aus mir heraus, während er mich beharrlich weiter streichelt.

»Du musst leise sein.« Er beugt sich zu mir, streicht mit den Lippen über meine Brüste, und meine Nippel richten sich durch die Stofflagen von BH und Kleid auf.

»Ich glaube nicht, dass ich das kann.« Meine Hüften schieben sich der Berührung entgegen, und ich greife mit einer Hand nach seinem Nacken. »Garage.«

Mit einem knappen Nicken stellt er mich wieder auf die Füße

und zieht mich am Handgelenk Richtung Garage. Ich zögere nicht, öffne die Hintertür meines SUV und steige ein, strecke mich aus. Im nächsten Moment zieht er mich mit einem gutturalen Laut aus tiefster Kehle an den Rand der Sitzbank, streift mir das Höschen über die Beine und zieht es mir aus. Kühle Luft begegnet meiner Hitze, meiner Feuchtigkeit, und ich zittere vor Kälte und Begierde. Sein Kopf verschwindet unter dem Saum meines Kleids, und schon die erste Berührung seiner Zunge reicht, dass ich mich winde und seinem Mund entgegendränge.

Ich lege eine Hand auf den Ledersitz und die andere auf seinen Hinterkopf, öffne die Beine noch weiter und biete ihm einfach alles an. Nicht nur meinen Körper. Meinen Schmerz, meinen Kummer, meine Reue, meine Vergangenheit und alles, was noch vor mir liegt. Ob er es weiß oder nicht, ich gebe ihm das alles. Und er schleckt an mir wie ein Verdurstender.

»Ich will dich«, keuche ich. »Bitte, Si.«

»Noch nicht.« Er leckt mich, stößt die Zunge in mich hinein, saugt an mir. »Das ist so verdammt gut. Gott, wie ich das vermisst habe, Yas.«

Der Orgasmus rast durch mich hindurch, und ich kann das Schluchzen nicht zurückhalten. Mein ganzer Körper bebt, und das liegt nicht nur an der physischen Befreiung, denn das befreit auch meine Seele, mein Herz. Alles, was weggesperrt war, gefangen, löst sich, fliegt einfach davon. Ich beiße mir auf die Faust, um nicht laut zu schreien.

»Fick mich, Si, bitte.«

Er antwortet mit einem Klimpern seiner Gürtelschnalle, mit dem leisen Knirschen des Reißverschlusses, mit dem stumpfen Druck am Eingang zu meinem Körper. Dann hält er inne, richtet sich ein kleines Stück weit auf und sieht mir im Licht der Innenbeleuchtung des Wagens in die Augen.

Er umfasst mein Gesicht mit der Hand. »Bist du sicher, dass du das willst?«

Ich wickele die Beine um ihn, verschränke die Unterschenkel und ziehe ihn zu mir, und er gleitet hinein, nährt mich zentimeterweise mit sich, und es ist quälend und perfekt, lässt meinem Körper Zeit, seinen wieder kennenzulernen. Meine Muskeln ziehen sich um ihn herum zusammen, und er zischt mit zusammengebissenen Zähnen. Und als er dann bis zum Ansatz drin ist, liegen unsere Hüften direkt aufeinander, sein Gewicht ruht auf seinen Ellbogen, sein Atem geht stoßweise.

»Ich kann nicht langsam machen«, keucht er an meinen Lippen. »Ich will dich zu sehr.«

»Dann mach nicht langsam. Halt dich nicht zurück.«

Es ist, als hätten meine Worte die Kette zerrissen, die ihn zurückgehalten hat. Mit einer Hand stützt er sich an der Fensterscheibe hinter mir ab, mit der anderen packt er mein Bein, drückt mein Knie zur Schulter, dringt noch tiefer ein und stößt so heftig in mich, dass der ganze Wagen wackelt. Jeder Stoß ist so kraftvoll, dass er mir die Luft aus der Lunge treibt. Das werde ich spüren, wenn wir fertig sind. Er hat nicht gelogen. Es ist grob, die Begierde eines beraubten Mannes. Und ich nehme es als meinen Lohn. Er ist mein, und während er mich vögelt, während der Schweiß über seine Stirn läuft und das Hemd auf seinem Rücken durchfeuchtet, streiche ich mit den Händen über seine Schultern, folge dem Tanz der Muskeln und Sehnen unter der straffen Haut, den Wölbungen und Furchen seines Abdomens. Erinnere jeden Teil von ihm daran, zu wem er gehört. Der Rhythmus, mit dem unsere Körper sich aufeinanderpressen, übereinandergleiten, singt komm heim, komm heim, komm heim. Wir sind uns so überwältigend nah, und es fühlt sich so richtig an, ihn wieder in mir zu haben, dass mir die Tränen in die Augen steigen.

»Scheiße, Yas.« Er senkt den Kopf, deckt meinen Hals mit Küssen ein. »Ich komme.«

Er will ihn rausziehen, aber ich packe seinen Arsch und lasse ihn nicht.

»Ich verhüte«, flüstere ich. »Zieh ihn nicht raus.«

Er verharrt, blickt mich an, und auf seiner Stirn zeichnen sich Falten über den dicken dunklen Brauen ab. »Ich habe nie ohne mit jemand anderem geschlafen. Versprochen.«

»Ich glaube dir.« Ich streiche mit den Fingerspitzen über seine vollen Lippen. »Gib's mir.«

Er stöhnt, schließt fest die Augen und senkt den Kopf zu einem gierigen Kuss, der mir all meine Gedanken raubt und mich vergessen lässt, wo wir sind und welcher Tag heute ist. Es ist ein Kuss, gewandet in Nebel und Erinnerungen. Er hält mich fest, als wäre die Ewigkeit nicht versprochen, als wäre nichts unabänderlich. Hält mich mit Armen, die nichts als gegeben hinnehmen. Die Hitze seiner Entladung flutet mich, und ich küsse ihn in einem Chaos aus Zungen, geschwollenen Lippen und abgehackten Atemzügen. Endlose Sekunden sind unser Herzschlag und der keuchende Atem die einzigen Geräusche auf der ganzen Welt.

»Mom!«, ruft Deja von drinnen.

»Oh, Scheiße!« Josiah zieht ihn raus, klettert von mir runter und raus aus dem Wagen.

Ich folge ihm sogleich, gleite mit dem nackten Arsch über die kühlen Ledersitze und suche auf dem Garagenboden nach meiner Unterwäsche.

»Mist«, ächze ich. »Wenn Deja uns so sieht ...«

»Oder ihre Freundinnen.« Hastig schließt er den Reißverschluss und gürtet die Hose. »Sie bringt uns um.«

Ihre Schritte donnern die Stufen herab, nähern sich. Meine Nippel sind immer noch hart und zeichnen sich schamlos unter dem Leibchen meines Kleids ab, und die Haut an meinem Hals, da, wo Josiahs Bartstoppeln ihn gekratzt haben, brennt ein wenig. Sein Saft rinnt mein Bein hinab. Ich bin völlig fertig. Nicht nur, weil wir uns überschlagen, um zu verheimlichen, was wir getan haben, sondern innerlich. Das Blut vibriert in meinen Adern, und ich schwimme, völlig aufgelöst aufgrund der Tatsache, dass es überhaupt dazu gekommen ist.

Er zieht mich zu einem raschen Kuss an sich, nimmt sich eine kostbare Sekunde Zeit, um mich anzusehen, einen sanften Ausdruck in den Augen, trotz der Hektik, mit der wir versuchen, uns wieder vorzeigbar zu machen. »Wir reden morgen, okay?«

»Okay.«

Ich möchte ihm sagen, es sei mir egal, ob Deja uns erwischt, und ihn wieder zu mir ziehen, zurück ins Auto krabbeln und kuscheln, das Gefühl seiner nackten Haut an meiner genießen. Aber es ist mir nicht egal. Es geht nicht nur um uns. Es geht auch um unsere Kinder und ihre Bedürfnisse. Um die Veränderungen, die wir alle durchgestanden haben. Was immer zwischen Si und mir passiert, wir müssen um ihretwillen Vorsicht walten lassen.

Er ist kaum entkommen, als Deja die Küchentür aufreißt und den Kopf in die Garage steckt.

»Day«, sage ich und öffne extrem beiläufig die Autotür. »Was ist?«

»Ich habe dich gerufen.« Sie sieht sich in der Garage um. »Was machst du hier draußen?«

»Ich suche nur etwas, das ich im Wagen gelassen habe.« Ich taste in der Mittelkonsole herum, tue, als suchte ich nach dem imaginären Gegenstand. »Brauchst du mich?«

Sie presst die Hände unter dem Kinn zusammen. »Können wir bitte ins Kino gehen?«

»Es ist dein Geburtstag. Was immer du dir wünschst.«

»Ja.« Sie macht kehrt und will wieder ins Haus gehen, dreht sich aber dann langsam noch einmal zu mir um. »Und noch mal danke für den Kuchen. Der war perfekt. Alles war perfekt.«

Mir wird warm ums Herz, und ich bin heilfroh, dass sie nicht ein paar Minuten früher hereingekommen und über uns gestolpert ist. Ich habe keine Ahnung, wie Deja auf das reagieren würde, was zwischen mir und Josiah passiert. Ich weiß ja bisher nicht mal, was das überhaupt ist, aber ich weiß, dass ich es will. Ich will, was immer ich kriegen kann, aber ich will auch die ramponierte Beziehung zu meiner Tochter wieder in Ordnung bringen.

»Gut. Freut mich, Baby. Herzlichen Glückwunsch zum Geburtstag«, sage ich lächelnd. »Macht euch fertig, dann fahre ich euch zum Kino.«

Kaum hat sie die Tür von innen geschlossen, sacke ich an den Wagen. Das war knapp. Aber auch … oh mein Gott. Das war so verdammt scharf. Wenn er noch hier wäre, würde ich ihn gleich noch mal ficken. Ich würde alles tun, um den Rausch unserer vereinten Körper zu erleben, die Sinnlichkeit in seinen Augen zu sehen, als er mich angeschaut hat. Zu spüren, wie mein Herz zu ihm strebt.

Als ich in die Küche gehe, vibriert mein Telefon auf der Arbeitsfläche, um eine eingehende Textnachricht zu melden.

**Josiah:** Alles gut?

**Ich:** Gerade eben. Du warst kaum zur Tür raus, da ist Deja reingekommen.

**Josiah:** Das war fantastisch.

**Ich:** Find ich auch.

Ich beiße mir auf die Lippe, die Daumen über den Tasten, unsicher wegen meiner nächsten Worte.

Scheiß drauf.

**Ich:** Können wir das wiederholen?

**Josiah:** Ich möchte schon,
aber wir müssen reden.

**Ich:** Okay.

**Josiah:** Oh, übrigens: Ich habe
deinen Slip. 😊

# Kapitel 35

# JOSIAH

»Danke, dass Sie mich so kurzfristig empfangen«, sage ich zu Dr. Musa. »Und so früh.«

»Sie sagten, es sei dringend.« Er mustert mich, während ich vor seinem Schreibtisch auf und ab gehe. »Sie sollten sich setzen.« Ich zwinge mich, auf dem Stuhl ihm gegenüber Platz zu nehmen, obwohl mein ganzer Körper vor aufgestauter Energie vibriert. Ich sollte kein Übermaß an Energie haben, denn ich habe letzte Nacht kaum geschlafen. Was, zum Teufel, habe ich mir bloß dabei gedacht? Yasmen in der Garage zu vögeln wie ein notgeiler Teenager? Während Deja mit ihren Freundinnen oben war? Yasmen zu vögeln. Punkt. Und wer könnte mir besser beibringen, dass ich den Verstand verloren habe, als mein Seelenklempner?

»Ich habe mit meiner Ex geschlafen.« Die Worte sprudeln nur so aus mir heraus. »Zweimal.«

»Okay.« Dr. Musa richtet seine Brille und bleibt professionell gelassen. »Ehe wir uns damit befassen, soll…«

»Neeeiiiin, Doc. Wir müssen uns sofort damit befassen. Ich muss nicht erst tief durchatmen. Ich brauche keine Bestärkung. Und das Gefühlsrad brauche ich ganz bestimmt nicht. Ich weiß genau, wie ich mich fühle.«

»Dann erzählen Sie mir, wie Sie sich fühlen.«

»Wie ein Idiot.«

»Das ist kein Gefühl.«

»Verdammt. Geben Sie mir das Rad.«

Als er mir den Bogen Papier reicht, auf dem Gefühle in bunten Farben dargestellt sind, presst er die Lippen zusammen, als müsste er sich ein Lächeln verkneifen. Ich sehe mir das Rad an, versuche, mich in dem Meer aus Wörtern zu finden, die vor mir auf der Seite schwimmen.

»Äh, ich schätze, ich fühle mich verwirrt.« Ich studiere das Rad noch etwas länger. »Ängstlich. Sinnlich. Eindeutig sinnlich, dieser Scheiß war …«

Ich räuspere mich und mustere stirnrunzelnd die Worte, die mir ins Auge fallen.

Aufgeregt.

Hoffnungsvoll.

Erschrocken.

Ich kann mich nicht überwinden, diese Gefühle laut auszusprechen, nicht einmal gegenüber Dr. Musa, aber so, wie er mich studiert, weiß er vermutlich längst Bescheid.

»Warum ist das ein Notfall?«, fragt er.

»Wir sind geschieden. So was tut man nicht. Wenn man sich scheiden lässt, hört man damit auf. Es hätte nicht passieren dürfen, aber …«

Ich schlucke, hole tief Luft, als mein Herz bei der Erinnerung an unser wildes Liebesspiel zu rasen beginnt. Niemand hat das je zuvor oder seither gespürt, und ich nehme an, niemand wird es je spüren. Nicht nur, wie es sich anfühlt, in ihr zu sein, sondern wie es sich anfühlt. Wie es ist, nach Hause zu kommen und zum gleichen verdammten Zeitpunkt irgendwie frei herumzustromern.

»Sind Sie sicher, dass das nicht hätte passieren dürfen?«, fragt Dr. Musa milde. »Oder haben Sie nur Angst davor, was es bedeuten könnte, wenn das passiert? Wenn es weiterhin passiert?«

»Ja, das«, murmele ich. »Das könnte es sein.«

»Wollen Sie sie?«

Ich lache beißend und kann nicht mehr sitzen bleiben. Ich springe auf und gehe wieder auf und ab, während sich in meinem Körper Adrenalin, Panik und Verlangen ein Rennen liefern.

»Natürlich will ich sie. Ich habe sie immer gewollt, auch wenn ich nicht …« Ich schlucke, scheue vor dem Gedanken zurück, etwas so Beschämendes anzusprechen, etwas, an das ich nicht mal denken mag. »Es hat Zeiten gegeben, da wollte ich sie, aber mein Körper … na ja, wenn ich nicht …«

Trotz all der Geheimnisse, die ich diesem Mann gegenüber ausgeplaudert habe, verfangen sich die Worte über die Gelegenheiten, zu denen mein Körper nicht reagieren wollte, in meiner Kehle, bis ich den Versuch aufgebe, den Mist laut auszusprechen.

»Viele Männer erleben trauerbedingte Impotenz«, sagt Dr. Musa nach einigen Augenblicken unbehaglicher Stille.

»Ich war nicht … das«, sage ich zähneknirschend. »Es waren nur ein paar Male. Ich konnte nicht …«

»Josiah«, sagt er sanft und wartet, bis ich seinem ruhigen Blick begegne. »Da ist nichts, wofür Sie sich schämen müssten, gar nichts. Und bestimmt müssen Sie sich nicht dafür schämen, dass Ihr Körper Trauer auf die einzige ihm mögliche Art ausdrückt.«

So hatte ich das nie betrachtet, und mir ist, als löste sich ein Knoten in meiner Brust.

»Na ja, zumindest kann ich sagen, dass ich dieses Problem jetzt überhaupt nicht habe.« Ich lache rau, kann es kaum erwarten, diesen wunden Punkt hinter mir zu lassen. »Ich kann gar nicht mehr aufhören, daran zu denken, mit ihr zu schlafen, aber das bedeutet nicht, dass ich dem auch nachgeben sollte.«

»Warum sollten Sie das nicht tun?«

»Wie kann ich ihr je wieder trauen?« Ich breche den Blickkontakt. »Ich kann das nicht noch mal durchstehen. Ich glaube nicht, dass ich das überleben würde.«

Und raus ist sie, die Wahrheit. Es hat mich alles gekostet, was ich hatte, und noch ein bisschen, von dem ich nicht wusste, dass ich es hatte, nicht daran zu zerbrechen, dass Yasmen mich verlassen hat. Dass sie mir gesagt hat, sie würde mich nicht mehr lieben. Vielleicht war es nicht die beste Idee, etwas mit Vashti anzufangen, aber ich musste das hinter mir lassen. Wenigstens habe ich versucht, mir ein neues Leben aufzubauen, das sie nicht einschließt. Und ist das nicht genau das, was Yasmen von mir gewollt hat? Dass ich sie verlasse?

»Wenn sie nur gerade irgendeine Phase durchmacht«, fahre ich fort und setze mich wieder, »wenn sie einen Abschluss braucht, um wieder auf die Beine zu kommen, oder was weiß ich, das kann ich einfach nicht.«

»Wenn das etwas ist, das Sie wollen«, sagt Dr. Musa, »und Sie empfinden ganz offensichtlich noch viel für sie, dann legen Sie ein paar Grundregeln fest. Stimmen Sie Ihre Erwartungen ab. Fassen Sie in Worte, was Sie denken, das diese Beziehung Ihnen bringen soll, was Sie sich davon wünschen, was akzeptabel ist, was ein Grund, es zu beenden. Seien Sie offen, dann schützen Sie auf lange Sicht sich selbst und Yasmen. Wenn Sie es so sehr wollen, wie es scheint …«

Er zieht forschend die Brauen hoch, fragt mich stumm, ob ich das wirklich will.

»Ja, ich will es.«

Ich will sie.

»Dann tun Sie, was Sie schon die ganze Zeit hätten tun sollen«, sagt er. »Was Sie schon beim ersten Mal hätten tun sollen.«

»Und das wäre, Doc?«

Er lächelt. »Reden Sie mit ihr.«

# Kapitel 36

# YASMEN

Als ich am Montagmorgen, nachdem ich die Kinder abgesetzt habe, wieder nach Hause komme, parkt Josiah schon vor dem Haus. Ich winkte ihm zu, als ich in die Einfahrt biege, und mein Herz macht Luftsprünge bei seinem Anblick. Als sich das Garagentor öffnet, folgt er mir hinein. Ich senke es wieder ab und bleibe ein paar Sekunden im Auto sitzen, obwohl ich weiß, er wartet darauf, dass ich aussteige. Er hat diesen Wir-müssen-reden-Ausdruck im Gesicht, und das kann vieles heißen. Nun, da etwas Zeit vergangen ist und er ein wenig Abstand zum Geschehen hat, könnte er wegen Samstag vielleicht Bedenken bekommen haben und ist hier, um mir zu sagen, dass es endgültig aus ist.

Aber vielleicht ist er auch gekommen, um noch mal dafür zu sorgen, dass ich ein paar Tage kaum laufen kann. Dieses Mal oben in unserem alten Ehebett.

Alles ist möglich.

Er winkt mir zu, ich solle die Seitenscheibe senken. Ich tue es und mustere ihn argwöhnisch, fürchte mich davor, etwas zu sagen, weil es das Falsche sein könnte und ich womöglich ein weiteres Mal unser aller Leben ruinieren würde.

»Steig aus, Yas«, kommandiert er mild und tritt von der Tür weg. »Wir müssen reden.«

Ich tue wie geheißen, gehe ins Haus und schnappe mir einen der Barhocker an der Küchentheke. Er setzt sich auf den Hocker neben meinem und stützt sich mit den Ellbogen auf die Granitplatte.

»Was am Samstag passiert ist«, beginnt er. »Wir ...«

»Ich bereue es nicht.«

Er starrt mich an. Eine Falte gräbt sich zwischen seine dunklen Brauen. »Schön zu hören, aber ich habe heute Morgen mit Dr. Musa gesprochen, und …«

»Wirklich? Es ist doch gerade erst neun.«

»Ich hatte einen frühen Termin. Also, wir haben über das gesprochen, was passiert ist.«

»Du hast Dr. Musa erzählt, dass wir miteinander geschlafen haben?«

»Ja.«

Vielleicht sollte mich das verunsichern, aber ich bin einfach nur verdammt stolz auf ihn. Wie weit er gekommen ist. Der Mann, der früher so verschlossen wie eine Auster war, wenn es um echte Kommunikation und Gefühle ging, erzählt heute seinem Therapeuten, dass wir miteinander geschlafen haben, vermutlich, um sich Rat zu holen?

Die Stützräder sind abgefallen.

»Und was hatte dein Therapeut dazu zu sagen?«

»Er hat mich gefragt, ob ich es wieder tun will.« Sein glühender Blick bohrt sich in meine Augen, und plötzlich fühlt sich die Küche zu klein an, so aufgeladen ist die Luft.

»Und was hast du gesagt?«, frage ich ein wenig atemlos.

»Ich sagte, ich wollte. Will.«

Erleichtert entspanne ich mich ein wenig, lecke mir über die Lippen und mustere ihn forschend. »Und was machen wir nun?«

»Wenn wir das weiter tun wollen – und ich will wirklich, Yas –, dann müssen wir ein paar Grundregeln festlegen und uns über unsere Erwartungen klar sein.«

»Okay. Schieß los.«

»Das ist keine Versöhnung.«

Das war mir schon klar, trotzdem tut es weh, es ausgesprochen zu hören, noch dazu so mühelos, als würde ihn der Gedanke, den Rest seines Lebens so zuzubringen, gar nicht stören.

»Das weiß ich«, antworte ich. »Es ist nur Sex.«

Er schüttelt den Kopf, und ein leises Lachen entfleucht seinen vollen Lippen. »Bei uns ist es nie nur Sex. Das weißt du auch. Es wird sich immer nach mehr anfühlen, aber ich will unmissverständlich klarstellen, dass es mehr nicht sein darf.«

»Verstanden. Was noch?«

»Wir müssen es vor den Kindern geheim halten. Vor allen, um genau zu sein, zumindest vorerst«, sagt er. »Nicht, weil es mir peinlich wäre. Wen interessiert schon, was die Leute denken? Aber unsere Kinder? Die haben genug durchgemacht. All die Streitereien und die Ungewissheit im Vorfeld der Scheidung. Und dann mussten sie sich daran gewöhnen, dass wir nicht mehr zusammen sind. Dass wir uns mit anderen verabreden. Das ist eine ganze Menge, und ich möchte ganz besonders verhindern, dass Kassim anfängt, sich Hoffnungen zu machen.«

»Und Deja?«

»Ich weiß nicht, wie sie reagieren würde, aber wir wissen ja auch gar nicht, wie lange wir das beibehalten wollen. Ist etwas, das vielleicht nur vorübergehend ist, es wirklich wert, diese so oder so schon schwierige Lage noch komplizierter zu machen?«

»Du hast recht.«

»Und wenn ich ehrlich bin«, sagt er und nimmt meine Hand. »Ich möchte, dass wir das für uns haben, frei von dem Druck der Erwartungshaltung anderer Menschen. Die Sache ist heikel genug, auch ohne dass irgendwelche Leute ihre Nasen reinstecken.«

»Heikel?«, frage ich und reibe mit dem Daumen über die Rückseite seiner Hand. »Warum ist das heikel?«

»Wie könnte es nicht heikel sein? Wir waren verheiratet. Wir sind immer noch auf vielfältige Art miteinander verbunden, gehören immer noch zum Leben des anderen. Was, wenn dir jemand begegnet, mit dem du eine Beziehung eingehen willst? Oder wenn du zu dem Schluss kommst, wir sollten damit aufhören?

Sobald die Sache für einen von uns nicht mehr hinhaut, ist Schluss.«

»Verstanden.« Ich neige den Kopf zur Seite. »Und das sind all deine Bedingungen?«

»Unsere Bedingungen. Wir sollten da am gleichen Strang ziehen.«

Meine einzige Bedingung lautet, dass ich ihn mir schnappe, wie es mir möglich ist. Ich habe gesagt, sollte ich je eine zweite Chance bekommen, dann lasse ich sie mir nicht entgehen, dann ergreife ich sie beim Schopf.

»Gut.« Ich öffne seinen Kragenknopf. »Denn du hast heute frei. Das Grits ist geschlossen.«

Er senkt den Kopf und küsst mich auf den Hals. »Korrekt.«

»Und ich muss die Kinder erst um drei wieder abholen.«

Er fährt mit den Daumen über meine Nippel, die sich prompt durch meinen Pulli drücken. Ich schnappe nach Luft, aber sonst verrät nichts meine Reaktion. Ich spreche mit ruhiger Stimme, und meine Mimik verändert sich nicht. Aber als er beide Brüste umfasst, ihr Gewicht prüft, ihre Form abtastet, meinen Pullover hochschiebt und durch die Seide nacheinander an beiden saugt, kann ich nicht mehr so tun, als berühre mich das gar nicht. Meine Fingernägel bohren sich in seine Schulter, während ich mich bemühe, nicht laut aufzuschreien. Ganz langsam zieht er mir den Pulli über den Kopf, wirft ihn von sich, öffnet den Verschluss meines BHs und befreit meine Brüste. Es fühlt sich herrlich dekadent an. Sein Atemrhythmus verändert sich, und er birgt sein Gesicht zwischen meinen Brüsten, inhaliert den Vanilleduft, den ich dort in der Hoffnung auf genau diesen Moment aufgetupft habe.

»Nach oben?«, flüstere ich und halte die Luft an, während ich auf seine Antwort warte.

Ist das womöglich zu intim? Will er es nur schnell und wild, oder können wir uns auch Zeit lassen? Es ist, als entdeckten wir einander neu über all das Keuchen und Stöhnen, die Orgasmen und, wenn ich Glück habe, darüber, einander im Arm zu halten. Sein Kuss ist süß, die Art, wie seine Zunge mich kostet, wie er auf meine Lippen beißt, wie er mein Kinn festhält, während er meinen Mund überfällt. Schließlich weicht er zurück und sammelt meinen Pullover und den BH auf, ehe er grinsend meine Hand nimmt und mich zur Treppe führt.

»Ich weiß den Weg noch.«

# Kapitel 37

# YASMEN

»Das war längst überfällig«, sagt Soledad und stellt das große Charcuterie Board auf den Tisch im Esszimmer. »Ich kann kaum fassen, wie lange es her ist, seit wir das letzte Mal zusammengesessen haben.«

»Was stimmt mit uns Hühnern nicht?«, fragt Hendrix und greift zu einem Spieß mit Oliven, Brie und Peperoni. »Oh, wie ich scharfe Sachen liebe. Fehlt nur noch der passende Kerl.«

»Hey, heute ist Mädelsabend«, rufe ich ihr ins Gedächtnis. »Es gibt keine scharfen Sachen. Ich meine, es sei denn, ihr wollt über scharfe Sachen reden, aber ohne Kerle.«

»Ich bin einfach froh, dass wir endlich Zeit gefunden haben«, sagt Soledad. »Das Jahr hat so hektisch angefangen.«

»Ja, die letzten paar Wochen in L. A. mit meinem Klienten waren strapaziös.« Hendrix steckt sich eine Traube in den Mund. »Aber die Provision bei so einem Millionengeschäft ist die Mühe eindeutig wert.«

»Der amerikanische Traum in Schwarz und Weiblich«, kommentiere ich und klatsche sie ab.

Wir alle lachen, während Soledad unsere Gläser mit Weißwein füllt.

»Das habe ich echt gebraucht.« Ich nehme einen tiefen Zug, lasse den Wein meine Kehle kühlen und meine Nerven beruhigen. »Kassim spielt Basketball, und das frisst einen guten Teil meiner Freizeit auf. Ich muss ihn früh und spät zum Training bringen und zu seinen Spielen gehen, aber das war eben unser Kompromiss. Weil ich beim Fußball eisern geblieben bin, hat er Basketball ausgehandelt.«

»Meine Mädchen können sich für alles begeistern.« Soledad gönnt sich einen kräftigen Schluck von ihrem Wein. »Lupe nimmt doch tatsächlich Schauspielunterricht.«

»Lieber das als Modeln?«, fragt Hendrix.

»Es war ihre eigene Entscheidung«, betont Soledad. »Ich ermutige sie nicht, auf ihr Aussehen zu setzen. Ich lehre sie, all ihre Gaben einzusetzen.«

»Und wann, Ma'am, gedenkst du, dich auch mal selbst daran zu halten?«, fragt Hendrix nur halb im Scherz. »Wir reden uns wegen deiner Gaben schon ewig den Mund fusselig. Was könnte ihr diese Lektion wohl besser vermitteln, als dabei zu sein, wenn ihre Mutter das Beste aus ihren Gaben macht?«

»Bah, ich hasse es, wenn du recht hast.« Soledad verdreht die Augen. »Ich habe so viel zu tun, ich habe noch gar nicht groß darüber nachgedacht, aber das mache ich noch.«

»Ich bin auch dicht bis obenhin. Die Arbeit lässt nicht nach«, sagt Hendrix verständnisvoll. »Ich habe nicht mal Zeit, um mich bei Tinder, Match oder Bumble umzusehen. Nicht mal für BlackPeopleMeet.com reicht es. Ich muss zur Kirche gehen, wo sich wirklich Schwarze Leute treffen, da findet man bisweilen die besten Männer, Mädels. Privilegiert, begehrenswert und rattig!« Hendrix reckt eine Hand hoch und wedelt damit in der Luft. »Halleluja!«

»Diese ganze Unterhaltung«, bemerkt Soledad und gestikuliert in Hendrix' Richtung, »fühlt sich zunehmend frevlerisch an.«

Ich lache immer noch so sehr, dass ich kaum Luft bekomme, als das Telefon in meiner Tasche brummt. Ich hole es hervor und grinse unwillkürlich, als ich die neue Nachricht von Josiah sehe.

**Josiah:** Ich glaube, ich habe mir heute Morgen was gezerrt. Und ich schäme mich nicht einzugestehen, dass ich mit dir im Bett kaum mithalten kann.

Kichernd tippe ich eine rasche Antwort.

**Ich:** Ich habe ein Wort für dich:
69

**Josiah:** Das ist kein Wort.

**Ich:** Wie du es auch nennst,
es war deine Idee.

**Josiah:** Die du meiner Erinnerung
nach für gut befunden hast.

Meine Wangen erglühen, und ich komme mir vor wie ein Teenager, der im Matheunterricht kleine Botschaften unter dem Tisch weiterreicht. Als ich aufblicke, stelle ich fest, dass Hendrix und Soledad mich beide gleichermaßen neugierig fixieren.

»Wer bringt dich dazu, dir so aufreizend auf die Lippe zu beißen?« Hendrix ahmt mich nach, wie ich mir auf die Unterlippe beiße, sieht dabei aber nicht mal annähernd so aus wie ich, hoffe ich jedenfalls.

Ich stecke das Telefon wieder in die Tasche. »Keine Ahnung, wovon du sprichst.«

»Du hast einen Kerl?«, bohrt Hendrix nach. »Denn wenn du uns hinhalten willst …«

»Ist es Mark?«, fällt ihr Soledad ins Wort. »Er scheint in letzter Zeit ziemlich gut drauf zu sein.«

»Er schlägt sich gut in den Umfragen«, antworte ich. »Mit mir hat das nichts zu tun. Außerdem habe ich ihm gesagt, wir sollten besser einfach Freunde bleiben.«

»Schön, wer ist es dann?«, fragt Hendrix. »Auf die eine oder andere Art finden wir es sowieso heraus.«

»Es wird wohl die andere Art sein müssen«, erkläre ich mit

einem blasierten Grinsen. »Das geht euch nämlich gar nichts an.«

»Ich zeige dir, was mich was angeht.« Hendrix steht auf, ringt mich zu Boden und nagelt mich dort fest.

»Runter von mir«, schnaube ich. »Oh mein Gott, was hast du ... runter!«

»Schnapp dir ihr Telefon, Sol«, befiehlt Hendrix und drückt meine Arme und Beine auf den Boden, während sie mit ihrem ganzen Gewicht auf mir liegt.

Soledad, die Verräterin, springt auf, schlängelt sich an unsere zappelnde Frauenbrezel heran und schafft es tatsächlich, das Telefon aus meiner Tasche zu fischen.

»Ich hab's!«, kreischt sie, springt auf, hält mein Telefon triumphierend hoch und flüchtet ins Wohnzimmer.

Endlich kann ich Hendrix wegschieben. Hastig stehe ich auf und folge Soledad, aber es ist schon zu spät. Als ich sie erreicht habe, sitzt sie auf dem Boden, den Rücken an die Couch gelehnt, und liest mit großen Augen und offen stehendem Mund meine Nachrichten.

»Das ist der Hammer.« Soledad wirft den Kopf zurück und bricht in Gegacker aus. »Das glaubst du mir nicht, Hen.«

Ich reiße ihr das Telefon aus der Hand und lasse mich stöhnend aufs Sofa fallen. Jetzt geht's los.

»Lass mich gucken«, sagt Hendrix und streckt die Hand nach meinem Telefon aus.

»Nein.« Mit einem gereizten Schnauben schüttele ich den Kopf.

»Sol hast du es auch gezeigt«, beklagt sich Hendrix und setzt sich neben Soledad auf den Boden.

»Nein, sie hat mir das Telefon geklaut.« Ich starre zur Decke hinauf, seufze und ergebe mich der Tatsache, dass es keinen Sinn mehr hat, irgendwas zu verheimlichen. »Ich habe mit Josiah geschlafen.«

Sakrale Stille senkt sich über den Raum … ungefähr zwei Sekunden lang, dann fangen die beiden an zu kichern. Ich setze mich auf und fixiere sie aus zusammengekniffenen Augen.

»Wann?«, fragt Hendrix, deren Belustigung ihr ins Gesicht geschrieben steht.

»Äh, meint ihr, wann ich das letzte Mal mit ihm geschlafen habe?«, frage ich, und meine Stimme wird zum Ende hin immer höher.

Soledad reißt die Augen noch weiter auf. »Du hast eine Affäre mit Josiah?«

»Ist das überhaupt eine Affäre, wenn es der eigene Mann ist?«, frage ich.

»Ist er wirklich dein Mann, wenn ihr geschieden seid?«, kontert Hendrix. »Spuck schon aus.«

Ich erzähle ihnen vom ersten Mal in Charlotte und vom zweiten Mal in der Garage. Mir wird ganz heiß, während ich davon erzähle und ihnen schließlich sogar gestehe, dass wir uns im letzten Monat immer wieder heimlich getroffen haben.

»Ihr habt also Grundregeln festgelegt?«, hakt Soledad nach, holt das Charcuterie Board aus dem Esszimmer und stellt es auf dem Sofatisch im Wohnzimmer ab. »Das war ein kluger Schachzug.«

»Sein Therapeut hat ihm gesagt, dass wir das machen sollten«, prahle ich.

»Er hat mit seinem Therapeuten darüber gesprochen?« Hendrix lacht. »Wow. Da ist er ja mächtig weit gekommen, wenn man bedenkt, dass er früher nicht mal in die Nähe eines Therapeuten kommen wollte.«

»Nicht wahr?« Ich schmiere Frischkäse und etwas Gelee auf einen Cracker.

»Ich weiß, das ist scharf und alles«, sagt Hendrix, und ein wenig von ihrer Heiterkeit weicht aus ihren Zügen. »Aber reden wir mal Klartext: Wo stehst du jetzt mit dieser Geschichte?«

»Ich?« Ich führe mein Weinglas zum Mund und trinke einen Schluck. »Hilflos verliebt.«

»Und wie empfindet er das?«, fragt Soledad stirnrunzelnd.

»Er … er hat nicht …« Ich schüttele den Kopf, weiß nicht recht, wie ich in Worte fassen kann, wo Josiah steht, trotz der Regeln, auf die wir uns geeinigt haben. »Er sagt, bei uns kann es nie nur Sex sein, aber sobald einer von uns sagt, es ist vorbei, ist es vorbei und Schwamm drüber.«

»Das ist weit entfernt von ›hilflos verliebt‹«, stellt Soledad fest.

»Ich will es trotzdem.« Ich bedenke jede von ihnen mit einem ernsten Blick. »So lange, wie es mir möglich ist. Ich will ihn. Ob ich insgeheim hoffe, dass er sich wieder in mich verliebt? Ja.«

»Schätzchen, verliebt?«, spottet Hendrix. »Du kannst mir nicht erzählen, dass er sich je von dir entliebt hätte. Vashti war sein Versuch, über deinen hübschen Arsch wegzukommen. Ich glaube wirklich, dass alles gut wird und du am Ende deinen Mann bekommst, aber du musst auf dich aufpassen.«

»Ja«, stimmt Soledad zu. »Seid ihr zwei monogam?«

»Ja.« Ich runzele die Stirn. »Ich meine, ich habe ihn nicht gefragt, aber ja.«

»Von deiner Seite aus, ja.« Soledad wirft sich eine Olive in den Mund. »Aber du hast ihn nicht gefragt, ob er noch mit jemand anderem schläft?«

»Ich weiß, dass er das nicht tut. Ich meine … Si hat nie … er würde nie …«

»Natürlich nicht, jedenfalls, als ihr noch verheiratet wart«, sagt Hendrix. »Aber da ist kein Ring an deinem Finger oder an seinem. Was soll ihn davon abhalten, eine andere zu knallen? Und wäre das für dich eine Grenze, die nicht überschritten werden darf?«

Auf jeden Fall. Der Gedanke, er könnte eine andere … Ich lasse einen Brocken Gouda auf meinen Teller fallen. Mir ist flau, und ich kippe einen großen Schluck Wein hinunter.

»Man braucht nicht gerade detektivisches Gespür, um zu sehen, dass ihr noch nicht miteinander fertig seid. Der Mann kann kaum den Blick von dir abwenden. Und umgekehrt«, stellt Hendrix fest. »Ich weiß, dass ihm was an dir liegt; ich möchte nur nicht, dass du verletzt wirst.«

»Ich glaube nicht, dass er mit einer anderen schlafen würde, solange wir ...«

Solange wir ... was? Was tun wir? Wir führen eine Affäre ohne Verpflichtungen, ohne Garantien. Und ich bin heiß verliebt in ihn.

Bin ich je über den Josiah hinweggekommen, der alle Hemmungen fallen lassen und mich auf Knien um meine Hand gebeten hat? Den Josiah, der jede Scheu vergessen hat, auf einen Einkaufswagen gesprungen ist und lachend mit mir durch den Lebensmittelladen gerollt ist? Den, der meine Füße massiert hat, als ich schwanger war, der während der Wehen meine Hand gehalten und seinen Atem meinem angepasst hat, als ich unsere Kinder auf die Welt gebracht habe?

Nein, über den Mann bin ich wohl niemals hinweggekommen, aber ich habe mich auch in den Josiah wieder verliebt, der unsere Kinder in schweren Zeiten umsorgt hat, der immer auf ihre jungen Seelen geachtet und sichergestellt hat, dass sie okay sind. Ich bin verliebt in den Mann, der sich trotz seiner Bedenken freiwillig um unseres Sohnes willen in Therapie begeben und dann gelernt hat, sich selbst zu heilen. Und ich bin verliebt in die Leidenschaft, die uns verbindet und heller auflodert als je zuvor. Wenn wir uns lieben, kollidieren Vergangenheit und Gegenwart auf eine glutvolle, intime Weise, die stärker ist als wir beide zusammen. Der Mann, der er war, der Mann, der er ist, die Art, wie er reift und sich entwickelt, während die Jahre dahinziehen – ich liebe ganz einfach jede Version von Josiah, die ich je kennengelernt habe, und ich bin sicher, dass dem Mann, der er einmal sein wird, ebenso mein Herz gehören wird.

»Ich rede mit ihm«, sage ich schließlich. »Nur um das klarzustellen. Wir haben zwar Regeln festgelegt, aber andere Leute sind mir dabei nie in den Sinn gekommen. Ich glaube, ihm auch nicht, aber ihr habt recht. Ich sollte sicherstellen, dass wir uns da auch einig sind.«

Vom Sofa aus greife ich mir eine Hand von Sol und eine von Hen. »Tut mir leid, dass ich euch außen vor gelassen habe, Kinder, aber das war etwas nur zwischen ihm und mir, wisst ihr? Aber ich bin froh, dass ich es euch erzählt habe. Ihr seid fast wie Schwestern für mich, und ich möchte euch nichts verheimlichen.«

»Ich glaube, Edward hat eine Affäre«, platzt Soledad heraus.

Hendrix und ich wechseln einen Blick aus geweiteten Augen, und ich gleite von der Couch und lande zwischen den beiden am Boden.

»Wie kommst du darauf?«, frage ich.

Ihr Lachen klingt gallebitter und beißend, etwas, das ich bei Soledad noch nie erlebt habe. »Weil er jede Nacht im Schlaf ihren Namen sagt?«

»Wie heißt die Kuh?«, fragt Hendrix.

»Amber.« Soledad blinzelt gegen die Tränen an. »Ich habe ihm gesagt, dass er ihren Namen im Schlaf gesprochen hat, und er hat behauptet, Amber sei seine neue Assistentin und auf der Arbeit ginge es so stressig zu, dass er es wohl in sein Unterbewusstsein mitgenommen habe.«

»Denkt der Mann, du bist erst gestern um zwei vom Baum gefallen?« Hendrix verdreht die Augen. »Was für ein Scheiß.«

»Und was willst du jetzt machen, Sol?«, frage ich.

»Ich weiß es noch nicht.« Sie zuckt mit den Schultern. »Es ist seit einer Woche nicht mehr vorgekommen, aber ich kann das nicht einfach ignorieren.«

»Nein, kannst du nicht«, stimme ich zu. »Was können wir tun?«

»Jetzt?« Soledad seufzt. »Nichts. Ich überlege mir was. Vorerst beobachte ich ihn, um herauszufinden, ob da wirklich was im

Busch ist. Nachdem ich gerade dein Geheimnis ohne dein Einverständnis aufgedeckt habe, Yas, wollte ich das nicht verschweigen.«

»Da wir gerade von verschweigen reden.« Hendrix bricht ab und sieht erst Sol und dann mir in die Augen. »Da ist was mit Mama, was ich euch nicht erzählt habe.«

»Was ist los, Hen?«, frage ich und drücke ihre Hand.

»Erinnert ihr euch an Mamas berühmten Deutschen Schokoladenkuchen, den wir am Neujahrsabend gegessen haben?«, fragt sie. »Den habe ich gemacht. Mama hat es versucht, aber die Eier waren noch halb roh und überall waren Mehlklumpen. Sie ... sie kann sich nicht an ihre Rezepte erinnern. Sie vergisst immer mehr, und jetzt hat sie anscheinend die Wahnvorstellung entwickelt, jemand würde in ihr Haus einbrechen. Sie hat schon mehrfach die Cops gerufen. Die ...«

Sie schluckt und blinzelt hektisch.

»Die haben dann mich angerufen und gesagt, so kann es nicht weitergehen und ich müsse mir überlegen, ob ich nicht einen Heimplatz für sie suchen sollte.«

»Oje, Hen«, sagt Soledad. »Das tut mir so leid.«

»Ich glaube, ich begreife erst jetzt allmählich, dass es kein Zurück mehr gibt, wisst ihr?« Hendrix lächelt und ist den Tränen näher, als ich es je von ihr erlebt habe. »Die Krankheit schwächt sie immer mehr, und es wird nur noch schlimmer werden. Ich weiß nicht, was schlimmer ist – sie zu verlieren oder zuzusehen, wie sie mich verliert.«

Hendrix schluckt und schluchzt auf, dass ihre Schultern beben. Wir nehmen sie in die Arme, kauern zu dritt zusammen, jede mit ihren eigenen Problemen, aber vereint in unserer Liebe, unserer Unterstützung füreinander. Hätte ich so etwas schon gehabt, als alles kaputtgegangen ist, dann hätte ich es vielleicht noch verhindern können, aber ich will nicht länger bei Hätte-wenn-und-aber verweilen. Stück für Stück lerne ich zu tun, was ich kann, und mit den Folgen zu leben. Leidenschaftlich zu lieben und mir zu vergeben, wenn das nicht reicht.

Das ist nicht der lockere Mädelsabend, den wir uns vorgestellt haben, aber es ist ein Abend, an dem wir einander unsere schlimmsten Ängste anvertrauen und Dinge ans Licht holen, die wir bisher im Dunkeln verborgen hatten.

# Kapitel 38

# YASMEN

Ich fläze mich auf den gepolsterten Sitz und zwinge mich, der Präsentation auf der großen Leinwand zu folgen. Die Lichter im Hörsaal der Harrington sind runtergedämmt, und Dr. Morgan, die Schulleiterin, erzählt etwas über einen neuen Flügel für die Bibliothek. Gerade, als sich meine Augen ganz von selbst verdrehen und ich fast eingeschlafen wäre, fällt eine große Hand auf meinen Oberschenkel und drückt ihn. Ich richte mich auf meinem Platz auf und schnappe nach Luft, hektisch genug, dass es in meinen eigenen Ohren rauscht. In der Dunkelheit werfe ich einen kurzen Blick auf Josiah, der neben mir sitzt und mit zusammengekniffenen Augen und gerunzelter Stirn zur Leinwand sieht, als gälte der seine ganze Aufmerksamkeit. Ganz langsam nimmt er seine Jacke vom Schoß und legt sie über meinen. Unter der Jacke kriecht seine Hand Zentimeter um Zentimeter über meinen Oberschenkel und kommt zwischen meinen Beinen zur Ruhe. Die Berührung brennt mir ein Loch in die Jeans.

Ich packe sein Handgelenk, mache dem Geschehen ein Ende. In dem schwachen Licht sieht er mich an und zieht eine Braue hoch, ehe er sich zu mir rüberbeugt.

»Heißt das etwa Nein?«, fragt er flüsternd, und sein Atem streicht über meinen Hals und jagt mir einen Schauer über den Leib.

»Das heißt, nicht jetzt«, flüstere ich an seinem Ohr zurück.

»Warum nicht?«, fragt er mit einem teuflischen Grinsen. »Würde mir gefallen, wenn jeder hören kann, wie du klingst, wenn du meinen Namen schreist.«

Ich erinnere mich nicht, während unserer Ehe besonders laut gewesen zu sein, aber wenn wir jetzt Sex haben, fühlt es sich jedes Mal an, als wäre ein Feuer ausgebrochen, und ich kreische wie eine Sirene. Ich kann nichts dagegen tun. Heute fühle ich mich in der Hinsicht freier als je zuvor. Und obwohl die Chemie zwischen uns immer etwas Besonderes war, fühlt es sich heute noch heißer an. Jede Berührung, jedes Mal, als würde man über die Oberfläche der Sonne spazieren. Und wenn ich denke, besser kann es nicht werden, erreichen wir plötzlich eine ganz neue Ebene, klettern hinauf in die Wolken zum nächsten Höhepunkt.

Ich keuche auf, als er die Handfläche fest in meinen Schritt presst und in der Deckung der Dunkelheit und der Jacke anfängt, meine Scham durch den Denim zu reiben. Ich atme schneller und spreize unwillkürlich die Beine, gebe ihm Raum. Und ich gebe mich hin, lehne mich einfach auf dem Sitz zurück und drehe den Kopf, um ihn anzusehen, während er mich beobachtet. Unsere Blicke verschmelzen, ringen mit dem schwachen Licht im Hörsaal. Ich will ihn bitten aufzuhören, und ich will mir die Jeans runterreißen, damit ich seine Finger spüren kann. Er leckt sich die Lippen, sein Blick sinkt zu meinem Schoß, wo sich meine Hüften geschützt durch die Jacke unter seiner Berührung winden. Ich schlucke ein Stöhnen hinunter, beiße mir auf die Lippe, kneife die Augen zu, während mir die Atemluft in kurzen, angestrengten Zügen stoßweise entweicht. Ich klammere mich an den Armlehnen fest, presse fest die Fersen auf den Zementboden und flehe meinen Körper stumm an, sich zu beherrschen, bin aber nicht bereit, Josiah zu bitten, damit aufzuhören.

Gerade, als ich fürchte, ich könne jeden Moment losheulen wie Meg Ryan in Harry und Sally, geht das Licht an. Die Jacke und Josiahs Hand verschwinden abrupt aus meinem Schoß. Ich war so dicht dran. Ich hätte mir die Lippe zerbissen, um leise zu kommen. Nun rebelliert mein Körper, es pocht zwischen meinen

Beinen, das Blut pulsiert hartnäckig in meinem Hals und meinen Handgelenken, brodelt an den Schläfen und jagt mit Höchstgeschwindigkeit durch meine Adern.

»Und das war es mit unserer Haushaltsplanung für das nächste Jahr«, sagt Dr. Morgan und lächelt die versammelte Elternschar im Publikum an. »Nichts von alldem könnten wir ohne Sie tun. Wir haben letztes Jahr genug Geld gesammelt für ein neues Schwimmbecken mit Olympia-Maßen und zusätzliche Stipendien für qualifizierte Schüler, die sich das Schulgeld nicht leisten können.«

Josiah und ich wechseln diskret einen glutvollen Blick, ehe wir in den donnernden Applaus einstimmen. Wenn man so viel bezahlt wie diese Eltern für die Ausbildung ihrer Kinder, kommt häufig keine besondere Begeisterung auf bei dem Gedanken an Schwimmbecken oder Stipendien für andere Kinder. Spendenaufrufe werden selten freudig aufgenommen, aber Dr. Morgan kriegt das toll hin. Das muss ich ihr wirklich lassen, und Schülern zu helfen, die sich die himmelschreienden Kosten nicht leisten können – ich bin dafür.

»Wir haben jetzt gut die Hälfte des Schuljahrs hinter uns«, fährt Dr. Morgan fort und schiebt mit einem Finger ihre Brille hoch. »Bisher ist es wunderbar gelaufen, sorgen wir also dafür, dass das nächste Halbjahr das allerbeste wird.«

Sie faltet die Hände unter dem Kinn, was auf eine Änderung im Programmablauf hindeutet.

»Unsere Lehrer können es kaum erwarten, über die Fortschritte Ihrer Kinder zu sprechen«, sagt sie. »Einige von Ihnen haben sich in den letzten Wochen schon mit unseren Lehrkräften zusammengesetzt, aber falls Sie noch keine Gelegenheit dazu hatten, können Sie sie während der nächsten Stunde in ihren Klassenräumen antreffen. Noch einmal herzlichen Dank, dass Sie zu diesem Elternabend erschienen sind. Ich wünsche Ihnen einen angenehmen Abend.«

Am liebsten möchte ich Josiah hinaus zum Parkplatz zerren, ein abgeschiedenes Eckchen im Wald für uns suchen und ihn am nächsten Baum ficken, aber nun kommen etliche Leute auf uns zu, um mit uns zu reden. Ich unterdrücke die Enttäuschung, besänftige meine Atmung und versuche, mich auf die Gespräche zu konzentrieren, während ich mir des großen Mannes an meiner Seite nur allzu bewusst bin. Einige der Eltern besitzen ebenfalls ein Geschäft und erkundigen sich nach der Skyland Association. Ein paar sind Basketball-Moms, die ich beim Training und bei Spielen gesehen habe. Josiah kommt zu jedem Spiel und investiert viel Zeit, um Kassim die Grundlagen beizubringen. In gewisser Weise haben wir so eine neue Gruppe Eltern gefunden, mit denen wir uns austauschen oder gemeinsam schimpfen können. Gewöhnlich aber begegnen sie uns mit einer variierenden Mischung aus Faszination und Neugierde. Sie wissen, dass wir geschieden sind, aber wir kommen immer gemeinsam zu den Elternabenden und den Spielen und allen übrigen Aktivitäten, an denen Kassim oder Deja teilnehmen. Meiner Ansicht nach ist das schlicht die Grundlage guter Erziehung. Lasst euren Scheiß beiseite und stellt die Kinder an erste Stelle ... Lektion eins für Eltern.

Während wir mit den Eltern von einem von Kassims Mannschaftskameraden lachen, kriecht Josiahs Hand in mein Kreuz, eine lässige Berührung, völlig unschuldig, sollte es irgendjemand sehen, aber seine Hand fühlt sich an wie ein glühendes Schüreisen, das sich durch die Baumwolle meiner Bluse brennt.

Während eine der Leiterinnen des Komitees der Parent Teacher Association sich gegenüber einigen von uns über irgendwelche Spendenaktionen auslässt, riskiere ich einen Blick auf Josiah. Der grinst und beugt sich zu mir.

»Du würdest mich am liebsten gleich hier vögeln, was?«, flüstert er mir ins Ohr, und die Worte versengen die Haut an meinem Hals.

Mein Lächeln sitzt, wie auf mein Gesicht geklebt, aber in der nächsten Viertelstunde nehme ich kaum wahr, was um mich herum gesprochen wird, und ich könnte nichts davon wiedergeben. Ich lächele und nicke, kann mich aber auf kaum etwas anderes konzentrieren als auf das Feuer, das Josiah entfacht hat und das nun vor sich hin glimmt, weil wir keine Gelegenheit zum Löschen haben.

»Das ist wirklich großzügig, Yasmen«, sagt die PTA-Komitee-Leiterin. »Ich weiß das zu schätzen.«

»Wie?« Ich schrecke regelrecht zusammen, als ich meinen Namen höre. »Was?«

»Ich sagte nur gerade, wir wissen es sehr zu schätzen, dass Sie sich freiwillig angeboten haben, sich um die Organisation des Frühlingsballs zu kümmern.«

Was zum …

Das habe ich nun davon, nicht bei der Sache zu sein und wilden Fantasien über Sex im Wald nachzuhängen.

»Äh, oh.« Mein erschrockener Blick huscht von ihrem lächelnden Gesicht zu Josiahs vielsagendem Grinsen. »Na…türlich. Natürlich. Für die Kinder tue ich doch alles.«

»Ich schicke Ihnen im Lauf der Woche eine E-Mail«, sagt sie und sieht zur Uhr. »Aber jetzt muss ich dringend los.«

Ich sehe mich um und stelle überrascht fest, dass wir die Letzten im Hörsaal sind. Die anderen Eltern sind losgezogen, um mit den Lehrern ihrer Kinder zu sprechen, oder, sofern sie das wie wir schon im Vorfeld getan haben, bereits auf dem Heimweg.

»Können wir?«, frage ich Josiah, immer noch außer Atem, immer noch erregt, aber ausreichend resigniert, mich auf ein Date mit meinem Vibrator zu beschränken.

»Gleich.« Er sieht sich in dem leeren Hörsaal um, nimmt meine Hand und führt mich den Gang hinunter zur Bühne.

Ich sehe mich kichernd über die Schulter um, um nachzuschauen, ob uns jemand sieht. »Wo gehen wir hin, Si?«

»Meine Zunge würde gern ein bisschen Zeit mit dir verbringen, und mein Schwanz erbittet die Ehre deiner Anwesenheit.«

Er zieht mich die Stufen hinauf und hinter die Bühne. Wir verkriechen uns tiefer in den Schatten, vorbei an Kostümen und Requisiten und Scheinwerfern, bis wir die Garderobe ganz am Ende des Gangs erreicht haben. Kaum drin, schließt er die Tür und presst mich an die Wand, die muskulösen Unterarme neben meinem Kopf.

»Ich bin immer noch irre sauer auf dich«, flüstere ich und kann mir das Lächeln doch nicht verkneifen. »Wegen dem, was du während der Präsentation mit mir gemacht hast.«

Er schiebt die Hand hinter den Bund meiner Jeans, versenkt seine Finger in meinem Höschen und reibt meinen Kitzler.

»Ja, du bist irre.« Er lacht, zieht die feuchten Finger aus meiner Hose, steckt sie in den Mund und leckt sie sauber. »Und du schmeckst auch irre.«

Wir lachen beide, aber nur kurz, dann senkt er die Nase zu meinem Hals, atmet mich, küsst mich auf dem Weg nach unten, schiebt den Kragen meiner Bluse ein wenig zur Seite und nuckelt an meinem Brustansatz.

Er umfasst meine Taille, lässt seine Hände hinab zu meinen Hüften gleiten und presst mir seine Erektion an den Bauch. Mein Körper reagiert wie von selbst, schmiegt sich an die unnachgiebigen Linien seines Körpers. Ich packe seinen Hals, ziehe ihn zu mir, und als ich an seiner Zunge sauge, stöhnt er auf und schiebt die Hand wieder in meine Hose, in meinen Slip, befingert mich, reibt mit dem Daumen über meinen Kitzler und weicht zurück, um zuzusehen, wie sich das Verlangen in meinem Gesicht ausbreitet. Es ist so erotisch, ihm in die Augen zu sehen, während er die Finger in mich hineinstößt, wieder und wieder.

Meine Arme sacken herab, hängen kraftlos an meiner Seite. Ich bin süchtig nach seiner Berührung. Sinnloses Gemurmel ergießt sich über meine Lippen. Er umfasst meine Kehle, spannt die

Finger, bis ich kaum noch atmen kann, und irgendwie verstärkt das Ringen um Luft und das Gefühl, ihm ausgeliefert zu sein, meine Lust. Die Hitze seiner Hände, seiner Augen verbrennt jeden rationalen Gedanken zu Asche. Geistlos, schamlos, gierig presse ich mich an ihn.

»Ja, genau so.« Sein Blick haftet an meinem Gesicht. »Reite meine Hand, komm auf meinen Fingern.«

Ein Schluchzer entringt sich meiner Kehle, und er legt mir die Hand auf den Mund und schüttelt den Kopf. »Still.«

Ich zerfließe, Tränen rinnen aus meinen Augen über seine Finger, und ich beiße in die Hand, die meinen Mund bedeckt.

Er lacht, senkt den Kopf zu meinem Hals. »Du bist lasterhaft. Hör nicht auf.«

Er nimmt die Hand von meinem Mund und küsst mich, verschluckt meine Lustschreie. Er stößt und reibt und streichelt, bis mein ganzer Körper vor Begierde winselt. Die Erlösung kommt mit einem markerschütternden Beben über mich. Ich sacke einfach gegen seinen Körper, überwältigt von Gefühlen und völlig erledigt. Er hebt mein Kinn, küsst erst den einen, dann den anderen Mundwinkel und deckt dann meine nassen Wangen mit weiteren Küssen ein. Ich richte mich auf, greife nach seinem Reißverschluss, aber er hält meine Hand fest.

»Das musst du nicht«, sagt er. »Ich wollte dich nur in dem Zustand nicht hängen lassen. Und ich wollte dich küssen.«

Er hat das Küssen immer um des Küssens willen geliebt. Mein Herz krampft sich zusammen. So hat er mich vor all diesen Jahren erobert, und das ist es, was mich immer noch an ihn bindet. Oberflächlich betrachtet, wirkt er oft hart, kantig, kurz angebunden, sogar zynisch, aber bei mir lösen sich diese äußeren Schichten einfach in nichts auf, und zurück bleibt ein Romantiker. Ein Mann, der mich in den Schatten zieht, um mich zu küssen, und im Gegenzug nichts von mir erwartet. Es bedeutet viel, dass er diese Seiten von sich mit mir teilt, und etwas in mir verkümmert bei dem Gedanken, er könnte diese Verletzlichkeit, diese kleinen Schwächen jemand anderem offenbaren.

»Si, hast du …« Ich stocke, will die Zärtlichkeit zwischen uns nicht ersticken, muss es aber dennoch wissen. »Triffst du … noch jemand anderen?«

Sein Körper erstarrt.

»Fragst du mich, ob ich noch andere Menschen treffe oder ob ich auch mit einer anderen schlafe?«

Ich lehne den Kopf an die Wand, sehe ihn mit klarem Blick und rapide nachlassender Leidenschaft an.

»Beides.« Ich halte seinem Blick stand. »Ich meine, falls du … na ja, wir haben gesagt, es gibt keine Verpflichtungen. Und falls wir jemand anderen finden, ist das in Ordnung. Dann ist es vorbei, also …«

»Hast du jemand anderen gefunden?« Seine Miene verfinstert sich, die Brauen bilden ein flaches V.

»Nein. Ich vermassele alles.« Ich seufze frustriert. »Hen und Sol haben einige von unseren Textmitteilungen gesehen. Sie haben es herausgefunden, aber sie werden es niemandem sagen.«

»Okay.« Er zuckt mit den Schultern. »Das ist in Ordnung.«

»Na ja, sie … sie haben gefragt, ob wir monogam sind, und ich …«

»Willst du das?«

Ich zwinge mich, ihn anzusehen, beiße die Zähne zusammen. Es ist riskant, auch nur dieses Geheimnis in meinem Herzen preiszugeben, dabei habe ich noch so viele andere in petto, aber falls das meine zweite Chance ist, falls es unsere zweite Chance werden soll, muss ich das Risiko eingehen.

»Ja«, hauche ich kaum hörbar und bereite mich innerlich auf seine Reaktion vor.

»Ich auch.« Er hebt mein Kinn, sieht mir in die Augen. »Ich will keine andere, Yas.«

Das, was da zwischen uns ist, ist wie ein lebender Organismus, der sich windet, sich entwickelt, sich häutet und neu erfindet. So war es schon vom ersten Tag an. Nie ist mir die Vorstellung in den Sinn gekommen, er wäre nicht Teil meines Lebens und ich nicht Teil des seinen, aber ich glaubte, diese Verbindung wäre irreparabel geschädigt, durch mein eigenes Verschulden, zugegebenermaßen. Doch sie überrascht mich immer wieder, erholt sich, beginnt mit etwas, das ganz offen ist, ohne Fesseln, dann aber Wurzeln um mein Herz schlägt.

Und sein Herz?

Ich bin nicht tapfer genug, ihn danach zu fragen, noch nicht, aber ich bete, dass er sich genauso darin verheddert hat wie ich.

## Kapitel 39

# JOSIAH

Ich hätte nie gedacht, dass ich das noch mal erlebe, aufzuwachen mit einem Arm über Yasmens Hüfte, die nackten Körper wie zwei Löffel im Bett aneinandergeschmiegt. Frühmorgendlicher Sonnenschein dringt grell durch die Fenster herein, weil wir es so eilig hatten, einander zu lieben, dass wir vergessen hatten, sie zu schließen. Das Schlimmste ist, dass ich mich daran gewöhnen könnte … erneut. Nicht nur an den Sex, obwohl, verdammt. Das ist nicht zu leugnen. Der Sex ist besser als je zuvor, und das sagt einiges, denn er war vorher schon fantastisch. Ob der Reiz des Verbotenen dafür verantwortlich ist, dass es sich jetzt so unglaublich anfühlt? Oder ist es einfach so gut?

Dieses suchterzeugende Etwas, das uns zueinander zieht, ist mit aller Macht zurückgekehrt und entschädigt uns für die verlorene Zeit. Jeder Kuss ist wie ein Angelhaken, und ich habe den Versuch aufgegeben, mich davon zu befreien.

Aber die letzte Nacht hat bisher alles übertroffen. Kassim ist mit Jamals Familie campen, Deja hat bei Lupe übernachtet. Nach diesem Geheimtipp habe ich meinen Wagen in der Garage geparkt und bin über Nacht geblieben. Wir hatten es nicht eilig, konnten uns Zeit lassen, statt wie verrückt übereinander herzufallen. Wir haben gemeinsam Essen gemacht, eine Flasche Wein geöffnet. Uns beim Abendessen bei Kerzenschein unterhalten. Es hat sich angefühlt wie ein Date, und das ist ein tückisches Gefühl, das ich in Schach halten muss.

Ich habe ihr bei ihrer Abendtoilette zugesehen, etwas, das ich früher geliebt habe. Wie sie ihre Haare bändigte, ein gemustertes

Tuch in leuchtenden Farben darum wickelte. Wie sie ihr Gesicht wusch und all diese Dinge tat, die zu ihrer Hautpflegeroutine gehören. All diese kleinen Rituale, und dabei trug sie ein durchsichtiges Spitzennegligé, das ihre Brüste kaum verhüllte, und ihre Nippel drückten sich durch den Stoff eines Mieders, das kaum in der Lage war, so viel Yasmen zu bändigen. Dann dieser pralle Pfirsichpo. Und die langen Beine, die dann und wann durch die hohen Schlitze aufblitzten. Bis sie endlich neben mir ins Bett gekrochen ist, hatte ich von dem Anblick einen Ziegelstein zwischen den Beinen.

Die Erinnerungen stählen die Morgenlatte, und das lasse ich sie wissen, indem ich mich von hinten an sie dränge.

»Wow«, murmelt sie mit rauer Stimme, sexy und humorvoll. »Dir auch einen guten Morgen.«

»Ich will dich ficken«, murmele ich an der seidenen Haut ihres Halses, gleite mit der Hand von ihrer Hüfte hinauf zu ihren Brüsten und umfasse eine davon, reize den Nippel mit meinem Daumen. Prompt stockt ihr Atem, und sie schiebt mir ihre Hüften entgegen.

»Komm und hol's dir.«

Musst du mir nicht zweimal sagen.

Ich stütze mich auf einen Ellbogen, drehe sie sanft auf den Rücken. Gelbes Sonnenlicht badet ihr Gesicht, zeichnet die Schatten ihrer Wimpern auf ihre Wangen. Ihre Lippen sind verschwenderisch, die Wölbung so fein gezeichnet, die Unterlippe voll und angeschwollen nach all den Küssen, weil ich nie aufhören kann, sie zu küssen, wenn ich einmal damit angefangen habe. Die Bartstoppeln an meinem Kinn haben schwache Male an ihrem Schlüsselbein und ihren Schultern hinterlassen. Ich ziehe die Decke weg, suche nach weiteren Beweisen dafür, dass ich hier war, dass ich sie letzte Nacht für mich beansprucht habe. Sie wollte es hart, und ich gab es ihr hart. Es war abwechselnd animalisch und sanft, ruppig, richtig. So verdammt richtig.

»Willst du mich nur den ganzen Tag anstarren?«, fragt sie, hebt die Hand und folgt meiner Augenbraue mit dem Daumen. »Oder hast du vor, etwas zu tun?«

Ich streiche mit einem Finger über ihre Brust, ihren Bauch, lande zwischen ihren Beinen, öffne sie, reibe sie. Ich stoße meinen Finger in sie, spüre, wie heiß und glitschig sie ist. Gebe ihr noch einen Finger. Sie leckt sich die Lippen, windet sich in den Hüften, verlockt mich, tiefer einzudringen. Ich streife mit der Hand die Unterseite ihrer Brüste und schicke sie auf eine langsame Reise über ihren Brustkorb, stürze mich mit dem Mund auf ihre Brust, lecke und sauge in einem Rhythmus, bei dem sie sich um meine Finger spannt.

»Das ist so gut, Si.«

Ich kann nicht aufhören, dabei zuzusehen, wie sie kommt. Die Art, wie ihr hübsches Gesicht all seine Spannung verliert, wie sie sich auf die Lippe beißt und manchmal, wenn es richtig gut ist, eine Träne über ihre Wange läuft. Manchmal wünschte ich, ich könnte auch so leicht weinen. Das ist eine Art der Erleichterung, die ich seit vielen Jahren nicht mehr erlebt habe. Aber dies wieder zu erleben, nachdem ich dachte, es würde nie wieder geschehen – ja, das fühlt sich heiß und fieberhaft und wild an.

Aber es fühlt sich auch an wie ein Geschenk.

Ich kann nicht aufhören, mich zu fragen … wann wird mir das wieder genommen werden?

Es ist, als gehörte sie wieder mir, und ich weiß nicht, was ich damit machen soll. Ich sollte nicht darauf vertrauen. Fühle ich mich für sie an, als gehörte ich wieder ihr? Will sie mich? Denn ich will sie, und ich habe keine Ahnung, wohin das führt oder wie es auf irgendeine andere Weise enden könnte als damit, dass ich wieder genauso am Boden zerstört bin wie damals, als sie mich das erste Mal verlassen hat.

Sie ist laut, als sie kommt. Sie packt mein Handgelenk, windet sich in den Hüften, lässt die Beine aufklappen, während ich sie mit dem Daumen bearbeite, in schnellen Stößen, die ihr den Rest geben. Ich bin wie gebannt, während ich sie beobachte, möchte es in die Länge ziehen, sosehr ich nur kann, trotz der drängenden Begierde in meinem eigenen Körper. Ihr Lachen ist heiser, ihre Brust erbebt unter den letzten Zuckungen ihres Orgasmus.

»Was siehst du dir an?«, fragt sie.

»Dich.«

Ich ziehe den Finger raus und male mit ihrer Essenz auf der seidigen Haut an der Innenseite ihres Oberschenkels.

»Sieh mich nicht zu genau an.« Sie kichert und zieht die Decke hoch. »Morgenlicht ist brutal.«

»Du bist so schön wie eh und je.« Ich ziehe die Decke weg, lege die üppigen braunen Kurven ihres Körpers wieder frei.

»Du siehst aber die Dellen und Dehnungsstreifen, oder?« Sie grinst, die Mimik ist die perfekte Mischung aus Selbstvertrauen und Bescheidenheit, die sie von jeher ausgezeichnet hat.

»Weißt du, was ich sehe?«, frage ich und küsse sie zwischen den Brüsten, ehe ich mit den Lippen hinab zu ihrem Bauch gleite.

Sie sieht mich durch einen Vorhang aus Wimpern an, umfasst meinen Kopf, liebkost meinen Hals. »Was?«

Ich küsse ihre Hüfte, streife mit den Lippen über die zarten Saturnringe, die ihre erste Schwangerschaft in ihrer Haut hinterlassen hat. »Ich sehe Deja.«

Ich lecke an dem Sonnenkranz um ihren Bauchnabel. »Ich sehe Kassim.«

Sanft streiche ich über die Narbe des Kaiserschnitts zwischen ihren Beckenknochen. »Ich sehe Henry.«

Als ich aufblicke, ist ein ernster, ein wenig trauriger Ausdruck in ihre Augen getreten, doch auch die Glut ist noch da, während sie zusieht, wie ich ihr huldige.

»Dieser Körper hat mir Kinder geschenkt«, sage ich zu ihr und gleite tiefer, um mir ihre Knie über die Schultern zu legen. »Für mich wird er immer wunderschön sein.«

Ich küsse sie, verliere mich in ihrem Geschmack, in der Feuchtigkeit auf meinen Lippen und Wangen, packe ihren Hintern, um sie näher zu mir zu ziehen. Sie ist ein Luxus, den ich nicht in kleinen Schlückchen genießen kann. Ich schlürfe, ungehobelt, unzivilisiert in meinem Bedürfnis, so viel von ihr zu nehmen, wie ich kriegen kann.

»Jesus, Si.« Ihre Hände liegen an meinem Kopf, drängen mich zu ihr. »Baby, ich bin doch schon gekommen.«

»Dann komm doch noch mal.« Ich gluckse, sauge sie auf, packe ihre Hüften, hin- und hergerissen zwischen dem Wunsch, sie den ganzen Morgen zu verwöhnen, und dem Bedürfnis, sie auf der Stelle zu nehmen und mir meine Befriedigung zu holen.

Als sie erschlafft und das Tuch von den Haaren nimmt und durch den Raum schleudert, küsse ich sie über den Bauch aufwärts, bis ich ihren Mund erreiche, füttere sie mit dem Aroma ihres eigenen Vergnügens. Sie öffnet begierig die Lippen, saugt an meiner Zunge. Ihre Fingernägel bohren sich in meinen Arsch, drängen meine Hüften zwischen ihre Beine, ehe sie die Hand zwischen uns schiebt und mich umfasst.

»Ich will dich oben«, murmele ich an ihren Lippen, rutsche auf dem Bett herum, bis ich flach darauf liege, und ziehe sie zu mir, setze sie rittlings auf meine Hüften.

»Du willst ja nur meine Möpse hüpfen sehen.« Sie lacht, hält sie mit beiden Händen und presst sie zusammen, weil sie weiß, dass mich das rasend macht.

»Du hast nicht unrecht. Und jetzt hör auf herumzuspielen.«

Sie spreizt die Beine weiter, blickt mir in die Augen, während sie mich hineingeleitet. Das ist eine enge, heiße, glitschige Höhle. Ich ziehe die Beine an, bis meine Knie in ihrem Rücken sind. Sie stemmt die Handfläche auf meine Brust, schwingt die Hüften und schraubt mich tiefer in sich hinein.

»Yas«, keuche ich. »Mach weiter.«

Ich setze mich auf, halte ihre Hüften mit den Händen fest, küsse ihre Brüste. Sie verschränkt die Unterschenkel in meinem Kreuz und stützt sich mit einer Hand hinter dem Körper auf das Bett, während sie mir den anderen Arm um den Hals schlingt. Wir sehen einander in die Augen, während uns Wogen der Lust überspülen. Ihr Gesicht verzerrt sich, beinahe, als litte sie Schmerzen. Augenblicke wie dieser fühlen sich so gut an, weil sie tatsächlich wehtun. Es tut weh, dass es so perfekt ist und doch enden muss; dass es zugleich flüchtig ist und unauslöschbar. Dass die Berührung, das Gefühl, das Yas bei mir auslöst, in meine Haut tätowiert sein wird und, wie ich hoffe, das Gefühl, das ich in ihr auslöse, in ihre.

So läuft das bei uns.

Ich komme, packe ihre Hüften fester, stoße hinein, flute sie mit einem Strom aus Hitze und Wonne, der mich schwer atmend und erschöpft zurücklässt. Ihr Haar ist überall, ergießt sich über ihre Schultern, klebt an ihren Wangen. Sie fährt mir mit den Fingern über die Brust, folgt den Linien der Muskeln in meinen Armen.

»Du wirst immer nur besser und besser, was?«, fragt sie mit einem zarten Lächeln auf den Lippen.

»Ich gebe mir Mühe.« Ich lache, streiche mit den Handflächen über die glatte Haut ihres Rückens, drücke ihren Arsch, während sie mein Kinn liebkost, meine Wangen streichelt.

»Ich werde dich vermissen, wenn du in Charlotte bist.«

»Erinnere mich nicht daran. Wenigstens ist es nur eine kurze Reise. Dienstag bin ich wieder zurück.« Ich stemme mich in eine aufrechtere Position und lehne die Schultern ans Kopfbrett, während sie immer noch auf mir sitzt. »Bist du sicher, dass du nicht mitkommen kannst?«

Aber wir wissen beide, dass sie nicht kann. Die Kinder müssen zur Schule und Kassim zum Basketball, und sie muss ihren Verpflichtungen bei der Skyland Association nachkommen.

»Du und Harvey macht das schon.« Sie beugt sich vor, küsst mich auf die Wange und gleitet mit den Lippen hinab zu meiner Kehle. »Sag Ken und Merry einen lieben Gruß von mir.«

»Es ist ein bisschen, als würde sich der Kreis schließen, meinst du nicht? Wir expandieren nach Charlotte, wie wir es vor Jahren beabsichtigt hatten.«

Sie weicht zurück, um mich zu studieren, denn die Expansion ist nicht das Einzige, zu dem wir zurückgekehrt sind. Wir sind zueinander zurückgekehrt. Nicht mit Ringen und Schwüren und Versprechungen. Die haben sich als unsolide erwiesen. Wir sind zu dem hier zurückgekehrt. Zu der Leidenschaft, die wir nur gemeinsam erfahren haben. Zu der Hitze unserer Körper. Der Glut unserer Haut. Immer, wenn ich mit ihr im Bett bin, fühlt es sich an, als würde ich Teile meiner selbst in den Laken zurücklassen. So war das nicht geplant, aber ich weiß nicht, wie ich mich diesem explosiven Sog, dieser tiefgreifenden Anziehungskraft entziehen könnte, die uns immer wieder zusammenbringt.

»Ich sorge dafür, dass im Restaurant alles seinen geregelten Gang nimmt, während du weg bist«, sagt sie.

»Mach dir keinen Stress. Du hast eh genug auf dem Plan. Anthony und Vash machen das schon.«

Falten bilden sich auf ihrer Stirn, ihr Lächeln verblasst, und ein gespannter Zug erscheint um ihre Lippen. Ich verschränke meine Finger mit ihren.

»Was ist?«

»Nichts.« Sie blickt auf unsere Hände und schüttelt den Kopf. »Yas.«

Sie schließt die Augen, beißt sich auf die Lippe. »Ich mag den Gedanken nicht, dass du so bist … mit ihr.«

Ach, verdammt, damit hatte ich nicht gerechnet. »Du meinst, mit …«

»Vashti.« Sie schlägt die Augen auf, doch nun sind sie umwölkt. »Ich verstehe ja, dass es mir nicht zusteht, so zu denken.

424

Wir waren nicht zusammen. Wir waren geschieden. Das ist mir klar. Aber der Gedanke, dass du so mit ihr zusammen gewesen bist, macht mich ein bisschen verrückt.«

»Tut mir leid.« Meine Kehle ist wie zugeschnürt.

»Dir muss nichts leidtun deswegen. Du hast nichts falsch gemacht.«

»Ich weiß, aber es tut mir leid, dass dir das wehtut.« Ich lache erstickt. »Falls es dir damit besser geht, ich wäre beinahe wahnsinnig geworden, als ich gesehen habe, wie du Mark nach eurem ersten Date geküsst hast.«

Erschrocken sieht sie mir in die Augen. »Wie konntest du … Hä?«

»Überwachungskamera, der Bildschirm in der Küche.«

Forschend mustert sie mich einen Moment lang und senkt dann den Blick.

»Mehr ist nie passiert mit ihm. Er war …« Sie zuckt mit den Schultern. »Ich schätze, ich musste nur das Gefühl haben, ich würde weiterziehen, weil du es auch getan hast, aber es hat nie eine Chance für mehr mit ihm gegeben.«

Ich nicke. Ihre Worte wirken ein bisschen beruhigend auf die barbarischen Gedanken in meinem Kopf.

»Möchtest du mich irgendetwas über die Beziehung zu ihr fragen?« Ich drücke ihre Finger, bis sie mich wieder anschaut. »Das kannst du tun.«

»Hast du sie geliebt?«

Die Frage fällt prompt, als wäre sie aus wissbegieriger Grübelei entsprungen. Sie fragt nicht, ob der Sex gut war oder wie es bei uns war, bittet mich nicht, einen Vergleich anzustellen, den ich nicht anstellen könnte. Niemand war je mit Yasmen vergleichbar. Und ich nehme an, das wird sich auch nie ändern.

»Nein.« Das zumindest kann ich ihr bieten. »Ich habe ihr von Anfang an gesagt, dass das mein erster Versuch seit unserer Scheidung ist und ich nicht zu einer ernsten Beziehung bereit bin.«

»Hättest du denn? Sie lieben können, meine ich?«

Vielleicht, wenn ich dich nie gekannt hätte.

Das spreche ich nicht aus, aber eigentlich muss sie wissen, dass sie mich für alle anderen verdorben hat.

»Das glaube ich nicht«, sage ich schließlich. »So ... so war das einfach nicht. Nichts war je wie das hier.«

»Nein.« Sie schüttelt den Kopf und streicht mir mit besitzergreifendem Blick mit dem Daumen über die Lippen. »Nichts war jemals so.«

Wir starren einander an, schwelgen in der verbleibenden Wärme unseres vorangegangenen Liebesspiels, kosten die körperliche Hingabe aus und erfreuen uns an der schieren Aufrichtigkeit unserer Worte. Wir wissen beide, dass das weit über diese informelle, lockere, unbeständige Geschichte hinausgeht, auf die wir geglaubt hatten, es reduzieren zu können. Gott, ich war so ein Idiot zu denken, irgendetwas, das mit Yasmen zu tun hat, wäre irgendwie zu bändigen.

Ein Geräusch im Erdgeschoss bricht die Stille. Die Tür wird geöffnet, Schritte hallen aus dem Eingangsbereich empor.

»Mist«, sagt Yasmen mit einem panischen Ausdruck in den weit aufgerissenen Augen.

Hastig krabbelt sie von mir runter, fällt splitternackt auf den Boden und greift nach der Decke. Ich springe aus dem Bett, schnappe mir meine Jeans und stopfe die Beine hinein, so schnell ich nur kann. Doch nun geht es Schlag auf Schlag. Schritte donnern die Treppe hinauf, und Dejas Stimme erreicht uns, noch bevor sie es tut.

»Mom! Ich bin's«, ruft sie. »Lupe ist krank geworden, darum bin ich heimgekommen. Ich habe noch nicht mal gefrühstückt. Ich verhungere.«

Wir waren allein und haben nicht einmal die Schlafzimmertür zugemacht. Und da steht meine Tochter nun wie angewurzelt und guckt mit Augen, so groß wie Untertassen, von mir – kein Hemd, der Reißverschluss meiner Jeans geschlossen, der Knopf nicht, der Gürtel hängt locker herab – zu Yasmen – zerwühlte Laken wie eine Toga übergeworfen, was den oberen Bereich der Brust, Hals und Schultern freilässt und damit auch die Knutschflecken.

»Dad?« Dejas Stimme quiekt auf einer höheren Oktave. »Mom? Oh mein Gott!«

»Day«, sage ich und bin selbst überrascht, wie ruhig meine Stimme klingt. »Mach die Tür zu.«

»Aber ihr ...«

»Geh und warte unten auf uns.« Ich bedenke sie mit einem Blick, der keine Widerrede duldet, und deute mit einem Nicken auf die Tür. »Und mach die Tür zu.«

Sie runzelt die Stirn. Entrüstung oder irgendein anderes, intensives Gefühl spiegelt sich für einen Moment in ihren Zügen, ehe sie die Tür von außen zuknallt.

Ich gehe zu Yas, umfasse ihr Gesicht, drücke ihr Kinn mit dem Daumen hoch. »Es ist okay.«

»Ist es nicht.« Sie lässt den Kopf an meine Brust fallen und seufzt schwer. »Hast du ihr Gesicht gesehen? Das ist übel.«

»Zieh dich an.« Ich hebe mein T-Shirt vom Boden auf und ziehe es mir über den Kopf. »Ich werde mit ihr reden.«

»Aber ...«

»Babe.« Ich gehe in die Knie, um auf Augenhöhe mit ihr zu sein. »Wir haben nichts falsch gemacht. Wir wollten nicht, dass sie das so herausfindet, aber es ist, wie es ist. Wir werden mit ihr reden. Ich hätte lieber mehr Zeit gehabt, ehe wir so ein Gespräch führen, aber wenn wir zusammen sein wollen, ist das eh unvermeidlich.«

Zusammen sein.

Bei meinen Worten blickt sie auf, und etwas schmilzt in ihren Augen.

Ich drücke ihr einen kurzen Kuss auf die Lippen und versetze ihr einen Klaps auf den Hintern, in der Hoffnung, die Anspannung so ein wenig lindern zu können. »Komm einfach runter, wenn du fertig bist.«

Als ich die Küche betrete, plündert Deja gerade die Speisekammer. Eine Schachtel Frühstücksflocken in der Hand, sieht sie sich über die Schulter um. Endlose Sekunden lang blicken wir einander nur an, bis es sich anfühlt, als würde etwas zerbrechen, wenn keiner von uns etwas sagt.

»Hunger?«, frage ich und deute mit einer Kopfbewegung auf die Cerealienschachtel.

»Lupe ist krank geworden«, erklärt sie hastig ein weiteres Mal, statt meine Frage zu beantworten. »Darum bin ich gleich früh nach Hause gegangen. Es sind ja nur ein paar Ecken. Ich habe nicht angerufen, weil …«

Weil sie nicht damit gerechnet hat, beim Heimkommen ihre geschiedenen Eltern zusammen im Bett zu erwischen.

»Schon gut.« Ich betrete die Küche. Das Parkett fühlt sich kalt an unter meinen bloßen Füßen. »Pfannkuchen?«

Offenbar nimmt sie sich die widernatürliche Ruhe, die ich Gott weiß wo aufgetrieben habe, zum Vorbild.

»Mit Blaubeeren?« Sie stellt die Schachtel zurück ins Regal und holt stattdessen die Pfannkuchenmischung heraus.

»Wenn wir welche haben.« Ich öffne den Kühlschrank, sehe ins Gemüsefach und finde eine halb volle Packung Blaubeeren. »Du hast Glück.«

Sie stellt das Fertigpulver auf die Arbeitsfläche und streckt sich nach einer Glasschüssel. Stumm mische ich den Teig an, spüre, dass ihr Blick auf mir ruht, nehme mir aber Zeit, meine Gedanken zu sortieren, während sie auf einem Hocker an der Theke sitzt, die Ellbogen auf die Granitplatte gestützt.

»Tut mir leid, dass du das so herausgefunden hast«, sage ich zu ihr und blicke von dem Teig auf, den ich in der Schüssel anrühre. »Das mit deiner Mom und mir. Wir hätten es euch irgendwann noch gesagt.«

»Wann?«, verlangt sie zu erfahren, die Augenbrauen zusammengezogen. »Und warum? Warum passiert so was überhaupt? Wie lange läuft das schon? Habt ihr vor …«

»Lass mich eines ganz deutlich sagen, Deja Marie.« Ich stelle die Schüssel weg und sehe sie an, die Arme vor der Brust verschränkt. »Deine Mutter und ich sind dir keine Erklärung schuldig. Trotzdem werde ich einige deiner Fragen beantworten, weil ich dich liebe und dir gegenüber so offen sein möchte wie möglich.«

»Aber, Daddy …«

»Das ist eine Sache unter Erwachsenen. Es ist unsere Sache. Wir haben es dir bisher nicht erzählt, weil wir das nicht müssen.« Ich lege eine kurze Pause ein, um ihr Zeit zu geben, das zu verdauen, ehe ich fortfahre. »Und wir wissen, dass du und dein Bruder eine Menge Veränderungen erleben musstet. Wir wollten euch nicht unnötig verwirren, solange das zwischen deiner Mutter und mir …«

Ich beende den Satz nicht, denn was ist das eigentlich, was Yasmen und ich tun? Ich muss ständig an sie denken, will ständig bei ihr sein. Ich glaube, sie empfindet ebenso. Das ist so gut wie, nein, besser als in alten Zeiten, aber ohne die Worte, die all die Gefühle besiegeln. Ohne die Verpflichtung. Doch ich wusste, kaum dass Deja aufgetaucht ist und uns erwischt hat, dass ich nicht bereit bin, es aufzugeben. Ich werde Yasmen nicht aufgeben. Ich bin bereit, die Demütigung zu ertragen und mich bei dieser gottverdammten Konversation mit meiner vierzehnjährigen Tochter zum Affen zu machen, nur um Yas so lange wie nur möglich an meiner Seite zu behalten.

»Wollt ihr wieder heiraten?«

»So ist das nicht.« Das Risiko kann ich nicht eingehen.

»Ich verstehe das nicht.« Sie schüttelt den Kopf. »Wie kannst du sie noch wollen, nach dem, was sie getan hat? Nach dem, was sie gesagt hat?«

»Was sie gesagt hat?«, frage ich, aufgeschreckt von dieser Aussage. »Wann?«

»Ich habe sie gehört, Daddy.« Wut flammt in ihren Augen auf, die denen von Yasmen so ähneln, und um ihre Lippen liegt ein Zug jugendlicher Geringschätzung. »In Henrys Zimmer, als sie dich um die Scheidung gebeten hat. Sie hat gesagt, sie kann das nicht mehr. Du hast sie angefleht, es nicht zu tun, aber sie hat es doch getan. Sie hat das uns allen angetan.«

Tränen laufen ihr ins Gesicht, das vor lauter Zorn und Erregung ganz fleckig ist, die Nasenspitze rosa angelaufen, die Augenwinkel voller Anspannung.

»Sie hat dich gar nicht verdient. Das ist alles ihre Schuld! Alles ist ihre Schuld.«

Ein Keuchen aus der Richtung der Tür lenkt uns ab. Yasmen steht auf der Schwelle, das Gesicht gezeichnet von Kummer und Schrecken.

# Kapitel 40

# YASMEN

*Das ist alles ihre Schuld.*

Jeder Dämon, den ich auszutreiben versucht habe, brüllt mich mit der Stimme meiner Tochter an. Ich bin entsetzt, dass sie meine Worte in einem meiner schlimmsten Augenblicke, an einem meiner furchtbarsten Tage mitgehört hat. Wozu soll ich mir selbst vergeben, wenn die Menschen, die ich am meisten liebe, es doch niemals tun werden? Welchen Sinn hat das? Aber als ich nun meine Tochter mit ihrem vor Zorn und Schmerz verzerrten Gesicht anblicke, begreife ich, dass ihr Zorn so etwas wie eine Decke ist, mit der sie ihren Schmerz zudeckt. Das habe ich auch getan, und ich weiß, dass Streit diesen Schmerz nicht lindern kann. Ich wünsche mir für sie noch viel mehr Frieden als für mich selbst.

»Deja«, sage ich und zwinge mich, ruhig zu sprechen. »Es tut mir leid, du das gehört hast. Das haben wir nicht gewollt.«

»Nein, du wolltest, dass alle denken, Daddy wäre schuld«, geifert sie zur Antwort. »Obwohl er dich noch geliebt hat. Er wollte die Familie zusammenhalten. Aber du warst es ganz allein, Mom.«

»Es ist nicht wichtig, wer diesen Stein ins Rollen gebracht hat.« Josiahs Worte fallen sanft, aber entschieden. »Wir haben nicht mehr als Ehepaar funktioniert, also haben wir uns scheiden lassen. Das ist alles, was ihr wissen musstet.«

»Du wolltest sie beschützen«, sagt sie.

Er runzelt die Stirn. »Nein, ich …«

»Ja, das wollte er«, sage ich und sehe ihn an, lege all die Liebe, die ich immer noch nicht wieder in Worte gefasst habe, in meinen Blick. »Und er wollte nicht, dass ihr mir Vorwürfe macht.«

»Ich wollte nicht, dass sie dir Vorwürfe machen«, stimmt Josiah zu. »Aber zu der Zeit habe ich dir selbst Vorwürfe gemacht. Dr. Musa hat mir geholfen zu begreifen, dass das, was ich getan habe, gar nicht so anders war als das, was du getan hast. Du konntest dich nicht rühren, ich konnte nicht damit aufhören, aber keiner von uns hat seine Trauer auf gesunde Weise verarbeitet. Was passiert ist, ist ebenso meine Schuld wie deine.«

»Gequirlte Scheiße«, faucht Deja.

»Pass auf, was du sagst.« Vater und Tochter fixieren einander in gespanntem Schweigen nach ihrer harschen Wortwahl.

»Ich bin kein Baby.« Sie verschränkt die Arme vor der Brust. »Ihr wollt, dass ich tue, als wäre ich eins? Tue, als würde ich nie Schimpfworte benutzen? Tue, als wüsste ich nicht, was wirklich zwischen euch vorgefallen ist?«

»Was vorgefallen ist«, sage ich, »ist, dass Byrd gestorben ist und dass Henry gestorben ist und dass ich zusammengebrochen bin und nicht wusste, wie ich wieder aufstehen kann. Jede Entscheidung in dieser Phase meines Lebens habe ich unter dem Einfluss der Depression getroffen. Könnte ich zurückgehen und manches ungeschehen machen, ich täte es sofort. Aber ich weiß nicht, ob das überhaupt etwas ändern würde, denn so war ich zu der Zeit nun einmal. So bin ich mit alldem zurande gekommen.«

Ich tarne mein Schnauben mit einem humorlosen Auflachen. »Oder eben auch nicht zurande gekommen. Wir haben die ganze Zeit gestritten, dein Dad und ich. Ich habe es an den meisten Tagen kaum geschafft, aus dem Bett aufzustehen. Alles hat so schrecklich wehgetan, und ich konnte nichts dagegen tun. Du und dein Bruder, ihr habt mich in Gang gehalten, aber es war schwer.«

»Ich erinnere mich …« Dejas Stimme versiegt, kehrt aber zurück. »Ich erinnere mich an Tränen in deinem Gesicht, wenn du uns von der Schule abgeholt hast, und daran, dass ich dich manchmal durch die Wand in deinem Zimmer weinen gehört habe.«

Stille kehrt ein, nur die Dämonen, die mir zuflüstern, dass ich meine Kinder verraten habe, weil ich zugelassen habe, dass sie mich so erleben, wollen nicht verstummen. Die giftigen Ranken der Verdammnis wickeln sich um mein Herz, ziehen sich zu und kennen keine Gnade, selbst als sie mir den Atem abschnüren.

»Und ich weiß noch, dass du und Dad euch angeschrien habt«, fährt Deja fort und starrt zu Boden. »Manchmal seid ihr in die Garage gegangen und habt versucht, es vor uns zu verheimlichen.«

»Kassim hat mir erzählt, er wäre in dein Zimmer gegangen, wenn er uns streiten gehört hat«, sagt Josiah.

»Ja«, bestätigt Deja. »Wir haben gewusst, dass was nicht stimmt, aber ich hätte nie gedacht, dass ihr euch wirklich trennen würdet.«

Sie blickt mich an. »Und dann habe ich euch in der Nacht streiten gehört und wusste, es würde passieren, weil sie es wollte.«

Ich schlucke den heißen Klumpen in meiner Kehle hinunter und räuspere mich. »Du hast recht. Was ich getan habe, hat den Scheidungsprozess in Gang gesetzt. Ich kann nicht ändern, was geschehen ist oder wie ich reagiert habe, also kann ich dich nur bitten, mir meine Fehler zu vergeben.«

»Also denkst du, es war ein Fehler, dich von Daddy scheiden zu lassen?«, hakt sie fordernd nach.

Nie habe ich mich mehr entblößt gefühlt als jetzt in dem harten Licht, das durch das Küchenfenster hereinströmt. Als barfüßig unter dem wachsamen Blick meiner Tochter. Als in jenem Atemzug zwischen ihrer Frage und der Antwort, die Josiah die schmerzliche Wahrheit offenbaren wird, die ich in meinem Herzen verschlossen hatte.

»Day«, sagt Josiah. »Sie ist nicht …«

»Ja«, falle ich ihm ins Wort und zwinge mich, ihr in die Augen zu sehen, nicht ihm, wenngleich ich spüre, wie er mich von der Seite aus fixiert. »Ich denke, das war ein Fehler.«

Ich betrete die Küche und baue mich vor ihr auf, berühre sie nicht, sehe ihr nur weiter in die Augen und bete, dass sie meine Aufrichtigkeit und mein Bedauern in meinen lesen kann.

»Man wird nicht zu einem perfekten Menschen, wenn man Kinder bekommt«, sage ich zu ihr. »Eltern zu werden gibt uns eher noch mehr Gelegenheiten, Mist zu bauen, und zu einem höheren Preis. Wir bauen alle Mist. Und manchmal müssen wir für den Rest unseres Lebens die Konsequenzen tragen. Ich kann dir nicht versprechen, dass ich nicht wieder Dinge falsch machen werde, aber ich verspreche, dass ich dich immer lieben werde, auch wenn du Fehler machst. Bedingungslos. Das bedeutet, selbst wenn du es nicht schaffst, mir zu vergeben, selbst wenn du mich hasst …«

»Ich hasse dich nicht«, unterbricht sie mich leise, den Blick zu Boden gerichtet.

»Es bedeutet, dass ich dich immer lieben werde, ganz egal, was passiert. Und wir können auch so weitermachen und nicht miteinander zurechtkommen, du kannst mir weiter grollen, ich dich nicht verstehen.«

Ich hebe ihr Kinn mit dem Finger an, warte darauf, dass die tränennassen Augen in meine schauen.

»Oder wir beschließen heute, dass wir etwas anderes wollen. Wir können beschließen, dass wir schon viel zu viel verloren haben, um auch nur einen weiteren Tag zu vergeuden. Ich habe Byrd verloren. Ich habe Henry verloren.« Tränen rinnen mir über die Wangen, und meine Stimme bricht. »Ich möchte nicht auch noch dich verlieren, Day.«

Vielleicht stößt sie mich zurück, aber dieses Risiko gehe ich bereitwillig ein. Und ich werde es auch weiter eingehen, nur um ihr Vertrauen zurückzugewinnen. Um mir eine zweite Chance zu verdienen. Wohl wissend, dass sie einfach die Augen verdrehen und weggehen könnte, strecke ich die Arme aus. Sie zittern. Eine furchtbare Sekunde lang denke ich, sie wird mich tatsächlich wegstoßen – aus Boshaftigkeit, um mir wehzutun, so wie das, was ich getan habe, ihr wehgetan hat. Aber sie geht nicht weg.

Sie kommt auf mich zu. Ihr Gesicht ist wie eingefallen. Tränenspuren zeichnen ihre Wangen. Aber sie spaziert mir in die Arme und birgt ihr Gesicht an meinem Hals, und die Mauer, die sie zwischen uns aufgerichtet hat, stürzt endlich ein. Wie ein gerissener Damm brechen nun die Gefühle, die Tränen durch. Ich weine auch, aber vor allem vor Erleichterung. Erleichterung, dass zwischen meiner Tochter und mir nach all der langen Zeit, in der es kaum mehr als bissige Bemerkungen und eisiges Schweigen gegeben hat, wieder etwas Echtes zum Vorschein kommt, auch wenn es ihre Tränen sind.

## Kapitel 41

# YASMEN

»Schule fällt aus!« Kassim rennt durchs Haus, um die Neuigkeit kundzutun. »Mom, ich muss nicht zur Schule!«

Ich gehe zum Fenster im Schlafzimmer und sehe dem steten Schneefall zu. Otis ist hier bei uns, während Josiah in Charlotte ist, und gähnt am Fuß meines Betts.

»In Georgia reichen zweieinhalb Zentimeter, damit der Unterricht ausfällt«, bemerke ich. »Oder auch die bloße Gefahr, dass es so viel werden könnte.«

»Von mir wirst du deswegen keine Beschwerde hören«, sagt Deja, betritt, immer noch im Pyjama, mein Schlafzimmer und stellt sich neben mich ans Fenster. Es hat ein paar unangenehme Augenblicke gegeben, seit sie Josiah und mich am Sonntag ertappt hat. Ich schätze, das Bild brennt sich unauslöschbar ins Gedächtnis, wenn man seine Eltern beim Sex ertappt. Nicht, dass sie uns tatsächlich dabei gesehen hat, aber was sie gesehen hat, kam der Sache schon arg nah. Wenige Minuten früher, und sie wäre Zeugin geworden, wie ihre Mom ihren Dad reitet wie ein Karussellpferd.

Nicht mal Mamas Chlorbleiche hätte das aus ihrem Hirn schrubben können.

Aber zwischen den peinlichen Momenten breitet sich allmählich Ruhe zwischen uns aus, lockere Gelassenheit. Ich erwarte nicht von ihr, dass sie über Nacht vergisst, was sie gehört hat, als Josiah und ich gestritten haben, oder den Zorn, den sie deswegen empfunden hat, aber sie scheint sich Mühe zu geben. Als hätte sie mir wirklich zugehört und geglaubt, als ich sagte, ich wolle die

Dinge zwischen uns in Ordnung bringen und sei bereit, daran zu arbeiten.

»Was hast du heute vor?«

»Essen? Fernsehen? Da kommt ein Marathon.«

»Was für ein Marathon.«

»Sitcom-Marathon. College Fieber. Hab zwar schon davon gehört, aber noch keine Folge gesehen.«

»Du hast das noch nie geguckt? Das ist eine meiner Lieblingsserien.« Ich zögere, mustere sie. »Hast du Lust … gemeinsam zu gucken?«

Deja dreht sich zu mir um. Ihre Mimik wirkt ein bisschen argwöhnisch auf mich, aber nicht ablehnend. »Klar. Aber können wir zuerst Frühstück machen?«

»Frühstück, ja«, sagt Kassim an der Tür und sieht uns durch die Augenöffnungen seines Captain-America-Helms an. »Können wir die Süßkartoffelpfannkuchen machen, die Dad mal gemacht hat?«

Deja und ich wechseln einen raschen Blick. Wir haben Deja gesagt, wir würden Kassim unser »Arrangement« erklären, wenn Josiah aus Charlotte zurück ist. Etwas, worauf ich mich nicht gerade freue.

»Ich kann dir aber nicht garantieren, dass sie auch so schmecken wie die von deinem Dad«, sage ich zu Kassim. »Aber ich werde es versuchen.«

Sie schmecken nicht wie die von Josiah, aber sie sind auch nicht ungenießbar. Ein paar Stufen über gerade noch essbar. Kassim verschlingt vier davon, also verbuche ich das als kleinen Sieg. Nach dem Frühstück schneit es immer noch. Deja und ich kriechen in mein Bett und schalten den Fernseher an. Die Serie läuft bereits, und wir landen direkt in der dritten Staffel und verlustieren uns stundenlang auf dem Campus des Hillman College.

»War das bei Dad und dir auch so?«, fragt sie und greift in die Schüssel mit Popcorn, die wir mit nach oben genommen haben. »Ist es so an den HBCUs?«

»Na ja, das hier ist natürlich fiktiv, aber ja, das ist definitiv angelehnt an die echten Traditionen und an Erfahrungen, die denen ähneln, die ich an der A&T und dein Dad an der Morehouse gemacht haben.«

Die Hand voller Popcorn, sieht sie zu, wie die Studenten sich im Pit versammeln, um Mister Gaines' fettiges Essen zu verspeisen und seine weisen Worte zu verdauen.

»Ich will das auch«, sagt sie schließlich.

Mein Herz tut einen Satz. »College, meinst du?«

»Ich weiß nicht. Ich bin immer noch nicht sicher, ob College das Richtige für mich ist, aber ich könnte so was doch jetzt haben, oder?«

»Was meinst du mit jetzt?«

»Ich möchte nicht an der Harrington zur Highschool gehen.«

Mir wird ganz flau, und ich schalte auf Pause, um mich ganz auf Deja zu konzentrieren. »Das ist eine der besten Schulen im ganzen Staat, Day.«

»Das ist wie East Compton in Them. Ich will mehr Leute um mich haben, die aussehen wie ich.«

Sie deutet auf den Flachbildfernseher an der Wand. »Ist das nicht eine der Sachen, die du an deiner HBCU so geliebt hast?«

»Na ja, schon. Das ist unvergleichlich. Aber du …«

Wow. Plötzlich wird mir die Ironie der Geschichte bewusst: Alles, was ich erreicht habe, geht auch auf meine Erfahrungen an einer HBCU zurück, und trotzdem denke ich, der Erfolg meiner Tochter hinge von einer Schule wie der Harrington ab.

»Dein Ernst?«, frage ich testweise. »Du willst wirklich nicht zur Harrington?«

»Wirklich nicht.«

»Wo würdest du gern hingehen?«

»Die Highschool für unseren Bezirk ist nicht weit, da kann ich zu Fuß hin. Lupe und ich haben darüber gesprochen. Sie wird ihre Mom auch fragen. Sie will nächstes Jahr auch nicht auf eine Privatschule gehen.«

»Ich aber schon«, meldet sich Kassim an der Tür zu Wort, in der Hand ein Glas Erdnussbutter und einen Löffel. »Ich mag die Harrington.«

»War ja klar.« Deja verdreht die Augen. »Dich halten die ja auch für Christi Wiedergeburt.«

»Was soll ich sagen?«, haut Kassim auf den Putz. »Jemand muss doch ein bisschen Leben in die Sache bringen.«

»Ich bin ziemlich sicher, dass die Mitgliedschaft im Robotik-Team mit Leben nicht viel zu tun hat«, kontert Deja.

Wir lachen, und Kassim bringt seine Erdnussbutter zum Bett. Ich rutsche in die Mitte, damit er auf der anderen Seite von mir Platz hat, und wir schalten den Serienmarathon wieder an, aber ich achte kaum auf das Geschehen. Behaglichkeit hüllt mich ein. Unter dieser Daunendecke, in diesem Bett hat sich meine ganze Welt eingefunden. Dies sind die Menschen, die am allerwichtigsten sind.

Nur einer fehlt.

»Bin gleich wieder da«, flüstert Deja und schaut verstohlen rüber zu Kassim, der nach zwei Folgen eingeschlafen ist. »Tante Rosa ist da, und ich muss ins Bad und wechseln.«

Tante Rosa. Wann hatte ich meine letzte Periode? Hätte ich sie nicht … letzte Woche haben müssen? Ich rechne im Kopf nach, erschrocken darüber, dass ich schon eine Woche überfällig bin und es nicht mal gemerkt habe. Vor ein paar Monaten hätte ich mir nichts dabei gedacht. Aber vor ein paar Monaten hatte ich auch noch keinen Sex mit meinem Ex-Mann, als wären gerade Frühlingsferien und ich ungefähr im Jahr 1998.

Wie benommen stolpere ich aus dem Bett zum Schrank und ziehe mir eine Jeans und einen dicken Pulli über meinen Pyjama. Ich stecke gerade die Arme in die Ärmel eines wattierten Mantels, als Deja den Kopf reinsteckt.

»Wo willst du hin?«, fragt sie und mustert die Hunter-Gummistiefel, die ich mir über die Füße ziehe.

»Äh, ich brauche nur schnell was aus der Drogerie.«

»Jetzt? Die Straßen sind vereist. Willst du etwa hinfahren?«

»Nein.« Ich nehme eine Beanie und einen Schal aus einer meiner Schubladen. »Es sind ja nur ein, zwei Ecken. Ich gehe zu Fuß und bin gleich wieder da.«

»Okay«, sagt sie, klingt aber skeptisch. »Wenn du meinst.«

»Meine ich.« Ich küsse sie instinktiv auf die Stirn und bereite mich innerlich darauf vor, dass sie zurückzuckt. Aber das tut sie nicht, im Gegenteil. Und sogar dieser kleine Fortschritt fühlt sich belebend an. Ich weiß, wir haben noch einen langen Weg vor uns, aber vielleicht kriegen wir das wieder hin.

Ich weiß die kalte Luft, die sich durch die vielen Lagen meiner Schutzschicht beißt, und den Schnee, der meine Wangen tüpfelt, zu schätzen. Er lässt mich etwas spüren, obwohl ich im Inneren wie taub bin, während sich in meinem Kopf alles dreht. Ich bin mehr als eine Woche überfällig. Ich habe mir die Spritze geholt, also muss ich mir über Verhütung eigentlich keine Sorgen machen während der nächsten zwei Jahre. Vollkommen sicher ist natürlich nichts. Was, wenn ich nun durch irgendeinen unwahrscheinlichen Zufall, irgendeine Laune des Schicksals schwanger bin? Mein Arzt hat mir die Risiken ausreichend verdeutlicht. Bei Frauen, die eine Plazentaablösung hatten, ist die Wahrscheinlichkeit, dass sie später noch erfolgreich eine Schwangerschaft austragen können, herabgesetzt. Wenn das Baby nicht überlebt, ist die Gefahr einer erneuten Ablösung sogar noch größer. Das war ein Streitpunkt zwischen Josiah und mir. Er wollte sich einer Vasektomie unterziehen, aber ich wollte das nicht. Er wollte, dass ich darüber nachdenke, mich sterilisieren zu lassen, aber dazu konnte ich mich nie durchringen. Was, wenn …

Ich kann den Gedanken nicht zu Ende denken, also stoße ich nun die Tür der Drogerie in Skyland auf, begrüße die junge Frau an der Kasse mit einem halbherzigen Lächeln, haste vorbei an Duschgel und Nahrungsergänzungsmitteln und Windeln für Erwachsene, bis ich das richtige Regal erreicht habe.

Mein Herz stottert, und die Reihe der Schwangerschaftstests verschwimmt mir vor den Augen. Erst, als ich Salz schmecke, wird mir bewusst, dass ich weine. Ich ziehe mir die Beanie tiefer ins Gesicht und sehe mich verlegen um. Wegen des Wetters ist kaum jemand im Laden, aber ich weiß nur zu gut, wie es ist, die Frau zu sein, die in aller Öffentlichkeit ausrastet.

In der Öffentlichkeit mit Trauer umzugehen ist nicht einfach. Irgendwann kommt ein Punkt, abhängig von der Person und den Umständen, aber es kommt eine Zeit, in der man »darüber hinweg« sein sollte. In der man es hinter sich gelassen haben sollte. Und dabei ist man sich der Tatsache, dass man nicht darüber hinweg ist, so bewusst, der Tatsache, dass man es schlicht nicht hinter sich lassen kann. Man will niemanden mehr seine Tränen sehen oder den Schmerz wahrnehmen lassen, der für andere längst überholt ist. Man schützt die anderen davor, peinlich berührt zu sein, weil man immer noch leidet. Und wenn diese Fassade Lücken aufweist und man zusammenklappt, fühlen sich die mitleidigen Blicke genauso schlimm an wie die verächtlichen. Den bitteren Nachgeschmack solcher Ausraster kenne ich nur allzu genau. Ich habe erlebt, was für eine extreme Verletzlichkeit ein gebrochener Geist, eine geschändete Seele hervorzubringen imstande sind.

In mir tobt ein Krieg. Ich bin in einer Stadt ohne befestigte Mauern, und mir ist, als könnte jeden Moment alles in Schutt und Asche fallen. Wenn ich schwanger bin, muss ich mich einer ellenlangen Liste der Konsequenzen stellen. Konsequenzen für meine Gesundheit – physisch und psychisch. Nach meinem harten Kampf gegen die Depression weiß ich nicht mal, ob ich noch darauf vertrauen darf, dass mein Körper mit den hormonellen Auswirkungen zurechtkommt. Kann ich überhaupt noch ein Baby austragen, ohne ständig zu dem zurückzukehren, das ich verloren habe, umso mehr in Anbetracht der Tatsache, dass sich das wiederholen könnte? Ich glaube, ich könnte, aber ich habe auch immer gedacht, ich wäre aus Teflon, nur um dann festzustellen, dass ich doch nur aus Pappmaché bestehe. Mein Glück, mein Wohlbefinden kommt mir vor wie ein zerbrechliches Ökosystem, geschaffen aus Therapie, Bewältigungsstrategien und einer genau definierten Dosis an Medikamenten. Wenn etwas dieses System beeinträchtigt, was wird dann passieren?

Andererseits … Stimmt das überhaupt?

Pappmaché kann leicht zerdrückt werden, aber ich bin immer noch da nach einer Reihe schwerer Verluste.

Und zerbrechlich? Ich habe die Grundlagen für meine mentale Gesundheit geschaffen: Gewohnheiten und Verfahren entwickelt, die mir helfen, gesund zu bleiben. Wenn ich mich nicht gut fühle, weiß ich, was ich zu tun habe. Wenn ich das Problem nicht allein lösen kann, habe ich Menschen in meinem Leben, die mich nicht im Stich lassen werden. Dr. Abrams, Soledad, Hendrix.

Josiah.

Ich schnappe panisch nach Luft. Josiah hat sehr klar gesagt, dass er kein weiteres Baby will. Er will nicht, dass ich das Risiko eingehe, noch ein Kind zu bekommen. Verdammt, das ist genau das, was er absolut nicht wollte. Sicher, wir haben das unverbindliche, leicht zu beendende Arrangement, mit dem wir angefangen haben, inzwischen hinter uns gelassen, aber wer weiß, was er dazu sagen wird? Er ist ein zu guter Mensch, um sich einfach abzuwenden, aber wird er das wollen? Wird er etwas wollen, das mich noch fester an ihn bindet, länger, stärker?

Würde Josiah wieder zu uns ziehen, sollte ich schwanger sein?

Dieser Gedanke lindert die verweilende Kälte von dem Spaziergang durch den Schnee. Der Wunsch ist so innig, dass er die eisige Furcht in meinem Herzen taut. Ich möchte ihn wieder zu Hause haben. Wie konnte ich nur je glauben, er gehöre irgendwo anders hin?

Ein junges Mädchen, vielleicht sechzehn, siebzehn, taucht neben mir auf, schnappt sich wortlos einen der Tests und geht weiter, um die Vitaminpräparate weiter unten am Gang einem prüfenden Blick zu unterziehen. Kaum älter als Deja, und sie greift einfach zu und geht weiter, als wäre das gar nichts. Als ich nach einer Packung greife, ist es, als würden sich in mir zwei Dinge herauskristallisieren, vor denen ich nicht zurückschrecken will.

Erstens: Sollte ich schwanger sein, werde ich mit den Risiken und den Hormonen und den Anweisungen des Arztes schon zurechtkommen. Ich habe die Werkzeuge dafür und weiß, wie ich sie benutzen muss.

Zweitens: Ich will meinen Ehemann zurückhaben, und ich will, dass er nach Hause kommt. Ich vermisse ihn. Da ist so eine Sehnsucht nach Nähe, nach Berührung, die, ganz egal, zu wie vielen Mädchenabenden und Partys voller Menschen ich gehe, nur er stillen kann.

»Jetzt oder nie«, murmele ich vor mich hin, stürme zur Kasse, um den Test zu kaufen, und marschiere hinaus in die winterliche Kälte.

Kapitel 42

# JOSIAH

Ich bin zu Hause.

Ich weiß nicht recht, ob ich je wirklich aufgehört habe, das Haus am First Court als mein Zuhause wahrzunehmen, aber nachdem ich meine Kinder tagelang nicht gesehen, Yasmen tagelang nicht in den Armen gehalten habe, sind sie nun hier, und das fühlt sich nach Zuhause an. Ich bin gar nicht erst zu meinem Haus gefahren, sondern vom Flughafen aus direkt hergekommen. Während der letzten paar Wochen unserer heimlichen Treffen hatte ich mir angewöhnt, gar nicht anzuklopfen, sondern einfach einzutreten. Nun, da die Kinder zu Hause sind, zögere ich. Wir haben beschlossen, mit Kassim zu reden, sobald ich aus Charlotte zurück bin, aber was genau wollen wir ihm erzählen?

Mommy und Daddy vögeln immer noch gern, aber das ist alles.

Kapiert? Gut.

Ist das überhaupt wahr? Ist das alles? Ich habe es zwar gut verborgen, aber als Yasmen Deja gesagt hat, die Scheidung sei ein Fehler gewesen, ist irgendwas in mir mittendurch gerissen, etwas, das immer noch in Fetzen hängt. Die Wirkung ihrer Worte? Tektonisch. Sie haben den Boden unter unseren Füßen erschüttert und verschoben.

Wir haben nicht weiter über ihre Aussage gesprochen. Ich bin nicht über Nacht geblieben. Selbst wenn Deja jetzt Bescheid weiß, es hätte sich seltsam angefühlt, in Yasmens Schlafzimmer zu sein, während unsere Tochter auch im Haus ist. Die ganze Situation fühlt sich an, als würde sich das alles in einer Art Zeitschleife

444

abspielen. Es gibt Momente, da scheinen wir einfach die zu sein, die wir waren. Diese Leidenschaft. Diese innige Verbindung. Und dann wieder fühlt sich alles ungewohnt an, als wären wir zwei Fremde, die sich zum ersten Mal begegnen. Das ergibt natürlich durchaus Sinn. Ich bin ein Mensch, geschaffen aus zwei Teilen, einer umfasst die Dinge, die sich in der Vergangenheit ereignet haben und mich immer noch formen, der andere die Person, zu der ich mich allmählich entwickele.

Mein Finger schwebt immer noch über dem Klingelknopf, als die Tür plötzlich aufgerissen wird.

Deja steht vor mir, gekleidet in Frechheit und einen BTS-Einteiler. Ihr Grinsen ist verstörend. Wissend. Als hätte sie was gegen mich in der Hand. Immerhin hat sie mich postkoital bei ihrer Mom erwischt, also ist das wohl der Fall.

»Was ist eigentlich aus ›Daddy! Daddy!‹ geworden?«, frage ich trocken. »Wirfst du dich nicht üblicherweise kreischend in meine Arme, wenn ich von einer Reise zurückkomme?«

Sie zieht die Brauen hoch und grinst noch spöttischer. »Als ich das letzte Mal nachgesehen habe, hatte ich den Eindruck, deine Arme wären belegt.«

Klugschwätzerin. Ist sie wirklich erst vierzehn? Wie schlimm wird das wohl in den nächsten Jahren werden?

Wortlos gehe ich an ihr vorbei ins Haus.

»Wie war's in Charlotte?«, fragt sie, schließt die Tür und lehnt sich ans Türblatt.

»Gut. Ist ein Haufen Arbeit, das Projekt in Gang zu bringen, aber wir schaffen das.« Ich zögere, sehe sie forschend an. »Vashti zieht dorthin und wird Küchenchefin.«

»Wollte sie das?«

»Ja. Sie hat darum gebeten, und Cassie ist mehr als bereit, hier für sie zu übernehmen. Wir brauchen nur noch einen Souschef, um sie zu ersetzen.«

»Sie wird mir fehlen.«

»Uns allen. Sie hat sich toll geschlagen.« Ich achte auf einen neutralen Tonfall, während mein Blick die Treppe hinaufgleitet. »Und? Wo sind die alle?«

Sie lächelt verschmitzt. »Du meinst, wo ist Mom?«

»Ist Kassim nicht hier?«, frage ich, antworte ihr aber nicht.

»Basketballtraining. Jamals Mom bringt sie später nach Hause.«

»Und wo ist Otis?«

»Schläft in der Küche.« Sie verdreht die Augen. »Der faule Hund schläft schon, seit ich nach Hause gekommen bin.«

Und deine Mutter?

Diese Frage stelle ich nicht, aber die kleine Range weiß genau, was ich fragen will, und so neigt sie mit einem erwartungsvollen Grinsen den Kopf zur Seite.

»Sonst noch jemand, nach dem du dich erkundigen möchtest?«

»Gör.« Ich lege ihr den angewinkelten Arm um den Hals und ziehe sie zu einer Kopfnuss zu mir.

»Ich bin zu alt für so was«, kreischt sie, lehnt sich aber bei mir an, statt zurückzuweichen. »Sie ist oben und putzt ihren Schrank oder so.«

»Okay.« Ich blicke auf sie hinab und werde ein wenig ernster. »Und wie ist es zwischen euch beiden gelaufen, seit ...?«

»Seit ich für das Leben gezeichnet wurde, weil ich dich im Bett mit meiner Mutter gesehen habe?« Schalkhaftes Vergnügen funkelt in ihren dunklen Augen.

»Du hast gar nichts gesehen. Versuch es erst gar nicht.« Ich verziehe das Gesicht. »Aber im Ernst, wie ist es gelaufen?«

Sie zuckt mit den Schultern und lehnt sich schwerer an meinen Körper. »Ganz okay. Gestern, als es geschneit hat, haben wir zusammen abgehangen und geredet. Das war cool.«

Es wird Zeit brauchen, das zu reparieren, was zwischen den beiden kaputtgegangen ist. Teufel auch, es wird Zeit brauchen, das zu reparieren, was bei uns allen kaputtgegangen ist.

Ich küsse sie auf den Kopf und lasse sie los. »Ich werde deine Mom mal über meinen Ausflug nach Charlotte auf den neuesten Stand bringen.«

»So nennt man das jetzt, Daddy?« Sie malt Anführungszeichen in die Luft und spottet: »Auf den neuesten Stand bringen?«

Ich lache schnaubend und ein wenig verzweifelt. »Du bist erwachsener, als gut für dich ist.«

»Ich weiß«, sagt sie voller Stolz.

Ich steige die Stufen hinauf, zwinge mich, langsam zu gehen, solange mir der Blick meiner Tochter ein Loch in den Rücken brennt. Kaum bin ich oben, höre ich schon Yasmens Stimme, die laut und schief Hendrix' Hymne »Feels Good« von Tony! Toni! Toné! singt. Ich gehe ins Schlafzimmer, aber der A-cappella-Gesang kommt aus dem Kleiderschrank. Ich lehne mich an den Türrahmen und sehe ein paar Sekunden lang zu, wie sie mit dem Rücken zu mir allerlei Dinge von Bügeln zieht und auf den Boden wirft. Sie trägt eine schwarze Yogahose und das Minnie-Mouse-Sweatshirt, das sie sich geholt hat, als wir das erste Mal mit den Kindern in Disney World waren.

Und Ohrhörer.

Was auch das Solokonzert erklärt, das sie abzieht – mit schwingenden Hüften und ... zufälligen ... Crip-Walk-Einlagen. Ich schleiche mich an und packe sie von hinten in der Taille.

»Oh mein Gott!«, kreischt sie und rudert mit weit aufgerissenen Augen mit den Armen. Als sie mich sieht, werden ihre Züge weich, und sie zieht die Ohrhörer raus und legt sie in ein Fach.

»Hi.« Sie umfasst mit beiden Händen mein Gesicht und küsst mich stürmisch. Es sind zwar nur ein paar Tage vergangen, aber es fühlt sich an wie ein lang ersehntes Wiedersehen. Und das liegt nicht nur an dem Kuss. In letzter Zeit fühle ich mich ständig wie ausgedörrt. Dürste nach ihr, als wäre ich Ewigkeiten ohne sie gewesen. Weil es so war. Und diese neue Verbindung fühlt sich zerbrechlich an. Sie ist zerbrechlich. Jeder Kuss, jede Berührung, jeder Moment findet unter einer Glasglocke statt. Bewahrt, beschützt, aber nur durch dünnes Glas. Nach unserem Gespräch jenseits der Bühne sind wir monogam, können aber immer noch jederzeit ausbrechen; sobald einer von uns meint, es sollte enden, ist alles vorbei. Meine Arme spannen sich um sie.

Was, zum Teufel, habe ich mir dabei gedacht, so etwas vorzuschlagen?

»Du bist zu Hause«, sagt sie und lächelt an meinen Lippen. »Ich bin froh.«

»Ich auch.«

Ich lasse mich mit ihr auf die überdimensionierte Ottomane fallen, sodass sie auf meinem Schoß landet.

Sie schmiegt sich an mich und murmelt an meinem Hals: »Ich habe dich vermisst.«

»Ich dich auch.« Ich ziehe sie auf meinem Schoß ein wenig höher, damit sie spürt, wie sehr.

»Oh.« Sie weicht zurück, sieht mir ins Gesicht und lacht. »Ich fürchte, wir haben keine Zeit, um uns damit zu befassen, lieber Herr, vor allem nicht, während unsere Tochter unten ist.«

»Erinnere mich nicht daran.« Ich ächze in die wilden Locken, die ihr Gesicht umrahmen. »Sie wird uns nicht so schnell vergessen lassen, dass sie uns erwischt hat.«

»Ein geringer Preis«, sagt sie, »für diesen Schwanz.«

»Du machst es nicht gerade leichter.« Ich schüttele sie spielerisch. »Wechsle das Thema, oder es passiert auf der Stelle, und falls Deja uns hört, wird sie uns ewig damit erpressen. Greif in meine Manteltasche.«

Grinsend windet sie sich auf meinem Schoß, greift in die Tasche des Mantels, den abzulegen ich mir nicht die Zeit genommen habe, und zieht einen Käsebeutel hervor, der mit einem goldenen Band verschnürt ist. Als sie hineinschaut, breitet sich ein Lächeln über ihr Gesicht aus.

»Du hast mir eine Birne mitgebracht.« So, wie sie strahlt, könnte es auch ein Diamantarmband sein. »Ist sie von dem Birnbaum von Merry und Ken?«

»Ist sie.« Ich küsse sie hinters Ohr. »Ich weiß noch, dass du gesagt hast, das wäre die beste Birne gewesen, die du je gekostet hast, also ...«

»Danke.« Sie beugt sich vor und zieht meine Unterlippe zwischen ihre Lippen, ohne den Blick von meinen Augen zu wenden. Ich schlucke, packe ihre Hüften und stöhne, als sie auf meinem Schoß herumrutscht. Ich will sie so sehr, aber Dejas Anwesenheit vermasselt mir gründlich die Tour.

»Wie geht es ihnen?«, fragt sie.

»Gut. Sie haben gesagt, wenn ich nächsten Monat wiederkomme, soll ich dich mitbringen.« Ich lege eine kurze Pause ein. »Vashti will sich ihren neuen Arbeitsplatz sicher auch bald ansehen und sich ein Gefühl dafür verschaffen.«

Ich muss ihr eindeutig zugutehalten, dass sie nicht mal für einen Moment in meinen Armen erstarrt, sondern lediglich nickt. »Klingt logisch. Das sollte sie.«

»Und was war hier los, während ich weg war?«

Jetzt erstarrt sie doch und mustert mich mehrere Sekunden lang, als würde sie ihre Worte abwägen wollen. Sie zieht ihre Unterlippe zwischen die Zähne und holt tief Luft.

»Hey, was ist los?«, frage ich stirnrunzelnd. »Was ist passiert?«

»Ich schätze, ich hatte ein merkwürdiges Erlebnis.« Sie senkt die Lider und faltet die Hände.

Ich hebe sie von meinem Schoß und setze sie neben mich auf die Ottomane, damit ich ihre Miene besser sehen kann. Dann hebe ich ihr Kinn an und studiere ihr Gesicht. »Was ist passiert?«

»Mir ist aufgefallen, dass meine Periode mehr als eine Woche überfällig war.« Sie spricht ganz sanft, aber ihre Worte treffen mich mit der Wucht eines Raketenstarts.

»Deine ... was?« Ich bin benebelt. Durcheinander.

Verstört.

Mein Herz pumpt mir tosend das Blut durch die Ohren, und eine Startpistole bringt meinen Puls auf Renntempo. Ich wollte eine Vasektomie vornehmen lassen, kaum dass der Arzt uns über die Risiken aufgeklärt hatte. Yasmen hatte mich gebeten, es nicht zu tun, und ihre Trauer war so schlimm, dass ich mich gefügt habe. Jetzt wünschte ich, ich hätte nicht.

»Was zum ... aber du ...«

»Ich verhüte, ja. Ich bin nicht schwanger. Ich dachte nur ... weil es so weit drüber war, musste ich mich vergewissern. Aber letzte Nacht ist sie dann doch gekommen.«

Ruckartig entweicht die Luft aus meiner Brust. Erleichterung löst die Spannung in meinen Schultern. »Verdammt, Babe. Ich wäre beinahe durchgedreht.«

Sie lächelt schwach, leckt sich die Lippen und starrt die Hände in ihrem Schoß an. »Ich weiß, es ist das Beste so, aber in den paar Minuten zwischen Pinkeln und dem Auftauchen des Ergebnisses war ich ...« Sie sieht mich an. Die Unsicherheit steht ihr ins Gesicht geschrieben, flackert in ihren Augen. »Hoffnungsvoll. Ich wollte es, Si. Ich wollte es so sehr.«

Ich schweige, weiß nicht, wie ich reagieren soll. Dieser Punkt – dass sie mehr Kinder will – hat uns in eine Sackgasse geführt, aus der wir keinen Ausweg gefunden haben.

»Es hat mir bewusst gemacht«, fährt sie in achtsam gemessenem Ton fort, »ich meine ... ich hab's ja gewusst ... immer schon, aber es hat mich daran erinnert, wie sehr ich mir mehr Kinder gewünscht habe.«

Anspannung kriecht mir in die Schultern, verknotet mir die Muskeln im Rücken, ballt meine Hände auf den Knien zu Fäusten.

»Mit dir.« Ihr Blick ist jetzt ruhig, sicher. »Ich möchte mehr Kinder mit dir.«

Ihre Worte treffen mich wie Wackersteine, und ich habe Mühe, unter dieser Last aufzustehen. Ich gehe zur anderen Seite des

Schranks, reibe mir das Gesicht, starre die Fächer mit Schuhen und Taschen an, statt sie anzusehen.

»Ich weiß, was der Arzt gesagt hat«, fährt sie fort. »Ich sage auch nicht, dass ich unbedingt Kinder gebären muss. Aber was ist mit Adoption? Pflegschaft?«

»Dazu warst du früher nicht bereit.«

»Früher wollte ich Ersatz für Henry, da habe ich gehofft, das würde mir vielleicht einen Teil des Schmerzes nehmen. Ich dachte, das würde ich brauchen, und alles, was du dagegen vorgebracht hast, hat sich angefühlt, als würdest du mich einfach nicht verstehen, aber jetzt bin ich offen dafür.«

Sie berührt meine Schulter, und ich drehe mich zu ihr um.

»Es geht wirklich nicht darum, mehr Kinder zu machen«, sagt sie. »Es geht darum, dass wir uns ein gemeinsames Leben aufbauen ... erneut.«

»Das ist nicht das, worauf wir uns geeinigt haben«, erinnere ich sie leise. »Wir haben gesagt, das ist keine Versöhnung.«

»Ich weiß überhaupt nicht mehr, was, zum Teufel, wir eigentlich tun.« Sie lacht heiser, und ihre Augen studieren mein Gesicht, ehe sie sich auf die Art auf die Lippe beißt, die besagt, dass es da etwas gibt, das laut auszusprechen ihr nicht leichtfällt. »Aber wir müssen ja nicht wieder heiraten, damit du zu uns nach Hause kommen kannst.«

Nach Hause.

Das Wort reizt mich zu einem humorlosen Lachen. Ich packe mit einer Hand ihren Nacken und starre sie zweifelnd an.

»Nach Hause?«, frage ich, und mein Ton klingt zunehmend giftig. »Dieses Zuhause? Das, aus dem du mich rausgeworfen hast?«

Bei meinen Worten zuckt sie zusammen, als wäre jedes ein Schlag ins Gesicht, und ich schätze, in gewisser Weise sind sie das auch, aber ich werde sie nicht zurücknehmen.

»Das habe ich verdient«, sagt sie mit ruhiger Stimme, in der sich doch der Schmerz kundtut.

»Es geht nicht darum, was du verdienst, Yas.« Ich lege den Kopf zurück und starre die Decke an. »Ich will dich nicht verletzen, aber es ist wahr. Ich habe dieses Haus verlassen, weil du mir gesagt hast, ich soll gehen. Wir haben uns scheiden lassen, weil du es so wolltest. Ich nicht, aber ich habe mich damit abgefunden. Und jetzt schlafen wir wieder miteinander, und du willst einfach einen Zauberstab schwingen, der all das auslöscht, weil es dich im Uterus zwickt?«

»Das ist es nicht.«

»Nein.« Ich stopfe die Hände in die Taschen. »So funktioniert das nicht. Du hast mich weggeschickt. Es ist nicht einfach damit getan, dass ich wieder zurückkomme.«

Noch während ich das sage, geht mir auf, dass ich, was ich kaum leugnen kann, vom Flugplatz aus direkt hergekommen bin, weil ich es nicht erwarten konnte, sie und die Kinder zu sehen. Dass das Wort »Zuhause« auf der ganzen Fahrt in meinem Inneren pulsiert hat. Dass dies, wenn ich ehrlich bin, der Ort ist, an dem ich lieber wäre als irgendwo sonst. Das war er immer. Noch vor einem Jahr hätte ich meine Seele verkauft, nur um sie diese Dinge sagen zu hören. Was also steht mir jetzt im Weg?

»Es kann funktionieren.« Sie blinzelt hektisch, schluckt krampfhaft, und die Muskulatur an ihrem Hals bewegt sich sichtlich. »Ich glaube, auf irgendeiner Ebene habe ich schon gewusst, es war ein Fehler, kaum dass du gegangen bist. Auf irgendeiner Ebene wollte ich dich, obwohl wir ständig gestritten haben, immer noch hier bei mir haben.«

»Ja, klar.«

Sie geht zu den Schubladen an der hinteren Wand, öffnet die unterste und holt ein Paar Schuhe hervor, die sie wie einen Fehdehandschuh auf den Boden wirft.

»Sind das meine ...« Ich kneife die Augen zusammen, als mein Gehirn verarbeitet, was ich vor mir sehe. Die UNCs, die ich monatelang gesucht hatte. »Du hast sie gefunden?«

»Sie sind nie verloren gegangen. Ich habe sie behalten.«

»Also hast du mich angelogen, als ich dich danach gefragt habe?«

»Ich glaube, über ein Paar Sneaker zu lügen steht ziemlich weit unten auf der Liste der Dinge, die ich falsch gemacht habe.«

»Aber warum hast du gelogen? Warum hast du sie überhaupt behalten?«

»Ich weiß es im Grunde selbst nicht.« Sie zuckt mit den Schultern. »Das war Instinkt. Ich hab … es einfach getan. Ich glaube, ich wollte einen Teil von dir hier bei mir behalten.«

»Einen Teil von mir?« Ein dröhnendes Hohngelächter löst sich aus meiner Brust. »Einen Teil von mir hier bei dir behalten? So gut wie alles von mir ist hier geblieben, Yas. Meine Kinder, das Haus, das wir zusammen gebaut haben, unser gemeinsames Leben. Meine Frau.«

Ich zeige in die Richtung, in der Byrds Haus liegt.

»Der Mann, der zwei Straßen weiter gewohnt hat? Das war nur eine leere Hülse. Alles, was wirklich wichtig war, war immer noch hier. Du hast mich verbannt, also erzähl mir nicht, du wolltest Teile von mir behalten. Du hattest sie alle. Du hast unser ganzes Leben verhaftet. Und dann wirfst du mir ein Paar Schuhe vor die Füße zum Beweis, dass du mich immer noch gewollt hast?«

»Denkst du, du musst mir erzählen, was für einen Mist ich gebaut habe? Mir ist nur allzu bewusst, dass es meine Schuld ist, dass wir in diese Situation geraten sind. Meine Schuld, dass Deja mir grollt. Meine Schuld, dass Seem in Therapie ist.«

»Du weißt selbst, dass diese Probleme nicht alle mit der Scheidung zusammenhängen. Er hat Angst vor dem Tod, nachdem er so jung schon so viel verloren hat. Ich verstehe das. So zu empfinden ist normal. Ich habe selbst erst in der Therapie erkannt, dass das Ungesunde daran ist, sich nicht damit zu befassen.«

Ich sehe ihr in die Augen. Bedauern schleicht sich in meinen Zorn und meinen Frust.

»Und ich gebe dir nicht die alleinige Schuld an allem, was schiefgegangen ist. Das habe ich dir auch gesagt. Die Art, wie ich mit alldem umgegangen bin, war ungesund. Und um alles noch schlimmer zu machen, habe ich mich, als du mich gebeten hast, eine Therapie zu machen, auch noch geweigert.«

Wir starren einander an. Die Wahrheit, die in meinen Worten liegt und die zu erkennen ich mühsam lernen musste, hängt zwischen uns in der Luft.

»Aber was ich nicht getan habe«, sage ich und recke das Kinn vor, »war, uns aufzugeben. Du hast nicht versucht, uns zu retten.«

»Doch, ich habe es versucht«, sagt sie in einem gefühlsschweren Ton. »Ich habe es immer wieder und wieder versucht, aber ich konnte nicht uns und mich selbst retten.«

»Wie meinst du das?«

»Ich war dabei, beide Kämpfe zu verlieren, Si.« Tränen rinnen über ihre Wangen. »Den Kampf um uns und den Kampf um mich. Ich wollte nicht mal mehr leben.«

Sie schlägt eine Hand vor den Mund, als wären die Wörter ungewollt aus ihr herausgeplatzt. Ihre Augen sind Spiegel ihrer Qual. Sie hat das schon in Charlotte angedeutet, aber nun, da ich sie so sehe, ihr Leid sehe, erkenne ich erst, dass ich gar nicht gewusst habe, wie schlimm es für sie war. Dass ich nie begriffen habe, wie finster es um sie geworden war.

»So, wie wir damals miteinander umgegangen sind«, sagt sie und setzt sich mit ermatteter Miene auf die Ottomane. »Diese Kälte, die Streiterei, der Schmerz – ich habe schon darum kämpfen müssen, nur hier zu sein, zu bleiben. Ich hatte nicht die Energie, beides zu schaffen. Unsere Ehe zu verlieren, hat mir auf eine Art wehgetan, die ich dir gar nicht beschreiben kann, aber dieser andere Kampf? Der um mich selbst? Den zu verlieren wäre fatal gewesen.«

Das Wort »fatal« hängt in der Luft wie eine Galgenschlinge. Ein sengender Schmerz zersägt mich von innen, hinterlässt klaffende Risse und blutende Erinnerungen daran, wie schlimm es am Ende gewesen ist. Wenn ich diesen Erinnerungen nur aufmerksam genug lausche, dann kann ich immer noch das Echo des Gezänks hören, das wir hier in diesen Wänden ausgetragen haben. Unglücklich, zornig, hilflos. Ich war all das, und sie auch.

Und doch.

Wir tun es wieder. Streiten uns in diesem Haus. Habe ich meine Lektion denn nicht gelernt? Ich kann nicht aufhören, an sie zu denken, will immer bei ihr sein. Das dämliche Grinsen, das ich im Gesicht hatte, als wir noch in der Datingphase waren und ich wusste, ich würde sie bald sehen – das ist auch wieder da, verflixt noch eins. Ich habe nicht mal versucht, diese Gefühle zu verdrängen, weil ich wusste, es gibt eine Grenze, aber nun will sie mehr.

Nach allem, was wir durchgemacht haben, bin ich, wenn es darauf ankommt, immer noch der Idiot, der Yasmen die Welt zu Füßen legen will. Aber ihr wieder vertrauen, genug, um nach Hause zu kommen? Um mich ihr wieder in solch einem Umfang auszuliefern? Ich weiß nicht, ob ich ihr den Wunsch erfüllen kann.

Sie denkt, sie hätte die erste Zeit nur knapp überlebt? Ich weiß, dass ich sie nur knapp überlebt habe. Bin ich heil? Oder nur eine zusammengepfuschte Version meiner selbst, die alle zum Narren hält?

»Ich weiß, ich habe gesagt, ich könnte die Liebe nicht mehr finden«, fährt sie fort, und neue Tränen fließen aus ihren Augenwinkeln. »Aber ich schwöre, sie ist immer noch hier. Es war nicht unsere Liebe, die ich unter all den Trümmern nicht finden konnte. Ich selbst war das, was ich erst wiederfinden musste. Ich musste mich selbst da rausholen.«

Du liebst mich nicht mehr?

Ihre Antwort in jener Nacht hat mich in Stücke gerissen, wie es nie irgendetwas anderes vermocht hat, und so begriffsstutzig ich auf der emotionalen Ebene auch bisweilen sein mag, sogar ich begreife, dass ich mich von diesem Gespräch nie erholt habe.

»Ich weiß, das ist viel«, sagt sie mit zitternder Stimme. »Aber ich habe gelernt, ehrlich zu mir zu sein. Ich liebe, was wir haben, Si. Das weißt du, und ich dachte, ich könnte damit leben, nicht zu wissen, wohin das führt oder ob es überhaupt irgendwohin führt, aber das will ich nicht.«

»Was willst du mir sagen?«

»Ich wünsche mir, dass es dich zu mir zurückführt. Hierher. Ich will mir dein Vertrauen wieder verdienen. Ich will offen sprechen und es dieses Mal besser machen. Es richtig machen.«

Sie steht auf und kommt zu mir, bleibt vor mir stehen, ohne mich zu berühren, aber ihre Wärme und ihr Duft sind verlockend.

»Ich sage nicht, dass wir heiraten müssen.« Sie leckt sich die Lippen und starrt die Tennisschuhe auf dem Boden an. »Aber ich möchte, dass wir uns wieder ein gemeinsames Leben aufbauen, und nicht nur, weil es das Beste für die Kinder ist oder gut fürs Geschäft.«

Sie legt mir eine Hand auf die Brust, spreizt über dem Brustbein die Finger, und ihre Augen gehen über vor Liebe, bis ich das Gefühl bekomme, meine Kehle stünde in Flammen. »Ich will dich wiederhaben.«

Als sie das sagt, setzt mein Herz einen Schlag aus, und ich weiche zurück, als hätte ihre Berührung mich verbrannt. Ich bin hin- und hergerissen zwischen dem Bedürfnis, zur Tür hinauszugehen, und dem, sie gleich hier an der Wand zu vögeln und die Tür zu verschließen, damit sie mir nicht entwischen kann. Sie dazu zu bringen, das immer wieder und wieder zu sagen.

Ich will dich wiederhaben. Ich will dich wiederhaben. Ich will dich wiederhaben.

Meine Gefühle randalieren in meinem Inneren.

Verwirrung und Frust.

Hoffnung.

Angst.

Ich muss nicht erst Dr. Musas Gefühlsrad zurate ziehen, um zu begreifen, dass ich eine Scheißangst habe und stinksauer bin, aber ich weiß nicht so recht, ob ich wirklich verstehe, warum. Ich meine nicht die oberflächlichen Gründe, sondern die, die sich heimtückisch hinter meinen Traumata verstecken und in den Ritzen meiner Vergangenheit lauern.

Ich starre sie an und lache bellend. »Du hattest also Angst vor einer Schwangerschaft und zugleich eine Erleuchtung, und ich soll glauben, das würde alles ändern? In der Nacht, in der ich dich gefragt habe, ob du mich liebst, in der es so verdammt wichtig war, da warst du nicht so sicher.«

»Ich sage dir, was ich nicht tun kann.« Sie reckt einen Finger hoch. »Ich kann nicht zu dieser Nacht zurückkehren und ändern, was ich gesagt oder gefühlt habe. Ich kann die Zeit, in der wir getrennt waren, nicht auslöschen. Ich kann nicht ungeschehen machen, dass ich dir das Herz gebrochen habe.«

Tränen laufen ihr über die Wangen in die Mundwinkel.

»Ich kann auch nicht ungeschehen machen, dass auch mein Herz gebrochen war, denn ob du es glaubst oder nicht, in dem Moment, in dem du zu dieser Tür rausgegangen bist, war da ein Teil von mir, genau hier …« Sie schlägt sich mit der Faust aufs Herz, »… der dich wiederhaben wollte, und ich habe seither ständig dagegen ankämpfen müssen.«

»Und das hatte nichts damit zu tun, dass du mich mit Vashti erlebt hast?«, frage ich kühl, sondierend. »Deine Erkenntnis, dass du mich doch noch willst?«

»Ob es mich erschüttert hat, euch zusammen zu sehen? Natürlich hat es das, aber jedes Mal, wenn ich im selben Raum mit dir war, wollte ich dich. Ich habe dich nie nicht gewollt. Ich glaube, ich konnte mir nur nicht vorstellen, das auch auszusprechen, weil ich nicht geglaubt habe, dass du mir vergeben würdest.«

Sie verschränkt die Finger vor der Taille.

»Wie hättest du mir vergeben sollen, wenn ich mir selbst nicht vergeben konnte? Früher habe ich Dr. Abrams oft gesagt, ich möchte mich nur einfach wieder wie ich selbst fühlen.«

»Was hat sie gesagt?«

»Sie hat gesagt, diese Person werde ich nie wieder sein. Ich werde niemals wieder genau die Frau sein, die ich vorher war. Was passiert ist, hat mich von Grund auf verändert. Ich brauchte Zeit und Therapie und die richtigen Medikamente, ehe ich lernen konnte, als der Mensch zufrieden zu sein, der ich geworden bin, nachdem ich so viel verloren hatte.«

Ihre Augen glühen vor Aufrichtigkeit, Leidenschaft und alldem, was wieder in ihnen zu sehen ich mir in meiner Fantasie ausgemalt hatte.

»Ich wünsche mir, dass du darauf vertraust, dass die Person, die vor dir steht, hart an sich gearbeitet hat, um wieder auf die Beine zu kommen und zu begreifen, wie ich mich habe verlieren können. Ich habe Werkzeuge entwickelt, die mir helfen sollen, mich zurechtzufinden, wenn ich noch mehr verliere, was zweifellos passieren wird, weil es einfach so ist im Leben, man verliert Dinge und Menschen, die man liebt.«

Sie nimmt meine Hand und presst sie an ihr Herz. Tränen hängen in ihren Wimpern. »Frag mich noch mal, ob ich dich liebe, Si. Frag mich jetzt.«

Die Worte liegen auf meiner Zunge, wollen raus, aber es ist, als bildeten meine Lippen ein geschlossenes Tor, denn wenn ich sie trotz all meiner Ängste und Vorbehalte ausspreche, dann werde ich ihr nicht mehr widerstehen können.

Ein Teil von mir weiß, dass ich hierher gehöre. Aber da ist noch ein anderer Teil: der Teil, der auf Selbsterhalt bedacht ist, der sich erinnert, dass sie uns aufgegeben und mich das fertiggemacht hat. Die Frau, die jetzt vor mir steht, ist die Kämpferin, die ich damals gebraucht hätte.

Wie könnte ich sie nicht lieben?

Sie krümmt die Finger an meinem Herzen zur Faust, und hätte sie mich darum gebeten, ich hätte mir ein Loch in die Brust geschnitten und es ihr geschenkt. Vielleicht ist das das Problem, wenn man eine Frau liebt und ihr alles geben möchte – nur um dann alles zu verlieren.

Ich habe die Frage immer noch nicht gestellt, als sie die letzten paar Zentimeter zwischen uns überbrückt und sich zu meinem Ohr streckt. Reflexartig lege ich ihr die Hand auf die Hüfte, besitzergreifend, und halte sie fest, nur für den Fall, dass sie beschließt, davonzulaufen.

»Ja, Josiah«, beantwortet sie mit einem tränenerstickten Flüstern die Frage, die zu stellen ich mich nicht habe überwinden können. »Ich liebe dich.«

Kapitel 43

# JOSIAH

Da ist ein Riss in Dr. Musas professionell unergründlicher Fassade, als ich in seiner Praxis eintreffe. Nach dem Gespräch mit Yasmen war ich so desorientiert, dass ich auf die Interstate gefahren bin statt nur das kurze Stück bis zu meinem Haus. Ehe mir klar war, was ich tue, war ich schon unterwegs zu ihm. Und als ich ihn dann aus dem Wagen angerufen habe, um zu fragen, ob wir reden können, hatte tatsächlich jemand abgesagt, sodass er mich dazwischenquetschen konnte. Am Telefon hat er ganz normal gewirkt, aber kaum habe ich seine Praxis betreten, beäugt er mich mit einer sonderbaren Miene.

»Kann es sein ...« Nervös kneife ich die Augen zusammen. »Dass Sie mich auslachen?«

Dieser Ausdruck in seinen Augen, das ist eindeutig Humor, genau wie die leichte Krümmung seiner Lippen, mild, aber vorhanden.

»Nein, das nicht«, sagt er, »ich bin nur erfreut, dass Sie auf Therapie zurückgreifen, um die Dinge in Ihrem Leben zu verarbeiten. Bedenkt man, dass Sie bei Ihrer ersten Sitzung erschienen sind, als wäre es eine Strafe, sollten wir doch zumindest anerkennen, wie weit wir gekommen sind.«

»Ja, mag sein.« Mein Lächeln verblasst, als mir wieder einfällt, worüber ich mit ihm sprechen muss. »Danke, dass Sie mich so kurzfristig reingeschoben haben ... wieder mal.«

Mit einem Nicken deutet er auf die beiden Ledersessel. Ich nehme einen, er den anderen.

»Also, was ist los?«

»Yasmen dachte, sie wäre schwanger«, sage ich und beeile mich, die Sache klarzustellen: »Sie ist es nicht, aber dadurch ist ihr klar geworden, dass sie mehr will als das Arrangement, auf das wir uns geeinigt hatten.«

»Das, bei dem Sie Sex ohne Verpflichtung und Druck haben«, sagt er. »Das waren doch die Bedingungen, richtig?«

Wenn er das so sagt, klingt es ziemlich steril. Ich schätze, das ist im Wesentlichen, was ich ihm erzählt habe, als wir über meine Beziehung gesprochen haben, aber ich erkenne darin nicht, was tatsächlich zwischen mir und Yasmen ist.

»Richtig«, sage ich. »Ihr ist dadurch bewusst geworden, dass sie irgendwann mehr Kinder will, und sie sagt, sie will sie mit mir. Sie sagt, sie will ein Leben mit mir aufbauen, auch wenn wir nicht verheiratet sind. Sie will unsere derzeitige Beziehung so nicht fortsetzen, ohne zu wissen, wohin das führt oder ob es je irgendwohin führen wird. Sie will, dass ich nach Hause komme.«

»Hört sich nach einer Frau an, die sehr genau weiß, was sie will.«

»Jetzt«, blaffe ich. »Aber als sie mich um die Scheidung gebeten hat, war sie wohl nicht so sicher.«

»Haben Sie sie danach gefragt? Was hat sich verändert?«

»Sie sagt, sie hätte sich verändert und dass sie durch die Therapie verstanden hätte, warum sie reagiert hat, wie sie reagiert hat, als Byrd und Henry gestorben sind, und dass sie Werkzeuge entwickelt hätte, um besser zurechtzukommen.«

»Aber Sie glauben ihr nicht?«

»Ich habe Angst, ihr zu glauben.«

Noch vor wenigen Monaten hätte ich mir nicht vorstellen können, diesem Kerl gegenüberzusitzen und einfach so meine Ängste einzugestehen.

»Spielen wir das mal durch.« Er stützt die Ellbogen auf die Armlehnen und legt die Fingerspitzen unter dem Kinn aneinander. »Nehmen wir an, Sie glauben ihr und sie ist tatsächlich reifer geworden, erwachsener, und Sie gehen nach Hause und richten sich erneut ein gemeinsames Leben ein und alles läuft gut, wie würde sich das anfühlen?«

»Ich wäre der glücklichste Mensch auf dem Planeten«, gestehe ich mit einem schiefen Grinsen.

»Und wenn Sie es noch mal miteinander versuchen und es nicht funktioniert?«

In meinem Bauch tut sich ein Krater auf und verschlingt mein Lächeln.

»Das ist das Problem«, sage ich und knirsche mit den Zähnen, bis mir der Kiefer wehtut. »Ich kann mir nicht vorstellen, das noch einmal durchzumachen. Sie noch einmal zu verlieren. Wenn man einmal vom Bus überfahren wurde, zieht man nicht, kaum dass man wieder gehen kann, los und stellt sich vor den nächsten.«

»Sie erneut zu verlieren wäre also verheerend.«

Ich nicke.

»Und das Risiko ist sie nicht wert«, sagt er vollends ruhig, als wüsste er nicht, wie er mich damit provoziert.

»Ich habe nicht gesagt, sie wäre es nicht wert. Ich will nur ...«

»Nicht noch etwas verlieren?«

»Es tut zu sehr weh.«

»Wir haben nie wirklich im Detail über den Tod Ihrer Eltern gesprochen, Ihren ersten großen Verlust. Ich weiß, dass Sie noch sehr jung waren, aber könnten Sie mir vielleicht erzählen, was Ihnen über jenen Tag in Erinnerung geblieben ist?«

Darüber habe ich nur selten gesprochen. Ich habe ihm zwar erzählt, dass beide bei einem Autounfall ums Leben gekommen sind, den Tag habe ich aber nie auf den Tisch gepackt. Niemandem gegenüber. Meine Finger zucken auf der Armlehne. Alles in mir windet sich, will flüchten, aber ich zwinge mich, ruhig zu bleiben, und atme tief durch.

»Ich bin aus dem Bus gestiegen«, beginne ich leise. »Meine

Mom war immer zu Hause, wenn ich heimgekommen bin, aber nicht an diesem Tag.«

Das Bild drängt sich in meinen Geist, ich auf der Verandaschaukel, wie ich mit einem Rucksack zu meinen Füßen vor- und zurückschwinge. Wie ich mich fest in meinen Mantel gewickelt und mir Handschuhe angezogen habe, als es kälter und allmählich auch dunkel wurde.

»Und dann sind die Cops gekommen.« Ich hole tief Luft. »Ein Officer sagte, es hätte einen Unfall gegeben und meine Eltern würden nicht mehr nach Hause kommen.«

Ich lache zittrig. »Erstaunlich, wie lebendig das in meinem Kopf ist. Jedes Mal, wenn ich jemanden verliere, ist es, als würde es in Technicolor gefilmt und dann in Zeitlupe mit allen Details in mein Bewusstsein geprägt.«

»Nur weiter«, ermuntert mich Dr. Musa. »Das ist gut.«

»Dann ist Byrd gekommen und hat mich mit zu sich nach Hause genommen.«

»Sie haben mir mal erzählt, Sie hätten Ihre Tante gefunden, als sie verstorben ist. Können Sie mir darüber etwas mehr sagen?«

Ich räuspere mich. »Als ich Byrd gefunden habe, lagen alle Zutaten für ihren Limoncello-Kuchen auf dem Tisch. Die ganze Küche hat nach Zitronen gerochen.« Ich lache heiser und kurz auf. »Das habe ich noch nie jemandem erzählt.«

»Nicht einmal Yasmen?«

Ich schüttele den Kopf. Ich habe nie über das gesprochen, was ich verloren habe, und nun begreife ich, dass das ein Fehler war, weil es den Verlusten nur noch mehr Macht über mich gegeben hat. Ich habe nie jemandem erzählt, dass Byrd ihre Lieblingsohrringe getragen hat und einer halb rausgerutscht war. Ich habe ihn vorsichtig zurück in das Ohrloch geschoben. Ich habe nie jemandem erzählt, dass Henry den Mund von mir hatte. Ich hielt ihn, er war leicht wie ein Wattebausch, das dunkle Haar klebte an seinem Kopf, und ich folgte der Form seiner Lippen. Er hatte meine Lippen, und ich wollte weinen, weil ich ihn nie weinen hören würde, aber die Tränen wollten nicht kommen. Und ich kann immer noch die Farbe riechen, die sich im Kinderzimmer mit Yasmens Parfüm vermischt hat, als sie mir sagte, ich solle gehen. Als sie mir den schlimmsten Verlust meines Lebens zugefügt hat. Als ich sie verloren habe.

Unsere Traumata, die Dinge, die uns im Leben verletzen, lassen wir auch über einen langen Zeitraum nicht zwingend hinter uns. Manchmal lauern sie im Geruch eines Neugeborenen. Überraschen uns im Geschmack eines selbst gekochten Essens. Sie warten in dem Zimmer am Ende des Gangs. Sie sind bei uns. Sie sind präsent. Und an manchen Tagen fühlen sich die Erinnerungen realer an als das, was noch ist, realer als die Freuden dieser Welt.

»Wenn man nur lange genug lebt«, sagt Dr. Musa sanft, »wird man Menschen und Dinge verlieren. Wir müssen nur lernen, auf eine Weise damit umzugehen, die nicht destruktiv ist. Sie müssen sich entscheiden, ob Ihre Angst, Yasmen noch einmal zu verlieren, ein ausreichender Grund ist, sie gar nicht erst zurückzubekommen.«

Seit jener Nacht habe ich mir nicht mehr gestattet, ihr zu vertrauen. Ich dachte, sie hätte mein Leben zerstört, aber nun weiß ich, dass sie das alles nur getan hat, um ihr eigenes zu retten. Nun weiß ich, dass ich auch einen Anteil hatte. Nun verstehe ich, dass alles, was ich nur in Schwarz und Weiß eingeordnet habe, viele Schattierungen hatte, Nuancen, die ich nicht wahrnehmen konnte, weil ich mich zu sehr von meinem eigenen Schmerz abgekapselt hatte. Und jetzt erheben sich meine Gefühle und wollen sich nicht länger leugnen lassen.

Erinnern sich Menschen an den genauen Moment, in dem sie sich verliebt haben?

Ich habe gelernt, dass das nicht ein Moment ist, sondern unzählige.

Ich habe mich in Yasmen verliebt, während wir uns bei billigem chinesischen Essen in einer heruntergekommenen Bude ohne Heizung und mit erbärmlich wenig Wasserdruck unsere strahlende Zukunft ausgemalt haben.

Ich habe mich noch ein bisschen mehr und inniger in Yasmen verliebt, wann immer sie mich in ihrem Körper aufgenommen und mir gezeigt hat, dass man sich an Leidenschaft die Zunge verbrennt, wann immer man sie kostet.

Oder als sie die Ärmel hochgekrempelt und ihre Kreativität und grenzenlose Energie in den Aufbau eines gemeinsamen Geschäfts investiert hat, auf das wir beide stolz sein können.

Als sie mir unsere Kinder geschenkt hat und ihre eigene Magie schuf, alle anderen stützte und mit endloser Anmut die ganze Welt auf den Schultern trug. Selbst wenn sie stürzte, war sie noch da; selbst als alles ihr sagte, sie solle aufgeben und einfach gehen, blieb sie für uns da, und sie hat gekämpft, bis sie sich wiedergefunden hat.

Ich habe mich in diese Kämpferin verliebt, die durchs Feuer gegangen und auf der anderen Seite gestärkt wieder herausgekommen ist, von ihrem Schmerz verändert, von der Trauer umgebildet und in Freude auferstanden.

Ich denke an heute und an ihre kleine Faust an meinem Herzen. Sie hat sich tapfer vor mich gestellt und mich darum gebeten, sie zurückzunehmen. Hat mir die Chance geboten, alles, was je wirklich von Bedeutung war, zurückzubekommen – mein Zuhause, meine Familie, meine Frau. Sie hat mir all das auf dem Silbertablett angeboten, und ich habe es ihr mehr oder weniger ins Gesicht geschleudert.

Panik bringt eine Glocke in meinem Schädel zum Läuten, und das Rauschen des Bluts in meinen Ohren klingt wie eine Sirene. Die Wände, die ich errichtet habe, um meine Gefühle abzuschirmen, stürzen ein. Das ist nicht, als würde eine Abrissbirne ihren Zerstörungsprozess einleiten. Stattdessen beginnt es mit einem

Beben, mit der Erkenntnis, dass Liebe sich innerhalb des fragilen Kontexts unserer Sterblichkeit zuträgt. Dass Liebe und Leben knapp außerhalb unserer Kontrolle liegen. Dass sich verlieben und verlieren nur um einen einzigen Buchstaben unterscheiden und für mich irgendwann zu Synonymen geworden sind. Ich begreife jetzt, dass nach dem Tod meiner Eltern etwas gebrochen und falsch abgeheilt ist. Es ist reinigend, erlösend, diese Offenlegung. Sie hebt einen Graben in meinem Inneren aus, um die Wogen aufgestauter Qual abzuleiten.

Das Taschentuch, das Dr. Musa mir wie eine weiße Flagge hinhält, erschreckt mich. Verwirrt sehe ich ihn an.

»Wofür ist das?«, frage ich mit rauer Stimme.

Sanft lächelnd deutet er mit einem Nicken auf mein Gesicht. »Für Ihre Tränen.«

# Kapitel 44

# YASMEN

Allein in der Küche, stelle ich die Zutaten für Byrds Mac and Cheese zusammen. Die krakelige Handschrift auf der Seite ihres alten Notizbuchs verschwimmt mir vor den Augen, gefiltert durch meine Tränen. Ich glaube nicht, dass ich auch nur zehn Minuten ohne Weinen überstanden habe, seit Josiah vor ein paar Stunden zur Tür hinausmarschiert ist.

»Abendessen«, sage ich und wische mir ungeduldig die Wangen ab. »Ich werde Essen für meine Kinder machen, das sie vermutlich gar nicht essen werden, weil das eben meine Art von Masochismus ist.«

Habe ich für einen Tag nicht schon genug Demütigungen durchgestanden? Oder bilde ich mir ein, ich könnte irgendwie in den Schatten stellen, dass ich mich auf meinen Ex-Mann gestürzt habe, dass ich ihn angebettelt habe, wieder einzuziehen, ihn meiner unsterblichen Liebe versichert habe … um dann zuzusehen, wie er wortlos zur Tür hinausgestürmt ist? Denn ich hege den Verdacht, das steht ganz oben auf dem Siegertreppchen.

»Makkaroni, Käse, Milch, Eier, Salz und Pfeffer nach Geschmack.«

Ich murmele die Namen der Zutaten wieder und wieder vor mich hin, als wäre es eine Art Beschwörungsformel, um Byrd herzurufen. Oder wenigstens ihre Weisheit anzuzapfen, denn ich habe so einen Mist gebaut, ich weiß nicht, was ich tun soll. Wenn die Zutatenliste ein Gebet ist, dann ist der Dampf, der von dem Nudeltopf aufsteigt, der Weihrauch und diese Küche ein Tempel, in dem ich so ziemlich alles opfern würde, nur um sie jetzt hier bei mir zu haben.

»Ich vermisse dich so sehr, Byrd«, sage ich und lecke mir die Tränen von den Lippen. »Immer noch.«

Am Tag meiner Hochzeit sagte sie zu mir: »Ich liebe dich wie eine Tochter, Yasmen, aber wenn du meinem Jungen wehtust, versohle ich dir den Arsch.«

Trotz meiner Tränen muss ich lachen, nur um dann die Ellbogen auf die Theke zu stützen und das Gesicht in den Händen zu bergen.

»Tut mir leid, dass ich dich enttäuscht habe«, flüstere ich. »Ich würde mir jederzeit den Hintern von dir versohlen lassen, wenn ich dich nur noch eine kurze Zeit bei mir haben könnte. Ich verspreche, ich versuche, es in Ordnung zu bringen, aber es könnte bereits zu spät sein. Du weißt ja, wie er ist. So stur wie ich.«

Ich klappe das Notizbuch mit ihren Rezepten zu. Wenn ich in diesem Tempo weitermache, werden wir vor zehn Uhr abends nicht zum Essen kommen. Also Lieferservice. Ich schnappe mir mein Telefon, rufe eine Liefer-App auf, in der Hoffnung, etwas zu finden, was wir nicht erst kürzlich gegessen haben, und bestelle etwas Mexikanisches, als sich ein Schlüssel in der Hintertür dreht. Gleich darauf wird sie aufgestoßen, und mir klappt der Unterkiefer herab, als ich Josiah auf der Schwelle stehen sehe. Wir starren einander an, elastische Sekunden lang, die sich zu einer endlosen Stille auszudehnen scheinen. Ich bin wie mumifiziert, eingewickelt in ein Dutzend Reaktionen auf einmal, die mich in ihrer Gesamtheit vollständig paralysieren. Ich kann mich nicht rühren, und ich kann nicht sprechen.

»Hey«, sagt er endlich. »Tut mir leid, dass ich einfach so abgehauen bin.«

Ich blinzele ihn an, nicke, weil ich ihm nichts vorwerfe. Er ist hier, also ist es okay.

»Ich habe mich nur gefragt«, sagt er und zieht einen Koffer zur Tür herein, »ob dein Angebot noch steht.«

»Ja«, krächze ich. »Du meinst mein Angebot … dass du, wenn du willst … dass du … du könntest …«

»Nach Hause kommen«, sagt er und bewahrt mich so davor, noch ein Dutzend Sekunden länger hilflos zu plappern. »Ich habe mir nur schnell den einen Koffer geschnappt. Ich dachte, den Rest kann ich auch später holen, und ich weiß ja, dass ich hier mindestens ein Paar Schuhe habe.«

»Oh mein Gott.« Ich schlage die Hände vor den Mund, kann aber das hysterische Gelächter nicht zurückhalten. »Ich kann nicht fassen, dass ich dir das erzählt habe.«

»Ich bin froh darüber. Du hast all deine Karten auf den Tisch gelegt und nichts zurückgehalten. Genau das habe ich von dir gebraucht, es tut mir nur leid, dass ich in dem Moment nicht imstande war, das Gleiche zu tun. Ich hatte einiges zu verarbeiten.«

Es ist so surreal, dass er hier ist und sagt, er werde nach Hause kommen. Aber als ich es endlich begreife, schlägt mein Magen Purzelbäume, pocht mein Herz laut und heftig, und das Blut steigt mir in den Kopf. Ich bekomme buchstäblich weiche Knie und sacke kraftlos auf den Hocker an der Theke. Meine Schultern plumpsen regelrecht herab unter dem Einfluss dieser unfassbaren Erleichterung. Er durchquert mit wenigen Schritten den Raum, stellt sich zwischen meine Beine, packt meine Taille. Dann runzelt er die Stirn und umfasst mit beiden Händen mein Gesicht, während er mit den Daumen sanft über meine feuchten Wangen streicht.

»Deine Augen sind ganz verquollen«, sagt er, beugt sich vor und küsst mich auf jedes Lid. »Tut mir leid, dass ich dich zum Weinen gebracht habe.«

Ich blicke auf und studiere sein Gesicht und die geröteten Augen, die ebenfalls ein wenig verquollen sind, lege die Hände an seine Wangen und spüre, wie mir schon wieder die Tränen kommen.

»Du hast auch geweint?«, frage ich.

»Dank Dr. Musa.« Einen Moment lang wendet er sich ab und starrt zu Boden. »Er lässt dich übrigens grüßen und freut sich darauf, dich kennenzulernen.«

»Du warst bei ihm?«

»Ich musste einige Dinge durchdenken, und er ... na ja, er hilft mir dabei.«

»Ich bin froh«, flüstere ich und bin so stolz auf ihn, weil er so weit gekommen ist. Weil wir beide so weit gekommen sind und noch viel weiter kommen müssen ... gemeinsam.

»Ich weiß, ich wollte früher keine Paartherapie machen«, sagt er. »Aber ich glaube, es wäre eine gute Idee, es mal zu versuchen.«

Ich nicke, wage kaum, etwas zu sagen, weil ich fürchte, das könnte ein Traum sein und ich könnte mich selbst wecken.

»Ich muss immer noch sehr viel allein aufarbeiten«, räumt er ein. »Wahrscheinlich werde ich immer den Wunsch haben, Dinge zu reparieren, alles zusammenzuhalten, aber ich kann mich bessern.«

»Ich weiß, dass du für die Menschen, die du liebst, stark sein musst.« Ich schaue ihm in die Augen, begegne seinem Blick. »Aber ich möchte an deiner Seite sein, ob es regnet oder windet. In harten Zeiten, wenn sich alles gegen uns zu wenden scheint. Das haben wir früher nicht immer getan, aber ich glaube, wenn es darauf ankommt, werden wir zusammenhalten.«

Er drückt seine Stirn an meine, legt mir die Hand in den Nacken und küsst mich.

»Ich bin an deiner Seite«, flüstere ich. »Und ich weiß, dass du mir vielleicht nicht vertrauen kannst. Das kann ich dir nicht verdenken, aber ich meine es ernst. Ich werde nirgendwo hingehen.«

»Das ist gut.« Er weicht zurück und streicht mir das Haar aus dem Gesicht. »Denn ich bin offensichtlich nicht sonderlich gut darin, mit Verlusten umzugehen, und ich kann besonders schlecht damit umgehen, dich zu verlieren.«

Ich beuge mich vor, um ihn noch einmal zu küssen, als das Geräusch von Pfoten auf dem Parkett uns beide veranlasst, uns umzudrehen. Otis trottet in die Küche, geht direkt zu Josiah und legt den Kopf auf seinen Oberschenkel, offenkundig auf der Suche nach Streicheleinheiten.

Josiah krault den großen Hund hinter den Ohren. »Was hältst denn du davon, nach Hause zu kommen?«

Otis bellt, als wollte er ihm uneingeschränkt zustimmen, und wir müssen beide lachen.

»Byrd hat gewusst, was sie tat, als sie ihn bei dir gelassen hat«, sage ich. »Sie hat in dir gesehen, was ich sehe. Dass du für die, die du liebst, tust, was immer notwendig ist.«

»Und ich liebe dich«, sagt er, und dabei leuchten seine Augen vor Aufrichtigkeit. »Es tut mir leid, dass ich dir diese Antwort nicht früher gegeben habe.«

»Das muss es nicht. Wir haben vieles aufzuarbeiten.« Ich lache. »Hey, Merry und Ken haben dreißig Jahre in wilder Ehe gelebt. Ich schätze, wir können uns Zeit lassen. Ich liebe dich, und es gibt keinen Grund zur Eile.«

Er küsst mich erneut. Verglichen mit all diesen scharfen, heimlichen Augenblicken der Zweisamkeit, die wir in der letzten Zeit erlebt haben, ist das geradezu züchtig. Nur seine Lippen auf meinen, aber darin liegt auch so viel Zärtlichkeit. Es fühlt sich an wie früher, durchzogen von Hingabe und Zuwendung, aber auch von einer neuen Art von Verständnis. Vielleicht haben wir das, was wir hatten, früher einfach als selbstverständlich hingenommen und nicht geahnt, wie zerbrechlich es war, weil wir auf viele Arten, die nie auf die Probe gestellt worden sind, selbst zerbrechlich waren. Doch was jetzt zwischen uns ist, das ist ein belastbares Band, von dem ich wirklich glaube, es wird nicht reißen, wenn das Leben daran zerrt. Seine Arme spannen sich um mich, besitzergreifend, beschützerisch. Er wird Zeit brauchen, um Vertrauen aufzubauen und sicher zu sein, dass ich ihm nicht entschlüpfen werde, also halte ich einfach still in seinen Armen.

Unser Kuss wird inniger, fühlt sich an, als tastete er in der Berührung unserer Lippen, dem Gewirr unserer Zungen nach Antworten. Und als wir uns schwer atmend voneinander lösen und er seine Stirn an meine presst, lege ich eine Hand in seinen Nacken und verankere uns miteinander.

»Ih.«

Dejas Stimme erschreckt uns beide, und ich kann mir angesichts des angewiderten Ausdrucks in ihren Zügen, als sie die Küche betritt, ein Lachen nicht verkneifen.

»Wir essen hier«, sagt sie und zeigt auf die Stelle, an der ich sitze und er sich an mich schmiegt. »Wir haben hier gegessen, jetzt ist diese Theke offiziell verdächtig.«

Ich muss wieder lachen, und Josiahs Glucksen vibriert durch meinen Körper.

»Was ist los?«, fragt Kassim, der direkt hinter seiner Schwester ist. Seine großen Augen huschen von uns zu Josiahs Koffer an der Tür.

»Da gibt es eine Menge zu erklären«, sage ich. »Und wir werden alles durchsprechen.«

Josiah verschränkt seine Hand auf der Theke mit meiner, sodass unsere Kinder es sehen können.

»Aber um es kurz zu machen«, sagt er und sieht mich auf eine Weise liebevoll an, die mich innerlich erglühen lässt, »ich komme nach Hause.«

# Epilog

# YASMEN

»Meine Seele, warum bist du betrübt ...«

Psalm 42,6

Silvester ist eine meiner liebsten Nächte im Jahr, aber auch eine der arbeitsreichsten. Ich habe wie gewohnt den Mitternachtstoast ausgebracht und das neue Jahr auf der Feier im Grits eingeläutet. Flaschen werden geöffnet, der Sekt fließt in Strömen. Das Lokal, das noch vor einer Stunde vor Möglichkeiten und Jubel pulsiert hat, leert sich allmählich. Bis eins dürften alle gegangen sein. Der DJ war toll, ein neuer Typ, über den ich zufällig gestolpert bin. Er hat »Feels Good« gespielt, und Hendrix ist ausgeflippt, so wie sie es immer tut, wenn sie diesen Song hört. Sie ist immer noch ein wenig verschwitzt und außer Atem, als sie und Soledad auf mich zukommen, während ich den Gästen ein frohes neues Jahr wünsche und mich für ihr Kommen bedanke.

»Tolle Party«, sagt Hendrix und bindet ihre taillenlangen Braids zu einem wirren Pferdeschwanz hoch. »Wie üblich.«

»Danke.«

»Wie läuft es in Charlotte?«, fragt Soledad. »Bei der ersten Silvesterparty im neuen Lokal?«

»Toll«, antworte ich lächelnd. »Unser neuer Manager Charles hat uns ein paar Bilder geschickt. Die Gäste sehen aus, als wären sie auf einem Ball, und das Lokal selbst sieht fantastisch aus. Noch mal danke für deine Hilfe beim Dekorieren, Sol.«

»Das war doch nichts«, wehrt sie ab.

»Ich muss den Laden unbedingt ausprobieren, wenn ich das nächste Mal Mama in Charlotte besuche«, bemerkt Hendrix.

»Ja, dann kannst du ihn für mich im Auge behalten«, stimme ich lächelnd zu und schnappe mir eine ungeöffnete Sektflasche von einem Tisch in der Nähe. »Ein letzter Drink, um auf ein weiteres Jahr anzustoßen? Ich war ja nicht mit euch zusammen, als es zwölf geschlagen hat, also, sollen wir?«

»Oh, ja, wir sollen.« Soledad setzt sich an den Tisch.

»Lasst mich ein paar Gläser holen«, sage ich, als auch Hendrix Platz nimmt.

Ich gehe zu dem Barkeeper, der gerade dichtmachen will, und schnappe mir einfach drei Stamper, weil vermutlich im ganzen Gebäude keine einzige saubere Sektflöte mehr zu finden ist.

»Macht die Gläser voll!« Ich halte sie triumphierend hoch, als ich zum Tisch zurückkehre und meinen Platz einnehme. »Das ist alles, was ich kriegen konnte.«

»Mehr vertrage ich wahrscheinlich sowieso nicht mehr.« Hendrix lacht. »Ich bin voll. Hört ihr? Voll.«

»Du hast es heute aber auch wirklich drauf angelegt«, kommentiert Soledad lächelnd. »Wenn du nicht getrunken hast, hast du getanzt.«

»Es gibt viel zu feiern.« Hendrix zwinkert uns zu. »Das letzte Jahr war wirklich gut, und dieses wird sogar noch besser.«

»Ach, ja, richtig, du hast ja eine neue Klientin unter Vertrag«, sage ich. »Lukrativ, ja?«

»Jepp.« Hendrix gießt Sekt in die drei Schnapsgläser. »Wenn sie mir weiter Millionendeals an Land zieht, geht es mir und meiner Provision gut.«

»Edwards Firma hat auch eines ihrer erfolgreichsten Jahre erlebt«, bemerkt Soledad mit einem etwas verunglückten Lächeln. »Dieser neue Partner hat einiges in Gang gesetzt, aber Edward sagt, er wüsste nicht, was er von einigen der Veränderungen halten soll.«

Hendrix und ich wechseln einen kurzen Blick. Was Edward betrifft, sind wir uns stillschweigend darüber einig, dass wir uns zurückhalten sollten. Soweit wir es beurteilen können, hat er im Schlaf nicht mehr über eine Nebenbuhlerin gesprochen, aber wir trauen ihm dennoch gerade so weit, wie wir ihn werfen können.

»Oh, wow«, murmelt Hendrix. »Wie schön für ihn.«

»Ist er heute mit den Mädchen daheim?«, erkundige ich mich.

»Ja«, sagt sie. »Na ja, mit zweien. Lupe ist bei derselben Übernachtungsparty, zu der auch Deja gegangen ist.«

Ich hole mein Telefon aus der Rocktasche und strahle das Display an. »Deja hat mir fünf Textnachrichten geschickt. Ich habe ihr gesagt, es wäre nicht cool, mit ihrer Mom zu texten, während sie bei einer Pyjamaparty ist, aber sie wollte mir unbedingt die Braids zeigen, die sie einem der Mädchen gemacht hat.«

»Wir haben die richtige Entscheidung getroffen, als wir zugestimmt haben, dass sie die Harrington verlassen dürfen, oder?« Soledad seufzt. »Ich meine, wir sind durch Reifen gesprungen und haben Peter ausgeraubt, um Paul zu bezahlen, nur um sie da reinzubringen, und sie hauen einfach ab.«

»Sie schlagen sich großartig in der staatlichen Schule. Deja ist definitiv zufriedener.« Ich zucke mit den Schultern. »Jedes unserer Kinder hat seine eigenen Bedürfnisse. Kassim ist immer noch glücklich und erfolgreich an der Harrington.«

»Und hat eine Klasse übersprungen«, fügt Hendrix hinzu und schlägt ihre Faust an meine.

»Und tut sich immer noch hervor«, sage ich, ganz die stolze Mama. »Nur Bestnoten. Sie kommen beide wirklich gut klar.«

»Die ganze Familie ist in Therapie«, wirft Hendrix trocken ein. »Also solltet ihr besser alle gut klarkommen.«

»Absolut!« Ich lache. »Deja wollte ihre eigene Therapeutin haben, weil sie nicht außen vor sein wollte, und natürlich gehen wir auch zur Familienberatung.«

»Und funktioniert es immer noch?«, fragt Soledad und zieht die perfekten Brauen ein wenig hoch. »Das Arrangement?«

»Ja, und irgendwie amüsiert mich die Verwirrung der Leute, wenn sie begreifen, dass Josiah mit uns zusammenlebt, dass er und ich zusammen sind … wieder zusammen sind …, aber nicht verheiratet.«

»Mach du nur weiter dein Ding«, sagt Hendrix mit einem breiten Grinsen. »Du bist glücklicher, als ich dich früher je erlebt habe.«

»Ich bin glücklicher, als ich es je war.«

Das ist wahr. Unser Leben, unsere Liebe, das alles hat sich anders entwickelt, als wir es erwartet haben, aber das schmälert es nicht. Ich denke oft zurück an den Tag, an dem wir Ken und Merry kennengelernt haben, die zwei, die uns gesagt haben, sie glaubten nicht an die Institution der Ehe, aber daran, dass sie für immer zusammenbleiben würden.

Das Einzige, was uns zusammenhält, ist unsere Liebe.

Ich glaube immer noch an die Ehe und Josiah auch. Unsere Liebe ist das einzige Versprechen, das für uns bindend ist, aber wann immer Josiah bereit ist, sie erneut mit einem Eid zu besiegeln, bin ich es auch. Vorerst haben wir uns die Zeit genommen zusammenzuwachsen, zu heilen, und – wie Ken und Merry sagten – uns ein Leben nach unseren eigenen Vorstellungen aufzubauen.

Ich greife nach meinem Sektschnapsglas. »Tun wir's jetzt, oder was?«

»Wir tun's«, sagt Hendrix.

Mit einem Lächeln, das genauso hell erstrahlt wie die Pailletten an ihrem Kleid, greift auch Soledad zu ihrem Glas. »Wer spricht den Toast?«

»Ich habe heute schon einen gesprochen«, sage ich. »Übernimmst du, Hen?«

»Stets bereit.« Sie hebt ihr Glas. »Auf Sex, der uns die Lenden bricht.«

»Oje«, murmelt Soledad, aber ihre Mundwinkel zucken.

»Abenteuer, die unseren Alltag sprengen«, fährt Hendrix fort, und ihr Lächeln bekommt eine selten süße Note. »Und Freunde, die kleben bleiben.«

»Wie Kaugummi unter den Schuhen?«, frage ich kichernd.

»Ich habe nichts hinzuzufügen«, röhrt Hendrix.

»Auf Freunde, die kleben bleiben«, wiederholen wir im Chor, stoßen an und kippen uns den Sekt in den Hals.

»Gut«, sage ich und knalle mein Glas auf den Tisch. »Kassim ist bei Jamal, folglich haben Josiah und ich heute eine dieser seltenen Nächte ohne Kinder. Also, bis dann, ihr Süßen. Ich gehe jetzt meinen Mann suchen, solange noch genug Nacht übrig ist.«

Soledad schaut über meine Schulter und grinst verschroben. »Sieht aus, als hätte er dich schon gefunden.«

Ich drehe mich um, und mein Herz setzt diesen einen Schlag aus, der speziell für diesen Mann reserviert ist, eine Reaktion, die nur er bei mir hervorrufen kann. Josiah kommt zu uns. Er ist auf eine Art attraktiv, die Aufmerksamkeit erregt, und verströmt die Sorte Sexappeal, die sie fesselt. Sein Lächeln ist müde, einseitig, aber die Augen, deren Blick auf mir ruht, sind hellwach. Ich muss mich nicht fragen, ob er mich liebt. Das sagt er mir jeden Tag mit Worten und mit diesem Blick.

»Meine Damen«, sagt Josiah, als er unseren Tisch erreicht hat. »Worauf trinken wir?«

Er deutet mit einer Kopfbewegung auf die Sektflasche und die unpassenden Gläser.

»Neujahr.« Ich bemühe mich nicht einmal, mein albernes Grinsen zu bezähmen, während ich ihn anhimmele. Ich hatte noch nicht genug Sekt, um betrunken zu sein, aber der Gedanke an eine Nacht allein mit ihm in unserem Haus ist auch so schon berauschend genug.

Er zieht mich hoch, setzt sich auf meinen Stuhl und zieht mich zurück, sodass ich auf seinem Schoß lande. Ich kuschele mich an seinen Hals, verliere mich in seinem vertrauten Geruch, in der Wärme seines festen Körpers, der Zuwendung seiner Hand, die über meine Hüfte streicht und mir ein kribbelndes Gefühl bereitet.

»Na gut«, sagt Hendrix und steht auf. »Schätze, das ist unser Stichwort zu gehen, Sol. Sonst fangen die noch vor unserer Nase auf dem Tisch zu vögeln an.«

»Das ist bestimmt eine gute Idee.« Ich verschränke auf meinem Bauch meine Finger mit Josiahs und lehne mich an seine Brust. »Zuzutrauen wäre es uns.«

Josiah lacht leise, ein sanftes Poltern, das in meinem Rückgrat vibriert; ich habe nur gescherzt, aber mein Bauch schlägt Purzelbäume bei dem Gedanken an den Körper unter mir. Angesichts der Gefühle, die dieser Mann mir bereitet, werden wir es vielleicht nicht bis nach Hause schaffen. Wäre nicht das erste Mal, dass wir den Weinkeller zweckentfremdend genutzt haben.

»Schätze, ich werde eher stellvertretend durch dich leben«, sagt Soledad, und ihr Lächeln wirkt ein wenig erbittert. Ich weiß, das gilt nicht uns, sondern ihrem Ehemann, und ich nehme ihre Hand, drücke sie kurz und lächele ihr mitfühlend zu.

»Aber ihr kommt morgen alle zu mir, richtig?«, vergewissert sich Hendrix und klemmt sich die halb volle Flasche Sekt unter den Arm. »Es gibt Neujahrs-Mittagessen mit Grünkohl und Augenbohnen. Bringt uns Glück im nächsten Jahr.«

»Solange das Mittagessen nicht vormittags stattfindet«, sagt Josiah, »kannst du auf uns zählen.«

»Dann bis morgen Mittag. Komm schon, Sol.«

»Gute Nacht, ihr Turteltäubchen«, sagt Soledad, und dieses Mal liegt nur Wärme in ihrem Lächeln.

»Hab euch lieb.« Ich winke mit dem kleinen Finger und sehe zu, wie die beiden besten Freundinnen, die ich je hatte, die Treppe hinabsteigen.

Ich habe so ein Glück, sie zu haben. Ein Gedanke, so wahr, dass ich mal wieder gegen Tränen anblinzele. Ich bin heute schrecklich emotional. Man könnte meinen, ich wäre schwanger, hätte Josiah diese Möglichkeit nicht schon vor Monaten per Vasektomie ausgeschlossen. Zu wissen, dass wir nicht versehentlich bei einer Hochrisikoschwangerschaft landen, ist gut für seinen Seelenfrieden und stützt die neue Richtung, die unsere Familie einschlagen wird.

»Hast du Brock und Clint heute Nacht gesehen?«, frage ich und drehe mich ein wenig auf seinem Schoß, um ihm in die Augen zu schauen.

»Hab ich. Und ich habe ihnen erzählt, dass wir nächste Woche mit den Adoptionsvorbereitungskursen anfangen. Sie sind ganz begeistert.«

Wir vergrößern unsere Familie, und das fühlt sich wie ein weiterer Schritt in die richtige Richtung an. Kassim und Deja sind glücklich und behütet. Wir sprechen mit ihnen offen über unsere Beziehung und unsere Liebe und Verbundenheit ihnen und uns gegenüber. Byrds Haus ist seit ein paar Monaten an eine süße Familie vermietet, und das war, als würden wir die letzte Verbindung zu der schmerzhaften Zeit, in der wir nicht zusammen waren, durchtrennen. Heute sind wir stärker denn je. Zärtlichkeit, gehüllt in Wolfram, die verwundbarsten Teile meiner selbst beschützt von einer Hingabe, so standhaft und stabil wie ein Fels.

Ich sehe ihn an, nähere mich seinen Lippen so weit, dass wir einander küssen könnten ... was wir natürlich prompt tun. Wie es möglich ist, bei einem Mann, den ich eine Million Male geküsst habe, immer noch weiche Knie zu bekommen, weiß ich nicht, aber während ich mich nun an ihn klammere, weiß ich genau, dass ich derlei niemals als selbstverständlich erachten werde. Wir haben viel zu viel durchgemacht, aber das, was nun zwischen uns erblüht, brennt heller und heißer nach dieser Bewährungsprobe.

Sein Kuss wird langsamer, die Hände an meinen Hüften greifen kraftvoller zu, und er zieht mich an seine Brust, sodass unsere

Herzen im Tandem schlagen. Musik dringt von unten herbei, und als ich den Song von Al Green erkenne, dringt er mir direkt in die Seele.

»Let's Stay Together.«

»Ich dachte, der DJ wäre schon weg?«, sage ich an seinen Lippen. »Aber das ist unser Lied. Hast du das zufällig eingefädelt?«

»Der Eigentümer hat ein gutes Wort für mich eingelegt«, entgegnet er, lächelt und steht mit mir auf. Dann reicht er mir die Hand. »Tanzen?«

Ich nicke, trete dicht an ihn heran, schlinge die Arme um seinen Hals und lege meinen Kopf an seine Brust. Seine Hände wandern an meinem Rücken hinab, vorbei an der Taille, und pressen sich auf meinen Hintern.

»Wenn wir nach Hause kommen«, sagt er, »gehört dieser Arsch mir.«

»Dieser Arsch«, sage ich und ziehe die Halskette mit dem Radanhänger und meinem alten Ehering aus dem Kleid hervor, »gehört immer dir, Mr Wade.«

Als er nun zu mir hinabblickt, leuchten seine Augen vor Liebe. »Gut zu wissen, Mrs Wade.«

Ein paar Augenblicke lang lassen wir uns beide schweigend vom dem Song in unsere Erinnerungen ziehen. Zwei naive Kinder in einem miesen Loch von einer Wohnung, die sich in einer kalten Nacht aneinander festhielten und dachten, sie wüssten, wie wahre Liebe aussieht. Wir hatten keine Ahnung, wie schwer es sein würde, diesem Text zu folgen und zusammenzubleiben. Den Song zu hören hat uns früher an meinen größten Fehler erinnert, aber heute ist er die Hymne meines größten Triumphs. Er kündet nicht davon, dass ich diese Liebe verloren habe, sondern davon, dass ich so sehr an sie geglaubt habe, dass ich zurück in die Flammen gelaufen bin, um sie zu retten. Dass ich, als alle Hoffnung verloren schien, nicht aufgehört habe zu suchen, bis ich sie wiedergefunden habe. Nicht aufgehört habe zu suchen, bis ich mich wiedergefunden habe. Und dieser Mann, dieser Moment – das ist mein Lohn.

Let's stay together.

Worte der Liebe, Akzeptanz und Erneuerung. Das ist ein Gelöbnis, einmütig zusammenzustehen, wenn die Welt uns trennen will. Wenn wir einander verletzen könnten. Die Worte stehen für lebenslang kultivierte Treue und Sehnsucht. Ich bin überzeugt, unsere Liebe ist so stark, sie könnte ein Dutzend Lebensspannen überdauern, ist aber gebündelt worden, um in diese eine zu passen. Wir haben einander gefunden, nachdem wir getrennt waren. Wir können das wieder und wieder bis ans Ende aller Zeiten tun, aber in diesem Leben werde ich ihn nicht mehr loslassen.

»Ich habe etwas für dich«, flüstert er mir ins Ohr, und sein warmer Atem an meinem Ohrläppchen jagt mir einen Schauer über den Rücken. »In meiner linken Jackentasche.«

»Noch eine Birne?«, frage ich grinsend.

»Schau doch nach.«

Ich stecke die Hand in seine linke Jackentasche, und meine Finger streichen tastend über das Seidenfutter. Und dann spüre ich es und erstarre zur Salzsäule. Er sieht mich an. Sein Lachen ist verschwunden, ersetzt durch etwas, das zugleich feurig und zart ist. Zitternd hole ich den Ring hervor und halte ihn zwischen uns hoch. Es ist ein dicker Platinring mit einem großen Prinzessschliff-Diamanten. Ich keuche auf, und mein Atem geht stoßweise.

»Da ist eine Inschrift.« Er führt meinen Finger auf die Innenseite des Rings. Ich folge den Lettern mit der Fingerspitze, ehe ich den Ring umdrehe, um das Wort darin zu lesen.

»Rad.«

»Es gibt keinen Anfang und kein Ende.« Er nimmt den Ring und hält ihn zwischen uns. »Nur unsere eigene Ewigkeit.«

Tränen rinnen mir über die Wangen. Ich achte gar nicht darauf, aber kaum wischt er sie weg, werden sie von neuen ersetzt. Dieser Moment ist so gewaltig, so überwältigend, aber er ist nicht allein. Und er steht auch nicht nur für die Stärke unseres nun geschlossenen Kreises, sondern auch für all die Zeiten, in denen wir schwach waren und doch wieder aufgestanden sind. Für jeden Schmerz, jede Sekunde, in der wir getrennt waren, nur um wieder zusammenzufinden. Unsere Verbindung ist nicht einfach durch ein gutes Leben entstanden. Leid und Trauer und Kummer haben uns genauso zusammengeschweißt wie all die Freuden.

»Willst du meine Frau werden?«, haucht er mir ins Ohr. »Noch einmal?«

Unfähig, etwas zu sagen, beiße ich mir auf die Lippe, um nicht wechselweise zu schluchzen und vor Freude zu kreischen. Er steckt mir den Ring an den Finger, und er passt perfekt.

Ein Lächeln dehnt seine wundervoll geformten Lippen. »Ich möchte den Rest meines Lebens mit dir verbringen. Mehr Kinder mit dir haben. Mit dir streiten. Mich mit dir versöhnen. Und jeden Tag an deiner Seite aufwachen.«

Er legt seine Stirn an meine.

»Ich bin für dich bestimmt, und du bist für mich bestimmt, und auch wenn wir uns selbst im Wege gestanden haben, auch wenn wir Mist gebaut haben – denn das haben wir beide, Baby –, wusste meine Seele, wusste mein Herz, dass es falsch ist, nicht bei dir zu sein. Diesen Schmerz möchte ich nie wieder erleben. Die Menschen bekommen nicht oft so eine zweite Chance, Yas.«

»Es gibt einen Teil von mir, der immer noch denkt, dass ich das nicht verdiene«, gestehe ich.

»Haben wir all den Scheiß verdient, der uns passiert ist? Die Dinge und die Menschen, die wir verloren haben? Ich habe gelernt, dass es im Leben nicht darum geht, sich zu nehmen, was man verdient, sondern darum zu nehmen, was man kann, weil das Leben kurz ist. Weil es unbeständig ist. Weil es uns beraubt, wenn wir nicht damit rechnen. Und jetzt sorgen all die Dinge, die ich verloren habe, dafür, dass ich die, die ich habe, umso mehr schätze, sie genieße, statt ständig Angst zu haben, ich könnte sie verlieren.«

Er küsst mir die Tränen von den Wangen.

»Vor allem dich.«

Wenn wir etwas verlieren, gibt es nicht immer ein Zurück. Von Byrd sind mir ein Stapel Rezepte und die Erinnerung geblieben, von der ich hoffe, sie wird nie verblassen. Bei Henry war es eine Wand der Wünsche, die sich nie erfüllen werden, und eine kleine Narbe zu seinen Ehren, die mich immer daran erinnern wird, dass er, wenn auch nur für so furchtbar kurze Zeit, ein Teil von mir und ganz mein war.

Ich presse die Hand auf Josiahs Herz. Es schlägt in dem leidenschaftlichen, inbrünstigen Rhythmus unserer Wiedervereinigung. Ich sehe ihm in die Augen und verliere mich in der Akzeptanz, dem Vertrauen, von dem ich dachte, wir würden es nie wiederfinden.

»Lass mich nicht hängen, Yas.« Er fährt mir mit dem Daumen über die Lippe. »Du hast meine Frage nicht beantwortet. Willst du meine Frau werden … noch einmal?«

Es gibt tausend Dinge, die ich sagen könnte, um meine Gefühle zu vermitteln, ihm zu erklären, was seine Hingabe mir bedeutet. Dass ich, statt in der Dunkelheit zu entfliehen, ihn darin finden würde und wir uns gegenseitig ins Licht führen würden. Ich berühre die Kette an meinem Hals, ertaste die vertraute Form des Rads, die kostbare Last meines ersten Eherings. Ich hatte beides in den Wunschbrunnen geworfen, überzeugt, das, was ich wirklich wollte, das Einzige, was ich mir wahrlich gewünscht habe, nie mehr zurückzubekommen. Es gibt eine Million Worte, die ich äußern könnte, um ihm zu versichern, dass er sich niemals Sorgen machen müsse, ich könnte wankelmütig werden, aber ich wähle nur eines, das ich mit unzähmbarer Freude und einem verheulten Lächeln ausspreche.

»Ja.«

# Diskussionsfragen

*Die folgenden Fragen beinhalten einige Spoiler. Um die Überraschung nicht zu verderben, ist es ratsam, sie nicht im Vorfeld zu lesen.*

1. Im Prolog erleben wir Josiah und Yasmen jung und verliebt. Später erhalten wir einen ganz anderen Eindruck von ihrer Ehe kurz nach dem Tod von Byrd und Henry. Und wir verfolgen mehrere Jahre im Anschluss an die Scheidung. Stellen Sie die Dynamik der Beziehung in jedem Stadium vergleichend gegenüber. Wer waren sie da – wer sind sie jetzt?

2. In den ersten paar Kapiteln werden zwei schwere Verluste und die darauf folgende Depression Yasmens dargestellt. Was haben Sie empfunden, als sich herauskristallisiert hat, was geschehen war und wie Yasmen reagiert hat?

3. Welchen spontanen Eindruck haben Yasmens engste Freundinnen Soledad und Hendrix auf Sie gemacht? Wie haben sie zu Yasmens Gesundung beigetragen?

4. Yasmen kommt nach Hause und trifft dort Vashti beim Essen und Spielen mit ihren Kindern und Josiah an. Wie haben Sie Yasmens Reaktion empfunden?

5. Wie hat sich Ihr Eindruck von Josiah verändert, als Sie nach den ersten Kapiteln, die alle Yasmens Blickwinkel wiedergeben, seine Perspektive kennengelernt haben?

6. Therapie spielt eine große Rolle in diesem Buch, und es wird viel über Trauer und Depression gesprochen. In manchen Kreisen gilt Therapie auch heute noch als Stigma. Wie haben sich Therapie und die Vorstellung davon auf die Charaktere und die Geschichte ausgewirkt?

7. Sehen Sie Ähnlichkeiten zwischen der Beziehung von Yasmen zu Deja und der von Yasmen zu Carole? Wie beeinflussen sich

Mütter und Töchter gegenseitig? Und was ist mit Tante Byrds Rolle? Inwiefern leben Menschen durch andere weiter?

8. Before I Let Go ist eine Liebesgeschichte, enthält aber auch Elemente der Frauenliteratur und des Empowerments. Können Sie einige der Elemente nennen, die sich auf die einzigartigen Herausforderungen beziehen, mit denen Frauen konfrontiert sein können, und auf die verschiedenen Entscheidungen, die die Frauen in dieser Geschichte treffen? Gab es eine Frau, mit deren Weg Sie sich besonders identifizieren konnten?

9. Speisen spielen in diesem Roman eine große Rolle. Diskutieren Sie, in welcher Weise – von der Tatsache, dass die Protagonisten ein eigenes Restaurant besitzen, abgesehen – diese Speisen bedeutsam waren.

10. Verstehen Sie, warum Yasmen und Josiah ihre »Affäre« zunächst geheim gehalten haben? Können Sie ihre Gründe nachvollziehen?

11. Waren Josiahs anfängliche Angst und sein Misstrauen gerechtfertigt, als Yasmen ihn gebeten hat, nach Hause zu kommen? Welche Gefühle hat das bei Ihnen ausgelöst?

12. Es gibt einige Diskussionen darüber, was eine »Romance Novel« ausmacht. Hätten Yasmen und Josiah beschlossen, nicht wieder zu heiraten und stattdessen dem Beispiel von Ken und Merry zu folgen, hätten Sie das als »glücklich bis ans Ende ihrer Tage« gewertet? Sind Sie einverstanden mit der Entscheidung, die sie getroffen haben?

# Rezepte

## Maßeinheiten und Erklärungen

- TL/Teelöffel: 5 ml
- EL/Esslöffel: 15 ml
- Tasse: 240 ml
- Stick (Butter): etwa 115 Gramm

All-Purpose Flour: Mehl mit mittlerem Glutenanteil. Weizenmehl vom Typ 550 ist nicht identisch, kommt dem aber nahe.

Cream-Style Corn: teilweise pürierter Mais mit weiteren Zutaten. In Dosen im Versandhandel erhältlich. Nicht zu verwechseln mit »creamed corn«.

# Tante Byrds Limoncello-Kuchen

ZUTATEN

*Für den Kuchen*
- Antihaftspray oder Fett für die Form
- 2 Tassen All-Purpose Flour (etwa vergleichbar einem 550-Weizenmehl)
- 1 TL Backpulver
- ½ TL Backnatron
- 1 TL Salz
- 1½ Tassen ungesalzene, weiche Butter
- 3 große Eier
- 1¼ Tassen Zucker
- 1¼ Tassen Sour Cream
- ¼ Tasse Limoncello
- Zesten von drei Zitronen

*Für die Glasur*
- 1 Tasse Puderzucker
- 2 EL Limoncello
- Zitronenschale
- 1 Prise Liebe

ZUBEREITUNG KUCHEN

- Heizen Sie den Ofen auf 175 °C (Ober-/Unterhitze) vor.
- Fetten Sie die Form ein.
- Mischen Sie Mehl, Backpulver, Backnatron und Salz in einer Schüssel.

- In einer weiteren Schüssel oder einer Küchenmaschine schlagen Sie Butter und Zucker bei mittlerer Drehzahl, bis die Masse locker ist. Rühren Sie weiter und fügen Sie nacheinander die Eier hinzu.
- Geben Sie ein Drittel der Mehlmischung hinzu und rühren Sie sie mit niedriger Geschwindigkeit ein, anschließend schlagen Sie die Hälfte der Sour Cream unter. Wiederholen Sie die Schritte, sodass als letzter Schritt Mehl eingearbeitet wird. Fügen Sie Limoncello und Zitronenschalen hinzu. Rühren Sie, bis der Teig glatt und gleichmäßig ist.
- Geben Sie den Teig in die vorbereitete Form und streichen Sie ihn glatt. 30 Minuten auf dem mittleren Rost backen. Drehen Sie den Kuchen und reduzieren Sie die Temperatur auf 160 °C und lassen Sie den Kuchen weitere 25 Minuten backen.
- Anschließend lassen Sie den Kuchen etwa 15 Minuten lang in der Form abkühlen, ehe Sie ihn auf einen Rost oder eine Kuchenplatte stürzen und weiter abkühlen lassen.

## ZUBEREITUNG GLASUR

- Verrühren Sie Puderzucker, Limoncello und Zitronenschale in einer Schüssel, bis eine glatte, gleichmäßige Masse entstanden ist.
- Träufeln Sie die Glasur auf den vollständig ausgekühlten Kuchen.

# Josiahs Süßkartoffelpfannkuchen

## ZUTATEN

- 1¾ Tassen All-Purpose Flour
- 2 TL Backpulver
- ½ TL Backnatron
- 2 TL brauner Zucker
- 1 TL koscheres Salz (grobes Speisesalz)
- 1 TL Zimt
- ¼ TL gemahlene Muskatnuss
- ¼ TL gemahlener Ingwer
- 2 Tassen Milch
- 2 kleine Süßkartoffeln, geröstet und püriert (etwa entsprechend ¾ Tasse Püree)
- 2 große Eier
- 1 TL Vanille-Extrakt
- Butter für die Pfanne
- 1 stolzgeschwellte Brust

## ZUBEREITUNG

- Vermischen Sie Mehl, Backpulver, Backnatron, braunen Zucker, Salz, Zimt, Muskatnuss und Ingwer in einer Schüssel.
- In einer zweiten Schüssel vermengen Sie Milch und Süßkartoffelpüree und fügen Eier und Vanille hinzu.
- Mischen Sie die trockenen Komponenten mit den feuchten und rühren Sie gut um.
- Schmelzen Sie Butter in einer beschichteten Pfanne bei

mittlerer Hitze. Sobald die Butter anfängt zu schäumen, reduzieren Sie die Hitze ein wenig und füllen etwa eine halbe Tasse Teig in die Pfanne. Wenn sich nach ungefähr 2 bis 3 Minuten Blasen bilden und die Unterseite goldbraun ist, drehen Sie den Pfannkuchen um und braten ihn weitere 2 bis 3 Minuten.

Dazu passen Ahornsirup, Pekannüsse und Schlagsahne – ganz nach Ihrem Geschmack.

# Corn Pudding nach dem Rezept meiner Tante Evelyn

## ZUTATEN

- Antihaftspray oder Fett für die Form
- 3 Eier
- 1 EL Vanille-Extrakt
- ⅓ Tasse Milch
- ¼ Stick geschmolzene Butter
- ½ TL Salz
- 2 EL All-Purpose Flour
- ½ Tasse Zucker
- 2 Dosen Cream-Style Corn
- 1 Tasse Maiskörner (gefroren, aus der Dose oder frisch, ganz wie Sie möchten)
- 1 Haufen Südstaatengastlichkeit

## ZUBEREITUNG

- Heizen Sie den Ofen auf 175 °C (Ober-/Unterhitze) vor. Fetten Sie eine Backform (etwa 23 × 33 cm) ein.
- In einer Schüssel schlagen Sie die Eier. Fügen Sie Vanille-Extrakt, Milch und geschmolzene Butter hinzu.
- In einer anderen Schüssel vermengen Sie die trockenen Zutaten (Salz, Mehl und Zucker).
- Dann rühren Sie die trockenen Zutaten in die Ei-Mischung.
- Heben Sie beide Dosen Cream-Style Corn unter.
- Wenn Sie Dosenmais benutzen, gießen Sie die Hälfte der

Flüssigkeit ab. Den Rest geben Sie mit den Maiskörnern in die Schüssel mit den übrigen Zutaten. Bei frischem oder gefrorenem Mais fügen Sie einfach die Körner hinzu.

- Rühren Sie alles gut durch und geben Sie es in die vorbereitete Form.
- 45 Minuten backen, bis die Eier gar sind und die Oberfläche gebräunt ist.

Vor dem Servieren 15 Minuten ruhen lassen.

# Soledads Vinaigrette

## ZUTATEN

- ¾ Tasse Avocadoöl oder Olivenöl, Extra Vergine
- ½ Tasse Sherry-Essig
- Saft einer halben Zitrone (oder, wenn es etwas kräftiger sein darf, einer ganzen!)
- 1 EL Dijon-Senf
- ½ TL Pfeffer
- 1 Prise Salz
- 1 EL Honig
- 1 großer Klecks lässiger Extravaganz

## ZUBEREITUNG

- Verrühren Sie alle Zutaten und gießen Sie die Vinaigrette über Ihren Lieblingssalat! Sie eignet sich zudem vorzüglich als Marinade.

# DANKSAGUNG

Dieses Buch war beides: ein Liebesdienst und eine Katharsis. Es ist das erste Buch, das ich je geschrieben habe. Entworfen habe ich es vor fast fünfzehn Jahren, bevor ich irgendetwas veröffentlicht hatte. Auch wenn Titel, Namen von Charakteren und vieles andere seither verändert wurden, blieb der Kern der Hoffnung, auf dem die Idee beruht, erhalten. Und die Geschichte wurde zunehmend persönlich für mich. Während ich sie schrieb, wurde bei mir wie bei Yasmen eine Depression diagnostiziert. Ich habe gewissermaßen in der Haut dieses Buches gesteckt. Ich weiß nicht, ob das Schreiben dadurch leichter oder schwerer geworden ist, aber ich weiß, dass der Umstand, dass ich einige von Yasmens Erfahrungen gekostet habe, die Story bereichert und ihr mehr Realitätsnähe verliehen hat. Und mich hat es empathischer gemacht und mich gelehrt, weniger zu urteilen und mehr Nachsicht zu üben. Ich hoffe, wenn jemand da draußen, der ins Stolpern geraten ist, es liest, wird diese Person die Hoffnung spüren, die Freude mitempfinden und sich zum Weitermachen ermutigen lassen.

Es gibt so viele Leute, ohne die ich dieses Buch nicht hätte schreiben – oder beenden – können!

Da sind all die Frauen, die mir geholfen haben, Totgeburt, Trauer und Depression aus der Sicht einer Mutter und/oder Therapeutin/Beraterin zu verstehen. Leticeia, Gloria, Ebonie, Valerie, Angela, Shelly – danke für eure Unterstützung und euer Mitgefühl. Bei jeder Befragung, jedem Gespräch, jedem Austausch war so deutlich zu spüren, dass ihr euch gewünscht habt, andere könnten sich in der Geschichte wiedererkennen. Ihr hattet Klientinnen wie Yasmen, oder ihr seid selbst Yasmen gewesen. Eure Einblicke haben ihren Heilungsprozess geformt und geholfen, diese fiktive

Familie wieder zusammenzubringen. Eure Hilfe war unbezahlbar, und ich werde euch ewig dankbar sein.

Joanna, danke, dass du meine Alpha bist, dass du immer zuerst liest, was ich schreibe, und mir rein gar nichts durchgehen lässt. Meine Arbeit wäre ohne dich nicht dieselbe. Deine Unterstützung und deine Freundschaft gehören für mich zu den größten Segnungen dieser Reise.

Keisha von Honey Magnolia, danke, dass du es gelesen und dich nicht zurückgehalten hast. Dass du dich immer wieder für alles, was ich tue, im Leben wie in der Fiktion, begeistern kannst. Deine Weitsicht und dein hoher Anspruch an mich inspirieren und provozieren mich auf die beste vorstellbare Art.

Lauren, ich danke dir, dass du stets früh mit der Lupe liest und keine Scheu kennst.

Chele, Shelley, Kelsey – danke für das frühe Lesen und die Ermutigungen. Nichts davon werde ich je als selbstverständlich ansehen.

Meiner Lektorin Leah, die so viel Geduld mit mir hatte, gilt ein großes DANKE. Es hat vielleicht nie einen schlimmeren ersten Entwurf gegeben. LOL! Ich hatte persönlich selbst schwer zu kämpfen, und du hast dich mir gegenüber achtsam verhalten. Du bist nicht in Panik geraten und hast mir geholfen, das Beste aus dieser Geschichte zu machen. Hoffe ich. Ich bin so froh, dass wir diese Reise gemeinsam unternommen haben, und gespannt auf das, was als Nächstes kommt.

Dylan, du bist nicht nur meine beste Freundin und lauteste Cheerleaderin, sondern warst, während ich an diesem Buch geschrieben habe, auch ein sicherer Ort für mich. Ich weiß nicht, womit ich es verdient habe, jemanden, der so lieb, so talentiert, großzügig und ermutigend ist wie du, meine beste Freundin nennen zu dürfen, aber dich lasse ich bestimmt nie gehen.

Dank gilt auch meiner Mom. Als ich am tiefsten, dunkelsten Punkt war und nicht wusste, ob ich überhaupt imstande bin, dieses Buch zu Ende zu schreiben, da hast du alles stehen und liegen gelassen, bist ins Flugzeug gesprungen und zu mir gekommen. Und das Spektakuläre daran ist, dass du das immer getan hast. Du hast immer gewusst, wie du für mich da sein kannst, wie du mir helfen kannst. Du bist weise, intuitiv, resilient, großzügig und mitfühlend. Ich hoffe, ich bin ein Apfel, der nicht weit vom Baum gefallen ist.

Myles, mein Sohn, jedes Buch ist auch dein Buch. Ich dachte, ich wüsste, wie Mutterschaft ist, aber du hast mich eines Besseren belehrt, Kid. Du hast mir gezeigt, dass ich wahrlich zu bedingungsloser Liebe fähig bin, und das würde ich gegen nichts in der Welt eintauschen. Und dich schon gar nicht.

Und schließlich gilt mein Dank meinem Mann Samuel. Before I Let Go würde nicht existieren, hättest du nicht gesagt: »Was ist bloß aus diesem Buch mit dem geschiedenen Paar geworden?« Aber so bist du. Meine Hoffnungen und Träume sind dir genauso wichtig wie deine eigenen. Du bist bescheiden und standhaft und fürsorglich und leidenschaftlich. Du bist großartig und außergewöhnlich, mein Herz. Josiah fragt, ob die Leute den genauen Moment erkennen, in dem sie sich verlieben, und er sagt, es sei gar nicht nur ein Moment, es seien Millionen. In den letzten fünfundzwanzig Jahren gab es eine Million Momente, in denen ich mich in dich verliebt habe, und die nächste Million wartet schon auf uns. Manchmal war es schwer, aber ich würde es immer wieder tun, solange ich es mit dir tun kann. 🖤